D1719737

IAIN BANKS

Blicke windwärts

Roman

Deutsche Erstausgabe

WILHELM HEYNE VERLAG
MÜNCHEN

HEYNE SCIENCE FICTION & FANTASY
Band 06/6443

Titel der englischen Originalausgabe
LOOK TO WINDWARD
Deutsche Übersetzung von Irene Bonhorst
Das Umschlagbild ist von Chris Moore

Umwelthinweis:
Dieses Buch wurde auf chlor- und
säurefreiem Papier gedruckt.

Redaktion: Wolfgang Jeschke
Copyright © 2000 by Iain M. Banks
Copyright © 2003 der deutschen Ausgabe und der Übersetzung
by Ullstein Heyne List GmbH & Co. KG, München
Der Wilhelm Heyne Verlag ist ein Verlag
der Ullstein Heyne List GmbH & Co. KG.
www.heyne.de
Deutsche Erstausgabe 9/2003
Printed in Germany 7/2003
Umschlaggestaltung: Nele Schütz Design, München
Satz: Schaber Satz- und Datentechnik, Wels
Druck und Bindung: Ebner & Spiegel, Ulm

ISBN 3-453-87066-2

Heide oder Jude
O du, der das Rad dreht und windwärts lugt,
Bedenke Phlebas, der einst schön und stark wie du.

T.S. Eliot
›Das wüste Land‹ IV

Für die Veteranen des Golf-Krieges

Inhalt

Prolog

UM DIE ZEIT, DA WIR BEIDE WUSSTEN, ich würde ihn verlassen müssen, war es schwer zu unterscheiden, welche Lichtzuckungen Blitze waren und welche von den Energiewaffen der Unsichtbaren stammten.

Eine gewaltige Explosion aus blau-weißem Licht erhellte den Himmel, machte aus der Unterseite der gezackten Wolken eine auf dem Kopf stehende Landschaft, durchbrach den Regenschleier und enthüllte die Verwüstung um uns herum: das Gerippe eines fernen Gebäudes, dessen Inneres bei einer früheren Katastrophe ausgehöhlt worden war, die ineinander verhakten Überreste von Schienen in der Nähe des Kraterrands, die zerbrochenen Versorgungsrohre und eingestürzten Tunnel, die der Krater freigelegt hatte, sowie den gewaltigen Körper des Landzerstörerwracks, das halb untergetaucht in dem schmutzigen Wasserteich am Grund des Loches lag. Als der Lichtblitz erstarb, hinterließ er nur eine Erinnerung im Auge und das matte Flackern des Feuers im Innern des Zerstörerwracks.

Quilan umklammerte meine Hand noch fester. »Du musst dich unbedingt in Sicherheit bringen. Und zwar sofort, Worosei.« Ein weiterer, kleinerer Blitz beleuchtete sein Gesicht und den ölschaumigen Dreck um seinen Leib, wo dieser unter der Kriegsmaschine eingesunken war.

Ich rief mit viel Aufhebens die Meldungen ab, die mein Helm mir anzeigte. Der Flieger des Schiffs war auf dem Heimweg, allein. Das Display verriet mir, dass er von keinem größeren Gefährt begleitet wurde; das Ausbleiben jeglicher Meldung auf dem allgemeinen Kanal bedeutete nichts Gutes. Es war kein Schwerlifter, keine Rettung in Aussicht. Ich schaltete aufs Nahbereichsbild um. Auch von dort gab es keine bessere Meldung. Die wirren, pulsierenden Schaltbilder besagten, dass die Darstellung auf großer Unsicherheit beruhte (an sich schon ein schlechtes Zeichen), aber es sah ganz so aus, als befänden wir uns genau in der Angriffslinie der vorrückenden Unsichtbaren und würden bald überrannt werden. Vielleicht in zehn Minuten. Oder in fünfzehn. Oder in fünf. Unbestimmt. Trotzdem versuchte ich zu lächeln, so gut ich konnte, und bemühte mich um einen möglichst gelassenen Ton.

»Ich kann mich erst dann in Sicherheit bringen, wenn der Flieger hier ankommt«, erklärte ich ruhig. »Das Gleiche gilt für dich.« Ich verlagerte mein Gewicht an dem schlammbedeckten Hang und versuchte, einen besseren Halt zu finden. Mehrmaliges Knallen erschütterte die Luft. Ich beugte mich über Quilans ungeschützten Kopf. Ich hörte, wie Schutt auf den Hang gegenüber polterte und etwas ins Wasser platschte. Ich blickte zu dem Teich in der Talsohle des Kraters, wo die Wellen gegen die meißelförmige Frontpanzerung des Landzerstörers schlugen und wieder zurückfielen. Wenigstens stieg das Wasser anscheinend nicht weiter.

»Worosei«, sagte er. »Ich glaube, ich komme hier nicht mehr raus. Das Ding, das auf mir drauf liegt, ist zu schwer. Bitte, sieh das ein! Ich versuche nicht, heldenhaft zu sein, und das solltest du auch nicht. Hau jetzt einfach ab. Verschwinde.«

»Es ist noch Zeit genug«, entgegnete ich. »Wir schaffen es. Du darfst nicht immer so ungeduldig sein.« Wieder pulsierte Licht über uns und hob jeden einzelnen Regentropfen in der Dunkelheit hervor.

»Und du darfst nicht …«

Was immer er auch hatte sagen wollen, seine Worte wurden von einer weiteren ohrenbetäubenden Kanonade übertönt, der mehrere heftige Erschütterungen folgten; der Krach rollte über uns hinweg, als ob die Luft zerrissen würde.

»Ziemlich laut heute Nacht«, bemerkte ich, während ich mich wieder über ihn beugte. In meinen Ohren war ein Klingeln. Weitere Lichtblitze zuckten auf, und aus der Nähe sah ich den Schmerz in seinen Augen. »Sogar das Wetter ist gegen uns, Quilan. Dieser schreckliche Donner!«

»Das war kein Donner.«

»O doch! Da! Jetzt blitzt es wieder«, sagte ich, während ich mich tiefer über ihn beugte.

»Geh jetzt! Schnell, Worosei!«, flüsterte er. »Du benimmst dich töricht.«

»Ich …«, setzte ich an. Da rutschte mir das Gewehr von der Schulter, und der Schaft traf ihn an der Stirn. »Autsch!«, rief er.

»Tut mir Leid.« Ich warf mir die Waffe wieder über die Schulter.

»In bin schuld, weil ich meinen Helm verloren habe.«

»Aber immerhin« – ich schlug auf ein Stück Raupenkette über uns – »hast du einen Landzerstörer gewonnen.«

Er wollte lachen, doch dann zuckte er zusammen. Er zwang sich zu einem Grinsen und legte eine Hand auf die Oberfläche eines der Antriebsräder des Fahrzeugs. »Komisch«, sagte er. »Ich bin mir nicht mal sicher, ob es einer von ihnen oder einer von uns ist.«

»Ehrlich gesagt, ich auch nicht«, erklärte ich. Ich blickte zu der zerbrochenen Karkasse hinauf. Anscheinend breitete sich das Feuer im Innern aus; dünne blaue und gelbe Flammen zeigten sich in dem Loch, wo der Hauptgefechtsturm gewesen war.

Auf dieser Seite waren die Raupenketten des angeschlagenen Landzerstörer, der halb trudelnd, halb rutschend in den Krater gestürzt war, noch an ihrem Platz. Auf der anderen Seite lag die weggerissene Raupenkette flach am Kraterhang, ein schrittbreiter Streifen flachen Metalls, der wie eine baufällige Rolltreppe beinahe bis an den ausgefransten Rand des Loches hinaufreichte. Vor uns ragten riesige Antriebsräder aus dem Rumpf der Kriegsmaschine heraus; die mit dicken Scharnieren verbundenen Glieder des oberen Laufs der Raupenkette ruhten darauf. Quilan war unter dem unteren Raupenband gefangen, in den Schlamm gedrückt, sodass nur der obere Teil seines Torsos frei war.

Unsere Kameraden waren tot. Nur noch Quilan und ich waren übrig, sowie der Pilot des Leichtfliegers, der auf dem Rückweg war, um uns zu holen. Das Schiff, das sich nur ein paar hundert Kilometer über uns befand, konnte nicht helfen.

Ich hatte versucht, Quilan herauszuziehen, ohne auf sein unterdrücktes Stöhnen zu achten, aber er steckte fest. Ich hatte die AG-Einheit meines Anzugs bei dem Versuch, das Kettenstück, das ihn gefangen hielt, zu bewegen, ausgebrannt, und ich verfluchte unsere angeblich so wundervollen Projektilwaffen der x-ten Generation; sie waren bestens geeignet, um unseresgleichen zu töten und Schutzanzüge zu durchdringen, aber überaus ungeeignet, um durch dickes Metall zu schneiden.

In der Nähe knisterte etwas sehr laut; Funken flogen aus dem Feuer in der Gefechtssturmöffnung, stoben in alle Richtungen und vergingen im Regen. Ich spürte die Detonationen an der Erschütterung des Bodens, übertragen durch den Körper des Maschinenwracks.

»Die Munition explodiert«, stellte Quilan mit angespannter Stimme fest. »Höchste Zeit, dass du verschwindest.«

»Nein. Ich glaube, als der Gefechtssturm gesprengt

wurde – auf welche Weise auch immer –, ist auch die ganze Munition mit in die Luft gegangen.«

»Das glaube ich nicht. Sie könnte immer noch explodieren. Hau endlich ab!«

»Nein. Ich fühle mich hier wohl.«

»Wie bitte?«

»Ich fühle mich hier wohl.«

»Jetzt bist du völlig übergeschnappt.«

»Ich bin überhaupt nicht übergeschnappt. Warum willst du mich unbedingt loshaben?«

»Warum sollte ich nicht? Du bist eine Vollidiotin.«

»Nenn mich nicht Idiotin, ja? Du bist streitsüchtig.«

»Ich bin überhaupt nicht streitsüchtig. Ich versuche nur, dich zur Vernunft zu bringen.«

»Ich bin bei Vernunft.«

»Den Eindruck habe ich ganz und gar nicht. Es ist übrigens deine Pflicht, dein eigenes Leben zu retten.«

»Und deine Pflicht ist es, nicht zu verzweifeln.«

»Nicht zu verzweifeln? Meine Kameradin und Gefährtin benimmt sich wie eine Schwachsinnige, und ich habe …« Quilan riss die Augen weit auf. »Da oben!«, zischte er und deutete hinter mich.

»Was denn?« Ich drehte mich blitzschnell um, brachte das Gewehr in Anschlag – und erstarrte.

Der Kämpfer der Unsichtbaren war am Rand des Kraters und spähte herunter zum Wrack des Landzerstörers. Er hatte so etwas wie einen Helm auf, doch das Gebilde bedeckte seine Augen nicht und war wahrscheinlich wenig sinnvoll. Ich blickte durch den Regen nach oben. Er wurde vom Feuerschein aus dem brennenden Landzerstörer beleuchtet; wir waren vermutlich weitgehend im Dunkeln. Der Kämpfer hielt das Gewehr in einer Hand, nicht in beiden. Ich verhielt mich sehr still.

Er hielt sich etwas vor die Augen und spähte prüfend um sich. Dann hielt er inne und blickte genau in unsere Richtung. Ich hatte das Gewehr erhoben und schoss, als er das Nachtsichtgerät fallen ließ und seinerseits die Waffe ansetzte. Er explodierte in einem Lichtgestöber, als auch schon ein zweiter Blitz am Himmel über uns aufzuckte. Der größte Teil seines Körpers taumelte und rutschte hangabwärts zu uns herunter, um einen Arm und den Kopf ärmer.

»Plötzlich kannst du einigermaßen ordentlich schießen«, stellte Quilan fest.

»Das konnte ich immer schon, mein Lieber«, entgegnete ich und klopfte ihm auf die Schulter. »Ich habe es nur für mich behalten, weil ich dich nicht in Verlegenheit bringen wollte.«

»Worosei«, sagte er und ergriff erneut meine Hand. »Der da war bestimmt nicht allein. Jetzt ist wirklich allerhöchste Zeit, dass du verschwindest.«

»Ich …«, setzte ich zu einer Erwiderung an, dann bebte der Rumpf des Landzerstörers und der Krater um uns herum, als etwas im Innern des Wracks explodierte und glühende Schrapnellsplitter aus der Öffnung zischten, wo der Gefechtsturm gewesen war. Quilan rang vor Entsetzen um Luft. Schlammbrocken rutschten zu uns herunter, und die Überreste des toten Unsichtbaren wurden noch ein paar Schritte näher herangeschoben. Sein Gewehr war immer noch von einem Panzerhandschuh umklammert. Ich warf wieder einen Blick auf den Bildschirm meines Helms. Der Flieger war beinahe hier. Mein Geliebter hatte Recht, es war wirklich höchste Zeit zu verschwinden.

Ich wandte mich um und wollte etwas zu ihm sagen.

»Hol mir das Gewehr von diesem Scheißkerl«, sagte er und deutete mit einem Nicken in Richtung des toten Kämpfers. »Wir wollen mal sehen, ob ich den einen oder anderen von denen mitnehmen kann.«

»Mach ich«, sagte ich, und schon krabbelte ich durch den Schlamm und Schutt hinauf und packte das Gewehr des toten Soldaten.

»Und schau mal nach, ob er sonst noch was bei sich hat!«, rief Quilan. »Granaten – irgendwas.«

Ich glitt wieder hinunter, überschlug mich und landete mit beiden Stiefeln im Wasser. »Das ist alles, was er bei sich hatte«, sagte ich und reichte ihm das Gewehr.

Er prüfte es, so gut er konnte. »Das wird reichen.« Er legte den Schaft an die Schulter und drehte sich um, so weit es ihm seine gefangene untere Körperhälfte erlaubte, um eine Stellung einzunehmen, die einer Schießposition einigermaßen nahe kam. »Jetzt verschwinde endlich, bevor ich dich eigenhändig erschieße.« Er musste die Stimme erheben, um den Krach weiterer Explosionen zu übertönen, die das Wrack des Landzerstörers erschütterten.

Ich warf mich nach vorn und küsste ihn. »Wir treffen uns im Himmel«, sagte ich.

Für einen kurzen Augenblick wurde sein Gesichtsausdruck zärtlich, und er sagte etwas, doch Explosionen ließen den Boden erbeben, und ich musste ihn bitten, das Gesagte zu wiederholen, während der Nachhall verebbte und weitere Röhrenblitze am Himmel über uns zuckten. In meinem Visier blinkte ein dringendes Signal, um mir mitzuteilen, dass der Flieger direkt über uns war.

»Wie gesagt, alles halb so schlimm«, tröstete er mich und lächelte. »Lebe einfach, Worosei. Lebe für mich. Lebe für uns beide. Versprich es!«

»Ich verspreche es.«

Er deutete mit einem Nicken zum Hang des Kraters. »Viel Glück, Worosei.«

Ich hatte die Absicht, ihm ebenfalls viel Glück zu wünschen oder wenigstens Lebewohl zu sagen, aber leider brachte ich keinen Ton heraus. Ich sah ihn nur hoffnungslos an, blickte ein letztes Mal zu meinem Mann auf, dann wandte ich mich ab und schleppte mich den Hang hinauf, wobei ich im Schlamm immer wieder rückwärts rutschte, mich aber dennoch mehr und mehr von ihm entfernte, vorbei an der Leiche des Unsichtbaren, den ich getötet hatte, am Rumpf der brennenden Maschine entlang und unter dem bauchigen Hinterteil um den hinteren Gefechtsturm herum, während weitere Explosionen Wrackteile zum regenverhangenen Himmel hinauf schleuderten, aus dem sie herunter ins ansteigende Wasser klatschten.

Die Seiten des Kraters waren glitschig von Schlamm und Öl; mir kam es so vor, als ob ich eher tiefer hinabrutschte, als dass ich aufwärts kletterte, und einige Augenblicke lang glaubte ich, dass ich es niemals aus dieser schrecklichen Grube hinaus schaffen würde, bis ich das breite Metallband erreichte, das die herausgerissene Kettenraupe des Landzerstörers war. Das, was meinen Geliebten letztendlich töten würde, rettete mich; ich benutzte die miteinander verbundenen Teile der im Schlamm eingebetteten Raupe als Treppe, die beinahe bis zum Kraterrand führte. Ich hievte mich vollends hinauf.

Hinter dem Rand, in der von Flammen erhellten Ferne, zwischen Ruinen und Regenschwaden, sah ich die wuchtigen Umrisse weiterer großer Kriegsmaschinen sowie die winzigen, wuselnden Gestalten dahinter, die sich allesamt in meine Richtung bewegten.

Der Flieger sank aus den Wolken herab; ich warf mich an Bord, und wir hoben sofort ab. Ich versuchte mich umzuwenden und zurückzublicken, doch die Türen flogen zu, und ich wurde durch das vollgepackte Innere geschleudert, während das winzige Fahrzeug den Strahlen und Geschossen auswich, die auf es gerichtet waren, und zum wartenden Schiff *Wintersturm* aufstieg.

1   Das Licht alter Fehler

DIE KÄHNE LAGEN AUF DER Dunkelheit des stillen Kanals; ihre Umrisse waren verfälscht durch den Schnee, der auf ihren Decks zu sanften Polstern aufgehäuft war. Die waagerechten Flächen der Kanalstraßen, Piers, Poller und Hebebrücken trugen das gleiche bauschige Gewicht des Schnees; die Fenster, Balkone und Dachrinnen der hohen Gebäude, die etwas zurückgesetzt vom Kai aufragten, waren in Weiß geätzte Linien.

Dieser Teil der Stadt war zu fast allen Zeiten ruhig, wie Kabo wusste, doch heute Nacht schien er nicht nur, sondern war tatsächlich noch ruhiger als sonst. Er hörte seine eigenen Schritte, die sich in das unberührte Weiß senkten. Jeder Schritt erzeugte ein Knirschen. Er blieb stehen und hob den Kopf, um in die Luft zu schnuppern. Sehr still. Er hatte die Stadt noch nie so lautlos erlebt. Anscheinend dämpfte der Schnee vollends die wenigen Geräusche, die es noch gab. Außerdem herrschte heute Nacht kein wahrnehmbarer Wind in Bodennähe, sodass der Kanal, auf dem sich keinerlei Verkehr bewegte, vollkommen ruhig und still dalag, ohne das Klatschen von Wellen oder das Gurgeln einer Brandung, obwohl er noch nicht zugefroren war.

Es gab keine Lichter in der Nähe, die sich in der schwarzen Oberfläche des Kanals gespiegelt hätten, sodass er wie nicht vorhanden erschien, eine Leere, auf der die Kähne lagen. Auch das war ungewöhnlich. Die Lichter waren in der ganzen Stadt erloschen, beinahe auf der ganzen Seite dieser Welt.

Er blickte nach oben. Der Schneefall ließ jetzt nach. Spinwärts, über dem Zentrum der Stadt und den noch weiter entfernten Bergen, rissen die Wolken auf und enthüllten einige der helleren Sterne, während das Wetter aufklarte. Eine schmale, schwach leuchtende Linie direkt über ihm – durch die langsam ziehenden Wolken blinkend – spendete etwas Licht. Er sah kein Fluggerät und kein Schiff. Selbst die Vögel der Luft waren anscheinend in ihren Nestern geblieben.

Und es gab keine Musik. Gewöhnlich hörte man in Aquime City Musik, die von irgendwoher kam, wenn man nur aufmerksam lauschte (und er war gut darin, aufmerksam zu lauschen). Doch heute Abend hörte er überhaupt nichts.

Gedämpft. Das war das richtige Wort. Der Ort war gedämpft. Heute war eine seltsame, eine ziemlich düstere Nacht (›Heute Nacht tanzt man im Licht alter Fehler‹, hatte Ziller am Morgen in einem Interview gesagt, allerdings eine Spur zu genüsslich), und diese Stimmung hatte anscheinend auf die gesamte Stadt übergegriffen, auf die ganze Xaravve-Platte, sogar auf das gesamte Masaq'-Orbital.

Und trotzdem bewirkte der Schnee zusätzlich eine ganz besondere Stille. Kabo blieb noch einen Augenblick lang stehen und überlegte, was wohl die Ursache für diese übermäßige Dämpfung sein mochte. Es war etwas, das ihm zuvor schon aufgefallen war, dem er jedoch nie genügend Aufmerksamkeit geschenkt hatte, um den Versuch zu unternehmen, es wirklich aufzuspüren. Es hatte irgendetwas mit dem Schnee an sich zu tun …

Er blickte zu seinen Spuren in der Schneedecke auf der Kanalstraße zurück. Drei Reihen von Fußabdrücken. Er fragte sich, was ein Mensch – jeder Zweifüßer – von einer solchen Spur halten mochte. Wahrscheinlich, so vermutete er, würden sie ihnen gar nicht auffallen. Und selbst wenn, dann würden sie einfach fragen und sofort eine Erklärung bekommen. Nabe würde es ihnen sagen: das sind die Spuren unseres ehrenwerten homomdanischen Gastes, Ar Kabo Ischloear.

Ach, es gab heutzutage einfach keine Mysterien mehr! Kabo blickte sich um, dann vollführte er schnell einen kleinen hüpfenden, klackenden Tanz, mit einer Leichtfüßigkeit, die man seinem plumpen Körper niemals zugetraut hätte. Wieder blickte er sich um und war froh, dass er – allem Anschein nach – von niemandem beobachtet wurde. Er betrachtete das Muster, das sein Tanz im Schnee hinterlassen hatte. Das war besser … Aber woran hatte er gedacht? An den Schnee, und an seine Stille.

Ja, das war's; er bewirkte eine Verringerung des Schalls, während man üblicherweise daran gewöhnt war, dass Witterungserscheinungen von bestimmten Geräuschen begleitet wurden: Wind seufzte oder heulte, Regen trommelte oder rauschte oder – wenn es sich um dunstigen Niederschlag handelte, der zu leicht war, um unmittelbar ein Geräusch zu erzeugen – bildete zumindest glucksende Tropfen. Doch Schnee, der ohne die Begleitung von Wind fiel, schien der Natur zu trotzen; es war, als ob man einen Bildschirm mit abgeschaltetem Ton betrachtete, es war, als ob man taub wäre. Das war's.

Zufrieden stapfte Kabo auf dem Weg weiter, als eine Dachlawine von einem hohen Gebäude ganz in der Nähe abrutschte und mit einem dumpfen, aber deutlichen Plumps zu Boden fiel. Er blieb stehen und betrachte den länglichen weißen Haufen, den die Miniaturlawine geschaffen hatte, während noch ein paar letzte Flocken darum herum wirbelten; dann lachte er.

Lautlos, um die Stille nicht zu stören.

Endlich tauchten ein paar Lichter auf, von einem großen Kahn, der vier Schiffe entfernt hinter einer gemäßigten Biegung des Kanals lag. Und aus derselben Quelle stammte auch der schwache Hauch von Musik. Seichte, anspruchslose Musik, aber immerhin Musik. Ein harmloses Gedudel, eine Art Tonuntermalung oder ›Wartemusik‹. Kein Konzert.

Das Konzert. Kabo fragte sich, warum er eingeladen worden war. Die Kontaktdrohne E. H. Tersono hatte Kabos Anwesenheit gefordert, und zwar mittels einer Nachricht, die er erst an diesem Nachmittag erhalten hatte. Sie war mit Tinte auf Karton geschrieben und von einer kleinen Drohne überbracht worden. Nun, eigentlich von einem fliegenden Tablett. Tatsächlich war es so, dass Kabo für gewöhnlich ohnehin regelmäßig Tersonos Achter-Tags-Konzerte zu besuchen pflegte. Dass er diesmal ausdrücklich dazu eingeladen wurde, musste etwas zu bedeuten haben. Sollte er darauf hingewiesen werden, dass er sich anmaßend verhalten hatte, indem er bei früheren Gelegenheiten einfach erschienen war, ohne ausdrücklich eingeladen gewesen zu sein?

Das wäre verwunderlich, denn theoretisch waren diese Aufführungen für jedermann zugänglich – was war das nicht, theoretisch? –, doch das Gehabe von Kunstschaffenden, besonders von Drohnen, und ganz besonders von alten Drohnen, wie zum Beispiel E. H. Tersono, konnte Kabo immer wieder überraschen. Es gab keine Gesetze oder feste Regeln, doch jede Menge kleine … Verhaltensrichtlinien, Maßstäbe für gute Sitten, höfliches Benehmen. Außerdem wurde alles, dieses und jenes, das Triviale wie das Gewichtige, von der Mode bestimmt.

Das Triviale: Diese auf Papier geschriebene Nachricht, überbracht auf einem Tablett – bedeutete das, dass jetzt alle dazu übergingen, Einladungen und alltägliche Mitteilungen physisch von einem Ort zum anderen zu bewegen, anstatt solche Dinge auf dem normalen Weg zu übertragen, direkt an das Haus des Betreffenden, an den Familiar, an die Drohne, an dessen Terminal oder Implantat? Was für eine abwegige Vorstellung, eine schrecklich ermüdende Prozedur! Und trotzdem war das vielleicht genau die Art von nostalgischer Gefühls-duselei, der man sich neuerdings vielleicht mit Wonne hingab, zumindest für eine Saison oder so – (höchs-tens!).

Das Gewichtige: Sie lebten oder starben ganz nach Lust und Laune! Einige mehr oder weniger Prominente verkündeten, sie würden einmal leben und für immer sterben, und Millionen folgten ihrem Beispiel; dann entstand irgendwann ein neuer Trend bei den Mei-nungsbildern, indem sich die Leute Ersatzteile be-schafften und ihre Körper runderneuern ließen oder dafür sorgten, dass Körperteile nachwuchsen, oder sie ließen ihre Persönlichkeit in androide Repliken oder noch abartigere Schöpfungen transformieren oder … nun, nichts war unmöglich, es gab keinerlei Beschrän-kungen. Entscheidend war, dass ein bestimmtes Den-ken und Handeln Mode war, dann machte es die Menge nach.

War das die Art von Verhalten, die man von einer reifen Gesellschaft erwarten durfte? Sterblichkeit als Lifestyle-Variation? Kabo wusste, welche Antwort sein Volk darauf geben würde. Das war Wahnwitz, kindi-sches Gebaren, eine Missachtung des eigenen Ichs und des Lebens an sich, eine Art von Häresie. Er selbst war jedoch auch nicht ganz über derlei Dinge erhaben, was einerseits ein Zeichen dafür sein mochte, dass er schon zu lange hier war, oder andererseits, dass er ein er-schreckend empathisches Verhalten der Kultur gegen-über an den Tag legte, welches auch der Grund dafür war, dass er überhaupt jetzt hier war.

Während er also über die Stille, die Festlichkeit, die verschiedenen Moderichtungen und seinen eigenen

21

Platz in der Gesellschaft nachgrübelte, gelangte Kabo zu dem kunstvoll geschnitzten Steg, der vom Kai in die sanft beleuchtete Extravaganz aus vergoldetem Holz führte, die der alte Zeremonienkahn *Soliton* darstellte. Hier war der Schnee von vielen Füßen niedergetrampelt worden, deren Spur zu einem nahen Subtrans-Zugangsbau führte. Offenbar war er ein sonderbarer Kauz, weil es ihm gefiel, durch den Schnee zu stapfen. Aber schließlich wohnte er ja nicht in dieser Gebirgsstadt; dort, wo er zu Hause war, waren Schnee und Eis eine Seltenheit, deshalb war das für ihn etwas Neues.

Kurz bevor er an Bord ging, blickte der Homomdaner hinauf zum Nachthimmel und sah einen V-förmigen Schwarm von großen, makellos weißen Vögeln, die lautlos über ihm dahinglitten, direkt über der Signaltakelage des Kahns, von der Hohen Salzsee aus ins Inland fliegend. Er beobachtete, wie sie hinter den Gebäuden verschwanden, dann strich er sich den Schnee vom Mantel, schüttelte seinen Hut ab und stieg an Bord.

»Das ist wie Urlaub!«

»Urlaub?«

»Ja. Urlaub. Das hat früher das Gegenteil von dem bedeutet, was es heute bedeutet. So ziemlich das genaue Gegenteil.«

»Was willst du damit sagen?«

»He, ist das essbar?«

»Was?«

»Das hier.«

»Ich weiß nicht. Beiß rein, dann wirst du schon sehen.«

»Aber es hat ich gerade bewegt.«

»Es hat sich *bewegt*? Wie, aus eigener Kraft?«

»Ich glaube schon.«

»Also, das ist schwierig! Wenn man von einer echten Raubtiergattung abstammt, wie unser Freund Ziller, dann lautet die instinktive Antwort wahrscheinlich ja, aber ...«

»Was war das mit ›Urlaub‹?«

»Ziller war ...«

»... was er gesagt hat. Die gegenteilige Bedeutung. Früher war Urlaub die Zeit, in der man verreist ist.«

»Ach, wirklich?«

»Ja, ich kann mich erinnern, das ich so was mal gehört habe. Primitives Zeug aus dem Zeitalter der Knappheit.«

»Die Leute mussten alle Arbeit selbst verrichten und Wohlstand für sich und die Gesellschaft schaffen, deshalb konnten sie sich nicht viel Freizeit leisten. Also arbeiteten sie, sagen wir mal, den halben Tag, an den meisten Tagen des Jahres, dann hatten sie einen bestimmten Bonus an Tagen, die sie frei nehmen konnten, nachdem sie genügend materielle Absicherung geschaffen hatten ...«

»Geld. Ein Terminus technicus.«

»Dann nahmen sie also Freizeit und verreisten.«

»Entschuldigung, bist du essbar?«

»Redest du etwa mit deiner Nahrung?«

»Ich weiß ja nicht, ob es Nahrung ist.«

»In sehr primitiven Gesellschaftsformen gab es nicht einmal das; sie bekamen jedes Jahr nur ein paar Tage frei.«

»Aber solche primitiven Gesellschaftsformen können ganz ...«

»Industriell auf primitivem Stand, hat er gemeint. Nimm keine Notiz von ihm. Hör auf, darin rumzustochern! Es wird blaue Flecken kriegen.«

»Aber kann man es essen?«

»Man kann alles essen, das man sich in den Mund stopfen und schlucken kann.«

»Du weißt genau, was ich meine.«

»Frag doch einfach, du Blödmann!«

»Das habe ich ja gerade getan.«

»Nicht *es*! Herrje, was ist mit deinen *Drüsen* los? Sollte man dich vielleicht ausrangieren? Wo ist dein Wartungschip, dein Terminal, was auch immer?«

»Na ja, ich wollte nicht einfach …«

»Ach, ich verstehe. Sind sie alle gleichzeitig abgehauen?«

»Wie hätten sie das tun können? Nichts hätte mehr funktioniert, wenn sie alle gleichzeitig nichts getan hätten.«

»Oh, natürlich.«

»Aber es gab schon Tage, da hat nur eine Art Notbelegschaft die Infrastruktur aufrecht erhalten Sonst haben sie ihre Freizeit abgestottert. Das ist von Ort zu Ort und von Zeit zu Zeit unterschiedlich, wie man sich denken kann.«

»Aha.«

»Während heute das, was wir Urlaub oder Kernzeit nennen, bedeutet, dass alle zu Hause bleiben, weil es sonst keine Zeit gäbe, in der sich alle treffen können. Man wüsste gar nicht, wer die eigenen Nachbarn sind.«

»Ehrlich gesagt, bin ich mir auch nicht sicher, ob ich das weiß.«

»Weil wir so unstet sind.«

»Ein einziger großer Urlaub.«

»Im alten Sinn.«

»Hedonismus.«

»Kribbelnde Beine.«

»Kribbelnde Beine, kribbelnde Pfoten, kribbelnde Flossen, kribbelnde Fühler …«

»Nabe, kann ich das essen?«

»… kribbelnde Gassäcke, kribbelnde Rippen, kribbelnde Flügel, kribbelnde Weichteile …«

»Schon gut, ich glaube, wir haben verstanden.«

»Nabe? Hallo?«

»… kribbelnde Greifzangen, kribbelnde Schleimzipfel, kribbelnde motorische Hüllen …«

»Hör auf!«

»Nabe? Melde dich! Nabe! Scheiße, mein Terminal funktioniert nicht. Oder Nabe antwortet einfach nicht.«

»Vielleicht ist er in Urlaub.«

»… kribbelnde Schwimmblasen, kribbelnde Muskelfalten, kribbelnde … mpf! Was ist? Steckt da was zwischen meinen Zähnen?«

»Ja, dein Fuß.«

»Ich finde, das geht zu weit.«

»Stimmt.«

»Nabe? Nabe? Puh, das ist mir noch nie passiert …«

»Botschafter Ischloear?«

»Hmm?« Sein Name war ausgesprochen worden. Kabo stellte fest, dass er in einen jener seltsamen tranceähnlichen Zustände geraten sein musste, die er manchmal bei Zusammenkünften wie dieser erlebte, wenn das Gespräch – oder vielmehr, wenn mehrere Gespräche gleichzeitig – auf eine Schwindel erregende, fremdartig menschliche Weise hin und her schwirrten und ihn zu überfluten drohten, sodass er Mühe hatte zu verfolgen, wer was zu wem und warum sagte.

Er hatte die Erfahrung gemacht, dass er sich später oft genau an die gesprochenen Worte erinnern konnte, aber er musste sich anstrengen, den darin enthaltenen Sinn zu erkennen. Im Verlauf solcher Gespräche fühlte er sich seltsam losgelöst von seiner Umgebung. Bis der Bann gebrochen war, so wie jetzt, indem er durch die Nennung seines Namens aufgeweckt wurde.

Er befand sich im oberen Saal der Festbarkasse *Soliton*, gemeinsam mit einigen hundert anderen Leuten, die meisten davon menschlich, wenn auch nicht alle in menschlicher Gestalt. Das Konzert des Komponisten Ziller – nach einer alten chelgrianischen Mosaikweise – war vor einer halben Stunde verklungen. Es war ein zurückhaltendes, feierliches Stück gewesen, passend zur Stimmung des Abends, dennoch war die Darbietung mit tosendem Beifall bedacht worden. Jetzt aßen und tranken die Leute. Und redeten.

Er stand bei einer Gruppe von Männern und Frauen, die sich um einen der Buffettische drängte. Die Luft war warm, angenehm duftend und mit leiser Musik erfüllt. Eine Deckenkonstruktion aus Holz und Glas wölbte sich über ihnen, und von dieser hing ein Beleuchtungskörper der alten Sorte, die keinem direkt ins Gesicht schien, sondern alles und jeden in einen schmeichelnd warmen Schein tauchte.

Sein Nasenring hatte zu ihm gesprochen. Als er anfangs zur Kultur gekommen war, hatte ihm die Vorstellung von einer Kommunikations-Ausrüstung, die ihm in den Schädel (oder, nebenbei bemerkt, auch an irgendeiner anderen Stelle) eingesetzt werden sollte, gar nicht gefallen. Sein Familiennasenring war so ziemlich das einzige Stück, das er ständig an sich trug, also hatte man ihm eine vollkommene Nachbildung angefertigt, die zufällig auch ein Kom-Terminal war.

»Ich bedaure die Störung, Botschafter. Nabe hier. Sie sind am nächsten dran; würden Sie bitte Mr. Olsule darauf hinweisen, dass er zu einer gewöhnlichen Brosche spricht, nicht in sein Terminal?«

»Ja.« Kabo wandte sich an einen jungen Mann in einem weißen Anzug, der ein Schmuckstück in der Hand hielt und ein ratloses Gesicht machte. »Äh … Mr. Olsule?«

»Ja, ich habe es gehört«, sagte der Mann und trat einen Schritt zurück, um zu dem Homomdaner aufzublicken. Er sah verdutzt aus, und Kabo hatte den Eindruck, dass sein Gegenüber ihn irrtümlich für eine Skulptur oder einen monumentalen Einrichtungsgegenstand gehalten hatte. Das geschah ziemlich oft. Im Wesentlichen eine Sache des Maßstabs und der Reglosigkeit. Das war eine von mehreren unerfreulichen Begleiterscheinungen, wenn man eine glänzende schwarze, dreibeinige Pyramide von drei Metern Höhe in einer Gesellschaft von schlanken, matthäutigen, zwei Meter großen Zweibeinern war. Der junge Mann betrachtete wieder blinzelnd die Brosche. »Ich hätte schwören können, dass das …«

»Bitte entschuldigen Sie das Ungemach, Botschafter«, sagte der Nasenring. »Danke für Ihre Hilfe.«

»Ach, gern geschehen.«

Ein schimmerndes, leeres Serviertablett schwebte zu dem jungen Mann, kippte in einer Art Verbeugung nach vorn und sagte: »Hallo. Wieder Nabe hier. Was Sie da haben, Mr. Olsule, ist eine Bernsteinbrosche, eingelegt mit Platin und Summitium. Aus der Werkstatt von Ms. Xossin Nabbard aus Sintrier, im Stil der Quarafyd-Schule. Ein erlesenes Meisterstück des Kunsthandwerks. Doch leider kein Terminal.«

»Verdammt! Und wo ist dann mein Terminal?«

»Sie haben alle Ihre Terminals zu Hause gelassen.«

»Warum hast du mir das nicht gesagt?«

»Sie haben mich gebeten, es nicht zu tun.«

»Wann?«

»Hundert und …«

»Ach, egal! Ersetze diese … äh … ändere diese Anweisung. Wenn ich das nächste Mal ohne eins meiner Terminals von zu Hause weggehe … dann sollen sie irgendeinen Warnton von sich geben.«

»Sehr wohl. Wird ausgeführt.«

Mr. Olsule kratzte sich am Kopf. »Vielleicht sollte ich mir eine Litze besorgen, so was Implantiertes.«

»Zweifellos würden Sie Ihren Kopf nur unter erheblichen Schwierigkeiten vergessen können. Unterdessen werde ich einen der Außen-Koms des Kahns abberufen, damit er Sie für den Rest des Abends begleitet, wenn Sie nichts dagegen haben.«

»Okay.« Der junge Mann steckte sich die Brosche wieder an und wandte sich dem voll beladenen Buffettisch zu. »Also, trotzdem, kann ich das essen …? Oh, es ist weg!«

»Kribbelnde bewegliche Hülsen«, sagte das Tablett und schwebte davon.

»Hä?«

»Ach, Kabo, mein lieber Freund. Da sind Sie ja. Vielen Dank, dass Sie gekommen sind.«

Kabo drehte sich um und sah die Drohne E. H. Tersono, die neben ihm schwebte, auf einer Höhe, die für einen Menschen etwas über dem Kopf und für einen Homomdaner etwas unterhalb des Kopfes war. Die Maschine war etwas weniger als einen Meter hoch und halb so breit und tief. Ihre abgerundete, rechteckige Ummantelung bestand aus zartem rosafarbenem Porzellan, gehalten von einem Gitterwerk aus sanft schimmerndem blauem Lumenstein. Unter der durchscheinenden Porzellanoberfläche waren die inneren Bestandteile der Drohne schemenhaft zu erkennen; Schatten unter der dünnen Keramikhaut. Ihr Aurafeld, beschränkt auf einen kleinen Bereich gleich unter dem flachen Sockel, war ein schwacher Hauch von Magenta, was, wenn sich Kabo richtig erinnerte, bedeutete, dass sie beschäftigt war. Beschäftigt damit, sich mit ihm zu unterhalten?

»Tersono«, sagte er. »Ja. Nun, Sie haben mich doch eingeladen.«

»Das habe ich, in der Tat. Wissen Sie, mir ist erst später in den Sinn gekommen, dass Sie meine Einladung möglicherweise falsch deuten könnten als eine Art strenge Aufforderung, vielleicht sogar als Vorladung. Natürlich, wenn solche Nachrichten erst einmal verschickt werden …«

»Ha-ha. Wollen Sie damit sagen, es war keine Vorladung?«

»Eher so etwas wie ein Gesuch. Sehen Sie, ich muss Sie um einen Gefallen bitten.«

»Ach ja?« Das war etwas Neues.

»Ja. Vielleicht könnten wir uns an einen Ort begeben, wo wir uns etwas intimer unterhalten können?«

Intim, dachte Kabo. Das war ein Wort, das man in der Kultur nicht oft hörte. Wahrscheinlich wurde es vor allem im sexuellen Zusammenhang verwendet, mehr als in jedem anderen. Und selbst dann nicht immer.

»Natürlich«, sagte er. »Gehen Sie voraus.«

»Danke«, sagte die Drohne, schwebte zum Heck und stieg höher, um über die Köpfe der im Funktionsraum versammelten Leute hinwegzusehen. Die Maschine bog in die Richtung und in jene und machte deutlich, dass sie etwas oder jemanden suchte. »Eigentlich«, sagte sie leise, »sind wir noch nicht ganz vollzählig … Ach, wir sind da. Bitte, hier entlang, Br. Ischloear.«

Sie näherten sich einer Gruppe von Menschen, die sich um Mahrai Ziller drängte. Der Chelgrianer war beinahe so lang, wie Kabo hoch war, und bedeckt mit einem Fell, das von Weiß um sein Gesicht herum bis zu Dunkelbraun auf dem Rücken verlief. Er hatte das Äußere eines Raubtiers, mit großen, nach vorn gewölbten Augen in einem massigen Kopf mit breiten Kinnladen. Seine Hinterbeine waren lang und kräftig, zwischen ihnen bog sich ein gestreifter Schwanz, durchwoben von einer Silberkette. Wo seine fernen Vorfahren vielleicht zwei Mittelbeine gehabt haben mochten, hatte Ziller eine einzige breite mittlere Gliedmaße, zum Teil verdeckt durch eine dunkle Weste. Seine Arme glichen denen von Menschen, waren jedoch von goldfarbenem Fell bedeckt und endeten in breiten, sechsfingrigen Händen, die eigentlich eher Pfoten waren.

Sobald er und Tersono sich zu der Gruppe um Ziller gesellten, fand sich Kabo umringt von einem anderen verwirrenden Geplapper.

»… natürlich wissen Sie nicht, was ich meine. Sie haben kein Umfeld.«

»Lächerlich. Jeder hat ein Umfeld.«

»Nein. Sie haben kein Umfeld. Sie existieren. Das kann ich Ihnen kaum absprechen, aber das ist nicht dasselbe.«

»Na ja, danke.«

»Sie behaupten also, wir leben nicht wirklich, nicht richtig?«

»Das kommt darauf an, was sie unter ›leben‹ verstehen. Aber sagen wir mal ja.«

»Wie faszinierend, mein lieber Ziller«, sagte E. H. Tersono. »Ich frage mich …«

»Weil wir nicht leiden.«

»Weil Sie kaum zum Leiden fähig zu sein scheinen.«

»Wohl gesprochen! Nun, Ziller …«

»Oh, das ist ein uraltes Diskussionsthema …«

»Aber nur die *Fähigkeit* zu leiden ist es, die …«

»He! Ich habe gelitten, und wie! Lemil Kimp hat mir das Herz gebrochen.«

»Halt den Mund, Tulyi!«

»… wissen Sie, das macht Sie höchstens vernunft- oder gefühlsbegabt, was auch immer. Das ist nicht eigentliches Leiden.«

»Aber das hat sie getan.«

»Ein uraltes Diskussionsthema, sagten Sie, Ms. Sippens?«

»Ja.«

»Uralt bedeutet schlecht?«

»Uralt bedeutet in Verruf geraten.«

»In Verruf geraten – durch wen?«

»Nicht wen. Was.«

»Nämlich?«

»Die Statistik.«

»Da haben wir es. Statistik. Also dann, Ziller, mein lieber Freund …«

»Das können Sie doch wohl nicht ernst meinen.«

»Ich glaube, sie meint es ernster als Sie, Zil.«

»Zu leiden erniedrigt mehr als dass es adelt.«

»Und diese Behauptung beruht ausschließlich auf der Statistik?«

»Nein. Ich glaube, Sie werden feststellen, dass dafür auch eine moralische Intelligenz erforderlich ist.«

»Eine Grundvoraussetzung in einer gesitteten Gesellschaft, darüber sind wir uns meiner Überzeugung nach alle einig. Nun, Ziller …«

»Eine moralische Intelligenz, die uns alle darauf hinweist, dass alles Leiden schlecht ist.«

»Nein. Eine moralische Intelligenz, die dazu neigt, das Leiden als schlecht anzusehen, bis es sich als etwas Gutes erweist.«

»Aha! Dann räumen Sie also ein, dass Leiden auch etwas Gutes sein kann.«

»Im Ausnahmefall.«

»Ha!«

»Oh, nett!«

»Wie?«

»Wussten Sie, dass das in verschiedenen Sprachen funktioniert?«

»Was? Was funktioniert in verschiedenen Sprachen?«

»Tersono«, sagte Ziller, der sich endlich zu der Drohne umwandte, die auf seine Schulterhöhe niedergesunken war und während der letzten Augenblicke immer näher an ihn herangekommen war, um die Aufmerksamkeit des Chelgrianers auf sich zu lenken; unterdessen war sein Aurafeld zu einem Blaugrau von höflich im Zaum gehaltener Wut verblasst.

Mahrai Ziller, Komponist, Halb-Verfemter, Halb-Exilant, richtete sich aus der Hocke auf und balancierte auf den Hinterläufen. Sein mittleres Glied bildete eine Ablage, und er stellte seinen Drink auf der weichen pelzigen Fläche ab, während er mit den vorderen

Gliedmaßen seine Weste glättete und sich die Augenbrauen kämmte. »Helfen Sie mir«, sagte er zu der Drohne. »Ich versuche, ein ernsthaftes Gespräch zu führen, und Ihre Landsmännin ergeht sich in Wortspielereien.«

»Dann schlage ich vor, sie lassen die Sache fürs Erste auf sich beruhen, gesellen sich zu einer anderen Gruppe und hoffen, sie später in einer weniger übermütigen Stimmung anzutreffen. Haben Sie schon die Bekanntschaft von Br. Kabo Ischloear gemacht?«

»Habe ich. Wir sind alte Bekannte. Botschafter.«

»Zuviel der Würde, Sir«, brummte der Homomdaner. »Ich bin eher so etwas wie ein Journalist.«

»Ja, sie nennen uns gern ›Botschafter‹, nicht wahr? Ich bin sicher, das ist als Schmeichelei gemeint.«

»Zweifellos. Sie hegen stets nur gute Absichten.«

»Manchmal sind ihre Absichten allerdings etwas zwiespältig«, sagte Ziller und wandte sich flüchtig der Frau zu, an die seine Worte gerichtet waren. Sie hob ihr Glas und neigte den Kopf ein klein wenig.

»Wenn Sie beide damit fertig sind, Ihre fraglos großzügigen Gastgeber zu bemäkeln ...«, sagte Tersono.

»Sie sagten etwas von einer privaten Unterredung, nicht wahr?«, hakte Ziller nach.

»Genau. Seien Sie nachsichtig mit einer exzentrischen Drohne.«

»Sehr wohl.«

»Hier entlang.«

Die Drohne bewegte sich an der Reihe von Buffettischen vorbei zum Heck des Kahns. Ziller folgte der Maschine – auf seinem breiten Mittelglied und den beiden kräftigen Hinterbeinen in geschmeidiger Eleganz scheinbar über das glatte Deck schwebend. Der Komponist hielt immer noch sein volles Kristallglas mühelos ausgewogen in einer Hand, wie Kabo feststellte. Die andere Hand benutzte Ziller dazu, ein paar Leuten zuzuwinken, die ihm im Vorbeigehen zunickten oder ihn grüßten.

Kabo kam sich ihm Vergleich zu ihm sehr plump vor. Er versuchte, sich zur vollen Größe aufzurichten, um weniger schwerfällig zu erscheinen, wäre jedoch beinahe mit einem sehr alten und sehr komplizierten Lampengebilde, das von der Decke hing, zusammengestoßen.

Die drei saßen in der Kabine, die vom Heck des großen Kahns vorsprang, und blickten auf das tintenschwarze Wasser des Kanals hinaus. Ziller hatte sich auf einem niedrigen Tisch zusammengefaltet, Kabo hockte bequem auf Polstern am Decksboden, und Tersono ruhte in einem zierlichen und anscheinend sehr alten Flechtspansessel. Kabo kannte die Drohne Tersono seit Anbeginn der zehn Jahre, die er nun schon auf dem Masaq'-Orbital weilte, und er wusste seit langem, dass sie sich gern mit alten Gegenständen umgab; ein Beispiel dafür war dieser alte Kahn und die antiken Möbel und Einrichtungsgegenstände, die er enthielt.

Selbst das physische Make-up der Maschine zeugte von einer Art Antikfanatismus. Es war eine allgemein verlässliche Regel: je größer eine Kultur-Drohne erschien, desto älter war sie. Die ersten Exemplare, die aus der Zeit vor acht- oder neuntausend Jahren datierten, hatten die Größe von stämmigen, hochgewachsenen Menschen gehabt. Nachfolgende Modelle waren immer mehr geschrumpft, bis die fortschrittlichsten Drohnen seit einiger Zeit so klein waren, dass sie in eine Tasche passten. Tersonos meterhoher Körper mochte die Vermutung nahe legen, dass er vor Jahrtausenden geschaffen worden war, obwohl er in Wirklichkeit erst ein paar Jahrhunderte alt war, und der zusätzliche Raum, den er einnahm, war Folge der Trennung seiner inneren Bestandteile, um desto besser die zarte Durchsichtigkeit seiner unorthodoxen Keramikhülle zur Geltung zu bringen.

Ziller trank sein Glas leer und zog eine Pfeife aus einer Westentasche. Er sog daran, bis eine kleine Rauchwolke aus dem Kolben aufstieg, während die Drohne mit dem Homomdaner Freundlichkeiten austauschte. Der Komponist versuchte immer noch, Rauchringe herzustellen, als Tersono schließlich sagte: »… was mich zu dem Grund bringt, warum ich Sie beide hergerufen habe.«

»Nämlich?«, fragte Ziller.

»Wir erwarten einen Gast, Br. Ziller.«

Ziller sah der Drohne geradewegs in die Augen. Dann ließ er den Blick durch die breite Kabine schweifen und betrachtete die Tür. »Wie, jetzt? Wen denn?«

»Nicht jetzt. In etwa dreißig oder vierzig Tagen. Ich fürchte, wir wissen noch nicht genau wen. Aber es wird jemand aus Ihrem Volk sein, Ziller. Jemand von Chel. Ein Chelgrianer.

Zillers Gesicht bestand aus einer pelzigen Kuppel mit zwei großen, schwarzen, beinahe halbkreisförmigen Augen über einem grau-rosafarbenen, haarlosen Nasenbereich und einem teilweise zum Greifen geeigneten Mund. Jetzt zeigte es einen Ausdruck, den Kabo noch nie zuvor gesehen hatte, obwohl er zugegebenermaßen den Chelgrianer seit nicht einmal einem Jahr und auch nur sehr oberflächlich kannte. »Kommt er hierher?«, fragte Ziller. Seine Stimme klang … eisig – das war das richtige Wort, sagte sich Kabo.

»Ja. In dieses Orbital, auf diese Platte.

Zillers Mund arbeitete. »Kaste?«, fragte er. Das Wort wurde mehr ausgespuckt als ausgesprochen.

»Ein Berührter oder möglicherweise ein Geschenkter«, sagte Tersono gleichgültig.

Natürlich. Ihr Kastensystem. Zumindest ein Teil des Grundes, warum Ziller hier war und nicht dort. Ziller betrachtete eingehend seine Pfeife und blies weiteren

Rauch in die Luft. »Möglicherweise ein Geschenkter, wie?«, murmelte er. »Nun, Sie können sich das als große Ehre anrechnen. Hoffentlich machen Sie keine Fehler hinsichtlich deren heikler Etikette. Am besten fangen Sie gleich mal an zu üben.«

»Wir glauben, diese Person kommt vielleicht hierher, um Sie zu besuchen«, sagte die Drohne. Sie drehte sich in dem Flechtspansessel ein klein wenig um und fuhr ein Manipelfeld aus, um die Schnüre zu bedienen, die die Vorhänge aus Goldstoff über die Fenster senkten und so den Blick hinaus auf den dunklen Kanal und die schneebedeckten Kais versperrte.

Ziller klopfte gegen den Kolben seiner Pfeife und betrachtete sie stirnrunzelnd. »Ach, wirklich?«, sagte er. »Na ja. Wie schade. Ich hatte eigentlich vorgehabt, mich schon vorher an Bord eines Kreuzers zu begeben, um den tiefen Raum zu bereisen. Für mindestens ein halbes Jahr. Vielleicht auch länger. Um genau zu sein, ich bin ziemlich fest entschlossen, es zu tun. Sie werden meine Entschuldigung irgendeinem affektierten Diplomaten oder hochnäsigen Adeligen – wen immer sie uns schicken mögen – übermitteln. Ich bin sicher, man wird Verständnis haben.«

Die Drohne senkte die Stimme. »Ich bin sicher, dass man das nicht haben wird.«

»Ich auch. Ich hab es ironisch gemeint. Aber die Sache mit der Kreuzfahrt meine ich ernst.«

»Ziller«, sagte die Drohne leise. »Sie bestehen auf ein Treffen mit Ihnen. Selbst wenn Sie sich auf eine Kreuzfahrt begeben, würden sie zweifellos versuchen, Ihnen zu folgen und Sie auf dem Schiff zu treffen.«

»Und natürlich würden Sie nichts unternehmen, um sie davon abzuhalten.«

»Wie könnten wir das tun?'«

Ziller sog eine Weile lang bedächtig an seiner Pfeife. »Ich vermute, sie wollen, dass ich zurückkehre. Stimmt's?«

Die Kanonenguss-Aura der Drohne zeigte Ratlosigkeit. »Wir wissen es nicht.«

»Wirklich nicht?«

»Komponist Ziller, ich spreche vollkommen offen mit Ihnen.«

»Aha. Nun, können Sie sich einen anderen Grund für diese Expedition vorstellen?«

»Viele, mein lieber Freund, aber keiner davon erscheint sehr plausibel. Wie gesagt, wir wissen es nicht. Ich war jedoch gezwungen zu spekulieren. Ich neige dazu, Ihnen in der Vermutung zuzustimmen, dass der Hauptgrund für den bevorstehenden Besuch wohl darin besteht, von Ihnen die Rückkehr nach Chel zu verlangen.«

Ziller kaute auf dem Pfeifenstiel herum. Kabo fragte sich, ob er wohl irgendwann durchbrechen würde. »Sie können mich nicht zur Rückkehr zwingen.«

»Mein lieber Ziller, wir denken nicht im Entferntesten daran, Ihnen so etwas vorzuschlagen«, erwiderte die Drohne. »Dieser Gesandte möchte das vielleicht, aber die Entscheidung liegt ganz allein bei Ihnen. Sie sind ein geehrter und geachteter Gast, Ziller. Die Staatsbürgerschaft der Kultur könnte Ihnen jederzeit zugestanden werden, bis zu dem Maße, da so etwas tatsächlich mit einer gewissen formalen Konsequenz existiert. Ihre vielen Bewunderer, zu denen ich mich selbst zähle, hätten sie Ihnen schon längst mit Freuden verliehen, wenn das nicht anmaßend erschienen wäre.«

Ziller nickte mit nachdenklicher Miene. Kabo fragte sich, ob das der natürliche Gesichtsausdruck eines Chelgrianers war oder ein erlernter, nachgeahmter. »Sehr schmeichelhaft«, sagte Ziller. Kabo hatte den Eindruck, dass das Geschöpf sich ehrlich um einen wohlwollenden Tonfall bemühte. »Ich bin jedoch immer noch Chelgrianer. Noch nicht ganz naturalisiert.«

»Natürlich. Ihre Anwesenheit ist Auszeichnung genug. Wenn Sie das hier zu Ihrer Heimat erklären würden, wäre das ...«

»Übertrieben«, sagte Ziller spitz. Das Aurafeld der Drohne errötete geradezu, was bedeutete, dass es eine trübe Schlammfarbe annahm, um anzudeuten, dass sie peinlich berührt war, obwohl ein paar rote Flecken zeigten, dass dieses Gefühl nicht sehr tief ging.

Kabo räusperte sich. Die Drohne wandte sich ihm zu.

»Tersono«, sagte der Homomdaner. »Ich bin mir nicht ganz sicher, warum ich hier bin. Aber darf ich fragen, warum Sie in dieser ganzen Angelegenheit als Repräsentant des Kontakts sprechen?«

»Natürlich dürfen Sie das. Ja, ich spreche im Namen der Kontakt-Sektion. Und in uneingeschränkter Zusammenarbeit mit Masaq'-Nabe.«

»Ich bin nicht ohne Freunde und Bewunderer«, sagte Ziller plötzlich und sah die Drohne eindringlich an.

»Nicht ohne?«, sagte Tersono, und sein Feld leuchtete orangerot auf. »Nun, wie ich bereits sagte, haben Sie eigentlich nichts anderes als ...«

»Ich meine unter einigen Ihrer Gehirne, Ihrer Schiffe, Kontaktdrohne Tersono«, erklärte Ziller kalt. Die Maschine schaukelte in ihrem Sessel ein wenig zurück – eine kleine melodramatische Einlage, dachte Kabo. Ziller fuhr fort: »Es könnte mir durchaus gelingen, einen davon zu überreden, mir einen Gefallen zu tun und mir ein eigenes Kreuzfahrtschiff zu besorgen. Eines, bei dem diesem Gesandten ein Eindringen sehr viel schwerer fallen dürfte.«

Die Aura der Drohne sprang auf Purpur zurück. Sie wippte eine Zeit lang im Sessel vor und zurück. »Lassen Sie sich nicht davon abhalten, es zu versuchen, lieber Ziller. Ein solches Unterfangen könnte jedoch als schreckliche Beleidigung aufgefasst werden.«

»Scheiß auf die Typen!«

»Ja, nun ja. Aber ich meinte bei uns. Eine schreckliche Beleidigung uns gegenüber. Eine so schreckliche Beleidigung, dass unter den sehr traurigen und bedauernswerten Umständen ...«

»Ach, verschonen Sie mich damit!« Ziller wandte den Blick ab.

Ach ja, der Krieg, dachte Kabo. Und die Verantwortung dafür. Kontakt betrachtete das Ganze als äußerst heikle Angelegenheit.

Die Drohne, umnebelt von Purpur, schwieg für eine Weile. Kabo rutschte auf seinem Polster hin und her. »Die Sache ist die«, fuhr Tersono fort, »dass selbst die bereitwilligsten und – ah – charakterfestesten Schiffe sich möglicherweise nicht auf ein solches Anliegen einlassen werden, das Sie, wie Sie andeuteten, möglicherweise vorzubringen gedenken. Ich würde tatsächlich eine sehr hohe Wette abschließen, dass sie es nicht machen würden.«

Ziller kaute weiter auf seiner Pfeife herum. Sie war erloschen. »Was so viel heißt, dass Kontakt bereits alles geregelt hat, nicht wahr?«

Tersono wippte noch immer in seinem Sessel. »Wir wollen es mal so ausdrücken: man hat die Fühler in den Wind gehalten.«

»Ja, lassen Sie es uns so ausdrücken. Natürlich gehe ich von der Voraussetzung aus, dass keines Ihrer Schiffs-Gehirne lügt.«

»Oh, sie lügen niemals. Sie heucheln, weichen aus, ergehen sich in Ausflüchten, verwirren, lenken ab, hüllen sich in Dunst, missverstehen auf raffinierte Weise und legen Dinge absichtlich falsch aus, und allem Anschein nach betreiben sie das meistens mit großem Genuss; sie sind im Allgemeinen sehr geschickt darin, einem einen zweifelsfreien Eindruck ihres Vorhabens zu vermitteln, während sie in Wirklichkeit die Absicht haben, genau das Gegenteil zu tun, aber sie lügen niemals. Verwerfen Sie diese Vorstellung.

Ziller stellte gekonnt eine Miene zur Schau, die genau zu seinen Worten passte, fand Kabo. Er war ziemlich froh, dass die großen, dunklen Augen nicht auf ihn gerichtet waren. Obwohl die Drohne gewiss unerschütterlich war.

»Ich verstehe«, sagte der Komponist. »Also, dann nehme ich an, ich kann genauso gut bleiben, wo ich bin. Ich denke, ich könnte es einfach ablehnen, meine Wohnung zu verlassen.«

»O ja, natürlich. Vielleicht kein sehr würdevolles Verhalten, aber dieses Recht steht Ihnen zu.«

»Eben. Aber wenn mir keine Wahl gelassen wird, erwarten Sie bitte nicht von mir, dass ich mich entgegenkommend oder auch nur höflich verhalte.« Er betrachtete den Kolben seiner Pfeife.

»Deshalb habe ich Kabo gebeten, hier dabei zu sein.« Die Drohne wandte sich an den Homomdaner. »Kabo, wir wären Ihnen zutiefst dankbar, wenn Sie bereit wären, sich als Gastgeber für unseren chelgrianischen Gast zur Verfügung zu stellen, wenn er oder sie ankommt. Sie wären mir eine große Hilfe, möglicherweise mit Unterstützung von Nabe, falls Sie damit einverstanden sind. Wir wissen noch nicht, wie viel Zeit das auf Tage umgerechnet in Anspruch nehmen oder wie lange der Besuch dauern wird, doch wenn sich eine Verlängerung abzeichnen sollte, werden wir weitere Maßnahmen ergreifen.« Der Körper der Maschine neigte sich in dem Flechtspansessel ein paar Grad zur Seite. »Würden Sie das tun? Ich weiß, das ist sehr viel verlangt, und Sie brauchen nicht sofort eine verbindliche Antwort zu geben; schlafen Sie erst mal darüber, wenn Ihnen das lieber ist, und stellen Sie weitere Fragen, wenn Sie noch etwas wissen möchten. Aber Sie würden uns einen großen Gefallen erweisen, da wir annehmen, dass sich Br. Ziller einer durchaus verständlichen Zurückhaltung befleißigen wird.«

Kabo lehnte sich in seinen Polstern zurück. Er blinzelte einige Male. »Oh, ich kann nur sagen, ich freue mich, wenn ich hilfreich sein kann.« Er warf einen Blick zu Ziller. »Natürlich möchte ich Mahrai Ziller nicht in die Quere kommen …«

»Sie kommen mir nicht in die Quere, ganz bestimmt nicht«, entgegnete Ziller. »Im Gegenteil, wenn Sie den Kotzbrocken, den sie uns herschicken, ablenken können, dann erweisen Sie auch mir einen Gefallen.«

Die Drohne gab ein Seufzen von sich und hob und senkte sich ein klein wenig über dem Sitz. »Nun, das ist dann also … zur Zufriedenheit gelöst. Kabo, können wir uns morgen weiter unterhalten? Wir würden Ihnen gern Anweisungen für die nächsten Tage geben. Nicht bis in kleinste Detail, doch in Anbetracht der unseligen Umstände unserer Beziehung zu den Chelgrianern während der vergangenen Jahre wollen wir unseren Gast keinesfalls durch mangelnde Kenntnisse in Bezug auf ihre Angelegenheiten und Sitten vor den Kopf stoßen.«

Ziller gab einen Laut von sich, der sich wie ein schnarrendes ›Huch!‹ anhörte.

»Selbstverständlich«, antwortete Kabo beflissen. »Ich verstehe vollkommen.« Er breitete alle drei Arme aus. »Verfügen Sie nach Belieben über meine Zeit.«

»Seien Sie unserer tiefen Dankbarkeit versichert«, sagte die Maschine und erhob sich in die Luft. »Ich fürchte, ich habe uns so lange hier mit Plaudern aufgehalten, dass wir die kleine Rede von Nabes Avatara verpasst haben, und wenn wir uns nicht beeilen, kommen wir auch noch zum Hauptereignis des Abends, wenn es auch ein ziemlich trauriges ist, zu spät.«

»Ist es schon so spät?«, fragte Kabo und erhob sich ebenfalls. Ziller klappte den Pfeifenkopfdeckel zu und schob die Pfeife in die Westentasche. Er faltete sich vom Tisch auf, und die drei kehrten in den Festsaal zurück, wo in diesem Augenblick die Lichter ausgingen und die Decke rumpelnd zurückrollte, um den Blick auf einen Himmel mit einigen wenigen dünnen, ausgefransten Wolken sowie einer Vielzahl von Sternen und dem hellen Streifen der gegenüberliegenden Seite des Orbitals freizugeben. Auf einer kleinen Bühne am vorderen Ende des Festsaals stand Nabes Avatara – in der Gestalt eines dünnen, silberhäutigen Menschen – mit gesenktem Haupt. Kalte Luft strömte herein und umgab die versammelten Menschen und unterschiedlichen anderen Gäste. Alle mit Ausnahme des Avataras blickten zum Himmel hinauf. Kabo fragte sich, an wie vielen anderen Orten innerhalb der Stadt, auf der gesamten Platte und entlang der ganzen Seite dieser großen Welt, deren Teile wie die Glieder eines Armbands aneinandergereiht waren, sich ähnliche Szenen abspielten.

Kabo legte den wuchtigen Kopf zurück und blickte ebenfalls nach oben. Er wusste ungefähr, wohin er schauen musste; Masaq'-Nabe hatte während der letzten fünfzig Tage vor seinem großen Durchbruch als Berühmtheit in stiller Ausdauer verharrt.

Schweigen.

Dann murmelten ein paar Leute etwas, und eine Anzahl winziger Glocken läuteten von Personal-Terminals, die im riesigen offenen Raum verteilt waren.

Und am Himmel strahlte ein neuer Stern auf. Anfangs war es nur ein schwaches Flackern, dann wurde der winzige Lichtpunkt heller und immer heller, so als handele es sich um eine Lampe, an deren Dimmerknopf jemand drehte. Sterne in der Nähe verschwanden nach und nach, ihr schwaches Blinzeln wurde ertränkt vom Strom der Strahlung, die der Neue vergoss. Nach wenigen Augenblicken hatte sich der Stern gefestigt und verbreitete einen gleichmäßigen, kaum noch schwankenden graublauen Schein, der das leuchtende

Band der gegenüberliegenden Masaq'-Platte beinahe verblassen ließ.

Kabo hörte in der Nähe mehrere schwere Atemzüge und ein paar kurze Schreie. »O jemine«, hauchte eine Frau leise. Jemand schluchzte.

»Nicht mal besonders hübsch«, murmelte Ziller so leise, dass wahrscheinlich nur Kabo und die Drohne es gehört hatten.

Alle blieben noch für eine Weile staunend in den Anblick versunken. Dann sagte der silberhäutige Avatara im dunklen Anzug: »Danke«, mit jener hohl klingenden, nicht lauten, aber tiefen und tragenden Stimme, die Avataras anscheinend bevorzugten. Er stieg von der Bühne herab, verließ den Saal und marschierte zum Kai.

»O, wir durften es echt erleben«, sagte Ziller. »Ich dachte, wir würden nur eine Übertragung bekommen.« Er sah zu Tersono hinüber, der sich einen schwachen Schimmer aquamarinfarbener Bescheidenheit gestattete.

Langsam rollte die Überdachung wieder zurück an ihren Platz, wobei das Deck unter Kabos drei Beinen sanft bebte, als ob die Motoren des alten Kahns wieder zum Leben erwacht wären. Die Lichter wurden um eine Spur heller; das Licht des neu aufstrahlenden Sterns schien immer noch durch den Spalt zwischen den Hälften der sich schließenden Decke herein, und anschließend durch das Glas, nachdem die Segmente wieder zusammengetroffen waren und sich verbunden hatten. Der Raum war jetzt zwar dunkler als zuvor, doch die Leute sahen genug.

Sie sehen wie Gespenster aus, dachte Kabo, während er den Blick über die Anwesenden schweifen ließ. Viele blickten immer noch hinauf zu dem Stern. Einige gingen hinaus, aufs offene Deck. Einige Paare und größere Gruppen waren eng aneinander gedrängt, Einzelwesen, die sich gegenseitig Mut und Trost spendeten. Ich hätte nie gedacht, dass so viele davon so tief betroffen sein würden, dachte der Homomdaner. Ich hätte mir sogar vorstellen können, dass sie darüber lachen würden. Ich kenne sie immer noch nicht so richtig. Selbst nach so langer Zeit nicht.

»Das ist schauderhaft«, bemerkte Ziller und zog sich hoch. »Ich gehe nach Hause. Auf mich wartet Arbeit. Ich kann allerdings nicht behaupten, dass die Neuigkeiten des heutigen Abends zu meiner Inspiration oder Motivation beigetragen hätten.«

»Ach«, sagte Tersono. »Vergeben Sie einer ungezogenen und ungeduldigen Drohne, aber dürfte ich vielleicht fragen, woran Sie in letzter Zeit arbeiten, Kst. Ziller? Sie haben schon seit einiger Zeit nichts mehr veröffentlicht, doch dem Anschein nach sind Sie sehr stark beschäftigt.«

Ziller lächelte breit. »Genau genommen handelt es sich um ein Auftragswerk.«

»Ach, wirklich?« Die Aura der Drohne schillerte in kurzem Staunen regenbogenfarben. »Für wen?«

Kabo bemerkte, dass der Blick des Chelgrianers flüchtig zu der Bühne wanderte, wo der Avatara zuvor gestanden hatte. »Alles zu seiner Zeit, Tersono«, sagte Ziller. »Aber es ist ein umfangreiches Werk, und es wird noch einige Zeit vergehen, bevor es erstmalig zur Aufführung kommt.«

»Ach. Wie geheimnisvoll!«

Ziller reckte sich, streckte ein langes, pelziges Bein nach hinten aus und straffte sich, bevor er seinen Körper entspannte. Er sah Kabo an. »Ja, und wenn ich mich nicht wieder an die Arbeit mache, gerate ich in Verzug.« Er wandte sich wieder an Tersono. »Sie halten mich hinsichtlich dieses blöden Gesandten auf dem Laufenden?«

»Sie werden alles erfahren, was uns zur Kenntnis gelangt.«

»Schön. Gute Nacht, Tersono.« Der Chelgrianer nickte Kabo zu. »Botschafter.«

Kabo verneigte sich. Die Drohne deutete eine Verbeugung an. Ziller ging mit leichten, federnden Schritten durch die sich lichtende Menge.

Kabo blickte wieder zu der Nova hinauf und dachte nach.

Achthundertunddrei Jahre altes Licht leuchtete gleichmäßig herab.

Das Licht alter Fehler, dachte er. So hatte Ziller es genannt, in dem Interview, das Kabo am Morgen gehört hatte. ›Heute Abend tanzt man im Licht alter Fehler!‹ Nur dass niemand tanzte.

Es war eine der letzten großen Schlachten des idiranischen Krieges gewesen, und eine der grausamsten, eine der gnadenlosesten, da die Idiraner alles auf eine Karte gesetzt hatten, einschließlich der Schmach selbst jener, die sie als Freunde und Verbündete betrachteten, in einer Reihe verzweifelter, von wilder Zerstörungswut geprägter, brutaler Versuche, den sich immer deutlicher abzeichnenden Ausgang des Krieges noch zu verändern. Nur (wenn man dieses Wort in einem solchen Zusammenhang benutzen durfte) sechs Sterne waren im Laufe der beinahe fünfzig Jahre, die der Krieg getobt hatte, zerstört worden. Diese einzelne Schlacht um ein galaktisches Tentakel, die weniger als hundert Tage gedauert hatte, war so verhängnisvoll wie zwei gewesen, da sie die Explosion der Sonnen Portisia und Junce mit sich gebracht hatte.

Sie war als die Zwillingsnovae-Schlacht bekannt geworden, doch eigentlich hatte das, was diesen beiden Sonnen zugefügt worden war, mehr als nur eine Supernova bei jeder von ihnen erzeugt. Beide hatten auf Planeten geschienen, auf denen es Leben gab. Welten waren gestorben, ganze Biosphären waren ausgelöscht worden, und Milliarden vernunft- und gefühlsbegabter Wesen hatten gelitten – wenn auch nur kurz – und waren in dieser Zwillingskatastrophe zugrunde gegangen.

Die Idiraner hatten diese Gräueltaten, die tödlichen Giga-Verbrechen begangen, ihre grausamen Vernichtungswaffen waren es – nicht die der Kultur –, die zuerst auf das eine, dann auf das andere System gerichtet worden waren; dennoch konnte man darüber streiten, ob die Kultur vielleicht die Geschehnisse hätte verhindern können. Die Idiraner hatten vor Beginn der Schlacht mehrmals versucht, Friedensverhandlungen aufzunehmen, doch die Kultur hatte stur auf einer bedingungslosen Kapitulation des Feindes bestanden, also hatte der Krieg immer mehr Boden gewonnen, und die Planeten waren gestorben.

Das war lange her. Das Ende des Krieges lag beinahe achthundert Jahren zurück, und das Leben war irgendwie weitergegangen. Dennoch hatte sich das Echtraumlicht während all dieser Jahrhunderte immer weiter über die Entfernung ausgedehnt, und gemäß seines relativistischen Standards war erst jetzt die Zeit gekommen, da jene Sterne aufstrahlten, genau in dem Augenblick, da diese Milliarden starben, während das ausströmende Licht das Masaq'-System über- und durchflutete.

Das Gehirn mit dem Namen ›Nabe‹ – tatsächlich die Nabe des Masaq'-Orbitals – hatte einen ganz besonderen Grund, warum es die Zwillingsnovae-Schlacht in Erinnerung behalten wollte, und es hatte seine Bewohner um Nachsicht gebeten und erklärt, dass es während des Intervalls zwischen der ersten und der zweiten Nova auf seine persönliche Weise trauern würde, ohne jedoch die Erfüllung seiner Pflichten zu vernachlässigen. Es hatte angedeutet, dass es noch mehrere solcher aufwühlender Ereignisse geben würde, um das Ende dieser Ära anzuzeigen, doch in welcher genauen

Form diese stattfinden würden, hatte es noch nicht verraten.

Kabo hatte das Gefühl, dass er jetzt Bescheid wusste. Er ertappte sich dabei, dass er unwillkürlich in die Richtung blickte, in der Ziller verschwunden war, so wie der Blick des Chelgrianers zuvor zur Bühne gewandert war, als er gefragt worden war, an welchem Werk er derzeit arbeite.

Alles zu seiner Zeit, dachte Kabo. Wie Ziller gesagt hatte.

Heute Abend wollte Nabe nichts anderes, als dass alle Leute zu dem plötzlich erstrahlenden, lautlosen Licht hinaufsahen und nachdachten, sich vielleicht in tiefsinnigen Betrachtungen ergingen. Kabo hatte fast erwartet, dass die Einheimischen keinerlei Notiz von den Vorgängen nehmen und unbeeindruckt ihr übliches Leben, das einer einzigen langen Party glich, weiterführen würden, es zeigte sich jedoch, dass zumindest hier der Wunsch des Gehirns Nabe in Erfüllung gegangen war.

»Alles sehr bedauerlich«, sagte die Drohne E. H. Tersono, die neben Kabo stand, und dabei gab sie ein Seufzen von sich. Kabo vermutete, dass dieser seinen Worten einen sehr ernsten Unterton geben sollte.

»Heilsam, für uns alle«, pflichtete Kabo bei. Seine Vorfahren waren die Lehrmeister der Idiraner gewesen und hatten im frühen Stadium des alten Krieges an deren Seite gekämpft. Die Homomdaner trugen am Gewicht ihrer Verantwortung so schwer, wie die Kultur an dem der ihren.

»Wir versuchen zu lernen«, sagte Tersono leise. »Aber wir machen immer noch Fehler.«

Die Drohne sprach jetzt von Chel, den Chelgrianern und dem Kastenkrieg, das wusste Kabo. Er wandte sich der Maschine zu und sah sie an, während die Leute sich in dem gleichmäßigen, gespenstischen Licht entfernten.

»Es steht Ihnen immer noch frei, einfach untätig zu bleiben, Tersono«, erklärte er ihr. »Obwohl man es meistens bedauert, wenn man diesen Weg einschlägt.«

Ich bin zu wortgewandt, dachte Kabo, ich sage ihnen allzu genau das, was sie hören wollen.

Die Drohne kippte nach hinten, um klar zu machen, dass sie zu dem Homomdaner aufsah, sagte jedoch nichts.

2   Wintersturm

DER RUMPF DES ZERSTÖRTEN SCHIFFS neigte sich nach allen Seiten, beulte sich nach außen und wieder nach innen und wölbte sich nach oben. Sie hatten in der Mitte dessen, was zur Decke geworden war, Lichter angebracht, direkt über dem seltsamen, glasiert aussehenden Boden; verzerrte Spiegelungen schimmerten auf der Oberfläche und brachen sich an den wenigen Stumpen nicht erkennbarer Gegenstände, die darüber herausragten.

Quilan suchte nach einer Stelle zum Stehen, wo er glaubte erkennen zu können, worauf er stand, dann schaltete er den Feldtornister des Anzugs aus und berührte mit den Füßen den Boden.

Er sah nach oben und ließ dann den Blick ringsum schweifen. Die Innenwände des Rumpfs sahen beinahe unversehrt aus. Sie wiesen verschiedene Dellen und Löcher auf, einige rund und andere elliptisch, aber alle ziemlich symmetrisch und glatt und Teil eines Musters; keines der Löcher ging ganz durch das Material des Rumpfes hindurch, und keines war an den Rändern irgendwie ausgefranst. Die einzige Öffnung, die nach außen führte, befand sich ganz vorn in der Nase des Flugzeugs, siebzig Meter von Quilans derzeitigem Standort entfernt, mehr oder weniger in der Mitte der löffelförmigen Masse des Bodens. Dieses zwei Meter weite Loch war vor Wochen schon als Zugang in den Rumpf geschnitten worden, nachdem das Wrack lokalisiert und gesichert worden war. Auf diese Weise hatte er sich Eintritt verschafft.

Er sah verschiedene Flecken in verblassten Farben auf der Oberfläche des Rumpfes, die irgendwie nicht richtig aussahen, sowie einige kleine baumelnde Röhren und Drähte oben bei den neu angebrachten Lichtern. Er fragte sich nebenbei, warum man sich die Mühe mit den Lampen gemacht hatte. Das Innere des Fahrzeugs war evakuiert worden und stand zum Raum hin offen; nur jemand in einem Anzug mit Vollausstattung würde hier hereinkommen, und diejenigen wären dann auf jeden Fall mit den entsprechenden Sensoren ausgerüstet, bei denen Lampen überflüssig waren. Er betrachtete den Boden. Vielleicht waren die Techniker abergläubisch gewesen oder einfach übertrieben gefühlvoll. Die Lichter ließen den Ort ein bisschen weniger unwirtlich, weniger unheimlich erscheinen.

Er konnte gut nachfühlen, dass es empfindlichen Naturen entsetzlich zu schaffen machen könnte, wenn sie hier drin herumwandern müssten, Strahlungen von allen Seiten ausgesetzt, die auf die angespannten Sinne einwirkten. Sie hatten viel von dem gefunden, was sie zu finden erwartet hatten; ausreichend für seine Mission, ausreichend, um tausend oder mehr weitere Seelen zu retten. Mit an Gewissheit grenzender Wahrscheinlichkeit nicht ausreichend, um seine Hoffnungen zu erfüllen. Er sah sich um. Wie es den Anschein hatte, waren alle sensorischen oder monitorischen Gerätschaften, die man zur Inspektion des Wracks des Kaperschiffs *Wintersturm* benutzt hatte, weggeschafft worden.

Er spürte eine Erschütterung durch die Stiefel hindurch. Er blickte zum Bug des Schiffes, wo sich die Öffnungsklappe wieder schloss. Eingesperrt im Schiff der Toten. Endlich.

≈*Isolation hergestellt, sagt es*≈, verkündete eine Stimme

in seinem Kopf. Die Maschine in seinem Rückentorni-
ster erzeugte eine schwache Vibration.

*≈Es sagt, die Nähe der Anzugsysteme stört seine Instru-
mente. Sie müssen Ihren Kom ausschalten. Jetzt sagt es: bitte
nehmen Sie den Tornister ab.≈*

≈Können wir uns dann immer noch verständigen?≈

*≈Sie und ich, wir beide können uns verständigen, und es
kann mit mir sprechen.≈*

≈Also gut≈, sagte er und streifte sich den Tornister
vom Rücken. ≈Gegen die Lampen ist nichts einzuwen-
den?≈

≈Das sind einfach nur Lichter, sonst nichts.≈

≈Wohin soll ich …?≈, setzte er zu sagen an, doch
dann wurde der Tornister in seiner Hand leicht und
ruckte von ihm weg.

*≈Es will uns wissen lassen, dass es seine eigene Antriebs-
kraft besitzt≈*, teilte ihm die Stimme in seinem Kopf mit.

≈O ja, natürlich. Bitten Sie es, schnell zu arbeiten, ja?
Sagen Sie ihm, wir stehen unter starkem Zeitdruck,
weil ein Kriegsschiff der Kultur genau zu unserer Position unterwegs ist, während wir uns hier unterhalten;
seine Entfernung beträgt noch …≈

≈Meinen Sie, das macht irgendeinen Unterschied?≈

≈Ich weiß nicht. Sagen sie ihm, es soll die Sache unbedingt gründlich machen.≈

*≈Quilan, ich nehme an, er tut, was er tun muss, aber
wenn Sie wirklich möchten, dass ich …≈*

≈Nein. Tut mir Leid. Entschuldigung, nein.≈

*≈Ich weiß, dass das sehr schwer für Sie ist, Quil. Ich lasse
Sie jetzt für eine Weile allein, okay?≈*

≈Ja, danke.≈

Huylers Stimme verstummte in der Leitung. Es war,
als ob ein Zischen hart an der Grenze des Hörvermö-
gens plötzlich abgeschaltet worden wäre.

Er betrachtete die Marine-Drohne eine Weile. Die
Maschine war silbergrau und nicht klassifizierbar, wie

der Tornister eines alten Raumanzugs. Sie schwebte mit einem Abstand von etwa einem Meter lautlos über den beinahe flachen Boden, in Richtung des nahen Schiffsbugs, um ein Suchmuster zu starten.

Das wäre zu viel verlangt, dachte er bei sich. Die Aussichten sind gleich null. Es grenzt ohnehin an ein kleines Wunder, dass wir alles hier drin entdeckt haben, dass es uns gelungen ist, jene Seelen ein zweites Mal vor der Vernichtung zu bewahren. Noch mehr zu erbitten – war wahrscheinlich sinnlos, aber nichts mehr als natürlich.

Welches intelligente Wesen, das mit Verstand und Gefühlen ausgestattet war, hätte anders handeln können? Wir wollen immer mehr, dachte er, wir halten unsere letzten Erfolge stets für selbstverständlich und gehen davon aus, dass sie Wegweiser zu zukünftigen Triumphen sind. Doch dem Universum sind unsere ureigenen Interessen gleichgültig, und auch nur für einen Augenblick anzunehmen, dass es anders sein könnte, jemals war oder jemals sein wird, bedeutet, den verhängnisvollsten und hochmütigsten aller Irrtümer zu begehen.

Die Hoffnung, die er hegte, gegen jede Vernunft, gegen jede statistische Wahrscheinlichkeit, in gewisser Weise gegen das Universum an sich, war eine Seifenblase, die bestimmt irgendwann platzen würde. Das Tier in ihm ersehnte etwas, von dem sein höher entwickeltes Gehirn wusste, dass es niemals eintreten würde. Das war die Spitze, auf die er aufgespießt war, die Front, an der er litt; dies war der Kampf der beinahe chemischen Schlichtheit des unteren Gehirns mit seinen Sehnsüchten gegen die verdorrende Wirklichkeit, die das Bewusstsein enthüllte und begriff. Keine der beiden Seiten konnte sich geschlagen geben. Die Hitze des Kampfes brannte in seiner Seele.

Er fragte sich, ob Huyler einen Hauch davon mitbekam, trotz allem, was man ihm gesagt hatte.

≈Alle unsere Tests bestätigen, dass das Gebilde vollkommen wiederhergestellt wurde. Alle Fehlerchecks wurden durchgeführt. Das Gebilde ist jetzt verfügbar für Interaktion und Downloading≈, verkündete die Schwester Technikerin in seinem Kopf. Offenbar versuchte sie, sich noch mehr wie eine Maschine anzuhören, als es bei Maschinen üblicherweise der Fall war.

Er öffnete die Augen und blinzelte ins Licht. Aus den äußersten Augenwinkeln sah er den Helm mit den Kopfhörern, den er aufhatte. Die flach gekippte Couch, auf der er lag, fühlte sich fest, aber gemütlich an. Er befand sich im Medizintrakt des Tempelschiffs *Pietät*, das von Bettelschwestern geführt wurde. Hinter den Reihen von makellos glänzenden medizinischen Gerätschaften, neben einem fleckigen, verbeult aussehenden Ding etwa in der Größe eines Heimgefrierschranks, saß die Schwester Technikerin, die mit ihm sprach, ein junges Mädchen mit ernster Miene, dunkelbraunem Fell und teilweise geschorenem Kopf.

≈Ich downloade jetzt≈, fuhr sie fort. ≈Möchtest du gleich mit ihm interagieren?≈

≈Ja, das möchte ich.≈

≈Einen Augenblick bitte.≈

≈Moment mal, was wird es – wird er – dabei erleben?≈

≈Wahrnehmung. Sicht in Form einer durch Menschen kompensierten Eingabe aus seiner Kamera.≈ Sie tippte auf einen winzigen Stab, der aus den Kopfhörern herausragte. ≈Hören, in der Form deiner Stimme. Weiter?≈

≈Ja.≈

Es folgte der sehr schwache Eindruck eines Zischens, und dann sagte eine schläfrig klingende, tiefe männliche Stimme:

≈... *sieben, acht ... neun ... Hallo? Was ist los? Wo bin ich hier? Was soll das? Wo ...? Was ist passiert?*≈

Die Stimme wechselte von lallender Schläfrigkeit zu einer plötzlich angstvollen Verwirrung und dann zu einem hohen Grad von Selbstbeherrschung, und das alles innerhalb weniger Worte. Die Stimme klang jünger, als er erwartet hatte. Er kam zu dem Schluss, dass sie nicht notwendigerweise alt klingen musste.

≈Sholan Hadesh Huyler≈, antwortete er ruhig. ≈Willkommen zurück.≈

≈*Wer ist da? Ich kann mich nicht bewegen.*≈ In der Stimme war immer noch eine Spur Unsicherheit und Angst. ≈*Das hier ist nicht … das Jenseits, oder doch?*≈

≈Mein Name ist Major Quilan IV. von Itirewein, zu den Waffen Gerufener aus der Kaste der Geschenkten. Tut mir Leid, dass Sie sich nicht bewegen können, aber machen Sie sich keine Sorgen; Ihre Persönlichkeitsstruktur befindet sich gegenwärtig immer noch im Innern des Substrats, in dem Sie ursprünglich gespeichert waren, im Militärtechnologischen Institut, Cravinyr, auf Aorme. Im Augenblick ist das Substrat, in dessen Innerem Sie sich befinden, an Bord des Tempelschiffs *Pietät*. Es ist im Orbit um einen Mond des Planeten Reshref Vier, in der Konstellation des Bogens, zusammen mit dem Wrack des Sternenkreuzers *Wintersturm*.

≈*Da haben wir es. Aha. Sie sagen, Sie sind Major. Ich war Großadmiral. Mein Rang ist höher als der Ihre.*≈

Die Stimme war jetzt vollkommen beherrscht; immer noch tief, aber zackig und knapp. Die Stimme von jemandem, der es gewöhnt war, Befehle zu erteilen.

≈Ihr Rang war zum Zeitpunkt Ihres Todes höher als der meine jetzt, gewiss, Sir.≈

Die Schwester Technikerin stellte etwas an der Konsole vor ihr ein.

≈*Wem gehören die Hände? Sie sehen weiblich aus.*≈

≈Sie gehören der Schwester Technikerin, die sich um uns kümmert, Sir. Was Sie sehen, wird durch einen Helm übertragen, den sie trägt.≈

≈*Kann sie mich hören?*≈

≈Nein, Sir.≈

≈*Sagen Sie ihr, sie soll den Helm ablegen und zeigen, wie sie aussieht.*≈

≈Sir, sind Sie …?≈

≈*Major, wenn Sie so freundlich sein wollen!*≈

Quilan merkte, dass er seufzte. ≈Schwester Technikerin≈, dachte er. Er bat sie, das zu tun, was Huyler verlangt hatte. Sie tat es, jedoch mit verärgerter Miene.

≈*Macht einen ziemlich sauertöpfischen Eindruck, wenn ich ehrlich sein soll. Wäre besser gewesen, ich hätte mich nicht für ihr Aussehen interessiert. Also, was ist geschehen, Major? Warum bin ich hier?*≈

≈Allerlei ist geschehen, Sir. Zu gegebener Zeit werden Sie einen ausführlichen historischen Bericht erhalten.≈

≈*Datum?*≈

≈Der Neunte im Frühling 3455.≈

≈*Nur sechsundachtzig Jahre? Ich hatte irgendwie mit mehr gerechnet. Also, Major, warum bin ich wiedererweckt worden?*≈

≈Ehrlich gesagt, Sir, das weiß ich selbst nicht ganz genau.≈

≈*Dann, ehrlich gesagt, Major, denke ich, Sie sollten mich schnellstens mit jemandem in Verbindung bringen, der es weiß.*≈

≈Zwischenzeitlich hat ein Krieg stattgefunden, Sir.≈

≈*Ein Krieg? Mit wem?*≈

≈Mit uns selbst, Sir, ein Bürgerkrieg.≈

≈*Immer noch diese Kasten-Geschichte?*≈

≈Ja, Sir.≈

≈*Ich vermute, so was hing immer schon in der Luft. Heißt das also, dass ich eingezogen werde? Werden die Toten als Reservisten gebraucht?*≈

≈Nein, Sir, der Krieg ist vorbei. Wir leben wieder im Frieden, obwohl sich einiges verändern wird. Während des Krieges wurden Versuche unternommen, Sie und die anderen eingelagerten Persönlichkeiten aus dem Substrat im Militärinstitut zu bergen – ein Versuch, bei dem ich beteiligt war –, aber das Unterfangen war nur teilweise erfolgreich. Bis vor ein paar Tagen dachten wir, es sei vollkommen fehlgeschlagen.≈

≈*Aha; dann bin ich also ins Leben zurückgeholt worden, um den Ruhm der neuen Ordnung zu manifestieren und zu preisen? Um umerzogen zu werden? Wegen Verfehlungen in der Vergangenheit zur Rechenschaft gezogen zu werden? Oder was?*≈

≈Unsere Führungsspitze glaubt, Sie könnten vielleicht in der Lage sein, uns bei einer Mission behilflich zu sein, die uns beiden bevorsteht.≈

≈*Uns beiden? Uh-uh! Und wie genau sieht diese Mission aus, Major?*≈

≈Das kann ich Ihnen im Augenblick nicht sagen, Sir.≈

≈*Sie erscheinen mir Besorgnis erregend unwissend in Anbetracht dessen, dass sie hier derjenige sein sollen, der die Fäden in der Hand hält, Major.*≈

≈Tut mir Leid, Sir. Ich glaube, dass mein gegenwärtiger mangelhafter Kenntnisstand möglicherweise eine Sicherheitsvorkehrung ist. Aber ich denke, dass Ihre Erfahrungen in Bezug auf die Kultur sich als sehr hilfreich erweisen könnten.≈

≈*Meine Gedanken über die Kultur waren damals, als ich lebte, politisch unpopulär, Major; das ist einer der Gründe, warum ich das Angebot annahm, auf Aorme eingelagert zu werden, anstatt entweder zu sterben und in den Himmel zu kommen oder mir immer wieder den Kopf an einer Wand im Vereinigten Militärischen Geheimdienst anzuhauen. Wollen Sie etwa behaupten, dass die obersten Messingträger auf meine Sicht der Dinge eingeschwenkt sind?*≈

≈Vielleicht, Sir. Vielleicht würde sich einfach nur Ihr Wissen hinsichtlich der Kultur als nützlich erweisen.≈

≈*Auch wenn es achteinhalb Jahrzehnte alt ist?*≈

Quilan schwieg einen Augenblick lang, dann sprach er etwas aus, das er seit einigen Tagen geprobt hatte, seit man das Substrat wiederentdeckt hatte.

≈Sir, es wurden beträchtliche geistige und praktische Anstrengungen unternommen, sowohl dafür, Sie zurückzuholen, als auch, um mich für meine Mission vorzubereiten. Ich hoffe sehr, dass diese Mühen weder verschwendet noch sinnlos waren.≈

Huyler war für einen kurzen Augenblick verstummt, bevor er sich wieder vernehmen ließ. ≈*In der Maschine in dem Institut befinden sich noch etwa fünfhundert andere außer mir. Sind die ebenfalls alle durchgekommen?*≈

≈Die letzte Anzahl der Eingelagerten belief sich eher auf etwa tausend, aber, ja, Sir, es hat den Anschein, dass sie alle durchgekommen sind, obwohl bis jetzt nur Sie wiederbelebt wurden.≈

≈*Also gut, Soldat, vielleicht sollten Sie damit beginnen, dass Sie mir erzählen, was Sie über diese Mission wissen.*≈

≈Ich weiß nur das, was man als unsere Titelgeschichte bezeichnen könnte, Sir. Man hat dafür gesorgt, dass ich das wahre Ziel der Mission fürs Erste vergessen habe.≈

≈*Wie das?*≈

≈Eine Sicherheitsmaßnahme, Sir. Sie werden die genauen Einzelheiten der Mission erfahren, und Sie werden sie nicht vergessen. Ich sollte mich allerdings nach und nach daran erinnern, worin meine Mission besteht, doch für den Fall, das etwas schiefläuft, werden Sie das Ersatzgedächtnis sein.≈

≈*Hat man Angst, dass jemand Ihre Gedanken lesen könnte, Major?*≈

≈Ich fürchte ja, Sir.≈

≈*Obwohl die Kultur so etwas natürlich nicht tut.*≈

≈So hat man es uns gesagt.≈.

≈*Eine zusätzliche Absicherung, wie? Muss ja eine sehr*

wichtige Mission sein. Aber wenn Sie sich überhaupt daran erinnern, dass Sie in einer geheimen Mission unterwegs sind …≈

≈Man hat mir glaubhaft zugesichert, dass ich auch das in einem oder zwei Tagen vergessen haben werde.≈

≈*Nun, das ist ja alles äußerst interessant. Also, worum geht es nun in dieser Titelgeschichte?*≈

≈Es geht um eine kulturelle diplomatische Missionsreise zu einer Welt der Kultur.≈

≈*Eine kulturelle Kulturmission?*≈

≈In gewissem Sinn, Sir.

≈*Das war nur ein blödes Späßchen eines alten Soldaten, mein Sohn. Entspannen Sie doch den verkrampften Schließmuskel ein wenig, ja?*≈

≈Es tut mir Leid, Sir. Ich brauche Ihr Einverständnis sowohl zur Durchführung der Mission als auch zur Übertragung Ihrer Persönlichkeit in ein anderes Substrat in meinem Innern. Dieser Vorgang könnte vielleicht ein wenig Zeit in Anspruch nehmen.≈

≈*Sprechen Sie von einer weiteren Maschine in Ihrem Innern?*≈

≈Ja, Sir. In meinem Schädel befindet sich ein Gerät, das so gestaltet ist, dass es aussieht wie ein ganz gewöhnlicher Seelenhort, es kann jedoch auch ihre Persönlichkeit beherbergen.≈

≈*So großköpfig sehen Sie eigentlich gar nicht aus, Major.*≈

≈Die Vorrichtung ist nicht größer als ein kleiner Finger, Sir.≈

≈*Und was ist mit Ihrem Seelenhort?*≈

≈Dieselbe Vorrichtung dient auch als mein Seelenhort, Sir.≈

≈*Man ist also tatsächlich in der Lage, etwas so Schlaues so klein zu machen?*≈

≈Ja, Sir, ist man. Wahrscheinlich reicht die Zeit nicht, um in alle technischen Details zu gehen.≈

≈*Nun, ich bitte um Verzeihung, Major, aber glauben Sie*

einem alten Soldaten, dass es beim Krieg im Allgemeinen und bei begrenzten persönlichen Missionen im Besonderen oft nur um technische Details geht. Außerdem drängen Sie mich ungebührlich zur Eile, mein Sohn. Sie haben den Vorteil, dass Sie hier auf dem Laufenden sind. Ich hingegen muss sechsundachtzig Jahre aufholen. Ich weiß nicht einmal, ob Sie mir die Wahrheit über das Ganze sagen. Bis jetzt hört es sich verdächtig wie die Hölle an. Und was die Übertragung in Ihr Inneres angeht – heißt das, dass ich nicht einmal einen eigenen gottverdammten Körper bekomme?≈*

≈Es tut mir Leid, dass die Zeit nicht ausreichte, um Sie umfassend zu unterrichten, Sir. Wir dachten, wir hätten Sie verloren. Zweimal, wenn man so will. Als wir feststellten, dass Ihr Substrat überlebt hatte, war meine Mission bereits beschlossene Sache. Und ja, Ihr Bewusstsein würde ganz und gar in das Substrat in meinem Körper eingehen; Sie hätten dann Zugriff auf all meine Sinne, und wir könnten kommunizieren, obwohl sie meinen Körper nicht beherrschen könnten, es sei denn, ich fiele in eine tiefe Bewusstlosigkeit oder erlitte den Gehirntod. Das einzige technische Detail, das man mir zur Kenntnis gegeben hat, ist, dass die Vorrichtung eine kristalline Nanoschaum-Matrix mit Verbindungen zu meinem Gehirn ist.≈

≈*Ich wäre also nur Mitfahrer? Was für ein beschissenes Missionskonzept ist das? Wer hat sich das ausgedacht?*≈

≈Es wäre für uns beide eine ganz neue Erfahrung, Sir, und eine Aufgabe, die ich persönlich für eine Auszeichnung halte. Man nimmt an, dass Ihre Anwesenheit und Ihr Rat die Wahrscheinlichkeit des Erfolges der Mission erhöhen würden. Und zu der Frage, wer sich das ausgedacht hat – ich wurde ausgebildet und unterwiesen von einer Mannschaft unter dem Befehl von Estodus Visquile.≈

≈*Visquile? Lebt dieses alte Scheusal immer noch? Und hat es sogar bis zum Estodus gebracht? Mich laust der Affe!*≈

≈Er lässt sie grüßen, Sir. Ich habe eine persönlich und vertraulich an Sie gerichtete Kommunikation von ihm.≈

≈*Lassen Sie hören, Major!*≈

≈Sir, wir dachten, sie hätten vielleicht gern ein wenig mehr Zeit, um …≈

≈*Major Quilan, ich habe den starken Verdacht, dass ich hier in etwas verdammt Fragwürdiges hineingezogen werde. Ich will ehrlich zu Ihnen sein, Junge: es ist eher unwahrscheinlich, dass ich mich bereit erklären werde, an eurer unbekannten Mission teilzunehmen, selbst nachdem ich Visquiles Nachricht gehört habe, aber ich bin mir sicher wie die Scheiße im Klo, dass ich nicht bereit bin, freiwillig durch Ihre Ohren zu hören oder Ihren Arsch zu scheißen noch sonst irgendetwas mittels Ihrer Organe zu tun, wenn ich nicht erfahre, was der alte Hurenbock zu sagen hat, und ich kann es genauso gut jetzt erfahren wie später. Habe ich mich deutlich ausgedrückt?*≈

≈Sehr deutlich, Sir. Schwester Technikerin, bitte spielen Sie die Nachricht von Estodus Visquile an Hadesh Huyler ab.≈

≈Läuft≈, sagte die Frau.

Quilan wurde mit seinen Gedanken allein gelassen. Er merkte jetzt, wie angespannt er gewesen war, während er mit dem Geist von Hadesh Huyler kommuniziert hatte, und er entspannte sich bewusst am ganzen Körper, indem er die Muskeln lockerte und den Rücken durchdrückte. Wieder schweifte sein Blick über die glänzenden Flächen der medizinischen Anlage, doch was er sah, war das Innere des Schiffsrumpfes, an dessen Seite sie schwebten, des Kaperkreuzers *Wintersturm*.

Bisher war er erst einmal an Bord des Wracks gewesen, während sie immer noch versucht hatten, Huylers Seele unter den ungefähr tausend anderen im geborgenen Substrat Eingelagerten herauszufinden und zu extrahieren; das Substrat hatten sie mit Hilfe einer speziell angepassten Marine-Drohne lokalisiert. Man hatte ihm versprochen, dass er später, wenn genügend Zeit wäre, noch einmal mit dieser Drohne zum Wrack zurückkehren und versuchen dürfte, weitere Seelen zu finden, die beim ersten Durchgang übersehen worden waren.

Die Zeit wurde jedoch immer knapper. Es hatte lange gedauert, bis er die Genehmigung für sein Vorhaben erhalten hatte, und die spezielle Anpassung der Maschine durch die Techniker der Marine nahm ebenfalls eine geraume Zeit in Anspruch. Unterdessen hatte man ihnen mitgeteilt, dass das Kultur-Kriegsschiff unterwegs sei, nur noch ein paar Tage entfernt. Gegenwärtig waren die Techniker nicht sehr zuversichtlich, dass sie die Drohne rechtzeitig fertig bekommen würden.

Das Bild vom ausgeräumten Rumpf des Schiffswracks war in seinem Gehirn eingebrannt.

≈Major Quilan?≈

≈Sir?≈

≈Melde mich zum Dienst, Major. Bitte um Erlaubnis, an Bord kommen zu dürfen.≈

≈In Ordnung, Sir. Schwester Technikerin? Verlegen Sie Hadesh Huyler in das Substrat in meinem Körper.≈

≈Sofort≈, antwortete die Frau. ≈Läuft≈.

Er hatte sich gefragt, ob er etwas spüren würde. Er spürte etwas: ein Kribbeln, dann Wärme in einem kleinen Bereich in der Genickkuhle. Die Schwester Technikerin hielt ihn auf dem Laufenden; die Übertragung verlief problemlos und dauerte etwa zwei Minuten. Die Überprüfung, ob alles gut gegangen war, dauerte doppelt so lange.

Welch seltsame Schicksale oder Technologien man sich für uns ausdenkt, dachte er, während er so dalag. Hier bin ich, ein männliches Wesen, und werde schwanger mit dem Geist eines alten, toten Soldaten, um über die Grenzen des Lichts zu reisen, das älter ist als unsere Zivilisation, und eine Aufgabe zu erledigen, für die ich fast ein Jahr lang ausgebildet wurde, von der ich aber bis jetzt keine richtige Vorstellung habe.

Die Stelle an seinem Hals kühlte sich allmählich ab. Er hatte den Eindruck, als ob sich sein Kopf ein klein wenig wärmer anfühlte als zuvor. Aber vielleicht bildete er sich das auch nur ein.

Man verliert seine Liebe, sein Herz, seine Seele, dachte er, und gewinnt – ›einen Landzerstörer!‹ hörte er sie sagen, mit gespielter Leichtigkeit in ihrem Ton und tapferer Fröhlichkeit in seinem Sinn, während aus dem regenverhangenen Himmel Blitze herabzuckten und das gewaltige Gewicht über ihm ihn festnagelte. Die Erinnerung an diesen Schmerz und diese Verzweiflung drückte ihm Tränen aus den Augen.

≈Fertig.≈

≈*Alles klar?*≈, fragte die trockene, lakonische Stimme von Hadesh Huyler.

≈Hallo, Sir.≈

≈*Wie geht es Ihnen, Junge?*≈

≈Mir geht es gut, Sir.≈

≈*Hat's weh getan, Major? Sie wirken ein bisschen … betrübt.*≈

≈Nein, Sir. Nur eine alte Erinnerung. Wie fühlen Sie sich?≈

≈*Verdammt komisch. Ich wage allerdings zu behaupten, dass ich mich daran gewöhnen werde. Anscheinend ist alles in Butter. Scheiße, diese Technikerin sieht mit den Augen eines Mannes betrachtet auch nicht besser aus als durch eine Kamera.*≈ Natürlich; was er sah, sah auch Huyler. Bevor er antworten konnte, fügte Huyler hinzu: ≈*Sind Sie sicher, dass Ihnen nichts fehlt?*≈

≈Absolut, Sir. Mir geht es gut.≈

Er stand im Rumpf der *Wintersturm*. Die Marine-Drohne bewegte sich auf dem seltsamen, beinahe flachen Boden des Wracks hin und her und suchte nach irgendetwas, wobei sie im Rastermuster vorging. Sie kam an dem Loch im Boden vorbei, wo das Substrat von Aorme geborgen worden war.

In den zwei Tagen, seit sie das Substrat gefunden hatten, hatte Quilan die Techniker dazu überredet, dass es die Sache wert sei, die Drohne so zu rekalibrieren, damit sie nach Substraten suchte, die um einiges kleiner waren als das Substrat, in dem sich Huyler befunden hatte, genau gesagt Substrate in der Größe eines Seelenhorts. Die übliche Standardsuche war bereits durchgeführt worden, doch er konnte die Maßgebenden immerhin dazu überreden, noch einen weiteren Versuch zu unternehmen und dabei gründlicher zu suchen. Die Bettelschwestern auf dem Tempelschiff hatten ihm bei der Überredungsarbeit geholfen; jede Gelegenheit, eine Seele zu retten, musste mit vollem Krafteinsatz wahrgenommen werden.

Als die Drohne fertig war, war das Kultur-Schiff, das ihn über die erste Teilstrecke seiner Reise befördern sollte, bereits dabei, seine Geschwindigkeit zu verringern. Die Marine-Drohne würde noch Zeit haben für einen Durchgang, allerdings nur für einen einzigen.

Er sah ihr bei der Arbeit zu, indem er ihr auf ihrem unsichtbaren Rastermuster über den Boden folgte. Er blickte hinauf und ließ den Blick über die lückenhafte Hülle des Schiffsrumpfes schweifen.

Er versuchte, vor seinem geistigen Auge das Bild des Schiffsinneren wieder herzustellen, so wie es im unversehrten Zustand gewesen war, und überlegte, in welchem Teil davon sie gewohnt, wo sie sich bewegt und wo sie in der simulierten Nacht des Schiffs den Kopf zum Schlaf gebettet hatte.

Die Hauptantriebseinheiten waren wahrscheinlich dort

oben, wo sie das halbe Schiff ausfüllten, der Flieger-
hangar war dort hinten, im Heck, die Decks breiteten
sich hier und da aus; persönliche Kabinen befanden
sich da drüben oder möglicherweise auch dort drüben.

Vielleicht, dachte er, vielleicht besteht doch noch
Hoffnung, vielleicht hatten sich die Techniker geirrt
und es gab noch etwas zu finden. Der Rumpf hielt nur
deshalb zusammen, weil er irgendwoher Energie bezog. Sie wussten längst nicht alles über diese großen,
begabten Schiffe. Vielleicht irgendwo im eigentlichen
Rumpf …

Die Maschine schwebte klickend zu ihm heran, De-
ckenlichter glitzerten über dem metallischen Rückenschild. Er sah sie an.

≈*Entschuldigung, dass ich so in Ihre Gedanken hinein-
platze, Quil, aber sie möchte, dass Sie, verdammt noch mal,
aus dem Weg gehen.*≈

≈Natürlich. Verzeihung.≈ Quilan trat zur Seite, nicht
allzu tolpatschig, wie er hoffte. Es war eine Zeit lang
her, seit er einen Anzug getragen hatte.

≈*Jetzt lasse ich Sie wieder in Ruhe.*≈

≈Nein, ist schon gut. Reden Sie nur, wenn Ihnen danach zumute ist.≈

≈*Hmm. Also schön. Ich habe nachgedacht.*≈

≈Worüber?≈

≈*Wir haben so viel Zeit mit allem möglichen technischen
Zeug, Kalibrieren und so, verbracht, aber wir haben keine
der grundsätzlichen Annahmen, von denen wir hier ausgehen, in Frage gestellt, zum Beispiel, ob es wirklich stimmt,
dass wir uns gegenseitig hören, wenn wir so wie jetzt reden,
aber nicht, wenn wir denken? Das ist eine verdammt feine
Unterscheidung, wenn Sie mich fragen.*≈

≈Na ja, so hat man es mir gesagt. Warum, haben Sie
irgendwelche Hinweise darauf, dass …≈

≈*Nein, es ist nur so, wenn man etwas mit den Augen
einer anderen Person betrachtet und etwas denkt, dann fragt*

63

man sich nach einer Weile, ob es wirklich das ist, was man selbst denkt, oder ob es vielleicht eine Art Überlauf von dem ist, was der andere denkt.≈

≈Ich glaube, ich verstehe, was Sie meinen.≈

≈Also, was halten Sie davon, wenn wir es ausprobieren?≈

≈Könnte vielleicht nicht schaden, Sir.≈

≈Also gut. Versuchen Sie mal, ob Sie mitbekommen, was ich denke.≈

≈Sir, ich glaube nicht …≈, dachte er, doch es herrschte Stille, auch als seine eigenen Gedanken verebbten. Er wartete noch einige Augenblicke. Dann noch ein paar. Die Drohne setzte ihr Suchmuster fort, jedes Mal kam sie in größerer Entfernung vorbei.

≈Na, haben Sie irgendetwas aufgeschnappt?≈

≈Nein, Sir. Sir, ich …≈

≈Sie wissen nicht, was Ihnen entgangen ist, Major. Okay, Sie sind dran. Los, denken Sie an was. Irgendetwas.≈

Er seufzte. Das feindliche Schiff – nein, er sollte nicht so von ihnen denken … Das Schiff könnte inzwischen hier sein. Er hatte das Gefühl, dass das, was Huyler und er in diesem Augenblick taten, die reine Zeitverschwendung war, aber andererseits konnten sie derzeit nichts tun, um die Drohne zu schnellerem Arbeiten anzutreiben, also vergeudeten sie letztendlich doch keine Zeit. Trotzdem kam es ihm so vor.

Welch absurdes Zwischenspiel, dachte er, hier in diesem hermetisch geschlossenen Mausoleum, verloren inmitten der Desolation, zusammen mit einem fremden Wesen im eigenen Innern, und im Angesicht einer Aufgabe, über deren Sinn und Ziel er nichts wusste.

Also dachte er an die lange Prachtstraße in Alt Briri im Herbst, wie er damals durch die bernsteinfarbenen Driften von herabgefallenen Blättern geschlurft war und goldene Laubexplosionen in die Luft getreten hatte. Er dachte an die Hochzeitsfeierlichkeit im Garten des Anwesens ihrer Eltern, mit der gebogenen Brücke, die sich im See spiegelte. Während sie ihr Ehegelöbnis sprachen, hatte ein Wind aus den Bergen das Spiegelbild verzerrt, hatte an der Zeltplane über ihnen gerüttelt, Kopfbedeckungen davongewirbelt und die Geistliche gepeitscht, sodass sie ihre Gewänder festhielt, und derselbe kräftige, nach Frühling duftende Wind hatte die Wipfel der Schleierbäume gezaust und eine schimmernde weiße Blütenwolke auf sie herabrieseln lassen wie Schnee.

Am Ende der Andacht ruhten noch immer einige Blütenblätter auf ihrem Fell und ihren Wimpern, als er sich ihr zuwandte, seine Festtags-Mundmaske und dann die ihre abnahm und sie küsste. Ihre Freunde und Familien schrien Hurra; Hüte wurden in die Luft geworfen, und einige wurden von einer weiteren Windbö gepackt, um im See zu landen oder über die kleinen Wellen hinwegzusegeln wie eine niedliche Flotte aus fröhlich bunten Schiffen.

Er dachte wieder an ihr Gesicht, ihre Stimme, diese letzten paar Augenblicke. Lebe für mich, hatte er gesagt, und ihr ein Versprechen abgenommen. Wie hätten sie wissen sollen, dass das ein Versprechen war, das sie niemals würde halten können und er immer noch leben würde, um sich zu erinnern?

Huylers Stimme unterbrach seine Gedanken. ≈*Fertig mit Denken, Major?*≈

≈Ja, Sir. Haben Sie irgendetwas mitbekommen?≈

≈*Nein. Nur physiologisches Zeug. Anscheinend haben wir beide trotz allem noch eine kleine intime Ecke. Oh, die Maschine sagt, sie ist fertig.*≈

Quilan sah zu der Drohne hin, die am anderen Ende der Bodensenke angekommen war. – ≈Was hat sie … Hören Sie mal, Huyler, kann ich nicht direkt mit dem Ding sprechen?≈

≈*Ich glaube, das kann ich einrichten, jetzt, nachdem es fertig ist. Aber ich werde trotzdem noch alles hören.*≈

≈Macht nichts, ich möchte bloß …≈

≈So. Versuchen Sie's mal!≈

≈Maschine? Drohne?≈

≈Ja, Major Quilan?≈

≈Befinden sich hier irgendwelche weiteren Persönlichkeitsgebilde, irgendwo in diesem Rumpf?≈

≈Nein. Nur das eine, das ich meiner Aufgabe gemäß früher schon aufgespürt habe und das jetzt mit Ihnen die Koordinaten teilt, nämlich das von Admiral-General Huyler.≈

≈Bist du sicher?≈, fragte er und überlegte, ob eine Spur seiner Hoffnung und Verzweiflung seine kommunizierten Worte untermalen mochte.

≈Ja.≈

≈Und was ist mit den Fasern des Rumpfmaterials?≈

≈Ohne Bedeutung.≈

≈Hast du es durchsucht?≈

≈Kann ich nicht. Meine Sensoren sprechen darauf nicht an.≈

Die Maschine war lediglich klug, nicht vernunft- und gefühlsbegabt. Sie würde wahrscheinlich die Gefühle, die hinter seinen Worten steckten, ohnehin nicht erkennen, selbst wenn sie übermittelt worden wären.

≈Bist du dir vollkommen sicher? Hast du alles abgesucht?≈

≈Ich bin sicher. Ja. Die einzigen drei in diesem Schiffsrumpf anwesenden Persönlichkeiten in einer für meine Sinne wahrnehmbaren Form sind: du, die Persönlichkeit, mittels derer ich mit dir kommuniziere, und ich selbst.≈

Er senkte den Blick auf den Boden zwischen seinen Füßen. Es bestand keine Hoffnung. ≈Ich verstehe≈, übermittelte er. ≈Danke.≈

≈Gern geschehen.≈

Dahin. Dahingegangen für immer. Gegangen auf eine Weise, die neu war, ohne den Trost der Unwissenheit, und ohne Möglichkeit der Berufung. Früher glaubten wir daran, dass die Seele vielleicht gerettet wird. Jetzt haben uns die Technik, das bessere Verständnis des Universums und das Vorgeschwader ins Jenseits aller unrealistischen Hoffnungen beraubt und sie durch eigene Regeln, eine eigene Algebra der Errettung und Beständigkeit ersetzt. Uns wurde ein kurzer Einblick in den Himmel gewährt, und das Wissen, dass wir jene, die wir lieben, dort niemals finden werden, hat unsere Verzweiflung noch realer, noch intensiver gemacht.

Er schaltete seinen Kommunikator ein. Da lag eine Nachricht vor. SIE SIND DA, sagten die Buchstaben auf dem kleinen Bildschirm des Anzugs. Der Zeitangabe zufolge war die Meldung vor elf Minuten eingegangen, es war also mehr Zeit vergangen, als er geschätzt hatte.

≈Sieht so aus, als ob unsere Mitfahrgelegenheit da ist.≈

≈Ja, ich lasse sie wissen, dass wir fertig sind.≈

≈Tun Sie das, Major.≈

»Hier spricht Major Quilan«, sendete er. »Wenn ich richtig informiert bin, sind unsere Gäste angekommen.«

»Major.« Es war die Stimme des Missions-Befehlshabenden, Oberst Ustremi. »Alles in Ordnung da drin?«

»Alles in Ordnung, Sir.« Sein Blick schweifte über den glasigen Boden und in dem großen, leeren Raum herum. »Völlig in Ordnung.«

»Haben Sie gefunden, wonach Sie gesucht haben, Quil?«

»Nein, Sir, ich habe es nicht gefunden.«

»Tut mir Leid, Quil.«

»Danke, Sir. Sie können die Luke wieder öffnen. Die Maschine hat ihre Arbeit beendet. Vielleicht finden die Techniker noch etwas, wenn sie einfach auf herkömmliche Weise graben.«

»Öffnungsvorgang läuft. Einer unserer Gäste möchte zu Ihnen kommen und guten Tag sagen.«

»Hier herein?«, sagte Quilan; dabei beobachtete er, wie der kleine Kegel im Schiffsbug an Scharnieren zurückschwenkte.

»Ja. Sind Sie einverstanden?«

»Von mir aus.« Quilan sah wieder zu der Drohne, die immer noch an der Stelle schwebte, wo sie ihre Suche beendet hatte. »Würden Sie bitte vorher Ihrer Maschine sagen, sie soll sich ausschalten?«

»Geschehen.«

Die Marine-Drohne sank zu Boden.

»Also gut, schicken Sie sie rein, wenn sie soweit sind.«

Die Gestalt erschien in der Schwärze der geöffneten Luke. Sie sah menschlich aus, konnte es jedoch nicht sein; keiner von ihnen würde ohne Anzug im Vakuum überleben können, genauso wenig wie er selbst.

Quilan stellte die Vergrößerung des Visiers höher und zoomte die Gestalt heran, während diese an der Schiffsinnenwand herunterkam. Die Haut des Zweifüßlers sah rabenschwarz aus, und seine Kleidung schimmerte grau. Er sah sehr dürr aus, aber das war schließlich bei ihnen allen der Fall. Seine Füße kamen auf der flachen Oberfläche auf, auf der er bereits stand, und er näherte sich. Beim Gehen fuchtelte er mit den Armen.

≈*Sie würden eine lohnende Beute abgeben, wenn nur mehr zum Essen dran wäre.*≈

Er antwortete nicht. Das Zoomfenster im Visier hielt das Geschöpf in unveränderter Größe, bis die Unterscheidung zwischen dem Fenster und der übrigen Ansicht aufgehoben war. Das Gesicht des Wesens war schmal und spitz, die Nase dünn und scharf geschnitten, und die Augen in dem nachtschwarzen Gesicht waren klein und von einem lebhaften Blau mit weißer Umrahmung.

≈*Scheiße. Von nahem sehen sie auch nicht appetitlicher aus.*≈

»Major Quilan?«, sagte das Geschöpf. Die Haut über seinen Augen bewegte sich beim Sprechen, nicht jedoch der Mund.

»Ja«, sagte Quil.

»Wie geht es Ihnen? Ich bin der Avatara der Schnellen Angriffs-Einheit *Ärgerniswert*. Freut mich, Sie kennen zu lernen. Ich bin gekommen, um Sie auf dem ersten Streckenabschnitt ihrer Reise zum Masaq'-Orbital zu befördern.«

»Ich verstehe.«

≈*Kurzer Vorschlag zwischendurch: Fragen Sie, wie man es anspricht.*≈

»Hast du einen Namen oder Rang? Wie soll ich dich nennen?«

»Ich bin das Schiff«, sagte das Ding und hob und senkte dabei die schmalen Schultern. »Sie können mich *Ärgernis* nennen, wenn sie wollen.« Seine Mundwinkel hoben sich. »Oder Avatara, oder schlicht Schiff.«

≈*Oder schlicht Abscheulichkeit.*≈

»Also gut, Schiff.«

»Okay.« Es hielt die Hände hoch. »Ich wollte einfach mal persönlich guten Tag sagen. Wir warten auf Sie. Lassen Sie es uns wissen, wenn Sie bereit zum Aufbruch sind.« Es ließ den Blick nach oben und rings herum schweifen. »Man hat mir gesagt, es ist in Ordnung, wenn ich hier rein komme. Ich hoffe, ich habe nicht bei irgendetwas gestört.«

»Ich bin hier drin ohnehin fertig. Ich habe etwas gesucht, es jedoch nicht gefunden.«

»Das tut mir leid.«

≈*Sollte es auch, du Warmficker.*≈

»Ja. Sollen wir gehen?« Er ging in Richtung des Kreises aus Nacht im Bug des Schiffes. Der Avatara ging im Gleichschritt neben ihm her. Sein Blick fiel flüchtig auf den Boden. »Was ist mit diesem Schiff passiert?«

»Das wissen wir nicht genau«, antwortete Quilan. »Es hat eine Schlacht verloren. Irgendetwas hat es sehr schwer getroffen. Die Rumpfhülle hat es überstanden, aber alles im Innern wurde zerstört.«

Der Avatara nickte. »Massiver Schmelzzustand«, stellte er fest. »Und die Mannschaft?«

»Wir laufen auf ihr herum.«

»O, tut mir Leid.« Das Geschöpf schwebte sofort einen halben Meter vom Boden weg. Es vollführte keine Gehbewegungen mehr, sondern posierte so, als ob es sitzen würde. Es verschränkte Beine und Arme. »Das hat sich im Krieg zugetragen, nehme ich an.«

Sie kamen zum Hang und machten sich an den Aufstieg. Er wandte sich flüchtig dem Geschöpf zu, ohne im Gehen innezuhalten. »Ja, Schiff, es hat sich während eures Krieges zugetragen.«

3   Infra-Dämmerung

»ABER DU KÖNNTEST ZU TODE KOMMEN.«
»Das ist ja der Witz bei der Sache.«
»Ach ja? Ich verstehe.«
»Nein, das glaube ich nicht. Du vielleicht?
»Nein.«
Die Frau lachte und beschäftigte sich weiter mit dem Anlegen des Fluggeschirrs. Rings um sie herum hatte die Landschaft die Farbe von trocknendem Blut.

Kabo kauerte auf einer holperigen, doch eleganten Plattform aus Holz und Stein, am Rand eines langen Steilabhangs. Er unterhielt sich mit Feli Vitrouv, einer Frau mit wuscheligem schwarzem Haar und tiefbrauner Haut über strammen Muskeln. Sie trug einen körperengen blauen Anzug mit einer kleinen Bauchtasche und war dabei, sich einen Flügelharnisch umzugurten, ein kompliziertes Gebilde mit zusammengelegten gerippten Flossen, das den größten Teil ihrer Körperoberfläche bedeckte, von den Fußknöcheln hinauf zum Hals und die Arme hinab. Etwa sechzig weitere Leute – die Hälfte davon ebenfalls Gleitflossenflieger – waren auf der Plattform verteilt, die von einem Wald aus Kleinluftschiffbäumen, den sogenannten Blimps, umgeben war.

Die Morgendämmerung zog gerade anti-spinwärts herauf und warf lange, schräge Strahlen über den wolkengesträhnten Himmel. Die schwächeren Sterne waren längst in dem sich langsam aufhellenden Gewölbe untergegangen; nur noch wenige blinzelten am Firmament. Außerdem waren noch zwei weitere himmlische Gebilde sichtbar: die gelappte Form Dorteselis, des größeren der beiden ringförmigen Gasriesen in dem System, und der blinkende weiße Punkt, der die Nova Portisia war.

Kabo ließ den Blick über die Plattform schweifen. Das Sonnenlicht war so rot, dass es beinahe braun wirkte. Es leuchtete von den fernen Atmosphären über den Schweifen des Orbitals über den Rand des Steilabhangs, durch das dunkle Tal mit seinen blassen Dunstinseln und sank weiter zu den sanften Hügeln und den Ebenen auf der anderen Seite. Die Schreie der Nachttiere des Waldes waren während der letzten zwanzig Minuten oder so nach und nach verstummt, und das Gezwitscher der Vögel erfüllte allmählich die nachtkalte Luft über dem niedrigen Wald.

Die Blimps hatten die Form dunkler Kuppeln, die zwischen den hohen, im Boden verwurzelten Bäumen verstreut schwebten. Auf Kabo wirkten sie bedrohlich, besonders in diesem rötlichen Licht. Die riesigen schwarzen Gassäcke sahen irgendwie unheimlich aus; ihre Luft war abgelassen und sie waren schlaff und schrumpelig, dennoch bildete jeder einen eindrucksvollen Wulst um den aufgeblähten Rumpf des Banner-Reservoirs, und ihre Würgerwurzeln schlängelten sich rings um sie herum wie riesige Tentakel, die ihr Territorium abgrenzten und gewöhnliche Bäume in ihre Schranken verwiesen. Ein leichter Wind bewegte die Äste der im Boden verwurzelten Bäume, sodass ihre Blätter angenehm rauschten. Auf den ersten Blick schien es so, als würden die Blimps durch den Wind nicht beeinflusst, doch tatsächlich schwankten sie träge, quietschend und knarrend, und trugen zu der unheimlichen Wirkung bei.

Das rote Sonnenlicht streifte jetzt die Kuppen der entfernteren Blimps an der flachen Seite der Böschung; ein paar Gleitflossenflieger waren bereits verschwunden und bewegten sich auf kaum wahrnehmbaren Wegen in den Wald. Auf der anderen Seite der Plattform ging die Sicht über Klippen, Geröll und Wald hinunter in die Schatten des breiten Tals, wo die Zick-zack-Windungen und Nebenarme des Flusses Tulume durch die träge ziehenden Nebelschwaden zu erkennen waren.

»Kabo.«

»Ach, Ziller.«

Ziller trug einen eng anliegenden, dunklen Anzug, der nur den Kopf, die Hände und die Füße frei ließ. Wo das Material des Anzugs den Wulst seines Mittelglieds bedeckte, war es mit Fell verstärkt. Ursprünglich war es der Wunsch des Chelgrianers gewesen, hierher zu kommen, um die Gleitflossenflieger zu sehen. Kabo hatte schon einmal, vor einigen Jahren, bei diesem besonderen Sport zugeschaut, wenn auch nur aus der Ferne, gleich nach seiner Ankunft auf Masaq'. Damals war er auf einem langen Gelenkkahn auf dem Tulume unterwegs zu den Ribbon-Seen gewesen, zum Großen Fluss und der Stadt Aquime, und hatte die fernen Punkte, die die Gleitflossenflieger waren, vom Schiffsdeck aus beobachtet.

Dies war das erste Mal, dass sich Kabo und Ziller seit der Begegnung auf der Barkasse *Soliton* fünf Tage zuvor wieder sahen. Kabo hatte verschiedene Projekte und Artikel beendet, an denen er gearbeitet hatte, und hatte vor kurzem angefangen, sich mit dem Material über Chel und die Chelgrianer zu befassen, das ihm die Kontakt-Drohne E. H. Tersono geschickt hatte. Er hatte halbwegs damit gerechnet, dass Ziller überhaupt nicht mit ihm in Verbindung treten würde, und deshalb hatte es ihn sehr überrascht, als der Komponist ihm eine Nachricht hinterlassen und ihn um ein Treffen auf der Gleitflossenflieger-Plattform im Morgengrauen gebeten hatte.

»Ach, Kst. Ziller«, sagte Feli Vitrouv, als der Chelgrianer mit federnden Schritten herankam und sich zwischen ihr und Kabo in eine Kauerstellung faltete. Die Frau warf einen Arm nach oben. Eine Flügelmembrane entfaltete sich ruckartig zu einer Weite von mehreren Metern, durchscheinend mit einem Hauch von Blaugrün, dann legte sie sich wieder an. Feli Vitrouv schnalzte mit der Zunge, anscheinend zufrieden. »Es ist uns immer noch nicht gelungen, Sie zum Mitfliegen zu überreden, wie?«

»Nein. Wie wär's mit Kabo?«

»Ich bin zu schwer.«

»Das fürchte ich auch«, sagte Feli. »Zu schwer, um die Sache ordentlich zu machen. Man könnte ihn mit einem Schwebeharnisch ausstatten, nehme ich an, aber das wäre geschummelt.«

»Ich dachte, der ganze Sinn einer solchen Übung besteht darin, zu schummeln.«

Die Frau, die gerade dabei war, einen Gurt um ihren Schenkel zu befestigen, blickte auf. Sie grinste den zusammengekauerten Chelgrianer an. »Ach ja?«

»Den Tod zu beschummeln.«

»Ach so, das meinen Sie. Nur eine Art der Formulierung, nicht wahr?«

»Finden Sie?«

»Ja. Schummelei bedeutet hier so viel wie … jemanden um etwas betrügen. Nicht Schummeln im Sinne von bestimmte Regeln scheinbar anzuerkennen und sie dann insgeheim nicht zu befolgen, während alle anderen es tun.«

Der Chelgrianer schwieg eine Weile, dann sagte er. »Oh-oh!«

Die Frau straffte ihre Körperhaltung und lächelte. »Wann schaffen wir es endlich mal, dass Sie einer Äußerung von meiner Seite zustimmen, Kst. Ziller?«

»Ich weiß nicht.« Er sah sich auf der Plattform um,

wo die verbliebenen Gleiter ihre Vorbereitungen beendeten und die anderen ihre Frühstückspicknicks zusammenpackten und in die verschiedenen kleinen Fluggeräte verluden, die lautlos in der Nähe schwebten. »Ist das alles nicht eine einzige Schummelei?«

Feli tauschte mit ein paar Fliegerkollegen letzte Ratschläge aus, und man rief sich gegenseitig viel Glück zu. Dann sah sie Kabo und Ziller an und wies mit einem Nicken auf eines der Fluggeräte. »Kommen Sie. Wir schummeln und nehmen den leichten Weg.«

Das Fluggerät war ein kleines pfeilschmales, spandünnes Ding mit offener Kabine. Kabo fand, dass es mehr wie ein kleines Motorboot aussah als wie ein Flugzeug. Seiner Schätzung nach bot es ausreichend Platz für acht Menschen. Er wog so viel wie drei der Zweibeiner, und Ziller brachte wahrscheinlich annähernd die Masse von zweien auf die Waage, also dürften sie unter der maximalen Kapazität des Geräts liegen, aber trotzdem sah es nicht so aus, als ob es der Aufgabe gewachsen wäre. Es schwankte leicht, als sie an Bord gingen. Sitze veränderten ihre Form entsprechend der beiden nicht menschlichen Gestalten. Feli Vitrouv schwang sich in den Führersitz, dabei legte sie mit einem klackenden Laut die Gleitflossen eng an, damit sie ihr nicht im Weg waren. Sie zog einen Schalthebel aus dem Cockpit-Armaturenbrett und sagte: »Manueller Betrieb, bitte, Nabe.«

»Du bist am Steuer«, sagte die Maschine.

Die Frau klickte den Hebel an seinen Platz, sah sich um und zog, drehte und schob dann daran, woraufhin sie sanft rückwärts anrollten, von der Plattform abhoben und dann dicht über den Baumwipfeln losbrausten. So etwas wie ein Feld verhinderte, dass alles, was über eine sanfte Brise hinausging, in den Passagierraum eindringen konnte. Kabo streckte den Arm aus und tastete mit einem Finger; er spürte einen unsichtbaren plastischen Widerstand.

»Also, wie ist diese Schummelei?«, rief Feli nach hinten.

Ziller blickte über die Bordseite. »Könnten Sie das Ding zu Bruch fliegen?«

Sie lachte. »Ist das eine Bitte?«

»Nein, nur eine Frage.«

»Wünschen Sie, dass ich es versuche?«

»Nein, nicht unbedingt.«

»Also dann, nein; wahrscheinlich könnte ich es nicht. Ich bediene zwar das Steuer, aber wenn ich etwas wirklich Dummes mache, dann würde sich die Automatik einschalten und uns außer Gefahr bringen.«

»Ist das Schummelei?«

»Kommt darauf an. Nach meiner Auffassung nicht.« Sie senkte das Fluggerät in einem scharfen Schwenk hinunter zu einer Gruppe von Blimpbäumen auf einer großen Lichtung. »Ich würde das als vernünftige Kombination von Spaß und Sicherheit bezeichnen.« Sie drehte sich zu ihnen um. Das Flugzeug ruckelte ein wenig in der Luft und zielte zwischen zwei hohen bodenverwurzelten Bäumen hindurch. »Obwohl ein Purist natürlich sagen könnte, ich dürfte überhaupt kein Flugzeug benutzen, um zu meinem Blimp zu kommen.«

Bäume flitzten beiderseits sehr nah vorbei; Kabo ertappte sich dabei, dass er zusammenzuckte. Es gab einen kleinen Stoß, und als er nach hinten sah, bemerkte Kabo einige Blätter und Zweige, die in ihrem Windschatten wirbelten und zu Boden fielen. Das Flugzeug sank bäuchlings hinunter zum größten Blimpbaum und zielte dicht unter der Wölbung des Gassacks hindurch, wo die riesigen Tentakelwurzeln sich zu der dunkelbraunen, bauchigen Hülse des Banner-Reservoirs vereinigten.

»Ein Purist würde wahrscheinlich zu Fuß gehen?«, mutmaßte Ziller.

»Ja.« Die Frau vollführte mit dem Hebel eine Art Kippbewegung nach unten, und das Fluggerät ging auf den Wurzeln nieder. Sie verstaute den Steuerhebel in dem Armaturenbrett vor sich. »Da ist unser Schätzchen«, sagte sie und wies mit einem Nicken zu dem dunklen, schwarzen und grünen Ballon hinauf, der den größten Teil des Morgenhimmels verdeckte.

Der Blimpbaum ragte etwa fünfzehn Meter hoch auf und warf einen tiefen Schatten. Die Oberfläche des Gassacks war rau und geädert und sah trotzdem dünn wie Papier aus; man hatte den Eindruck, als ob er stümperhaft aus riesigen Blättern zusammengenäht worden sei. Kabo fand, dass er wie eine Gewitterwolke aussah.

»Und wie kommen sie dann in diesen Wald?«, wollte Ziller wissen.

»Ich glaube, ich verstehe, worauf Sie hinauswollen«, sagte Feli, wobei sie aus dem Flugzeug sprang und auf einer breiten Wurzel landete. Sie prüfte erneut den festen Sitz ihres Harnischs; ihre Augen blinzelten in der Halbdunkelheit. »Die meisten kommen per U-Bahn«, erklärte sie und betrachtete gleichzeitig den Blimpbaum und das rote Licht, das zwischen dem Geäst der bodenverwurzelten Bäume hindurchsickerte. »Ein paar benutzen Schnellgleiter«, fügte sie hinzu und musterte stirnrunzelnd den Blimp, der sich scheinbar streckte und straffte. Kabo glaubte Geräusche zu hören, die vom Banner-Reservoir kamen.

»Einige nehmen aber auch ein Flugzeug«, fuhr sie fort, dann schenkte sie ihnen ein flüchtiges Lächeln und sagte: »Entschuldigen Sie mich bitte, ich glaube, es ist Zeit, dass ich mich zum Startplatz begebe.«

Sie zog ein Paar lange Handschuhe aus der Bauchtasche und streifte sie über. Gebogene schwarze Nägel, halb so lang wie ihre Finger, fuhren von den Spitzen aus, als sie die Faust ballte und wieder öffnete; dann drehte sie sich um und kletterte an der Seite der Reservoirhülse hinauf, bis sie am oberen Rand war, wo sich das elastische Material unter dem Blimp kräuselte. Der Baum knarrte jetzt laut, der Gassack blähte sich auf und straffte sich.

»Andere kommen vielleicht am Boden per Wagen oder Fahrrad, oder mit einem Boot und gehen dann zu Fuß weiter«, fuhr Feli fort, während sie sich am Rand des Reservoirs in die Hocke niederließ. »Die wahren Puristen allerdings, die Himmelssüchtigen, die leben da draußen in Hütten und Zelten und ernähren sich von erjagtem Wild und wilden Früchten und Gemüse. Sie reisen überallhin zu Fuß oder per Gleitflossen, und man sieht sie niemals in der Stadt. Sie leben fürs Fliegen; es ist ein Ritual, ein … wie nennt man so was? Ein Sakrament; für sie ist es beinahe eine Religion. Sie hassen Leute wie mich, weil wir es aus Spaß machen. Viele von denen sprechen gar nicht mit uns. Tatsächlich sprechen einige nicht einmal miteinander, und ich glaube, ein paar haben die Fähigkeit des Sprechens ganz und gar … oh!« Feli wandte sich ab, als der Blimp sich plötzlich aus dem Banner-Reservoir löste und wie eine riesige schwarze Blase aus einem großen braunen Mund in die Luft stieg.

Unter dem Gassack, mit einer dichten Masse von Fäden daran angebunden, hob sich ein breiter grüner Wimpel aus stoffdünnem Blattmaterial, acht Meter im Durchmesser und durchwoben von dunkleren Adern.

Feli Vitrouv stand auf, ließ die Krallen an ihren Handschuhen vorschnellen und warf sich auf die Masse von Fäden direkt unter dem Blimp; sie sprang in den großen Blattvorhang, sodass dieser bebte und wogte. Sie trat mit den Füßen danach, und weitere klingenscharfe Krallen durchlöcherten die Membrane. Der Blimp verlangsamte zunächst seinen Aufstieg, dann setzte er den Weg in Richtung Himmel fort.

Befreit vom Schatten des Blimps schien sich die Luft um das Fluggerät herum aufzuhellen, während das riesige Gebilde am immer noch heller werdenden Himmel dahinschwebte und dabei einen Laut wie ein Seufzen von sich gab.

»Ha *ha*!«, jauchzte Feli.

Ziller beugte sich zu Kabo. »Sollen wir ihr folgen?«

»Warum nicht?

»Flugmaschine?«, sagte Ziller.

»Hier ist Nabe, Kst. Ziller«, sagte eine Stimme aus der Kopfstütze des Sitzes.

»Bring uns da rauf. Wir wollen Ms Vitrouv folgen.«

»Gewiss.«

Das Fluggerät stieg beinahe senkrecht auf, glatt und schnell, bis sie auf einer Höhe mit der dunkelhaarigen Frau waren, die sich umgedreht hatte, sodass sie von dem Banner unter dem Blimp auswärts blickte. Kabo schaute über die Seite des Fahrzeugs. Sie waren inzwischen etwa sechzig Meter hoch und gewannen mit beträchtlicher Geschwindigkeit immer mehr Höhe. Als er direkt nach unten blickte, sah er in die Basishülle des Blimps, wo sich weitere Mengen von Bannerblattmaterial aus dem Reservoir entfalteten und kräuselnd in die Luft gehoben wurden.

Feli Vitrouv lächelte sie breit an; ihr Körper wurde hierhin und dorthin gezogen, während das Bannerblatt im tobenden Wind flatterte und wogte. »Seid ihr okay?«, rief sie lachend. Ihr Haar umflatterte ihr Gesicht, und sie schüttelte andauernd den Kopf.

»Oh, ich glaube, wir sind okay«, rief Ziller zurück. »Und Sie?«

»Mir ging es noch nie besser!«, brüllte die Frau; sie blickte hinauf zum Blimp und dann hinunter zum Boden.

»Um auf das Thema Schummelei zurückzukommen«, sagte Ziller.

Sie lachte. »Ja? Was?«

»Der ganze Ort hier ist eine Schummelei.«

»Wie das?« Sie löste eine Hand und hielt sich leichtsinnig mit nur einem Arm fest, um mit der anderen Hand mit eingezogenen Klauen die Haare von ihrem Mund wegzustreichen. Die Bewegung machte Kabo nervös. Er an ihrer Stelle hätte eine Mütze oder so etwas getragen.

»Er soll aussehen wie ein Planet«, rief Ziller. »Aber er ist in Wirklichkeit gar keiner.«

Kabo beobachtete die immer noch nicht vollends aufgegangene Sonne. Sie schien jetzt leuchtend rot. Ein Orbitaler Sonnenaufgang, ebenso wie ein O-Sonnenuntergang, dauerte entschieden länger als derselbe Vorgang auf einem Planeten. Der Himmel oben wurde als Erstes hell, dann schienen die aufsteigenden Sterne aus dem Infrarot heraus zu verschmelzen, ein schimmerndes zinnoberrotes Spektrum tauchte aus der Dunstlinie auf und glitt am Horizont entlang, schwach durch die Wände der Platte und die ferne Lufthülle schimmernd und nur langsam an Höhe gewinnend, obwohl das Tageslicht, wenn es einmal richtig eingesetzt hatte, länger anhielt als auf einem Globus. All das war wahrscheinlich insofern ein Vorzug, dachte Kabo, als Sonnenuntergang und Sonnenaufgang oft die aufregendsten und reizvollsten Bilder des Tages mit sich brachten.

»Na und?« Feli hielt sich nun wieder mit beiden Händen fest.

»Warum belasten Sie sich mit uns?«, rief Ziller und deutete auf den Blimp. »Fliegen Sie hinauf. Benutzen Sie ein Fluggeschirr …«

»Mach alles im Traum, mach alles in der virtuellen Realität!«, lachte sie.

»Wäre das weniger falsch?«

»Das ist nicht die Frage. Die Frage ist: Wäre es weniger Spaß?«

»Und, wäre es?«

Sie nickte heftig. »Aber ganz gewiss!« Ihr Haar, das von einem plötzlichen Aufwind gepackt wurde, wirbelte um ihren Kopf wie schwarze Flammen.

»Dann macht es Ihnen also nur dann Spaß, wenn ein gewisses Maß an Realität enthalten ist?«

»Auf jeden Fall macht es mehr Spaß«, rief sie zurück. »Manche Leute betreiben das Blimpspringen als wichtigste Freizeitbeschäftigung, aber sie machen es immer nur in der …« Ihre Stimme verlor sich, als eine Windbö um sie herum toste; der Blimp wackelte, und das Flugzeug zitterte ein wenig.

»In was?«, brüllte Ziller.

»Im Traum«, rief sie. »Das sind VR- Gleitflossen-Puristen, die sich etwas drauf zugute halten, dass sie niemals das Echte machen.«

»Verachten Sie sie?«, brüllte Ziller.

Die Frau sah verblüfft aus. Sie beugte sich aus der gekräuselten Membrane, dann löste sie eine Hand – diesmal ließ sie den Handschuh dort, wo er war, verankert in der dicken Fadenmembran –, wühlte in ihrer Bauchtasche und klemmte sich etwas Winziges an einen Nasenflügel. Dann schob sie die Hand wieder in den Handschuh und lehnte sich entspannt zurück. Als sie wieder sprach, hatte ihre Stimme einen normalen Ton und – übertragen über Kabos Nasenring und welche Terminaleinrichtung Ziller auch immer benutzen mochte – hörte sich an, als säße sie gleich neben ihnen beiden.

»*Verachten*, sagten Sie?«

»Ja«, antwortete Ziller.

»Warum, in aller Welt, sollte ich sie verachten?«

»Sie erreichen mit einem minimalen Aufwand und

ohne Risiko das, wofür Sie Ihr Leben aufs Spiel setzen.«

»Das ist ihre eigene Entscheidung. Ich könnte es ebenfalls so machen, wenn ich wollte. Und überhaupt«, sagte sie, blickte kurz zu dem Blimp über sich hinauf und warf dann einen längeren Blick auf den Himmel ringsum, »ist es ja nicht genau das Gleiche, was man damit erreicht, nicht wahr?«

»Nein?«

»Nein. Man weiß, dass man in der VR war, nicht in der Wirklichkeit.«

»Auch in dieser Hinsicht könnte man schummeln.«

Sie seufzte, dann verzog sie das Gesicht. »Sehen Sie, es tut mir Leid, aber es ist Zeit zu fliegen, und ich möchte gern allein sein. Das ist nicht böse gemeint.« Sie zog die Hand wieder aus dem Handschuh, zog sich das angeklemmte Terminal von der Nase und steckte es wieder in die Bauchtasche; dann schob sie die Hand mit einiger Mühe wieder in den Handschuh. Kabo fand, dass sie kalt aussah. Sie befanden sich jetzt einen halben Kilometer über dem Steilabhang, und die Luft, die über die Felder des Flugzeugs strömte, fühlte sich an seinem Rückenschild eisig an. Die Geschwindigkeit des Aufstiegs hatte sich beträchtlich verringert, und Felis Haar wehte nun mehr zur einen Seite und peitschte nicht mehr rund um ihren Kopf.

»Bis später!«, brüllte sie durch die Luft. Dann ließ sie los.

Sie lehnte sich hinaus; als Erstes lösten sich die Handschuhe, dann die Stiefel; Kabo sah, wie die glänzenden Krallen zurückschnellten, im Sonnenlicht orange-gelb reflektierend, während sie fiel. Von dem Gewicht befreit, stieg der Blimp rascher zum Himmel auf.

Kabo und Ziller schauten zur selben Seite des Flugzeugs hinaus; es stieß zurück, hielt die Höhe, dann wendete es blitzschnell, damit sie die Frau in ihrem Sturzflug beobachten konnten. Sie trat mit den Beinen und breitete die Arme weit aus; die Rippen der Gleitflossen spreizten sich und verwandelten sich mit einem einzigen Flattern in riesige blaue und grüne Vogelschwingen. Über das Rauschen des Windes hinweg hörte Kabo ihr wildes Ju-hu. Sie schwenkte ab, dem Sonnenaufgang entgegen, dann drehte sie sich weiter und verschwand vorübergehend hinter dem Bannerblatt. Am Himmel rings um sie herum konnte Kabo eine Handvoll weiterer Flieger ausmachen; winzige Punkte und Gestalten, die unter den angebundenen Ballons der aufgestiegenen Blimpbäume durch die Luft kurvten.

Feli drehte sich wieder; sie gewann jetzt an Höhe und vollführte eine Aufwärts-Kehre, die sie direkt unter sie brachte. Das Flugzeug schwenkte leicht in der Luft, damit sie sie im Blick behielten.

Sie glitt zwanzig Meter unter ihnen vorbei, schlug einen Purzelbaum und brüllte ihnen etwas zu, ein breites Grinsen im Gesicht. Dann rollte sie wieder herum, um dem Himmel den Rücken darzubieten, legte die Flügel an und ließ sich in die Tiefe sacken. Es sah aus, als würde sie in den Boden tauchen. »Oh!«, entfuhr es Kabo unwillkürlich.

Angenommen, sie würde zu Tode kommen? Er hatte bereits damit begonnen, im Kopf das nächste Sprechstück zu komponieren, das er an den Homomdanischen Fern-Korrespondenten-Nachrichtendienst schicken wollte. Seit beinahe neun Jahren schon schickte Kabo alle sechs Tage diese anschaulichen Berichte nach Hause und hatte sich einen kleinen, aber treuen Hörerkreis aufgebaut. Bisher war es ihm erspart geblieben, jemals über einen Unfalltod zu berichten, und die Vorstellung, dass er das diesmal vielleicht tun müsste, gefiel ihm gar nicht.

Dann spreizten sich die blauen und grünen Schwingen erneut, und die Frau stieg wieder höher, einen Kilometer weit entfernt, bevor sie schließlich hinter einem Zaun aus Bannerblättern verschwand.

»Unser Engel ist nicht unsterblich, oder?«, fragte Ziller.

»Nein«, antwortete Kabo. Er wusste nicht genau, was ein Engel war, fürchtete jedoch, er würde einen zu unbedarften Eindruck machen, wenn er Ziller oder Nabe um eine Erklärung bitten würde. »Nein, sie ist nicht gesichert.«

Feli Vitrouv gehörte, wie etwa die Hälfte aller Gleitflossenflieger, zu jenen, von denen keine Aufzeichnung ihres Gehirnbestands existierte, um sie wiederzubeleben, fall sie zu Boden stürzten und getötet wurden. Allein schon der Gedanke bereitete Kabo ein unbehagliches Gefühl.

»Sie bezeichnen sich als Wegwerftruppe«, sagte er.

Ziller schwieg eine Weile. »Seltsam, dass sich Leute mit Wonne Beinamen geben, die sie empört ablehnen würden, wenn sie von anderen damit bedacht würden.« Ein gelb-orangefarbenes Glanzlicht spiegelte sich in den blanken Flugzeugflächen. »Es gibt eine chelgrianische Kaste mit dem Namen ›die Unsichtbaren‹.«

»Ich weiß.«

Ziller blickte auf. »Hm. Wie kommen Sie mit Ihren Studien voran?«

»Ach, ganz gut. Ich hatte nur vier Tage Zeit, und ich musste noch verschiedene eigene Arbeiten vollenden. Aber immerhin habe ich damit angefangen.«

»Eine Aufgabe, um die Sie nicht zu beneiden sind, Kabo. Ich würde Ihnen im Namen meiner Spezies gern eine Entschuldigung anbieten, doch ich habe das Gefühl, das wäre überflüssig, da meine ganze Arbeit nur eine einzige Entschuldigung ist – mehr oder weniger.«

»Oh, sagen Sie so etwas nicht«, widersprach Kabo,

peinlich berührt. Sich derart für die Seinen zu schämen war … nun, beschämend.

»Wohingegen diese Bande da«, sagte Ziller und deutete mit einem Nicken über die Seite des Flugzeugs zu den trudelnden Punkten von Gleitflossenfliegern hin, »einfach nur sonderbar ist.« Er lehnte sich in seinem Sitz zurück und holte seine Pfeife aus einer Tasche. »Sollen wir ein bisschen hier bleiben und den Sonnenaufgang bewundern?«

»Ja«, sagte Kabo. »Mit Vergnügen.«

Von hier oben konnten sie einige hundert Kilometer weit über die Frettle-Platte schauen. Der Stern des Systems, Lacelere, war immer noch im Aufgehen begriffen und wurde immer gelber, bis er seine größte Helligkeit erreicht hatte; er strahlte durch die Luftkontinente antispinwärts, und sein Leuchten verwischte jede Einzelheit auf dem Land, das immer noch im Schatten lag. Spinwärts – unter der breiten, ausgefaserten, dann sich verdichtenden und allmählich schrumpfenden Linie am Himmel, einer schimmernden Perlenkette gleich – erhoben sich die Tulier-Berge, Schneeumhänge um die Schultern. Rechts des Spins ging der Blick über die weiten Steppen, verlor sich im Dunst. Links waren die Umrisse von Hügeln in blauer Ferne sowie das breite Band einer Flussmündung zu erkennen, wo der Große Masaq'-Fluss sich ins Frettle-Meer ergoss, und die Gewässer jenseits davon.

»Sie meinen doch nicht etwa, dass ich die Menschen zu sehr ködere, oder?«, fragte Ziller. Er zog an seiner Pfeife, betrachtete sie nachdenklich.

»Ich glaube, sie genießen das«, antwortete Kabo.

»Wirklich? Oh.« Ziller hörte sich enttäuscht an.

»Wir helfen dabei, sich zu definieren. Das gefällt ihnen.«

»Sich zu definieren? Mehr nicht?«

»Ich glaube nicht, dass das der einzige Grund ist,

warum sie uns gern hier haben, jedenfalls bestimmt nicht, was Sie betrifft. Doch wir geben ihnen ein Außerirdischen-Standardmaß, anhand dessen sie sich einordnen können.«

»Das hört sich ein klein wenig besser an, als wenn wir nur die Schoßtierchen der Oberkaste wären.«

»Sie sind anders, lieber Ziller. Man nennt Sie ›Komponist Ziller‹, Kst. Ziller, eine Art der Anrede, die ich noch nie zuvor gehört habe. Man ist hier unendlich stolz, weil Sie sich dafür entschieden haben, hierher zu kommen. Die Kultur im Ganzen und Nabe und die Leute von Masaq' im Besonderen, zweifellos.«

»Zweifellos«, murmelte Ziller; er zog an seiner immer noch nicht angezündeten Pfeife und blickte über die Ebene.

»Sie sind bei denen ein Star.«

»Eine Trophäe.«

»So etwas Ähnliches, aber auf jeden Fall hoch geachtet.«

»Sie haben ihre eigenen Komponisten.« Ziller blickte stirnrunzelnd in den Pfeifenkopf, klopfte dagegen und machte »T-t-t-t«. »Dregs, eine ihrer Maschinen, ihrer Gehirne, könnte sie alle zusammen in Grund und Boden komponieren.«

»Aber das«, sagte Kabo, »wäre Schummelei.«

Die Schulter des Chelgrianers bebte, und er gab einen Laut von sich, der sich wie *huhuhu* anhörte und vielleicht ein Lachen war.

»Sie erlauben mir keine Schummelei, mit der ich mich vor der Begegnung mit diesem beschissenen Gesandten drücken könnte.« Er sah den Homomdaner eindringlich an. »Gibt es darüber was Neues?«

Kabo wusste bereits von Masaq'-Nabe, dass Ziller bis jetzt geflissentlich alles ignoriert hatte, das mit dem Gesandten zu tun hatte, der aus seiner Heimat verwiesen werden sollte. »Sie haben ein Schiff losgeschickt, das ihn oder sie hierher bringen soll«, sagte Kabo. »Nun ja, um die Sache in Gang zu bringen. Anscheinend hat es von chelgrianischer Seite eine plötzliche Änderung des Plans gegeben.«

»Warum?«

»Soviel ich gehört habe, weiß das hier niemand genau. Ein Treffen war vereinbart, doch dann von Chel abgesagt worden.« Kabo machte eine kurze Pause. »Es hat irgendetwas mit einem havarierten Schiff zu tun.«

»Mit einem havarierten Schiff?«

»Hmm. Vielleicht müssen wir Nabe fragen. Hallo, Nabe?«, sagte er und tippte dabei unnötigerweise an seinen Nasenring, wobei er sich töricht vorkam.

»Kabo, Nabe hier. Was kann ich für dich tun?«

»Dieses Schiffswrack, von dem der chelgrianische Gesandte aufgelesen wurde.«

»Ja?«

»Weißt du Genaueres?«

»Es war ein Vertragskaperkreuzer des Itirewein-Clans, der der Loyalistenfaktion angehört. In der Endphase des Kastenkriegs wurde er überwältigt. Der Rumpf wurde vor einigen Wochen in der Nähe des Sterns Reshref entdeckt. Der Name des Schiffs war *Wintersturm*.«

Kabo sah Ziller an, der offensichtlich in das Gespräch einbezogen war. Der Chelgrianer zuckte die Achseln. »Noch nie davon gehört.«

»Gibt es irgendwelche näheren Informationen über die Identität des Gesandten?«, fragte Kabo.

»Ein paar. Wir kennen seinen Namen noch nicht, aber anscheinend ist oder war er ein Militäroffizier mittleren Alters, der sich in den Dienst der Religion gestellt hat.«

Ziller schnaubte. »Welche Kaste?«, fragte er mürrisch.

»Wir glauben, er ist ein Geschenkter aus dem Haus Itirewein. Ich muss jedoch darauf hinweisen, dass ein gewisser Grad Unsicherheit in diesen Angaben steckt. Chel war nicht sehr entgegenkommend, was Informationen betrifft.«

»Was Sie nicht sagen«, höhnte Ziller und blickte über das Heck des Flugzeugs, um zuzuschauen, wie die gelb-weiße Sonne die letzte Phase ihres Aufgehens beendete.

»Wann erwarten wir die Ankunft des Gesandten?«, fragte Kabo.

»In etwa siebenunddreißig Tagen.«

»Verstehe. Danke.«

»Gern geschehen. Einer von uns, ich oder Dn. Tersono, wird später mit dir sprechen, Kabo. Jetzt lasse ich euch Kerle erst mal in Ruhe.«

Ziller richtete eine Bemerkung an seinen Pfeifenkopf.

»Ist es von Bedeutung, welcher Kaste dieser Gesandte angehört?«, fragte Kabo.

»Eigentlich nicht«, antwortete Ziller. »Mir ist es gleichgültig, wen oder was sie schicken. Ich habe keine Lust, mit so einem Typen zu reden. Sicher lässt der Umstand, dass sie jemanden aus den herrschenden Militärkreisen schicken, der zufällig auch noch ein frommer Speichellecker zu sein scheint, darauf schließen, dass sie sich keine besonders große Mühe geben, sich bei mir einzuschmeicheln. Ich weiß nicht, ob ich mich beleidigt oder geehrt fühlen soll.«

»Vielleicht handelt es sich um einen großen Bewunderer Ihrer Musik.«

»Ja, vielleicht hat er einen Zweit- oder Drittjob als Musikprofessor an einer der besseren Universitäten«, sagte Ziller und zog erneut an der Pfeife. Etwas Rauch stieg nun aus dem Kolben auf.

»Ziller«, sagte Kabo. »Ich würde Sie gern etwas fragen.« Der Chelgrianer sah ihn an. Kabo fuhr fort. »Das umfangreiche Werk, an dem Sie gearbeitet haben – könnte es ein Zeichen für das Ende der Zwillingsnovae-Periode sein, von Nabe in Auftrag gegeben?« Er ertappte sich dabei, dass er unwillkürlich in die Richtung des hellen Punktes starrte, der Portisia war.

Ziller lächelte zaghaft. »Bleibt das, was Sie von mir erfahren, unter uns?«, fragte er.

»Selbstverständlich. Sie haben mein Wort.«

»Also dann – ja«, sagte Ziller. »Eine Symphonie in voller Länge, um dem Ende von Nabes Trauerperiode ein Denkmal zu setzen, sowohl eine Meditation über die Schrecken des Krieges als auch ein Fest des Friedens, der seither mit nur ganz kleinen Schönheitsfehlern herrscht. Die Aufführung soll live gleich nach Sonnenuntergang stattfinden, an dem Tag, an dem die zweite Nova aufgeht. Wenn ich die Regie mit der üblichen Genauigkeit durchführe und den zeitlichen Ablauf richtig anlege, müsste das Licht beim Einsetzen der letzten Note erstrahlen.« Ziller sprach mit einem genüsslichen Unterton. »Nabe hat vor, so etwas wie eine Lichtschau für das Stück zu arrangieren. Ich weiß noch nicht, ob ich das gestatten werde, aber wir werden sehen.«

Kabo vermutete, der Chelgrianer war froh, dass jemand sein Vorhaben geahnt hatte und er darüber reden konnte. »Ziller, das ist eine wundervolle Neuigkeit«, sagte er. Es würde das erste Stück in voller Länge sein, das Ziller seit seinem selbst gewählten Exil vollenden würde. Manche Leute, einschließlich Kabo, hatten befürchtet, Ziller würde niemals wieder irgendetwas in dem wahrhaft monumentalen Maßstab hervorbringen, in dem er sich als so großer Meister erwiesen hatte. »Ich freue mich darauf. Ist es schon fertig?«

»Beinahe. Ich poliere noch ein wenig daran herum.« Der Chelgrianer blickte zu dem Lichtpunkt hinauf, der die Nova Portisia war. »Es ist sehr gut gelaufen«, sagte er versonnen. »Wundervolles Rohmaterial. Etwas, in das ich mich richtig hineinverbeißen konnte.« Er lächelte Kabo ohne Wärme an. »Selbst die Katastrophen der anderen Betroffenen spielen sich irgendwie auf einer anderen Ebene der Eleganz und ästhetischen Verfeinerung ab, verglichen mit Chel. Die Gräueltaten meiner eigenen Spezies haben ausreichend Tod und Leid verursacht, aber sie sind langweilig und kitschig. Man hätte annehmen dürfen, dass sie mich mit besseren Inspirationen versorgen würden.«

Kabo schwieg ein paar Augenblicke lang. »Es ist traurig, wenn man sein eigenes Volk so sehr hasst, Ziller.«

»Ja, das ist es«, pflichtete Ziller bei und blickte hinaus zum fernen Großen Fluss. »Obwohl dieser Hass zum Glück ein entscheidender Impuls für meine Arbeit ist.«

»Ich weiß, es besteht nicht die geringste Aussicht, dass Sie in Ihre Heimat zurückkehren werden, Ziller, aber sie sollten zumindest mit diesem Gesandten sprechen.«

Ziller sah ihn an. »Sollte ich das?«

»Wenn Sie es nicht tun, könnte es so aussehen, als ob sie Angst vor seinen Argumenten hätten.«

»Ach ja? Was denn für Argumenten?«

»Ich könnte mir vorstellen, dass er sagen wird, man braucht Sie dort«, antwortete Kabo geduldig.

»Damit ich deren Trophäe bin anstatt die der Kultur.«

»Ich glaube, Trophäe ist nicht das richtige Wort. Leitfigur wäre vielleicht besser. Leitfiguren sind wichtig, sie bewirken etwas. Eine solche Leitfigur kann die Geschicke anderer lenken. Sie kann in einem gewissen Rahmen den Kurs einer ganzen Gesellschaft bestimmen. Jedenfalls wird die Delegation bestimmt das Argument vorbringen, dass Ihre Gesellschaft, Ihre ganze Zivilisation mit ihrem berühmtesten Dissidenten Frieden schließen muss, damit sie Frieden mit sich selbst schließen und sich neu aufbauen kann.«

Ziller sah ihn ausdruckslos an. »Man hat Sie mit Bedacht ausgewählt, nicht wahr, Botschafter?«

»Nicht in der Weise, wie Sie das meiner Vermutung nach meinen. Ein solches Argument hat weder meine Zuneigung noch meine Abneigung. Aber es ist wahrscheinlich, dass sie es Ihnen vortragen möchten. Selbst wenn Sie wirklich noch nicht darüber nachgedacht und noch nicht versucht haben, deren Vorschläge vorauszuahnen, dann wird Ihnen dennoch klar sein, dass Sie, wenn Sie es getan hätten, selbst zu diesem Schluss gekommen wären.«

Ziller starrte den Homomdaner an. Während Kabo dem Blick dieser großen dunklen Augen standhielt, stellte er im Stillen fest, dass die Sache nicht ganz so schwierig war, wie er angenommen hatte. Dennoch war es nicht etwas, das er sich als erholsame Freizeitbeschäftigung ausgesucht hätte.

»Bin ich wirklich ein Dissident?«, fragte Ziller schließlich. »Ich habe mich gerade daran gewöhnt, mich für einen Kultur-Flüchtling zu halten oder jemanden, der politisches Asyl sucht. Das ist eine zutiefst beunruhigende Neuklassifizierung.«

»Ihre früheren Äußerungen fallen schwer ins Gewicht, Ziller. Wie auch Ihre Taten; vor allem der Umstand, dass Sie überhaupt hierher gekommen und dann geblieben sind, nachdem der Hintergrund des Krieges klar geworden war.«

»Der Hintergrund des Krieges, mein gelehrter homomdanischer Freund, sind drei Jahrtausende erbarmungsloser Unterdrückung, kulturellen Imperialismus, wirtschaftlicher Ausbeutung, systematischer Folterung, sexueller Tyrannei und des Kults materieller Gier, die den Leuten beinah als genetisches Erbe innewohnt.«

»Aus Ihnen spricht Verbitterung, lieber Ziller. Kein außen stehender Beobachter würde eine so feindselige

Zusammenfassung der jüngsten Geschichte Ihrer Spezies geben.«

»Dreitausend Jahre zählen zur jüngsten Geschichte?«

»Sie weichen vom Thema ab.«

»Ja, ich finde es direkt komisch, dass Sie die letzten drei Jahrtausende als ›jüngste Geschichte‹ bezeichnen. Das ist sicher interessanter als die Diskussion über das genaue Maß an Schuld, das dem Verhalten meiner Landsleute angelastet werden kann, seit wir auf die faszinierende Idee des Kastensystems gekommen sind.«

Kabo seufzte. »Wir sind eine langlebige Spezies, Ziller, und ich bin seit vielen Jahrhunderten Mitglied der galaktischen Gemeinschaft. Dreitausend Jahre sind alles andere als unbedeutend nach unserer Zeitrechnung, aber in der Lebensspanne einer intelligenten, raumfahrenden Spezies zählen sie tatsächlich zur jüngsten Geschichte.«

»Sie fühlen sich unbehaglich bei solchen Dingen, nicht wahr, Kabo?«

»Bei was für Dingen, Ziller?«

Der Chelgrianer deutete mit dem Stiel seiner Pfeife über die Seite des Flugzeugs. »Sie empfanden etwas für dieses weibliche Menschenwesen, als es scheinbar im Begriff war, ungebremst zu Boden zu stürzen und sein nicht gespeichertes Gehirn über die Landschaft zu verspritzen, nicht wahr? Und Sie finden es störend – um es gelinde auszudrücken –, dass ich, wie Sie es nennen, verbittert bin und mein eigenes Volk hasse.«

»All das stimmt.«

»Sind Sie denn in Ihrer eigenen Existenz so sehr von Gleichmut durchdrungen, dass sie kein Ventil für irgendwelche Sorgen brauchen, außer im Mitgefühl für andere?«

Kabo lehnte sich zurück und überlegte. »Ich nehme an, es erscheint so.«

»Daher vielleicht Ihre Identifikation mit der Kultur.«

»Vielleicht.«

»Sie können also ihre gegenwärtige – oh, sollen wir sagen: *Verlegenheit* – in Bezug auf den Kastenkrieg nachempfinden?«

»Das Empfinden aller einunddreißig Milliarden Bürger der Kultur zu teilen würde selbst mein ausgeprägtes Einfühlungsvermögen ein wenig überfordern.«

Ziller lächelte schmallippig und blickte hinauf zu der Linie, die das Orbital war. Das helle Band begann an der spinwärtigen Dunstlinie und verlief, schmaler werdend, in den Himmel; ein einziger Streifen Land, durchbrochen von riesigen Ozeanen und den zerklüfteten, eisüberkrusteten Küsten der transatmosphärischen Spantenwand mit einer grün und braun und blau und weiß gesprenkelten Oberfläche; der Streifen war mal verengt, mal verbreiterte er sich und war eingegrenzt von den Randmeeren mit ihren verstreuten Inseln. Das breite Band des Großen Masaq'-Flusses war in einigen der näheren Regionen zu erkennen. Oben zeigte sich die andere Seite des Orbitals nur als helle Linie, die geographischen Einzelheiten verloren sich in diesem glänzenden Faden.

Manchmal – sofern man wirklich sehr gute Augen hatte und hinaufblickte zu der anderen Seite direkt über einem – konnte man mit Mühe den winzigen schwarzen Punkt ausmachen, der Masaq'-Nabe war, frei im Raum hängend, eineinhalb Millionen Kilometer entfernt in dem ansonsten leeren Zentrum des weiten Armbandes der Welt aus Land und Meer.

»Ja«, sagte Ziller. »Es sind so viele, nicht wahr?«

»Es hätten leicht noch mehr sein können. Sie haben sich für die Stabilität entschieden.«

Ziller blickte immer noch zum Himmel. »Wussten Sie, dass es Leute gibt, die seit der Vollendung des Orbitals den Großen Fluss befahren haben?«

»Ja. Ein paar sind jetzt auf ihrer zweiten Kreisbahn. Sie nennen sich ›die Zeitreisenden‹, weil sie auf dem Weg in Richtung des Spins sich weniger schnell bewegen als irgendjemand sonst auf dem Orbital und so einen verringerten relativistischen Zeitverfall durchmachen, so unwesentlich diese Wirkung auch sein mag.«

Ziller nickte. Die großen dunklen Augen sogen den Anblick in sich ein. »Ich wüsste gern, ob auch irgendjemand gegen den Fluss reist'«

»Einige machen das. Es gibt immer welche. Bis jetzt ist es jedoch noch keinem von ihnen gelungen, eine ganze Kreisbahn um das gesamte Orbital zurückzulegen; sie müssten sehr lange leben, um das zu schaffen. Sie haben den schwereren Weg gewählt.«

Ziller streckte sein Mittelglied und die Arme aus und legte die Pfeife weg. »Und wenn schon.« Er formte den Mund zu etwas, das, wie Kabo wusste, ein echtes Lächeln war. »Sollen wir nach Aquime zurückkehren? Auf mich wartet Arbeit.«

4   Versengter Boden

≈*SIND UNSERE EIGENEN SCHIFFE nicht gut genug?*≈
≈Die ihren sind schneller.≈
≈*Immer noch?*≈
≈Leider ja.≈
≈*Und ich hasse dieses ewige Hin und Her. Erst das eine Schiff, dann ein anderes, dann wieder ein anderes und so weiter. Ich komme mir ein bisschen verschaukelt vor.*≈
≈Das soll doch nicht etwa eine versteckte Beleidigung oder der Versuch einer Verzögerung sein, oder?≈
≈*Sie meinen, dass man uns nicht unser eigenes Schiff gibt?*≈
≈Ja.≈
≈*Das glaube ich nicht. Auf eine unterschwellige Art versuchen sie vielleicht sogar, uns zu beeindrucken. Sie wollen damit sagen, dass sie sich so viel Mühe geben, die Fehler zu berichtigen, die sie begangen haben, dass sie kein einziges Schiff aus dem normalen Dienst abziehen werden, für wen auch immer.*≈
≈Ist es vielleicht sinnvoller, vier Schiffe zu unterschiedlichen Zeiten abzustellen?≈
≈*In Anbetracht der Art, wie sie ihre Streitkräfte aufgebaut haben, schon. Das erste Schiff war in erster Linie ein Kriegsfahrzeug. Die halten sie in der Nähe von Chel stationiert, für den Fall, dass der Krieg erneut ausbricht. Manchmal setzten sie vielleicht kleinere Schleifen anderweitig ein, zum Beispiel, um uns als Fähre zu dienen, mehr aber auch nicht. Dasjenige, auf dem wir uns derzeit befinden, ist ein Superlifter, so*

etwas wie ein schneller Schleppkahn. Dasjenige, dem wir uns nähern, ist ein ASF, ein Allgemeines System-Fahrzeug, eine Art Depot- oder Mutterschiff. Es trägt andere Kriegsschiffe, die im Fall weiterer feindseliger Zusammenstöße eingesetzt werden könnten, falls diese ein Ausmaß annehmen sollten, dem ihre sofort verfügbaren Einsatzmittel nicht mehr gewachsen sind. Die ASF haben einen größeren Bewegungsradius als die Kriegsschiffe, obwohl auch sie sich nicht allzu weit vom chelgrianischen Raum entfernen können. Das letzte Schiff ist ein altes, militärisch abgetakeltes Kriegsschiff einer Sorte, die in der ganzen Galaxis üblicherweise als Vorposten eingesetzt werden.≈

≈In der ganzen Galaxis. Irgendwie versetzt einem dieser Ausdruck immer noch einen Schock.≈

≈*Ja. Anständig von denen, dass sie sich so sehr für unser verhältnismäßig armseliges Wohlbefinden interessieren.≈*

≈Wenn man ihnen glaubt, dann ist das das Einzige, worum es ihnen jemals ging.≈

≈*Glauben Sie ihnen, Major?≈*

≈Ich denke schon. Ich bin nur nicht überzeugt davon, dass das eine ausreichende Entschuldigung ist für das, was geschehen ist.≈

≈*Ganz bestimmt nicht.≈*

Die ersten drei Tage ihrer Reise verbrachten sie an Bord der Schnellen Angriffs-Einheit *Ärgerniswert* der Peiniger-Klasse. Es war ein klobiges, zusammengeschustertes Ding: Ein Bündel riesiger Motoren hinter einer einzigen Waffenhülse und einem winzigen Unterkunftsbereich, der wie ein Nachgedanke aussah.

≈*Herrje, ist das Ding hässlich!≈*, sagte Huyler, als sie es zum ersten Mal sahen; sie kamen vom Wrack der *Wintersturm* in einem kleinen Shuttle, zusammen mit dem dunkelhäutigen, grau gekleideten Avatara des Schiffs. ≈*Und diese Leute sollen angeblich dekadente Ästheten sein?≈*

≈Es gibt die Theorie, dass sie sich ihrer Waffen schämen. So lange sie unelegant, grob und unproportioniert aussehen, können sie so tun, als würden sie ihnen nicht gehören oder wären nicht wirklich Teil ihrer Zivilisation, nicht einmal vorübergehend, weil alles andere, das sie herstellen, von so feinem Schönheitsempfinden zeugt.≈

≈*Vielleicht wurde auch einfach die Form der Funktion untergeordnet. Ich muss jedoch gestehen, dass das für mich etwas Neues ist. Welcher universitätsgebildete Schlaumeier hat sich diese Theorie ausgedacht?*≈

≈Es wird Sie freuen zu hören, Hadesh Huyler, dass wir jetzt eine Zivilisations-Metalogische Profilierungsabteilung in der Naval Intelligence haben.≈

≈*Wie ich feststelle, muss ich einiges nachholen, um auf den neuesten Stand der Technologie zu kommen. Was bedeutet metalogisch?*≈

≈Das ist die Kurzform von psycho-physio-philosophilogisch.≈

≈*Aha, natürlich. Ganz klar. Ich bin froh, dass ich gefragt habe.*≈

≈Es ist ein Ausdruck der Kultur.≈

≈*Ein beschissener Ausdruck der* Kultur?≈

≈Ja, Sir.≈

≈*Ich verstehe. Und was genau macht diese eure metalogische Abteilung?*≈

≈Sie versucht uns zu verdeutlich, wie andere Involvierte denken.≈

≈*Involvierte?*≈

≈Auch eine ihrer Bezeichnungen. Sie bedeutet raumfahrende Spezies jenseits eines bestimmten technologischen Niveaus, die bereit und fähig sind, miteinander zu interagieren.≈

≈*Verstehe. Es ist immer ein schlechtes Zeichen, wenn man anfängt, die Terminologie des Feindes zu übernehmen.*≈

Quilan sah den Avatara an, der in dem Sitz neben ihm saß. Er lächelte ihn unsicher an.

≈Dem kann ich beipflichten, Sir.≈

Er wandte den Blick wieder dem Bild des Kultur-Kriegsschiffes zu. Es war tatsächlich ziemlich hässlich. Bevor Huyler seine Gedanken ausgesprochen hatte, hatte Quilan gedacht, wieviel brutale Kraft das Fahrzeug ausstrahlte. Wie seltsam es war, jemanden anderen im eigenen Kopf zu haben, der durch dieselben Augen blickte und genau dieselben Dinge sah wie man selbst und dennoch zu so unterschiedlichen Schlussfolgerungen kam, so ganz anders empfand.

Das Fahrzeug füllte den Bildschirm aus, so wie schon die ganze Zeit seit ihrem Aufbruch. Sie näherten sich ihm schnell, aber es war weit entfernt gewesen, einige hundert Kilometer. Eine Anzeige an der Seite des Bildschirms zählte den Vergrößerungsgrad zurück bis Null. Kraftvoll, dachte Quilan – ganz für sich selbst – und hässlich. Vielleicht war das in gewisser Weise immer der Fall. Huyler unterbrach seine Gedanken.

≈*Ich nehme an, Ihre Bediensteten sind bereits an Bord?*≈

≈Ich habe keine Bediensteten dabei, Sir≈.

≈*Wie bitte?*≈

≈Ich reise allein, Sir. Abgesehen von Ihnen natürlich.≈

≈*Sie reisen ohne Bedienstete? Dann sind Sie wohl einer dieser embryonistischen Kastenverweigerer, ja?*≈

≈Nein, Sir. Zum Teil liegt der Grund dafür, dass ich keine Bediensteten habe, in den Veränderungen, die unsere Gesellschaft seit Ihrem Körpertod durchgemacht hat. Diese werden zweifellos in Ihrer Informationsakte genauer erläutert.≈

≈*Ah, ja. Ich werde mich eingehender damit beschäftigen, wenn ich Zeit dazu habe. Sie glauben nicht, wie viele Tests und solches Zeug ich über mich ergehen lassen musste, auch während Sie schliefen. Ich musste sie daran erinnern, dass auch Konstrukte wie ich ab und zu mal schlafen müssen, sonst hätten sie mich hier drin völlig zugrunde gerichtet.*

Aber sehen Sie, Major, was die Sache mit den Bediensteten betrifft: Ich habe alles über die Kastenkriege gelesen, aber ich dachte, sie wären letztendlich durchs Los entschieden worden. Du lieber Auswurf im Himmel, heißt das etwa, dass wir ihn verloren haben?≈

≈Nein, Sir. Der Krieg endete mit einem Kompromiss im Anschluss an die Intervention der Kultur.≈

≈Das weiß ich, aber ein Kompromiss, der vorschreibt, dass man keine Bediensteten hat?≈

≈Nein, Sir, die Leute haben immer noch Bedienstete. Offiziere beschäftigen nach wie vor persönliche Ordonnanzen und Burschen. Ich jedoch gehöre einem Orden an, der derlei Dienstleistungen durch andere ablehnt.≈

≈Visquile erwähnte, dass Sie so etwas wie ein Mönch sind. Mir war allerdings nicht klar, dass Sie sich gar so sehr dem Verzicht verschrieben haben.≈

≈Es gibt noch einen Grund, warum ich allein reise, Sir. Wenn ich Sie daran erinnern darf – der Chelgrianer, den wir treffen sollen, ist ein Verweigerer.≈

≈Ach ja, dieser Ziller. So ein verwöhntes, Fell tragendes, liberales Kerlchen, das glaubt, es sei die ihm von Gott auferlegte Pflicht, sich für diejenigen einzusetzen, die sich nicht selbst für sich einsetzen. Das Beste, was man mit solchen Leuten machen kann, ist, ihnen einen Tritt in den Hintern zu geben und sie davonzujagen. Dieser Abschaum versteht nicht einmal die Grundregeln von Verantwortung und Pflichterfüllung. Man kann seine Kaste ebenso wenig verleugnen, wie man seine Spezies verleugnen kann. Und wir kommen diesem Arsch auch noch entgegen?≈

≈Er ist ein großartiger Komponist, Sir. Und wir haben ihn nicht davongejagt. Ziller hat Chel verlassen, um freiwillig ins Exil in die Kultur zu gehen. Er verleugnete seinen Status als Geschenkter …≈

≈Oh, lassen Sie mich raten. Er erklärte sich zum Unsichtbaren.≈

≈Ja, Sir.≈

≈*Schade, dass er nicht gleich Nägel mit Köpfen gemacht und sich entschlossen hat, sich kastrieren zu lassen.*≈

≈Jedenfalls steht er mit der chelgrianischen Gesellschaft nicht auf gutem Fuß. Der Gedanke war, dass ich ohne Gefolge auf ihn weniger einschüchternd wirken und von ihm leichter akzeptiert werden würde.≈

≈ *Wir sollten nicht diejenigen sein, die sich* für ihn *akzeptierbar machen, Major.*≈

≈Wir befinden uns in einer Lage, in der wir keine Wahl haben, Sir. Es wurde auf Kabinettsebene beschlossen, dass wir versuchen müssen, ihn zur Rückkehr zu überreden. Ich habe diese Mission übernommen, so wie übrigens auch Sie. Wir können ihn nicht zwingen, also müssen wir behutsam auf ihn eingehen.≈

≈*Wird er uns zuhören?*≈

≈Ich habe wirklich keine Ahnung, Sir. Ich kenne ihn aus einer Zeit, als wir beide Kinder waren, ich habe seine Karriere verfolgt und seine Musik genossen. Ich habe sie sogar studiert. Mehr kann ich jedoch nicht anbieten. Ich könnte mir vorstellen, dass Leute, die ihm näher stehen – aufgrund familiärer Bande oder einer gemeinsamen Überzeugung –, als Erste gebeten worden sind, das zu tun, was ich jetzt tue, doch anscheinend hat sich niemand von ihnen bereit erklärt, die Aufgabe zu übernehmen. Ich muss davon ausgehen, dass ich, wenn ich auch nicht der ideale Kandidat bin, so doch der beste von den für diese Mission zur Verfügung Stehenden bin, und ich muss sie durchführen.≈

≈*Das Ganze hört sich nicht sehr begeistert an, Major. Ich fürchte um Ihre Dienstmoral.*≈

≈Meine Gemütsverfassung ist zurzeit nicht die beste, Sir, aus persönlichen Gründen; meine Dienstmoral und mein Pflichtgefühl sind jedoch widerstandsfähig, und wie die Dinge auch liegen mögen, Befehle sind nun mal Befehle.≈

≈*Ja, aber sie sind auch nicht mehr als nur das, Major!*≈

Die *Ärgerniswert* war mit einer Mannschaft von zwanzig Menschen und einigen kleinen Drohnen besetzt. Zwei der Menschen begrüßten Quilan in dem vollgestellten Shuttlehangar und führten ihn zu seiner Unterkunft, die aus einer einzigen Kabine mit niedriger Decke bestand. Sein spärliches Gepäck und seine Habseligkeiten waren bereits dort, befördert durch die Marine-Fregatte, die ihn zum Rumpf der *Wintersturm* gebracht hatte.

Man hatte für ihn so etwas wie die Kabine eines Marine-Offiziers eingerichtet. Eine der Drohnen war ihm zugewiesen worden; sie erklärte, dass die Kabine ihre Form verändern konnte, um seinen Wünschen vielleicht besser zu entsprechen. Er antwortete der Drohne, dass er mit dem Vorhandenen zufrieden sei, und er war froh, dass er selbst auspacken und sich des Rests seines Vakuumanzugs entledigen konnte.

≈*Hat diese Drohne versucht, sich uns als Ordonnanz anzudienen?*≈

≈Das bezweifle ich, Sir. Vielleicht erfüllt sie uns einige Wünsche, wenn wir sie in netter Form darum bitten.≈

≈*Hach!*≈

≈Bis jetzt machen alle den Eindruck, als wären sie bemüht, eine beflissene Liebenswürdigkeit an den Tag zu legen.≈

≈*Richtig. Verdammt verdächtig.*≈

Quilan wurde von der Drohne umhegt, die sich zu seinem Erstaunen tatsächlich wie ein beinahe lautloser und sehr emsiger Diener verhielt, indem sie seine Kleider reinigte, seine Ausrüstung ordnete und ihn in die minimale – beinahe nicht existierende – Etikette einwies, die an Bord des Kultur-Schiffs gepflegt wurde.

Am ersten Abend fand etwas statt, das man als offizielles Essen hätte bezeichnen können.

≈*Trägt man hier immer noch keine Uniformen? Wir haben es wohl mit einer ganzen Gesellschaft von Dissidenten zu tun? Kein Wunder, dass ich sie hasse.*≈

Die Mannschaft behandelte Quilan mit artiger Zurückhaltung. Er erfuhr so gut wie nichts von ihnen oder über sie. Anscheinend verbrachten sie viel Zeit in Simulationen und hatten wenig Zeit für ihn. Er fragte sich, ob sie einfach nichts mit ihm zu tun haben wollten, aber es war ihm gleichgültig, selbst wenn es so war. Er war froh, dass er viel Zeit für sich selbst hatte. Er stöberte in ihren Archiven und der schiffseigenen Bücherei.

Hadesh Huyler beschäftigte sich mit seinen eigenen Studien, indem er sich endlich in die Informationen über Geschichte und Soziales vertiefte, die zusammen mit seiner eigenen Persönlichkeit in die Seelenhort genannte Einrichtung in Quilans Kopf hineingepackt worden waren.

Sie einigten sich auf eine Methode, die Quilan ein wenig Intimsphäre gewährte: wenn nichts Wichtiges stattfand, dann würde sich Huyler für eine Stunde vor dem Einschlafen und eine Stunde nach dem Aufwachen aus Quilans Sinnen lösen.

Huylers Reaktion auf die detaillierte Geschichte des Kastenkrieges, der er sich entgegen Quilans Rat als Erstes gewidmet hatte, verlief von Erstaunen, Ungläubigkeit, Empörung, Wut und schließlich – als die Rolle der Kultur deutlich wurde – zu Zorn, gefolgt von eisiger Ruhe. Quilan spürte im Laufe des Nachmittags diese unterschiedlichen Empfindungen des anderen Wesens in seinem Kopf. Es war unerwartet anstrengend.

Erst später kehrte der alte Soldat zum Anfang zurück und studierte in chronologischer Reihenfolge all die Geschehnisse, die sich seit seinem Körpertod und seiner Persönlichkeitseinlagerung ereignet hatten.

Wie alle wiederbelebten Konstrukte musste Huylers

Persönlichkeit immer noch schlafen und träumen, um stabil zu bleiben, obwohl dieser komaähnliche Zustand in einer Art Zeitraffer-Schnelligkeit ablaufen konnte, was bedeutete, dass er, anstatt die ganze Nacht zu schlafen, mit weniger als einer Stunde Ruhe auskam. In der ersten Nacht schlief er in der gleichen Realzeit wie Quilan; in der zweiten Nacht verbrachte er mehr Zeit mit Studieren als mit Schlafen und nahm nur an der kurzen Periode des einer Bewusstlosigkeit ähnlichen Tiefschlafs teil. Am nächsten Morgen, als Quilan nach der Gnadenstunde den Kontakt wieder aktivierte, sagte die Stimme in seinem Kopf *Major.*

Sir.

Sie haben Ihre Frau verloren. Es tut mir Leid. Das habe ich nicht gewusst.

Ich rede darüber nicht viel, Sir.

War das die andere Seele, nach der Sie auf dem Schiff, auf dem Sie mich gefunden haben, gesucht haben?

Ja, Sir.

Sie gehörte ebenfalls der Armee an?

Ja, Sir. Ebenfalls im Rang eines Majors. Wir haben uns gemeinsam verpflichtet, vor dem Krieg.

Sie muss Sie sehr geliebt haben, dass sie Ihnen in die Armee gefolgt ist.

Eigentlich war es eher so, dass ich ihr gefolgt bin, Sir; es war ihre Idee, sich zu melden. Es war auch ihre Idee zu versuchen, die im Militärinstitut auf Aorme eingelagerten Seelen zu retten, bevor die Rebellen dorthin gelangten.

Das hört sich ganz nach einer typischen Frau an.

Das war sie, Sir.

Es tut mir sehr Leid, Major Quilan. Ich selbst war nie verheiratet, aber ich weiß, wie es ist, zu lieben und zu verlieren. Ich möchte Sie nur meines Mitgefühls versichern, das ist alles.

Danke. Sehr freundlich von Ihnen.

≈*Ich glaube, vielleicht sollten wir beide ein bisschen weniger studieren und etwas mehr miteinander reden. Für zwei Leute, die auf eine so intime Art miteinander verbunden sind, haben wir uns gegenseitig noch nicht viel voneinander erzählt. Was meinen Sie, Major?*≈

≈Ich halte das für einen guten Vorschlag, Sir.≈

≈*Wir wollen damit anfangen, dass wir das* ›Sir‹ *weglassen, ja? Während ich meine Hausaufgaben gemacht habe, ist mir ein kurzer juristischer Passus aufgefallen, der dem Standardtext* ›Wissenswertes zur Erweckung‹ *angehängt war; daraus ergibt sich der Grundsatz, dass mein Admiral-Generals-Rang mit meinem Körpertod erloschen ist. Mein Status ist jetzt Reserveoffizier ehrenhalber, also sind Sie bei unserer Mission der Vorgesetzte. Wenn irgendjemand hier mit* ›Sir‹ *angesprochen werden sollte, dann wären Sie das. Trotzdem schlage ich vor, dass Sie mich Huyler nennen, so kennen mich die Leute im Allgemeinen. Und wenn Sie wollen, könnten wir uns auch duzen.*≈

≈Wie Sie – äh – du meinst – Huyler; wenn man bedenkt, wie nah wir uns sind, dann spielen Ränge wirklich keine Rolle mehr. Bitte nenn mich Quil.≈

≈*Abgemacht, Quil.*≈

Die nächsten paar Tage vergingen ohne Zwischenfälle; sie reisten mit wahnwitziger Geschwindigkeit und ließen den chelgrianischen Raum weit, weit hinter sich. Die SAE *Ärgerniswert* brachte sie mit ihrem kleinen Shuttlefahrzeug zu einem Ding, das Superlifter hieß; das war ein weiteres großes, klobiges Schiff, wenn es auch nicht ganz so altmodisch aussah wie das andere Kriegsschiff. Das Fahrzeug mit dem Namen *Vulgarius* begrüßte sie lediglich per Stimme. Es hatte keine menschliche Mannschaft. Quilan saß an einer Stelle, die aussah wie eine kleine Freifläche, wo angenehme Orchestermusik tönte.

≈Du warst nie verheiratet, Huyler?≈

≈*Das liegt an meiner verfluchten Schwäche für kluge, stolze und unzureichend patriotische Frauen, Quil. Sie begriffen immer sehr schnell, dass meine erste Liebe die Armee war, nicht sie, und nicht eines dieser herzlosen Luder war bereit, ihren Mann und ihr Volk über die eigenen selbstsüchtigen Interessen zu stellen. Wenn ich nur genügend gesunden Verstand gehabt hätte, mich mit einem Dummerchen einzulassen, dann wäre ich glücklich verheiratet – und wahrscheinlich noch glücklicher verwitwet gewesen, mit einer hingebungsvollen Frau und mehreren inzwischen erwachsenen Kindern.*≈

≈Hört sich nach einem knappen Entkommen an.≈
≈*Ich stelle fest, du führst nicht genauer aus, für wen.*≈

Das Allgemeine System-Fahrzeug *Abgesegnete Teileliste* erschien auf dem Bildschirm im der Lounge des Superlifters als weiterer Lichtpunkt im Sternenfeld. Es wurde zu einem silbernen Fleck und wuchs bald so sehr an, dass es den Bildschirm ganz ausfüllte, obwohl nicht die Spur eines Details auf der glänzenden Oberfläche zu erkennen war.

≈*Das wird es sein.*≈
≈Schätze ich auch.≈

≈*Wahrscheinlich sind wir schon an mehreren Begleitfahrzeugen vorbeigekommen, aber die machen ihre Anwesenheit wohl nicht so sichtbar. Das, was die Marine eine Hochwert-Einheit nennt, schickt man niemals allein los.*≈

≈Ich hatte es mir etwas größer vorgestellt.≈
≈*Von außen sehen sie immer ziemlich unscheinbar aus.*≈

Der Superlifter schob sich in die Mitte der silbernen Fläche. Die Wirkung im Innern war wie beim Ausblick aus einem Flugzeug in einer Wolke, dann entstand der Eindruck des Tauchens durch eine andere Fläche, dann noch eine, dann in schneller Folge noch Dutzende weitere, die vorbeiflitzten wie die mit dem Daumen durchgeblätterten Seiten eines antiken Buchs.

Sie brachen aus der letzten Membrane hervor in einen großen dunstigen Raum, erhellt durch eine gelbweiße Linie, die hoch oben brannte, über Schichten von Wolkenfetzen. Sie waren über und hinter dem Heck des Fahrzeugs. Das Schiff war fünfundzwanzig Kilometer lang und zehn Kilometer breit. Die obere Fläche war eine Parklandschaft; bewaldete Hügel und Höhen, von Flüssen durchtrennt und mit Seen verziert.

Die goldbraunen Seiten des ASF, eingeklammert von kolossalen gerippten und mit Zinnen versehenen Auslegern mit roten und blauen Zickzackleisten, waren übersät von einem buntgescheckten Durcheinander aus laubbedeckten Plattformen und Balkonen und durchlöchert von einer verwirrenden Vielfalt an hell erleuchteten Öffnungen, einer leuchtenden senkrechten Stadt gleich, in Sandsteinklippen von drei Kilometern Höhe gebaut. Die Luft wimmelte von Tausenden von Fluggeräten aller Arten, die Quilan jemals gesehen oder von denen er jemals gehört hatte, und darüber hinaus noch vielen mehr. Einige waren winzig, einige hatten die Größe des Superlifters. Noch kleinere Punkte waren einzelne Leute, die in der Luft schwebten.

Zwei weitere riesige Schiffe, jedes kaum ein Achtel der Größe der *Abgesegnete Teileliste*, durchbrachen die Umhüllung des ASF-Umgebungsfelds. Sie fuhren mit ein paar Kilometern Abstand zu beiden Seiten; sie wirkten schlichter und irgendwie kompakter, und sie waren umgeben von ihrer eigenen Konzentration kleinerer Flugmaschinen.

≈Im Innern ist es etwas eindrucksvoller, nicht wahr?≈ Hadesh Huyler schwieg.

Er wurde von einem Avatara des Schiffs und einigen Menschen begrüßt. Seine Unterkunft war großzügig, um nicht zu sagen extravagant; er hatte einen Swimmingpool ganz für sich allein, und die eine Seite seiner

Kabine ging in den Lichtschacht hinaus, dessen gegenüberliegende Wand, einen Kilometer entfernt, der steuerbordseitige Ausleger des ASF war. Wieder spielte eine sehr zurückhaltende Drohne die Rolle des Dieners.

Er wurde zu so vielen Essen, Parties, Feiern, Festlichkeiten, Eröffnungen, Jubileen und anderen Ereignissen und Zusammenkünften eingeladen, dass die Terminverwalter-Software seines Anzugs zwei Bildschirme füllte, um all seine Einladungen unter einen Hut zu bringen. Er nahm einige an, vor allem solche, bei denen Live-Musik geboten wurde. Die Leute waren höflich. Er war seinerseits höflich. Einige drückten ihr Bedauern über den Krieg aus. Man würdigte ihn, gab sich versöhnlich. Huyler kochte innerlich und stieß lautlos die wildesten Schmähungen aus.

Er reiste durch das riesige Schiff, zog überall Blicke auf sich – in einem Schiff mit dreißig Millionen Leuten, von denen nicht alle Menschen oder Drohnen waren, war er der einzige Chelgrianer –, doch selten wurden ihm Gespräche aufgezwungen.

Der Avatara hatte ihn gewarnt, dass einige der Leute, die mit ihm sprechen wollten, in Wirklichkeit Journalisten waren und seine Äußerungen über die Nachrichtendienste des Schiffs verbreiten würden. Huylers abweisende, schroffe Art war unter solchen Umständen vorteilhaft. Quilan hätte ohnehin seine Worte sorgsam abgewogen, bevor er sie ausgesprochen hätte, doch er hörte in solchen Augenblicken auch auf Huylers Bemerkungen, dem Anschein nach in Gedanken verloren, und der Umstand, dass er infolgedessen immer mehr in den Ruf eines unergründlichen Grüblers geriet, erheiterte ihn im Stillen.

Eines Morgens, bevor Huyler nach der Gnadenstunde den Kontakt wieder hergestellt hatte, erhob er sich aus dem Bett und ging zu dem Fenster, das einen Blick nach draußen gewährte, und – nachdem er den Befehl ›Durchsichtigkeit der Oberfläche‹ gegeben hatte – war nicht überrascht, draußen die Phelen-Ebene zu sehen, verbrannt und von Kratern übersät, die sich unter einem aschfarbenen Himmel in eine rauchgefüllte Ferne erstreckte. Sie war durchzogen von dem durchlöcherten Band der zerstörten Straße, auf welcher ein schwarzes Halbwrack von einem Lastwagen sich bewegte wie ein winterlahmes Insekt, und ihm wurde klar, dass er überhaupt nicht aufgewacht oder aufgestanden war, sondern träumte.

Der Landzerstörer hüpfte und schwankte unter ihm und sandte Wogen des Schmerzes durch seinen Körper. Er stöhnte. Offenbar bebte der Boden. Er sollte eigentlich unter dem Ding sein, von seinem Gewicht eingeklemmt, nicht in seinem Innern. Wie war das geschehen? Dieser Schmerz! War er dem Tod nahe? So musste es sein! Er konnte nichts sehen, und das Atmen fiel ihm schwer.

Alle paar Augenblicke bildete er sich ein, dass Worosei ihm das Gesicht abgewischt oder ihn aufgerichtet hätte, um die Lage für ihn angenehmer zu machen, oder dass sie einfach nur mit ihm gesprochen hätte, ihn leise ermutigend, mit sanftem Humor, doch jedes Mal war es so, als ob er – unverzeihlicherweise – unterdessen eingeschlafen und erst wieder aufgewacht war, als sie sich wieder von ihm entfernt hatte. Er versuchte, die Augen zu öffnen, aber es gelang ihm nicht. Er versuchte, mit ihr zu sprechen, nach ihr zu rufen und sie wieder zurückzuholen, aber es gelang ihm nicht. Dann vergingen wieder einige Augenblicke, und er richtete sich mit einem Satz auf, hellwach, und war wieder einmal sicher, dass er gerade eben ihre Berührung, ihren Duft, ihre Stimme verpasst hatte.

»Immer noch nicht tot, he, Geschenkter?«

»Wer ist da? Wie bitte?«

Um ihn herum unterhielten sich Leute. Sein Kopf schmerzte, wie auch seine Beine.

»Deine putzige Rüstung hat dich nicht gerettet, was? Das meiste von dir könnte man an die Jäger verfüttern. Man brauchte dich nicht einmal vorher durch den Fleischwolf zu drehen.« Jemand lachte. Schmerz zuckte aus seinen Beinen hoch. Der Boden unter ihm bebte. Er musste sich in dem Landzerstörer befinden, zusammen mit der Mannschaft. Sie waren wütend über den Treffer, der sie getötet hatte. Sprachen sie mit ihm? Vielleicht hatte er nur geträumt, dass der Turm zerstört war und der Rumpf gebrannt hatte; vielleicht war er innen sehr groß, und er befand sich in einem unbeschädigten Teil. Nicht alles war tot.

»Worosei?«, sagte eine Stimme. Ihm wurde bewusst, dass es seine eigene sein musste.

»Ooh, Worosei, ooh, Worosei, bitte!«

Im alten Fakultätsgebäude des Militärtechnischen Instituts, Cravinyr City, Aorme. Dort hatte man sie eingelagert. Die Seelen der alten Soldaten und Kriegsstrategen. Im Frieden unerwünscht, wurden sie jetzt als wichtige Quelle betrachtet. Abgesehen davon waren tausend Seelen tausend Seelen, und es lohnte sich, sie vor der Zerstörung durch die rebellischen Unsichtbaren zu bewahren. Woroseis Mission, ihre Idee. Gewagt und gefährlich. Sie hatte allerlei Fäden gezogen, um die Geschehnisse zu lenken, so wie sie es zuvor schon getan hatte, als sie sich vereinigten, um sicherzugehen, dass sie und Quilan gemeinsam am selben Ort eingesetzt werden würden. Zeit zu gehen: Bewegung! Los! Sprung!

Waren sie dort gewesen?

Er glaubte sich an das Aussehen des Ortes zu erinnern, die kahlen Korridore, die schweren Türen, alles dunkel und kalt, mit einem falschen Glanz im Helmvisor. Die anderen beiden, Hulpe und Niloca, seine besten Leute, vertrauenswürdig und ehrlich, und die Dreieinigkeit der Spezialtruppe. Worosei in der Nähe, das Gewehr balancierend, mit anmutigen Bewegungen, sogar im Anzug. Seine Frau. Er hätte größere Anstrengungen unternehmen sollen, sie von dem Vorhaben abzuhalten, aber sie war beharrlich. Es war ihre Idee.

Das Substratgerät war da, größer als er erwartet hatte, von der Größe eines Heimgefrierschranks. Wir kriegen das niemals in den Flieger. Nicht, wenn wir auch noch hineinpassen sollen.

»He, Geschenkter? Hilf mir, das wegzubekommen. Komm schon! Vielleicht bringt's was.« Wieder lachte jemand.

Wegbekommen. Niemals wieder bekommen. Der Flieger. Und sie hatte Recht gehabt. Zwei der Marineleute entfernten sich mit dem Ding. Sie würden niemals wegkommen. Niemals. War das Worosei? Sie hatte ihm gerade eben das Gesicht abgewischt – er hätte schwören mögen, dass es so war. Er bemühte sich mit aller Kraft, sie zurückzurufen, irgendetwas zu sagen.

»Was brabbelt er da?«

»Keine Ahnung. Wen interessiert das schon?«

Ein Arm tat sehr weh. Der linke oder der rechte? Er ärgerte sich über sich selbst, weil er nicht zu erkennen vermochte, welcher es war. Wie dumm! Oh oh oh! Worosei, warum …?

»Versuchst du, das abzuziehen?«

»Nur den Handschuh. Muss doch abgehen. Bestimmt hat er Ringe oder sowas. Haben sie immer.«

Worosei murmelte ihm etwas ins Ohr. Er war eingeschlafen. Sie war soeben gegangen. Worosei! versuchte er zu sagen.

Die Unsichtbaren kamen, mit schweren Waffen. Sie mussten ein Schiff haben, wahrscheinlich mit Eskorte.

Dann würde die *Wintersturm* also versuchen, in Deckung zu bleiben. Sie waren unter sich. Warteten darauf, dass der Flieger zurückkehren und sie holen würde. Dann Entdeckung, Angriff, und alle waren verloren. Wahnsinn, Blitze und Explosionen ringsum, während die Loyalisten von wer weiß wie weit entfernt den Gegenangriff unternahmen und sie unter Seitenbeschuss nahmen. Sie rannten hinaus in den Regen; das Gebäude hinter ihnen brannte und stürzte in sich zusammen, durch die Energiewaffen in glühende Asche verwandelt. Inzwischen war es Nacht geworden, und sie waren allein.

»Lasst ihn in Ruhe!«

»Wir wollten nur …«

»Ihr tut, was man euch sagt, verdammt nochmal, sonst schmeiße ich euch auf die verdammte Straße, verstanden? Wenn er überlebt, dann erpressen wir ein Lösegeld für ihn. Selbst wenn er tot ist, ist er immer noch mehr wert als ihr beiden gehirntoten Schwachköpfe, also sorgt dafür, dass er lebt, wenn wir nach Golse kommen, sonst folgt ihr ihm in den Himmel.«

»Dafür sorgen, dass er lebt? Schau ihn doch mal an! Er kann von Glück sagen, wenn er nicht in dieser Nacht noch krepiert.«

»Na ja, wenn wir irgendwelche Ärzte auftreiben, die weniger schlimm zugerichtet sind als er, dann sorgen wir dafür, dass sie sich als Erstes mit ihm befassen. In der Zwischenzeit macht ihr das. Hier ist das Medpac. Ich kümmere mich darum, dass ihr Extrarationen bekommt, wenn er überlebt. Ach, und er hat nichts an sich, für das sich die Mühe lohnt, es ihm abzunehmen.«

»He! He, wir wollen einen Anteil vom Lösegeld. He!«

Sie waren in den Krater getaucht, halb gleitend, halb fallend. Eine heftige Explosion hatte sie in den Schlamm gedrückt. Hätte sie getötet, wenn sie nicht in Anzügen gesteckt hätten. Etwas schnarrte in seinem Helm, in den Köpfhörern war ein schrilles Pfeifen, und im Visier blendete grelles Licht. Er zog den Helm ab; er rollte in den Wasserteich am Fuß des Kraters. Weitere Explosionen. Gefangen, eingesunken im Schlamm.

»Geschenkter, du bist nichts als ein Haufen Scheiße, der uns nur Scherereien macht, weißt du das?«

»Was ist da los?«

»Weiß der Teufel.«

Der Landzerstörer, turmlos, mit einem Rauchschweif und einer breiten unterbrochenen Schleifspur hinter sich, rutschte und purzelte in den Krater. Worosei hatte sich als Erste erholt, sie hievte sich aus der Grube. Sie versuchte, ihn herauszuziehen, dann fiel sie zurück, als die Maschine auf ihn rollte. Er schrie, als das gewaltige Gewicht ihn in den Boden drückte und seine Beine mit etwas Hartem in Berührung kamen, das ihm die Knochen zermalmte und ihn festnagelte.

Er sah, wie der Flieger abhob, um sie zum Schiff zu bringen, in Sicherheit. Der Himmel war voller Blitze, seine Ohren dröhnten. Der Landzerstörer erschütterte den Boden durch die Detonation seiner Munition, bei jedem Beben schrie er auf. Regen peitschte herab, durchtränkte sein Fell und sein Gesicht, verbarg seine Tränen. Das Wasser im Krater stieg an, bot eine alternative Art des Sterbens, bis eine erneute Explosion in der Maschine den Boden erschütterte und Luft aus der Mitte des schmutzigen Teichs hochstieg; die Masse schäumte auf und verblubberte in einem tiefen Tunnel. Die eine Seite des Kraters stürzte ebenfalls in den Teich, und die Nase des Landzerstörers neigte sich nach unten, sein Hinterteil hob sich und schwenkte ab, krachte hinunter in das brodelnde Loch und wurde von einer weiteren Reihe von Explosionen durchgerüttelt.

Er versuchte, sich mit den Händen hinauszuziehen,

was ihm jedoch nicht gelang. Er versuchte, seine Beine auszugraben.

Am nächsten Morgen fand ihn eine Such- und Bergungsmannschaft der Unsichtbaren im Schlamm, halb bewusstlos, umgeben von einem flachen Graben, den er um sich herum ausgehoben hatte, doch immer noch unfähig, sich selbst zu befreien. Einer von ihnen stieß ein paarmal mit dem Fuß gegen seinen Kopf und richtete ein Gewehr auf seine Stirn, aber er war immerhin noch geistesgegenwärtig genug, seinen Rang und Titel zu nennen, also zogen sie ihn aus der Umklammerung des Schlamms, ohne auf seine Schreie zu achten, zerrten ihn den Hang hinauf und warfen ihn auf die Ladefläche eines halb zerstörten, gepanzerten Lastwagens zu den übrigen Toten und Sterbenden.

Sie waren die langsamsten der Langsamen, die dem Tod Geweihten, auf einem Wagen, der ebenfalls nicht so aussah, als würde er die Reise bis zu Ende überstehen. Der Lastwagen hatte seine hintere Tür bei irgendeiner wie auch immer gearteten Begegnung verloren, die vermutlich eine Folge davon gewesen war, dass er sich kaum schneller als mit Schrittgeschwindigkeit bewegen konnte. Nachdem man ihn auf die Ladefläche verfrachtet und ihm das Blut aus den Augen gewischt hatte, sah er, wie sich die Phelen-Ebene hinter ihnen entrollte. Sie war schwarz und versengt, soweit das Auge reichte. Manchmal zierten Rauchkräusel den Horizont. Die Wolken waren schwarz oder grau, und manchmal rieselte Asche wie sanfter Regen herab.

Echter Regen prasselte nur einmal nieder; der Lastwagen befand sich auf einem Straßenabschnitt, der unter das Niveau der Ebene abgesunken war, sodass die Fahrbahn in einen tosenden Strom in fettigem Grau verwandelt wurde, der über die hintere Querstange auf die Ladefläche schwappte. Er stöhnte laut, als man ihn auf eine der Bänke in Sitzstellung hochhob. Er konnte den Kopf und einen Arm mühsam bewegen und musste mitansehen, wie drei der Verletzten in einem verzweifelten Kampf auf ihren Tragen starben, ertränkt von der wirbelnden grauen Flut. Er und die anderen riefen um Hilfe, aber anscheinend hörte sie niemand.

Der Lastwagen verlor die Bodenhaftung und schleuderte von einer Seite zur anderen, wobei er von den Wassermassen beinahe weggespült wurde. Er starrte mit entsetzten Augen hinauf zur verbeulten Decke, während das schmutzige Wasser über die Ertrunkenen und um seine Knie herum schwappte. Er überlegte, ob ihm Leben oder Tod gleichgültig geworden waren, und kam zu dem Schluss, dass er unbedingt leben wollte, weil eine entfernte Aussicht bestand, dass er Worosei wiedersehen würde. Dann gewann der Lastwagen wieder Bodenhaftung, fuhr langsam aus dem Wasser und rumpelte weiter.

Der Dreck aus Asche und Wasser rann durch die hintere Öffnung hinaus und legte die Toten frei, die bedeckt waren mit Grau wie mit Leichentüchern.

Der Lastwagen fuhr häufig Umwege, um Einschlagkratern und größeren Vertiefungen auszuweichen. Er überquerte schwankend zwei wackelige, dürftige Brücken. Ein paar Fahrzeuge rauschten in die entgegengesetzte Richtung an ihnen vorbei, und einmal hörten sie den Überschallknall zweier Flugzeuge über ihnen, die so tief flogen, dass Staub und Asche aufstoben. Kein Fahrzeug überholte den Wagen.

Er wurde versorgt, wenn auch nur notdürftig, und zwar von den beiden Unsichtbaren-Sanitätern, die von ihrem Befehlshabenden Offizier Anweisung erhalten hatten, sich um ihn zu kümmern; genau genommen waren sie Ungehörte, eine Kaste, die nach den Maßstäben der Loyalisten über den Unsichtbaren standen. Die beiden schienen zu schwanken zwischen Erleichterung, weil er überleben und sie vielleicht mit einem Teil seines Lösegeldes bedenken würde, und Groll, weil er überhaupt am Leben geblieben war. Er hatte ihnen im Kopf die Namen Scheiße und Furz gegeben und hielt sich stolz etwas darauf zugute, dass er sich überhaupt nicht an ihre eigentlichen Namen erinnern konnte.

Er gab sich Tagträumen hin. Meistens ging es dabei darum, dass er Worosei einholen und sie nicht wissen würde, dass er überlebt hatte, sodass es für sie eine riesengroße Überraschung wäre, wenn sie ihn wiedersehen würde. Er versuchte, sich ihren Gesichtsausdruck vorzustellen, die Abfolge eines wechselnden Mienenspiels, die er vielleicht sehen würde.

Natürlich würde es sich ganz bestimmt nicht so abspielen. Sie würde sich genau so verhalten wie er, wenn die Umstände umgekehrt wären; sie würde versuchen, sich über sein Schicksal Gewissheit zu verschaffen, in der Hoffnung, wie gering diese Hoffnung auch sein mochte, dass er überlebt hatte. Sie würde es also herausfinden oder man würde ihr eine entsprechende Nachricht übermitteln, sobald seine Errettung bekannt würde, und er würde diesen Ausdruck in ihrem Gesicht niemals sehen. Dennoch konnte er sich ihn in Gedanken vorstellen, und er verbrachte Stunden damit, genau dieses zu tun, während der Lastwagen ratternd und quietschend über die Sinterebene rumpelte.

Er hatte ihnen seinen Namen genannt, nachdem er wieder hatte sprechen können, aber anscheinend hatte er sie nicht interessiert; das Einzige, das ihnen offenbar etwas bedeutete, war die Tatsache, dass er adelig war, mit den Waffen und Schmuckstücken zur Kennzeichnung eines Adeligen. Er wusste nicht so recht, ob er sie an seinen Namen erinnern sollte oder nicht. Wenn er es täte und sie ihn ihren Vorgesetzten mitteilen würden, dann würde Worosei um so schneller erfahren, dass er noch am Leben war, doch ein abergläubischer, vorsichtiger Teil seines Ichs hatte Angst davor, es zu tun, denn er konnte sich vorstellen, dass man es ihr sagen würde – und sich eine unwahrscheinliche Hoffnung erfüllen würde –, und er konnte sich ihren Gesichtsausdruck in diesem Augenblick vorstellen, doch er konnte sich auch vorstellen, dass er immer noch sterben könnte, denn sie waren nicht fähig gewesen, seine Verletzungen angemessen zu behandeln, und er wurde immer schwächer, seine Kräfte ließen immer mehr nach.

Es wäre zu grausam, wenn man ihr mitteilen würde, dass er gegen jede Wahrscheinlichkeit überlebt hatte, und dann müsste sie später erfahren, dass er seinen Verletzungen erlegen war. Also hielt er sich in dieser Hinsicht fürs Erste zurück.

Wenn die Aussicht bestanden hätte, dass er für seine Errettung oder für einen schnelleren Transport hätte bezahlen können, dann hätte er sich mehr ins Zeug gelegt, aber er verfügte über keine unmittelbaren Zahlungsmittel, und die Loyalisten-Streitkräfte – zusammen mit irgendwelchen Freibeutern, die möglicherweise für beide Seite akzeptabel sein mochten – waren noch weiter in ihren heimatlichen Raum um Chel herum zurückgefallen und gruppierten sich neu. Es war einerlei. Worosei würde dort sein, bei denen. In Sicherheit. Er stellte sich beharrlich weiterhin ihren Gesichtsausdruck vor.

Er fiel ins Koma, bevor sie die Überreste der zerstörten Stadt Golse erreichten. Die Lösegeldübergabe und sein Transfer fanden statt, ohne dass er irgendetwas von dem Geschehnis in bewusstem Zustand miterlebt hätte. Es war ein Vierteljahr später, der Krieg war vorbei und er war wieder auf Chel, als er erfuhr, was mit der *Wintersturm* geschehen war und dass Worosei darin gestorben war.

Er brach in der ASF-Nacht auf, als die Sonnenlinie verblasst und verschwunden war und tiefrotes Licht die drei großen Schiffe und die wenigen träge fliegenden Maschinen, die über ihnen kreuzten, in seinen Schein tauchte.

Er befand sich auf einem wiederum anderen Schiff, einer Gattung, die man Sehr Schnelle Patrouillenboote nannte, auf der letzten Etappe seiner Reise zum Masaq'-Orbit. Das Fahrzeug verschwand durch die inneren Heckfelder der *Abgesegnete Teileliste*, und ein wenig später trennte es sich von der Außenhülle des silbernen Ellipsoiden, schwenkte ab und nahm Kurs auf den Stern und das System Lacelere; das ASF blieb zurück, um seine lange Kehre zurück in den chelgrianischen Raum zu machen, ein riesiger leuchtender Käfig aus Luft, der durch das Nichts zwischen den Sternen flitzte.

Luftsphäre

Uagen Zlepe, Gelehrter, hing mit seinem Greifschwanz und der linken Hand am linken subventralen Blattwerk des lenkbaren Behemothaurums Yoleus. Mit einem Fuß hielt er eine glyphographische Tafel, und mit der rechten Hand schrieb er auf deren Fläche. Sein freies Bein hing locker herab, gegenwärtig gab es dafür keine Verwendung. Er trug geräumige kirschrote Beinkleider (derzeit bis über die Knie hinaufgekrempelt), die von einem groben Taschengürtel festgehalten wurden, dazu eine kurze schwarze Jacke mit einem im Kragen versteckten Cape, klobige, glänzende Fußreifen, eine einreihige Halskette mit vier kleinen, matten Steinen und einen mit Quasten geschmückten Kastenhut. Seine Haut war hellgrün, er maß etwa zwei Meter in der Höhe, wenn er aufrecht auf den Hinterbeinen stand, und ein wenig mehr von der Nase bis zum Schwanz.

Hinter den hängenden Wedeln des propellerstrahlgezausten Hautblattwerks des Behemothaurums verlor sich der Blick in alle Richtungen in einem dunstigen blauen Nichts, außer nach oben, wo der Körper des Geschöpfs den Himmel ausfüllte.

Zwei der sieben Sonnen waren verschwommen erkennbar, eine groß und rot zur Rechten, und eine klein und orangegelb zur Linken, gleich über dem Angenommenen Horizont, mit einem viertel Grad Verschiebung unter der anderen. Ansonsten war keine weitere Megafauna zu sehen, obwohl Uagen wusste, dass es

ganz in der Nähe eine gab, über der oberen Außenfläche von Yoleus. Das lenkbare Behemothaurum Muetenive war in Hitze, und das schon während der letzten
drei Standardjahre. Yoleus folgte dem anderen Geschöpf schon während dieser ganzen Zeit; der Kavalier
kreuzte unermüdlich in seiner Spur, blieb jedoch immer ein wenig unter und hinter dem Objekt seiner Be-
gierde, machte ihm schmachtend den Hof und wartete
geduldig, bis der richtige Zeitpunkt für ihn gekommen
wäre; unterdessen räumte er alle anderen potenziellen
Freier mit Beschimpfungen und Rempeleien aus dem
Weg, notfalls auch durch Beschädigung.

Nach den Maßstäben lenkbarer Behemothauren war
eine dreijährige Anmache nur als flüchtige Schwärme-
rei zu werten, allenfalls eine vorübergehende Verliebt-
heit, doch anscheinend verfolgte Yoleus seine Angebe-
tete mit äußerster Hingabe, und diese Anziehungskraft
war der Grund, warum sie während der vergangenen
fünfzig Standardtage so tief in die Oskendari-Luftsphäre geraten waren; für gewöhnlich blieben derartige
Megafaunen lieber in höheren Bereichen, wo die Luft
dünner war. Hier unten, wo die Luft so dicht und gela-
tineartig war, dass Uagen Zlepe sogar eine Veränderung seiner Stimme festgestellt hatte, musste das lenkbare Behemothaurum fast seine gesamte Energie auf-
bieten, damit er nicht irgendwann schlapp machte.
Muetenive stellte Yoleus' Inbrunst und Fitness auf eine
harte Probe.

Irgendwo über und vor den beiden – bei langsamer
Schwebegeschwindigkeit vielleicht noch fünf oder sechs
Tage entfernt – befand sich die linsenförmige Gigalith-
Wesenheit namens Buthulne, wo sich die beiden mögli-
cherweise schließlich paaren würden – wahrscheinlicher
war jedoch, dass dies nicht geschehen würde.

Es war ohnehin alles andere als sicher, dass sie überhaupt zu dem großen lebenden Kontinent gelangen

würden. Botenvögel hatten die Kunde von einer gewaltigen Konvektionsblase überbracht, die ganz so aussah, als ob sie in den nächsten paar Tagen aus den unteren Bereichen der Luftsphäre aufsteigen würde, und die, wenn sie richtig abgefangen würde, sich als schnelle und einfache Hubvorrichtung zu der schwebenden Welt namens Buthulne erweisen würde; der Zeitplan war jedoch sehr eng.

Gerüchten über versklavte Organismen, Symbionten, Parasiten und Gäste zufolge, die in der gemischten Bevölkerung von Muetenive und Yoleus die Runde machten, bestand eine hohe Wahrscheinlichkeit, dass Muetenive die nächsten zwei oder drei Tage vertrödeln und dann einen plötzlichen Hochgeschwindigkeitsvorstoß in den Luftraum oberhalb der Konvektionsblase unternehmen würde, um herauszufinden, ob Yoleus damit Schritt halten konnte. Wenn es so sein sollte und sie beide es schaffen würden, dann würden sie allerdings einen höchst dramatischen Einstieg in die Wesenheit Buthulne hinlegen, wo eine große parlamentarische Gruppe, bestehend aus Tausenden ihnen Gleichgestellter, ihrer ruhmreichen Ankunft würde beiwohnen können.

Das Problem war, dass sich Muetenive im Laufe der letzten mehreren zehntausend Jahren als ziemlich waghalsige Spielerin erwiesen hatte, wenn es um derlei Angelegenheiten ging. Oft schob sie solche sportlichen oder paarungsbezogenen Sprints hinaus, bis es zu spät war.

Es konnte also durchaus geschehen, dass sie die geeignete Gegend vor dem Verschwinden der Blase nicht erreichen würden, und dann bliebe den beiden Megafaunen und allen, die darin kreuchten und darum herum fleuchten oder daran hingen, nichts anderes als Turbulenzen oder – noch schlimmer – abfallende Luftströmungen, während die Blase in der Luftsphäre aufwärts stieg.

Was für die treu ergebenen Anhänger Yoleus' noch beunruhigender war, vor allem in Anbetracht des legendären Rufs des linsenförmigen Gigaliths Buthulne, war die Vermutung der Botenvögel, dass es sich um eine außergewöhnlich große Blase handelte und dass Buthulne sozusagen Lust auf einen Tapetenwechsel hatte und sich deshalb direkt über der aufwallenden Luft positionieren würde, um darauf zu den höheren Gefilden der Luftsphäre zu reiten. Wenn das geschehen würde, dann würden viele Jahre oder gar Jahrzehnte vergehen, bis sie wieder einmal einem linsenförmigen Gigalith begegnen würden, und Jahrhunderte – möglicherweise sogar Jahrtausende –, bevor Buthulne selbst wieder in Sicht schweben würde.

Yoleus' Unterkünfte Für Geladene Gäste bestanden aus einem kürbisförmigen Gewächs, das direkt vor dem dritten Rückenflossenkomplex des Geschöpfes gelegen war, nicht weit entfernt von seinem Scheitelpunkt. Im Innern dieses Gebildes, das Uagen an eine ausgehöhlte Frucht erinnerte und das ungefähr fünfzig Meter Durchmesser hatte, befanden sich seine Gemächer.

Uagen war dort geblieben und hatte dreizehn Jahre lang Yoleus, die anderen Megafaunen und die gesamte Ökologie der Luftsphäre beobachtet. Er trug sich jetzt mit der Absicht, sowohl seine Lebenserwartung als auch seine Form drastisch zu verändern, um sich dem Maßstab der Luftsphäre und der Lebensdauer ihrer größeren Bewohner besser anzupassen.

Während der meisten Zeit der neunzig Jahre, die Uagen nun schon in der Kultur lebte, war seine Existenz einigermaßen humanbasisch gewesen. Seine gegenwärtige Affengestalt sowie die Anwendung einiger Kultur-Technik, wenn auch ohne wissenschaftliche Feldforschung, gegen die die Megafaunen nie genauer spezifizierte Vorbehalte hegten, waren ihm als vernünftige Adaptionsstrategie für die Luftsphäre erschienen.

Seit einiger Zeit fragte er sich jedoch, ob er sich nicht in etwas verwandeln lassen sollte, das eher einem Riesenvogel glich, und eine möglichst lange, vielleicht sogar unendliche Lebensspanne zu erreichen; jedenfalls lange genug, um die langsame Evolution eines Behemothaurums mitzuerleben.

Wenn sich beispielsweise Yoleus und Muetenive tatsächlich paarten und ihre Charakteristika austauschten und vermischten, wie würde man dann die beiden daraus hervorgehenden Behemothauren nennen? Yoleunive und Mueteleus? Und wie genau würde sich diese nachwuchslose Paarung auf die beiden Protagonisten auswirken? Inwiefern würde sich jeder von ihnen verändern? Wäre es ein gleichwertiger Handel, oder würde ein Partner den anderen dominieren? Würde es jemals Nachkommen geben? Starben Behemothauren jemals eines natürlichen Todes? Das wusste niemand. Diese und eintausend andere Fragen blieben unbeantwortet. Die Megafaunen der Luftsphären behielten ihre eigene Meinung in derlei Dingen wie ein streng gehütetes Geheimnis für sich, und in der gesamten aufgezeichneten Geschichte – oder zumindest in dem Zeitraum, auf den er durch die Datenreservoire der Kultur Zugriff hatte – war die Entwicklung eines Behemothaurums noch nie festgehalten worden.

Uagen hätte fast alles dafür gegeben, um Zeuge eines solchen Prozesses zu sein und die Antworten auf all die vielen Fragen zu bekommen, doch um auch nur im Entferntesten darauf hoffen zu können, musste er sich für lange Zeit dieser Aufgabe verpflichten.

Er nahm an, wenn er irgendetwas davon erreichen wollte, dann würde er in sein Heimatorbital zurückkehren und sich mit seinen Professoren, seiner Mutter, seinen Verwandten und Freunden und so weiter besprechen müssen. Sie erwarteten ihn in etwa zehn oder fünfzehn Jahren zurück, damit er dann für immer dort bleiben würde, aber er war einer jener Gelehrten, die ihr Leben ihrer Arbeit widmeten, und nicht einer von denen, die für eine bestimmte Zeit voller Hingabe irgendwelche Studien betrieben, nur mit dem Ziel, sich zu profilieren. Er empfand kein Gefühl des Verlustes bei solchen Überlegungen; nach seinen ursprünglichen humanoiden Maßstäben der Lebenserwartung hatte er bereits ein langes, erfülltes Leben geführt, als er erstmals beschlossen hatte, Student zu werden.

Die lange Reise zurück nach Hause erschien ihm jedoch ein wenig erschreckend. Die Luftsphäre Oskendari stand nicht in regelmäßigem Kontakt mit der Kultur (und auch mit sonst niemandem, nebenbei bemerkt), und – soweit Uagen gehört hatte – das nächste Schiff mit planmäßigem Kurs in eine Richtung, die es irgendwo in die Nähe des Systems bringen würde, wurde frühestens in zwei Jahren erwartet. Es könnte zwar sein, dass irgendein anderes Schiff schon früher einmal vorbeikäme, aber er würde noch länger brauchen, um nach Hause zu kommen, wenn er die Reise auf einem fremden Fahrzeug antreten würde, immer vorausgesetzt, man würde ihn überhaupt mitnehmen.

Selbst wenn er ein Kultur-Schiff nehmen würde, würde die Heimreise mindestens ein Jahr in Anspruch nehmen – das hieße also, ein Jahr, um dorthin zu gelangen, und was dann die Rückreise betraf … als er sich das letzte Mal erkundigt hatte, war für kein Fahrzeug der Kurs so weit im Voraus festgelegt gewesen.

Man hatte ihm ein eigenes Schiff angeboten; das war vor fünfzehn Jahren gewesen, nachdem bekannt geworden war, dass ein lenkbares Behemothaurum sich damit einverstanden erklärt hatte, den Gastgeber für einen Kultur-Gelehrten zu spielen, aber ein Sternenfahrzeug für eine einzelne Person abzukoppeln, die es nur ein einziges Mal in zwanzig oder dreißig Jahren benutzen würde, war – nun ja – übermäßig verschwenderisch erschienen, selbst nach Kultur-Maßstäben. Dennoch, wenn er bleiben und möglicherweise seine Freunde und seine Familie niemals mehr lebend wiedersehen würde, dann hatte er keine andere Wahl, was seine Rückkehr betraf. Wie auch immer, er musste sich die Sache gründlich überlegen.

Yoleus' Unterkünfte Für Geladene Gäste waren an einer Stelle platziert, wo sie den Besuchern des Geschöpfes einen angenehmen und luftigen Ausblick boten. Nachdem Yoleus angefangen hatte, Muetenive den Hof zu machen und dem angebeteten Wesen mit wenig Abstand zu folgen – etwas unter und hinter dessen Rumpf –, waren die Unterkünfte schattig und bedrückend geworden. Viele Leute waren weggegangen, und nach Uagens Eindruck waren die verbliebenen Gäste ein stark von Klatsch und Tratsch besessener, überdrehter Haufen, während er seinerseits letztendlich ja hier war, um zu studieren. Deshalb verbrachte er weniger Zeit in geselligen Runden als früher und mehr Zeit entweder in seinem Arbeitszimmer oder er durchstreifte die weitläufigen Flächen des Behemothaurums.

Er hing vom Laubwerk herab und arbeitete schweigend.

Schwärme von Pseudonukleolen durchstreiften die Spin-Windungen um die beiden riesigen Gestalten herum; Säulen und Wolken aus unendlich kleinen dunklen Formen. Es war der Flug eines Pseudonukleolenschwarms, den Uagen auf der glyphographischen Tafel zu beschreiben versuchte.

Schreiben war natürlich kaum das richtige Wort für das, was Uagen tat. Man schrieb nicht einfach nur auf eine Glypho-Tafel. Man griff mit dem Digitalstift in den Holo-Raum und schnitzte und formte und versah mit Farben und maserte und mischte und balancierte und markierte, alles gleichzeitig. Sogenannte Glyphos waren handfeste Poesie, gestaltet aus nichts Handfestem. Sie waren echte Zauberbanne, vollkommene Bilder, ultimative, System übergreifende Intellektualisierungen.

Sie waren von Gehirnen (oder deren Äquivalent) erfunden worden, und es kursierte ein böses Gerücht, das besagte, man habe sie sich nur deshalb ausgedacht, um ein Mittel der Verständigung zu haben, das Menschen (oder deren Äquivalent) niemals verstehen könnten oder nachzubilden in der Lage wären. Leute wie Uagen hatten ihr Leben der Aufgabe gewidmet zu beweisen, dass Gehirne entweder nicht so charakteristisch klug waren, wie sie dachten, oder dass die paranoiden Zyniker sich geirrt hatten.

»Fertig«, sagte Uagen; er hielt die Tafel ein Stück von sich entfernt und betrachtete sie blinzelnd. Er drehte sie um und neigte den Kopf. Er zeigte die Tafel seiner Begleiterin, der Dolmetscherin 974 Praf, die neben Uagen an einem Ast hing.

974 Praf war Entscheiderin fünften Ranges im Elften Laubwerk-Nachlese-Trupp des lenkbaren Behemothaurums Yoleus, ausgestattet mit einer hoch entwickelten autonomen Intelligenz und dem Titel Dolmetscherin, den man ihr verliehen hatte, als sie Uagen zugeteilt worden war. Sie neigte den Kopf im gleichen Winkel und betrachtete die Tafel.

»Ich sehe nichts.« Sie beherrschte Marainisch, die Sprache der Kultur.

»Sie hängen verkehrt herum.«

Das Geschöpf schüttelte die Flügel. Ihr Augenhöhlenband richtete sich auf Uagen. »Macht das einen Unterschied?«

»Ja. Es handelt sich um eine Polarisation. Schauen Sie genau hin!« Uagen schwenkte die Tafel zu der Dolmetscherin hin und drehte sie um.

974 Praf zuckte zusammen, sie breitete die Flügel

ruckartig ein Stück weit aus, und ihr Körper krümmte sich, als ob sie sich zum Fliegen bereit machte. Sie fing sich wieder und lehnte sich zurück, wobei sie hin und her schaukelte. »Oh ja, da sind sie.«

»Ich habe versucht, ein Phänomen anzuwenden, das wir alle kennen: Man betrachtet einen Schwarm von – sagen wir mal – Pseudonukleolen aus großer Entfernung, kann jedoch einzelne Geschöpfe nicht unterscheiden, sondern sieht nur eine dichte Masse; plötzlich wird, wie eine Erscheinung aus dem Nichts, die Zusammensetzung des Ganzen sichtbar; diese jähe Erfahrung ist ein Beispiel konzeptuellen Begreifens.«

974 wandte den Kopf, öffnete den Schnabel, ließ die Zunge herausschnellen, um ein verdrehtes Hautblatt glattzustreichen, dann sah sie ihn wieder an. »Und wie macht man so was?«

»Umm. Mit großem Geschick«, sagte Uagen und gab dann ein feines, leicht erstauntes Lachen von sich. Er verstaute den Stift und klickte die Tafel an, um die Glyphen zu speichern.

Offenbar war die Halterung an der Seite der Tafel, wo der Stift eingeklemmt wurde, nicht ordentlich zugeschnappt, denn er rutschte heraus und fiel in die blaue Leere hinunter.

»Oh, verdammt«, fluchte Uagen. »Ich wusste doch, dass ich die Kordel hätte ersetzen sollen.«

Der Stift wurde schnell zu einem Punkt. Beide sahen ihm nach.

974 Praf sagte: »Das ist Ihr Schreibgerät.«

Uagen umfasste seinen rechten Fuß. »Ja.«

»Haben Sie noch eins?«

Uagen kaute auf einem seiner Zehennägel herum. »Umm. Eigentlich nicht, nein.«

974 Praf legte den Kopf schräg. »Hmm.«

Uagen kratzte sich am Kopf. »Ich denke, ich sollte versuchen, es einzufangen.«

»Es ist Ihr einziges.«

Uagen löste Hand und Schwanz vom Blattwerk und ließ sich in die Luft fallen, um dem Instrument zu folgen. 974 Praf löste ebenfalls ihren Krallenhalt und folgte ihm.

Die Luft war sehr warm und dick; sie schlug gegen Uagen und dröhnte ihm in den Ohren.

»Mir fällt etwas ein«, sagte 974 Praf, während sie gemeinsam tiefer sackten.

»Was?«, fragte Uagen. Er hakte sich die Glypho-Tafel an den Gürtel, klappte sich eine Windschutzbrille vor die bereits tränenden Augen und vollführte eine Wende in der Luft, um den Schreibstift im Auge zu behalten, der beinahe der Sichtweite entschwunden war. Solche Stifte waren klein, aber sehr dicht und außerdem wirkungsvoll, und wenn auch unbeabsichtigt, ziemlich stromlinienförmig. Er fiel besorgniserregend schnell. Uagens Kleidung flatterte und schlug wie eine Fahne im Sturm.

Sein quastenverzierter Hut flog weg; er griff danach, doch er war bereits auf und davon. Über ihnen zog der wolkengroße Rumpf des lenkbaren Behemothaurums Yoleus langsam von dannen, während sie immer tiefer fielen.

»Soll ich Ihren Hut holen?«, brüllte 974 Praf über das Windtosen hinweg.

»Nein, danke«, brüllte Uagen zurück. »Wir können ihn auf dem Rückweg mitnehmen.«

Uagen vollführte wieder eine Wende und spähte in die blaue Tiefe. Der Stift schoss durch die Luft wie ein Armbrustbolzen.

974 Praf schwebte näher zu Uagen heran, bis ihr Schnabel dicht an seinem rechten Ohr war und ihre Körperfedern in der stürmischen Luft seine Schulter streiften. »Was ich sagen wollte …«

»Ja?«

»Der Yoleus weiß bestimmt mehr bezüglich Ihrer Theorie über die Auswirkung gravitativer Anfälligkeit und deren Einfluss auf die Religiosität einer Spezies unter besonderer Berücksichtigung eschatolischer Glaubensinhalte.«

Uagen verlor den Stift aus den Augen. Er blickte sich um und bedachte 974 Praf mit einem Stirnrunzeln. »Und?«

»Das ist mir einfach so eingefallen.«

»Umm, aha. Moment mal, könnten Sie nicht vielleicht …? Ich meine, das Ding da unten trudelt ziemlich unaufhaltsam davon.« Uagen tastete nach einem Knopf an seiner linken Handgelenksmanschette; seine Kleidung saugte sich an ihm fest und flatterte nicht mehr. Er nahm Tauchposition ein, legte die Handflächen gegeneinander und wickelte den Schwanz um die Beine. Neben ihm legte 974 Praf die Flügel enger an den Körper und gab sich ebenfalls ein aerodynamischeres Äußeres.

»Ich kann das Ding, das sie fallen lassen haben, nicht mehr sehen.«

»Ich schon. Gerade noch. Glaube ich wenigstens. Oh, Himmel, Arsch und Zwirn!«

Es entfernte sich von ihm. Der Luftwiderstand des Stiftes musste um ein Winziges geringer sein als der seine, selbst im senkrechten Sturzflug. Er sah die Dolmetscherin eine Zeit lang an. »Ich glaube, ich muss einen Zahn zulegen«, rief er.

974 Praf schien sich einzubeziehen, da sie die Flügel noch dichter an den Körper anlegte und den Hals streckte. Sie holte ein klein wenig zu Uagen auf und machte sich daran, ihn abwärts zu überholen, dann entspannte sie sich und stieg wieder aufwärts. »Ich kann nicht schneller.«

»Macht nichts. Wir sehen uns dann später.«

Uagen betätigte einige Knöpfe an seinem Handgelenk. Winzige Motoren in seinen Fußreifen schwangen heraus und liefen auf Hochtouren. »Platz da!«, rief er der Dolmetscherin zu. Die Rotorklingen der Motoren waren ausfahrbar, und wenn er auch nicht viel zusätzlichen Antrieb brauchte, um seine Fallgeschwindigkeit so weit zu erhöhen, dass er den Stift einholen würde, war es für ihn doch eine Schreckensvorstellung, er könnte versehentlich einen von Yoleus' getreuen dienstbaren Geistern zermusen.

974 Praf war bereits einige Meter von ihm abgewichen. »Ich werde versuchen, Ihren Hut zu schnappen und nicht von Pseudonukleolen aufgefressen zu werden.«

»Oh. In Ordnung.«

Uagens Geschwindigkeit steigerte sich; der Wind heulte ihm in den Ohren, und kleine knackende Laute, die in seinen Schädelhöhlen widerhallten, verrieten ihm, dass der Druck zunahm. Er hatte den Stift für kurze Zeit aus den Augen verloren, und jetzt hatte er den Eindruck, als wäre er vollends verschwunden, verschluckt vom ozeanischen Blau des scheinbar unendlichen Himmels.

Wenn er doch nur die Augen nicht davon abgewendet hätte, dann würde er ihn jetzt noch sehen, davon war er überzeugt. Hier traf vielleicht ebenfalls das Phänomen mit den plötzlich sichtbaren Quasinukleolen zu. Das hatte bestimmt etwas zu tun mit anhaltender Konzentration, mit der Art und Weise, wie die eigene Sicht dem Halb-Chaos des sich darbietenden Bildes eine Bedeutung gab.

Vielleicht war der Stift zur Seite weggeschwebt. Vielleicht war ein gut getarnter Raubvogel, der ihn irrtümlich für eine Mahlzeit gehalten hatte, herabgestoßen und hatte ihn hinuntergewürgt. Vielleicht würde er ihn niemals mehr zu Gesicht bekommen, bis sie beide – nach einem so schwachen Start – gegen die nach innen abfallende Seite der Sphäre prallten. Er rechnete damit, ihn hüpfen zu sehen. Wie steil war der Hang? Die Luftsphäre war eigentlich keine richtige Sphäre, tatsächlich war keiner ihrer beiden Lappen eine Sphäre; auf einem bestimmten Niveau kehrte sich der Grund der gewölbten Seiten der Luftsphäre um und tauchte unter die Masse des Geröllbuckels.

Wie weit entfernt waren sie vom Pol der Luftsphäre? Er erinnerte sich, dass sie ziemlich nahe daran gewesen waren; allen Berichten zufolge hatte sich die linsenförmige Gigalith-Wesenheit Buthulne seit Jahrzehnten nicht von der Pol-Linie entfernt. Vielleicht würde er auf dem Geröllbuckel landen müssen! Er spähte nach unten. Nirgends die Spur von etwas Feststofflichem. Man hatte ihm gesagt, dass man tagelang fallen müsse, bevor man überhaupt etwas sähe. Und wenn der Stift in das Geröll und den Dreck des Buckels fallen würde, dann würde er ihn ohnehin niemals finden. Gnädigerweise gab es dort unten unheimliche Wesen. Vielleicht würde er, wie 974 Praf es ausgedrückt hatte, aufgefressen werden.

Was wäre, wenn er genau in dem Augenblick auf dem Geröllbuckel landen würde, da dieser im Begriff war auszubrechen? Das würde seinen sicheren Tod bedeuten. Im Vakuum! Als Teil einer verherrlichten Mistkugel. Wie entsetzlich!

Luftsphären wanderten rund um die Galaxis und schwenkten alle fünfzig bis hundert Millionen Jahre in eine Umlaufbahn ein, je nachdem, wie nahe sie dem Zentrum waren. An der Vorderseite wirbelten sie Staub und Gas auf, und alle paar hundert Jahre gaben sie den Abfall von sich, den ihre Reinigungs-Flora und -Fauna nicht hatten weiterverarbeiten können. Auswürfe in der Größe kleiner Monde fielen aus kugeligen Un-Gebilden, mit Braunen Zwergen vergleichbar, und hinterließen einen Schweif von Geröllklumpen, verteilt in den Spiralarmen, die das erste Erscheinen der bizarren Welten in der Galaxis auf einen anderthalb Milliarden Jahren zurückliegenden Zeitpunkt datierten.

Allgemein wurde angenommen, dass Luftsphären das Werk intelligenter Wesen sein mussten, aber tatsächlich wusste niemand Genaueres – zumindest niemand, der bereit gewesen wäre, seine diesbezüglichen Gedanken anderen mitzuteilen. Vielleicht wusste die Megafauna Bescheid, aber – zum Kummer von Gelehrten wie Uagen Zlepe – waren Geschöpfe wie Yoleus so weit jenseits des Begriffs Unerforschbarkeit, dass dieses Wort im praktischen Sinn genausogut ein Synonym für Naive Freimütigkeit oder Eine Schwatzkiste Von Schlichtem Gemüt hätte sein können.

Uagen fragte sich, wie schnell er jetzt wohl fallen mochte. Wenn er zu schnell fiel, würde er vielleicht geradewegs auf den Glypho-Stift fallen und sich aufspießen und zu Tode kommen. Welch köstliche Ironie! Aber schmerzhaft. Er prüfte seine Geschwindigkeit in einer kleinen Anzeige in der Ecke einer Augenschutzklappe. Er fiel zweiundzwanzig Meter pro Sekunde, und diese Fallgeschwindigkeit steigerte sich allmählich. Er stellte seine Geschwindigkeit auf beständige zwanzig ein.

Er wandte seine Aufmerksamkeit wieder dem blauen Golf vor und unter sich zu und sah den Stift, leicht trudelnd, als ob jemand Unsichtbares mit ihm eine Spirale kritzeln würde. Seiner Schätzung nach schwebte er mit zufriedenstellender Geschwindigkeit auf das Ding zu. Als er nur noch ein paar Meter entfernt war, drosselte er seinen Fall noch mehr, bis er auf einer Höhe mit dem Instrument war; beide sanken nun etwa so schnell, wie eine Feder durch stille Luft schweben mochte.

Uagen griff nach dem Stift. Er versuchte, seinen Fall auf so eindrucksvolle Weise abzubremsen, wie es eine Figur aus einem Action-Abenteuer tun würde (Uagen seinerseits war trotz all seiner Gelehrtheit ein Trottel in Bezug auf Action, so unwahrscheinlich das auch klingen mag), indem er einen Schwung um die eigene Achse vollführte, sodass seine Füße unter ihm waren und die Propellerblätter an seinen Fußreifen in die Luft bissen, die zu ihm auf und an ihm vorbei strömte. Im Nachhinein sollte ihm bewusst werden, dass er wahrscheinlich nahe daran gewesen war, sich selbst mit seinen eigenen Propellern zu verstümmeln; stattdessen verlor er jedoch vollkommen die Beherrschung über sich und wirbelte wild durch die Luft, schreiend und fluchend, wobei er versuchte, seinen Schwanz fest eingerollt und weg von den Propellern zu halten. In dieser schwierigen Lage ließ er den Stift wieder los.

Er breitete die Gliedmaßen aus und wartete, dass so etwas wie eine Art Regelmäßigkeit in sein Trudeln einkehrte, dann vollführte er wieder eine Kopfüberwende und ging in Tauchstellung, um die Beherrschung über seinen Fall wieder zu erlangen. Er blickte sich suchend nach dem Stift um. Er ahnte die Umrisse von Yoleus' Rumpf, sehr hoch über sich, und eine winzige Gestalt – gerade nahe genug, um als Schemen und nicht als Punkt wahrgenommen zu werden –, ebenfalls über ihm, etwas seitlich versetzt. Das sah aus wie 974 Praf. Und da war der Stift; er war jetzt über ihm, er bewegte sich jetzt nicht mehr spiralförmig, sondern war wieder mit einem zielstrebigen Armbrustbolzen zu vergleichen. Er verminderte mittels der Handgelenkschaltung die Energiezufuhr zu den Propellern.

Das Heulen des Windes nahm ab; der Stift fiel sanft in seine Hand. Er befestigte ihn an der Seite der Glypho-Tafel, dann bediente er sich der Handgelenksknöpfe, um die Motorblätter in Schwebestellung zu drehen und seinen Sinkflug fortzusetzen. Blut stieg ihm in den Kopf und fügte ein weiteres Tosen dem des Windes hinzu; die blaue Sicht pulsierte und verdunkelte sich. Seine Halskette – ein Geschenk von seiner Tante Silder, das er kurz vor seiner Abreise erhalten hatte – rutschte ihm unters Kinn.

Er ließ die Propeller für einige Zeit im Leerlauf, dann gab er wieder Energie ein. Er hatte immer noch einen schweren Kopf und fühlte sich irgendwie niedergedrückt, aber das war auch schon seine schlimmste Empfindung. Sein Sturz mit dem Kopf voran wurde zu einem langsamen Fall, die dicke Luft schüttelte ihn nicht mehr, und der Propellerstrahl wurde zu einer sanften Brise. Schließlich hielt er inne. Er war klug genug, nicht den Versuch zu unternehmen, auf den Fußreifenmotoren zu balancieren. Er würde das Cape aktivieren und sich von ihm hinauftragen lassen.

So hing er also in zweckmäßiger Reglosigkeit da, mit dem Kopf nach unten, während die Knöchelmotoren sich träge in der dicken Luft drehten.

Er kniff die Augen zusammen.

Da unten war etwas, tief unten, fast, aber nicht ganz im Dunst verloren. Eine Gestalt. Eine sehr große Gestalt, die beinahe den gleichen Teil seines Sichtfeldes ausfüllte, wie es seine ausgestreckten Hände getan hätten, und doch so weit entfernt, dass sie im Dunst kaum sichtbar war. Er blinzelte, wandte den Blick ab und sah dann wieder hin.

Ganz bestimmt war etwas dort. Der flossenbestückten Luftschiffform nach zu urteilen, handelte es sich um ein weiteres Behemothaurum. Doch Yoleus hatte geäußert, dass Muetenive sie auf unübliche, noch nie dagewesene Weise, beinahe schmerzhaft und unverschämt weit hinunter geführt hatte, sodass es Uagen sehr seltsam erschien, ein weiteres dieser gigantischen Geschöpfe noch um einiges tiefer als das flirtende Paar zu sehen. Die Gestalt sah auch irgendwie nicht richtig aus. Da waren zu viele Flossen, und in der Aufsicht – von der sehr vernünftig erscheinenden Annahme ausgehend, dass er von oben auf den Rücken blickte – wirkte das Ding asymmetrisch. Sehr ungewöhnlich. Sehr beunruhigend.

In der Nähe war ein Flattergeräusch zu hören. »Hier ist Ihr Hut.«

Er wandte sich um und sah 974 Praf an, die in der dichten Luft langsam mit den Flügeln schlug und seine quastengeschmückte Kopfbedeckung im Schnabel hielt.

»Oh, danke«, sagte er und setzte sich den Hut mit kräftigem Schwung auf.

»Haben Sie den Stift?«

»Umm. Ja, ja, habe ich. Sehen Sie, dort unten! Erkennen Sie etwas?«

974 spähte hinab. Schließlich sagte sie: »Da ist ein Schatten.«

»Ja, nicht wahr? Finden Sie, dass er wie ein Behemothaurum aussieht?«

Die Dolmetscherin neigte den Kopf zur Seite. »Nein.«

»Nein?«

Die Dolmetscherin neigte den Kopf zur anderen Seite. »Ja.«

»Ja?«

»Nein und ja. Beides zugleich.«

»Ah-ha.« Er blickte wieder hinunter. »Ich frage mich, was das sein könnte.«

»Das frage ich mich auch. Sollen wir zum Yoleus zurückkehren?«

»Umm. Ich weiß nicht. Meinen Sie, wir sollten?«

»Ja. Wir sind ziemlich weit gefallen. Ich kann den Yoleus nicht mehr sehen.«

»Oh! Oh, du meine Güte!« Er blickte nach oben. Und tatsächlich, die riesige Gestalt war im Dunst verschwunden. »Ich sehe. Oder vielmehr, ich sehe nicht. Ha ha!«

»Eben!«

»Umm. Trotzdem, ich wüsste gern, was das da unten ist.«

Der Schemen unter ihnen blieb anscheinend an ein und derselben Stelle. Luftströmungen im Dunst ließen ihn für ein paar Augenblicke beinahe verschwinden, sodass nichts zurückblieb als ein Nachbild im Auge, was die Vermutung nahe legte, dass er immer noch da war. Und dann war er wieder erkennbar, aber immer noch nicht mehr als eine Form, ein um eine Nuance dunklerer blauer Schatten im gewaltigen Luftgolf unter ihnen.

»Wir sollten zum Yoleus zurückkehren.«

»Meinen Sie, Yoleus hat eine Ahnung, was das sein könnte?«

»Ja.«

»Es sieht doch aus wie ein Behemothaurum, oder nicht?«

»Ja und nein. Vielleicht ist es krank.«

»Krank?«

»Verletzt.«

»Verletzt? Was kann … wie können Behemothauren verletzt werden?«

»Das ist in der Tat sehr ungewöhnlich. Wir sollten zum Yoleus zurückkehren.«

»Wir könnten uns die Sache genauer ansehen«, schlug Uagen vor. Er war sich selbst nicht ganz sicher, ob er das wollte, aber er hatte das Gefühl, dass er es vorschlagen musste. Schließlich war das Ganze irgendwie interessant. Andererseits war es auch ein wenig beängstigend. Wie 974 Praf gesagt hatte, hatten sie den Sichtkontakt zum Yoleus verloren. Es dürfte keine Schwierigkeit sein, ihn wiederzufinden – Yoleus hatte sich nicht schnell bewegt, und wenn sie einfach senkrecht nach oben stiegen, würden sie wahrscheinlich immer noch ziemlich direkt unter dem Geschöpf ankommen – aber, nun ja, man konnte nie wissen.

Was wäre, wenn Muetenive beschlösse, jetzt gleich einen Vorstoß auf die vorhergesehene Konvektionsblase zu unternehmen, und nicht erst in einem oder zwei Tagen? Du lieber Himmel, er und 974 Praf könnten als Strandgut zurückbleiben! Vielleicht hatte Yoleus noch gar nicht bemerkt, dass sie weg waren. Wenn ihm aufgefallen war, dass sie nicht mehr an Bord waren, und es dann einer plötzlich ausgelassen tollenden Muetenive hinterher geeilt war, dann hätte es wahrscheinlich ein paar Raubvogelspäher zurückgelassen, die sie beschützen und sicher zurückgeleiten würden. Aber vielleicht wusste es gar nicht, dass er und 974 Praf nicht mehr sicher in seinem Blattwerk weilten.

Uagen spähte nach Quasinukleolen aus. Er hatte nicht einmal eine Waffe bei sich; als er jede Art von Bodyguard-Schutz abgelehnt hatte, hatte die Universität darauf bestanden, dass er wenigstens eine Pistole bei sich führen sollte, aber er hatte das verhasste Ding nicht einmal ausgepackt.

»Wir sollten zum Yoleus zurückkehren.« Die Dolmetscherin sprach sehr schnell, was bei ihr einem nervös oder besorgt klingenden Ton am nächsten kam. 974 Praf war wahrscheinlich noch nie in einer Lage gewesen, in der sie das große Geschöpf, das für sie Heimat, Wirtswesen, Führer, Eltern und Geliebter war, nicht mehr hatte sehen können. Bestimmt hatte sie Angst, falls solche Wesen überhaupt zu derartigen Empfindungen in der Lage waren.

Uagan seinerseits hatte Angst, das konnte er unumwunden eingestehen. Keine große Angst, aber immerhin Angst genug, um zu hoffen, dass 974 Praf es ablehnen würde, ihn zu der großen Gestalt dort unten zu begleiten. Und sie würden noch ein ganzes Stück weit tiefer hinabsinken müssen. Er wollte sich gar nicht vorstellen, wie viele Kilometer.

»Wir sollten zum Yoleus zurückkehren«, wiederholte sie.

»Meinen Sie das wirklich?«

»Ja, wir sollten zum Yoleus zurückkehren.«

»Oh, das denke ich auch. Also gut.« Er seufzte. »Diskretion und all so was. Am besten lassen wir Yoleus entscheiden, was zu tun ist.«

»Wir sollten zum Yoleus zurückkehren.«

»Ja, ja.« Er bediente die Knöpfe an seinem Handgelenk, um das in seinem Kragen verstaute Cape zu aktivieren. Es entfaltete sich langsam zu einem zerknautschten Ballon und dehnte sich dann – noch langsamer – weiter aus.

»Wir sollten zum Yoleus zurückkehren.«

»Wir sind dabei, Praf. Wir sind dabei. Wir sind schon unterwegs dorthin.« Er spürte, wie er allmählich aufwärts schwebte, und ein schwacher Zug an den Schultern drehte ihn in die Horizontale.

»Wir sollten zum Yoleus zurückkehren.«

»Praf, ich bitte Sie! Genau das tun wir ja. Hören Sie doch auf, immer wieder …«

»Wir sollten zum Yoleus zurückkehren.«

»Das tun wir!« Er lenkte die Energie zu den Fußreifenmotoren. Das sich ballonförmig aufblähende Cape, immer noch eine vollkommen schwarze Kugel, die sich hinter seinem Kopf rundete, übernahm allmählich sein ganzes Gewicht und hob ihn senkrecht nach oben.

»Wir sollten …«

»Praf!«

Die Propeller versanken wieder in seinen Fußreifen. Endlich schwebte er aufwärts. 974 Praf schlug ein wenig fester mit den Flügeln, um mit ihm Schritt zu halten. Sie blickte hinauf zu der sich immer noch erweiternden schwarzen Kugel, die aus dem Cape entstanden war.

»Da ist noch etwas«, sagte sie.

Uagen blickte hinunter zu der Stelle zwischen seinen Stiefeln. Die große Gestalt unter ihm verschwand immer mehr im Dunst. Er sah die Dolmetscherin an. »Was denn?«

»Der Yoleus würde gern mehr über die lenkbaren Vakuumfahrzeuge in Ihrer Kultur erfahren.«

Er blickte hinauf zu dem schwarzen Ballon über seinem Kopf. Das Cape produzierte einen Auftrieb, indem es sich zu einem Ball entfaltete und dann seine Oberfläche ausdehnte, während im Innern ein Vakuum blieb. Das Vakuum hob ihn an den Schultern hinauf zum Himmel.

»Wie? Ah, ja.« Er wünschte, er hätte die verdammten Dinger jetzt nicht erwähnt. Außerdem wünschte er, er hätte eine umfassendere technische Bibliothek von der Kultur mitgebracht. »Ich kenne mich da kaum aus. Ich bin ein paarmal als Tourist mit so was gereist, in meinem Heimatorbital.«

»Sie sprachen von einem Pumpvakuum. Wie geht das?« 974 Praf hatte jetzt offenbar Mühe, mit ihm mitzuhalten; sie schlug so kräftig mit den Flügeln, wie es ihr die immer dicker werdende Atmosphäre erlaubte.

Uagen stellte die Größe des Capes auf das richtige Ausmaß ein. Seine Steiggeschwindigkeit ließ nach. »Nun, soweit ich weiß, hält man das Vakuum in Kugeln.«

»Kugeln.«

»In sehr dünnhäutigen Kugeln. Man füllt die Zwischenräume zwischen den Kugeln mit … ah … ich glaube, Helium oder Wasserstoff aus, je nach Neigung. Obwohl ich nicht glaube, dass man dadurch wesentlich mehr Auftrieb erhält, als wenn man nur Wasserstoff oder Helium allein einsetzt; höchstens ein paar Prozent. Das gehört zu den Dingen, die vermutlich deshalb gemacht werden, weil sie machbar sind, und nicht deshalb, weil sie sein müssen.«

»Man versteht.«

»Dann kann man es aufpumpen. Sie. Die Kugeln und das Gas.«

»Man versteht. Und auf welche Weise geschieht dieses Aufpumpen?«

»Umm …« Er senkte den Blick wieder nach unten, doch die große schemenhafte Gestalt war verschwunden.

5   Ein sehr anziehendes System

»Das ist eine großartige Simulation.«

»Es ist keine Simulation.«

»Klar. Natürlich. Trotz allem ist es großartig, oder nicht?«

»Schieben! Schieben!«

»Ich schiebe ja, ich schiebe wie verrückt.«

»Schieb noch fester!«

»Du meinst also nicht, dass das eine beschissene Simulation ist, oder?«

»Oh nein, keine *beschissene* Simulation.«

»Hör mal, ich weiß nicht, worauf du abzielst, aber was immer es ist, es ist nicht echt.«

»Die Flammen schlagen im Schacht hoch!«

»Dann schütte Wasser hinein!«

»Ich komm nicht an den …«

»Ich bin *wirklich* beeindruckt.«

»Du hast doch etwas Bestimmtes im Sinn, stimmt's?«

»Seine Drüsen müssen verrückt spielen. Niemand kann bei normalem Verstand so blöd sein.«

»Ich bin so froh, dass wir bis zum Einbruch der Nacht gewartet haben, du nicht?«

»Und wie! Schau mal zur Tagseite hinüber! Ich habe sie noch nie so leuchten sehen, du?«

»Nicht dass ich wüsste.«

»Ha! Das gefällt mir! Eine brillante Simulation!«

»Es ist *keine* Simulation, du Schwachkopf. *Hör doch mal zu!*«

»Wir sollten diesen Kerl hier rausbringen.«

»Was ist das überhaupt?«

»Wer, nicht was; ein Homomdaner namens Kabo.«

»Oh.«

Sie glitten mit einem Floß auf strömender Lava. Kabo saß in der Mitte des Flachdeckfahrzeugs und blickte auf den gesprenkelten, gelb leuchtenden Strom aus geschmolzenem Stein vor ihnen und die dunkel-öde Landschaft, durch die er verlief. Er hörte die Menschen sprechen, aber er achtete nicht darauf, wer was sagte.

»Er ist bereits draußen.«

»Einfach *brillant*! Sieh dir das nur an! Und die Hitze!«

»Bin ganz deiner Meinung. Mach ihn fertig!

»Es brennt!«

»Richte dich nach den dunklen Teilen, du Idiot, nicht nach den hellen!«

»Rein und raus!«

»Was?«

»Scheiße, das ist heiß!«

»Ja, kann man wohl sagen. Ich hab noch nie eine so heiße Sim gespürt.«

»Das ist keine Simulation, und du nervst. Gleich wirst du abgewürgt.«

»Kann jemand …?«

»Hilfe!«

»Oh, schmeiß das weg! Schnapp dir ein anderes Ruder!«

Sie befanden sich auf einer der letzten acht unbewohnten Masaq'-Platten. Hier – und über drei Platten spinwärts und vier anti-spinwärts – floss der Große Masaq'-Fluss direkt durch einen fündundsiebzigtausend Kilometer langen Tunnel aus Basismaterial quer durch eine Landschaft, die immer noch im Entstehen war.

»Huch! Heiß heiß heiß! Was für eine Sim!«

»Schaff den Kerl hier raus! Man hätte ihn überhaupt nicht einladen sollen. Es gibt hier Ehemalige ohne Rettungsvorrichtung. Wenn dieser Clown meint, wir sind in einer Sim, dann ist er zu allem fähig.«

»Zum Beispiel zum über Bord Springen – hoffentlich.«

»Wir brauchen mehr Kerle an Steuerbord.«

»Wo?«

»Rechts. Auf der rechten Seite. Auf dieser Seite hier. Scheiße!«

»Mach keine verdammten Witze mit so was. Er ist total durchgeknallt; ich würde ihm zutrauen, dass er nicht einmal ausstempeln tät, wenn er hineinfallen würde.«

»Tunnel voraus! Es wird noch heißer werden!«

»Ach du große Scheiße!«

»Es kann nicht noch heißer werden. Das lassen sie nicht zu.«

»Wirst du jetzt, verdammt nochmal, *zuhören*! Dies ist *keine* Simulation!«

In der Kultur war es inzwischen eine eingeführte Praktik, Asteroiden des Masaq'-Systems – die meisten davon waren in den Anfangszeiten der Errichtung des Orbitals vor mehreren tausend Jahren zwischengeparkt worden – mittels geeigneter Hubfahrzeuge beizuschleppen und auf die Oberfläche der Platte abzusenken, wo irgendeines von mehreren Energie liefernden Systemen (planetarische Krusten sprengende Waffen, wenn man sie unbedingt als solche betrachten wollte) die Körper bis zur Verflüssigung aufheizte, sodass noch mehr Gehirn erschütternde Materie und Energie manipulierende Prozesse entweder die daraus resultierende Schlacke lösten und in bestimmte, vorgegebene Richtungen abfließen ließen oder sie so formten, dass sie die bereits vorhandene Morphologie der strategischen Basismaterie ummantelte.

»Darauf.«

»Was?«

»Darauf. Man fällt darauf, nicht hinein. Schau mich nicht so an; es liegt an der Dichte.«

»Ich wette, du kennst dich mit der Scheißdichte bestens aus. Hast du ein Terminal?«

»Nein.«

»Auch nicht implantiert?«

»Nein.«

»Ich auch nicht. Versuch jemanden aufzutreiben, der so was hat, extern oder implantiert, und bring den Kretin hier her.«

»Es geht nicht!«

»Der Pflock! Du musst zuerst den Pflock rausziehen.«

»Ach so, ja.«

Leute – besonders Leute der Kultur, ob menschlich, ehemals menschlich, fremdweltlich oder Maschine – bauten schon seit Tausenden von Jahren Orbitale dieser Art, und nicht lange nachdem der Vorgang zur ausgereiften Technologie geworden war, was immerhin auch schon Tausende von Jahren zurücklag, hatten einige Spaß liebende (oder zumindest risikofreudige) Geschöpfe sich ausgedacht, die Lavaströme, die auf natürliche Weise durch solche Prozesse entstanden, für eine neue Sportart, genannt Lava-Rafting, zu benutzen.

»Verzeihung, ich habe ein Terminal.«

»Ach ja, Kabo, natürlich.«

»Was?«

»Ich habe ein Terminal. Hier.«

»Das Schiffsruder! Passt auf eure Köpfe auf!«

»Da drin ist es glühend heiß, Mann!«

»In Deckung!«

»Deckung!«

»Oh, puh!«

»Nabe! Siehst du diesen Kerl? Ein Sim-Scheißer! Würg ihn sofort ab!«

»Wird gemacht ...«

Und so wurde Lava-Rafting zu einer beliebten Freizeitbeschäftigung. Auf Masaq' war es Tradition, dass man es ohne jeden Einsatz von Feldtechnik oder sonst irgendetwas Schlauem im Sinne materieller Wissenschaft betrieb. Das Erlebnis war auf diese Weise aufregender, und es kam der Realität näher, wenn man nur Material verwendete, das nur soeben den Anforderungen entsprach. Die Leute nannten das einen Minimal-Sicherheits-Faktor-Sport.

»Pass auf das Ruder auf!«

»Es hakt.«

»Na, dann schieb!«

»Oh, Scheiße ...«

»Was, zum Teufel ...?«

»Aaah!«

»Schon gut, schon gut!«

»Scheiße!«

»... Ihr seid übrigens alle ziemlich verrückt. Frohes Rafting.«

Das Raftinggefährt als solches – eine Art Floß mit flachem Deck, vier mal zwölf Meter, mit hohen Dollborden – bestand aus Keramik; die Abdeckung, die es vor der Hitze des Lava-Tunnels, durch den sie jetzt schossen, schützte, war aus aluminiertem Plastik, und die Steuerräder bestanden aus Holz, um dem Ganzen etwas Handfestes zu verleihen.

»Meine Haare!«

»Oh je! Ich will nach Hause!«

»Wassereimer!«

»Wo hat dieser Kerl ...?«

»Hört mit dem Gejammere auf!«

»*O meine Güte!*«

Lava-Rafting war schon immer aufregend und gefährlich gewesen. Nachdem die acht Platten mit Luft gefüllt worden waren, wurde es vor allem zu einer

Mühsal; Strahlungshitze wurde jetzt durch Konvektionshitze ergänzt, und obwohl die Leute im Allgemeinen das Gefühl hatten, dass es authentischer war, ohne Atemgerät zu raften, war es bestimmt kein Vergnügen, sich die Lunge versengen zu lassen (niemand behauptet, dass es sich vergnüglich anhört!).

»Oh! Meine Nase! Meine Nase!«

»Danke.«

»Sprühen!«

»Gern geschehen.«

»Ich gehöre zu dem anderen Kerl. Ich glaube das alles nicht.«

Kabo lehnte sich zurück. Er musste sich ducken; die vom Wind gekräuselte Oberfläche der Folienabdeckung des Floßes war gleich über seinem Kopf. Der Baldachin warf die Hitze, die die Tunneldecke ausstrahlte, zurück, doch die Lufttemperatur war immer noch extrem. Einige der Menschen übergossen sich mit Wasser und bespritzten sich gegenseitig damit. Rauchschwaden füllten die kleine mobile Höhle, zu der das Floß geworden war. Das Licht war von einem sehr dunklen Rot und ergoss sich von beiden Enden des stampfenden, schaukelnden Floßes aus.

»Das tut weh!

»Na, dann mach was dagegen!«

»Ich will da raus!«

»Gleich … Oh – oh. Da sind Hängedornen!«

Das stromabwärts gerichtete Maul des Lavatunnels hatte Zähne; es war gespickt mit gezackten Erhebungen, die wie Stalaktiten aussahen.

»Dornen! Duckt euch!«

Eine der Hängedornen zerriss die dünne Abdeckung des Flosses und warf sie auf die gelb schimmernde Oberfläche des Lavastroms. Die Abdeckung schrumpfte, ging in Flammen auf und stieg dann, eingefangen von der Thermik, die aus den verflochtenen Flussadern aufstieg, flatternd wie ein brennender Vogel auf. Ein Hitzeschwall wogte über das Floß. Leute schrien laut auf. Kabo musste sich flach auf den Rücken werfen, um zu verhindern, dass er von einem der hängenden Speere aus Felsgestein aufgespießt wurde. Er spürte, wie etwas unter ihm nachgab; er hörte ein Schnappen und einen besonders schrillen Schrei.

Das Floß schoss aus dem Tunnel hinaus in eine breite Klamm zwischen scharfkantigen Felsen, deren basaltdunkle Kanten von dem breiten Strom aus Lava, der zwischen ihnen verlief, erhellt wurden. Kabo erhob sich wieder zur vollen Höhe. Die meisten der an Bord anwesenden Menschen bespritzten sich gegenseitig mit Wasser, um sich nach dem letzten Hitzeausbruch zu kühlen; viele hatten einen Teil ihrer Haare eingebüßt, einige saßen oder lagen da und sahen versengt, aber gleichgültig aus, indem sie leeren Blickes geradeaus starrten, an einigen Stellen mit Flüssigkeit absondernden Blasen bedeckt. Ein Paar saß einfach nur in sich zusammengesunken auf dem flachen Deck des Floßes und weinte laut.

»War das Ihr Bein?«, fragte Kabo den Mann, der hinter ihm auf dem Deck saß.

Der Mann hielt sich mit schmerzverzerrtem Gesicht das linke Bein. »Ja«, sagte er. »Ich glaube, es ist gebrochen.«

»Ja, das glaube ich auch. Tut mir außerordentlich Leid. Kann ich etwas für Sie tun?«

»Versuchen Sie, nicht noch mal so wie gerade zurückzusinken, nicht so lange ich hinter Ihnen bin.«

Kabo blickte nach vorn. Der glühende Fluss aus orangefarbener Lava schlängelte sich in der Ferne zwischen den Wänden der Schlucht hindurch. Es waren keine weiteren Lavatunnels sichtbar. »Ich glaube, das kann ich Ihnen versprechen«, sagte Kabo. »Bitte, entschuldigen Sie; man hat mir gesagt, ich soll mich im

Zentrum des Decks niedersetzen. Können Sie sich bewegen?«

Der Mann stützte sich mit einer Hand am Boden ab und hob sich auf die Hinterbacken, wobei er immer noch mit der anderen Hand sein Bein festhielt. Allmählich beruhigten sich die Leute. Einige weinten noch, aber einer schrie, dass alles in Ordnung sei, es gäbe keine weiteren Lavatunnels mehr.

»Geht's einigermaßen?«, fragte eine der Frauen den Mann mit dem gebrochenen Bein. Die Jacke der Frau schwelte noch. Sie hatte keine Augenbrauen mehr, ihr blondes Haar sah zerzaust aus und war an manchen Stellen zusammengebacken.

»Der Knochen ist gebrochen. Aber ich werd's überleben.«

»Daran bin ich schuld«, erklärte Kabo.

»Ich besorge eine Schiene.«

Die Frau ging zu einem Spind am Heck. Kabo sah sich um. Es roch nach versengten Haaren, angekokelter Kleidung und leicht angeröstetem Menschenfleisch. Er sah Leute mit fahlen Flecken im Gesicht, und einige hatten die Hände in Wassereimer getaucht. Das zusammengeduckte Paar wimmerte immer noch. Die meisten anderen, sofern sie nicht in Verzückung geraten waren, trösteten sich gegenseitig; tränengestreifte Gesichter wurden von dem lebhaften Licht beleuchtet, das von den glasscharfen schwarzen Felsen zurückgeworfen wurde. Hoch oben, am braundunklen Himmel wahnwitzig blinkend, blickte die Nova Portisia bösartig auf sie herab.

Und so was soll Spaß machen?, dachte Kabo.

≈Wird es noch lächerlicher?≈

»Was?«, brüllte jemand vom Bug des Floßes. »*Stromschnellen?*«

≈Wohl kaum.≈

Jemand schluchzte hysterisch.

≈Ich hab genug gesehen! Sollen wir?≈
≈Unbedingt. Einmal reicht wahrscheinlich.≈

<small>ENDE DER AUFZEICHNUNG</small>

Kabo und Ziller musterten sich gegenseitig quer durch einen großen, elegant möblierten Raum hinweg, der erhellt war von goldenen Sonnenstrahlen, die durch die offenen Balkonfenster hereinfielen, bereits gefiltert durch die sanft wogenden Zweige eines Immerblaus, das draußen wuchs. Unzählige weicher Nadelschatten bewegten sich auf dem mit Keramikkacheln gefliesten Boden, legten sich über die knöcheltiefen, abstrakt gemusterten Teppiche und huschten lautlos über die kunstvoll verzierten Flächen glänzender Anrichten, reich geschnitzte Truhen und üppig gepolsterte Sofas.

Sowohl der Homomdaner als auch der Chelgrianer trugen Gebilde auf dem Haupt, die aussahen wie entweder Schutzhelme von zweifelhaftem Nutzen oder ziemlich schriller Kopfputz.

Ziller schnaubte. »Wir sehen grotesk aus.«

»Vielleicht ist das der Grund, warum die Leute Implantate vorziehen.«

Beide nahmen die Gebilde ab. Kabo, der auf einer zierlichen, verhältnismäßig gebrechlichen Chaiselongue mit tiefen Einkerbungen, eigens für Dreibeiner gestaltet, saß, legte seinen Kopfhörer neben sich auf den Sitz.

Ziller, der auf einer breiten Couch zusammengerollt lag, legte seine auf den Boden. Er blinzelte ein paarmal, dann griff er in seine Westentasche und holte eine Pfeife heraus. Er trug blassgrüne, enge Beinkleider und einen emaillierten Leistengurt. Die Weste bestand aus Fell und war mit Edelsteinen besetzt.

»Das war wann?«, fragte er.

»Vor ungefähr acht Tagen.«

»Das Naben-Gehirn hatte Recht. Sie sind alle ziemlich verrückt.«

»Und doch war es bei den meisten der Leute, die Sie dort gesehen haben, nicht das erste Lava-Rafting, und sie hatten früher schon ebenso unangenehme Dinge erlebt. Ich habe mich unterdessen kundig gemacht und herausgefunden, dass alle bis auf drei der dreiundzwanzig Menschen, die dort dabei waren, zum wiederholten Mal an diesem Sport teilgenommen haben.« Kabo nahm ein Kissen und spielte mit den Fransen. »Obwohl angemerkt werden muss, dass zwei von ihnen den vorübergehenden Körpertod erfuhren, als ihr Lava-Kanu kenterte und eine von ihnen – eine Ehemalige, eine Wegzuwerfende – beim Gletscher-Caving zu Tode gequetscht wurde.«

»Vollständig tot?«

»Sehr vollständig, und zwar für immer. Man hat den Körper geborgen und eine Beisetzungsandacht abgehalten.«

»Alter?«

»Sie war einunddreißig Standardjahre alt. Kaum erwachsen.«

Ziller zog an seiner Pfeife. Er blickte zu den Balkonfenstern. Sie befanden sich in einem großen Haus innerhalb eines Anwesens auf den Tirianischen Hügeln, auf Unter-Osinorsi, der Platte spinwärts von Xaravve. Kabo bewohnte das Haus gemeinsam mit einer weitverzweigten menschlichen Familie, die aus etwa sechzehn Einzelwesen bestand, zwei davon Kinder. Für ihn war ein zusätzliches Stockwerk aufgesetzt worden. Kabo genoss die Gesellschaft der Menschen und ihrer Jungen, obwohl er zu der Erkenntnis gelangt war, dass er wahrscheinlich ein bisschen weniger gesellig war, als er geglaubt hatte.

Er hatte den Chelgrianer mit einem halben Dutzend

anderer Leute bekannt gemacht, die im Haus und um das Haus herum anwesend waren, und er hatte ihn herumgeführt. Von hangabwärts ausblickenden Fenstern und Balkonen und vom Dachgarten aus sah man, blau über die Ebene aufragend, die Klippen des Massivs, das den Großen Masaq'-Fluss in seinem Lauf durch die weitläufigen versunkenen Gärten säumte, die die Platte namens Unter-Osinorsi waren.

Sie warteten auf die Drohne E. H. Tersono, die zu ihnen unterwegs war, um ihnen – wie sie es nannte – wichtige Neuigkeiten zu überbringen.

»Ich glaube mich zu erinnern«, sagte Ziller, »dass ich gesagt habe, ich stimme mit Nabe darin überein, dass sie ziemlich verrückt sind, und Sie begannen Ihre Erwiderung mit den Worten: ›Und dennoch‹.« Ziller runzelte die Stirn. »Und danach schien alles, was Sie sagten, in Übereinstimmung mit dem zu sein, was ich gesagt hatte.«

»Was ich gemeint habe, ist, dass die Leute, wie sehr sie auch anscheinend die Erfahrung hassten und obwohl sie nicht unter dem Zwang standen, sie zu wiederholen ...«

»Außer dem Druck von ihren gleichermaßen kretinoiden Artverwandten.«

»... sich für ein weiteres Mal entschieden, denn wie schrecklich ihnen das Ganze auch vorgekommen sein mochte, hatten sie offenbar doch das Gefühl, etwas Positives daraus gewonnen zu haben.«

»Ach ja? Und was sollte das sein? Dass sie es überlebt haben, trotz ihrer Dummheit, die sie überhaupt erst veranlasste, dieses völlig unnötige traumatische Unterfangen durchzuführen? Was man aus einem unerfreulichen Erlebnis gewinnen sollte, müsste doch normalerweise die Entschlossenheit sein, es niemals zu wiederholen. Oder zumindest eine starke Abneigung dagegen.«

»Sie haben das Gefühl, dass sie sich selbst auf die Probe gestellt haben ...«

»Und feststellen mussten, dass sie verrückt sind. Gilt das als positives Ergebnis?«

»Sie haben das Gefühl, sich gegen die Natur behauptet zu haben ...«

»Was ist hier schon Natur?«, warf Ziller ein. »Die nächste ›natürliche‹ Gegebenheit ist von hier aus zehn Lichtminuten entfernt. Es ist die verdammte Sonne.« Er schnaubte. »Und ich traue ihnen durchaus zu, dass sie damit herumgespielt haben.«

»Ich glaube nicht, dass sie das getan haben. Tatsächlich war es eine potenzielle Instabilität in Lacelere, die überhaupt erst zu der hohen Speicherrate im Masaq'-Orbital geführt hat, bevor es für seinen exzessiven Spaß-Wert bekannt wurde.« Kabo legte das Kissen weg.

Ziller sah ihn an. »Wollen Sie damit sagen, die Sonne könnte explodieren?«

»Nun ja, so ungefähr, theoretisch. Das ist eine sehr schwierige ...«

»Das kann doch nicht Ihr Ernst sein!«

»Doch, natürlich. Die Chancen stehen ...«

»*Das* hat mir bisher noch niemand gesagt.«

»Also, eigentlich würde sie nicht richtig explodieren, im Sinne von zerbersten, sondern vielleicht in Flammen aufgehen ...«

»Sie geht tatsächlich manchmal in Flammen auf! Ich habe es selbst gesehen.«

»Ja. Ein schönes Schauspiel, nicht wahr? Aber es besteht die Möglichkeit – nicht größer als eins zu vielen Millionen während der Zeit, die der Stern auf dem Hauptast verbringt –, dass sie eine Flammensequenz hervorbringt, gegen die die Abwehreinrichtungen der Nabe und des Orbitals nicht ausreichen würden, um sie abzuwenden oder irgendjemanden davor zu schützen.«

»Und die haben das Ding hier gebaut?«

»Soweit ich weiß, war es ansonsten ein sehr anziehendes System. Und nebenbei bemerkt, ich glaube, dass man im Laufe der Zeit zusätzliche Unterplatten-Schutzeinrichtungen angebracht hat, die allem, was nicht gerade eine Supernova ist, standhalten können, obwohl natürlich jede Technik versagen kann, und sinnvollerweise ist die Methode des Speicherns selbstverständlich immer noch allgemein gebräuchlich.«

Ziller schüttelte den Kopf. »Das hätte man mir sagen müssen.«

»Vielleicht wird die Gefahr als so gering erachtet, dass man sich deswegen keine Sorgen mehr macht.«

Ziller strich sich über das Schädelfell. Er hatte seine Pfeife ausgehen lassen. »Ich glaube diesen Leuten nicht.«

»Die Wahrscheinlichkeit einer Katastrophe ist in der Tat äußerst gering, wenn man ein paar Jahre oder sogar eine Lebensspanne zugrunde legt.« Kabo erhob sich und stapfte zu einer Anrichte. Er nahm eine Schale mit Früchten. »Obst?«

»Nein, danke.«

Kabo suchte sich eine reife Sonnenfrucht heraus. Er hatte seine Eingeweideflora dahingehend ändern lassen, dass er übliche Kultur-Nahrung zu sich nehmen konnte. Was noch ungewöhnlicher war, er hatte seine Geschmacks- und Geruchsnerven einer entsprechenden Umwandlung unterzogen, sodass er Speisen schmecken konnte, so wie es ein Standardmensch der Kultur konnte. Er wandte sich von Ziller ab, als er sich die Sonnenfrucht in den Mund steckte, kaute eine Weile darauf herum und schluckte sie. Es war ihm zur Gewohnheit geworden, beim Essen das Gesicht von anderen abzuwenden; die Mitglieder von Kabos Spezies hatten sehr große Münder, und manche Menschen fanden seinen Anblick beim Essen Furcht erregend.

»Aber um zu meinem Punkt zurückzukommen«, sagte er und tupfte sich den Mund mit einer Serviette ab. »Wir wollen also das Wort ›Natur‹ nicht benutzen; lassen Sie es uns so ausdrücken: sie haben etwas daraus gewonnen, dass sie sich mit Kräften gemessen haben, die so viel größer sind als sie selbst.«

»Und eigentlich ist das kein Anzeichen von Verrücktheit.« Ziller schüttelte den Kopf. »Kabo, Sie sind vielleicht schon zu lange hier.«

Der Homomdaner ging zum Balkon und blickte hinaus. »Ich würde sagen, dass diese Leute bewiesenermaßen nicht verrückt sind. Sie führen ein ansonsten völlig normales Leben.«

»Wie bitte? Indem sie solche Sachen wie Lava-Rafting und Gletscher-Caving treiben?«

»Das ist nicht alles, was sie tun.«

»Richtig. Sie tun noch viele andere wahnwitzige Dinge; Nacktklingen-Fechten, Freistil-Bergklettern, Flügelgleiten …«

»Nur ganz wenige tun nichts anderes, als sich an diesen extremen Freizeitbeschäftigungen zu ergötzen. Die meisten führen daneben ein ganz normales Leben.«

Ziller zündete seine Pfeife wieder an. »Normal – nach Kultur-Maßstäben.«

»Nun ja, warum nicht? Sie lieben ein geselliges Miteinander, sie verbinden Arbeit mit Hobbies, wenn es geht, sie spielen in gemäßigter Form, sie lesen oder verfolgen Bildschirmsendungen, sie besuchen Unterhaltungsveranstaltungen. In bekifftem Zustand, wenn ihre Drüsen ausrasten, sitzen sie grinsend herum, sie lernen, forschen, verbringen Zeit mit Reisen …«

»Ah-ha!«

»… anscheinend nur zum Selbstzweck, oder sie vertrödeln einfach ihre Zeit. Und natürlich gehen viele von ihnen in Kunst und Handwerk auf.« Kabo setzte ein Lächeln auf und breitete die drei Hände aus. »Ein paar komponieren sogar Musik.«

»Sie verbringen irgendwie ihre Zeit. Das ist alles. Sie verbringen die Zeit mit Reisen. Die Zeit lastet schwer auf ihnen, weil sie kein fest umrissenes Umfeld haben, weil ihnen der Rahmen für ihr Leben fehlt. Sie hoffen ständig, dass irgendetwas, das sie an dem Ort zu finden hoffen, zu dem sie unterwegs sind, ihnen die Erfüllung bescheren wird, von der sie sicher sind, dass sie sie verdienen, ohne ihr jedoch auch nur im Geringsten nahe gekommen zu sein.«

Ziller runzelte die Stirn und klopfte gegen seinen Pfeifenkolben. »Einige reisen unermüdlich hoffnungsvoll durch die Gegend und werden ständig enttäuscht. Andere, die sich etwas weniger selbstbetrügerisch verhalten, finden sich damit ab, dass der Vorgang des Reisens an sich keine Erfüllung bietet, und fühlen sich dann erleichtert, weil sie nicht mehr dem Zwang unterliegen, dass sie erfüllt sein müssten.«

Kabo beobachtete ein Sprungbein, das in den Bäumen von Ast zu Ast hüpfte; das rötliche Fell und der lange Schwanz waren gesprenkelt von den Schattenflecken der Blätter. Er hörte die schrillen Stimmen von Menschenkindern, die neben dem Haus spielten und im Schwimmbecken herumplanschten. »Ach, Ziller! Zweifellos empfindet jede intelligente Spezies bis zu einem gewissen Grad so.«

»Wirklich? Die Ihre auch?«

Kabo spielte mit den weichen Falten der Vorhänge neben dem Balkonfenster. »Wir sind viel älter als die Menschen, aber ich glaube, auch wir haben so gedacht – einst.« Er sah den Chelgrianer an, der in dem ausladenden Sitz so zusammengekauert war, als ob er zum Sprung ansetzen wollte. »Alles aus der Natur hervorgegangene und weiterentwickelte Leben ist ruhelos.

In einem bestimmten Maßstab oder in einem gewissen Stadium.«

Anscheinend dachte Ziller über diese Bemerkung nach, dann schüttelte er den Kopf. Kabo war sich nicht sicher, ob er mit dieser Geste ausdrücken wollte, dass er etwas zu Albernes von sich gegeben hatte, als dass es einer Antwort wert wäre, ob er sich eines abgeschmackten Klischees bedient hatte oder einen Punkt zur Sprache gebracht hatte, auf den der Chelgrianer keine angemessene Erwiderung fand.

»Es verhält sich so«, sagte Ziller, »dass sie sich unter sorgsamer Beachtung oberster Prinzipien ein Paradies errichtet haben, indem sie alle scheinbar stichhaltigen Beweggründe für einen Konflikt in ihren eigenen Reihen widerlegten und alle natürliche Gefahren ausschlossen ...« Er hielt inne und blickte missmutig zum Licht der Sonne, das auf der vergoldeten Bordüre seines Sitzes glänzte – »nun ja, fast alle natürliche Gefahren. Doch dann fanden diese Leute ihr Leben so hohl, dass sie falsche Versionen solcher Art von Abscheulichkeiten erfinden mussten, nachdem unzählige Generationen ihrer Vorfahren ihr Dasein in dem Bemühen geopfert hatten, eben jene zu besiegen.«

»Mir kommt das so vor, als ob man jemanden deswegen kritisiert, weil er sowohl einen Schirm als auch eine Dusche besitzt«, sagte Kabo. »Die Auswahl ist das Entscheidende.« Er zupfte die Vorhänge symmetrisch zurecht. »Diese Leute steuern ihre Schrecknisse. Sie können auswählen, ob sie sie vervielfältigen, sie wiederholen oder sie vermeiden. Das ist nicht dasselbe, wie unter dem Vulkan zu leben, wenn man gerade das Rad erfunden hat, oder sich zu fragen, ob der Damm brechen und das ganze Dorf ertrinken wird. Wiederum gilt das für alle Gesellschaften, die sich über den Status des Barbarentums hinaus entwickelt haben. Hier gibt es kein großes Mysterium.«

»Aber die Kultur besteht so beharrlich auf ihrem Utopismus«, sagte Ziller in einem – wie Kabo fand – beinahe verbitterten Ton. »Sie ist wie ein Kind, das ein Spielzeug unbedingt haben will, nur um es dann wegzuwerfen.«

Kabo schaute eine Weile zu, wie Ziller an seiner Pfeife paffte, dann ging er durch die Rauchwolke und ließ sich im Kleeblattsitz auf dem fingertiefen Teppich neben der Couch des anderen nieder.

»Ich glaube, das ist ganz natürlich und ein Zeichen dafür, dass man sich als Spezies erfolgreich behauptet hat; was anfangs als Notwendigkeit hatte ertragen werden müssen, wird zum vergnüglichen Sport. Selbst Angst kann entspannend und erholsam sein.«

Ziller sah dem Homomdaner in die Augen. »Und Verzweiflung?«

Kabo hob die Schultern. »Verzweiflung? Nun, allenfalls kurzfristig, wenn man zum Beispiel bei der Lösung einer Aufgabe zunächst verzweifelt und es dann doch schafft, oder bei irgendeinem Spiel oder sportlichen Wettkampf einen Sieg erringt, um den man verzweifelt gekämpft hat. So kann Verzweiflung den Erfolg versüßen.«

»Das ist keine Verzweiflung«, widersprach Ziller ruhig. »Das ist ein zeitweiliges Unbehagen wegen einer voraussichtlichen Enttäuschung. Ich meinte nichts so Geringfügiges. Ich meinte die Art von Verzweiflung, die die Seele auffrisst, die die Sinne so sehr vergiftet, dass jedes Erlebnis, wie erfreulich es auch sein mag, von bitterer Galle durchtränkt wird. Die Art von Verzweiflung, die einem den Gedanken an Selbstmord eingibt.«

Kabo schaukelte nach hinten. »Nein«, sagte er. »Nein. Sie können hoffen, das hinter sich gelassen zu haben.«

»Ja. Aber sie hinterlassen es in ihrem Kielwasser für andere.«

»Ah.« Kabo nickte. »Ich glaube, wir berühren jetzt das Schicksal Ihres eigenen Volkes. Nun ja, einige empfinden deswegen eine Zerknirschung, die der Verzweiflung nahe kommt.«

»Wir haben das zum größten Teil selbst verursacht.« Ziller zerkrümelte einen Tabakklumpen in seine Pfeife, stopfte ihn mit einem kleinen silbernen Instrument hinein und brachte weitere Rauchwolken hervor. »Wir hätten ohne die Hilfe der Kultur zweifellos einen Krieg vom Zaun gebrochen.«

»Nicht notwendigerweise.«

»Da bin ich anderer Ansicht. Ohne Rücksicht auf Verluste; zumindest wären wir nach einem Krieg gezwungen gewesen, uns mit unseren eigenen Dummheiten auseinanderzusetzen. Die Beteiligung der Kultur bedeutete, dass wir die Verwüstungen des Krieges erleiden mussten, ohne in den Genuss zu kommen, aus der Lektion etwas zu lernen. Wir gaben stattdessen einfach der Kultur die Schuld. Außer unserer vollkommen Zerstörung hätte das Ergebnis kaum schlimmer sein können, und manchmal habe ich das Gefühl, dass selbst das eine ungerechtfertigte Ausnahme ist.«

Kabo schwieg eine Weile. Blauer Rauch stieg aus Zillers Pfeife auf.

Ziller war einst Begabter-unter-Berührten Mahrai Ziller VIII. von Wescrip gewesen. Als Spross einer Familie von Verwaltungsbeamten und Diplomaten, war er beinahe von seiner Kindheit an ein musikalisches Wunder gewesen und hatte sein erstes Orchesterwerk in einem Alter komponiert, in dem die meisten chelgrianischen Kinder noch lernen mussten, dass sie ihre Schuhe nicht essen durften.

Er hatte sich die Bezeichnung Begabter selbst zugelegt – zwei Grade unter der Kaste, in die er hineingeboren worden war –, nachdem er von der Hochschule geflogen war, zum großen Kummer seiner Eltern.

Obwohl er in seiner Laufbahn zu höchstem Ruhm und Wohlstand gelangte, bereitete er ihnen weiterhin Kummer, was so weit ging, dass sie von Krankheit und Zusammenbruch erschüttert wurden, als er ein radikaler Kastenverweigerer wurde und als Äquilitarier in die Politik ging, indem er seinen Status benutzte, um für das Ende des Kastensystems zu plädieren. Allmählich änderte sich die öffentliche und politische Meinung; es sah immer mehr danach aus, als würde die lang beschworene Große Wende endlich eintreten. Nach einem misslungenen Anschlag auf sein Leben kehrte Ziller seiner Kaste vollends den Rücken und wurde deshalb zum Niedersten der nicht kriminellen Niederen: ein Unsichtbarer.

Einem zweiten Mordversuch entging er nur um Haaresbreite; als Folge davon rang er ein Vierteljahr lang im Krankenhaus mit dem Tod. Es wurde viel darüber gemutmaßt, ob die Monate, die er dem politischen Gedränge fern bleiben musste, die entscheidende Wandlung bewirkt hatten, doch unbestreitbar war, dass sich, als er genesen war, die Gezeiten wieder gedreht hatten, die Wende rückwärts hatte eingesetzt, und jegliche Hoffnung auf eine durchgreifende Veränderung schien mindestens für eine Generation zunichte zu sein.

Zillers musikalisches Wirken hatte während der Jahre seiner politischen Tätigkeit gelitten, zumindest quantitativ. Er ließ verlauten, dass er sich aus dem öffentlichen Leben zurückzuziehen gedenke, um sich aufs Komponieren zu konzentrieren, wodurch er seine früheren liberalen Verbündeten vor den Kopf stieß und die Konservativen, die seine Feinde gewesen waren, entzückte. Dennoch und trotz des großen Drucks, dem er ausgesetzt war, blieb er bei seinem Status als Unsichtbarer – obwohl er in zunehmendem Maße als Geschenkter Ehrenhalber behandelt wurde –, und er ließ nie irgendwelche Anzeichen einer Zustimmung zu den bestehenden Verhältnissen erkennen, außer des sich auferlegten Schweigens in allen politischen Angelegenheiten.

Sein Prestige und seine Popularität nahmen immer mehr zu; eine Flut von Preisen, Auszeichnungen und Ehrentiteln wurde über ihn ausgeschüttet; in Umfragen rangierte er an erster Stelle als beliebtester lebender Chelgrianer; man sprach sogar davon, dass er eines Tages zum Präsidenten Zur Wahrnehmung Zeremonieller Aufgaben, kurz PWZA, ernannt werden könnte.

Gefeiert und umjubelt als Berühmtheit von noch nie dagewesener Größe, benutzte er seine Dankesrede für die bedeutendste zivile Ehre, die der chelgrianische Staat verleihen konnte – eine großartige, schillernde Feier in Chelise, der Hauptstadt von Chelgria, die in der gesamten Sphäre des chelgrianischen Raums übertragen wurde – dazu, um zu verkünden, dass er seine Ansichten niemals geändert habe, dass er immer noch ein Liberaler und Äquilitarier sei und auf ewig bleiben würde, dass es ihn mit mehr Stolz erfüllte, an der Seite jener Leuten gearbeitet zu haben, die solche Ansichten vertraten, als dies durch seine Musik der Fall war, dass er in der Gegenwart die Kräfte des Konservativismus noch mehr verabscheute, als er dies in der Jugend getan hatte, dass er den Staat, die Gesellschaft und die Leute, die das Kastensystem duldeten, immer noch verachtete. Er würde diese Ehre nicht annehmen, er würde alle anderen Auszeichnungen, mit denen er bedacht worden war, zurückgeben, und er habe bereits die Reise gebucht, um den chelgrianischen Staat sofort und für immer zu verlassen, denn im Gegensatz zu den liberalen Genossen, die er so sehr liebte, achtete und bewunderte, habe er einfach nicht die moralische Kraft, um weiterhin in diesem bösartigen, hasserfüllten, unerträglichen Regime zu leben.

Seine Rede wurde mit gelähmtem Schweigen aufgenommen. Als er die Bühne verließ, wurden Zischlaute und Buhrufe laut, und er verbrachte die Nacht im Gelände einer Kultur-Botschaft, an deren Pforte eine aufgebrachte Menge nach seinem Blut lechzte.

Ein Kultur-Schiff holte ihn am darauf folgenden Tag ab. Im Lauf der nächsten paar Jahre unternahm er ausgedehnte Reisen innerhalb der Kultur und ließ sich schließlich auf Masaq'-Orbital nieder.

Ziller war auch dann noch auf Masaq' geblieben, als sieben Jahre nach seinem Weggang auf Chel ein äquilitarischer Präsident gewählt worden war. Reformen wurden auf den Weg gebracht, und die Unsichtbaren und die anderen Kasten wurden endlich gleichberechtigt, dennoch war Ziller trotz vieler Aufforderungen und Einladungen nicht in seine Heimat zurückgekehrt, ohne sich deswegen in irgendwelchen Erklärungen zu ergehen.

Die Leute vermuteten als Grund dafür, dass das Kastensystem immer noch existierte. Um den höheren Kasten die Reformen schmackhaft zu machen, rang man sich zu dem Zugeständnis durch, dass die Titel und Kastennamen als Bestandteil der rechtlichen Nomenklatura des Einzelnen beibehalten würden und ein neues Eigentumsrecht den Besitz von Stammesland der unmittelbaren Familie des Oberhauptes sicherte.

Im Gegenzug stand es nun allen gesellschaftlichen Schichten frei, untereinander zu heiraten und mit jedem Partner, der einem zugeneigt war, Nachkommen hervorzubringen; bei Paaren konnte jeder in die Kaste des höher Eingestuften übertreten, ihre Kinder würden die Kastenzugehörigkeit erben, gewählte Kastengerichte befassten sich mit der Neueingliederung von Antragstellern, das Gesetz zur Bestrafung von Leuten, die sich als Zugehörige einer höheren Kaste als der ihnen zukommenden ausgaben, wurde abgeschafft, und so konnte theoretisch jeder von sich behaupten, dieser oder jener Kaste anzugehören, ganz nach Belieben, obwohl man amtlicherseits immer noch den Kastentitel trug, der einem gemäß Geburt oder Neuzuordnung zustand.

Das war eine tiefgreifende Abwendung vom alten System, sowohl rechtlich als auch im Umgang miteinander, aber es gab eben immer noch Kasten, und damit war Ziller anscheinend nicht zufrieden.

Dann hatte die herrschende Koalition auf Chel einen Kastrierten zum Präsidenten gewählt, als wirkungsvolles, jedoch überraschendes Zeichen dafür, wie viel sich geändert hatte. Das Regime überlebte einen Umsturzversuch, durchgeführt von einigen Offizieren der Garde, und ging offenbar gestärkt aus dem Ereignis hervor; Macht und Autorität waren jetzt anscheinend noch breiter verteilt und hatten sich unwiderruflich bis zur untersten Sprosse der ursprünglichen Kasten ausgeweitet, dennoch war Ziller, vielleicht beliebter denn je, immer noch nicht zurückgekehrt. Er behauptete, er warte ab, um zu sehen, wie sich die Dinge weiterhin entwickeln würden.

Dann geschah etwas Schreckliches, und er sah es, und trotzdem kehrte er nicht nach Hause zurück, auch nach dem Kastenkrieg nicht, der neun Jahre nach seinem Weggang ausbrach und an dem, wie er selbst zugab, weitgehend die Kultur die Schuld trug.

Schließlich sagte Kabo: »Mein Volk hat einst gegen die Kultur gekämpft.«

»Im Gegensatz zu uns. Wir haben gegen uns selbst gekämpft.« Ziller sah den Homomdaner an. »Haben Sie aus der Erfahrung Nutzen gezogen?«, fragte er in scharfem Ton.

»Ja. Wir haben viel verloren, viele tapfere Leute und so manches edle Schiff, und wir haben unsere ursprünglichen Kriegsziele nicht erreicht, nicht direkt, doch wir behielten unseren zivilisatorischen Kurs bei und haben insofern etwas gelernt, als wir die Entdeckung machten, dass man ehrenhaft mit der Kultur leben konnte, und dass unsere Befürchtungen in Bezug auf sie nicht zutrafen: vielmehr war sie einer von vielen gemäßigten Bewohnern im galaktischen Haus. Unsere beiden Gesellschaften sind inzwischen zu einem kameradschaftlichen Miteinander gekommen, und gelegentlich handeln wir sogar als Verbündete.«

»Dann haben sie Sie also nicht vollkommen zermalmt, wie?«

»Sie haben es gar nicht versucht. Wir unsererseits auch nicht. Es handelte sich nicht um diese Art von Krieg, und außerdem entspricht das weder ihrer noch unserer Natur. Eigentlich entspricht das heutzutage niemandes Natur. Auf jeden Fall waren unsere Streitigkeiten mit der Kultur stets nur ein Nebenschauspiel; die Haupthandlung war der Konflikt zwischen unseren Gastgebern und den Idiranern.«

»Ach ja, die berühmte Zwillingsnovae-Schlacht«, bemerkte Ziller geringschätzig.

Kabo war von seinem Ton überrascht. »Ist Ihre Symphonie bereits über das Stadium des Herumbastelns hinaus?«

»Allerdings.«

»Und sind Sie immer noch damit zufrieden?«

»Ja. Sehr. An der Musik ist nichts falsch. Allerdings frage ich mich allmählich, ob meine Begeisterung mich überwältigt hat. Vielleicht habe ich einen Fehler begangen, als ich mich so sehr für das Memento Mori unseres Naben-Gehirns ins Zeug gelegt habe.« Ziller spielte an seiner Weste herum, dann machte er einen wegwerfenden Handschwenk. »Ach, nehmen Sie das nicht zur Kenntnis. Ich bin immer ein wenig entnervt, wenn ich ein so umfangreiches Werk vollendet habe, und ich bekenne mich zu einem gewissen Grad von Lampenfieber bei der Vorstellung, dass ich mich vor ein so zahlreiches Publikum, wie Nabe es erwähnte, hinstellen und dirigieren soll. Außerdem bin ich immer noch nicht so richtig überzeugt bezüglich des ganzen Drumherums, mit dem Nabe die Musik präsentieren möchte.« Ziller schnaubte. »Vielleicht bin ich doch ein größerer Purist, als ich dachte.«

»Ich bin überzeugt davon, dass alles ganz hervorragend laufen wird. Wann hat Nabe die Absicht, das Konzert anzukündigen?«

»In Bälde«, sagte Ziller ausweichend. »Das ist einer der Gründe, warum ich hierher bekommen bin. Ich dachte, ich würde vielleicht allzu sehr bestürmt werden, wenn ich zu Hause bliebe.«

Kabo nickte nachdenklich. »Ich freue mich, von Nutzen sein zu können. Ich kann es kaum abwarten, das Stück zu hören.«

»Danke. Ich bin sehr zufrieden damit, aber ich kann mich des Gefühls der Mittäterschaft an Nabes makaberen Plänen nicht erwehren.«

»Ich würde das nicht makaber nennen. Auf alte Soldaten trifft dieser Begriff seilten zu. Vielleicht sind sie manchmal bedrückt, beunruhigt, sogar morbid, aber nicht makaber. Diese Eigenschaft ist den Zivilisten vorbehalten.«

»Ist Nabe vielleicht kein Zivilist?«, fragte Ziller. »Könnte Nabe bedrückt und *beunruhigt* sein? Gibt es noch etwas, wovon sie mir nichts gesagt haben?«

»Soweit ich weiß, war Masaq'-Nabe noch nie bedrückt oder beunruhigt«, entgegnete Kabo. »Es war jedoch einst das Gehirn eines im Krieg eingesetzten Allgemeinen System-Fahrzeugs, und es war in der Schlussphase der Zwillingsnovae-Schlacht dabei und hat eine beinahe vollständige Zerstörung durch die Einwirkung einer idiranischen Kriegsflotte erlitten.«

»Nicht ganz vollständig.«

»Nicht ganz.«

»Dann gilt bei denen also nicht der Spruch vom Kapitän, der mit seinem Schiff untergehen muss.«

»Soweit ich weiß, reicht es aus, wenn er der letzte ist, der von Bord geht. Aber verstehen Sie? Masaq' beweint und ehrt jene, die es verloren hat, die gestorben sind, und trachtet nach einer Wiedergutmachung für die Rolle, die es im Krieg gespielt hat, welche dies auch gewesen sein mochte.«

Ziller schüttelte den Kopf. »Vielleicht hätte ich durch den Glibberer einiges darüber erfahren«, murmelte er. Kabo überlegte, ob es klug sei zu bemerken, dass Ziller all das leicht selbst hätte herausfinden können, wenn er sich ein wenig bemüht hätte, aber er entschied sich dagegen. Ziller klopfte seine Pfeife aus. »Nun, wir wollen hoffen, Nabe leidet nicht unter Verzweiflung.«

»Drohne E. H. Tersono ist eingetroffen«, verkündete das Haus.

»Oh, gut.«

»Wurde auch Zeit.«

»Soll reinkommen.«

Die Drohne schwebte durch das Balkonfenster herein, Sonnenlicht fleckte ihre rosige Porzellanhaut und das stützende Gitterwerk aus blauem Lumenstein. »Ich habe bemerkt, dass das Fenster offen stand; ich hoffe, Sie haben nichts dagegen.«

»Keineswegs.«

»Wohl ein bisschen draußen gelauscht, was?«, fragte Ziller.

Die Drohne ließ sich geziert auf einem Stuhl nieder. »Mein lieber Ziller, gewiss nicht. Warum? Haben Sie über mich geredet?«

»Nein.«

»Also, Tersono«, sagte Kabo. »Es ist sehr liebenswürdig von Ihnen, dass Sie uns besuchen. Wenn ich richtig verstanden habe, verdanken wir diese Ehre dem Umstand, dass es weitere Neuigkeiten über unseren Gesandten gibt?«

»Ja. Ich habe die Identität des Gesandten in Erfahrung gebracht, der uns von Chel geschickt wird«, antwortete die Drohne. »Sein voller Name lautet – ich zitiere – Zu-Den-Waffen-Gerufener-von-den-Geschenkten Major Tibilo Quilan IV. 47. Herbst von Itirewein, Gramgezeichneter, Sheracht-Orden.«

»Du lieber Himmel«, sagte Kabo und warf Ziller einen Blick zu. »Ihre vollen Namen sind ja noch länger als die der Kultur.«

»Ja? Ein liebenswerter Zug, nicht wahr?«, sagte Ziller. Er senkte den Blick mit gerunzelter Stirn in seinen Pfeifenkopf. »Dann handelt es sich bei unserem Gesandten also um einen priesterlichen Kriegsherrn. Den reichen Spross einer der mächtigen Familien, der Geschmack am Soldatendasein gefunden hat oder den man zum Militär gesteckt hat, damit er aufgeräumt ist, und der dann den Glauben gefunden oder es als politisch günstig erachtet hat, ihn zu finden. Traditionalistisches Elternhaus. Und wahrscheinlich ist er Witwer.«

»Kennen Sie ihn?«, fragte Kabo.

»Tatsächlich, ja, aus einer lange zurückliegenden Zeit. Wir haben gemeinsam die Kinderschule besucht. Wir waren Freunde, nehme ich an, wenn auch keine besonders engen. Danach haben wir uns aus den Augen verloren. Ich habe seither nichts mehr von ihm gehört.« Ziller betrachtete immer noch nachdenklich seine Pfeife und erwog anscheinend, sie wieder anzuzünden. Stattdessen verstaute er sie jedoch in seiner Westentasche. »Doch selbst wenn wir nicht früher einmal miteinander bekannt gewesen wären, verrät einem der Rest des Bandwurmnamens das meiste von dem, was man wissen muss.« Er schnaubte. »Die vollständigen Namen dienen in der Kultur als Adresse; unsere dienen als eingetopfte Geschichte. Und natürlich weisen sie einen darauf hin, ob man sich verneigen soll oder ob man selbst derjenige ist, vor dem man sich verneigt. Unser Major Quilan wird bestimmt erwarten, dass man sich vor ihm verbeugt.

»Vielleicht erweisen Sie ihm damit keinen guten Dienst«, sagte Tersono. »Ich habe hier eine gesamte Biografie von ihm, falls Sie interessiert sind.«

»Nein, bin ich nicht«, sagte Ziller mit Nachdruck; er wandte sich ab, um ein Gemälde zu betrachten, das an einer Wand hing. Es zeigte Homomdaner vor langer Zeit, die auf riesigen Geschöpfen mit Stoßzähnen ritten, Fahnen und Speere schwenkten und auf eine hektische Art und Weise heroisch aussahen.

»Ich würde mir das später gern ansehen«, sagte Kabo.

»Gewiss.«

»Dann dauert es etwa – sagen wir mal dreiundzwanzig oder vierundzwanzig Tage, bis er hier eintrifft?

»Ungefähr.«

»Oh! Ich wünsche von ganzem Herzen, dass er eine angenehme Reise hat«, sagte Ziller mit seltsamer, beinahe kindischer Stimme. Er spuckte sich in die Hände und glättete nacheinander das lohfarbene Fell an jedem Unterarm und streckte dabei jede einzelne Hand, sodass die Krallen ausfuhren – glänzende schwarze Krümmungen so groß wie menschliche kleine Finger, im sanften Licht der Sonne leuchtend wie polierte Obsidianklingen.

Die Kultur-Drohne und der Homomdaner wechselten Blicke. Kabo senkte den Kopf.

6 Widerstand formt den Charakter

QUILAN DACHTE ÜBER IHRE Schiffsnamen nach. Vielleicht war es ein hintergründiger Scherz, dass man ihn für die letzte Etappe seiner Reise an Bord eines ehemaligen Kriegsschiffes geschickt hatte – Eine Schnelle Angriffs-Einheit der Gangster-Klasse, die entmilitarisiert und zu einem Sehr Schnellen Patrouillenboot umgebaut worden war – mit dem Namen *Widerstand Formt den Charakter*. Das war ein spaßiger Name, wenn auch treffend. Viele ihrer Schiffsnamen waren so, auch wenn die meisten einfach nur komisch waren.

Chelgrianische Schiffe hatten romantische, sinnvolle oder poetische Namen, während die Kultur – die zwar auch ein paar Schiffe mit Namen ähnlicher Art hatte – eher ironische, verblüffend sinnlose, bewusst spaßige oder unverblümt alberne Namen liebte. Das lag vielleicht zum Teil daran, dass sie so viele Fahrzeuge hatten. Vielleicht spiegelte es den Umstand wider, dass ihre Schiffe ihre eigenen Herren waren und sich ihre Namen selbst aussuchten.

Als Erstes holte er tief Luft, als er an Bord des Schiffes ging und eine kleine Empfangshalle betrat, die mit einem auf Hochglanz poliertem Holzboden ausgelegt und mit blaugrünem Laubwerk eingerahmt war. »Es riecht nach …«, setzte er an.

≈*Heimat*≈, sagte die Stimme in seinem Kopf.

»Ja«, hauchte Quilan und empfand ein seltsames,

schwächendes, angenehm trauriges Gefühl, und plötzlich dachte er an seine Kindheit.

≈*Pass auf, Junge.*≈

»Major Quilan, willkommen an Bord«, sagte das
Schiff irgendwo aus dem Unbestimmten. »Ich habe der
Luft einen Duft beigegeben, der die Erinnerung an die
Atmosphäre um den Itir-See auf Chel im Frühling
wach rufen soll. Ist Ihnen das angenehm?«

Quilan nickte. »Ja, ja. Gewiss.«

»Gut. Ihre Gemächer liegen direkt geradeaus. Bitte
fühlen Sie sich wie zu Hause.«

Er hatte eine Kabine erwartet, die ebenso vollgestopft mit allem Möglichen sein würde wie diejenige,
die man ihm auf der *Ärgerniswert* zugewiesen hatte,
doch er wurde angenehm überrascht; das Innere der
Widerstand formt den Charakter war auf eine Weise um-
gebildet worden, dass darin etwa ein halbes Dutzend
Leute eine ziemlich komfortable Unterkunft hatten, anstatt enge Quartiere für viermal so viele zu bieten.

Das Schiff hatte keine Mannschaft und zog es vor,
sich keines Avatars oder einer Drohne zu bedienen, um
zu kommunizieren. Es sprach einfach aus der dünnen
Luft direkt mit Quilan und erledigte banale Haushalts-
pflichten, indem es innere Manipelfelder schuf, sodass
zum Beispiel Kleidung einfach so herumschwebte und
sich anscheinend von selbst reinigte und zusammenfaltete und sortierte und wegräumte.

≈*Das ist, als ob man in einem Spukschloss wohnt*≈, sagte
Huyler.

≈Zum Glück ist keiner von uns abergläubisch.≈

≈*Und das heißt, dass man die ganze Zeit abgehört, aus-
spioniert wird.*≈

≈Das könnte man auch als eine Form von Ehrlichkeit
auslegen.«

≈*Oder Arroganz. Diese Dinge wählen sich ihre Namen
nicht ohne Hintergedanken aus.*≈

Widerstand formt den Charakter. Zumindest war dieser Name nicht besonders einfühlsam, wenn man die Umstände des Krieges bedachte. Versuchten sie ihm klar zu machen – und durch ihn ganz Chel –, dass es ihnen eigentlich gleichgültig war, was geschah, trotz all ihrer anders lautenden Beteuerungen? Oder vielleicht sogar, dass es ihnen nicht gleichgültig war und es ihnen Leid tat, dass es jedoch alles zu ihrem eigenen Besten geschehen war?

Wahrscheinlicher war allerdings, dass der Name das Schiffes auf purem Zufall beruhte. Manchmal herrschte eine gewisse Gleichgültigkeit um die Kultur, die andere Seite der Medaille der sagenhaften Gründlichkeit und Zielstrebigkeit der Gesellschaft, als ob die Gehirne sich hin und wieder dabei ertappten, dass sie übertrieben besessen und pingelig waren und dies wettzumachen versuchten, indem sie plötzlich etwas Frivoles oder Unverantwortliches taten.

Oder wurde es ihnen langweilig, die Guten zu sein?

Angenommen, sie waren unendlich geduldig, mit unerschöpflichen Quellen gesegnet, grenzenlos verständnisvoll, würde da nicht jedes vernünftige Gehirn, ob ein klein geschriebenes oder ein groß geschriebenes Gehirn, nicht irgendwann eine so fade Nettigkeit satt bekommen? Hätte man da nicht Lust, wenigstens ab und zu ein wenig Schabernack zu treiben, nur um zu beweisen, dass man dazu in der Lage ist?

Oder verrieten solche Gedanken nicht einfach nur sein eigenes Erbe animalischer Wildheit? Die Chelgrianer waren stolz auf ihre Abstammung von Raubvögeln. Es war außerdem eine Art doppelter Stolz, auch wenn einige Leute das als natürlichen Widerspruch empfanden; sie waren stolz darauf, dass ihre fernen Vorfahren Raubvögel gewesen waren, aber andererseits waren sie auch stolz darauf, dass ihre Spezies sich entwickelt und das Verhalten, das ihrer Herkunft entsprochen hätte, abgelegt hatte.

Vielleicht dachte nur ein Geschöpf mit dem alten Erbe der Wildheit so, wie er es den Gehirnen unterstellte. Vielleicht dachten die Menschen – die sich auf kein so reines Erbe wie die Chelgrianer berufen konnten, die sich jedoch ihren Artgenossen wie auch anderen gegenüber ausreichend wild benommen hatten, seit die Zivilisierung bei ihnen eingesetzt hatte – auch in diesen Bahnen. Doch ihre Maschinen taten das nicht. Vielleicht war das sogar der Grund, warum sie überhaupt so viel vom Betrieb ihrer Zivilisation an die Maschinen übergeben hatten; sie trauten sich selbst nicht bezüglich des Umgangs mit so gewaltigen Kräften und Energien, durch die sie dank ihrer Wissenschaft und Technik verfügten.

Ein an sich beruhigender Umstand, allerdings mit einem Abstrich, den viele Leute Besorgnis erregend und – so vermutete er – die Kultur als peinlich empfanden.

Die meisten Zivilisationen, die sich die Mittel erworben hatten, um echte Künstliche Intelligenz herzustellen, gingen dabei sehr sorgfältig vor, indem sie das Bewusstsein solcher AI so konstruierten oder gestalteten, dass sie bis zu einem bestimmten Grad dem Einfluss ihres Schöpfers unterlag; wenn man ein vernunft- und gefühlsbegabtes Ding schuf, das möglicherweise einem selbst in jeder Hinsicht überlegen sein könnte, dann lag es offenbar nicht im eigenen Interesse, dass dieses einen verachtete und vielleicht sogar den Traum hegen könnte, sich etwas auszudenken, um seinen Schöpfer zu vernichten.

Deshalb neigten AI, zumindest anfangs, dazu, das zivilisatorische Verhalten ihrer Quellenspezies widerzuspiegeln. Selbst wenn sie eine selbstständige Evolution durchmachten und fähig waren, ihre eigenen Nachfahren zu konstruieren – mit oder ohne die Hilfe und manchmal das Wissen ihrer Schöpfer –, verblieb im Allgemeinen in den weiter entwickelten Bewusstseinsformen doch noch ein spürbarer Geschmack des intellektuellen Charakters und der grundsätzlichen Moral der Spezies, die sie ursprünglich hervorgebracht hatte. Dieser Geschmack verlor sich möglicherweise im Laufe mehrerer AI-Nachfolgegenerationen, doch für gewöhnlich wurde er durch einen anderen ersetzt, der von anderswo übernommen wurde, oder vielleicht auch nur bis zur Unkenntlichkeit mutierte, anstatt ganz zu verschwinden. Außerdem hatten verschiedene Betroffene, einschließlich der Kultur, ebenfalls versucht – oft aus purer Neugier, wenn AI erst einmal eine gebräuchliche Routine-Technologie geworden war –, ein Bewusstsein ohne jeglichen Geschmack zu entwickeln, ohne jeden wie auch immer gearteten metaphysischen Ballast; also das, was als vollkommene AI bekannt geworden war.

Es stellte sich heraus, dass es keine besonders große Herausforderung war, solche Intelligenz zu schaffen, wenn man überhaupt schon mal AI hergestellt hatte. Die Schwierigkeiten stellten sich erst ein, wenn solche Maschinen mit ausreichenden Fähigkeiten ausgestattet waren, das zu tun, was sie tun wollten. Sie pflegten nicht wie die Berserker herumzutoben und zu versuchen, alles um sich herum umzubringen, und sie verfielen auch nicht in einen ausgerasteten Zustand von Maschinen-Solipsismus.

Vielmehr war das, was sie bei der ersten sich ergebenden Gelegenheit taten, etwas Erhabenes, indem sie das materielle Universum insgesamt verließen und sich den vielen Einzelwesen, Gemeinschaften und ganzen Zivilisationen zugesellten, die diesen Weg zuvor schon gegangen waren. Gewiss lautete eine feste Regel, ja ein Gesetz: *vollkommene AI ist immer Erhaben*.

Die meisten anderen Zivilisationen fanden das unbegreiflich oder behaupteten, es ganz natürlich zu finden oder taten es als allenfalls mäßig interessant und als ausreichenden Beweis dafür ab, dass es wenig Sinn hatte, Zeit und Ressourcen auf die Schaffung derartiger makelloser, aber nutzloser empfindungsvermögender Kreationen zu verschwenden. Die Kultur, und mehr oder weniger nur sie allein, empfand das Phänomen anscheinend beinahe als persönliche Beleidigung, sofern man eine ganze Zivilisation als Einzelperson definieren konnte.

Also musste die Spur einer Schräglage, ein Element moralischer oder sonstwie gearteter Voreingenommenheit in den Gehirnen der Kultur vorhanden sein. Warum sollte diese Spur sich – bei einem Menschen oder Chelgrianer – nicht als natürliche Veranlagung gegen die Langeweile, verursacht durch die abstumpfende Unbarmherzigkeit ihres hoch gelobten Altruismus und eine Schwäche für das gelegentliche Missverhalten, äußern? Eine finstere, wilde Saat der Gehässigkeit in den endlos rauschenden Feldern ihrer Mildtätigkeit?

Der Gedanke störte ihn nicht, was an sich schon merkwürdig war. Ein Teil von ihm, ein verborgener, schlummernder Teil, fand die Vorstellung zwar nicht gerade erfreulich, aber immerhin befriedigend, sogar nützlich.

Er hatte zunehmend das Gefühl, dass es im Rahmen der Aufgabe, die er übernommen hatte, mehr als das Vermutete zu erforschen gab, dass seine Arbeit wichtig war und dass er umso entschlossener sein würde, das zu tun, was immer auch getan werden musste.

Er wusste, dass er mehr darüber erfahren würde – sich an mehr erinnern würde – später; denn er erinnerte sich jetzt schon an immer mehr.

»Und wie geht es uns heute, Quil?«

Oberst Jarra Dimirj ließ sich in einem Sessel neben

Quilans Bett nieder. Der Oberst hatte am allerletzten Kriegstag bei einem Flugunfall sein Mittelglied und einen Arm verloren; beides wuchs nach. Einigen der Opfer im Hospital machte es anscheinend nichts aus, mit entblößten nachwachsenden Gliedmaßen herumzulaufen, und einige, oft die Angegrauten und stolz Vernarbten, machten sogar Witze über den Umstand, dass sie etwas an sich hatten, was genau wie der Arm oder das Mittelglied oder das Bein eines Kindes aussah.

Oberst Dimirj zog es vor, seine nachwachsenden Gliedmaßen bedeckt zu halten, was Quilan geschmackvoller fand – soweit er sich überhaupt um irgendetwas scherte. Der Oberst hatte es sich anscheinend zur Pflicht gemacht, turnusmäßig mit allen Patienten im Hospital zu sprechen. Offenbar war er heute an der Reihe. Er wirkte aufgedreht. Vielleicht hatte man ihm in Aussicht gestellt, bald entlassen zu werden, oder er war befördert worden.

»Mir geht es gut, Jarra.«

»Aha. Wie kommt Ihr neues Ich voran?«

»Ganz gut, glaube ich. Anscheinend mache ich zufrieden stellende Fortschritte.«

Sie befanden sich im Militärhospital in Lapendal auf Chel. Quilan war immer noch ans Bett gefesselt, obwohl das Bett Räder hatte und mit einem Bewegungsantrieb und einer Versorgungsanlage versehen war, sodass er, wenn er gewollt hätte, damit durch den größten Teil des Hospitals und einen weiten Bereich des Geländes hätte fahren können. Quilan hatte das Gefühl, dass damit ein Chaos vorprogrammiert war, doch das medizinische Personal gab sich den Anschein, als ermutige es die ihm Anempfohlenen ausdrücklich zum Herumfahren. Es war ihm egal, alles war ihm egal; Quilan hatte die Mobilität des Bettes noch kein einziges Mal in Anspruch genommen. Er ließ es auf ein und derselben Stelle stehen, neben dem hohen Fenster, das einen Blick über die Gärten und den See bis zum Wald am gegenüberliegenden Ufer gewährte – so hatte man ihm gesagt.

Er hatte noch nie aus dem Fenster geschaut. Er hatte nichts gelesen, außer den Buchstaben auf dem Bildschirm, als man seine Sehkraft geprüft hatte. Er hatte nichts beobachtet, außer das Kommen und Gehen des medizinischen Personals sowie der Patienten und Besucher draußen im Korridor. Manchmal, wenn die Tür geschlossen war, hörte er die Leute im Flur nur. Meistens starrte er einfach nur geradeaus, zur gegenüberliegenden Wand, die weiß war.

»Das ist gut, ja«, sagte der Oberst. »Was glauben Sie, wann Sie dieses Bett verlassen können?«

»Sie glauben, das dauert noch etwa fünf Tage.«

Seine Verletzungen waren schwer gewesen. Wenn er noch einen Tag länger in dem Halbwrack von einem Lastwagen über die Phelen-Ebene auf Arome geschaukelt worden wäre, wäre er gestorben. Doch schließlich war er nach Golse City gebracht und auf ein Depotschiff der Unsichtbaren verladen worden. Bei seiner Rettung zählte jede Stunde. Die hoffnungslos überforderten Ärzte des Depotschiffs taten ihr Bestes, um seinen Zustand zu stabilisieren. Trotzdem war es noch ein paarmal fast um ihn geschehen gewesen.

Das loyalistische Militär und seine Familie verhandelten über das für ihn zu zahlende Lösegeld. Ein neutrales medizinisches Fährschiff eines der Pflege-Orden brachte ihn zu einem Krankenschiff der Marine. Als er dort ankam, war er kaum noch am Leben. Man musste seinen Körper vom Zwerchfell abwärts wegwerfen; Nekrose hatte sich bis zu seinem Mittelglied vorgefressen und zerstörte emsig seine inneren Organe. Schließlich warf man auch die weg und amputierte sein Mittelglied und steckte ihn an eine alles umfassende lebenserhaltende Maschine an, bis der Rest seines Körpers Teil für Teil nachwachsen würde: Skelett, Organe, Muskeln und Bänder, Haut und Fell.

Der Prozess war beinahe abgeschlossen, obwohl er sich langsamer erholt hatte, als man erwartet hatte. Er konnte nicht glauben, dass er dem Tod so viele Male im letzten Augenblick von der Schippe gesprungen war, und er war betrübt, dass es so und nicht anders gelaufen war.

Vielleicht dachte er an ein Wiedersehen mit Worosei, daran, sie zu überraschen, ihren Gesichtsausdruck zu sehen, von dem er so oft auf dem schrottreifen Lastwagen geträumt hatte, während dieser über die Ebene rumpelte; vielleicht hatte ihn das am Leben erhalten. Er wusste es nicht, denn das Einzige, an das er sich nach den ersten paar Tagen in dem Lastwagen erinnern konnte, waren eine Reihe kurzer, unzusammenhängender Empfindungen: Schmerz, ein Geruch, ein aufzuckendes Licht, ein plötzliches Schwindelgefühl, ein aufgeschnapptes Wort oder ein Satz. Deshalb wusste er nicht, welche Gedanken – vorausgesetzt, er hatte irgendetwas gedacht – er während dieser von Fieber vernebelten, wirren Zeit gehabt hatte, doch er hielt es für durchaus möglich und sogar für wahrscheinlich, dass jene Tagträume von Worosei ihm die Kraft verliehen hatten, die den Unterschied zwischen Tod und Überleben bedeutete.

Ein grausamer Gedanke: Er war dem Tod, den er jetzt mit Freuden begrüßen würde, so nahe gewesen; der irrwitzige Glauben, dass er sie jemals lebend wiedersehen würde, hatte ihn jedoch vor seiner Umarmung bewahrt. Man hatte ihn erst nach seiner Ankunft hier in Lapendal über ihren Tod in Kenntnis gesetzt. Er hatte sich ständig nach ihr erkundigt, gleich als er nach der ersten großen Operation auf dem Lazarettschiff der

Marine erwacht war, nachdem man ihn auf den Kopf und oberen Rumpf reduziert hatte.

Er hatte nichts von den feierlichen und behutsamen Erläuterungen des Arztes hören wollen, wie radikal man hatte vorgehen und wie viel seines Körpers sie hatten opfern müssen, um sein Leben zu retten, und er hatte in seinem benebelten und schwindeligen Zustand verlangt zu erfahren, wo sie war. Der Arzt hatte es nicht gewusst. Er hatte ihm versprochen, es herauszufinden, doch danach war er niemals mehr persönlich erschienen, und auch sonst war vom medizinischen Personal anscheinend niemand in der Lage gewesen, etwas über ihren Verbleib herauszufinden.

Ein Kaplan von einem Pflege-Orden hatte sich nach Kräften bemüht, etwas über den Aufenthaltsort der *Wintersturm* und Worosei in Erfahrung zu bringen, doch man befand sich immer noch im Kriegszustand, und Informationen über den Standort eines Kriegsschiffes oder eine Person, die sich an dessen Bord befand, waren erwartungsgemäß nicht zu erlangen.

Er fragte sich, wer damals gewusst hatte, dass das Schiff vermisst wurde oder sogar als verloren galt. Wahrscheinlich nur die Marine. Es war zu vermuten, dass nicht einmal ihr eigener Stamm darüber informiert worden war, bevor die Sache offenkundig wurde. Hatte es eine Zeit gegeben, da er dem Tod noch so nahe gewesen war, dass er diese Schwelle hätte überschreiten können, wenn man ihn über Woroseis Schicksal informiert hätte? Vielleicht, vielleicht nicht.

Schließlich hatte sein Schwager es ihm gesagt, Woroseis Zwillingsbruder, und zwar am Tag nachdem man es dem Stamm mitgeteilt hatte. Das Schiff war abgängig, wahrscheinlich zerstört. Es war mit seinem einzigen Begleitschiff ein paar Tagesreisen von Aorme entfernt von einer Flotte der Unsichtbaren überrascht worden. Der Feind griff mit etwas an, das sich wie eine

Gravitationswellen-Einschlagwaffe anhörte. Das größere Schiff wurde zuerst getroffen; das Begleitfahrzeug berichtete, dass die *Wintersturm* beinahe sofort eine vollständige innere Zerstörung erlitten habe. Allem Anschein nach war keine einzige sich darauf befindliche Seele gerettet worden.

Das Begleitschiff hatte versucht zu entkommen, wurde verfolgt und eingeholt. Seine Zerstörung unterbrach seine letzte Meldung, bevor es seine Position durchgeben konnte. Ein paar Seelen darauf waren gerettet worden; viel später bestätigten sie die Einzelheiten der Begegnung.

Worosei war sofort gestorben, und Quilan hatte das Gefühl, dass er das als Segen hinnehmen sollte, doch das Unglück war so schnell über die *Wintersturm* hereingebrochen, dass die Zeit nicht gereicht hatte, dass die Leute an Bord von ihrem Seelenhort hätten gerettet werden können, und die Waffen, mit denen sie angegriffen wurden, waren eigens dafür konfiguriert, die Gerätschaft selbst zu zerstören.

Es dauerte ein halbes Jahr, bis Quilan fähig war, die Ironie des Umstandes zu erkennen, dass die Einschlagswaffe das nach altmodischer Technik gespeicherte Substrat, das von Aorme geborgen worden war, so gut wie unbeschädigt gelassen hatte, da der Angriff gezielt auf die Zerstörung der Seelenhort-Technik gerichtet gewesen war.

Woroseis Zwillingsbruder war weinend zusammengebrochen, als er Quilan die Nachricht überbracht hatte. Quilan empfand so etwas wie schwaches Mitleid für seinen Schwager und gab irgendwelche tröstenden Laute von sich, er selbst weinte jedoch nicht, und als er versuchte, seine eigenen Gedanken und Gefühle zu ergründen, spürte er nichts als eine schreckliche Leere, er empfand allenfalls eine gewisse Fassungslosigkeit, vor allem deshalb, weil er selbst so kühl reagierte.

Er vermutete, dass sich sein Schwager schämte, weil er vor Quilan weinte, oder dass er verletzt war, weil Quilan kein Anzeichen von Trauer zeigte. Wie auch immer, er besuchte ihn danach kein einziges Mal mehr. Andere Mitglieder seines eigenen Stammes unternahmen die Reise, um ihn zu besuchen; sein Vater und verschiedene andere Verwandte. Er wusste nicht so recht, was er mit ihnen reden sollte. Ihre Besuche vergingen, und er blieb in stiller Erleichterung zurück.

Eine Trauerberaterin wurde ihm zugeteilt, aber auch bei ihr wusste er nicht, was er sagen sollte, und er hatte das Gefühl, dass er sie enttäuschte, da er nicht fähig war, ihr in jene emotionalen Gefilde zu folgen, die er, wie sie behauptete, erforschen müsse. Auch geistlicher Beistand bot ihm keinen Trost.

Als der Krieg unvermittelt, unerwartet endete, dachte er so ungefähr Folgendes: Na ja, gut, dass das vorbei ist. Aber gleichzeitig wurde ihm bewusst, dass er eigentlich nichts empfand. Die übrigen Patienten und die Belegschaft des Hospitals weinten und lachten und grinsten, und jene, denen ein entsprechendes Naturell gegeben war, betranken sich und feierten die ganze Nacht durch, aber er hatte das sonderbare Gefühl, als ob ihn das alles nichts anginge; er ärgerte sich nur ein bisschen über den allgemeinen Krach, der ihn über seine übliche Einschlafzeit hinaus wach hielt. Jetzt war sein einziger Besucher, abgesehen vom medizinischen Personal, nur noch der Oberst.

»Ich nehme an, es ist Ihnen noch nicht zu Ohren gekommen, oder?«, sagte Oberst Dimirj. Seine Augen leuchteten, und er sah aus, dachte Quilan, wie jemand, der soeben knapp dem Tod entronnen war oder eine aussichtslose Wette gewonnen hatte.

»Was denn, Jarra?«

»Über den Krieg, Major. Wie er anfing, wer in verursacht hat, warum er so plötzlich zu Ende war.«

»Nein, darüber habe ich nichts gehört.«

»Finden Sie nicht, dass er auffallend plötzlich zu Ende war?«

»Darüber habe ich mir eigentlich keine Gedanken gemacht. Ich glaube, ich habe während meiner Krankheit ein wenig den Bezug zu den Dingen verloren. Mir ist gar nicht aufgefallen, wie schnell das alles ging.«

»Nun, wir wissen, warum es so gekommen ist«, sagte der Oberst und schlug mit dem unversehrten Arm gegen die Seite von Quilans Bett. »Es waren diese verdammten Kultur-Schweine!«

»Sie haben den Krieg beendet?« Chel hielt seit mehreren hundert Jahren Kontakt zur Kultur. Sie waren bekannt dafür, dass sie in der gesamten Galaxis weit verbreitet und technisch überlegen waren – jedoch ohne den anscheinend einzigartigen Draht der Chelgrianer zum Erhabenen – und zu vorgeblich uneigennütziger Einmischung neigend. Eine der eher abwegigen Hoffnungen, die die Leute während des Krieges gehegt hatten, war die, dass die Kultur plötzlich einschreiten und die Streitenden sanft trennen und alles wieder in Ordnung bringen würde.

Das geschah nicht. Ebenso wenig hatten die Chelgri-Puen, Chels hoch entwickelte Streitkraft der Erhabenen, eingegriffen; auf sie hatte man noch größere Hoffnungen gesetzt. Stattdessen geschah etwas – prosaischer, aber kaum weniger überraschend –, nämlich die plötzliche Bereitschaft der beiden Krieg führenden Seiten, der Loyalisten und der Unsichtbaren, miteinander zu reden; und in erstaunlich kurzer Zeit waren sie zu einer Einigung gekommen. Es war ein Kompromiss, der eigentlich niemanden so richtig zufriedenstellte, aber auf jeden Fall war er besser als ein Krieg, der drohte, die chelgrianische Kultur auseinanderzureißen. Bedeutete Oberst Dimirjs Bemerkung, dass sich die Kultur irgendwie eingemischt hatte?

»Nun ja, sie haben ihn beendet, wenn man es so sehen will.« Der Oberst beugte sich näher zu Quilan. »Wollen Sie wissen wie?«

Quilan interessierte das eigentlich nicht besonders, aber es wäre unhöflich gewesen, sich das anmerken zu lassen. »Wie denn?«

»Sie haben uns und den Unsichtbaren die Wahrheit gesagt. Sie haben uns gezeigt, wer der wahre Feind ist.«

»Oh. Dann haben sie sich letztendlich doch eingemischt.« Quilan war immer noch verwirrt. »Und wer ist der wahre Feind?«

»Sie. Die Kultur!«, sagte der Oberst und schlug wieder gegen Quilans Bett. Er richtete sich auf und nickte; seine Augen leuchteten. »Sie haben den Krieg beendet, indem sie zugaben, dass sie ihn überhaupt erst angefangen haben, so war das. Ah-ha.«

»Ich begreife nicht ganz.«

Der Krieg war ausgebrochen, als die frisch befreiten und mit allen Rechten versehenen Unsichtbaren ihre erst vor kurzer Zeit erworbenen Waffen gegen jene erhoben, die im alten, ihnen aufgezwungenen Kastensystem ihre Beherrscher gewesen waren.

Neue äqualitarische Milizen waren als Folge der misslungenen Gardisten-Revolte geschaffen worden, als ein Teil der Armee nach der ersten äquilitarischen Wahl mit einem Putsch gescheitert war. Milizen und Gardisten sowie eine beschleunigte Ausbildung der ehemals niedrigen Kasten, damit sie den Befehl über die Mehrzahl der Marine-Schiffe übernehmen konnten, waren Bestandteil des Versuchs, Chels bewaffnete Kräfte zu demokratisieren und sicherzustellen, dass durch ein System eines ausgeglichenen Machtverhältnisses keine einzelne Abteilung der Streitkräfte die Macht im Staat an sich reißen konnte.

Es war eine unvollkommene und teure Lösung, und

sie bedeutete, dass mehr Leute als je zuvor Zugang zu Waffen mit verheerender Schlagkraft hatten, doch unter einer Voraussetzung würde sie funktionieren, dass nämlich niemand verrückt spielte. Doch dann tat Muonze, der Kastenpräsident der Kastrierten, genau dieses. Ihm schlossen sich gut die Hälfte jener an, die durch die Reformen am meisten gewonnen hatten. Wie konnte die Kultur irgendetwas damit zu tun haben? Quilan vermutete, dass der Oberst fest entschlossen war, es ihm zu erzählen.

»Es war die Kultur, die dafür gesorgt hatte, dass dieser äqualitarische Idiot Kapyre vor Muonze zum Präsidenten gewählt wurde«, sagte Dimirj und beugte sich wieder über Quilan. »Ihre Finger waren ständig am Drücker. Sie versprachen den Parlamentariern die gesamte beschissene Galaxis, wenn sie für Kapyre stimmen würden; Schiffe, Habitate, technisches Knowhow, die Götter mögen wissen, was noch alles. Also kommt Kapyre, der gesunde Verstand verschwindet, außerdem verschwinden dreitausend Jahre Tradition wie auch das ganze System, dafür kommt ihre hoch gelobte beschissene Äqualität und dieser hodenlose Kretin Muonze. Und wissen Sie was?«

»Nein. Was?«

»Sie haben es geschafft, dass er gewählt wurde. Mit irgendeiner Taktik. Elementare Bestechung.«

»Oh.«

»Und was behaupten sie jetzt?«

Quilan schüttelte den Kopf.

»Sie behaupten, sie hätten nicht gewusst, dass er überschnappen würde. Es ihnen nicht in den Sinn gekommen sei, dass ein bisschen Äqualität – genau das, wonach diese Leute die ganze Zeit über geschrien hatten – ihnen doch nicht reichen würde, dass einige von ihnen vielleicht so dumm und bösartig sein könnten, sich rächen zu wollen. Es dämmerte ihnen nicht, dass ihre Freunde in der Scheißkaste möglicherweise eine Scharte auswetzen wollten, nein. Das würde keinen Sinn ergeben, wäre nicht logisch.« Der Oberst spuckte das letzte Wort beinahe aus. »Als uns also alles um die Ohren flog, bewegten sie ihre Schiffe und Militärs immer noch von uns weg. Hatten nicht die Mittel, um einzuschreiten, konnten neun Zehntel der Leute, die sie bezahlt und denen sie ihre Ideologie eingeflüstert hatten, nicht finden, weil sie inzwischen tot waren, wie Muonze, oder als Geiseln gehalten wurden oder sich versteckten.«

Der Oberst lehnte sich wieder zurück. »Und der Bürgerkrieg war also eigentlich gar kein richtiger Bürgerkrieg, es war allein das Werk dieser Weltverbesserer. Offen gesagt, ich weiß nicht einmal, ob das die Wahrheit ist. Woher sollen wir wissen, ob sie wirklich so mächtig und fortschrittlich sind, wie sie behaupten? Vielleicht ist ihre Wissenschaft ein bisschen besser als die unsere, und sie bekamen Angst vor uns. Vielleicht haben sie alles so geplant, wie es dann gelaufen ist.«

Quilan versuchte immer noch, all das in sich aufzunehmen. Nach einer Weile, während der Oberst dasaß und nickte, sagte er: »Nun, wenn es so wäre, dann würden sie es doch nicht plötzlich eingestehen, oder?«

»Ha! Vielleicht wäre es ohnehin herausgekommen, deshalb haben sie versucht, so gut wie möglich dazustehen, indem sie alles zugeben.«

»Aber wenn sie es sowohl uns als auch den Unsichtbaren gesagt haben, um den Krieg zu einem Ende zu bringen ...«

»Das läuft auf dasselbe hinaus; vielleicht waren wir im Begriff, es selbst herauszufinden. Sie haben das Beste aus einer schlechten Situation gemacht. Ich meine«, sagte Dimirj und klopfte mit einer Klaue gegen Quilans Bett, »können Sie sich vorstellen, dass sie tatsächlich die Unverschämtheit besaßen, uns gegenüber

Zahlen, Statistiken zu nennen? Uns weiszumachen, dass so etwas kaum jemals geschieht, dass neunundneunzig Prozent oder so dieser ›Eingreifaktionen‹ nach Plan abgelaufen seien, dass wir einfach Pech gehabt hätten und dass es ihnen wirklich Leid tue und dass sie uns beim Wiederaufbau helfen wollen?« Der Oberst schüttelte den Kopf. »Die haben vielleicht Nerven! Wenn wir nicht die meisten unserer besten Leute in diesem wahnsinnigen Scheißkrieg verloren hätten, den *sie* verursacht haben, dann hätte ich nicht übel Lust, gegen *sie* einen Krieg zu beginnen!«

Quilan sah den Oberst an. Der hatte die Augen weit aufgerissen und das Kopffell stand ihm zu Berge; wieder schüttelte er den Kopf. Quilan merkte, dass auch er selbst den Kopf vor Fassungslosigkeit schüttelte. »Ist das alles wahr?«, fragte er ungläubig. »Wirklich?«

Der Oberst erhob sich, wie von seinem Zorn hochgerissen. »Sie sollten sich mal die Nachrichten anschauen, Quil.« Er blickte sich um, wie auf der Suche nach etwas, woran er seine Wut auslassen könnte, dann holte er tief Luft. »Das ist noch lange nicht das Ende, das sage ich Ihnen, Major. Keineswegs das Ende, noch lange, lange nicht.« Er nickte. »Bis später, Quil. Fürs Erste leben Sie wohl.« Beim Hinausgehen schlug er die Tür hinter sich zu.

Also schaltete Quilan einen Bildschirm ein, zum ersten Mal seit Monaten, und stellte fest, dass sich alles ziemlich genau so verhielt, wie der Oberst gesagt hatte, dass die Geschwindigkeit der Veränderung in seiner Gesellschaft tatsächlich von der Kultur erzwungen worden war und sie nach ihrer eigenen Darstellung das geleistet hatte, was sie Hilfe nannten, was andere jedoch möglicherweise als Bestechung hätten bezeichnen können, mit dem Ziel, dass die Leute gewählt wurden, von denen sie glaubten, dass sie gewählt werden sollten; sie hatten geschmeichelt und gedeichselt und auch gedroht, um das zu erreichen, was sie für das Beste für die Chelgrianer hielten.

Allmählich reduzierte die Kultur ihr Engagement und verringerte die Streitkräfte, die sie heimlich bis in die Nähe der chelgrianische Einflusssphäre und deren Siedlungsgebiet gebracht hatte, für den Fall, dass die Dinge falsch laufen sollten – als das Ganze auch schon ohne jede Vorwarnung auf eine spektakuläre Weise falsch lief.

Sie benutzten die Entschuldigungen, die der Oberst angeführt hatte, obwohl es nach Quilans Ansicht auch einen Hinweis darauf gab, dass sie weniger an Spezies mit wilden Vorfahren gewöhnt waren als an andere und dass dies ein Grund dafür gewesen war, warum sie weder die katastrophale Verhaltensveränderung, die mit Muonze einsetzte und wie ein Wasserfall die wieder aufgebaute Gesellschaft überflutete, noch die plötzliche Wildheit, mit der sie hereinbrach, nachdem sie sich einmal Damm gebrochen hatte, vorausgesehen hatten.

Er konnte es kaum glauben, doch er musste es glauben. Er sah viele Sendungen auf den Bildschirmen, er unterhielt sich mit dem Oberst und mit einigen anderen Patienten, die ihn neuerdings besuchten. Es war alles wahr. Alles.

Eines Tages, am Tag bevor ihm gestattet wurde, zum ersten Mal das Bett zu verlassen, hörte er Vogelgesang im Gelände draußen vor dem Fenster. Er drückte die Knöpfe an der Armaturenkonsole des Bettes, damit es sich drehte und ihn hochhob, sodass er aus dem Fenster sehen konnte. Der Vogel war offenbar weggeflogen, aber er sah den mit einzelnen Wolken gefleckten Himmel, die Bäume auf der anderen Seite des glitzernden Sees, die Wellen, die sich am felsigen Ufer brachen und die im Wind wogenden Gräser des Hospitalgeländes.

(Einst, auf einem Markt in Robunde, hatte er ihr einen Vogel in einem Käfig gekauft, weil der Vogel so wunderschön gesungen hatte. Er hatte ihn in das Zimmer gebracht, das sie gemietet hatten und wo sie ihre Arbeit über Tempelakustik vollendete.

Sie hatte ihm anmutig gedankt, war zum Fenster gegangen, hatte die Käfigtür geöffnet und den kleinen Vogel hinausgescheucht; er war singend über den Platz davongeflogen. Sie hatte dem Vogel eine Weile nachgeblickt, bis er verschwunden war, dann hatte sie sich zu ihm umgedreht und ihn mit einem Gesichtsausdruck angeschaut, der gleichzeitig um Entschuldigung heischend, trotzig und besorgt war. Er hatte am Türrahmen gelehnt und sie angelächelt.)

Der Ausblick wurde tränenverschwommen.

7   Bezugsgruppe

WICHTIGE BESUCHER WURDEN für gewöhnlich mit einer riesigen Festbarke nach Masaq' übergeholt; diese bestand aus vergoldetem Holz und war mit prächtigen Fahnen und ganz allgemein großartigem Zierrat geschmückt sowie von einer ellipsoiden Umhüllung aus parfümierter Luft umgeben und von einer halben Million aromatisierter Kerzenballons gesäumt. Was den chelgrianischen Gesandten Quilan betraf, so fand Nabe, dass eine derartige Duftprotzerei einen allzu feierlichen Misston anschlagen würde, also wurde stattdessen ein schlichtes, aber geschmackvolles Personalmodul zum Treffen mit dem ehemaligen Kriegsschiff *Widerstand formt den Charakter* ausgeschickt.

Das Empfangskomitee bestand aus einer von Nabes dünnen, silberhäutigen Avataren, der Drohne E. H. Tersono, dem Homomdaner Kabo Ischloear und einer menschlichen Repräsentantin des Orbital-Vorstandes namens Estray Lassils, die nicht nur alt aussah, sondern auch alt war. Sie hatte langes weißes Haar, gegenwärtig zu einem Knoten zusammengedreht, und ein sehr stark gebräuntes, tief gefurchtes Gesicht, doch trotz ihres Alters war sie groß und schlank und von sehr aufrechter Körperhaltung. Sie trug ein offiziell wirkendes, schlichtes schwarzes Kleid mit einer einzigen Brosche. Ihre Augen strahlten, und Kabo hatte den Eindruck, dass viele ihre Falten Lachfalten waren. Er mochte sie vom ersten Augenblick an und kam zu dem Schluss – in der Annahme, dass der Vorstand von der menschlichen und drohnischen Bevölkerung gewählt worden war und mit Bedacht sie als seine Repräsentantin ausgesucht hatte –, dass es allen anderen auch so gehen musste.

»Nabe«, sagte Estray Lassils in heiterem Ton. »Deine Haut sieht noch matter aus als sonst.«

Der Avatar des Orbitals trug weiße Beinkleider und eine enge Jacke über der silbernen Haut, die tatsächlich – dachte Kabo – weniger spiegelnd wirkte als sonst.

Das Geschöpf nickte. »Es gibt chelgrianische UrStämme, die einst einen gewissen Aberglauben gegen Spiegel hegten«, sagte er mit seiner unpassend tiefen Stimme. Seine großen schwarzen Augen blinzelten. Als sie für einen kurzen Moment voll reflektierend wurden, sah Estray Lassils darin zwei winzige Abbilder von sich selbst. »Ich dachte, nur um ganz sicher zu gehen …«

»Verstehe.«

»Und wie geht es allen im Vorstand, Ms. Lassils?«, fragte die Drohne Tersono. Er erschien jetzt reflektierender als üblicherweise, seine rosige Porzellanhaut und das ganze spitzenzarte Gitterwerk aus Lumenstein sahen aus wie auf Hochglanz poliert.

Die Frau zuckte die Achseln. »Wie immer. Ich habe sie seit ein paar Monaten nicht mehr gesehen. Die nächste Sitzung findet …« Sie überlegte.

»In zehn Tagen statt«, soufflierte ihre Brosche.

»Danke, Haus«, sagte sie. Sie nickte der Drohne zu. »Jetzt wissen Sie es.«

Der Vorstand sollte angeblich die Bewohner des Orbitals der Nabe gegenüber auf höchster Ebene repräsentieren; es war mehr oder weniger ein Ehrenamt, unter der Voraussetzung, dass jedes Einzelwesen direkt mit Nabe sprechen konnte, wann immer es dieses wünschte, doch da dies die theoretische Möglichkeit enthielt, dass eine missgestimmte oder unpässliche Nabe jedes Einzelwesen auf einem Orbital gegen das andere ausspielen konnte, um irgendwelche ruchlose Ziele zu verfolgen, wurde es im Allgemeinen als sinnvoll erachtet, außerdem eine konventionell gewählte und mit den nötigen Vollmachten ausgestattete Organisation zu haben. Das bedeutete außerdem, dass Besucher von autokratischer geführten oder vielschichtigeren Gesellschaften von jemandem betreut wurden, den sie als offiziellen Vertreter der gesamten Bevölkerung ansehen konnten.

Der Hauptgrund, warum Kabo beschloss, dass er Estray Lassils mochte, war der, dass sie, obwohl sie hier diese zweifellos gewichtige offizielle Rolle spielte – schließlich vertrat sie beinahe fünfzig Milliarden Leute –, anscheinend aus einer Laune heraus eine ihrer Nichten mitgebracht hatte, ein sechsjähriges Kind namens Chomba.

Das Mädchen war dünn und blond und saß still auf dem gepolsterten Rand des zentralen Pools in der runden Hauptlounge des Personalmoduls, während dieses hinausflitzte, um die immer noch die Geschwindigkeit drosselnde *Widerstand formt den Charakter* zu empfangen. Sie trug Shorts in Dunkelpurpur und eine lässig fallende Jacke in lebhaftem Gelb. Ihre Füße baumelten im Wasser, wo längliche rote Fische um kunstvoll angeordnete Felsen und Kiesbänke herumschwammen. Sie beäugten die wackelnden Zehen der Kleinen mit argwöhnischer Neugier und näherten sich zögernd immer mehr.

Die anderen standen – oder, in Tersonos Fall, schwebten – in einer Gruppe vor dem Frontbildschirm der Lounge. Der Bildschirm erstreckte sich über die ganze gerundete Wand der Lounge, sodass man, wenn sie voll aktiviert war, den Eindruck hatte, als ob man durch den Raum führe und dabei auf einer großen

Scheibe stünde, während eine zweite über einem hing (die Decke konnte ebenfalls als Bildschirm dienen, wie auch der Boden, obwohl manche Leute eine solche Rundumwirkung als unangenehm empfanden).

Der größte, tiefste Teil des Bildschirm war direkt geradeaus gerichtet, und dorthin blickte Kabo hin und wieder, doch er zeigte nichts anderes als das Sternenfeld, mit einem langsam blinkenden roten Ring, der die Richtung anzeigte, aus der das Schiff sich näherte. Zwei breite Streifen des Masaq'-Orbitals durchquerten den Bildschirm vom Boden zur Decke, und man sah ein heftiges Sturmsystem aus wirbelnden Wolken auf einer überwiegend ozeanischen Platte, doch Kabos Aufmerksamkeit war mehr von dem in gewundenen Linien schwimmendem Fisch und dem menschlichen Kind in Anspruch genommen.

Eine der Auswirkungen einer Gesellschaft, in der die Leute im Allgemeinen vierhundert Jahre lang lebten und im statistischen Durchschnitt etwas mehr als ein Kind zur Welt brachten, war die, dass man nur von wenig Jugend umgeben war, und da diese Kinder meistens in ihren jeweiligen Bezugsgruppen und selten quer durch die gesamte Gesellschaft verteilt angetroffen wurden, erschien einem ihre Zahl noch geringer, als sie in Wirklichkeit war. In einigen Kreisen wurde es als unvermeidlich hingenommen, dass das gesamte zivilisatorische Verhalten der Kultur auf der Tatsache beruhte, dass jedes menschliche Einzelwesen gründlich, umfassend und einfallsreich schon als Kind durch seine Umgebung verdorben wurde.

»Keine Angst«, sagte die Kleine zu Kabo, als sie merkte, dass er sie ansah. Sie nickte zu dem träge schwimmenden Fisch hin. »Sie beißen nicht.«

»Bist du sicher?«, fragte Kabo und kauerte sich auf drei verschränkten Beinen nieder, um mit dem Kopf näher an das Kind heranzukommen. Sie beobachtete diesen Vorgang interessiert, enthielt sich jedoch einer Bemerkung dazu.

»Ja«, antwortete sie. »Sie essen kein Fleisch.«

»Aber deine niedlichen Zehen sehen doch so schmackhaft aus«, sagte Kabo in der Absicht, spaßig zu sein, doch gleich darauf befürchtete er, er könnte ihr Angst eingejagt haben.

Sie runzelte kurz die Stirn, dann schlug sie die Arme um den Körper und lachte prustend. »Du isst keine Leute, oder?«

»Nur wenn ich schrecklich hungrig bin«, antwortete Kabo mit tiefem Ernst, und sofort verfluchte er sich wieder im Stillen. Allmählich fiel ihm wieder ein, warum er im Umgang mit Kindern seiner eigenen Spezies nie besonders geschickt gewesen war.

Sie reagierte auf diese Äußerung mit einem etwas ratlosen Gesicht, dann folgte der typisch leere Ausdruck, der verriet, dass jemand eine Neurallitze oder sonst ein Implantat zu Rate zog, und schließlich lächelte sie. »Ihr Homomdaner seid Vegetarier, das habe ich gerade überprüft.«

»Oh«, sagte er überrascht. »Hast du ein Neuralimplantat?« Soweit er wusste, besaßen Kinder für gewöhnlich so etwas nicht. Üblicherweise erfüllten entsprechendes Spielzeug oder Avataragefährten bei ihnen diese Rolle. Die Ausstattung mit dem ersten Implantat entsprach in etwa einem formellen Ritus des Erwachsenwerdens, jedenfalls bei einigen Teilen der Kultur. Eine andere Tradition bestand darin, von einem sprechenden Kuscheltier über andere, immer weniger kindliche Spielzeuge zu einem geschmackvollen kleinen Pen-Terminal in Form einer Brosche oder eines Schmuckknopfes zu kommen.

»Ja, ich habe eine Litze«, sagte sie stolz. »Ich habe sie mir gewünscht.«

»Sie hat keine Ruhe gelassen, bis sie eine bekommen

hat«, erklärte Estray Lassils, die sich an den Beckenrand stellte.

Das Mädchen nickte. »Ich bin weit über die Grenze hinausgegangen, vor der jedes brave Kind Halt gemacht hätte«, bestätigte sie mit tiefer Stimme, die wahrscheinlich männlich klingen sollte.

»Chomba strebt eine Neudefinierung des Begriffs ›altklug‹ an«, bemerkte Estray Lassils und fuhr dabei durch die kurzen blonden Locken des Kindes. »Bisher mit beachtlichem Erfolg.« Das Mädchen duckte sich unter Estrays Hand weg und schnalzte mit der Zunge. Ihre Füße platschten im Wasser und trieben den kreisenden Fisch weiter weg.

»Ich hoffe, du hast zu Botschafter Kabo Ischloear artig guten Tag gesagt«, ermahnte Estray das Kind. »Du warst ungewöhnlich schüchtern, als ich dich vorhin vorgestellt habe.«

Das Mädchen seufzte theatralisch und richtete sich im Wasser auf, streckte eine winzige Hand aus und ergriff die riesige Pranke, die Kabo ihr darbot. Sie deutete einen Knicks an. »Br. Kabo Ischloear, ich bin Masaq'-Sintriersa Chomba dam Palcope. Wie geht es Ihnen?«

»Mir geht es gut«, antwortete Kabo und neigte den Kopf. »Und wie geht es dir, Chomba?«

»Sie kann zufrieden sein, im Wesentlichen jedenfalls«, antwortete die Frau an Stelle der Kleinen. Chomba verdrehte die Augen.

»Wenn ich mich nicht irre«, sagte Kabo, an das Kind gewandt, »hat deine Altklugheit noch nicht den Grad erreicht, dass du dir einen entsprechenden Beinamen zugelegt hättest.«

Das Mädchen setzte ein Lächeln auf, das vermutlich schlau wirken sollte. Kabo fragte sich, ob er vielleicht zu umständlich gesprochen hatte.

»Sie lässt uns wissen, dass sie einen hat«, erklärte

Estray und musterte dabei das Kind mit zusammengekniffenen Augen. »Sie verrät ihn aber jetzt noch nicht.«

Chomba hob die Nase in die Luft und wandte feixend den Blick ab. Dann grinste sie Kabo breit an. »Haben Sie Kinder, Botschafter?«

»Bedauerlicherweise nein.«

»Dann sind Sie also ganz allein hier?«

»Ja, bin ich.«

»Fühlen Sie sich nicht einsam?«

»Chomba!«, tadelte Estray Lassils sanft.

»Schon gut. Nein, ich fühle mich nicht einsam, Chomba. Ich kenne zu viele Leute, um einsam zu sein. Und ich habe sehr viel zu tun.«

»Was tun Sie denn?«

»Ich forsche, ich lerne, ich berichte.«

»Worüber? Über uns?«

»Ja. Ich versuche schon seit vielen Jahren, die Menschen im Besonderen und damit vielleicht sämtliche Wesen im Allgemeinen zu begreifen.« Er spreizte unbeholfen die Hände und bemühte sich, ein Lächeln zustande zu bringen. »Diese Aufgabe ist noch nicht abgeschlossen. Ich schreibe Artikel und Essays und Gedichte, die ich in meine Ur-Heimat schicke, um mit meinen bescheidenen Talenten meinen Leuten die Kultur und ihre Bevölkerung nahe zu bringen. Natürlich wissen unsere beiden Gesellschaften weitgehend über die jeweils andere Bescheid, doch dieses Wissen erschöpft sich in trockenen Zahlen und Fakten; manchmal bedarf es jedoch eines gewissen Maßes an Einfühlungsvermögen, um solche Daten richtig auszulegen. Deshalb will ich meine persönlichen Wahrnehmungen weitergeben.«

»Aber ist es nicht komisch für Sie, nur von unseresgleichen umgeben zu sein?«

»Wehren Sie sich, wenn Ihnen das alles zu viel wird, Botschafter«, warf Estray Lassils entschuldigend ein.

»Ist schon in Ordnung. Manchmal ist es komisch, manchmal verwirrend, manchmal sehr aufschlussreich.«

»Aber Sie sind doch vollkommen anders, nicht wahr? Wir haben zwei Beine, Sie haben drei. Vermissen Sie nicht den Umgang mit anderen Homomdas?«

»Nur mit einer Person.«

»Wer ist das?

»Jemand, den ich einst sehr geliebt habe. Leider hat sie mich nicht geliebt.«

»Ist das der Grund, weshalb Sie hierher gekommen sind?«

»Chomba …«

»Vielleicht ja, Chomba. Entfernung und Andersartigkeit können heilen. Zumindest begegne ich hier niemandem, den ich für einen Augenblick irrtümlich für sie halten könnte.«

»Oh! Sie müssen sie sehr geliebt haben.«

»Wahrscheinlich, ja.«

»Da sind wir«, sagte der Avatar der Nabe. Er schaute in den hinteren Teil der Lounge. In der Wölbung der Bildschirmwand glitt der gedrungene Zylinder der *Widerstand formt den Charakter* von vorn nach hinten durch die Dunkelheit. Flüchtige Einblicke in den Feldkomplex des Fahrzeugs taten sich auf, so als ob das Modul durch verschiedene Gazeschichten schweben würde, während es sich dem größeren Schiff näherte.

Das Modul verlagerte sich nach achtern und schwebte zur Unterkunftseinheit im vorderen Teil des ehemaligen Kriegsschiffs, wo ein rechteckiger Rumpf durch kleine Lichter vom Hintergrund abgehoben wurde. Es gab einen kaum wahrnehmbaren dumpfen Schlag, als sich die beiden Fahrzeuge aneinanderkoppelten. Kabo betrachtete das Wasser im Becken während der Vereinigung; es kräuselte sich nicht einmal. Der Avatar ging in den rückwärtigen Bereich der Lounge, gefolgt von einer Drohne, die hinter seiner linken Schulter schwebte. Das hintere Bild verschwand, stattdessen zeigten sich die breiten Türflügel des Moduls.

»Trockne dir die Füße ab!«, hörte Kabo Estray Lassils zu ihrer Nichte sagen.

»Warum?«

Die Türflügel des Moduls schwangen auf und gaben den Blick frei auf ein von Kübelpflanzen gesäumtes Vestibül und einen hoch gewachsenen Chelgrianer, der mit dem formellen grauen Gewand eines Geistlichen bekleidet war. Etwas, das aussah wie ein großes Tablett, schwebte neben ihm, beladen mit zwei bescheidenen Taschen.

»Major Quilan«, sagte der silberhäutige Avatar; er trat näher und verneigte sich. »Ich bin Repräsentant der Masaq'-Nabe. Seien Sie herzlich bei uns willkommen.«

»Danke«, antwortete der Chelgrianer. Kabo stieg ein scharfer Geruch in die Nase, als sich die Atmosphären des Moduls und des Schiffes mischten.

Man stellte sich gegenseitig mit förmlicher Korrektheit vor. Der Chelgrianer wirkte auf Kabo höflich, aber zurückhaltend. Er sprach mindestens ebenso gut marainisch wie Ziller – und mit dem gleichen Akzent –, und er hatte, genau wie Ziller, es vorgezogen, die Sprache zu erlernen, als sich auf ein Übersetzungsgerät zu verlassen.

Die Letzte, die sich vorstellte, war Chomba, die vor dem Chelgrianer beinahe ihren vollständigen Namen aufsagte, dann in ihre Jackentasche griff und dem Mann einen kleinen Blumenstrauß überreichte. »Die sind aus unserem Garten«, erklärte sie. »Leider sind sie ein bisschen zerdrückt, aber sie waren in meiner Tasche. Denken Sie sich nichts bei dem da, das ist nur Dreck. Möchten Sie ein paar Fische sehen?«

»Major, wir sind hoch erfreut, dass Sie kommen konnten«, sagte die Drohne Tersono, wobei sie elegant zwischen den Chelgrianer und das Kind schwebte. »Ich weiß, dass ich nicht nur für uns alle hier spreche, sondern im Besonderen für eine bestimmte Person auf dem Nasaq'-Orbital, wenn ich sage, wir fühlen uns durch Ihren Besuch außerordentlich geehrt.«

Kabo fand, das wäre die Gelegenheit für Major Quilan, um Ziller zu erwähnen, falls er den Nerv hatte, diesen Austausch von Artigkeiten zu durchbrechen, aber der Mann lächelte nur.

Chomba starrte die Drohne wütend an. Quilan neigte den Kopf zur Seite, um an Tersonos Körper vorbeizuschauen, während Tersono ihn weiterdrängte, indem er ein blaues und pinkfarbenes Feld bogenförmig zu den Schultern des Chelgrianers ausfahren ließ. Die schwebende Plattform, die Quilans Gepäck beförderte, folgte ihm ins Modul; die Türflügel schlossen sich und wurden wieder zum Bildschirm. »Nun«, sagte die Drohne, »wir alle sind hier, um Sie willkommen zu heißen, natürlich, aber auch, um Sie wissen zu lassen, dass wir für die Dauer Ihres Besuchs uneingeschränkt zu Ihrer Verfügung stehen, wie lange dies auch sein möge.«

»Ich muss arbeiten.«

»Ha ha ha«, sagte die Drohne. »Na ja, das gilt für uns alle, jedenfalls die Erwachsenen. Erzählen Sie, wie war die Reise? Ich hoffe, beschwerdelos?«

»War sie.«

»Bitte, nehmen Sie doch Platz!« Sie ließen sich auf Sofas nieder, und das Modul entfernte sich. Chomba trollte sich schmollend und tauchte die Füße ins Wasser. Hinter ihnen vollführte die *Widerstand formt den Charakter* das Äquivalent zu einem Purzelbaum, wurde zu einem Punkt und verschwand.

Kabo dachte über den Unterschied zwischen Quilan und Ziller nach. Sie waren die einzigen beiden Chelgrianer, die er jemals von Angesicht zu Angesicht kennen gelernt hatte, obwohl er sich eingehend mit der Erkundung dieser Spezies befasst hatte, seit Tersono ihn zum ersten Mal gebeten hatte, bei dem Konzertabend auf der Barkasse *Soliton* mitzuwirken. Er wusste, dass der Major jünger war als der Komponist, und fand, dass er schlanker und auch fitter aussah. Sein hellbraunes Fell glänzte gefällig, und sein Körper war muskulöser. Trotzdem wirkte er um die großen dunklen Augen und die breite Nase herum irgendwie sorgenvoller. Vielleicht war das nicht überraschend. Kabo wusste ziemlich viel über Major Quilan.

Der Chelgrianer wandte sich ihm zu. »Sind Sie als offizieller Repräsentant von Homomda hier, Br. Ischloear?«, fragte er.

»Nein, Major«, setzte Kabo an.

»Br. Ischloear befindet sich auf Ersuchen des Kontakts hier«, warf Tersono ein.

»Man hat mich gebeten, bei Ihrer Betreuung im Auftrag des Gastgebers mitzuwirken«, erklärte Kabo dem Chelgrianer. »Ich bin beschämend schwach angesichts so schmeichelhafter Angebote, und ich habe sofort eingewilligt, obwohl ich eigentlich über keine echte diplomatische Ausbildung verfüge. Um die Wahrheit zu sagen, ich bin eher eine Mischung aus einem Journalisten, einem Touristen und einem Studenten als alles andere. Ich hoffe, es macht Ihnen nichts aus, dass ich das jetzt erwähne. Es geschieht nur für den Fall, dass ich mit irgendeinem schrecklichen Fauxpas gegen das Protokoll verstoße. Falls mir das passiert, dann möchte ich nicht, dass es ein schlechtes Licht auf meine Gastgeber wirft«. Kabo wies mit einem Nicken auf Tersono, der eine steife, schräge Verbeugung vollführte.

»Gibt es auf Masaq' viele Homomdaner?«, wollte Quilan wissen.

»Ich bin der Einzige«, antwortete Kabo.

Major Quilan nickte nachdenklich.

»Die Aufgabe, unsere durchschnittliche Bevölkerung zu vertreten, wurde mir zugeteilt, Major«, sagte Estray. »Br. Ischloear ist nicht repräsentativ. Trotzdem ist er sehr charmant.« Sie lächelte Kabo an, dem bewusst wurde, dass er keine übersetzbare Geste beherrschte, um Bescheidenheit auszudrücken. »Ich glaube«, fuhr die Frau fort, »dass wir wahrscheinlich deshalb Kabo gebeten haben, den Gastgeber zu spielen, um zu beweisen, dass wir auf Masaq' nicht so schrecklich sind, als dass wir alle unsere nicht menschlichen Gäste vergraulen.«

»Gewiss war Mahrai Ziller von Ihrer unwiderstehlichen Gastfreundschaft überaus angetan«, sagte Quilan.

»Kst. Ziller beehrt uns immer noch mit seiner Anwesenheit«, pflichtete Tersono bei. Sein Aurafeld hob sich sehr rosig gegen das cremefarbene Sofa ab, auf dem er sich niedergelassen hatte. »Nabe ist sehr bescheiden, indem er nicht sofort die zahlreichen Vorzüge des Masaq'-Orbitals preist, aber ich darf Ihnen versichern, es ist ein Ort mannigfaltiger Freuden. Groß-Masaq' …«

»Ich nehme an, Mahrai Ziller weiß, dass ich hier bin«, unterbrach Quilan ruhig, und sein Blick wanderte von der Drohne zu dem Avatar.

Das silberhäutige Geschöpf nickte. »Er wurde über Ihr Vorankommen ständig auf dem Laufenden gehalten. Bedauerlicherweise konnte er nicht hier sein, um Sie persönlich willkommen zu heißen.«

»Das habe ich eigentlich auch gar nicht erwartet«, sagte Quilan.

»Br. Ischloear ist einer von Kst. Zillers besten Freunden«, sagte Tersono. »Ich bin sicher, zu gegebener Zeit werden Sie alle viel miteinander zu reden haben.«

»Ich glaube behaupten zu dürfen, dass ich der beste homomdanische Freund bin, den er auf Masaq' hat«, bestätigte Kabo.

»Wenn ich richtig informiert bin, dann reicht Ihre

Verbindung zu Kst. Ziller weiter zurück, Major«, sagte Estray. »Bis in die Schulzeit, stimmt das?«

»Ja«, sagte Quilan. »Wir haben uns seit damals jedoch nicht mehr gesehen oder miteinander gesprochen. Wir sind eher einstige Freunde als alte Freunde. Wie geht es unserem abwesenden Genie, Botschafter?«, fragte er Kabo.

»Es geht ihm gut«, antwortete Kabo. »Er schreibt immer noch fleißig.«

»Sehnt er sich nach zu Hause?«, fragte der Chelgrianer. Die Ahnung eines Lächelns spielte auf seinem breiten Gesicht.

»Angeblich nicht«, sagte Kabo, »obwohl ich in den letzten Jahren in seiner Musik einen gewissen wehmütigen Anklang an traditionelle chelgrianische Volksweisen herausgespürt zu haben glaube, mit der Andeutungen einer sich anbahnenden Lösung, die in ihrer Serienentwicklung impliziert ist.« Aus dem Augenwinkel sah Kabo, wie sich Tersonos Aurafeld vor Wonne rötete, während er das sagte. »Obwohl das vielleicht nichts zu bedeuten hat«, fügte er hinzu. Das Feld der Drohne fiel in ein eisiges Blau zurück.

»Sie sind ein Bewunderer seines Werkes, nehme ich an«, sagte der Chelgrianer.

»Oh, ich glaube, das sind wir alle«, beeilte sich Tersono zu sagen. »Ich …«

»Ich nicht.«

»Chom!«, ermahnte Estray das Kind.

»Die Musik des Maestros übersteigt vielleicht noch den Horizont der süßen Kleinen«, sagte die Drohne. Kabo bemerkte den Anflug eines blühenden Purpurfelds, das sich abschwächte und in Richtung des Kindes auflöste, das wieder am Rand des Beckens saß. Er sah, dass sich Chombas Lippen bewegten, doch er hegte den Verdacht, dass Tersono so etwas wie eine Feldmauer zwischen ihr und dem Rest der Anwesenden errichtet hatte. Er hatte mit Mühe gehört, dass sie etwas gesagt hatte, hatte jedoch keine Ahnung, was es war. Chomba selbst hatte es entweder nicht bemerkt oder scherte sich nicht darum. Ihre ganze Aufmerksamkeit galt dem Fisch.

»Ich gehöre selbst zu den leidenschaftlichsten Anhängern von Kst. Ziller«, sagte die Drohne laut. »Ich habe gesehen, dass Ms. Estray Lassils bei etlichen von Kst. Zillers Konzerten begeistert applaudiert hat, und ich weiß, dass Nabe bis heute immer wieder Gefallen daran findet, alle Nachbar-Orbitale daran zu erinnern, dass Ihr Landsmann unser Gebiet als zweite Heimat erwählt hat, und nicht eines der ihren. Wir alle beben bereits vor Vorfreude auf den Genuss seiner neuesten Symphonie, die uns in ein paar Wochen zu Gehör gebracht werden soll. Ich bin überzeugt, dass sie großartig sein wird.«

Quilan nickte. Er streckte die Hände aus. »Nun, wie Sie sicherlich geahnt haben, hat man mich gebeten zu versuchen, Mahrai Ziller zur Rückkehr nach Chel zu überreden«. Sein Blick wanderte von einem zum anderen und blieb auf Kabo haften. »Ich rechne nicht damit, dass das eine leichte Aufgabe sein wird. Br. Ischloear …«

»Bitte, nennen Sie mich Kabo.«

»Also, Kabo, was meinen Sie? Gehe ich recht in der Annahme, dass das ein sehr mühsames Unterfangen sein wird?«

Kabo dachte nach.

»Ich kann mir nicht vorstellen«, warf Tersono ein, »dass Kst. Ziller sich auch nur im Traum die Gelegenheit zu einer Begegnung mit dem ersten Chelgrianer …«

»Ich bin ganz Ihrer Ansicht, Major Quilan«, sagte Kabo.

»… der den Fuß auf …«

»Bitte, nennen Sie mich Quil.«

»… Masaq' setzt, und das seit …«

»Offen gesagt, Quil, man hat Ihnen da einen beschissenen Job aufgehalst.«

»… so vielen, vielen Jahren.«

»Genau das habe ich mir auch gedacht.«

≈*Alles in Ordnung?*≈

≈*Ja. Danke.*≈

≈*Gern geschehen*≈, übermittelte Huyler und ahmte dabei die tiefe Stimme des Nabe-Avatars nach. ≈*Ich war sowieso fast zu sehr damit beschäftigt, Zeug in mich aufzunehmen, um Kommentare abzugeben.*≈

≈Nun, es war ja auch eigentlich nicht nötig, wie sich herausgestellt hat.≈

Sie hatten befürchtet, Quilans Empfang könnte überwältigend werden, entweder unbeabsichtigt oder beabsichtigt. Sein vorübergehender Ausrutscher, als sie an Bord der *Widerstand formt den Charakter* gegangen und als Antwort auf einen übermittelten Gedanken Huylers laut gesprochen hatten, hatte sie vorsichtiger werden lassen, und deshalb waren sie übereingekommen, dass zumindest während des ersten Teils von Quilans Empfang Huyler im Hintergrund bleiben und schweigen würde, es sei denn, ihm würde etwas Beunruhigendes auffallen, auf das er glaubte Quilan unbedingt hinweisen zu müssen.

≈Also, Huyler, gibt's was Interessantes?≈

≈*Eine ziemlich sonderbare Menagerie, findest du nicht? Nur einer davon ist ein Mensch.*≈

≈Was ist mit dem Kind?≈

≈*Na ja, und das Kind. Falls es wirklich ein Kind ist.*≈

≈Wir wollen nicht paranoid werden, Huyler.≈

≈*Wir wollen aber auch nicht selbstzufrieden werden, Quil. Wie dem auch sei, es sieht so aus, als würden sie auf der Nettigkeits- und nicht auf der Hochkaratschiene fahren.*≈

≈In gewissem Sinn ist Estray Lassils Präsidentin der Welt. Und der silberhäutige Avatar untersteht direkt dem Gott, der die Macht über Leben und Tod und jeden Bewohner auf dem Orbital innehat.≈

≈Ja, und in gewissem Sinn ist die Frau eine machtlose, vergängliche Galionsfigur, und der Avatar ist nur eine Marionette.≈

≈Und die Drohne, und der Homomdaner?≈

≈Die Maschine behauptet, sie gehört zum Kontakt, das kann bedeuten, dass sie zu den Besonderen Gegebenheiten gehört. Der dreibeinige Kerl scheint echt zu sein, ihm gewähre ich also fürs Erste die Gunst des Zweifels; sie halten ihn wahrscheinlich deshalb für einen geeigneten Gastgeber, weil er mehr als die Anzahl von Beinen hat, die sie gewöhnt sind. Er hat drei Beine, wir haben auch drei, wenn man das Mittelglied mitzählt; so einfach könnte das sein.≈

≈Möglich.≈

≈Jedenfalls sind wir hier.≈

≈Das sind wir, allerdings. Und das Hier ist ziemlich eindrucksvoll, findest du nicht?≈

≈Ich glaube, es ist ganz okay.≈

Quilan lächelte verzerrt. Er lehnte an der Deckreling und ließ den Blick schweifen. Der Fluss erstreckte sich in die Ferne, die Sicht fiel zu beiden Seiten ab.

Der Große Masaq'-Fluss war eine einzige Wasserschleife, die sich ohne Unterbrechung rings um das Orbital zog und aufgrund des Corioliseffekts der großen sich drehenden Welt träge dahinfloss.

Auf der gesamten Länge gespeist von Nebenflüssen und Gebirgsbächen, wurde er durch Verdunstung zu einem dürftigen Rinnsal, wo er durch Wüsten floss, verringert durch Wasserfälle und die Abläufe in Meere, Sümpfe und ein Bewässerungsnetzwerk und absorbiert von riesigen Seen, weiten Ozeanen und kontinentbreiten Fluss- und Kanalsystemen, nur um über große Umkehrmündungen wieder zu erscheinen und sich nach und nach wieder zu einem einzigen gemeinsamen Strom zu bündeln.

Sein unendlicher Lauf ging durch Höhlenlabyrinthe unter aufgeworfenen Kontinenten, deren Tiefe sporadisch durch Einsturzlöcher und gewaltige Gräben so tief wie die Wurzeln der Berge erhellt wurde. Er durchquerte die allmählich zunehmende Anzahl von noch ungeformten Plattentopografien in durchsichtigen Tunnels, die auf Landschaften hinausgingen, die noch geformt und gefurcht wurden von der künstlichen Vulkanologie orbital-terraformender Techniken.

Er verschwand unter schutzspantartigen Gebirgszügen in gewaltigen, wässrigen Dunstschwaden, die unter den hohlen Wällen verschlungen waren, und glitt – manchmal während ganzer Jahreszeiten über die Ufer getreten – über horizontweite Ebenen, bevor er durch mehrere Kilometer breite und Tausende von Kilometern lange gewundene Schluchten verlief. Während des Apheliums des Orbitals vereiste er von einem Ende eines Kontinents zum anderen, oder auch während des örtlichen Winters, der durch verteilt angeordnete Sonnenlinsen einer Plattengruppe verursacht wurde.

Der Flusslauf berührte Dutzende ordentlich eingegrenzter oder uneingedämmt wuchernder Städte, und wenn er Platten wie Osinorsi erreichte, deren Medianniveau um einiges unterhalb seines ständigen Wasserspiegels lag, wurde er über Ebenen, Savannen, Wüsten oder Sümpfe geleitet, angehoben über einzelne oder miteinander verflochtene Massive, die Hunderte von Metern über den Boden aufragten – langgestreckte Buckel in der Landschaft, gekrönt von Wolken, mit steilen Abhängen, übersät von hängender Vegetation und fast senkrechten Städten, durchlöchert von Höhlen und Tunnels und – so wie hier – mit kunstvoll gemeißelten, hohen Bögen, die die monumentalen Erhebungen als genau das erscheinen ließen, was sie eigentlich waren:

riesige Aquädukte auf einer Flussstrecke von zehn Millionen Kilometern Länge.

Der Wall des hiesigen Massivs, nur ein paar Kilometer von den Klippen und der Ebene entfernt, die den Anfang von Xaravve kennzeichneten, war ein blumenübersätes Grasufer, weniger als zehn Meter breit. Von seinem Aussichtspunkt auf einem erhabenen Vorderdeck der Festbarkasse *Bariatrikist* aus sah Quilan durch Wolkenfetzen hinunter zu sanft geschwungenen Hügeln und gewundenen Flüssen, die sich durch dunstige Wälder zwei Kilometer unter ihm schlängelten.

Man hatte ihn gefragt, ob er sich gleich zu dem Haus begeben wolle, das man ihm zugedacht hatte, oder ob er zuvor einen Teil des Großen Masaq'-Flusses und eine seiner berühmtesten Barkassen auf sich wirken lassen wolle, wo ein kleiner Empfang für ihn vorbereitet worden war. Er hatte geantwortet, dass er ihr freundliches Angebot mit Freuden annehmen würde. Der Nabe-Avatar hatte still-zufrieden ausgeschaut; die Drohne Tersono hatte vor Wohlgefallen unübersehbar rosig geschimmert.

Das Personalmodul hatte sich behutsam zur Atmosphäre des Orbitals abgesenkt. Die Decke des Fahrzeugs war ebenfalls zum Bildschirm geworden und zeigte die Pracht des hohen Bogens der gegenüberliegenden Abend- und Nachtseite des Orbitals, während das Gefährt in die sich langsam erwärmende Morgenluft über der Osinorsi-Platte tauchte. Das Modul war über eine Seite der langgestreckten S-Form des Zentralmassivs hinausgeschwungen, das den Fluss über die unterste Ebene der Platte trug. Das Rendezvous mit der *Bariatrikist* fand nahe der Grenze von Xaravve statt.

Mit ungefähr vierhundert Metern Länge war die Barkasse beinahe doppelt so lang, wie der Fluss an dieser Stelle breit war. Es war ein großes, wuchtiges Fahrzeug mit Reihen von Decks und gespickt mit Masten, einige mit schmuckvollen Segeln, an denen Fahnen und Wimpel flatterten.

Quilan hatte viele Leute gesehen, obwohl das Schiff kaum belebt war.

»Das ist doch wohl nicht alles für mich?«, hatte er die Drohne Tersono gefragt, als das Modul sich zunächst einem der Halbdecks am Heck der Barkasse näherte.

»Nun«, hatte die Drohne in etwas unsicherem Ton geantwortet. »Nein. Würden Sie lieber ein Schiff für sich allein haben?«

»Nein, ich dachte nur.«

»Im Augenblick finden noch etliche andere Empfänge, Parties und sonstige Veranstaltungen auf der Barkasse statt«, hatte ihm der Avatar erklärt. »Außerdem ist das Schiff für mehrere hundert Leute zeitweiliges Zuhause.«

»Wie viele Leute sind gekommen, um mich zu sehen?«

»Ungefähr siebzig«, hatte der Avatar geantwortet.

»Major Quilan«, hatte die Drohne gesagt, »wenn Sie es sich anders überlegt haben …«

»Nein, ich …«

»Major, darf ich Sie etwas fragen?«, hatte Estray Lassils gesagt.

»Bitte sehr.«

Das Modul hatte sich so positioniert, dass er direkt auf das hohe Vorderdeck der Barkasse hatten gehen können; Estray Lassils war gleichzeitig von Bord gegangen und hatte ihm den Weg gewiesen; sie war zurückgeblieben, während er über so etwas wie einen Kranausleger weitergegangen war, eine ziemlich ausgelassene Gesellschaft durchquert hatte und schließlich zu einem der zurückgesetzten Decks gelangt war, die auf den Bug des Schiffes hinausgingen.

Dort traf er ein paar Menschen an, überwiegend Paare. Er hatte sich an einen schwül-heißen Tag erinnert, auf einem viel kleineren Boot auf einem breiten, aber unendlich kleineren Fluss, jetzt Tausende von Lichtjahren entfernt; ihre Berührung, ihr Geruch, das Gewicht ihrer Hand auf seiner Schulter …

Die Menschen hatten ihn neugierig begafft, ihn jedoch in Ruhe gelassen. Er hatte den Ausblick genossen. Der Tag war schön, aber kalt. Der große Fluss strömte, und die riesige, unfassbare Welt drehte sich unter ihm, und beide nahmen ihn mit sich fort.

8 Rückzug bei Cadracet

NACH EINER WEILE WANDTE ER sich von dem Anblick ab.

Estray Lassils kam vom Tanzen auf der geräuschvollen Party – mit geröteten Wangen und heftig atmend – und ging mit ihm zu einem Bereich der Barkasse, die für seinen Empfang abgetrennt worden war.

»Sind Sie sicher, dass Sie all diese Leute treffen möchten, Major?«, fragte sie.

»Ganz sicher, danke.«

»Nun gut, aber sagen Sie sofort Bescheid, wenn Sie gehen möchten. Wir werden es Ihnen bestimmt nicht verübeln. Ich habe mich ein wenig über Sie erkundigt. Sie scheinen ein leiser ... äh ... Asket zu sein, und ein Halb-Trappist. Ich bin sicher, wir alle haben Verständnis, wenn sie unser oberflächliches Geplapper ermüdend finden.«

≈*Möchte wissen, was sie noch alles herausgefunden haben.*≈

»Bestimmt werde ich es überleben.«

»Gut für Sie. Man hält mich im Allgemeinen in dieser Hinsicht für einen alten Hasen, aber selbst ich finde es manchmal verdammt langweilig. Trotzdem, Empfänge und Parties sind Kultur übergreifend, wie man hört. Ich war mir nie ganz sicher, ob mich das trösten oder ärgern soll.«

»Ich meine, beides ist passend, je nach Gemütsverfassung.«

≈*Gut gesprochen, Junge. Ich glaube, ich begebe mich wie-*

der in den Schwebezustand. Konzentrier du dich auf die Dame, die ist nicht koscher. Das spüre ich.≈

»Major Quilan, ich hoffe sehr, Sie wissen, wie sehr wir das Schicksal Ihres Volkes bedauern«, sagte die Frau, senkte den Blick auf ihre Füße und hob ihn dann zu ihm. »Vielleicht sind Sie alle es inzwischen überdrüssig, das immer wieder zu hören, in welchem Fall ich mich nur auch dafür entschuldigen kann, aber manchmal drängt es einen einfach, etwas auszusprechen.« Sie blickte hinaus in die dunstverhangene Tiefe. »Der Krieg war unser Fehler. Wir werden jede Wiedergutmachung und Reparation leisten, die in unseren Kräften steht, aber ein kleiner Beitrag – und mir ist klar, dass er sehr klein erscheinen muss – zur Wiedergutmachung soll auch unsere Entschuldigung sein.« Sie vollführte mit den alten, runzeligen Händen eine zierliche Bewegung. »Ich denke, wir alle sind uns in dem Gefühl einig, dass wir bei Ihrem Volk in ganz besonders tiefer Schuld stehen.« Sie senkte den Blick wieder kurz auf ihre Füße, bevor sie ihm wieder in die Augen sah. »Zögern Sie nicht, sich darauf zu berufen.«

»Danke. Ich schätze ihr Mitgefühl und ihr Angebot. Ich habe aus meiner Mission kein Geheimnis gemacht.«

Sie kniff die Augen zusammen, dann setzte sie ein kleines, zögerliches Lächeln auf. »Ja. Wir werden sehen, was wir tun können. Sie sind hoffentlich nicht in allzu großer Eile, Major?«

»Nicht allzu großer«, antwortete er.

Sie nickte und ging weiter. In einem leichteren Ton sagte sie: »Ich hoffe, Ihnen gefällt das Haus, das Nabe für sie hat herrichten lassen, Major.«

»Wie sie bereits feststellten, ist mein Orden nicht bekannt für verwöhnte Ansprüche. Ich bin sicher, Sie bieten mir mehr, als ich brauche.«

»Das ist gut möglich. Lassen Sie es uns bitte wissen,

wenn Sie noch irgendetwas brauchen, auch eine Mäßigung, wenn Sie wissen, was ich meine.«

»Ich nehme an, das Haus liegt nicht in der unmittelbaren Nachbarschaft von dem Mahrai Zillers.«

Sie lachte. »Nicht einmal auf der nächsten Platte. Sie sind zwei davon entfernt. Aber wie ich gehört habe, hat es eine wunderschöne Aussicht und einen eigenen Sub-Platten-Zugang.« Sie sah ihn mit zusammengekniffenen Augen an. »Sie wissen, was all das bedeutet? Ich meine, Sie kennen die Terminologie?«

Er lächelte höflich. »Auch ich habe mich vorbereitet, Ms. Lassils.«

»Natürlich. Nun, lassen Sie uns wissen, welche Art von Terminal oder was sonst Sie benützen möchten. Falls Sie selbst so etwas wie einen Kommunikator mitgebracht haben, bin ich sicher, Nabe kann Sie anschließen, oder er ist bestimmt bereit, Ihnen einen Avatar oder Familiar zur Verfügung zu stellen … es liegt ganz bei Ihnen. Wie hätten Sie es lieber?«

»Ich glaube, eines ihrer üblichen Pen-Terminals würde reichen.«

»Major, ich hege die Vermutung, dass Sie beim Eintreffen in Ihrem Haus bereits ein solches dort vorfinden.« Sie näherten sich einem breiten Oberdeck, auf dem Holzmöbel verstreut herumstanden, teilweise mit Planen überspannt und von Leuten besetzt. »Und vermutlich wird es ein angenehmerer Anblick sein als das hier: ein Haufen Leute, alle begierig, Ihnen mit ihrem Geschwätz in den Ohren zu liegen. Vergessen Sie nicht: Sie können sich jederzeit ausklinken.«

≈*Amen.*≈

Alle drehten sich zu ihm um und starrten ihn an.

≈*Auf in den Kampf, Major.*≈

Tatsächlich waren etwa siebzig Leute anwesend, die alle seinetwegen gekommen waren. Darunter befanden sich drei Vorstandsmitglieder – die Estray Lassils kannte, grüßte und so eilig verließ, wie es der Anstand erlaubte –, verschiedene Gelehrte in chelgrianischen Angelegenheiten oder einem Spezialgebiet, das das Wort *Xeno* enthielt – vorwiegend Professoren – sowie ein paar nicht Menschliche, von denen niemand einer Spezies angehörte, von der Quilan jemals gehört hatte; diese waren zusammengeringelt, schwebend, balancierend oder ausgebreitet hingestreckt an Deck, auf Tischen und Sofas.

Die Lage wurde erschwert durch allerlei andere nicht menschliche Geschöpfe, die Quilan, wenn nicht der Avatar gewesen wäre, leicht für andere gefühls- und vernunftbegabte Aliens gehalten hätte, die jedoch, wie sich herausstellte, nichts anderes als Schoßtierchen waren – all dies zusätzlich zu einer verwirrenden Vielfalt anderer Menschen mit Titeln, die keine Titel waren, und Berufen, die nichts mit Berufen zu tun hatten.

≈*Intrakultureller Mimetiktranskribierer? Was soll das denn sein?*≈

≈Keine Ahnung. Geh mal vom Schlimmsten aus. Unter ›Reporter‹ ablegen.≈

Der Nabe-Avatar hatte jeden Einzelnen von ihnen vorgestellt; Aliens, Menschen und Drohnen, die anscheinend wirklich als vollwertige Mitbürger und ein Volk mit eigenen Rechten behandelt wurden. Quilan nickte und lächelte oder nickte und schüttelte Hände und vollführte alle möglichen Gesten, die ihm gerade angebracht erschienen.

≈*Ich glaube, diese silberhäutige Missgeburt ist genau der richtige Gastgeber für diese Leute. Er kennt sie alle und weiß über sie genau Bescheid: ihre Schwächen, Vorlieben, Perversionen, Abneigungen, alles.*≈

≈Nicht das, was man uns gesagt hat.≈

≈*O doch; er weiß lediglich deinen Namen und dass du irgendwo hier seiner Rechtsprechung unterliegst. So lautet die Geschichte. Er weiß nur das, was er deinem Wollen nach wissen soll. Ha! Findest du das nicht ein wenig unglaubwürdig?*≈

Quilan wusste nicht, wie genau eine Orbital-Nabe der Kultur all seine Bürger beobachtete. Es war auch egal. Er war jedoch über solche Avatare ziemlich gut informiert, wie ihm bewusst wurde, als er darüber nachdachte, und was Huyler über ihre gesellschaftlichen Talente gesagt hatte, stimmte genau. Unermüdlich, unendlich mitfühlend, mit einem makellosen Gedächtnis und mit einer scheinbar telepathischen Fähigkeit, vorauszusehen, wer mit wem gut auskommen würde; die Anwesenheit eines Avatars wurde verständlicherweise bei jeder gesellschaftlichen Veranstaltung, die über eine gewisse Größe hinausging, als unerlässlich erachtet.

≈*Mit so einem silbernen Ding und einem Implantat müssen sich die Leute hier wahrscheinlich nie wirklich an den Namen einer einzigen anderen Person* erinnern.≈

≈Ich frage mich, ob sie jemals ihren eigenen Namen vergessen.≈

Quilan plauderte wohlerzogen mit vielen Leuten und nippte an Tischen, die mit Essen voll beladen waren; alles war auf Tellern und Tabletts angerichtet, die mit Bildcodes versehen waren, um darauf hinzuweisen, was für welche Spezies genießbar war.

Einmal hob er den Blick und stellte fest, dass sie den gewaltigen Aquädukt verlassen hatten und über eine weite, grasbewachsene Ebene reisten, die von etwas durchbrochen war, das aussah wie das Gestänge von riesenhaften Zelten.

≈*Kuppelbaum-Gerippe.*≈

≈Ach ja?≈

Der Fluß strömte hier träger und hatte sich zu mehr als einem Kilometer von Ufer zu Ufer verbreitert. Weiter vorn zeichnete sich eine weitere Art von Massiv über dem Dunst und durch diesen hindurch ab.

Das, was er zunächst für weit entfernte Wolken gehalten hatte, entpuppte sich als schneebedeckte Berggipfel, die die Spitze des Massivs umgaben. Tief gefurchte Klippen ragten beinahe senkrecht auf, beflaggt mit dünnen weißen Schleiern, die vielleicht Wasserfälle waren. Einige dieser schlanken Säulen erstreckten sich bis hinunter zum Fuß der Klippen, während andere, doch dünnere weiße Fäden auf halbem Weg nach unten verschwanden zwischen Wolkenschichten, die langsam an der großen sägezahnigen Felswand vorbeizogen, und sich mit diesen vermischten.

≈*Das Aquime-Massiv. Anscheinend fließt dieser kleine Bach um beide Seiten herum und mitten hindurch. Aquime-Stadt, in der Mitte, an der Küste der Hohen Salzsee, ist der Ort, wo unser Freund Ziller wohnt.*≈

Er betrachtete den weiten zerklüfteten Verlauf der schneebedeckten Klippen und Berge, die sich aus dem Dunst materialisierten und mit jedem Herzschlag wirklicher wurden.

In den Grauen Bergen lag das Kloster Cadracet, das dem Sheracht-Orden gehörte. Dorthin zog er sich zurück, nachdem er aus dem Hospital entlassen worden war – als Pflegefall. Die Armee hatte ihm einen verlängerten Urlaub gewährt, ein Vorzug, der bei seinem Dienstgrad üblich war. Das Angebot, auf eigenen Antrag ehrenhaft entlassen zu werden sowie eine bescheidene Pension zu beziehen, stand ihm immer noch offen.

Er besaß bereits einen Haufen Orden. Einen hatte er bekommen, weil er überhaupt in der Armee war, einen, weil er ein Kämpfer war, der schon mal eine Waffe in der Hand gehalten hatte, einen weiteren, weil er ein Geschenkter war, der sich leicht vor dem aktiven Kampfeinsatz hätte drücken können, wieder einen, weil er verwundet worden war (mit einem zusätzlichen Balken, weil er *schwer* verwundet worden war), noch einen, weil er eine Sondermission durchgeführt hatte, und einen letzten Orden, der verliehen worden war, als man erkannt hatte, dass die Kultur für den Krieg verantwortlich war und nicht die Chelgrianer. Die Soldaten nannten ihn den ›Wir-können-nichts-dafür-Preis‹. Er bewahrte die Orden in einem kleinen Kästchen im Innern seines Schrankes in seiner Zelle auf, zusammen mit denen, die Worosei posthum verliehen worden waren.

Das Kloster stand auf einem Felsvorsprung an der Schulter eines bescheidenen Gipfels, in einer kleinen Gruppe von Seufzerbäumen an einem rauschenden Gebirgsbach. Es blickte über die bewaldete Schlucht hinüber zu schroffen Felsen, Klippen, zu den mit Schnee und Eis bedeckten höchsten Gipfeln des Gebirges. Dahinter verlief die Straße von Oquoon zum Zentralplateau; sie führte über eine bescheidene, uralte Steinbrücke, die in dreitausend Jahre alten Liedern und Erzählungen bereits besungen und gefeiert wurde, über den Fluss; gegenwärtig wurde sie von ihren vielen steilen Haarnadelkurven bereinigt.

Während des Krieges hatte ein Trupp von Unsichtbaren-Dienern, die bereits ihre Herren und die Bewohner eines weiteren Klosters am Weg weiter unten umgebracht hatten, Cadracet eingenommen und die Hälfte der Mönche gefangengenommen – all jene, die nicht geflohen waren, vor allem die älteren. Man hatte sie über den Schutzwall der Brücke in den von Felsen durchsetzten Strom geworfen. Der Sturz war nicht tief genug, um alle alten Männer zu töten, und einige litten und stöhnten den ganzen Tag lang bis tief in die Nacht, bis sie schließlich vor Sonnenaufgang des darauf folgenden Tages in der Kälte starben. Zwei Tage später hatte eine Einheit von Loyalistentruppen den Komplex wieder eingenommen und die Unsichtbaren gepeinigt, bevor sie ihre Anführer bei lebendigem Leib verbrannten.

Überall war es die gleiche Geschichte von Schrecken, Schlechtigkeit und zunehmenden Gräueltaten. Der Krieg hatte weniger als fünfzig Tage gedauert; bei vielen Kriegen – den meisten, selbst jenen, die auf einen einzigen Planeten begrenzt waren – dauerte es länger, bis sie überhaupt richtig ausbrachen, weil zuerst die Mobilmachung stattfinden musste; Streitkräfte mussten ordentlich formiert werden, eine Kriegslogistik innerhalb der Gesellschaft musste geplant werden, und Territorien mussten angegriffen, eingenommen und konsolidiert werden, bevor die eigentlichen Angriffe vorbereitet und der Feind ins Visier genommen werden konnte. Ein Krieg im Raum und zwischen Planeten und Habitaten jeglicher Anzahl konnte theoretisch innerhalb weniger Minuten oder sogar Sekunden wirkungsvoll vorüber sein, dauerte für gewöhnlich jedoch Jahre und manchmal Jahrhunderte oder Generationen, um eine Entscheidung zu bringen, beinahe ausschließlich abhängig vom technischen Niveau, das die beteiligten Zivilisationen erreicht hatten.

Der Kastenkrieg war anders abgelaufen. Dabei hatte es sich um einen Bürgerkrieg gehandelt, eine Spezies beziehungsweise eine Gesellschaft hatte gegen sich selbst Krieg geführt. Solche Kriege gehörten bekanntermaßen zu den schrecklichsten Auseinandersetzungen, und die anfängliche Nähe der Streit führenden, die in der gesamten zivilen und militärischen Bevölkerung auf buchstäblich jeder institutionellen und wirtschaftlichen Ebene verteilt waren, bedeutete, dass dem Konflikt eine Art explosive Grausamkeit innewohnte, und zwar beinahe vom ersten Augenblick an, da er begann, wodurch die erste Welle von Opfern vollkommen überraschend dahingerafft wurde: hochgestellte Familien wurden im Bett mit Messern erstochen, ohne dass sie sich eines real existierenden Problems bewusst gewesen wären; ganze Wohneinheiten von Dienern wurden hinter verschlossenen Türen vergast, fassungslos, weil ausgerechnet jene, denen sie in Hingabe ihr Leben gewidmet hatten, sie ermordeten, Passagiere oder Fahrer in Autos, Schiffskapitäne, Flugzeug- oder Raumschiffkapitäne wurden plötzlich von den Personen, die neben ihnen saß, angegriffen, oder sie waren selbst diejenigen, die angriffen.

Das Kloster Cadracet an sich hatte den Krieg verhältnismäßig unversehrt überstanden, obwohl es kurzzeitig besetzt gewesen war; einige Räume waren verwüstet worden, ein paar Ikonen und heilige Schriften waren verbrannt oder entweiht worden, aber es war wenig struktureller Schaden entstanden.

Quilans Zelle lag im hinteren Teil des dritten Innenhofs des Gebäudes, mit Ausblick auf die gefurchte, gepflasterte Straße zu den feuchtgrünen Bergen und dem unvermittelten Gelb der dürren Seufzerbäume. Seine Zelle enthielt ein Ringelpolster auf dem Steinfußboden, einen kleinen Schrank für seine persönlichen Habseligkeiten, einen Stuhl, einen schlichten Holzschreibtisch und einen Waschtisch.

In der Zelle war keine Form der Kommunikation erlaubt, außer Lesen und Schreiben. Das Erstere musste mittels Schreibstrang-Rahmen oder Büchern durchgeführt werden, das Letztere – für all jene, die wie er keine Möglichkeit hatten, Schreibstränge zu knoten, zu drehen oder zu flechten – war begrenzt auf den Gebrauch von losen Papierblättern und einem Tintenfederhalter.

Das Sprechen mit einer anderen Person in der Zelle war ebenfalls verboten, und bei strenger Auslegung der Regeln musste sogar ein Mönch, der mit sich selber redete oder im Schlaf laut schrie, dieses Vergehen dem Klosterabt beichten und als Bestrafungen irgendwelche zusätzlichen Pflichten übernehmen. Quilan hatte schreckliche Träume, wie er sie schon seit seines Aufenthalts im Hospital von Lapendal gehabt hatte, und häufig wachte er mitten in der Nacht von Panik übermannt auf, aber er wusste nie genau, ob er geschrien hatte oder nicht. Er fragte Mönche in den Nachbarzellen; sie behaupteten, nie etwas gehört zu haben. Er glaubte ihnen, im Großen und Ganzen.

Sprechen war vor und nach den Mahlzeiten erlaubt und während bestimmter Arbeiten für die Allgemeinheit, bei denen es nicht als Störung angesehen wurde. Quilan redete in den schnurgerade angelegten Feldern, wo sie ihre Nahrung anbauten, und während der Märsche den Berg hinunter, um Holz zu sammeln, stets weniger als die anderen. Die anderen fanden anscheinend nichts dabei. Die körperliche Arbeit machte ihn wieder stark und fit. Sie ermüdete ihn auch, doch nicht so sehr, dass er nicht jede Nacht jäh aus seinen Träumen von Dunkelheit und Blitz, Schmerz und Tod aufgeschreckt wäre.

Der größte Teil der geistigen Arbeit fand in der Bibliothek statt. Die Lesebildschirme unterlagen einer intelligenten Zensur, sodass die Mönche ihre Zeit nicht mit schaler Unterhaltung oder trivialem Zeug vertrödeln konnten; sie boten religiöses Schriftmaterial und Nachschlagewerke sowie wissenschaftliche Raritäten, aber sonst kaum etwas. Doch allein das war Stoff genug für ein ganzes Leben. Die Maschinen konnten auch als Verbindung zu den Chelgri-Puen dienen, den Dahingegangenen, den Erhabenen. Es konnte jedoch eine geraume Zeit dauern, bis es einem Neuling wie Quilan gestattet sein würde, sie für diesen Zweck zu verwenden.

Sein Mentor und Ratgeber war Fronipel, der älteste Mönch, der nach dem Krieg noch am Leben war. Er hatte sich vor den Unsichtbaren in dem alten Getreidespeicher tief unten in einem Keller versteckt und war noch zwei Tage lang dort geblieben, nachdem die Truppen der Loyalisten das Kloster wieder eingenommen hatten, da er nicht gewusst hatte, dass er nun in Sicherheit war. Er war zu schwach gewesen, um aus dem Silo zu klettern, und wäre beinah an Austrocknung gestorben; er wurde erst entdeckt, als die Truppen eine gründliche Durchsuchung durchführten, um irgendwelche zurückgebliebenen Unsichtbaren aufzugreifen.

An den Stellen, wo sich das Fell des Alten über seinen Gewändern zeigte, war es struppig und von dunklen, rauen Flecken durchsetzt. Andere Stellen waren beinahe nackt und zeigten die runzelige, trockene graue Haut darunter. Er bewegte sich steif, besonders bei feuchter Witterung, die in Cadracet häufig herrschte. Seine Augen, tief eingesunken hinter antiquierten Augengläsern, sahen trüb aus, als ob ein grauer Rauch die Augäpfel verschleierte. Der alte Mönch trug seine Hinfälligkeit ohne Anflug von Stolz oder Abscheu, doch in diesem Zeitalter der nachwachsenden Körper und ersetzbaren Organe musste ein solcher Verfall freiwillig, ja beabsichtigt sein.

Für gewöhnlich unterhielten sie sich in einer abgelegenen kleinen, kahlen Zelle, die eigens für diesen Zweck bestimmt war. Sie enthielt als einziges Möbelstück ein S-förmiges Doppelsofa und hatte nur ein einziges kleines Fenster.

Es war das Vorrecht des alten Mönchs, diejenigen, die jünger waren als er, mit dem Vornamen anzusprechen, deshalb nannte er Quilan ›Tibilo‹, was diesen gefühlsmäßig in seine Kindheit zurückversetzte. Er vermutete, dass diese Wirkung beabsichtigt war. Von ihm seinerseits wurde erwartet, dass er Fronipel mit ›Kustos‹ ansprach.

»Ich bin manchmal – neidisch, Kustos. Hört sich das verrückt an? Oder böse?«

»Neidisch auf was, Tibilo?«

»Auf ihren Tod. Auf die Tatsache, dass sie gestorben ist.« Quilan blickte zum Fenster hinaus, unfähig, dem alten Mann in die Augen zu sehen. Die Aussicht durch das kleine Fenster war nicht viel anders als die aus seiner Zelle. »Wenn ich mir irgendetwas wünschen dürfte, dann würde ich mir wünschen, dass sie wieder bei mir ist. Ich glaube, ich habe mich damit abgefunden, dass das unmöglich ist, oder zumindest äußerst unwahrscheinlich … aber, verstehen Sie? Heutzutage ist fast nichts mehr sicher. Das ist noch so eine Sache; alles ist heute zufallsbedingt, alles ist vorübergehend, dank unserer Technik, unseres Wissens.«

Er sah dem alten Mönch in die trüben Augen. »Früher starben die Menschen, und das war's. Man konnte hoffen, sie im Himmel wieder zu sehen, aber wenn sie einmal tot waren, dann waren sie tot. So einfach war das, so endgültig. Jetzt …« Er schüttelte ärgerlich den Kopf. »Jetzt sterben die Leute, aber ihr Seelenhort verhilft ihnen zu einem neuen Leben oder bringt sie in einen Himmel, von dem wir wissen, dass er existiert, ohne die Notwendigkeit des Glaubens. Wir haben Klone, wir haben nachgewachsene Körper – das meiste von mir ist nachgewachsen. Manchmal wache ich auf und denke: Bin das noch ich? Ich weiß, man nimmt an, dass einem das Gehirn, der Geist, die Gedanken bleiben, aber ich glaube es nicht. So einfach ist das nicht.« Er schüttelte den Kopf, dann trocknete er sich das Gesicht am Ärmel seiner Kutte.

»Dann bist du also neidisch auf eine frühere Zeit.«

Er schwieg eine Weile, dann sagte er: »Auch das. Aber ich bin vor allem eifersüchtig auf sie. Wenn ich sie nicht zurückbekommen kann, dann bleibt mir nur noch der Wunsch, ich hätte nicht überlebt. Nicht der Wunsch, mich umzubringen, sondern gestorben zu sein, weil ich keine andere Wahl hatte. Wenn sie nicht das Leben mit mir teilen kann, dann möchte ich mit ihr den Tod teilen. Aber das geht nicht, und deshalb empfinde ich Neid. Eifersucht.«

»Das ist nicht genau dasselbe, Tibilo.«

»Ich weiß. Manchmal ist das, was ich fühle … Ich bin mir nicht sicher … eine unterschwellige Sehnsucht nach etwas, das ich nicht habe. Manchmal ist es das, was meiner Ansicht nach die Leute meinen, wenn sie das Wort Neid gebrauchen, und manchmal ist es echte, tobende Eifersucht.« Er schüttelte den Kopf; er konnte kaum glauben, was er sich selbst sagen hörte. Es war, als ob die Worte, die er aussprach, seinen Gedanken eine endgültige Form gäben, Gedanken, von denen er nicht zugegeben hatte, dass er sie in sich barg, nicht einmal sich selbst gegenüber. Er sah durch seine Tränen hindurch den alten Mönch an. »Ich habe sie geliebt, Kustos. Wirklich.«

Der Alte nickte. »Ich bin sicher, dass du sie geliebt hast, Tibilo. Wenn es nicht so wäre, dann würdest du nicht noch immer so sehr leiden.«

Er wandte den Blick wieder ab. »Ich weiß nicht einmal mehr das. Ich sage, ich habe sie geliebt, ich glaube, ich habe sie geliebt, ich dachte bestimmt, dass ich sie liebe, aber habe ich sie wirklich geliebt? Vielleicht empfinde ich in Wahrheit Schuld, weil ich sie nicht geliebt habe. Ich weiß es nicht. Ich weiß überhaupt nichts mehr.«

Der Alte kratzte sich an einer seiner kahlen Stellen. »Du weißt, dass du lebst, Tibilo, und dass sie tot ist, und dass du sie vielleicht irgendwann einmal wieder siehst.«

Er sah den Mönch an. »Ohne ihren Seelenhort? Daran glaube ich nicht, Herr. Ich bin mir nicht einmal sicher, ob ich wirklich glaube, dass ich sie jemals wiedersehen werde, selbst wenn sie geborgen wurde.«

»Wie du selbst geäußert hast, leben wir in einer Zeit, in der die Toten zurückkehren können, Tibilo.«

Man wusste inzwischen, dass in der Entwicklung jeder Zivilisation – vorausgesetzt, sie dauerte lang genug – eine Zeit kam, da ihre Angehörigen ihr Geistespotential speichern konnten; man konnte die Charakteristika einer Person abrufen und sie dann speichern, vervielfältigen, lesen, übertragen und – letztendlich in einen passenden Komplex, ein befähigtes Gerät oder einen entsprechenden Organismus übertragen.

In gewissem Sinn war das die Umsetzung der radikalsten reduktivistischen These, nämlich der Anerkenntnis, dass Geist aus Materie entstand und fundamental und absolut in materiellen Begriffen definiert werden konnte, und das passte so manchen nicht. Einige Gesellschaften hatten den Horizont solchen Wissens erreicht und waren an der Grenze der damit gegebenen Steuerungsmöglichkeit angekommen; sie wandten sich ab, um dem Verlust der Vorzüge des Glaubens, die eine solche Entwicklung androhte, zu entgehen.

Andere Leute hatten den Austausch hingenommen und litten darunter, verloren sich auf eine Weise darin, die vernünftig, zur gegebenen Zeit sogar ehrenwert erschien; letztendlich führte dies jedoch zu ihrer endgültigen Auslöschung.

Die meisten Gesellschaften bekannten sich zu der damit zusammenhängenden Technik und veränderten sich, um den Folgen gerecht zu werden. In der Kultur zum Beispiel bestanden die Folgen darin, dass die Leute ihre Persönlichkeit speichern lassen konnten, wenn sie im Begriff waren, etwas Gefährliches zu tun, sie konnten Gehirnbestandsaufnahmen von sich anfertigen lassen, die dazu benutzt werden konnten, Botschaften zu übermitteln oder an unterschiedlichen Orten eine Vielfalt von Erfahrungen zu machen, in unterschiedlicher physischer oder virtueller Form, sie konnten ihre ursprüngliche Persönlichkeit zur Gänze in einen anderen Körper oder ein Gerät übertragen, und sie konnten sich mit anderen Individuen mischen – im Gleichgewicht zwischen dem Erhalt der Individualität und einer unwillkürlichen Ganzheit – in Vorrichtungen, die eigens für eine derartige metaphysische Intimität konstruiert waren.

Bei den Chelgrianern war der Kurs der Geschichte von der Norm abgewichen. Das Gerät, das in sie eingepflanzt war, der sogenannte Seelenhort, wurde selten dazu benutzt, ein Wesen ins Leben zurückzuholen. Stattdessen wurde es eingesetzt, um sicherzustellen, dass die Seele, die Persönlichkeit des sterbenden Wesens, für die Aufnahme im Himmel bereit sein würde.

Die Mehrheit der Chelgrianer hatte – wie die Mehrheit vieler intelligenter Wesen – lange an einen Ort geglaubt, wohin die Toten nach ihrem Ableben gehen. Es hatte eine Vielzahl unterschiedlicher Religionen, Glaubensrichtungen und Kulte auf dem Planeten gegeben, aber das Glaubenssystem, das sich in Chel behauptet hatte und das hinaus zu den Sternen exportiert wurde, als die Spezies die Raumfahrt beherrschte – obwohl man inzwischen annahm, dass es eher eine symbolische als eine buchstäbliche Wahrheit enthielt –, sprach immer noch von einem mythischen Leben nach dem Tod, wo die Guten durch ein ewiges glückliches Dasein belohnt und die Bösen – welcher Kaste sie in der sterblichen Welt auch angehört haben mochten – zu ewiger Knechtschaft verdammt werden würden.

Laut den sorgfältig aufbewahrten und gründlichst analysierten Berichten der eher pingeligen älteren Zivilisationen der Galaxis hatten die Chelgrianer für eine geraume Zeit nach dem Aufkommen wissenschaftlicher Methodik auf ihrer Religiosität bestanden und – indem sie weiterhin das Kastensystem propagiert hatten – entgegen der Norm eine manifest diskriminierende Gesellschaftsordnung bis weit hinein in die Post-kontakt-Ära beibehalten. Nichts davon bereitete auch nur eine der beobachtenden Gesellschaften auf das vor, was sich ereignete, nicht lange nachdem die Chelgrianer in die Lage versetzt wurden, ihre Persönlichkeiten auf Medien außerhalb ihrer eigenen individuellen Gehirne zu übertragen.

Der sogenannte Erhebungsakt bis in die Wahre Erhabenheit wurde hingenommen, wenn auch als ein etwas geheimnisumwitterter Teil des galaktischen Lebens; es bedeutete, das auf normaler Materie basierende Leben des Universums hinter sich zu lassen und auf eine höhere Existenzstufe aufzusteigen, die auf purer Energie basierte. Theoretisch konnte jedes Individuum – biologisch oder Maschine – in die Erhabenheit übergehen, die richtige Technik vorausgesetzt, aber dem Muster gemäß verschwanden ganze Gruppen einer Gesellschaft oder einer Spezies gleichzeitig, und häufig ging die Gesamtheit einer Zivilisation in einem Rutsch unter (nur der Kultur war bekanntermaßen daran gelegen, dass eine derart – ihrer Ansicht nach – unwahrscheinliche Absolutheit ein gewisses Maß an Zufälligkeit enthielt).

Im Allgemeinen gab es viele warnende Anzeichen, wenn eine Gesellschaft im Begriff war, in die Erhabenheit überzugehen – so etwas wie eine gesellschaftsweite Langeweile, das Wiederaufleben lange brach gelegener Religionen und anderer irrationaler Gläubigkeit, ein neuerliches Interesse an der Mythologie und der Methodik des Übergangs in die Erhabenheit – und meistens widerfuhr dies ziemlich gut etablierten Gesellschaften und Zivilisationen mit langer Vergangenheit.

Zu gedeihen, Kontakte zu knüpfen, sich zu entwickeln, zu expandieren, einen gefestigten Status zu erreichen und schließlich die Erhabenheit zu erlangen, war mehr oder weniger das zivilisatorische Äquivalent der stellaren Hauptreihe, obwohl es eine gleichermaßen ehrenhafte und ehrwürdige Tradition des ruhigen Weitermachens, des sich um die eigenen Angelegenheiten Kümmerns (zumindest weitgehend) und des allgemeinen Verharrens gab, mit dem angenehmen Gefühl der Unverletzbarkeit und gesättigt von Wissen.

Wieder stellte die Kultur eine Ausnahme dar, indem sie sich weder anständig in die Erhabenheit davonmachte, noch ihren Platz zwischen den anderen urbanen Schlauköpfen behauptete, die sich, in Erinnerungen schwelgend, um den Herd galaktischer Weisheit versammelten, sondern sich vielmehr wie ein idealistischer Jugendlicher in der Pubertät verhielt.

Wie auch immer, der Schritt in die Erhabenheit diente dem Rückzug aus dem normalen Leben der Galaxis. Die wenigen wirklichen und nicht vorgeblichen Ausnahmen von dieser Regel bildeten lediglich ein paar Exzentriker: einige der Erhabenen kehrten zurück und entfernten ihren Heimatplaneten oder schrieben ihre Namen in Nebulae oder betätigten sich in einem anderen riesigen Maßstab bildhauerisch und errichteten sonderbare Monumente oder hinterließen unverständliche Artefakte im Raum oder auf Planeten verteilt, oder sie kehrten in irgendeiner bizarren Form für eine meistens sehr kurze Zeit und in einer topologisch begrenzten Erscheinung zurück, worunter man sich nur irgendein Ritual vorstellen konnte.

All das passte natürlich jenen, die zurückblieben, ganz gut, denn das enthielt die Ahnung, dass der Übergang in die Erhabenheit zu Kräften und Fähigkeiten führte, die jenen, die die Verwandlung durchgemacht hatten, einen beinahe gottgleichen Status verliehen. Wenn der Vorgang nur einer von vielen nützlichen technischen Abschnitten auf dem Weg zu einer ehrgeizigen Gesellschaft, wie die Nanotechnik, die AI oder irgendeine wurmstichige Schöpfung gewesen wäre, dann würde jeder ihn wahrscheinlich so bald wie möglich durchführen.

Stattdessen war der Schritt in die Erhabenheit anscheinend genau das Gegenteil von nützlich in dem Sinn, wie das Wort normalerweise verstanden wurde. Anstatt jemandem zu helfen, das große galaktische Spiel von Einfluss, Expansion und Leistung besser als zuvor zu spielen, flog man anscheinend für immer raus.

Die Sache mit der Erhabenheit war nicht vollkommen zu begreifen – die einzige Möglichkeit, es einigermaßen zu verstehen, war anscheinend, es einfach zu tun –, und trotz höchster Anstrengungen verschiedener Betroffener, die den Vorgang erforschen wollten, hatte sich dieses Bemühen als erstaunlich enttäuschend erwiesen (es war mit dem Versuch verglichen worden, sich selbst beim Einschlafen zu erwischen, obwohl man meinte, es müsste so leicht sein, wie jemand anderen beim Einschlafen zu beobachten), doch seiner Wahrscheinlichkeit, dem Einsetzen, der Entwicklung und den Folgen lag ein starkes und zuverlässiges Muster zugrunde.

Die Chelgrianer hatten teilweise den Übergang in die Erhabenheit vollzogen; etwa sechs Prozent ihrer Zivilisation hatte im Laufe eines Tages das materielle Universum verlassen. Darunter waren Angehörige aller Kasten, Anhänger aller religiöser Glaubensrichtungen, von Atheisten bis zu Fanatikern unterschiedlicher Kulte, und auch etliche der vernunft- und gefühlsbegabten Maschinen, die Chel entwickelt, aber nie ganz zur Vollendung gebracht hatte. In dem gesamten Vorgang war kein erkennbares Muster auszumachen.

Nichts davon war an sich besonders ungewöhnlich, obwohl die Tatsache, dass überhaupt jemand von ihnen gegangen war, nachdem die Chelgrianer erst seit ein paar Jahrhunderten im Raum waren, in den Augen einiger als Zeichen der Unreife erschien. Bemerkenswert, ja beunruhigend war indes der Umstand, dass die Erhabenen mit dem größten Teil ihrer Zivilisation, der nicht gegangen war, Verbindung aufrechterhalten hatten.

Die Verbindung nahm die Form von Träumen, Manifestationen und religiösen Zusammenkünften an bestimmten Kultstätten an (sowie auch von Sportveranstaltungen, obwohl die Leute diese nicht so gern besuchten), dazu kamen die Veränderung angeblich unberührter Daten, die tief im Innern von Regierungs- und Stammesarchiven aufbewahrt wurden, und die Manipulation bestimmter absoluter physischer Konstanten in Labors. Eine große Zahl lange verloren geglaubter Artefakte wurde wiederentdeckt, eine Menge Karrieren wurden zerstört, als Skandale enthüllt wurden, und in etlichen wissenschaftlichen Bereichen gelang so mancher unerwartete und gar unwahrscheinliche Durchbruch.

All das war etwas noch nie Dagewesenes.

Man kam der Sache wahrscheinlich am nächsten mit der Annahme, dass das Ganze etwas mit dem Kastensystem an sich zu tun hatte. Nachdem die Chelgrianer Jahrtausende lang danach gelebt hatten, hatte sich bei ihnen die Vorstellung verfestigt, dass sie Teil und doch nicht Teil eines größeren Ganzen waren; die Geisteshaltung, die sie darin bestärkte, basierte auf Grundsätzen der Hierarchie und Kontinuität, die sich als stärker erwiesen hatten als jede Erhabenheits-Veranstaltung und ihre Folgewirkungen.

Einige hundert Tage lang beobachteten viele Betroffene die Chelgrianer sehr gründlich. Von ihrem Dasein als nicht besonders interessante und offenbar leicht barbarische Spezies mit kaum durchschnittlichen Fähigkeiten und mäßigen Zukunftsaussichten gelangten sie plötzlich zu Ruhm und mystischem Glanz, den die meisten Zivilisationen trotz aller Anstrengungen in vielen Jahrtausenden nicht erreichten. Überall in der Galaxis wurden still und leise wissenschaftliche Programme zur Erforschung des Erhabenen eingerichtet, ruhende Projekte zu diesem Thema wurden neu belebt oder beschleunigt, als die schrecklichen Möglichkeiten allmählich ins allgemeine Bewusstsein drangen.

Die Befürchtungen der Betroffenen erwiesen sich als unbegründet. Was die Chelgri-Puen, die Dahingegangenen, mit ihrer immer noch anwendbaren Supermacht taten, war, einen Himmel zu schaffen. Sie machten etwas zu einer bestehenden Tatsache, was bis dahin nur durch den Glauben existierte. Wenn ein Chelgrianer starb, war der Seelenhort die Brücke, über die er ins Nachleben befördert wurde.

Unvermeidlicherweise haftete dem ganzen Vorgang etwas Unbestimmtes an, woran sich die Betroffenen in der ganzen Galaxis im Umgang mit allem, was mit dem Schritt in die Erhabenheit zu tun hatte, inzwischen gewöhnt hatten, aber es hatte sich zur Zufriedenheit selbst der skeptischsten Beobachter herausgestellt, dass die Persönlichkeiten toter Chelgrianer tatsächlich über den Tod hinaus lebten und Leute persönlich oder mittels geeigneter Geräte mit ihnen in Verbindung treten konnten.

Diese Seelen beschrieben den Himmel in einer Art, die der chelgrianischen Mythologie sehr nahe kam, und sprachen sogar von Wesenheiten, die möglicherweise die Seelen von Chelgrianern waren, die lange vor der Seelenhort-Technik gestorben waren, obwohl niemand aus der sterblichen Welt mit diesen entfernen Urahnen-Persönlichkeiten direkten Kontakt aufnehmen konnte und der Verdacht bestand, dass sie eine Ausgeburt der Phantasie der Chelgri-Puen waren, eine Vermutung, wie die Vorfahren vielleicht hätten sein können, wenn der Himmel tatsächlich von Anfang an bestanden hatte.

Es konnte jedoch kein echter Zweifel daran bestehen, dass die Leute von ihrem Seelenhort errettet wurden und tatsächlich in den Himmel kamen, der für sie von den Chelgri-Puen als Abbild des Paradieses dargestellt wurde, so wie es sich ihre Vorfahren vorgestellt hatten.

»Aber sind die zurückgekehrten Toten wirklich die Leute, die wir gekannt haben, Kustos?«

»Dem Anschein nach ja, Tibilo.«

»Reicht das? Nur der Anschein?«

»Tibilo, du könntest genauso gut fragen, ob wir beim Erwachen am Morgen noch dieselben sind, die wir beim Einschlafen waren.«

Er lächelte schmallippig und freudlos. »Genau das habe ich gefragt.«

»Und wie lautete die Antwort?«

»Traurigerweise ja, sind wir.«

»Du sagst ›traurig‹, weil du verbittert bist.«

»Ich sage ›traurig‹, denn wenn wir bei jedem Aufwachen eine andere Person wären, dann wäre der, als der ich aufgewacht bin, nicht der, der seine Frau verloren hat.«

»Und doch sind wir an jedem neuen Tag eine etwas andere Person.«

»Wir sind mit jedem Lidschlag eine etwas andere Person, Kustos.«

»Nur in dem sehr trivialen Sinn, dass während des Lidschlags Zeit vergangen ist. Wir altern mit jedem Augenblick, doch das eigentliche Anwachsen unserer Erfahrung wird in Tagen und Nächten gemessen. In Schlaf und Träumen.«

»Träume«, sagte Quilan und starrte wieder ins Leere. »Ja. Die Toten entfliehen dem Tod in den Himmel, und die Lebenden entfliehen dem Leben in Träume.«

»Ist das auch etwas, das du dich selbst gefragt hast?«

Es war heutzutage nicht unüblich, dass Leute mit schlimmen Erinnerungen diese entfernen ließen oder sich in Träume zurückzogen und von da an nur noch in einer virtuellen Welt lebten, wo es verhältnismäßig leicht war, die Erinnerungen und deren Auswirkungen, die das normale Leben so unerträglich gemacht hatten, auszuschließen.

»Sie meinen, ob ich darüber nachgedacht habe?«

»Ja.«

»Nicht ernsthaft. Das würde mir so vorkommen, als ob ich sie verleugnen würde.« Quilan seufzte. »Tut mir Leid, Kustos. Bestimmt langweilt es Sie, mich jeden Tag dasselbe sagen zu hören.«

»Du sagst niemals genau dasselbe, Tibilo.« Der alte Mönch lächelte verhalten. »Weil es Veränderung gibt.«

Jetzt lächelte auch Quilan, jedoch mehr als höfliche Bestätigung. »Was sich nicht ändert, Kustos, ist die Tatsache, dass das Einzige, was ich mir wirklich mit Ernsthaftigkeit oder Leidenschaft wünsche, der Tod ist.«

»In deinem jetzigen Gefühlszustand ist es schwer zu glauben, dass einmal eine Zeit kommen wird, in der dir das Leben schön und lebenswert erscheint, aber sie wird kommen.«

»Nein, Kustos, das glaube ich nicht. Denn ich möchte nicht die Person sein, die sich so gefühlt hat, wie ich mich jetzt fühle, und dann einfach von diesem Gefühl wegspaziert – oder wegtreibt –, bis sich alles besser anfühlt. Genau das ist mein Problem. Ich ziehe die Vorstellung vom Tod dem Gefühl, das ich jetzt habe, vor, aber ich würde es vorziehen, mich bis in alle Ewigkeit so zu fühlen wie jetzt, anstatt mich besser zu fühlen, denn wenn ich mich besser fühlte, würde das bedeuten, dass ich nicht mehr der bin, der sie noch liebt, und das könnte ich nicht ertragen.«

Er sah den alten Mönch mit Tränen in den Augen an.

Fronipel lehnte sich zurück und blinzelte. »Du musst

daran glauben, dass sich selbst das ändern kann, und es bedeutet nicht, dass du sie weniger liebst.«

An diesem Punkt fühlte sich Quilan beinahe so gut, wie er sich gefühlt hatte, als man ihm gesagt hatte, dass Worosei tot war. Es war keine Freude, aber es war eine Art Leichtigkeit, eine gewisse Klarheit. Er spürte, dass er endlich zu einer Art Entscheidung gekommen war oder jedenfalls kurz davor stand. »Ich kann das nicht glauben, Kustos.«

»Was dann, Tibilo? Soll dein Leben in Traurigkeit versinken, bis du eines Tages stirbst? Möchtest du das? Tibilo, ich erkenne keine derartigen Anzeichen in dir, aber in der Trauer kann auch eine Form von Eitelkeit stecken, wenn sie mehr mit Genugtuung als mit Gram erlitten wird. Ich habe Leute kennen gelernt, die gefunden haben, dass Kummer und Traurigkeit ihnen etwas geben, das sie bis dahin nicht gehabt hatten, und wie schrecklich und wirklich ihr Verlust auch gewesen sein mochte, sie hatten beschlossen, dieses Schicksal mit liebkosenden Armen zu umfangen und zu hegen, anstatt es zu überwinden. Ich möchte auf keinen Fall sehen, dass du solchen emotionalen Masochisten auch nur entfernt ähnelst.«

Quilan nickte. Er versuchte, ruhig zu erscheinen, doch während der Alte gesprochen hatte, war eine beängstigende Wut durch ihn gebraust. Er wusste, dass Fronipel es gut meinte und es seine ernsthafte Meinung war, wenn er sagte, dass er Quilan nicht für eine solche Person hielt, doch allein schon der Vergleich mit solcher Selbstsucht, solcher Befriedigung der eigenen Lust an der Qual, ließ ihn vor Zorn beinahe erbeben.

»Ich hatte gehofft, ich würde in Ehren sterben, bevor ein solcher Vorwurf gegen mich vorgebracht würde.«

»Willst du das wirklich, Tibilo? Sterben?«

»Ich bin zu dem Schluss gelangt, dass das der beste

Ausweg ist. Und je mehr ich darüber nachdenke, desto besser erscheint er mir.«

»Und wie man hört, führt Selbstmord zu vollkommenem Vergessen.«

Die alte Religion hatte eine zwiespältige Einstellung zum Selbstmord gehabt. Es hatte nie eine ausdrückliche Ermutigung dazu gegeben, doch unterschiedliche Ansichten über richtig oder falsch hatten sich über Generationen fortgesetzt. Seit der Schaffung eines echten und nachweisbaren Himmels wurde von den Chelgri-Puen entschieden dagegen geraten – in der Folge einer wahren Flut von Selbstmorden –, indem sie erklärten, dass jene, die sich selbst töteten, um schneller in den Himmel zu kommen, dort gar nicht eingelassen würden. Sie würden nicht einmal im Limbus behalten werden; sie würden überhaupt nicht errettet werden. Nicht alle Selbstmorde würden notwendigerweise so streng geahndet werden, aber der Eindruck entstand, dass es auf jeden Fall besser war, einen unanfechtbaren Grund zu haben, wenn man mit dem eigenen Blut an den Händen an der Pforte zum Paradies auftauchte.

»Das wäre ohnehin wenig ehrenhaft, Kustos. Ich möchte lieber sinnvoll sterben.«

»Im Kampf?«

»Am liebsten.«

»In deiner Familie besteht keine große kriegerische Tradition, Tibilo.«

In Quilans Familie gab es seit tausend Jahren nur Landbesitzer, Händler, Bankiers und Makler. Er war seit Generationen der erste Sohn, der mit ernsthaft tödlichen Absichten eine Waffe trug, und nicht nur als Schmuck zu feierlichen Anlässen.

»Vielleicht ist es an der Zeit, dass eine solche Tradition beginnt.«

»Der Krieg ist vorbei, Tibilo.«

»Es gibt immer Kriege.«

»Die wenigsten sind ehrenhaft.«

»Man kann in einem ehrenhaften Krieg einen unehrenhaften Tod sterben. Warum sollte das Gegenteil nicht auch der Fall sein?«

»Und doch befinden wir uns hier in einem Kloster, nicht im Schulungsraum einer Kaserne.«

»Ich bin hergekommen, um nachzudenken, Kustos. Ich habe mich nicht von meinem Auftrag losgesagt.«

»Dann bist du also entschlossen, in die Armee zurückzukehren?«

»Ich glaube schon.«

Fronipel sah seinem jüngeren Gegenüber eine Weile ins Gesicht. Schließlich richtete er sich auf seiner Seite des Doppelsofas auf und sagte: »Du bist Major, Quilan. Ein Major, der seine Truppen nur aus dem Grund anführt, weil er sterben möchte, könnte ein wirklich gefährlicher Offizier sein.«

»Ich möchte meine Entscheidung niemandem aufzwingen, Kustos.«

»Das ist leicht gesagt, Tibilo.«

»Ich weiß, und es ist schwer getan. Aber ich bin nicht in Eile zu sterben. Ich bin durchaus bereit zu warten, bis ich mir ganz sicher sein kann, dass ich das Richtige tue.«

Der alte Mönch sank wieder zurück, nahm seine Brille ab und zog einen schmuddelig aussehenden grauen Lappen aus seiner Weste. Er hauchte die beiden großen Linsen abwechselnd an und polierte sie. Er prüfte das Ergebnis. Quilan fand, dass die Gläser nicht besser aussahen als vorher. Er setzte die Brille wieder mit Sorgfalt auf und blinzelte zu Quilan hin.

»Das ist, wie dir aufgefallen sein wird, Major, eine Veränderung.«

Quilan nickte. »Mir kommt es mehr wie eine ... wie eine Läuterung vor«, sagte er. »Herr.«

Der Alte nickte bedächtig.

Lenkschiff

UAGEN ZLEPE, GELEHRTER, bereitete gerade eine Infusion aus Jhagelblättern vor, als 974 Praf plötzlich auf dem Fenstersims der kleinen Küche erschien.

Der Affen-Mensch – weniger Affe, mehr Mensch – und die fünftrangige zur Dolmetscherin gewordene Entscheiderin waren ohne Zwischenfälle auf das lenkbare Behemothaurum Yoleus zurückgekehrt, nachdem sie den auf Abwege geratenen Glyphenschreiber eingefangen und etwas in der blauen, blauem Tiefe der Luftsphäre unter ihnen gesichtet hatten, was immer das gewesen sein mochte. 974 Praf war sofort davongeflogen, um ihrem Vorgesetzten Bericht zu erstatten. Uagen hatte beschlossen, sich nach all der Aufregung erst einmal ein Nickerchen zu gönnen. Das erwies sich als schwierig, deshalb zwang er sich mit einem kleinen Dämpfungs-Cocktail zum Schlafen. Als er nach genau einer Stunde aufgewacht war, hatte er mit den Lippen geschmatzt und war zu dem Schluss gekommen, dass etwas Jhageltee ganz gut wäre.

Das runde Fenster seiner kleinen Küche ging hinaus auf den abschüssigen Wald, der Yoleus' obere Frontfläche war. Das Fenster hatte eine Reihe von gazefeinen Gardinen, die er vorziehen konnte, doch meistens war es ihm lieber, wenn sie zu beiden Seiten weggeschoben waren. Die Sicht war früher einmal wunderschön und lichtdurchflutet gewesen, doch seit etwa drei Jahren war sie überschattet vom wuchtigen Körper Muetenives, Yoleus' zukünftiger Paarungsgefährtin. Yoleus'

Laubwerk sah allmählich verwelkt und blutleer aus im Schatten des anderen Geschöpfs. Uagen seufzte und machte sich daran, die Infusion zu setzen.

Die Jhagelblätter waren ihm sehr wertvoll. Er hatte nur ein paar Kilo von zu Hause mitgebracht; jetzt war noch etwa ein Drittel dieser Menge übrig, und er hatte sich auf eine Ration von einer Tasse alle zwanzig Tage herabgesetzt, damit sein Vorrat so lange wie möglich reichte. Er hätte auch Samen mitbringen sollen, aber das war ihm zu spät eingefallen.

Das Setzen der Infusion war für Uagen zu einer Art Ritual geworden. Jhageltee sollte angeblich beruhigend wirken, er hatte jedoch gemerkt, dass der Vorgang des Zubereitens an sich schon entspannend wirkte. Vielleicht sollte er, wenn seine Vorräte endgültig aufgebraucht waren, dazu übergehen, dieselben Bewegungen mit einer Plazebo-Mischung zu vollführen – und erst kurz vor dem Trinken aufhören –, um zu ergründen, welcher Grad an Beruhigung allein durch die Zeremonie des Zubereitens bewirkt werden konnte.

Mit konzentriert gerunzelter Stirn füllte er einiges von der dampfenden blassgrünen Infusion durch einen tiefen Seiher, der dreiundzwanzig geschichtete Lagen von Filtern enthielt, die unterschiedlich zwischen minus vier und minus vierundzwanzig Grad gekühlt waren, in eine vorgewärmte Tasse um.

Da tauchte plötzlich Dolmetscherin 974 Praf auf seinem Fenstersims auf. Uagen zuckte zusammen. Einiges von der heißen Flüssigkeit ergoss sich über seine Hand.

»Au! Umm. Hallo, Praf. Umm … ja; au!«

Er legte den Seiher und den Topf aus der Hand und hielt diese unter laufendes kaltes Wasser.

Das Geschöpf sprang durch das runde Fenster, wobei es die lederartigen Flügel dicht angelegt hielt. In der kleinen Spülküche wirkte es plötzlich sehr groß.

Es schaute auf die Pfütze der vergossenen Infusion. »Eine Zeit zum Fallenlassen«, bemerkte es.

»Wie? Oh, ja«, sagte Uagen. Er betrachtete seine gerötete Hand. »Was kann ich für Sie tun, Praf?«

»Yoleus möchte mit Ihnen reden.«

Das war ungewöhnlich. »Wie, jetzt gleich?«

»Sofort.«

»Nun, von Angesicht zu … umm, na ja …?«

»Ja.«

Uagen verspürte einen Anflug von Angst. Er konnte jetzt eine kleine Beruhigung gebrauchen. Er deutete auf den Topf, der auf dem kleinen Kocher simmerte. »Was ist mit meinem Jhageltee?«

974 Praf sah den Topf an, dann ihn. »Dessen Anwesenheit ist nicht gefordert.«

»Bist du sicher, Yoleus? Umm. Ich meine … na ja …«

»Ausreichend sicher. Brauchst du eine genaue Prozentzahl?«

»Nein, nein, kein Bedarf, nur so. Das ist schrecklich. Ich bin nicht sicher, dass. Es ist sehr.«

»Uagen Zlepe, du sprichst deine Sätze nicht zu Ende.«

»Mach ich das nicht? Na ja, ich meine.« Uagen merkte, dass er *rülpste*. »Meinst du wirklich, ich soll da runter gehen.«

»Ja.

»Oh.«

»Umm. Das. Umm. Was immer es ist, es kann nicht vielleicht raufkommen, oder?«

»Nein.«

»Und du bist sicher?«

»Ausreichend sicher. Das – was immer es ist – dachte, dass du am besten in einer Situation/Kulisse wie dieser zu erleben bist.«

»Aha. Ich verstehe.«

Uagen stand etwas unbeholfen auf etwas, das sich wie ein besonders wabbeliges Stück Marschboden anfühlte. Tatsächlich befand er sich tief im Körperinnern des lenkbaren Behemothaurums Yoleus, in einer Kaverne, die er erst einmal gesehen, aber während seines Aufenthaltes nie wieder besuchen zu müssen gehofft hatte.

Der Raum hatte etwa die Größe eines Ballsaals. Es war eine Halbkugel, mit Streben und Wölbungen überall. Selbst der Boden hatte Kurven, flache Erhebungen und Senken. Die Wände sahen aus wie riesige gefaltete Vorhänge, auf dem Gipfel zusammengerafft zu einer Schließmuskelform. Der Raum war nicht beleuchtet, und Uagen musste seinen eingebauten Infrarot-Sinn einsetzen, worauf alles grau und körnig und noch Furcht einflößender aussah.

Der Geruch war der einer Kloake unter einem Schlachthof. An der Wand hafteten tote, lebend-tote und noch lebende Geschöpfe. Eines davon – zum Glück eines der letzten Kategorie – war 974 Praf. Unter 974 Praf war etwas, das sie zwergenhaft erscheinen ließ, nämlich die erst kürzlich angebrachten und jetzt vertrocknet aussehenden Kadaver von zwei Quasinukleolen; ihre Flügel und Klauen hingen schlaff herab. Neben der Dolmetscherin war der noch größere Körper eines Raubvogelspähers.

974 Praf machte keinen schlechten Eindruck; sie sah aus wie in Kauerstellung, die Flügel ordentlich angelegt, die Füße hochgezogen. Das Geschöpf, das neben ihr hing, dessen Körper beinahe die Größe von Uagens hatte und dessen Flügel leicht fünfzehn Meter von Spitze zu Spitze maßen, hing schlaff da und sah tot – oder zumindest dem Tode nahe – aus. Seine Augen waren halb geschlossen, sein gewaltiger, mit einem Schnabel versehener Kopf war auf die Brust gesackt, die Flügel waren anscheinend an die nach innen gewölbte

Wand des Raums genagelt, und seine Beine hingen schlaff herab.

Etwas, das aussah wie eine Wurzel oder ein Kabel, führte von der Rückseite seines Schädels in die Wand. Wo das Kabel in seinen Kopf ging, war etwas wie Blut herausgesickert und hatte seine dunkle, geschuppte Haut durchtränkt. Plötzlich zitterte das Geschöpf und stieß ein dumpfes Stöhnen aus.

»Der Bericht des Raubvogelspähers über das Mitgeschöpf unter ihm ist nicht ausreichend«, sagte das lenkbare Behemothaurum Yoleus mittels 974 Praf. »Die gefangenen Quasinukleolen wussten noch weniger, nur dass es neueste Gerüchte über Nahrung gab. Vielleicht ist dein Bericht ausreichend.«

Uagen schluckte. »Umm.« Er sah den Raubvogelspäher an. Er war offenbar nicht gefoltert oder wirklich misshandelt worden, zumindest nach den örtlich herrschenden Maßstäben, aber was immer ihm auch widerfahren sein mochte, es sah nicht angenehm aus. Er war mit erkennungsdienstlichem Auftrag auf die Gestalt angesetzt worden, die Uagen und 974 Praf gesichtet hatten, als sie nach dem gefallenen Glyphenschreiber gesucht hatten.

Der Raubvogelspäher war in die Tiefe getaucht, begleitet vom Rest seines Flügels. Es war auf etwas gelandet, das dem Anschein nach ebenfalls ein lenkbares Behemothaurum war, aber eins, das verletzt und beschädigt worden war und das möglicherweise die Orientierung und auch den Verstand verloren hatte. Er hatte sich im Innern ein wenig umgesehen, dann war er so schnell er konnte zurück zu Yoleus geeilt, der sich seinen Bericht angehört hatte und dann zu dem Schluss gekommen war, dass das Geschöpf sich nicht aufschlussreich genug ausgedrückt hatte, um zu beschreiben, was es gesehen hatte – der Raubvogelspäher war nicht einmal in der Lage gewesen, die Identität des anderen Behemothaurums zu bestimmen –, deshalb hatte er beschlossen, sich einen direkten Einblick in dessen Erinnerungen zu verschaffen, indem er sich eine unmittelbare Verbindung zu dessen Gehirn gebahnt hatte – was immer und wo immer dieses auch sein mochte.

Daran war nichts allzu Ungewöhnliches und schon gar nichts Grausames; der Raubvogelspäher war in gewissem Sinn ein Teil des lenkbaren Behemothaurums und hatte bestimmt keine eigenen Interessen oder gar eine eigene Existenz, die von der des gewaltigen Geschöpfes abwichen; wahrscheinlich wäre er stolz gewesen, dass die Information, die er mit sich trug, von solcher Wichtigkeit war, dass Yoleus sie sich direkt ansehen wollte. Trotzdem sah er für Uagen aus wie ein armer Teufel, der in einer Folterkammer an die Wand gekettet war, nachdem der Folterknecht aus ihm herausbekommen hatte, was er haben wollte. Das Geschöpf stöhnte erneut.

»Umm. Ja«, sagte Uagen. »Ah. Ich kann diesen Bericht … umm. In Worten liefern, ja?«

»Ja«, sagte der lenkbare Behemothaurum durch 974 Praf.

Uagen spürte ein ganz klein wenig Erleichterung.

Dann lehnte sich die Dolmetscherin an die Wand zurück. Sie blinzelte ein paarmal und sagte dann: »Hmm.«

»Was?«, fragte Uagen, der sich plötzlich eines seltsamen Geschmacks im Mund bewusst wurde. Er merkte, dass er an der Kette herumspielte, die ihm seine Tante Silder geschenkt hatte. Er ließ die Hände sinken. Sie zitterten.

»Ja.«

»Ja was?«

»Es könnte auch …«

»Was? Was?« Er merkte, dass seine Stimme jetzt mehr wie ein Bellen klang.

»Ihre glyphographische Tafel.«

»Was?«

»Die Glypho-Tafel, die Ihnen gehört. Wenn sie dazu benutzt werden kann, um Ihre Eindrücke aufzuzeichnen, dann könnte sie auch für mich von Nutzen sein.«

»Ha! Die Tafel! Ja! Ja, natürlich! Ja!«

»Dann werden Sie mit vollem Einverständnis gehen.«

»Oh. Umm. Nun, ja. Ich denke … das ist …«

»Ich entlasse die fünfrangige Entscheiderin der Elften Laubwerk-Nachlese-Truppe, die jetzt die Dolmetscherin 974 Praf ist.« Man hörte einen Laut, der sich wie ein geschmatzter Kuss anhörte, und 974 hakte sich aus ihrer Kauerstellung an der Wand aus und stolperte über die ersten paar Meter, bevor sie sich mit einem ungelenken Flügelschlagen fing und sich verwirrt umsah, als ob sie soeben erst aufgewacht wäre. 974 Praf schwebte vor Uagens Gesicht, und ihre Flügel fächerten ihm den Geruch von etwas Verwesendem zu. Sie räusperte sich. »Sieben Flügel von Raubvogelspähern werden Sie begleiten«, ließ sie ihn wissen. »Sie werden eine Tiefenlicht-Signalhülse dabeihaben. Man erwartet Sie.«

»Was, jetzt gleich?«

»Bald ist gleich gut, spät ist gleich schlecht, Uagen Zlepe, Gelehrter. Deshalb, Sofortigkeit.«

»Umm.«

Sie fielen in Massen und trudelten zappelnd in die dunkelblaue Leere von Luft. Uagen zitterte und sah sich um. Eine der Sonnen war erloschen. Die andere hatte sich bewegt. Es waren natürlich keine echten Sonnen. Sie glichen eher riesigen Punktstrahlern; Augäpfel von der Größe kleiner Monde, deren Vernichtungsöfen sich an- und ausschalteten, gemäß einem Muster, das von ihrem trägen Tanz rund um die ausgedehnte Welt vorgegeben wurde.

Manchmal schimmerten sie gerade ausreichend, um nicht tiefer in Oskendaris kraftlosen Gravitationsschacht zu sinken, manchmal loderten sie hell auf und tauchten die nächsten Atmosphärenschwärme in Strahlung, während der Druck dieses freigesetzten Lichts sie weiter hinauf und hinaus stieß, sodass sie der Anziehungskraft der Luftsphäre gänzlich entkommen wären, wenn sie sich nicht gedreht und ein pulsierendes Licht ausgesandt hätten, wodurch sie wieder hereingetrieben wurden.

Die drei Flügel von Raubvogelspähern senkten sich um ihn herum herab, ihre langgestreckten, dunklen Körper waren stomlinienförmige Pfeile, die sich langsam drehten, während sie die armlangen Schnäbel zielgerichtet durch die dicke blaue Luft senkrecht nach unten stießen. Uagens Fußgelenkmotoren summten leise und sorgten dafür, dass er mit der Geschwindigkeit der schlanken, sich im Profil abzeichnenden Raubvogelspäher mithielt. 974 Praf klammerte sich an seinen Rücken, ihr Körper schmiegte sich vom Hals bis zum Steiß an seinen, ihre Flügel waren um seine Brust geschlungen. Wenn sie allein nach unten getaucht wäre, hätte sie sie nach oben gestreckt. Sie umklammerte ihn fest, und Uagen spürte bereits, wie ihm das Atmen schwerfiel; er musste sie bitten, ihren Griff zu lockern, damit er wieder Luft bekam.

Er hatte gehofft, das andere lenkbare Behemothaurum wäre verschwunden, aber plötzlich war es da; ein beunruhigend ausgedehnter Bereich dunkleren Blaus tief unter ihnen. Uagen spürte, wie sein Herz sank, und er fragte sich, ob das Geschöpf, das sich an seinen Rücken klammerte, seine Angst spürte.

Er versuchte, sich darüber klar zu werden, ob er sich wirklich wegen seiner Angst schämte, und kam zu dem Schluss, dass es nicht so war. Angst diente einem bestimmten Zweck. Sie war jedem Geschöpf, das sich nicht vollkommen von seinem evolutionären Erbe abgewandt hatte und sich damit irgendeinem Abbild gleich gemacht hatte, nach welchem immer es ihn gelüstete, eingegeben. Je höher das geistige Niveau war, desto weniger verließ man sich auf Angst und Schmerz, um am Leben zu bleiben. Man konnte es sich leisten, beides zu missachten, denn man verfügte über andere Mittel, um mit den Folgen fertig zu werden, wenn die Dinge schlecht liefen.

Er fragte sich, welchen Stellenwert die Vorstellungskraft bei alledem hatte. Seinem Gefühl nach musste sie sehr wichtig sein. Jeder Organismus konnte aus Erfahrungen lernen, die ihm Schaden und Schmerz bereitet hatten, doch wahre Intelligenz sah einen möglichen Schaden voraus und vermied alles, was Schmerzen verursachen könnte. Darüber müsste es eine Abhandlung geben, sagte er sich. Er würde später daran arbeiten, vorausgesetzt, er würde überleben.

Er blickte auf. Yoleus war nicht zu sehen, sein gewaltiger Rumpf verlor sich im Dunst. Das Einzige, was er dort oben sehen konnte, waren die Infrarot-Signal-Hülse und die Begleit-Raubvogelspäher. Um ihn herum zischten und pfiffen zweihundert glatte blauschwarze Geschöpfe, die durch die dicke, warme Luft zu dem großen blauen Schatten hinabstießen.

Ein paar Augenblicke später weiteten sich all diese Gestalten plötzlich, streckten sich und grapschten mit ihren großen, dunkel gerippten Flügeln nach der Atmosphäre. 974 Praf stieß sich von seinem Rücken ab und setzte den Fall getrennt von ihm fort, die Flügel halb ausgebreitet.

Uagen konnte Einzelheiten auf der oberen Außenfläche des lenkbaren Behemothaurums unter ihnen ausmachen; Narben und Rillen in den Wäldern auf dem Rücken des Geschöpfes und ausgefranste, hundert Meter hohe Flossen, die Streifen eines gazezarten

Stoffs kilometerweit im Windschatten träge hinter sich her zogen. Einige Flossen fehlten ganz, und zum hinteren Ende der gewaltigen Form hin war anscheinend ein großer Brocken weggerissen worden, als wenn ein noch größeres Etwas zugebissen hätte.

»Sieht ziemlich demoliert aus, was?«, rief Uagen 974 Praf zu.

Sie wandte den Kopf ein wenig in seine Richtung, lavierte näher zu ihm und sagte: »Der Yoleus glaubt, dass ein solcher Schaden noch nie dagewesen ist, jedenfalls nicht, soweit die lebende Erinnerung reicht.«

Uagen nickte nur, dann fiel ihm ein, dass lenkbare Behemothauren mindestens zehn Millionen Jahre lang lebten. Das war eine ganz schön lange Zeit ohne Präzedenzfall.

Er blickte nach unten. Der narbige, gewölbte Rücken des namenlosen Behemothaurums hob sich ihnen entgegen. Da fand jetzt allerlei Aktivität statt, wie Uagen bemerkte. Das sterbende Geschöpf war nicht nur von einem tauchenden Menschenaffen/Affenmenschen und ein paar Quasinukleolen entdeckt worden.

Es war eine grauenvolle Kreuzung zwischen Krebskrankheit und Bürgerkrieg. Das gesamte Ökosystem, das das lenkbare Behemothaurum Sansemin war, zerfetzte sich selbst in Stücke. Niemand sonst beteiligte sich daran.

Sie hatten seinen Namen anhand einer Beschreibung herausgefunden. 974 Praf war um ihn herumgeflogen und hatte alle Erkennungsmerkmale durchgegeben, die durch die Zerstörung nicht verändert oder ausgelöscht worden waren, dann war sie auf dem kleinen Hügel aus Umhüllungshaut hoch oben auf seinem Rücken gelandet, wo die Truppe der Raubvogelspäher ihr zentrales Basislager eingerichtet hatte. Die Dolmetscherin hatte ihre Erkenntnisse über die riesige samenförmige Signalhülse in der Mitte des in aller Eile angelegten Lagers übermittelt. Das Infrarotlicht der Hülse hatte Yoleus zig Kilometer weiter oben gefunden und die Antwort dann ein wenig später empfangen. Nach den gespeicherten Erinnerungen, die Yoleus mit seinesgleichen gemein hatte, lautete der Name des sterbenden Behemothaurums Sansemin.

Sansemin war schon immer ein Außenseiter gewesen, ein Abtrünniger, beinahe ein Gesetzloser. Er hatte sich von der höflichen Gesellschaft vor Tausenden von Jahren verabschiedet und machte vermutlich die weniger wirtlichen und weniger modischen Bereiche der Luftsphäre unsicher, vielleicht allein, möglicherweise in Gesellschaft der kleinen Anzahl von anderen Tunichtgut-Behemothauren, die es bekanntermaßen gab. Es hatte ein paar undeutliche, nicht bestätigte Ansichten des Geschöpfs während der ersten paar Jahrhunderte seines selbst auferlegten Exils gegeben, in den letzten paar Jahrhunderten jedoch nicht mehr.

Jetzt war es wieder entdeckt worden, aber es befand sich im Krieg mit sich selbst und war dem Tod nahe.

Schwärme von Quasinukleolen umschwirrten den Riesen in quirligen Wolken und ernährten sich von seinem Laubwerk und den äußeren Hautschichten. Smerinen und Phueleriden, die größten geflügelten Wesen in der Luftsphäre, flitzten hin und her zwischen dem lebendigen Fleisch des Behemothaurums und den Schwärmen von Quasinukleolen, in ständiger Ruhelosigkeit wegen dieser Schwemme von Nahrung, die sich ihnen darbot.

Die glatten, gerundeten Körper zweier ogerartigen Widerrechtlicher – eine seltene Art von geschmeidigen Behemothauren mit nur hundert Metern Länge und der Welt größte Räuber – ruderten mit gewaltigen Schlägen durch die Luft, ab und zu eintauchend, um

Stücke aus Sansemins zu reißen und sich Schwärme unachtsamer Quasinukleolen einzuverleiben und sogar den einen oder anderen Smerinen oder Phueleriden zu schnappen.

Von sehnigen Flechsen durchzogene Fetzen von Behemothaurum-Haut fielen in das Blau wie dunkle Segel, die von zyklongebeutelten Klippern gerissen worden waren; verpuffendes Gas bildete Dampfwolken in der Luft, die sich nach kurzer Zeit auflösten, während die äußeren Ballonhüllen und Gassäcke des gewaltigen Geschöpfs zerrissen wurden. Die zerfetzten Körper von Quasinukleolen, Smerinen und Phueleriden trudelten in blutigen Purzelbaumspiralen ins Nichts, ihre Schreie erschreckend nah in der verdichteten Tiefe von Luft, dennoch beinahe ertränkt in dem ausgedehnten Lärm gierigen Fressens, der ringsum herrschte.

Die Raubvogelspäher, Wolkenpicker, Hüllenverteidiger und andere Geschöpfe, die Teil von Sansemins vergehendem Ich waren und die normalerweise solche Angreifer leicht im Zaum gehalten hätten, waren nirgendwo zu sehen. Die Überreste einiger weniger waren an den Stellen entdeckt worden, wo sie das Schicksal ereilt hatte, sauber abgenagt von den anderen. Am meisten sagte jenes Paar von Skeletten aus, bei dem der Hals des jeweils einen zwischen den Kiefern des anderen klemmte.

Uagen Zlepe stand auf der dem Anschein nach festen Oberfläche des ausgedehnten Rückens des lenkbaren Behemothaurums und blickte hinaus auf eine Landschaft zerrissenen, verwelkten Hautlaubwerks, das von Quasinukleolen-Schwärmen zerrissen wurde. Er stand mit einigem Abstand neben dem sieben Meter breiten Klotz der Signalhülse. Er war mit einem Dutzend kleiner Haken aus Quasinukleolen-Klauen in der Oberfläche der Hülle verankert und wurde von einigen Entscheidern, die 974 Praf beinahe identisch waren, versorgt.

Im Kreis um sie herum verteilt waren hundert von Yoleus' Raubvogelspähern, die eine lebende Verteidigungsbarriere bildeten; weiter oben patrouillierten weitere fünfzig oder sechzig dieser Geschöpfe in langsamen Umkreisungen. Bisher hatten sie alle Angriffe zurückgeschlagen und keinerlei Verluste erlitten; selbst einer der ogerartigen Widerrechtlichen, den die Aktivitäten um die Signalhülse herum sichtlich störten, hatte das Weite gesucht, als er sich zwanzig Raubvogelspähern in Angriffsformation gegenüber sah, und war stattdessen zu den leicht zugänglichen Leckerbissen zurückgekehrt, die überall auf der Oberfläche des sterbenden Behemothaurums angeboten wurden.

Zweihundert Meter entfernt auf Sansemins Rücken, in der Nähe des knorpeligen Kamms eines Längsgrats, schwebte ein Smerin herab, woraufhin die kleineren Geschöpfe in einem Wirbel mit durchdringenden Schreien davonstoben; er schoss in eine riesige Wunde in der Haut des Behemothaurums; Uagen sah, wie sich das Fleisch um den Riss herum unter der Wucht kräuselte. Der Raubvogel schlug mit den zwanzig Meter weiten Flügeln und senkte den langen Kopf, um das bloß liegende Gewebe zu zerfleddern.

Ein Gassack, aus seiner Befestigung gelöst, torkelte aus der klaffenden Wunde heraus und stieg in die Luft auf, höher und höher. Der Smerin blickte ihm nach, ließ ihn jedoch davonziehen; der Quasinukleolen-Schwarm griff den Gassack mit schrillem Geschrei an, bis er durchlöchert war, mit einem langen zischenden Aushauchen von Luft erschlaffte und aufgebrachte Quasinukleolen hinter sich durcheinanderwirbelte.

Zu seinen Füßen war ein dumpfer Knall zu hören. Uagen machte einen Satz. »Ach, Sie sind es, Praf«, sagte er, während die Dolmetscherin ihre Flügel zusammenfaltete. Sie war mit einem Dutzend der Raubvogelspäher unterwegs gewesen, um das Innere des Behemothaurums zu erforschen. »Was gefunden?«, fragte er.

974 Praf beobachtete den fernen Gassack, der schließlich vollends erschlafft in den Laubwald in der Nähe von Sansemins oberen Vorderflossen zu Boden sank. »Ja, wir haben etwas gefunden. Kommen Sie, und sehen Sie es sich an.«

»Im Innern?«, fragte Uagen nervös.

»Ja.«

»Ist das nicht gefährlich? Umm … da drin?«

974 Praf sah ihn an.

»Umm. Ich meine … Umm. Die zentralen Gasblasen. Der Wasserstoffkern. Ich dachte, es gibt eine Möglichkeit, dass diese vielleicht … das heißt, vielleicht … Umm.«

»Eine Explosion ist nicht auszuschließen«, sagte 974 Praf in gleichgültigem Ton. »Das hätte das Ausmaß einer Katastrophe.«

Uagen merkte, dass er rülpste. »Katastrophe?«

»Ja. Das lenkbare Behemothaurum Sansemin würde zerstört werden.«

»Ja. Und. Umm. Wir?«

»Wir auch.«

»Auch?«

»Wir würden auch zerstört werden.«

»Ja. Aha.«

»Diese Auswirkung wird durch Verzögerung wahrscheinlicher. Deshalb ist Verzögerung nicht klug. Schnelligkeit ist ratsam.« 974 Praf scharrte mit den Füßen. »Sehr ratsam.«

»Praf«, sagte Uagen, »müssen wir das tun?«

Das Geschöpf schaukelte auf seinen Fersenkrallen zurück und blinzelte zu ihm herauf. »Natürlich. Das ist unsere Pflicht Yoleus gegenüber.«

»Und wenn ich nein sage?«

»Was meinen Sie damit?«

»Was ist, wenn ich mich weigere hineinzugehen und mir das anzusehen, was ihr gefunden habt, was immer es auch sein mag?«

»Dann dauert Ihre Erkundung länger.«

Uagen starrte die Dolmetscherin an. »Länger?«

»Natürlich.«

»*Was* haben Sie denn gefunden?«

»Das wissen wir nicht.«

»Dann …«

»Es ist ein Geschöpf.«

»Ein Geschöpf?«

»Viele Geschöpfe. Alle tot, bis auf eins. Von unbekannter Art.«

»Welche Art von unbekannter Art?«

»Das ist unbekannt.«

»Nun, wie sieht es denn aus?«

»Es sieht ein bisschen aus wie Sie.«

Das Geschöpf sah wie die Puppe eines fremdweltlichen Kindes aus, das gegen einen Stacheldrahtzaun geschleudert und dort hängen gelassen worden war. Es war länglich, mit einem Schwanz, der halb so lang war wie sein Körper. Der Kopf war breit, fellbedeckt und – so kam es ihm vor – gestreift, obwohl er in der Dunkelheit, nur unter Verwendung seines Infrarot-Sinns, nicht zu sagen vermocht hätte, welche Farbe das Fell hatte. Die großen, nach vorn gerichteten Augen des Geschöpfs waren geschlossen. Es hatte einen dicken Hals, breite Schultern, zwei Arme etwa von der Größe derer eines großen Mannes, jedoch mit sehr breiten, plumpen Händen, die eher wie Pfoten aussahen. Nur ein lenkbares Behemothaurum oder einer seiner Akolyten konnte sich einbilden, es sähe Uagen Zlepe ähnlich.

Es war eines von zwanzig ähnlichen Geschöpfen, die entlang einer Wand der Kammer ausgebreitet waren.

Alle anderen waren tot und im Zustand der Verwesung.

Unter den Armen des Wesens, gestützt von einem zweiten, noch breiteren Satz Schultern, ruhte etwas, das auf den ersten Blick aussah wie ein riesiger Fetzen pelziger Haut. Bei näherem Hinsehen erkannte Uagen, dass es eine Gliedmaße war. Ein Klumpen zäh gegerbter Haut in der Form einer Acht bildete das Ende, und stummelige Ansätze von Zehen oder Krallen säumten den Umriss des Hautklumpens. Unter dem Torso hingen zwei kräftig aussehende Beine an breiten Hüften. Ein pelzbedeckter Hügel verbarg wahrscheinlich irgendwelche, wie auch immer geartete Genitalien. Der Schwanz war gestreift. Eines der Wurzel-Kabel, die Uagen in der ähnlichen Kammer in Yoleus gesehen hatte, wo sie mit einem Raubvogelspäher verbunden waren, führte vom Hinterkopf des Geschöpfs in die gerippte Wand dahinter.

Der Geruch in der Kaverne war noch ekelhafter, als er in Yoleus gewesen war. Die Reise war abscheulich gewesen. Lenkbare Behemothauren waren ein Gewirr aus Spalten, Kammern, Höhlen und Tunnels, die so angelegt waren, dass ihre Gesamtheit an untergeordneter Fauna die verschiedensten Aufgaben erfüllen konnte. Viele der Hohlräume waren groß genug, um Raubvogelspäher zu beherbergen, und in einem davon, dessen Eingang hinter der hintersten Rückenflosse des Behemothaurums gelegen hatte, waren sie gereist.

Die Auswirkungen der Begleitwesen des Geschöpfes, die sich gegen dieses wandten, waren überall bemerkbar. Große Risse und Spalten waren in die Tunnelwände gehauen worden und hatten den gewölbten Boden an manchen Stellen durch irgendeine Flüssigkeit glitschig und an anderen widerlich klebrig gemacht. Fetzen verwesenden Gewebes hingen wie gräuliche Fahnen von der Decke, und Spalten im Boden konnten ein Bein, einen Flügel oder sogar – jedenfalls in Uagens Fall – einen ganzen Körper verschlucken.

Hier und da taten sich kleinere Geschöpfe immer noch an dem Körper jenes Wesens gütlich, dem sie gedient hatten; weitere Leichen lagen wie Unrat am Boden des gewundenen Tunnels herum, und wo die beiden Raubvogelspäher, die 974 Praf und Uagen Zlepe hinunter in den Körper des Behemothaurums begleiteten, dieses ohne Verzögerung in ihrem Vorankommen tun konnten, schlugen sie auf die Parasiten ein und rissen sie in Stücke, um sie hinter sich zuckend am Boden liegen zu lassen.

Schließlich waren sie in der Kammer angekommen, wo das Behemothaurum aus seinesgleichen und seinen Gästen Wissen bezog. Als sie eintraten, erschütterte ein heftiges Beben die Höhle; die Wände wackelten, und einige der halb verwesten Leichen fielen von der Wand, die mit den seltsamen, fünfgliedrigen Geschöpfen gesäumt war, und alle bis auf eines davon sahen verschrumpelt und sehr, sehr tot aus.

Zwei der Spezialisten unter den Raubvogelspähern hatten sich mithilfe der Krallen an der Wand zu dem Geschöpf hinaufgearbeitet, das anscheinend noch am Leben war. Sie hatten die Absicht, seinen Kopf an der Stelle zu untersuchen, wo die Kabelwurzel darin verschwand. Einer der Raubvogelspäher hielt etwas Kleines, Glitzerndes in der Klaue.

»Wissen Sie, was für ein Wesen das ist?«, fragte 974 Praf.

Uagen blickte zu dem Geschöpf hinauf. »Nein«, sagte er. »Nun, nicht genau. Es kommt mir irgendwie bekannt vor. Vielleicht habe ich so was schon mal auf dem Bildschirm gesehen oder so. Aber ich weiß nicht, was es ist.«

»Gehört es nicht Ihrer Gattung an?«

»Natürlich nicht. Schauen Sie es sich doch mal genau

an. Es ist größer, es hat riesige Augen und einen völlig anderen Kopf. Ich meine ... umm, *ich* gehöre selbst auch nicht meiner Gattung an, nicht ursprünglich, wenn Sie wissen, was ich meine«, sagte er, wieder Praf zugewandt, die ihn blinzelnd musterte. »Aber das Entscheidende ... umm, der wirkliche Unterschied ist das Mittelstück. Das sieht aus wie ein drittes Bein mit Fuß. Na ja, wie zwei, die zusammengewachsen sind. Sehen Sie diese ... äh ... Kämme? Ich wette, das sind die Knochen von etwas, das früher, bei seinen Vorfahren, einmal zwei getrennte Beine waren, bevor sie sich zu einem einzigen entwickelt haben.«

»Ihnen ist das nicht bekannt?«

»Hmm? Umm, tut mir Leid. Nein.«

»Glauben Sie, wenn man es zum Sprechen bringen könnte, dass es dann in der Lage wäre, von Ihnen in seiner Sprache verstanden zu werden?«

»Wie bitte?«

»Es ist nicht tot. Es ist mit dem Gehirn von Sansemin verbunden. Das Gehirn von Sansemin ist tot, aber das Geschöpf ist nicht tot. Wenn es uns gelingt, seine Verbindung zum toten Gehirn von Sansemin zu kappen, dann ist es vielleicht in der Lage zu sprechen. Wenn das geschieht, wären Sie dann fähig zu verstehen, was es sagt?«

»Oh. Umm. Das bezweifle ich.

»Schade.« 974 Praf schwieg für einen Augenblick. »Und trotzdem heißt das, dass wir gut daran täten, seine Verbindung eher früher als später zu kappen, und das ist gut, weil dann die Wahrscheinlichkeit, dass wir sterben, geringer ist, wenn Sansemin seine katastrophale Explosion erleidet.«

»Was?«, bellte Uagen. Die Dolmetscherin war im Begriff, sich zu wiederholen, wobei sie etwas langsamer sprach, doch er winkte mit beiden Händen ab. »Vergessen Sie es! Durchtrennen Sie die Verbindung, jetzt gleich; lassen Sie uns schnell von hier verschwinden. Und ich meine: *schnell*!«

»Wird erledigt«, sagte 974. Sie plapperte und klickte zu den beiden Raubvogelspähern hin, die neben dem fremdweltlichen Geschöpf an der Wand hafteten. Sie drehten sich und plapperten zurück. Anscheinend gab es eine Meinungsverschiedenheit.

Ein weiteres Beben erschütterte die Kaverne. Der Boden unter Uagens Füßen wogte. Er streckte die Arme nach beiden Seiten aus, um das Gleichgewicht zu halten, und merkte, wie sein Mund trocken wurde. Er spürte einen Lufthauch, dann eine deutliche warme Brise, angereichert mit einem Duft, der seinem Verdacht nach Methan war. Er überlagerte den größten Teil des Geruchs von verwesendem Fleisch, doch ihm wurde übel vor Angst. Seine Haut war kalt und feucht geworden. »*Bitte*, lassen Sie uns gehen!«, flüsterte er.

Die Raubvogelspäher zu beiden Seiten des hängenden Geschöpfs machten etwas hinter dessen Kopf. Es knickte nach vorn, dann zitterte das Ding, wie von Schüttelfrost gepackt, und hob den Kopf wieder. Seine Kiefer mahlten, es öffnete die Augen. Sie waren sehr groß und schwarz.

Es sah sich um, blickte zu den Raubvogelspähern zu beiden Seiten, betrachtete den Rest der Kaverne, dann 974 Praf, dann Uagen Zlepe. Es gab einen Laut von sich, oder mehrere Laute, doch es handelte sich um keine Sprache, die Uagen jemals zuvor gehört hätte.

»Das ist keine Ihnen bekannte Sprachform?«, erkundigte sich die Dolmetscherin. An der stachelgespickten Wand mit lebendem und sterbendem Gewebe riss das fremdweltliche Geschöpf die Augen plötzlich weit auf.

»Nein«, sagte Uagen. »Ich kann damit gar nichts anfangen, tut mir Leid. Umm, hören Sie, können wir jetzt *bitte, bitte* von hier verschwinden?«

»Du, du da«, japste das Geschöpf an der Wand, zwar

mit Akzent, doch in erkennbarem Marainisch. Es starrte Uagen an, der seinerseits es anstarrte. »Hilf mir«, flehte es.

»W… w… was?«, brachte Uagen mühsam her.

»Bitte«, sagte das Geschöpf. »Kultur. Agent.« Es schluckte unter sichtlichen Schmerzen und krächzte. »Verschwörung. Mörder. Not. Sag weiter. Bitte. Hilfe. Dringend. Sehr. Dringend.«

Uagen versuchte zu sprechen, brachte aber kein einziges Wort heraus. Der Wind, der durch die Kammer wehte, trug den Geruch von etwas Brennendem mit sich.

974 Praf suchte sich einen festen Halt, als ein weiteres Beben die Kaverne erschütterte und den Boden ansteigen ließ. Sie blickte von Uagen zu dem Geschöpf an der Wand und wieder zurück. »*Diese* Sprachform ist Ihnen bekannt?«, fragte sie.

Uagen nickte.

Erinnertes Laufen

DIE GESTALT SCHIEN SICH aus dem Nichts zu-
sammenzusetzen, aus der Luft zu entstehen.

Ein Betrachter hätte mehr als die natürlichen Sinne
gebraucht, um den sanften Niederschlag von Staub
zu bemerken, der sich über einen Zeitraum von einer
Stunde und eine runde Grasfläche von einem Kilometer Durchmesser erstreckte; dass sich etwas Ungewöhnliches abspielte, wurde erst später deutlich, als
ein sonderbarer Wind aus der schwachen Brise heraus-
wirbelte und die Grasfläche aufwühlte; offenbar handelte es sich um einen Staubteufel, der mit langsamen,
lautlosen Drehungen die Luft verquirlte, sich allmählich verdichtete und verdunkelte und immer schneller
wurde, bis er urplötzlich verschwand. An seiner Stelle
erschien etwas, das aussah wie eine hochgewachsene
chelgrianische Frau von anmutigem Körperbau, bekleidet mit der ländlichen Alltagstracht der Kaste der Geschenkten.

Als sie merkte, dass ihre Gestalt vollständig war,
ging sie als Erstes in die Hocke und buddelte mit
den Fingern in der Erde unter dem Gras. Krallen
schossen aus ihren Fingerkuppen und bohrten sich
wie Speere in den Boden. Sie riss eine Hand voll
Erde und Gras heraus. Sie hielt sich den Klumpen an
die breite, dunkle Nase und schnupperte bedächtig
daran.

Sie ließ sich Zeit. Im Augenblick hatte sie nichts Bes-
seres zu tun, deshalb unterzog sie den Boden, auf dem

sie stand, einer sehr gründlichen Prüfung, indem sie ausgiebig daran roch.

Der Geruch hatte sehr viele feine Nuancen. Das Gras wies ein ganz eigenes Duftspektrum auf, das insgesamt frischer und leichter war als die schweren Geruchsvariationen des Bodens; es war eher der Geruch von Luft und Wind als der des Erdreichs.

Sie hob den Kopf und ließ sich von der Brise den Kopfpelz zerzausen. Sie nahm den Anblick in sich auf. Er war von beinahe vollkommener Schlichtheit; knöchelhohes Gras erstreckte sich in alle Richtungen. Weit im Nordosten waren ein paar Wolkentupfen über den Xhesseli-Bergen. Sie hatte sie auf dem Weg abwärts gesehen. Darüber und auch sonst überall am Himmel war nichts als aquamarinblaue Klarheit. Nirgendwo die Spur eines Kondensstreifens. Das war gut. Die Sonne stand auf halber Höhe am südlichen Himmel. Im Norden schienen beide Monde in vollem Umfang, und ein einzelner Tagesstern blinzelte nahe des östlichen Horizonts.

Sie war sich eines Teils ihres Geistes bewusst, der die Informationen am Himmel dazu benutzte, ihre Position, die Zeit und die Himmelsrichtungen zu berechnen. Das daraus resultierende Wissen machte sich in seiner Existenz fühlbar, zwang sich ihr jedoch nicht auf; es war wie die Anwesenheit von jemandem in einem Vorraum, der sich durch ein höfliches Klopfen an der Tür bemerkbar machte. Sie rief eine weitere Schicht von Daten auf und bekam eine Darstellung des gesamten Firmaments. Plötzlich sah sie ein Gitter, das über den Himmel gespannt war, und darin eingezeichnet waren die Pfade von zahllosen Satelliten und einigen wenigen suborbitalen Transportfahrzeugen, jeweils mit voller Kennzeichnung sowie weiteren vernetzten Detailinformationen. Die Satelliten, deren Bilder langsam aufleuchteten, waren diejenigen, bei denen es Störungen gegeben hatte.

Dann bemerkte sie ein paar Punkte am östlichen Horizont und wandte sich ihnen zu, wobei sich ihre Augen auf die veränderten Lichtverhältnisse einstellten. In ihrem Innern schlug etwas, das haargenau einem Herzen glich, wie verrückt und so schnell, dass sie für einen Augenblick die Beherrschung darüber verlor. Ein Stück von dem grasbewachsenen Erdklumpen fiel ihr aus der Hand.

Die Punkte waren Vögel, ein paar hundert Meter entfernt.

Sie entspannte sich.

Die Vögel erhoben sich in die Luft, einander zugewandt und heftig mit den Flügeln schlagend. Halb stellten sie sich zur Schau, halb kämpften sie. In der Nähe saß ein Weibchen zusammengekauert im Gras und beobachtete die beiden Männchen. Der wissenschaftliche wie auch der allgemein gebräuchliche Name der Spezies, ihre Maße sowie ihre Flugleistung, ihre Ernährungs- und Paarungsgewohnheiten und eine Vielzahl anderer Informationen über die Geschöpfe schwebten im Hintergrund ihres Gehirns. Die beiden Vögel fielen ins Gras zurück. Ihre Schreie hallten dünn durch die Luft. Sie hatte ihre Stimmen noch nie zuvor gehört, wusste jedoch, dass sie genau so klangen, wie sie klingen mussten.

Natürlich war es durchaus möglich, dass die Vögel nicht so unschuldig und harmlos waren, wie sie erschienen. Vielleicht waren sie zwar echte, aber mutierte Tiere oder überhaupt keine biologischen Wesen; in jedem Fall mochten sie Teil eines Überwachungssystems sein. Nun, dagegen konnte man nichts machen. Sie würde noch eine Weile abwarten.

Sie wandte ihre Aufmerksamkeit wieder dem Erdklumpen in ihrer Hand zu, hielt ihn sich vor die Augen, sog den Anblick in sich ein. Da waren viele verschiedene Gräser und winzige Pflanzen, die meisten davon in einem blassen Gelbgrün. Sie sah Samen, Wurzeln, Ranken, Blüten, Schoten, Halme und Stiele. Die zutreffende Beschreibung jeder unterschiedlichen Spezies untermauerte deren Existenz im Hintergrund ihres Gehirns und fügte sie in eine umfassende Ordnung ein.

Inzwischen war ihr auch bewusst, dass die Daten, die sich ihr präsentierten, bereits von einem anderen Teil ihres Gehirns ausgewertet worden waren. Wenn irgendetwas falsch ausgesehen hätte oder deplatziert erschienen wäre – wenn sich diese Vögel zum Beispiel auf eine Weise bewegt hätten, die sie hätte schwerer wirken lassen, als sie tatsächlich waren –, dann wäre ihre Aufmerksamkeit auf diese Anomalie gelenkt worden. Die Daten waren ein fernes, beruhigendes Wissen, das geduldig in den Außenbezirken ihrer Wahrnehmung verharrte.

Einige wenige winzige Tiere bewegten sich in dem Erdklumpen und auf den Oberflächen der Vegetation. Sie kannte auch deren Namen und wusste Einzelheiten über sie. Sie beobachtete einen blassen, fadendünnen Wurm, der sich blindlings im Humus wand.

Sie gab dem Boden sein Teilstück zurück, drückte den Erdklumpen wieder in das Loch, das er hinterlassen hatte, und klopfte ihn fest. Sie wischte sich den Schmutz von den Händen, während sie sich erneut umsah. Immer noch deutete kein Anzeichen darauf hin, dass irgendetwas nicht in Ordnung war. Die Vögel in der Ferne erhoben sich wieder in die Luft, dann sanken sie tiefer. Ein warmer Lufthauch wogte über die Grasfläche, umströmte sie und streifte ihr Fell, wo es nicht von der schlichten Lederweste und der Hose bedeckt war. Sie hob den Umhang auf und legte ihn sich um die Schultern. Er wurde ein Teil von ihr, genau wie die Weste und die Hose.

Der Wind wehte aus Westen. Er frischte auf und trug

die Schreie der sich zur Schau stellenden Vögel davon, sodass sie, als sie zum dritten Mal in der Ferne aufstiegen, dies lautlos zu tun schienen.

Im Wind war lediglich ein Anflug, ein schwacher Hauch von Salz. Das reichte aus, um zu einer Entscheidung zu kommen. Genug des Wartens.

Sie schlang das spitz auslaufende Ende des Umhangs um ihren langen lohfarbenen Schwanz, dann wandte sie das Gesicht dem Wind zu.

Sie wünschte, sie hätte sich für sich selbst einen Namen ausgedacht, denn dann hätte sie ihn jetzt ausgesprochen, ihn der klaren Luft genannt wie eine Absichtserklärung. Doch sie hatte keinen Namen, denn sie war nicht das, was sie zu sein schien; keine chelgrianische Frau, kein chelgrianisches Wesen, überhaupt kein biologisches Geschöpf. Ich bin eine Terrorwaffe der Kultur, dachte sie, dafür gemacht, zu erschrecken, zu warnen und auf höchster Ebene zu instruieren. Ein Name wäre eine Lüge gewesen.

Sie prüfte ihre Befehle, nur um sicher zu sein. Es stimmte. Ihr Vorgehen unterlag äußerster Diskretion. Das Ausbleiben von Instruktionen könnte als spezielle Instruktion ausgelegt werden. Sie konnte alles tun und lassen, sie hatte uneingeschränkte Handlungsfreiheit.

Sehr gut.

Sie verlagerte ihr Gewicht auf die Hinterbeine und hob die Arme, um sie in die muffartigen Beutel im oberen Teil der Weste zu stecken, dann setzte sie sich mit einem kräftigen Absprung in Bewegung, um gleich darauf in einen mühelos aussehenden Kantergang zu verfallen, der sie mit langgestreckten, schwungvollen Hüpfern über das Gras hinweg trug, wobei sich ihr kräftiger Rücken abwechselnd streckte und krümmte und ihre muskulösen Hinterbeine und das breite Mittelglied beinahe zusammenkamen, bevor sie sie bei jedem weiten Sprung wieder spreizte.

Sie spürte die Freude des Laufens und war durchdrungen vom uralten Gefühl des Windes auf ihrem Gesicht und in ihrem Fell. Sie begriff die Richtigkeit des Laufens, Jagens, Erlegens und Tötens.

Der Umhang bauschte sich im Gegenwind hinter ihrem Rücken. Ihr Schwanz peitschte von einer Seite zur anderen.

9   Land der Masten

»ICH HATTE SELBST BEINAHE VERGESSEN, dass es diesen Ort gibt.«

Kabo betrachtete den silberhäutigen Avatar. »Ach, ja?«

»Seit zweihundert Jahren ist hier nicht viel geschehen, außer dass der sanfte Verfall seinen Lauf nahm«, erklärte das Geschöpf.

»Könnte man das nicht vom gesamten Orbital behaupten?«, fragte Ziller in einem Ton, der wohl gespielt unschuldig klingen sollte. Der Avatar gab sich ein beleidigtes Aussehen.

Die antike Seilbahn quietschte, als sie um einen hohen Masten herum schwang. Sie rumpelte und knarzte durch ein System von Laufrollen, die im Kreis um die Mastenspitze herum angebracht waren, dann hangelte sie sich in eine neue Richtung zu einem fernen Masten auf einem kleinen Hügel jenseits der durchbrochenen Ebene weiter.

»Vergessen Sie jemals irgendetwas, Nabe?«, fragte Kabo den Avatar.

»Nur wenn ich es will«, antwortete die hohl klingende Stimme. Das Ding war halb sitzend, halb liegend auf einer der plumpen Couchen mit glänzendem rotem Lederüberzug hingelümmelt, seine in Stiefeln steckenden Füße lagen auf der Messingquerstange, die das Passagierabteil von der Pilotenkanzel trennte; dort stand Ziller und hielt den Blick auf die verschiedenen Instrumente gerichtet, bediente Hebel und hantierte mit etlichen Seilen herum, die aus einem Schlitz im Boden der Gondel kamen und um Pflöcke an der vorderen Schutzwand gewickelt waren.

»Und – wollen Sie es jemals?«, fragte Kabo. Er saß mit übereinandergeschlagenen drei Beinen am Boden; auf diese Weise hatte er in der prunkvoll ausgestatteten Kabine gerade ausreichend Kopfraum. Die Gondel war einst für ein Dutzend Passagiere und zwei Besatzungsmitglieder gebaut worden.

Der Avatar runzelte die Stirn. »Nicht, dass ich mich erinnern könnte.«

Kabo lachte. »Dann könnten Sie also beschließen, dass Sie etwas vergessen möchten, und dann beschließen zu vergessen, es zu vergessen?«

»Na ja, schon, aber dann müsste ich vergessen, das ursprüngliche Vergessen zu vergessen.«

»Das kann ich mir gut vorstellen.«

»Führt diese Unterhaltung zu irgendeinem Ziel?«, rief Ziller über die Schulter nach hinten.

»Nein«, antwortete der Avatar. »Sie ist wie diese Reise – man lässt sich treiben.«

»Wir lassen uns nicht treiben«, widersprach Ziller. »Wir erforschen.«

»Sie vielleicht«, sagte der Avatar. »Ich nicht. Ich kann unsere Position zur Zentral-Nabe genau verfolgen. Was möchten Sie sehen? Wenn Sie es wünschen, stelle ich Ihnen detaillierte Karten zur Verfügung.«

»Abenteuergeist und Forschungsdrang sind offenbar fremdweltliche Begriffe für Ihre Computerseele«, wies Ziller ihn schroff zurecht.

Der Avatar schnippte einen Staubfleck von seiner Stiefelspitze. »Habe ich eine Seele? Soll das ein Kompliment sein?«

»Natürlich haben Sie keine Seele«, sagte Ziller; er zerrte ruckartig an einem Seil und löste es. Die Seilbahn legte an Geschwindigkeit zu und schaukelte sanft, wäh-

rend sie die von Gestrüpp überwucherte Ebene überquerte. Kabo beobachtete den Schatten der Gondel,
während diese über den staubigen gelbbraunen und
roten Boden schwankte. Der dunkle Schemen verlän-
gerte sich, als sie über ein ausgetrocknetes, kiesiges
Flussbett glitten. Ein Windstoß wirbelte Staub am Boden unter ihnen auf, dann packte er die Seilbahngondel
und stupste sie leicht, sodass die Glasfenster in den
Holzrahmen klapperten.

»Das ist gut«, sagte der Avatar. »Denn ich war auch
der Meinung, dass ich keine habe, und wenn ich je eine
gehabt hätte, dann muss ich das vergessen haben.«

»Aha«, sagte Kabo.

Ziller raunzte mürrisch.

Sie befanden sich in einer windbetriebenen Seilbahn
und überquerten das Epsizyr-Rillenbecken, eine ausgedehnte Halb-Wildnis auf der Canthropa-Platte, beinahe
eine Vierteldrehung spinwärts um das Orbital herum
von Zillers und Kabos jeweiliger Heimat auf Xaravve
und Osinoris entfernt. Das Rillenbecken war ein weit-
läufiges System ausgetrockneter Flüsse, tausend Kilometer breit und dreimal so lang. Aus dem All betrachtet wirkten sie wie eine Million gewundener grauer
und ockerfarbener Schnüre, die über die mausgraue
Ebene von Canthropa geworfen worden waren.

Das Rillenbecken enthielt selten viel Wasser. Gelegentlich fielen heftige Niederschläge auf die Ebene
herab, trotzdem blieb die Gegend mehr oder weniger
unfruchtbar. Etwa alle hundert Jahre schaffte es ein heftiges Unwetter, die Canthrop-Berge zu überqueren, den
Höhenzug zwischen der Ebene und dem Sard-Ozean,
der den ganzen Teil der Platte spinwärts bedeckte, und
erst dann wurde das Flusssystem seinem Namen gerecht, indem es den Regen aus den Bergen ins Epsizyr-
Rillenbecken führte, das sich für ein paar Tage füllte
und glitzerte und einen kurzen Wachstumsschub von

Pflanzen und Tieren förderte, bevor es wieder zu einer salzigen Dreckwüste verdorrte.

Das Rillenbecken war so angelegt, dass das alles so sein musste. Masaq' war ebenso bedachtsam wie jedes andere Orbital geplant und gestaltet worden, aber es war immer als eine große und vielfältige Welt begriffen worden. Es wies so ziemlich jede mögliche geografische Form auf, und in Anbetracht der offenkundigen Schwerkraft und der menschgerechten Atmosphäre bot der größte Teil dieser Geografie für Menschen zumutbare Bedingungen, doch keine Orbital-Nabe mit einem gewissen Maß an Selbstachtung wäre ohne zumindest ein bisschen Wildnis glücklich gewesen. Die Menschen ihrerseits neigten dazu, sich nach einer gewissen Zeit über die bestehenden Verhältnisse zu beschweren.

Der Umstand, dass auch der kleinste Platz auf jeder Platte mit sanft geschwungenen Hügeln und gluckernden Bächen und sogar eindrucksvollen Bergen und weiten Ozeanen bedeckt war, entsprach nicht den Vorstellungen von einer ausgewogenen orbitalen Umwelt; es musste Wüsten geben, man brauchte die Ödnis.

Das Epsizyr-Rillenbecken war nur eines von hunderten verschiedener Typen von Ödlandschaften, die auf Masaq' verstreut waren. Es war trocken und windig und unfruchtbar, aber ansonsten eine der weniger unwirtlichen Ödlandschaften. Leute waren schon immer hierher gekommen; sie kamen, um zu wandern, unter freiem Himmel zu campieren, sich der Romantik der Sterne und dem Licht von der anderen Seite hinzugeben und sich für eine Weile losgelöst vom Alltag zu fühlen; ein paar Leute hatten versucht, ganz hier zu leben, doch kaum jemand war länger als ein paar hundert Jahre geblieben.

Kabo blickte über Zillers Kopf hinweg durch die Frontscheibe der Gondel hinaus. Von dem großen Masten, zu dem sie fuhren, gingen Kabel in sechs verschiedene Richtungen ab, entlang Reihen weiterer Masten in der Ferne verschwindend, einige in gerader Linie, andere in weiten Kurven. Kabo, der den Blick über die zerklüftete Landschaft ringsum schweifen ließ, sah überall Masten – jeder zwischen zwanzig und sechzig Metern hoch und wie ein umgekehrtes L geformt. Er verstand jetzt, warum das Epsizyr-Rillenbecken auch als das Land der Masten bekannt war.

»Warum wurde das System überhaupt angelegt?«, fragte Kabo. Er hatte den Avatar nach dessen Bemerkung, er habe beinahe vergessen, dass es diesen Ort gab, bereits mit Fragen über das Seilbahnsystem gelöchert.

»Das geht alles auf einen Mann namens Bregan Latry zurück«, erklärte der Avatar, wobei er sich auf der Polsterbank ausstreckte und die Hände hinter dem Kopf verschränkte. »Vor elfhundert Jahren kam ihm der Gedanke, dass dieser Ort unbedingt ein Seilbahnsystem brauchte.«

»Aber warum?«, fragte Kabo.

Der Avatar zuckte die Achseln. »Keine Ahnung. Das war vor meiner Zeit, vergessen Sie das nicht; das war die Zeit meines Vorfahren, desjenigen, der in die Erhabenheit übergegangen ist.«

»Heißt das, Sie haben keine Aufzeichnungen davon geerbt?«, fragte Ziller ungläubig.

»Sie belieben wohl zu scherzen! Natürlich habe ich eine ganze Ladung von Aufzeichnungen und Archiven geerbt.« Der Avatar starrte zur Decke hinauf und schüttelte den Kopf. »Rückblickend ist es fast so, als ob ich dabei gewesen wäre.« Er zuckte erneut die Achseln. »Es ist lediglich nicht überliefert, aus welchem Grund genau Bregan Latry beschloss, das Becken mit Masten zuzubauen.«

»Er fand einfach, dass … das … da sein müsste?«

»Offenbar.«

»Eine großartige Idee«, sagte Ziller. Er zog an einem Seil und straffte eines der Segel unter der Gondel; Räder und Rollen quietschten.

»Und dann hat Ihr Vorfahr es für ihn gebaut?«, fragte Kabo weiter.

Der Avatar schnaubte verächtlich. »Natürlich nicht. Dieser Ort war als Wildnis angelegt. Es gab keinen vernünftigen Grund, warum er von Kabeln durchzogen sein sollte. Nein, mein Vorfahr hat ihm gesagt, er soll es selbst machen.«

Kabo blickte zum dunstigen Horizont. Er konnte von seinem Platz aus hundert Masten sehen. »Er hat das alles *selbst* gebaut?«

»Sozusagen«, antwortete der Avatar, der immer noch zur Decke hinaufblickte, die mit Szenen aus dem antiken ländlichen Leben bemalt war. »Er beantragte Herstellungskapazität und Bauzeit, und er fand ein gefühls- und verstandbegabtes Luftschiff, das es ebenfalls für eine irre Idee hielt, das ganze Becken mit Masten zu übersäen. Er konstruierte die Masten und die Gondeln, ließ sie herstellen, und dann machten sich er und das Luftschiff und ein paar andere Leute, die er dazu überredet hatte, das Projekt zu unterstützen, daran, die Masten aufzurichten und die Kabel dazwischen zu spannen.

»Gab es keine Einwände dagegen?«

»Er hielt die Sache eine erstaunlich lange Zeit geheim, aber – ja, die Leute erhoben Einwände.«

»Es gibt immer Kritiker«, murmelte Ziller. Er betrachtete mit einem Vergrößerungsglas ein großes auf Papier dargestelltes Diagramm oder eine Art Landkarte.

»Aber man ließ ihn gewähren?«

»Um Himmels willen, nein!«, sagte der Avatar. »Die Leute machten sich daran, die Masten umzureißen. Manche mögen die Wildnis in unverdorbenem Zustand.«

»Aber offensichtlich hat Mr. Latry gesiegt«, sagte Kabo und ließ den Blick wieder in alle Richtungen schweifen. Sie näherten sich dem Masten auf einem niedrigen Hügel. Der Boden stieg zu den unteren Segeln der Gondel an, und ihr Schatten kam ständig näher und wurde größer.

»Er baute die Masten einfach weiter, und das Luftschiff und seine Kameraden richteten sie immer wieder auf. Und die Bewahrer ...« – der Avatar warf Kabo einen viel sagenden Blick zu – » ... inzwischen hatten sie schon einen Namen, ein schlechtes Zeichen – rissen sie immer wieder nieder. Bald gesellten sich immer mehr Leute zur einen oder zur anderen Seite, bis es überall nur so wimmelte von Leuten, die Masten aufstellten und Kabel daran befestigten, in Windeseile gefolgt von Leuten, die alles niederrissen und wegkarrten.«

»Gab es keine Abstimmung darüber?« Kabo wusste, dass Streitigkeiten in der Kultur für gewöhnlich auf diese Weise beigelegt wurden.

Der Avatar verdrehte die Augen. »O ja, man stimmte ab.«

»Und Mr. Latry hat gewonnen.«

»Nein, er hat verloren.«

»Also, wie kommt es dann ...?«

»Eigentlich gab es viele Abstimmungen. Es war eine dieser schwerfällig anrollenden Kampagnen, bei denen man zuerst abstimmen muss, wem es gestattet sein soll abzustimmen: nur Leuten, die schon mal im Becken gewesen waren, Leuten, die auf Canthropa lebten, jedem auf Masaq' oder wem?«

»Und Mr. Latry hat verloren.«

»Er unterlag in der ersten Abstimmung, nach der das Abstimmungrecht auf jene beschränkt sein sollte, die schon mal im Becken gewesen waren – können Sie sich vorstellen, dass es sogar einen Vorschlag dahingehend gab, dass eine Stimme viel oder wenig Gewicht haben sollte, je nachdem, wie oft jemand dort gewesen war, und einen anderen, dass man für jeden dort verbrachten Tag eine Stimme erhalten sollte?« Der Avatar schüttelte den Kopf. »Glauben Sie mir, praktizierte Demokratie kann eine unschöne Angelegenheit sein. Er verlor also diese Abstimmung, und meinem Vorfahr wurde auferlegt, die Fabrikation einzustellen, doch dann beschwerten sich die Leute, die nicht zur Abstimmung zugelassen gewesen waren, deshalb gab es einen neuen Wahldurchgang, und diesmal war die ganze Bevölkerung der Platte einbezogen, zusätzlich zu den Leuten, die schon mal im Becken gewesen waren.«

»Und diesmal hat er gewonnen.«

»Nein, auch diesmal hat er verloren. Die Bewahrerpartei leistete sehr gute PR-Arbeit, besser als die Partei der Mastenfreunde.«

»Inzwischen hatten auch die einen Namen?«, fragte Kabo.

»Natürlich.«

»Die Geschichte läuft doch wohl nicht auf eine dieser idiotischen Streitigkeiten hinaus, die letztlich zu einer Abstimmung in der ganzen Kultur führen, oder?«, warf Ziller ein, der immer noch über seiner Karte brütete. Er hob den Blick zu dem Avatar. »Ich meine, so was gibt es doch nicht *wirklich*, oder?«, fragte er.

»Doch, so was gibt es wirklich«, antwortete der Avatar. Seine Stimme klang dabei besonders hohl. »Öfter, als man glauben möchte. Doch nein, in diesem Fall ging der Zwist nie über die Jurisdiktion von Masaq' hinaus.« Der Avatar runzelte die Stirn, als ob er in der gemalten Szene über sich etwas entdeckt hätte, das ihm nicht passte. »Oh, Ziller, übrigens, Vorsicht bei diesem Masten!«

»Wie bitte?«, sagte der Chelgrianer. Er sah nach oben; der Mast auf dem Hügel war nur noch fünf Meter entfernt. »Ach du Scheiße!« Er ließ das Papier und das Vergrößerungsglas fallen und eilte zu den Hebeln, mit denen die Obersteuerung der Gondel bedient wurde.

Oben ertönten ein Scheppern und Knirschen; der dicke Mast rauschte steuerbords vorbei. Seine Träger aus Schaummetall waren von Vogelkot gestreift und von Flechten überwuchert. Die Seilbahn lief bebend und ratternd über die ersten Rollen, während Ziller die Seile lockerte und die Segel lose flattern ließ. Die Gondel lief jetzt auf einer Art Ring um die Spitze des Mastes, von wo die anderen Streckenseile ausgingen; Windräder an der Spitze des Mastes trieben eine Kette an, die in den Ring eingelassen war und die Gondel im Kreis zog.

Ziller betrachtete zwei hängende Metallplatten, die an ihnen vorbeizogen; sie trugen viele Schichten verblassender, abblätternder Farbe. Bei der dritten Platte schob er einen der Steuerungshebel nach vorn; die Räder oben an der Gondel kamen wieder zusammen, und mit dem Kreischen von Metall und einem plötzlichen Satz hüpfte sie auf das richtige Kabel, zunächst nur durch die Gravitation abwärts gleitend, bis Ziller an seinen Seilen zog und die Segel wieder straffte, um die schaukelnde, träge hüpfende Gondel über eine gebogene Seilstrecke zu einem anderen fernen Hügel zu führen

»Das wäre geschafft«, sagte Ziller.

»Aber irgendwann konnte Mr. Latry seinen Willen dann doch durchsetzen«, hakte Kabo nach. »Wie man sieht.«

»Wie man sieht«, pflichtete der Avatar bei. »Letztendlich hatte er genügend Leute mit der ausreichenden Begeisterung für den ganzen lächerlichen Plan auf seiner Seite. Die letzte Abstimmung schloss das gesamte Orbital ein. Damit die Bewahrer nicht ganz das Gesicht verloren, rangen sie ihm die Zusage ab, dass er keine weitere Wildnis zerstören würde, obwohl nichts darauf hindeutete, dass er überhaupt jemals dahingehende Pläne gehabt hatte.

Also führte er sein Vorhaben weiter durch, setzte Masten, drehte Kabel und produzierte Seilbahngondeln, um sein Herzensanliegen zu befriedigen. Viele Leute halfen ihm; er musste getrennte Mannschaften mit jeweils ein paar Luftschiffen bilden, und einige gingen ihrer eigenen Wege, obwohl sie sich im Allgemeinen an einen übergeordneten Plan hielten, der von Latry ausgearbeitet worden war.

Die einzige Unterbrechung kam während des Idiranischen Kriegs und – nachdem ich das Sagen hatte – in der schaladianischen Krise, als ich notgedrungen den Befehl erließ, dass alle verfügbare Produktionskapazität für den Schiffsbau und für militärische Projekte eingesetzt werden musste. Selbst da errichtete er noch Masten und drehte Kabel, indem er Eigenbaumaschinen benutzte, die einige seiner Anhänger hergestellt hatten. Als er endlich fertig war, sechshundert Jahre nach den Anfängen, hatte er beinahe die gesamte Fläche des Beckens mit Masten bedeckt. Und deshalb heißt es Land der Masten.«

»Das sind drei Millionen Quadratkilometer«, bemerkte Ziller. Er hatte die Karte und das Vergrößerungsglas wieder zur Hand genommen und studierte erneut die eine mit dem anderen.

»Annähernd«, bestätigte der Avatar; er löste die übereinander geschlagenen Beine und schlug sie erneut übereinander, diesmal umgekehrt. »Ich habe die Masten mal gezählt und die Länge des Kabels in Kilometern vermessen.«

»Und?«, fragte Kabo.

Der Avatar schüttelte den Kopf. »Beides ergab sehr große Zahlen, aber ansonsten war es uninteressant. Ich könnte sie heraussuchen, wenn Sie möchten, aber ...«

»Nein, danke«, unterbrach Kabo, »meinetwegen bestimmt nicht.«

»Verstarb Mr. Latry, nachdem sein Lebenswerk vollendet war?«, fragte Ziller. Er blickte zum Seitenfenster hinaus und kratzte sich am Kopf. Er hielt die Karte hoch und drehte sie in die eine Richtung, dann in die andere.

»Nein«, antwortete der Avatar. »Mr. Latry gehörte nicht zu den Sterbenden im Leben. Er verbrachte noch ein paar Jahre damit, in einer Gondel herumzureisen, ganz allein, aber schließlich wurde ihm das langweilig. Er unternahm einige Kreuzfahrten im tiefen Raum, dann ließ er sich auf einem Orbital namens Quyeela nieder, sechstausend Jahre von hier entfernt. Seither ist er nicht mehr hier gewesen und hat sich meines Wissens seit mehr als einem Jahrhundert auch nicht nach dem Seilbahnsystem erkundigt. Das Letzte, was ich über ihn gehört habe, ist, dass er versucht hat, eine Gruppe von ASF dazu zu überreden, sich an einem Projekt zu beteiligen, bei dem es um das Anbringen von Mustern aus Sonnenflecken auf seinem Heimatstern ging, um damit Buchstaben zu bilden, die Namen und Sprüche ergeben.«

»Nun ja«, sagte Ziller, dessen Blick wieder in die Karte versunken war. »Man sagt, jeder Mann muss ein Hobby haben.«

»Im Augenblick scheint das Ihre darin zu bestehen, etwa zwei Millionen Kilometer zwischen Ihnen und unserem Major Quilan beizubehalten«, bemerkte der Avatar.

Ziller blickte auf. »Du lieber Himmel! Sind wir wirklich so weit von zu Hause entfernt?«

»So ungefähr.«

»Und wie geht es unserem Gesandten? Amüsiert er sich? Fühlt er sich in seinem Quartier inzwischen heimisch? Hat er schon irgendwelche Ansichtskarten nach Hause geschickt?«

Es war sechs Tage her, seit Quilan auf der *Widerstand formt den Charakter* angekommen war. Dem Major gefiel seine Unterkunft in der Stadt Yorle auf dem Planeten desselben Namens recht gut. Yorle war zwei Platten, zwei Kontinente von Aquime entfernt, der Stadt, wo Ziller lebte. Der Major hatte Aquime seither zwei Mal besucht, einmal in Begleitung von Kabo, einmal allein. Bei beiden Gelegenheiten hatte er seine Absichten zum Ausdruck gebracht und Nabe gebeten, Ziller über seine Tätigkeit zu informieren. Ziller verbrachte ohnehin nicht allzu viel Zeit zu Hause; vielmehr besuchte er Teile des Orbitals, die er noch nicht gesehen hatte, oder – wie heute – Orte, an denen er schon einmal gewesen war und die ihn beeindruckt hatten.

»Er hat sich sehr gut eingelebt«, sagte Nabe durch den Avatar. »Soll ich ihm sagen, dass Sie Erkundigungen über ihn eingeholt haben?«

»Besser nicht. Wir wollen nicht, dass er sich aufregt.« Ziller blickte durch das Seitenfenster hinaus, während die Gondel von einer Windbö gerüttelt wurde und dann, immer noch quietschend und klappernd, entlang des Monofilkabels Geschwindigkeit aufnahm. »Es überrascht mich, dass Sie nicht bei ihm sind, Kabo«, sagte Ziller mit einem Blick auf den Homomdaner. »Ich dachte, es wäre vorgesehen, dass Sie ihm während seines Aufenthaltes hier die Hand halten.«

»Der Major hofft, es möge mir gelingen, Sie dazu zu überreden, ihm eine Audienz zu gewähren«, sagte Kabo. »Es liegt auf der Hand, dass ich wenig Überredungskunst entfalten kann, wenn ich niemals von seiner Seite weiche.«

Ziller sah Kabo über den Rand der Karte hinweg prüfend an. »Sagen Sie mal, Kabo, ist er es, der versucht, durch Sie entwaffnend ehrlich zu sein, oder ist es nur Ihre übliche Naivität?«

Kabo lachte. »Ein bisschen von beidem, denke ich.«

Ziller schüttelte den Kopf. Er tippte mit dem Vergrößerungsglas auf die Karte. »Was haben diese vielen Kabelstrecken, die rosa und rot schraffiert sind, zu bedeuten?«, fragte er.

»Die rosafarbenen Strecken wurden als unsicher eingestuft«, erklärte der Avatar. »Die roten sind die Abschnitte, die zusammengebrochen sind.«

Ziller hielt die Karte zu dem Avatar hoch. Er deutete auf ein Gebiet, das die Größe seiner Hand hatte. »Wollen Sie damit sagen, diese Streckenabschnitte sind vollkommen unbrauchbar?«

»Jedenfalls für die Seilbahn«, bestätigte der Avatar.

»Man hat sie einfach einstürzen lassen?« Ziller, der wieder auf die Karte starrte, hörte sich fassungslos an, jedenfalls nach Kabos Empfinden.

Der Avatar hob die Schultern. »Wie ich bereits sagte: das alles liegt ohnehin nicht in meiner Verantwortlichkeit. Ich habe keinen Einfluss darauf, ob sie in Betrieb bleiben oder einstürzen, es sei denn, ich beschließe, sie als Teil meiner Infrastruktur in diese einzubinden. Und wenn man davon ausgeht, dass sie heutzutage kaum noch von jemandem benutzt werden, sehe ich keine Veranlassung, das zu tun. Tatsächlich genieße ich in gewisser Weise sogar ihren allmählichen entropischen Verfall.«

»Ich dachte immer, deine Leute bauen für die Ewigkeit«, sagte Kabo.

»Oh«, entgegnete der Avatar fröhlich, »wenn *ich* die Masten gebaut hätte, dann hätte ich sie im Basismaterial verankert. Das ist der Hauptgrund, warum die Strecken zusammengebrochen oder unsicher geworden sind; die Masten wurden von Fluten unterspült. Sie sind nicht im Substrat verankert, sondern nur in der Geo-Schicht, und das nicht sehr tief. Nach einem Super-Zyklon braucht bloß eine große Flut daherzukommen, und schon – wuff – bricht eine ganze Reihe davon zusammen. Außerdem ist das Monofilkabel so stark, dass es ganze Strecken niederreißen kann, sobald die ersten zwei oder drei Masten durch die Strömung eingeknickt sind; man hat nicht genügend Sicherheitsbremsen in die Kabel eingebaut. Seit der Fertigstellung des Systems gab es vier große Unwetter. Es erstaunt mich, dass nicht mehr davon gefährdet war.«

»Trotzdem, es ist doch jammerschade, es in einen so desolaten Zustand verfallen zu lassen«, sagte Kabo.

Der Avatar sah ihn an. »Meinen Sie wirklich? Ich fand eigentlich, dass dieser allmähliche Verfall etwas Romantisches hat. Wenn ein Werk derart selbstbezogener Kunstfertigkeit durch einen Verschleißvorgang, den man den hier herrschenden Kräften der Natur zuschreiben kann, geformt wird, dann erscheint mir das durchaus passend.«

Kabo dachte darüber nach.

Ziller hatte sich wieder in die Karte vertieft. »Und was ist mit diesen blau schraffierten Strecken?«, wollte er wissen.

»Oh«, sagte der Avatar, »die könnten unter Umständen gefährlich sein.«

Zillers Miene drückte Empörung aus. Er hielt die Karte hoch. »Aber wir befinden uns doch auf einer blauen Strecke!«

»Ja«, bestätigte der Avatar; er blickte durch die Glaspaneele in der Mitte des ländlichen Gemäldes an der Decke, wo man sah, wie die Leitschienen und Steuerrollen über das Kabel liefen. »Hmm«, sagte er.

Ziller legte die Karte aus der Hand und zerknüllte sie. »Nabe«, sagte er. »Befinden wir uns in irgendeiner Weise in Gefahr?«

»Nein, eigentlich nicht. Es gibt allerlei Sicherheitssysteme. Und wenn wirklich ein technisches Versagen vorläge und wir abstürzen würden, dann könnte ich eine Antigravitationsplattform herbeizappen, bevor wir mehr als ein paar Meter fallen. So lange mir nichts fehlt, gilt das für alle anderen auch.«

Ziller betrachtete argwöhnisch das silberhäutige Geschöpf, das auf der Polsterbank lag, dann nahm er sich die Karte wieder zur Hand und strich sie glatt.

»Haben wir uns schon auf einen Aufführungsort für die erste Darbietung meiner Symphonie geeinigt?«, fragte er, ohne aufzublicken.

»Ich dachte ans Stullien-Stadion auf Guerno«, sagte der Avatar.

Jetzt blickte Ziller auf. Kabo hatte den Eindruck, dass er sowohl überrascht als auch zufrieden aussah. »Wirklich?«

»Ich glaube, es gibt nicht viel Auswahl«, sagte der Avatar. »Das Interesse ist groß. Wir brauchen einen Aufführungsort mit größtmöglicher Kapazität.«

Ziller grinste breit und sah so aus, als ob er etwas sagen wollte, dann lächelte er, beinahe schüchtern, wie es Kabo vorkam, und senkte den Kopf wieder zur Karte.

»Ach, Ziller«, sagte der Avatar. »Major Quilan hat mich gebeten, Sie zu fragen, ob Sie etwas dagegen haben, wenn er nach Aquime umzieht.«

Ziller ließ die Karte sinken. »Was?«, zischte er.

»Yorle ist sehr nett, aber es ist ganz anders als Aquime«, erklärte der Avatar. »Es ist warm, selbst um diese Jahreszeit. Er möchte dort oben unter den gleichen Bedingungen leben wie Sie, auf dem Massiv.«

»Schick ihn auf den Gipfel des Schutzwandkamms«, murmelte Ziller, wobei er das Vergrößerungsglas wieder in die Hand nahm.

»Würde Ihnen das etwas ausmachen?«, fragte der Avatar. »Sie sind zur Zeit ohnehin kaum dort.«

»Es ist trotzdem immer noch der Ort, wo ich an den meisten Abenden meinen Kopf zur Ruhe zu betten beliebe«, entgegnete Ziller. »Also, ja, es würde mir etwas ausmachen.«

»Dann soll ich ihm also ausrichten, dass es Ihnen lieber ist, wenn er nicht dorthin umzieht?«

»Ja.«

»Sind Sie sicher? Er hat nicht davon gesprochen, dass er gleich nebenan einziehen wolle, sondern irgendwo im Zentrum der Stadt.«

»Das ist mir immer noch zu nah.«

»Nabe …«, setzte Kabo an.

»Hmm«, sagte der Avatar. »Er sagt, er würde Sie gern stets darüber in Kenntnis setzen, wo er sich gerade aufhält, damit Sie nicht zufällig mit ihm zusammenrumpeln …«

»O verdammt!« Ziller warf die Karte beiseite und schob das Vergrößerungsglas in eine seiner Westentaschen. »Begreif doch! Ich will den Kerl nicht hier haben. Ich will ihn nicht in meiner Nähe haben, ich möchte ihm nicht begegnen, und ich möchte mir nicht nachsagen lassen, dass ich, selbst wenn ich es möchte, nicht um diesen Mistkerl herumkomme.«

»Mein lieber Ziller«, setzte Kabo an, dann verstummte er. Ich höre mich immer mehr wie Tersono an, dachte er.

Der Avatar nahm die Stiefel vom Polster und schwang in Sitzposition. »Niemand zwingt Sie, dem Kerl zu begegnen, Ziller.«

»Ja, aber es lässt auch niemand zu, dass ich weit genug von ihm weg bin, so weit, wie ich es wünsche.«

»Sie sind jetzt sehr weit von ihm weg«, bemerkte Kabo.

»Und wie lange haben wir dafür gebraucht, um von dort nach hier zu gelangen?«, fragte Ziller. Sie waren an diesem Morgen mit einem Sub-Platten-Wagen angekommen; die ganze Reise hatte etwas mehr als eine Stunde gedauert.

»Hmmm, nun …«

»Ich bin praktisch ein Gefangener!«, schimpfte Ziller und breitete die Arme aus.

Das Gesicht des Avatars verzerrte sich. »Nein, das sind Sie nicht«, widersprach er.

»Aber ich könnte genauso gut einer sein. Ich hatte seit dem Erscheinen dieses Fieslings keine Gelegenheit, auch nur eine einzige Note zu schreiben.«

Der Avatar richtete sich mit beunruhigter Miene auf. »Aber Sie sind doch fertig mit …«

Ziller vollführte einen zornigen Handschwenk. »Alles ist vollständig. Aber im Allgemeinen lege ich bei so großen Werken ein paar kleinere Stücke nach, und diesmal war ich dazu nicht in der Lage. Ich fühle mich in meinem Schaffensdrang behindert.«

»Nun denn«, sagte Kabo, »wenn Sie vielleicht so oder so zum Kontakt mit Quilan gezwungen werden sollten, warum bringen Sie es dann nicht gleich hinter sich?«

Der Avatar stöhnte und räkelte sich wieder mit hoch gelegten Füßen auf die Polsterbank.

Ziller sah Kabo an. »So ist das also?«, fragte er. »Sie benutzen ihre rhetorischen Fähigkeiten dazu, mich davon zu überzeugen, dass ich dieses Stück Scheiße treffen soll?«

»Ihrem Ton nach zu schließen«, sagte Kabo mit polternder Stimme, »sind Sie nicht überzeugt.«

Ziller schüttelte den Kopf. »Überzeugung. Was ist vernünftig. Würde es mir etwas ausmachen? Habe ich etwas dagegen? Wäre ich beleidigt? Ich kann tun und lassen, was mir beliebt, aber das Gleiche gilt auch für ihn.« Ziller deutete wütend auf den Avatar. »Ihr Leute seid so höflich, dass es schlimmer ist als eine direkte Beleidigung. All dieser kratzfüßige, honigsüße Scheißdreck, dieses um einander herum Tänzeln, bitte nach Ihnen, nein, bitte nach Ihnen, nein, bitte nach Ihnen!«

Er fuchtelte mit den Armen, während seine Stimme sich zum Geschrei erhob. »Ich hasse diese hoffnungslose Erstarrung in beschissenen guten Manieren! Kann nicht mal jemand etwas *tun*?«

Kabo erwog, etwas zu sagen, doch er entschied sich dagegen. Der Avatar sah leicht überrascht aus. Er blinzelte ein paarmal. »Was denn zum Beispiel?«, erkundigte er sich. »Wäre es Ihnen lieber, der Major würde Sie zu einem Duell herausfordern? Oder einfach ohne viel Federlesens nebenan einziehen?«

»Ihr könntet ihn rausschmeißen!«

»Warum sollten wir das tun?«

»Weil er mich ärgert.«

Der Avatar lächelte. »Ziller«, sagte er.

»Ich fühle mich gejagt! Wir sind eine Spezies von Räubern; wir sind es gewöhnt, uns nur dann zu verstecken, wenn wir auf der Pirsch sind. Es entspricht nicht unserer Art, uns wie *Beute* zu fühlen.«

»Sie könnten sich nach Hause begeben«, schlug Kabo vor.

»Er würde mich verfolgen.«

»Sie könnten immer wieder umziehen.«

»Warum sollte ich? Mir gefällt meine Wohnung. Ich mag die Stille und den Ausblick, ich mag sogar einige der Leute. In Aquime gibt es drei Konzertsäle mit ausgezeichneter Akustik. Warum sollte ich mich von diesem Ort vertreiben lassen, nur weil Chel diesen militärischen Gepäckträger herschickt, damit er Gott weiß was anstellt?«

»Was meinen Sie mit ›Gott weiß was‹?«, fragte der Avatar.

»Vielleicht ist er nicht nur mit dem Auftrag hier, mich zur Rückkehr zu überreden. Vielleicht soll er mich kidnappen. Oder mich umbringen!«

»Aber, wirklich!«, sagte Kabo.

»Kidnappen ist unmöglich«, sagte Nabe. »Es sei

denn, er hat eine Kriegsflotte mitgebracht, die ich übersehen habe.« Er schüttelte den Kopf. »Mord ist beinahe unmöglich.« Er runzelte die Stirn. »Ein Mordversuch ist immer möglich, nehme ich an, aber wenn Sie sich wirklich deswegen Sorgen machen, dann kann ich sicherstellen, dass bei einem möglichen Treffen zwischen Ihnen, wann immer es stattfinden sollte, ein paar Kampfdrohnen und Messerraketen und solches Zeug in der Nähe sind. Und natürlich können Sie gespeichert werden.«

»Ich werde keinesfalls«, sagte Ziller mit Nachdruck, »Kampfdrohnen und Messerraketen oder eine Speicherung benötigen. Weil ich ihn nicht treffen werde.«

»Aber er ärgert Sie offensichtlich schon allein dadurch, dass er hier ist«, stellte Kabo fest.

»Oh, merkt man das?«, fragte Ziller schnaubend.

»Wenn wir also davon ausgehen, dass ihn die Sache nicht irgendwann langweilt und er abreist«, fuhr Kabo fort, »dann täten Sie beinahe besser daran, in ein Treffen mit ihm einzuwilligen und das Ganze hinter sich zu bringen.«

»Hören Sie auf mit diesem Quatsch, ich soll ›es hinter mich bringen‹!«, schrie Ziller.

»Da wir gerade davon sprechen, wie schwierig es ist, manche Leute loszuwerden«, sagte der Avatar in gewichtigem Ton. »E. H. Tersono hat Ihren Aufenthaltsort herausgefunden und möchte gern auf einen Sprung vorbeikommen.«

»Ha!«, sagte Ziller; er drehte sich ruckartig um und blickte wieder zur Windschutzscheibe hinaus. »Ich entkomme dieser verdammten Maschine auch nicht!«

»Sie meint es gut«, sagte Kabo.

Ziller sah sich um, anscheinend wahrhaftig ratlos. »*Ach ja?*«

Kabo seufzte. »Ist Tersono in der Nähe?«, fragte er den Avatar.

Der nickte. »Er befindet sich bereits auf dem Weg hierher. In zehn Minuten wird er hier sein. Er ist im Anflug aus dem nächsten Tunnelhafen.«

Nicht nur die geografische Beschaffenheit machte das Rillenbecken zu einem Ödland; es gab auch nur einige wenige Sub-Platten-Zugangspunkte, und sie alle lagen in den Außenbezirken der Gegend. Wenn man also tief ins Innere der Ödnis gelangen wollte, und das schneller als mit Schrittgeschwindigkeit, dann musste man sich entweder des Seilbahnsystems bedienen oder fliegen.

»Was will er?« Ziller prüfte die Windströmung, dann lockerte er zwei Seile und straffte ein drittes, ohne wahrnehmbare Wirkung.

»Er will Ihnen einen Höflichkeitsbesuch abstatten«, erklärte der Avatar.

Ziller tippte auf eine an Kardanringen aufgehängte horizontale Skala. »Bist du sicher, dass dieser Kompass funktioniert?«

»Werfen Sie mir etwa vor, ich hätte kein lebensfähiges Magnetfeld?«, fragte Nabe zurück.

»Ich habe gefragt, ob das Ding funktioniert.« Ziller klopfte wieder auf das Instrument.

»Müsste eigentlich«, sagte der Avatar und verschränkte die Hände erneut hinter dem Kopf. »Allerdings handelt es sich dabei um eine sehr uneffiziente Weise der Richtungsbestimmung.«

»Ich möchte bei der nächsten Wende in den Wind drehen«, sagte Ziller und blickte nach vorn zu dem Hügel, dem sie sich näherten, mit dem Stummelmast auf der gestrüppbewachsenen Kuppe.

»Sie müssen den Propeller anwerfen.«

»Oh«, sagte Kabo. »Die Dinger haben Propeller?«

»Ein großes zweiblättriges Ding, das im hinteren Teil verstaut ist«, erklärte der Avatar; dabei deutete er mit einem Nicken nach hinten, wo zwei gewölbte Fenster einen breiten, mit Paneelen versehen Bereich umschlossen. »Batteriebetrieben. Müsste aufgeladen sein, sofern die Generatorventilatoren funktionieren.«

»Wie kann ich das prüfen?«, fragte Ziller. Er zog die Pfeife aus seiner Westentasche.

»Sehen Sie die große Skala rechts, gleich unter der Windschutzscheibe, mit dem aufleuchtenden Blitz-Zeichen?«

»Ah, ja.«

»Ist die Nadel im braunschwarzen oder im hellblauen Bereich?«

Ziller strengte die Augen an. Er steckte sich die Pfeife in den Mund. »Da ist keine Nadel.«

Der Avatar überlegte offenbar, seiner Miene nach zu schließen. »Das könnte ein schlechtes Zeichen sein.« Er richtete sich auf und blickte sich um. Der Mast war etwa fünfzig Meter entfernt; der Boden unter ihnen stieg an. »Ich würde das Besansegel einholen.«

»Wie, was?«

»Lockern Sie das dritte Seil von links.«

»Ah.« Ziller lockerte das Seil und band es wieder fest. Er zog an einigen Hebeln, bremste die Gondel ab und brachte die oben angebrachten Steuerräder in Bereitschaft. Er legte zwei große Schalter um und blickte hoffnungsvoll zum hinteren Teil der Gondel.

Er fing den Blick des Avatars auf. »Ach, soll der verdammte Gesandte meinetwegen nach Aquime ziehen«, zischte er wütend. »Soll mir doch egal sein. Sorg bloß dafür, dass wir uns nicht begegnen.«

»Gewiss«, sagte der Avatar grinsend. Dann änderte sich sein Gesichtsausdruck. »Oh-ho!«, sagte er. Er blickte starr geradeaus.

Kabo merkte, wie ein Funke der Angst in seiner Brust aufloderte.

»Was ist?«, fragte Ziller. »Ist Tersono schon da?« Dann wurde er von den Füßen gerissen, begleitet von einem Knirschen und Krachen, als ob etwas zerreißen würde; die Seilbahn verringerte ihre Geschwindigkeit schnell und kam ruckelnd und schaukelnd zum Halt. Der Avatar war quer über die Posterbank gerutscht. Kabo war nach vorn geworfen worden und hatte nur dadurch einen Sturz aufs Gesicht verhindert, indem er einen Arm ausgestreckt und sich an dem Messinggeländer festgeklammert hatte, das den Passagierraum vom Mannschaftsbereich trennte. Das Messinggeländer bog sich durch und löste sich mit einem Knarren und Knallen aus der einen Seite der Schutzwand. Ziller landete am Boden zwischen den beiden Kompassgehäusen. Die Gondel schaukelte vor und zurück.

Ziller spuckte ein Stück von seiner Pfeife aus. »Was war das denn für eine Scheiße?«

»Ich glaube, wir haben einen Baum erwischt«, sagte der Avatar und richtete sich auf. »Sind alle in Ordnung?«

»Bestens«, sagte Kabo. »Tut mir Leid wegen des Geländers.«

»Ich habe meine Pfeife entzwei gebissen!«, klagte Ziller. Er hob eine Hälfte der Pfeife vom Boden auf.

»Das lässt sich reparieren«, tröstete ihn der Avatar. Er zog den Teppich zwischen den Polsterbänken zurück und hob eine Türklappe aus Holz an. Wind stob herein. Der Avatar legte sich flach auf den Boden und streckte den Kopf hinaus. »Ja, das ist ein Baum«, rief er. Er hievte sich wieder herein. »Ist anscheinend ein bisschen gewachsen, seit irgendjemand das letzte Mal diese Strecke benutzt hat.«

Ziller rappelte sich auf. »Natürlich wäre das nicht passiert, wenn du für das System verantwortlich gewesen wärst, nicht wahr?«

»Natürlich nicht«, antwortete der Avatar vergnügt. »Soll ich eine Reparaturdrohne rufen, oder sollen wir versuchen, es selbst wieder hinzukriegen?«

»Ich habe eine bessere Idee«, sagte Ziller lächelnd; er blickte zu einem der Seitenfenster hinaus. Auch Kabo schaute hinaus und sah einen überwiegend rosafarbenen Gegenstand, der durch die Luft auf sie zuflog. Ziller schob ein Fenster auf dieser Seite auf und wandte sich mit einem Lächeln seinen beiden Begleitern zu, bevor er die sich nähernde Drohne grüßte. »Tersono. Schön, Sie zu sehen. Freut mich, dass Sie hier sind. Sehen Sie den Schlamassel da unten?«

10 Die Meeressäulen von Youmier

»Und war Tersono der Aufgabe gewachsen?«

»Mehr als das, in physischer Hinsicht, so habe ich von Nabe gehört, trotz seiner Einwände, dass er Gefahr lief, entzwei gerissen zu werden. Ich glaube jedoch, dass das, was immer seinen Willen anstachelt, auch für die Aufrechterhaltung seiner Würde verantwortlich ist und deshalb normalerweise damit ganz gut beschäftigt ist.«

»Aber hat er es geschafft, eure Gondel aus dem Baum zu befreien?«

»Ja, letztendlich schon, obwohl er lange dafür gebraucht und eine schreckliche Verwüstung angerichtet hat. Er hat das Hauptsegel der Gondel zerfetzt, den Mast gebrochen und den halben Baum gefällt.«

»Und was war mit Zillers Pfeife?«

»In zwei Hälften gebissen. Nabe hat sie für ihn repariert.«

»Ach, ich hatte mir schon überlegt, ob ich ihm einen Ersatz schenken soll.«

»Ich bin nicht sicher, ob er das in dem Geiste aufgefasst hätte, wie es gemeint gewesen wäre, Quil. Zumal das ja etwas ist, das er sich in den Mund steckt.«

»Meinst du, er würde mich verdächtigen, ihn vergiften zu wollen?«

»Er könnte auf den Gedanken kommen.«

»Verstehe. Ich habe noch einen langen Weg vor mir, wie?«

»Ja, hast du.«

»Und wie viel weiter müssen wir hier noch gehen, auf unserem Spaziergang?«

»Noch drei oder vier Kilometer.« Kabo blickte zur Sonne hinauf. »Wir müssten eigentlich genau richtig zum Mittagessen dort sein.«

Kabo und Quilan wanderten entlang der Klippenkämme der Halbinsel Vilster auf der Fzan-Platte. Rechts von ihnen, dreißig Meter tiefer, schlug die Fzan-See gegen die Felsen. Am dunstigen Horizont schwammen vereinzelte Inseln. Näher bei ihnen schnitten ein paar Segelboote und größere Schiffe durch die sich ausbreitenden Muster der Wellen.

Eine kühle Brise wehte vom Meer her. Sie peitschte Kabo den Mantel um die Beine, und Quilans Gewänder flatterten und wallten um ihn herum; er ging auf dem schmalen Pfad durchs hohe Gras voraus. Zu ihrer Linken fiel das Gelände steil hinunter in tiefes Grasland, das bis zu einem Wald aus hohen Wolkenbäumen reichte. Vor ihnen stieg das Land zu einer leicht erhabenen Landspitze und einem gemäßigten Felskamm an, der sich ins Landesinnere erstreckte, eingekerbt von einem Spalt, in dem eine Abzweigung des Pfades verlief, auf dem sie sich befanden. Sie nahmen die beschwerlichere und freiere Strecke über die Klippen.

Quilan wandte den Kopf und blickte hinunter zu den Wogen, die am Fuße der Klippen gegen den zerklüfteten Fels klatschten. Es roch nach salziger Luft.

≈Erinnerst du dich wieder, Quilan?≈

≈Ja.≈

≈Du bist sehr nah an der Kante. Pass auf, dass du nicht runterfällst.≈

≈Ich pass schon auf.≈

Schnee fiel in den Innenhof des Klosters Cadracet; sanft rieselte er vom stillen grauen Himmel herab. Quilan bildete das Schlusslicht des Brennholzsuchkommandos; er zog es vor, für sich allein und schweigend zu wandern, während die anderen vor ihm im Gänsemarsch dahintrotteten. Die anderen Mönche waren bereits allesamt im warmen Innern und hatten sich um den Ofen im großen Saal versammelt, als er die Hintertür hinter sich schloss, durch die lockere Schneedecke auf den Steinen des Innenhofs schlurfte und seinen Korb mit Holz zu den übrigen unter der Galerie plumpsen ließ.

Er entlud seine Fracht und sog den frischen, sauberen Geruch in sich ein – er erinnerte ihn an eine Zeit, als sie in den loustrianischen Bergen eine Jagdhütte gemietet hatten, nur sie beide. Die Axt, die zu der Hütte gehörte, war stumpf gewesen; er hatte sie an einem Stein geschärft, in der Hoffnung, sie mit seiner Geschicklichkeit zu beeindrucken, doch als er soweit gewesen war, sie auf den ersten Holzklotz niedersausen zu lassen, war die Klinge davongesegelt und irgendwo im Wald verschwunden. Er konnte sich noch genau an ihr Lachen erinnern und dann – als er beleidigt dreingeschaut hatte – an ihren Kuss.

Sie hatten auf einer bemoosten Plattform unter Fellen geschlafen. Er erinnerte sich an einen frostigen Morgen, als das Feuer über Nacht erloschen war und es in der Hütte eiskalt war, sie hatten sich gepaart, er rittlings auf ihr, seine Zähne hatten zärtlich an dem Pelz in ihrer Halskuhle geknabbert, er hatte sich langsam über ihr und in ihr bewegt und ihren Atemhauch beobachtet, der sich im Sonnenlicht bauschte und durch den Raum und zum Fenster hinauszog, wo er zu Schnörkeln gefror; ein aus dem Chaos entstandenes Muster.

Er zitterte und blinzelte kalte Tränen weg.

Als er sich abwandte, sah er die Gestalt, die in der Mitte des Hofes stand und ihn ansah.

Es war ein weibliches Wesen, bekleidet mit einem Umhang, der halb geöffnet über eine Armeeuniform fiel. Der Schnee sank in lautlosen Spiralen zwischen ihnen herab. Er blinzelte. Einen Augenblick lang ... Er schüttelte den Kopf, riss sich vollends von seinen Erinnerungen los, wischte die Hände aneinander ab und ging zu ihr.

Während er diese paar Schritte tat, wurde ihm bewusst, dass er seit einem halben Jahr kein weibliches Fleisch auch nur gesehen hatte.

Sie sah Worosei überhaupt nicht ähnlich; sie war größer, ihr Fell war dunkler, und ihre Augen wirkten schmaler und runzeliger. Er schätzte, dass sie mindestens zehn Jahre älter war als er. Die Sterne an ihrer Mütze wiesen ihren Rang als den einer Generalin aus.

»Kann ich Ihnen helfen, meine Dame?«, fragte er.

»Ja, Major Quilan«, antwortete sie mit akzentuierter Sprache und beherrschter Stimme. »Vielleicht können Sie das.«

Fronipel brachte ihnen Kelche mit Glühwein. Sein Büro war ungefähr doppelt so groß wie Quilans Zelle und vollgestopft mit Papieren, Bildschirmen und den alten ausgefransten, fadengebundenen Werken, die die heiligen Bücher des Ordens waren. Der freie Raum reichte gerade noch, dass sie alle drei sitzen konnten.

Generalin Ghejaline wärmte sich die Hände, indem sie sie um den Weinkelch legte. Ihre Mütze lag auf dem Schreibtisch neben ihr, ihr Umhang hing über der Rückenlehne des Sitzes. Sie hatten ein paar höfliche Worte über ihre Reise auf der alten Straße per Reittier gewechselt sowie kurz über ihre Rolle während des Krieges gesprochen, als sie für eine Raumartillerie-Sektion verantwortlich gewesen war.

Fronipel ließ sich gemächlich in seinem zweitbesten Ringelpolster nieder – der beste war der Dame zugewiesen worden – und sagte: »Ich habe Generalin Ghejaline gebeten herzukommen, Major. Sie weiß über Ihren Hintergrund und Ihre Geschichte Bescheid. Ich glaube, sie hat Ihnen einen Vorschlag zu machen.«

Die Generalin sah so aus, als hätte sie es gern gehabt, wenn noch etwas mehr Zeit der Begründung ihres Besuches gewidmet worden wäre, sie zuckte jedoch anstandshalber die Achseln und sagte: »Ja, Major. Möglicherweise könnten Sie etwas für uns tun.«

Quilan sah Fronipel an, der ihn anlächelte. »Und wen meinen Sie in diesem Fall mit ›uns‹, Generalin?«, fragte er. »Die Armee?«

Die Generalin runzelte die Stirn. »Eigentlich nicht. Die Armee ist zwar involviert, aber hier handelt es sich streng genommen nicht um einen militärischen Auftrag. Man könnte es eher mit dem vergleichen, was Sie und Ihre Frau damals auf Aorme gemacht haben, wenn auch mehr vor Ort und auf einer ganz anderen Sicherheits- und Wichtigkeitsebene. Wenn ich sage ›wir‹, dann spreche ich ausschließlich von Chelgrianern, im Besonderen von jenen, deren Seelen sich gegenwärtig im Limbo befinden.«

Quilan lehnte sich in seinem Sessel zurück. »Und was erwartet man von mir?«

»Das kann ich Ihnen jetzt noch nicht genau sagen. Ich bin hier, um herauszufinden, ob es für Sie überhaupt in Frage kommt, eine solche Mission zu übernehmen.«

»Aber wenn ich gar nicht weiß, worum es geht …«

»Major Quilan«, sagte die Generalin, nippte kurz an ihrem dampfenden Wein und – nachdem sie Fronipel mit einem minimalen Nicken bedacht hatte, um ihre Anerkennung für das Getränk zum Ausdruck zu bringen – stellte den Kelch dann wieder auf den Tisch. »Ich werde Ihnen alles sagen, was ich sagen kann.« Sie richtete sich ein wenig aufrechter im Sessel auf. »Die Aufgabe, die zu übernehmen wir sie bitten, ist in der Tat äußerst wichtig. Das ist so ziemlich alles, was ich dazu sagen kann. Ich weiß zwar noch ein bisschen mehr, aber es ist mir nicht gestattet, darüber zu reden. Die Mission erfordert, dass Sie sich einer gründlichen und umfangreichen Ausbildung unterziehen. Auch darüber darf ich nicht viel mehr sagen. Das Startzeichen für die Unternehmung kommt von der obersten Spitze unserer Gesellschaft.« Sie holte tief Luft. »Und der Grund, warum man zum jetzigen Zeitpunkt noch nicht genau verrät, worum man Sie bittet, ist unter anderem der, dass das, was man von Ihnen will, so schlimm ist, wie nur irgendetwas sein kann.« Sie sah ihm in die Augen. »Es ist eine Selbstmord-Mission, Major Quilan.«

Er hatte ganz vergessen, welches Vergnügen es war, einer Frau in die Augen zu sehen, auch wenn sie nicht Worosei war, auch wenn dieses Vergnügen, wie eine emotionale Verinnerlichung eines physikalischen Gesetzes, gleichermaßen ein entgegengesetztes Gefühl von Trauer und Verlust und sogar Schuld hervorrief. Er zeigte ein kleines, trauriges Lächeln. »Oh, wenn das so ist, Generalin, »sagte er, »dann mache ich es auf jeden Fall.«

»Quil?«

»Hmm?« Er drehte sich um und sah sich dem hohen, dreieckigen Rumpf des Homomdaners gegenüber, der auf ihn geprallt war.

»Alles in Ordnung? Du hast sehr plötzlich angehalten. Hast du etwas gesehen?«

»Nein, nichts. Alles in Ordnung. Ich hab nur … mir geht es gut. Komm! Ich habe Hunger.«

Sie gingen weiter.

≈Ich habe nur nachgedacht. Die Generalin hat mir gesagt, es handelt sich um eine Mission ohne Wiederkehr.≈

≈Ach ja, das hatten wir doch schon mal.≈

≈Es kommt alles irgendwann einmal wieder, nicht wahr?≈

≈Nur wir nicht. So haben sie das geregelt. Wir beide haben uns damit einverstanden erklärt. Bisher hat es anscheinend funktioniert.≈

≈Du hast damals auch Bescheid gewusst.≈

≈Ja, das war Teil von Visquiles Unterweisung.≈

≈Deshalb haben sie dich im Substrat gespeichert.«

≈Deshalb haben sie mich im Substrat gespeichert.≈

≈Nun, ich kann die Fortsetzung gar nicht erwarten.≈

Er erreichte den Gipfel des Klippenwegs und sah die Stadt; eine Krummsäbelform aus weißen Türmen und Spitzgiebeln, eingebettet in ein bewaldetes Tal, gesäumt von hoch aufragenden Kalkfelsen; der Einschnitt war durch einen schmalen Sandstreifen gegen das Meer hin abgegrenzt. Wellen schlugen mit weißen Schaumkronen an den Strand. Der wuchtige Homomdaner gesellte sich zu ihm, stellte sich neben ihn und hielt den Wind beinahe völlig von ihm ab. In der Luft lag ein Hauch von Regen.

Am folgenden Tag ließ sie ihr Reittier zusammen mit ihrer Uniform im Stall des Klosters zurück. Sie trug die Weste und die Beinkleider einer Zugehörigen zur Klasse der Praktischen; er sollte einen Kunstfertigen darstellen, deshalb trug er eine derbe Hose und eine Schürze. Beide zogen einen nichts sagenden grauen Winterumhang über. Er verabschiedete sich von Fronipel, sonst jedoch von niemandem.

Sie warteten, bis die Arbeitstrupps gegangen waren, bevor sie das Kloster verließen, dann schritten sie auf dem unteren Pfad durch den fallenden Schnee, zwischen den kahlen Splitterbäumen hindurch, vorbei an den etwas entfernten Holzsammlern – deren Lieder durch den leise rieselnden Schnee hallten wie Gespensterstimmen –, durch eine Schicht von Wolkenfetzen, wo der graue Umhang der Generalin hin und wieder im prasselnden Regen unsichtbar zu werden schien; verstärkt wurde die schlechte Sicht durch die dunklen Blätter des tropfenden Waldes, der sich zum Talboden hinabsenkte, wo sie abbogen und dem tief im Schatten liegenden Weg über den Fluss folgten, der mit weißen Schaumkronen durch die Schlucht unter ihnen toste.

Der Regen ließ nach und hörte schließlich ganz auf.

Eine Gruppe von Jägern aus der Kaste der Eintreiber, die sich nach der Pirsch auf Jhehj mit einem Allgelände-Fahrzeug auf dem Rückweg aus dem Wald befand, bot ihnen eine Mitfahrgelegenheit an, doch sie lehnten höflich ab. Der Anhänger hinter dem Allgeländefahrzeug war voll beladen mit gestapelten Tierkarkassen. Es rumpelte mit seiner Totenfracht auf dem Weg hinunter in die Düsternis, sodass sie von nun an einer Spur aus frischen Blutstropfen folgten.

Schließlich, als sie gegen Sonnenuntergang den Fuß des Grauen Gebirges erreichten, gelangten sie zu der Umgehungsmautstraße, wo Autos und Lastwagen und Busse an ihnen vorbeibrummten und Dreck aufspritzten. Ein großer Wagen wartete auf sie am Straßenrand. Ein junger Mann, der den Eindruck machte, als ob er sich in seiner Zivilkleidung unbehaglich fühlte, öffnete ihnen die Tür und vollführte einen Dreiviertel-Salut vor der Generalin, bevor ihm einfiel, wie seine Anweisungen lauteten. Das Innere des Fahrzeugs war warm und trocken; sie legten die Umhänge ab. Der Wagen schwenkte in die Fahrbahn ein und fuhr in Richtung Ebene los.

Die Generalin stöpselte auf dem Rücksitz ein Militär-Kom-Set in einer Aktentasche ein und überließ ihn seinen eigenen Gedanken, während sie mit geschlossenen Augen dasaß und kommunizierte. Er beobachtete den Verkehr; die Außenbezirke der Stadt Ubrent funkelten aus der Dunkelheit. Das Bild, das sich ihm bot, wirkte gepflegter als beim letzten Mal, als er es gesehen hatte.

Nach einer Stunde hatten sie den Flughafen erreicht und fuhren zu einem schlanken schwarzen Suborbiter, der auf der nebelverhangenen Startbahn stand. Er war im Begriff, die Hand auszustrecken und die Generalin, deren Augen immer noch geschlossen waren, vorsichtig zu berühren, um ihr kundzutun, dass sie angekommen waren, als sie die Augen öffnete, sich die Induktionsrolle vom Hinterkopf streifte und mit einem Nicken zu dem Flugzeug hin deutete, als ob sie sagen wollte: Wir sind da.

Die Beschleunigung drückte ihn fest in den Sitz. Er sah die Lichter der Küstenstädte von Sherjame, die weit draußen im Ozean liegende Delleun-Inselgruppe und das verstreute kleine Funkeln der Meeresschiffe. Oben leuchteten die Sterne hell; sie kamen ihm in der gespenstischen Stille des Beinahe-Vakuum-Flugs sehr nah vor.

Der Suborbiter sprang mit einem ohrenbetäubenden Brüllen in die Atmosphäre zurück. Er sah einige wenige Lichter, dann folgten eine glatte Bodenberührung und die Drosselung der Geschwindigkeit. Er schlummerte in dem geschlossenen Transportgefährt, das sie von dem privaten Flugfeld wegbrachte.

Als sie in einen Hubschrauber umstiegen, roch er das Meer. Sie flogen eine Zeit lang durch Dunkelheit und Regen und sanken unter Klappern und Rasseln in einen großen runden Innenhof hinab. Man wies ihm eine kleines, gemütliches Zimmer zu, und er fiel sofort in tiefen Schlaf.

Am Morgen, geweckt durch ein lautes Pochen von unüblicher Heftigkeit und den fernen Schreien von Vögeln, öffnete er die Fensterläden und blickte hinunter über einen glatten Luftgolf auf ein blaugrünes Meer, gestreift vom Schaum brechender Wellen, die sich an einer zerklüfteten Küste brachen, fünfzig Meter entfernt und hundert Meter tiefer. Zu beiden Seiten verlor sich eine Reihe von Klippen in der Ferne, und ihm direkt gegenüber war eine große, in die Klippen gekerbte Doppelfurche; der Höhenunterschied vom Grund der Furche bis zum Meer betrug nur etwa dreißig Meter. Schwärme von Seevögeln drehten im Sonnenschein ihre Kreise, den Schaumfetzen gleich, die von der aufgewühlten See heraufgeblasen wurden.

Er erkannte diesen Ort. Er hatte ihn in Büchern und auf dem Bildschirm gesehen.

Die Meeressäulen bei Youmier waren Teil eines weitläufigen Klippensystems, das zu den sogenannten Schwanzlocken-Inseln gehörte, die entlang der gewundenen Küste im Osten von Meiorin lagen. Die Klippen fielen zwei- bis dreihundert Meter tief in den Ozean ab, und die siebzehn Meeressäulen – die Überbleibsel großer Bogen, die die Wellen zunächst geschaffen und dann zerstört hatten – ragten wie die Finger zweier Ertrinkender aus dem Wasser auf.

Unter Einheimischen hatte es einst die Legende gegeben, dass dies die Finger eines ertrinkenden Liebespaares seien, das es vorgezogen hatte, sich von den Klippen zu stürzen, als sich dem Zwang zu beugen, jeweils jemand anderen zu heiraten.

Die Säulen trugen tatsächlich die Namen der Finger einer Hand, und die letzte und niedrigste, die nur vierzig Meter über die Wellen hinausragte, wurde ›Daumen‹ genannt. Die anderen waren zwischen ein- und zweihundert Meter hoch und hatten alle in etwa den gleichen Umfang; das Meer umspülte unablässig ihre Fundamente und arbeitete sich allmählich zu ihren Basaltgipfeln vor.

Mit ihrer Bebauung war viertausend Jahre zuvor begonnen worden, als die herrschende Familie der Gegend auf der Säule, die dem Klippenkamm am nächsten war, eine kleine Steinburg errichtet und beides durch eine Holzbrücke miteinander verbunden hatte. Als die Macht der Familie im Laufe der Zeit zunahm, wurde auch die Burg immer größer, bis sich die Bautätigkeit auf eine andere Säule ausdehnte, danach wieder auf eine und so weiter und weiter.

Der Festungskomplex breitete sich nach und nach über die verschiedenen Felstürme aus und war verbunden durch eine Reihe von Brücken – zunächst aus Holz, später aus Stein, noch später aus Eisen und Stahl; er wurde zum Regierungszentrum, er war ein Ort der Anbetung, ein Pilgerziel und Sitz des Wissens und Lernens. Im Laufe der Jahrhunderte und Jahrtausende war jeder Felsfinger mit Ausnahme des Daumens in der einen oder anderen Form besiedelt, und die gesamte Zitadelle hatte etwa ein Jahrhundert lang als Verteidigungsbollwerk gedient, ausgestattet mit schwerem Seegeschütz. Allmählich hatten sich die Anlagen auf den Meeressäulen zu einer Stadt weiterentwickelt, deren größter Teil an Land lag und sich in das Heideland hinter den Klippen ausweitete.

Sie hatte während des Letzten Vereinigungskriegs fünfzehnhundert Jahre zuvor so ziemlich dasselbe Schicksal erlitten wie eine Hand voll anderer Städte rings um den Globus, indem sie einem Gestöber von Nuklearsprengköpfen zum Opfer gefallen war, die eine Säule vollkommen zerstörten, die Höhe einer anderen um die Hälfte verkürzten und einen aus dem Fels gesprengten Krater, der wie eine riesige Acht geformt war, an der Stelle hinterließen, wo sich die Festlandgebiete befunden hatten.

Die Stadt wurde niemals wieder aufgebaut. Die Meeressäulen, nun vom Festland abgeschnitten, waren Jahrhunderte lang herrenlos, ein Ort für makabren Tourismus und Heimat nur für ein paar Einsiedler und eine Million Seevögel. Während einer von Chels religiöseren Zeitspannen wurden auf zwei der Säulen Klöster errichtet, danach erklärten die Vereinigten Dienste das gesamte Gebiet zum Ausbildungslager, beinahe alles wurde abgerissen und neu aufgebaut, mit Ausnahme der Brücken zum Festland, bevor sie kurz vor der endgültigen Fertigstellung des Projekts ihren Standort auf eine andere Welt verlegten und die Felssäulen nur mit einer Notbesetzung an Personal zurückließen.

Jetzt war das sein Zuhause.

Quilan lehnte an einer Brüstung und blickte hinunter zu der weiß schäumenden Gischt, die das Fundament des Männlichen Mittelfingers umspülte, dreihundert Meter unter ihm. Von hier oben sah das Wasser träge aus, dachte er. Als ob jede Welle nach der langen Reise über den Ozean, von dem Ort, wo immer Wellen geboren wurden, müde sei.

Er war jetzt schon seit einem Zweimonde-Monat hier. Man bildete ihn aus und schätzte seinen Wert ab. Er wusste immer noch nicht mehr über die ihm zugedachte Aufgabe, außer dass es sich angeblich um eine Selbstmordmission handelte. Es war immer noch nicht sicher, dass er sie übernehmen würde. Er wusste, dass er einer von mehreren Kandidaten für diese zweifelhafte Ehre war. Er hatte bereits eingewilligt, falls er nicht auserwählt würde, sich einer Gedächtnislöschung zu unterziehen; danach würde er mit größter Wahrscheinlichkeit als einer von vielen kriegstraumatisierten Mönchen in der Cadracet-Anstalt darum kämpfen, sich mit seinen Erfahrungen zurechtzufinden.

Generalin Ghejaline war während der Hälfte der Zeit anwesend und überwachte seine Ausbildung. Sein Hauptlehrer in Sachen Kriegsführung und Soldatenhandwerk war ein narbenübersäter, stämmiger, wortkarger Mann namens Wholom. Allem Anschein nach gehörte er ehemals oder immer noch der Armee an, doch er trug keinerlei Rangabzeichen. Quilans anderer Lehrer hieß Chuelfier; ein gebrechlicher, weißpelziger, betagter Mann, dessen Alter und körperliche Hinfälligkeit von ihm abzufallen schienen, wenn er unterrichtete.

Es gab ein paar Armeespezialisten, die er alle paar Tage mal sah und die offenbar ebenfalls in dem Gebäudekomplex wohnten, einige Diener aus unterschiedlichen Kasten sowie eine Anzahl von Geblendeten Unsichtbaren, die durch den Kastenkrieg hindurch ihre Treue zum alten System beibehalten hatten.

Quilan beobachtete, wie die Geblendeten ihren unterschiedlichen Verrichtungen nachgingen; ihre oberen Gesichtshälften waren bedeckt vom grünen Band ihres Standes. Sie tasteten sich mit müheloser Vertrautheit voran oder verursachten mit den Klauen laute Klackgeräusche, um sich mittels des Gehörs zwischen den Betonwänden und Felskerben hindurchzunavigieren. Er hatte sich überlegt, dass man als Blinder an diesem Ort mit den steil abfallenden Felsen und dem tosenden Ozean ausschließlich auf sichernde Mauern und eine logische Architektur angewiesen war.

Es war ihm nicht gestattet, seine Säule zu verlassen. Er hatte den starken Verdacht, dass einige seiner nicht zu sehenden Kameraden beziehungsweise Rivalen – jene anderen, die man ihm bei der Auswahl für die Mission wahrscheinlich vorziehen würde – sich auf einigen der anderen Säulen befanden, jenseits der langen, versperrten Brücken, mit denen die Vereinigten Dienste die Felssäulen verbunden hatten.

Er hielt den Arm hoch und betrachtete seine nackten Klauen. Er drehte den Arm nach links und nach rechts. Noch nie hatte er so kräftige Muskeln gehabt, noch nie war er so durchtrainiert gewesen. Er fragte sich, ob die Mission wirklich einen solchen physischen Höchststand erforderte, oder ob die Armee – oder wer immer hinter dem Ganzen steckte – einen einfach nur auf diese Weise aufbaute, weil es sich gerade so ergab.

Ein großer runder Paradeplatz lag hoch oben auf der seewärtigen Seite der Säule. Zu den Seiten hin war er offen, sein Dach bildeten jedoch weiße Planen, die sich wie altmodische Schiffssegel blähten. Man hatte ihm das Fechten beigebracht und ihn im Umgang mit einer Armbrust sowie auch mit Projektilgeschossen und zuvor Lasergewehren unterrichtet. Man unterwies ihn in den edleren und weniger edleren Kampfarten mit Klingen sowie mit Zähnen und Klauen. Man hatte ihn ausdrücklich darauf hingewiesen, dass es bei einem Kampf von Mann zu Mann einen entscheidenden Unterschied machte, ob man es mit der eigenen Spezies oder einer anderen zu tun hatte, aber damit hatte man es bewenden lassen und war nicht auf Einzelheiten eingegangen.

Eines Tages kam mit einer Flugmaschine eine kleine Gruppe von Ärzten, und diese brachten ihn in ein großes, aber allem Anschein nach wenig benutztes Krankenhaus, das aus dem Felsen tief unter den Gebäuden der Säule herausgehauen worden war. Man rüstete ihn mit einem verbesserten Seelenhort aus, doch das war das einzige Implantat, das sie entfernten oder einsetzten. Er hatte gehört, dass Spezialagenten und Leute mit besonderen Einsatzgebieten mit Kommunikationsanlagen, die direkt mit dem Gehirn verbunden waren, mit Giftdetektor-Nasaldrüsen, Gift absondernden Beuteln und subkutanen Waffensystemen ausgestattet wurden – es war eine lange Liste, aber er sollte offenbar nichts von alledem bekommen. Er fragte sich, was der Grund dafür sein mochte.

An einem Punkt gab es eine Andeutung, dass derjenige, welcher immer die Mission durchführen würde, nicht ganz allein war. Auch darüber machte er sich so seine Gedanken.

Nicht alles an seiner Ausbildung und seinem körperlichen Training war kriegsbezogen; mindestens die Hälfte jedes wachen Tages verbrachte er wieder als Student, indem er in einem Ringelsessel saß und mittels Bildschirm lernte oder sich Chuelfiers Vorlesungen anhörte.

Der alte Mann unterrichtete ihn in chelgrianischer Geschichte und in Religionsphilosophie, sowohl vor als auch nach des Teilübergangs in die Erhabenheit der Chelgri-Puen, und außerdem in erforschter Geschichte der übrigen Galaxis und ihrer anderen vernunft- und gefühlsbegabten Wesen.

Er lernte mehr, als er sich jemals hätte vorstellen können, über den Sinn und die Wirkungsweise von Seelenhorten und über die Natur des Limbos und des Himmels. Er lernte, wo die alte Religion übermäßig phantastisch ausgeschmückt oder schlichtweg falsch in ihren Annahmen und Dogmen war, wo sie die Chelgri-Puen inspiriert und sich auf diese Weise selbst erfüllt hatte, und wo sie überflüssig geworden war. Er hatte keinen direkten Kontakt zu irgendeinem der Dahingegangenen, aber allmählich begriff er das Leben nach dem Tod besser als je zuvor. Obwohl er sehr wohl wusste, dass Worosei wohl niemals etwas von diesem geschaffenen Glanz mitbekommen würde, hatte er manchmal das Gefühl, dass man ihn ausgewählt hatte, um ihn zu quälen, dass das Ganze eine ausgeklügelte und grausame Scharade war, um das Messer, das Woroseis Verlust in seinem Fleisch hinterlassen hatte, zu finden und es mit aller Kraft zu drehen.

Er lernte alles, was es zu wissen gab, über den Kastenkrieg und die Verwicklung der Kultur in die Veränderungen, die dazu geführt hatten.

Er erfuhr alles über die Persönlichkeiten, die zum Hintergrund des Krieges beigetragen hatten, und er hörte sich einige Musik von Mahrai Ziller an, manchmal so sehr von Schmerz zerrissen, dass er weinte, manchmal so voller Zorn, dass er am liebsten etwas zu Bruch geschlagen hätte.

Etliche Verdächtigungen und mögliche Szenarien formten sich in seinem Geist, obwohl er sie stets für sich behielt.

Jetzt träumte er manchmal von Worosei. In einem Traum heirateten sie hier auf der Meeressäule, und ein stürmischer Wind von der See her wehte den Leuten die Hüte vom Kopf; er versuchte, den ihren zu schnappen, als dieser zur Brustwehr davon flog, er prallte dabei gegen den weiß gewaschenen Beton und purzelte darüber, während ihr Hut immer noch außer Reichweite blieb. Er stürzte zum Meer hinunter und merkte, dass er Luft holte, um zu schreien, dann fiel ihm ein, dass Worosei natürlich nicht wirklich hier war und gar nicht hier sein konnte; sie war tot, und am liebsten wäre er das auch. Er lächelte den Wellen zu, die zu ihm herauf schlugen, und er wachte auf, bevor ihn das Gefühl überkam, dass er irgendwie betrogen worden war. Salzige Feuchtigkeit wie die des Meeres war auf seinem Kopfkissen.

Eines Morgens spazierte er über den Paradeplatz unter den knatternden weißen Zeltplanen, unterwegs zu Chuelfiers Unterrichtszimmer, wo die erste Lektion des Tages stattfinden sollte, als er eine kleine Gruppe von Leuten direkt vor sich sah. Generalin Ghejaline, Wholom und Chuelfier standen da und sprachen mit einer weiß und schwarz gewandeten Gestalt in der Mitte der Gruppe.

Bei ihnen waren fünf weitere, drei zur Rechten der mittleren Gruppe, zwei zur Linken. Bei diesen handelte es sich ausschließlich um Männer, die wie Schreiberlinge gekleidet waren. Der Mann in der Mitte war klein und sah alt aus, er stand in seitlich gebückter Haltung da. Es erschütterte Quilan ein wenig, dass der Mann mit dem schwarz und weiß gestreiften Gewand eines Estodus bekleidet war, einer jener Personen, die sich zwischen dieser Welt und der nächsten bewegten. Sein Gesicht war zu einem schrägen Lächeln verzerrt, und er hielt sich an einem langen Spiegelstab fest. Sein Fell wirkte glatt, als ob es eingeölt worden sei.

Quilan war im Begriff, die Generalin zu grüßen, doch als er sich näherte, wichen die drei Leute, die er kannte, zurück, damit der Estodus ein paar Schritte vortreten konnte.

»Estodus«, sagte Quilan und vollführte eine tiefe Verbeugung.

»Major Quilan«, sagte der Mann mit sanfter, weicher Stimme. Er streckte die Hand zu Quilan aus, dem aufgefallen war, dass sich das Gewand des Mannes, der ganz rechts außen am Rand der Gruppe stand, anders auswölbte als die der anderen, und dass eben dieser Mann sich unauffällig zur Seite bewegte, als ob er die Absicht hätte, sich hinter ihn zu stellen. Als der Mann aus seinem Sichtfeld entschwand, bewegte sich der Halbschatten, den er in dem durch die weißen Planen hereinfallenden verminderten Licht warf, plötzlich schneller.

Was Quilan schließlich in der Gewissheit bestärkte, dass er vielleicht gleich angegriffen werden würde, war die Art und Weise, wie der alte Estodus ihm von möglichst weit weg die Hand entgegenstreckte. Er war gebrechlich und hielt sich offenbar zum Selbstschutz von einem absehbaren Gewaltakt entfernt, so gut es eben ging.

Quilan tat so, als wolle er die Hand des Alten ergreifen, dann duckte er sich und drehte sich blitzschnell weg, kauerte sich wieder auf die Hinterbeine und hielt das Mittelglied und die Hände in der klassischen Angriff-Verteidigung-Haltung von sich.

Der stämmig aussehende Mann, der wie ein Schrei-
ber gekleidet war, war im Begriff gewesen zuzuschla-
gen; er war auf die Hinterbacken zurückgewippt, und
seine Ärmel waren hochgekrempelt und enthüllten
Arme mit straff gespannten Muskeln, obwohl seine
Krallen nur halb ausgefahren waren. Seinem weiß be-
pelzten Gesicht haftete ein strahlender, beinahe barba-
rischer Ausdruck an, der einen Augenblick lang blieb
und sich dann sogar noch verstärkte, als Quilan sich
ihm von Angesicht zu Angesicht zuwandte; doch
dann warf er dem Estodus einen Blick zu und entspannte sich; er lehnte sich zurück und senkte Arme
und Kopf, was die Andeutung einer Verneigung hätte
sein können.

Quilan blieb genau in der Stellung, in der er war;
sein Kopf wandte sich abwechselnd von einer Seite
zur anderen, und sein Blick richtete sich so weit nach
hinten, wie er es schaffen konnte, ohne die weiß bepelzte Frau aus den Augen zu verlieren. Wie es den
Anschein hatte, gab es keine weitere Bewegung oder
Bedrohung.

Es folgte ein Augenblick der Starre, da nichts geschah, wenn man von den fernen Schreien der Meeres-
vögel und dem gedämpften Klatschen der Wellen ab-
sah. Dann stieß der Estodus mit einem kurzen Klicken
den Stab auf den Beton der Paradefläche, und der weiß
bepelzte Mann erhob sich, vollführte in einer einzigen
fließenden Bewegung eine Drehung und stellte sich
wieder an seinen bisherigen Platz.

»Major Quilan«, sagte der alte Mann erneut. »Bitte,
erheben Sie sich.« Er streckte die Hand wieder aus.
»Keine unangenehmen Überraschungen mehr, zumindest heute nicht, darauf gebe ich Ihnen mein Wort.«

Quilan nahm die Hand des Estodus und erhob sich
aus der Hocke.

Die Generalin Ghejaline trat vor. Sie sah zufrieden

aus, fand Quilan. »Major Quilan, das hier ist Estodus Visquile.«

»Hoher Herr«, sagte Quilan, als der Alte seine Hand los ließ.

»Und dies ist Eweirl«, sagte Visquile, wobei er auf den Weißpelzígen zu seiner Linken deutete. Der plump aussehende Mann nickte und lächelte. »Ich hoffe, Sie sind klug genug zu wissen, dass Sie damit zwei kleine Prüfungen über sich haben ergehen lassen, Major, nicht nur eine.«

»Ja, hoher Herr. Oder ein und dieselbe zweimal.«

Visquiles Lächeln wurde breiter, er entblößte kleine, scharfe Zähne. »Sie brauchen mich wirklich nicht mit ›hoher Herr‹ anzureden, Major, obwohl ich zugeben muss, dass es mir nicht übel gefällt.« Er wandte sich Wholom und Chuelfier und schließlich der Generalin Ghejaline zu. »Nicht schlecht.« Dann sah er wieder Quilan an und musterte ihn von oben bis unten. »Kommen Sie, Major, wir sollten uns unterhalten, glaube ich.«

»Wie man uns gesagt hat, ist es sehr ungewöhnlich, dass sie einen solchen Fehler machen. Man hat uns gesagt, wir sollten uns geschmeichelt fühlen, dass sie sich überhaupt so sehr für uns interessieren. Man hat uns gesagt, dass sie uns achten. Man hat uns gesagt, es ist ein Unfall in der Entwicklung und der Evolution der Galaxien, Sterne, Planeten und Spezies, dass wir ihnen auf ungleicher technologischer Ebene begegnet sind. Man hat uns gesagt, dass das Geschehene bedauernswert ist, dass wir jedoch langfristig daraus Gewinn schlagen werden. Man hat uns gesagt, sie sind ehrenwerte Leute, von dem einzigen Wunsch beseelt zu helfen, die jetzt das Gefühl haben, aufgrund ihrer Unachtsamkeit in unserer Schuld zu stehen. Man hat uns gesagt, dass wir möglicherweise mehr von ihrem niederdrückenden Schuldgefühl profitieren können, als wenn wir auf ihre gönnerhafte Mildtätigkeit angewiesen gewesen wären.« Estodus Visquile setzte wieder sein dünnes, verzerrtes Lächeln auf. »Doch tatsächlich ist nichts davon von Bedeutung.«

Der Estodus und Quilan saßen allein in einem kleinen Turm, dessen Vorbau über den Rand einer der unteren Ebenen der Säule hinausragte. Luft und Meer zeigten sich an drei Seiten, und der warme Wind, befrachtet mit einem salzigen Geruch, wehte durch ein glasloses Fenster herein und durch ein anderes wieder hinaus. Sie saßen mit untergeschlagenen Beinen auf Grasmatten.

»Von Bedeutung ist jedoch«, fuhr der Alte fort, »was die Chelgri-Puen beschlossen haben.«

Es folgte eine Pause. Quilan vermutete, dass von ihm erwartet wurde, sie auszufüllen, deshalb sagte er: »Und was wäre das, Estodus?«

Dem Fell des Alten entströmte der Duft von teurem Parfüm. Er richtete sich auf, setzte sich auf seiner Matte zurecht und blickte durch das Fenster hinaus auf die langgestreckte Dünung des Meers. »Seit siebenundzwanzig Jahrhunderten ist es ein fester Bestandteil unseres Glaubens«, erklärte er in beiläufigem Ton, »dass die Seelen der Dahingegangenen ein ganzes Jahr lang im Limbo behalten werden, bevor sie in die Großartigkeit des Himmels aufgenommen werden. Das hat sich nicht verändert, seit wir – unsere Vorfahren – den Himmel Wirklichkeit haben werden lassen. Ebenso wenig wie viele der anderen Doktrinen, die mit diesen Dingen zu tun haben. Sie sind in gewissem Sinne Gesetz geworden.« Er lächelte Quilan erneut an, bevor er wieder zum Fenster hinausblickte.

»Was ich Ihnen sagen werde, wissen nur sehr wenige Leute, Major Quilan. Und so muss es auch bleiben, verstehen Sie?«

»Ja, Estodus.«

»Die Generalin Ghejaline weiß es nicht, und auch keiner von Ihren Lehrern.«

»Ich verstehe.«

Der Alte wandte sich ihm unvermittelt zu. »Warum möchten Sie sterben, Quilan?«

Er schaukelte nach hinten, aus der Fassung gebracht. »Ich … eigentlich möchte ich es gar nicht, Estodus. Ich möchte nur nicht besonders gern leben. Ich will einfach nicht mehr … sein.«

»Sie möchten sterben, weil Ihre Gefährtin tot ist und Sie immer noch an ihr hängen, stimmt's?«

»Ich möchte es etwas stärker ausdrücken, als dass ich nur an ihr hänge, Estodus. Durch ihren Tod hat mein Leben seinen Sinn verloren.«

»Ihre Familie und Ihre Gesellschaft in dieser Zeit der Bedürftigkeit und Neugestaltung bedeuten Ihnen also gar nichts?«

»›Gar nichts‹ stimmt nicht, Estodus. Aber nicht genug, keines von beidem. Ich wünschte, ich könnte anders empfinden, aber ich kann es nicht. Es ist so, als ob alle Leute, an denen mir etwas liegt – wobei ich das Gefühl habe, dass mir noch viel mehr an ihnen liegen sollte –, bereits in einer anderen Welt sind als der, die ich bewohne.«

»Sie ist nur eine Frau, Quilan, nur eine Person, ein einzelnes Individuum. Was macht sie zu etwas so Besonderem, dass die Erinnerung an sie – anscheinend bis in alle Ewigkeit unauslöschlich – die drängenderen Bedürfnisse der noch Lebenden, für die noch etwas getan werden kann, überwiegt?«

»Nichts, Estodus. Es ist …«

»Nichts, so ist es in der Tat. Es ist nicht ihre wirkliche Besonderheit oder Einzigartigkeit, die Sie verherrlichen, Quilan, sondern Ihre Erinnerung daran. Sie sind ein Romantiker, Quilan. Sie finden die Vorstellung des tragischen Todes romantisch, Sie finden die Vorstellung, wieder mit ihr vereint zu sein – selbst wenn das bedeutet, sich ihr in der Vergessenheit zuzugesellen – romantisch.« Der Alte richtete sich ruckartig auf, als ob er sich anschickte zu gehen. »Ich hasse Romantiker, Quilan. Sie kennen sich selbst nicht richtig, aber was noch schlimmer ist, sie wollen sich selbst gar nicht richtig kennen – oder, letztendlich, irgendjemanden sonst –, weil sie sich einbilden, das würde dem Leben das Geheimnisvolle nehmen. Sie sind Narren. Sie sind ein Narr. Wahrscheinlich war Ihre Frau ebenfalls eine Närrin.« Er hielt kurz inne, bevor er fortfuhr. »Wahrscheinlich waren Sie beide romantische Narren. Narren, die zu einem Leben der Desillusionierung und Verbitterung verdammt waren, als Sie entdeckten, dass Ihre wertvollen romantischen Vorstellungen nach den ersten paar Ehejahren verblassten und Sie sich nicht nur mit Ihren eigenen Unzulänglichkeiten, sondern auch mit denen des Gefährten konfrontiert sahen. Sie hatten Glück, dass sie gestorben ist. Sie hatte Pech, weil es sie getroffen hat und nicht Sie.«

Quilan sah den Estodus eine Zeit lang an. Der Alte schnaufte ein wenig tiefer und angestrengter, als nötig gewesen wäre, aber ansonsten beherrschte er die Angst, die er verspüren mochte. Er würde sorgsam gespeichert werden, und als Estodus würde er wiedergeboren oder reinkarniert werden, wann immer er es wünschte. Das bewahrte jedoch das tierische Ich nicht davor, über die Vorstellung, als Bündel durch ein Fenster ins Meer geworfen zu werden, entsetzt zu sein, natürlich immer unter der Voraussetzung, dass der Alte kein wie auch immer beschaffenes Antigrav-Geschirr trug; falls doch, fürchtete er sich vielleicht einfach nur davor, dass Quilan ihm die Kehle aufschlitzen könnte, bevor Eweirl oder sonst jemand es verhindern konnte.

»Estodus«, sagte Quilan ruhig. »Ich habe über all das nachgedacht und habe all das hinter mir. Ich habe mich selbst all der Dinge angeklagt, die Sie erwähnt haben, und das in weniger gemäßigter Sprache als die, die Sie benutzt haben. Sie finden mich am Ende dieses Prozesses, den Sie vielleicht mit Ihren Ausführungen hatten einleiten wollen, und nicht am Anfang davon.«

Der Estodus sah ihn an. »Sehr gut«, sagte er. »Sprechen Sie noch ehrlicher, werden Sie genauer.«

»Ich lasse mich nicht von jemandem zu Gewalttaten reizen, der meine Frau eine Närrin nennt, ohne sie je gekannt zu haben. Ich weiß, dass sie keine Närrin war, und das genügt. Und ich glaube, Sie wollten nur herausfinden, wie leicht ich mich zum Zorn hinreißen lasse.«

»Möglicherweise nicht leicht genug, Quilan«, erwiderte der Alte. »Nicht alle Prüfungen besteht man oder besteht man nicht, so wie man es vielleicht erwartet.«

»Ich versuche nicht, Ihre Prüfungen zu bestehen, Estodus. Ich versuche, ehrlich zu sein. Ich vermute, Ihre Prüfungen sind gut. Wenn sie es sind und ich durchfalle, obwohl ich mein Bestes gebe, während jemand anderes besteht, dann ist das besser, als wenn ich bestehen würde, indem ich Ihnen das sage, was Sie meiner Vermutung nach hören wollen, anstatt das, was ich wirklich empfinde.«

»Das ist Gelassenheit bis an die Grenze der Selbstgefälligkeit, Quilan. Vielleicht erfordert die anstehende Mission jemand Streitsüchtigeren und Listigeren, als Sie es, dieser Antwort nach zu schließen, sind.«

»Schon möglich, Estodus.«

Der Alte hielt den Blick noch eine Zeit lang starr auf Quilan gerichtet. Schließlich wandte er ihn ab und schaute wieder zum Fenster hinaus. »Die Toten aus dem Krieg werden keinen Einlass in den Himmel finden, Quilan.«

Er musste sich diese Bemerkung im Kopf noch einmal abspulen lassen, um sicher zu sein, dass er richtig gehört hatte. Er blinzelte. »Estodus?«

»Es war ein Krieg, Major, kein ziviler Aufruhr oder eine Naturkatastrophe.«

»Der Kastenkrieg?«, fragte er und kam sich im selben Augenblick töricht vor.

»Ja, natürlich der Kastenkrieg«, schnappte Visquile zurück. Er fing sich wieder. »Die Chelgri-Puen haben uns gesagt, dass die alten Regeln gelten.«

»Die alten Regeln?« Er glaubte bereits zu wissen, was gemeint war.

»Sie müssen gerächt werden.«

»Eine Seele für eine Seele?« Das war barbarisches Zeug, der Glaube an die alten grausamen Götter. Der Tod jedes Chelgrianers musste durch den Tod eines Feindes aufgewogen werden, und bis dieser Ausgleich erreicht war, wurden die Gefallenen vom Himmel ausgeschlossen.

»Warum muss man von einem Eins-zu-eins-Ausgleich ausgehen?«, fragte der Estodus mit einem kalten Lächeln. »Vielleicht reicht ein einziger Tod. Ein wichtiger Tod.« Er wandte den Blick wieder ab.

Quilan schwieg für einen Augenblick und rührte sich nicht. Als Visquile den Blick nicht wieder vom Fenster ab- und ihm zuwandte, sagte er: »Ein einziger Tod?«

Der Estodus sah ihn erneut eindringlich an. »Ein wichtiger Tod. Das könnte viel bewirken.« Er sah weg und summte eine Melodie vor sich hin. Quilan erkannte die Melodie; sie stammte von Mahrai Ziller.

11 Nicht vorhandene Schwerkraft

»DIE FRAGE IST, was geschieht im Himmel?«

»Unermesslich Wunderbares?«

»Unfug. Die Antwort lautet: Nichts. Es kann nichts geschehen, denn wenn etwas geschähe, oder genauer gesagt, wenn etwas geschehen *könnte*, dann repräsentiert das nicht die Ewigkeit. Unser Leben basiert auf Entwicklung, Mutation und der Möglichkeit von Veränderungen; das ist beinahe eine Definition des Lebens schlechthin: Veränderung.«

»Haben Sie schon immer so gedacht?«

»Wenn man der Entwicklung entgegenwirkt, wenn man die Zeit anhält, wenn man Veränderung im Allgemeinen und die der Lebensumstände eines Einzelwesens im Besonderen verhindert – und das muss die Möglichkeit einschließen, dass sie sich zum Schlechteren verändern –, dann hat man nicht ein Leben nach dem Tod, man hat einfach nur den Tod.«

»Es gibt Leute, die glauben, dass die Seele nach dem Tod in ein anderes Wesen übergeht.«

»Das ist konservativ und ein wenig dumm, gewiss, aber nicht eigentlich idiotisch.«

»Und es gibt Leute, die glauben, dass im Falle des Todes der Seele gestattet wird, ihr eigenes Universum zu schaffen.«

»Monomanisch und lächerlich wie auch nachweislich falsch.«

»Dann gibt es Leute, die glauben, dass die Seele …«

»Nun, die Leute glauben viele unterschiedliche Dinge. Mich interessieren jedoch jene, die sich der Vorstellung von einem Himmel verschrieben haben. Das ist die Idiotie, die mich ärgert, die die anderen nicht sehen können.«

»Es könnte natürlich sein, dass Sie sich schlichtweg irren.«

»Machen Sie sich nicht lächerlich.«

»Wie auch immer, selbst wenn der Himmel ursprünglich nicht existiert hat, haben die Leute ihn erschaffen. Es gibt ihn. Genauer gesagt, gibt es viele verschiedene Himmel.«

»Pah! Technik. Diese so genannten Himmel sind nicht dauerhaft. Es wird ein Krieg in oder zwischen ihnen stattfinden.«

»Und was ist mit den Erhabenen?«

»Endlich; etwas jenseits des Himmels. Und leider deshalb nutzlos. Aber ein Anfang. Oder vielmehr ein Ende. Oder doch wieder ein Anfang einer neuen Art von Leben, was meine Ansicht bestätigt.«

»Ich kann Ihnen nicht mehr folgen.«

»Wir alle können nicht mehr folgen. Wir sind Tote.«

»… Sind Sie wirklich Professor der Göttlichkeit?«

»Natürlich bin ich das. Wollen Sie etwa sagen, das merkt man nicht gleich?«

»Mr. Ziller! Haben Sie den anderen Chelgrianer bereits kennen gelernt?«

»Tut mir Leid, sind wir uns schon mal begegnet?«

»Eben, genau das wollte ich ja wissen.«

»Nein, ich meine, sind wir beide, Sie und ich, uns schon mal begegnet?«

»Trelsen Scofford. Wir haben uns bei den Gidhoutans kennen gelernt.«

»Ach ja?«

»Sie haben gesagt, ich hätte mich ›einzigartig wortgewandt‹ und ›unvergleichlich spitzfindig‹ über Ihr Werk geäußert.«

»Ich glaube, diese Worte könnten gut aus meinem Mund stammen.«

»Hervorragend! Also, haben Sie diesen Typen schon kennen gelernt?«

»Nein.«

»Nein? Aber er ist doch schon seit zehn Tagen hier. Jemand hat gesagt, er lebt nur ...«

»Sind Sie wirklich so unwissend, wie Sie sich stellen, Trelsen, oder ist das irgendein launisches Spiel, das vielleicht auch noch komisch sein soll?«

»Tut mir Leid, ich ...«

»Es sollte Ihnen auch Leid tun. Wenn Sie sich etwas eingehender als nur oberflächlich interessiert hätten für ...«

»Mir ist lediglich zu Ohren gekommen, dass es da einen anderen Chelgrianer gibt ...«

»... die Geschehnisse, dann wüssten Sie, dass der ›andere Chelgrianer‹ ein feudaler Grobian ist, ein professionelles Raubein, das mit der Absicht hier aufgetaucht ist, mich zur gemeinsamen Rückkehr mit ihm in eine Gesellschaft zu überreden, die ich verachte. Ich habe nicht die geringste Neigung, diesen Kerl kennen zu lernen.«

»Oh. Das ist mir neu.«

»Dann sind Sie einfach nur unwissend und nicht unbedingt bösartig. Herzlichen Glückwunsch.«

»Dann werden Sie ihn also überhaupt nicht treffen?«

»Stimmt. Überhaupt nicht. Mein Plan ist, dass ich ihn ein paar Jahre lang warten lasse, bis er entweder die Schnauze voll hat und sich nach Hause trollt, wo er sich einem Bestrafungsritual unterziehen muss, oder er verfällt allmählich den Verlockungen von Masaq’ – seinen vielen Attraktionen im Besonderen und der Kultur und all ihrer wundervollen Manifestationen im Allgemeinen –, sodass er sich hier einbürgert. Dann bin ich vielleicht bereit, ihn zu treffen. Eine brillante Strategie, finden Sie nicht?«

»Meinen Sie das im Ernst?«

»Ich meine immer alles im Ernst, und erst recht dann, wenn ich schnodderig daherrede.«

»Glauben Sie, das wird funktionieren?«

»Weder weiß ich es, noch schert es mich. Es ist nur eine lustige Überlegung, mehr nicht.«

»Um warum wollen die, dass Sie zurückkehren?«

»Anscheinend bin ich der wahre Kaiser. Ich war ein Findling, der gleich nach seiner Geburt von einer eifersüchtigen Patin mit meinem lange verloren geglaubten bösen Zwillingsbruder, Fimmit, vertauscht wurde.

»Wie bitte? Wirklich?«

»Nein, natürlich nicht wirklich. Er ist gekommen, um eine Vorladung wegen einer kleineren Verkehrssünde zu überbringen.«

»Sie scherzen!«

»Verflixt, Sie haben richtig geraten! Nein, Tatsache ist, ich habe dieses Sekret, das aus meinen früheren Drüsen kommt; jeder chelgrianische Stamm hat ein oder zwei männliche Wesen in jeder Generation, die diese Substanz absondern. Ohne diese können die Männer meines Stammes keine festen Stoffe verdauen. Wenn sie nicht mindestens einmal pro Gezeitenperiode an der entsprechenden Stelle lecken, entfahren ihnen schreckliche Winde. Unseligerweise zog sich mein Vetter Kehenahanaha junior der Dritte neulich bei einem bemerkenswerten Reitunfall eine Verletzung zu, aufgrund derer er dieses lebenswichtige Sekret nicht mehr produzieren kann, deshalb brauchen sie mich unbedingt dort, sonst platzen die männlichen Mitglieder meiner Familie an angestauter Scheiße. Es gibt natürlich eine chirurgische Alternative, doch leider liegen die medizinischen Patentrechte bei einem Stamm, den wir seit drei Jahrhunderten nicht anerkennen. Meinungsverschiedenheiten wegen eines Gebots zur falschen Zeit, verursacht durch ein versehentliches Rülpsen während einer Brautwerbung oder -auktion, so weit ich weiß. Wir sprechen nicht gern darüber.«

»Das … das ist nicht Ihr Ernst?«

»Bei Ihnen komme ich wohl mit gar nichts durch, wie? Nein, in Wirklichkeit geht es um ein nicht zurückgegebenes Buch aus der Bücherei.«

»Jetzt veralbern Sie mich aber, oder?«

»Schon wieder haben Sie mich durchschaut. Es ist beinahe so, dass ich gar nicht hier zu sein brauchte.«

»Dann wissen Sie also wirklich nicht, warum man unbedingt Ihre Rückkehr wünscht?«

»Nun, welchen Grund könnte es dafür geben?«

»Fragen Sie nicht mich!«

»Das habe ich mir auch gedacht.«

»He, warum erkundigen Sie sich nicht einfach?«

»Besser wäre, da Sie anscheinend derjenige sind, den es so sehr interessiert, wenn Sie denjenigen, den sie so charmant als den ›anderen Chelgrianer‹ bezeichnen, einfach bitten würden, Ihnen zu erklären, warum man mich so dringend wieder haben will.«

»Nein, ich meinte Nabe.«

»Nun ja, Nabe weiß schließlich alles. Sehen Sie, da drüben ist Nabes Avatar.«

»He, stimmt! Lassen Sie uns … Oh. Ach, also dann, bis später … Oh! Sie müssen der Homomdaner sein.«

»Gut erkannt.«

»Also, was macht diese Frau nun eigentlich?«

»Sie hört mir zu.«

»Sie hört zu? Ist das alles?«

»Ja. Ich spreche, und sie hört, was ich sage.«

»Und? Ich meine, ich höre Ihnen jetzt auch zu. Was macht diese Frau so Besonderes?«

»Na ja, sie hört zu, ohne diese Art von Fragen zu stellen, wie Sie es gerade getan haben, wenn ich offen sein darf.«

»Wie meinen Sie das? Ich habe doch nur gefragt ...«

»Ja, aber begreifen Sie denn nicht? Sie werden gleich aggressiv, Sie haben beschlossen, dass jemand, der jemand anderem einfach nur zuhört ...«

»Und sonst macht sie nichts?«

»Eigentlich nicht. Aber es ist sehr hilfreich.«

»Haben Sie keine Freunde?«

»Natürlich habe ich Freunde.«

»Nun, hat man die denn nicht dafür?«

»Nein, nicht immer, nicht für alles, über das ich reden möchte.«

»Ihr Haus?«

»Früher habe ich mich mit meinem Haus über alles Mögliche unterhalten, aber irgendwann wurde mir klar, dass ich nur mit einer Maschine redete, die nicht einmal die anderen Maschinen für gefühlsbegabt halten.«

»Was ist mit Ihrer Familie?«

»Ich bin in besonderem Maße dagegen, alles mit meiner Familie zu teilen. Sie spielen eine wesentliche Rolle in dem, worüber ich sprechen möchte.«

»Ach, ja? Das ist schrecklich. Sie armes Ding! Dann ist Nabe der Richtige. Er ist ein guter Zuhörer.

»Aha, ich verstehe. Aber einige von uns finden, dass er sich nur den Anschein gibt, als würde ihn etwas interessieren.«

»Wie bitte? Aber er ist so *konstruiert*, dass er sich interessiert.«

»Nein, er ist so konstruiert, dass er sich den *Anschein* gibt, als würde er sich interessieren. Am besten ist es mit jemandem, bei dem man das Gefühl hat, dass man auf Tierebene kommuniziert.«

»Auf Tierebene?«

»Ja.«

»Und das soll gut sein?«

»Ja. Es ist ein Austausch sozusagen von Instinkt zu Instinkt.«

»Dann sind Sie also der Ansicht, dass Nabe alles gleichgültig ist?«

»Er ist nur eine Maschine.«

»Sie ebenfalls.«

»Nur im weitesten Sinn. Ich rede lieber mit einem Menschen. Manche von uns finden, dass Nabe zu sehr unser Leben beherrscht.«

»Tut er das? Ich dachte, wenn man nichts mit ihm zu tun haben möchte, dann geht das.«

»Schon, aber immerhin lebt er auf dem Orbital, nicht wahr?«

»Na und?«

»Nun, er führt das Orbital, das will ich damit sagen.«

»Stimmt, aber irgendjemand muss es ja führen.«

»Ja, aber Planeten brauchen niemanden, der sie führt. Sie sind einfach … da.«

»Dann möchten Sie also auf einem Planeten leben?«

»Nein, ich glaube, ich würde sie ein bisschen klein und seltsam finden.«

»Sind sie nicht gefährlich? Schlägt dort nicht alles mögliche Zeug ein?«

»Nein, Planeten haben Abwehrsysteme.«

»Aha, und die muss jemand führen.«

»Ja, aber Sie verstehen den Kern der Sache nicht.«

»Ich meine, Sie würden doch wohl nicht wollen, dass eine *Person* für solche Belange verantwortlich ist, oder? Das würde mir Angst machen. Das wäre wie in den alten Zeiten, wie das Barbarentum oder so.«

»Nein, aber der Punkt ist, dass man, wo immer man auch lebt, sich damit abfinden muss, dass irgendetwas sich um die Infrastruktur kümmert, aber das sollte sich nicht auch in das eigene Leben einmischen. Deshalb haben wir das Gefühl, dass wir mehr mit unseresgleichen sprechen sollten, nicht mit unseren Häusern oder mit Nabe oder Drohnen oder irgend so etwas.«

»Das ist zutiefst eigenartig. Gibt es viele Leute wie Sie?«

»Na ja, nicht allzu viele, aber ich kenne einige.«

»Haben Sie sich zu einer Gruppe zusammengeschlossen? Treffen Sie sich regelmäßig? Haben Sie schon einen Namen?«

»Ja und nein. Es hat viele Namensvorschläge gegeben. Jemand meinte, wir sollten uns die ›Heiklichen‹ oder ›Zellisten‹ oder ›Carboniphilen‹ oder ›Verweigerer‹ oder ›Spokianer‹ oder ›Randler‹ oder ›Planetisten‹ oder ›Wellianer‹ oder ›Circumferlocuaner‹ oder ›Circumlocuferaner‹ nennen, aber ich bin nicht der Ansicht, dass wir uns einen dieser Namen zulegen sollten.«

»Warum nicht?«

»Nabe hat sie vorgeschlagen.«

»… Entschuldigung.«

»… Wer war das?«

»Der homomdanische Botschafter.«

»Bisschen monströs, finden Sie nicht? … Was? *Was?*«

»Sie haben ein sehr gutes Hörvermögen.«

»Hallo! Mr. Ziller! Ich habe ganz vergessen zu fragen, wie geht es mit dem Stück voran?«

»… Trelsen, wenn ich mich nicht täusche?«

»Ja, natürlich.«

»Von welchem Stück sprechen Sie?«

»Sie wissen doch – die Musik.«

»Musik. O ja. Ja, ich habe ziemlich viele Musikstücke geschrieben.«

»Ach, hören Sie doch auf zu ulken. Also, wie geht es voran?«

»Meinen Sie im Allgemeinen oder haben Sie ein bestimmtes Werk im Sinn?«

»Das neue natürlich!«

»O ja, natürlich.«

»Und?«

»Sie meinen, in welchem Stadium der Vorbereitung befindet sich die Symphonie?«

»Ja. Wie weit ist die Sache gediehen?«

»Weit.«

»Weit?«

»Ja, sie ist weit gediehen.«

»Oh! Hervorragend. Gut gemacht! Ich freue mich schon darauf, sie zu hören. Großartig. Ausgezeichnet.«

»… Ja, schleich dich, ab durch die Mitte, du Missgeburt! Hoffentlich habe ich nicht zu viele Fachbegriffe verwendet … Oh, hallo, Kabo. Sind Sie auch noch da? Wie geht's denn so?«

»Mir geht's gut. Und Ihnen?«

»Ich bin umringt von Idioten. Zum Glück bin ich daran gewöhnt.«

»Anwesende ausgenommen, hoffe ich.«

»Kabo, wenn es einen einzigen Narren gibt, den ich gern ertrage, dann sind Sie das, das versichere ich Ihnen.«

»Hmm. Na gut, ich fasse das mal so auf, wie ich hoffe, dass Sie es gemeint haben, und nicht so, wie ich befürchte, dass Sie es gemeint haben. Hoffnung ist eine angenehmere Geistesregung als Misstrauen.«

»Ihr Repertoire an geistreichen Formulierungen erstaunt mich immer wieder, Kabo. Wie war der Gesandte?«

»Quilan?«

»Ich glaube, auf diesen Namen hört er.«

»Er hat sich damit abgefunden, dass ihm eine lange Wartezeit bevorsteht.«

»Wie ich gehört habe, haben Sie mit ihm einen Spaziergang unternommen.«

»Auf dem Küstenweg bei Vilster.«

»Ja. Dieser kilometerlange Weg, und nicht ein einziger Ausrutscher! Das nenn ich das Glück herausfordern!«

»Er war ein angenehmer Begleiter, und allem Anschein nach ist er kein übler Kerl. Vielleicht ein wenig zäh.«

»Zäh?«

»Zurückhaltend und ruhig, sehr ernst; er hat eine gewisse Stille an sich.«

»Stille?«

»Die Art von Stille, die sich in der Mitte des dritten Satzes von ›Stürmische Nacht‹ findet, wenn der Stahlwind lautlos herbsinkt und die Bässe die langen, abklingenden Töne halten.«

»Oh, eine symphonische Stille. Und soll diese an den Haaren herbeigezogene Anlehnung an eines meiner Werke mich ihm zugeneigt machen?«

»Dies war genau der Zweck meiner Ausführung.«

»Sie sind ein ziemlich schamloser Werber, nicht wahr, Kabo?«

»Finden Sie?«

»Empfinden Sie denn nicht die geringste Scham, wenn Sie sich auf diese Weise für die anderen zum Kuppler machen?«

»Für wen?«

»Nabe, die Kontakt-Sektion, die Kultur als Ganzes, ganz zu schweigen von meinen eigenen reizenden Artgenossen und meiner hervorragenden Regierung.«

»Ich wüsste nicht, dass Ihre Regierung mich gebeten hat, in irgendeiner Weise für sie tätig zu werden.«

»Kabo, Sie wissen nicht, um welche Hilfeleistung sie gebeten oder was sie vom Kontakt verlangt haben.«

»Nun ja, ich …

»Ach, du meine Güte!«

»Habe ich mich verhört oder hat jemand unseren

Namen erwähnt? Ach, Kst. Ziller. Br. Ischloear. Liebe Freunde, es freut mich außerordentlich, Sie hier anzutreffen.«

»Tersono. Sie sehen bestens aufpoliert aus.«

»Danke.«

»Und Sie befinden sich in sehr angenehmer Gesellschaft, wie immer.«

»Kabo, Sie sind einer meiner wichtigsten Wetterhähne, wenn Sie es mir nachsehen, dass ich Sie damit gleichzeitig lobe und verunglimpfe. Ich verlasse mich ganz auf Sie, um zu erfahren, ob alles wahrhaftig gut verläuft oder ob die Leute nur höflich sind, deshalb bin ich froh, dass Sie so empfinden.«

»Und Kabo freut sich, dass Sie sich freuen. Ich habe ihn gerade vorhin nach unserem chelgrianischen Kumpel gefragt.«

»Ach ja, der arme Quilan.«

»Arm?«

»Na ja, Sie wissen doch – das mit seiner Frau.«

»Nein, ich weiß nichts. Was ist mir ihr? War sie außergewöhnlich hässlich?«

»Nein! Sie ist tot!«

»Ein Zustand, der selten zu einem schöneren Aussehen verhilft.«

»Ziller! Aber wirklich! Der arme Kerl hat seine Frau im Kastenkrieg verloren. Wussten Sie das nicht?«

»Nein.«

»Ich glaube, Ziller war genauso eifrig bestrebt, sich allem Wissen über Major Quilan zu entziehen, wie ich dieses angesammelt habe.«

»Und Sie haben dieses Wissen nicht mit Ziller geteilt, Kabo! Schämen Sie sich!«

»Mein Schamgefühl scheint heute Abend ein besonders beliebtes Thema zu sein. Aber – nein, habe ich nicht. Vielleicht war ich kurz vor Ihrer Ankunft im Begriff, es zu tun.«

»Ja, das Ganze war furchtbar tragisch. Sie waren noch gar nicht lange verheiratet gewesen.«

»Zumindest können sie sich auf eine Wiedervereinigung in der absurden Blasphemie unseres selbst gebastelten Himmels freuen.«

»Anscheinend nicht. Ihr Implantat war anscheinend nicht in der Lage, ihre Persönlichkeit zu retten. Sie ist für immer weg.«

»Wie nachlässig! Und was ist mit den Implantaten des Majors?«

»Was soll damit sein, Ziller?«

»Welcher Art sind sie? Haben Sie ihn mal auf eine ungewöhnliche Ausstattung hin durchsucht? Von der Art, wie sie Spezialagenten, Spione, Attentäter und so weiter zu haben pflegen. Nun? Haben Sie ihn auf solche Dinge untersucht?«

»… Es ist still geworden. Glauben Sie, dass es kaputt ist?«

»Ich glaube, dass es anderswo kommuniziert.«

»Ist das die Bedeutung dieser Farben da?«

»Nein, das glaube ich nicht.«

»Das ist einfach nur grau, nicht wahr?«

»Ich glaube, technisch betrachtet ist das Kanonenmetall.«

»Und ist das magentarot?«

»Eher violett. Obwohl Ihre Augen natürlich anders sehen als meine.«

»Ahem.«

»Oh, Sie sind zurück.«

»In der Tat. Die Antwort ist, dass der Gesandte Quilan auf dem Weg hierher mehrmals gescannt worden ist. Schiffe lassen keine Leute mehr an Bord, ohne sie nach irgendetwas Gefährlichem zu untersuchen.«

»Sind Sie sicher?«

»Mein lieber Ziller, er ist mit Fahrzeugen transportiert worden, die genau gesagt drei Kriegsschiffe der

Kultur waren. Können Sie sich im Entferntesten vorstellen, wie nanoskopisch fanatisch solche Dinge in Bezug auf potenziell schädigende Hygiene sein können?«

»Was ist mit seinem Seelenhort?«

»Wurde nicht direkt gescannt; das würde bedeuten, sein Gehirn zu lesen, was *schrecklich* unhöflich wäre.«

»Ah-ha.«

»Ah-ha was?«

»Ziller hat Angst, der Major könnte hier sein, um ihn zu entführen oder zu ermorden.«

»Das wäre grotesk.«

»Trotzdem.«

»Ziller, mein lieber Freund, bitte, wenn es das ist, was Sie beschäftigt, machen Sie sich keine Sorgen. Entführung ist … ich kann Ihnen gar nicht sagen wie unwahrscheinlich. Mord … Nein. Major Quilan hat nichts Schlimmeres als einen Zeremoniendolch mitgebracht.«

»Ach! Dann werde ich also möglicherweise zeremoniell zu Tode befördert. Das ist etwas anderes. Lassen Sie uns morgen zusammenkommen. Wir könnten miteinander campen, in einem gemeinsamen Zelt. Ist er schwul? Wir könnten ficken. Ich bin nicht schwul, aber es ist eine Zeit her, dass ich … abgesehen von Nabes Traumhuren …«

»Kabo, hören Sie auf zu lachen; Sie dürfen ihn nicht ermutigen. Ziller, der Dolch ist ein Dolch, sonst nichts.«

»Nicht etwa eine Messerrakete?«

»Nein, keine Messerrakete, nicht einmal verkleidet oder in erinnerter Form. Es ist ein schlichter Gegenstand aus massivem Stahl und Silber. Eigentlich handelt es sich um einen besseren Brieföffner. Ich bin sicher, wenn wir ihn bitten, ihn abzulegen …«

»Vergessen Sie den blöden Dolch! Vielleicht ist es ein Virus, eine Krankheit oder so was.«

»Hmm.«

»Was meinen Sie mit ›hmm‹?«

»Nun, unsere Medizin ist seit etwa achttausend Jahren auf dem Stand der Vollkommenheit, und im Laufe dieser ganzen Zeit haben wir es uns angewöhnt, andere Spezies schnell einzuschätzen, um zu einem vollen Verständnis ihrer Physiologie zu kommen, deshalb ist es unmöglich, dass eine gewöhnliche Krankheit, selbst eine neue, sich hier einnistet, dank der körpereigenen Abwehrkräfte, und ganz gewiss wird sie gegen externe medizinische Maßnahmen ganz und gar nichts ausrichten können. Allerdings hat jemand mal ein Gehirn zerstörendes, die genetische Signatur entschlüsselndes Virus entwickelt, das so schnell wirkte, dass es sich in mehr als einem Fall als wirkungsvoll erwies. Fünf Minuten nachdem der Mörder in dem Raum, in dem sich das vorgesehene Opfer befand, geniest hatte, verwandelten sich ihre Gehirne – und nur ihre – in Suppe.«

»Und?«

»Wir halten also Ausschau nach so etwas. Und ich kann Ihnen versichern, Quilan ist sauber.«

»Dann haben wir es hier also mit nichts anderem zu tun, als dem reinen zellularen Wesen?«

»Abgesehen von seinem Seelenhort.«

»Ach so. Und was ist mit seinem Seelenhort?«

»Es ist ein einfacher Seelenhort, soweit wir das beurteilen können. Mit Sicherheit ist er von derselben Größe und hat eine ähnliche äußere Erscheinung.«

»Eine ähnliche äußere Erscheinung? Soweit Sie das *beurteilen* können?«

»Ja, es handelt sich um …«

»Und diese Leute, meine homomdanischen Freunde, haben sich in der gesamten Galaxis einen guten Ruf wegen ihrer Gründlichkeit erworben. Unglaublich!«

»War es Gründlichkeit? Ich dachte, es war wegen ihrer Exzentrik. Da sieht man es mal wieder.«

»Ziller, ich möchte Ihnen eine Geschichte erzählen.«

»Oh, muss das sein?«

»Es muss wohl sein. Jemand hat sich mal etwas ausgedacht, um das Sicherheitssystem des Kontakts zu überlisten.«

»Seriennummern anstatt lächerlicher Schiffsnamen?«

»Nein, sie dachten, sie könnten eine Bombe an Bord einer AKE schmuggeln.«

»Ich habe selbst das eine oder andere Kontaktschiff kennen gelernt, und ich muss gestehen, dass auch mir dieser Gedanke gekommen ist.«

»Sie gingen so vor, dass sie einen Humanoiden schufen, der dem Anschein nach ein körperliches Gebrechen mit dem Namen Hydrocephalie hatte. Haben Sie davon schon mal etwas gehört?«

»Wasser im Gehirn?«

»Flüssigkeit füllt den Kopf des Fötus, und das Gehirn wächst als dünne, schmierige Schicht um das Innere des Erwachsenenschädels herum. So etwas kommt in einer entwickelten Gesellschaft nicht vor, aber sie hatten eine plausible Erklärung dafür, dass dieses Individuum es hatte.

»Ein Putzmacher-Maskottchen?«

»Ein prophetischer Gelehrter?«

»Nahe dran.«

»Die Sache war die, dass dieses Individuum eine kleine Antimaterie-Bombe in der Mitte seines Schädels trug.«

»Oh. Hörte man sie nicht herumpoltern, wenn er den Kopf schüttelte?«

»Das Behältnis war mit atomarem Monofil befestigt.«

»Und?«

»Verstehen Sie nicht? Sie dachten, wenn sie das Ding in seinem Kopf verstecken, umgeben von seinem Gehirn, würde es bei keiner Überprüfung durch einen Kultur-Scanner auffallen, weil wir bekanntermaßen den Leuten nicht in die Köpfe schauen.«

»Dann hatten sie also Recht gehabt, es funktionierte, das Schiff wurde in Millionen Stücke zerfetzt, und mich soll das alles beruhigen?«

»Nein.«

»Das habe ich eigentlich auch nicht angenommen.«

»Sie hatten nicht Recht, das Gerät wurde entdeckt, und das Schiff segelte friedlich weiter.«

»Was ist geschehen? Es hat sich gelöst, er musste niesen und dabei flutschte es peinlicherweise heraus?«

»Ein Standard-Gehirnscanner sieht etwas vom Hyperspace aus, aus der vierten Dimension. Eine undurchdringliche Kugel sieht wie ein Kreis aus. Verschlossene Räume sind ungehindert zugänglich. Sie oder ich würden für sie flach aussehen.«

»Flach? Hmm. Ich habe verschiedene Kritiker erlebt, die Zugang zum Hyperspace gehabt haben mussten. Offenbar muss ich mich bei mehreren davon entschuldigen. Verdammt!«

»Das Schiff las nicht etwa das Gehirn des unseligen Geschöpfs – eine so genaue Überprüfung war gar nicht nötig, denn es war so offensichtlich, dass er eine Bombe bei sich trug, als ob er sie auf dem Kopf balancieren würde.

»Ich habe das Gefühl, das Ganze ist eine langatmige Art und Weise, mir zu sagen, dass ich mir keine Sorgen machen soll.«

»Wenn ich zu langatmig war, dann bitte ich um Verzeihung. Mein Bestreben war nur, Sie zu trösten.«

»Betrachten Sie mich als getröstet. Ich bilde mir nun nicht mehr ein, dass dieses Stück Scheiße hier ist, um mich umzubringen.«

»Dann werden Sie sich also mit ihm treffen?«

»Bestimmt nicht, auf gar keinen Fall.«

»Fertig Mit Diesem Nettigkeiten- Und Verhandlungs-Quatsch.«
»Ja. Hat Spaß gemacht. Angriffseinheit?«

»Aber sicher.«

»War ja klar.«

»Ja. Du bist dran.«

»*Nicht mein Problem*.«

»Hmm.«

»›Hmm‹? Nur ›Hmm‹?«

»Na ja. Hab's nicht für mich gemacht. Wie wär's mit *Mangel An Diesem Kleinen Wettkampf-Temperament*.«

»Bisschen abwegig.«

»Na ja, mir hat so was immer schon gefallen.«

»*Stochere Mit Einem Stock Darin Herum*.«

»AE?«

»AKE.«

»*ICH SAGTE, ICH HAB 'NEN GROSSEN STOCK*.«

»Wie bitte?«

»Es heißt *ICH SAGTE, ICH HAB 'NEN GROSSEN STOCK*. Man muss es leise sagen. Es schreibt sich in kleiner Schrift. Eine AE, wie man sich vorstellen kann.«

»Ach ja, sicher.«

»Wahrscheinlich meine Lieblingsversion. Ich glaube, das ist einfach die beste.«

»Nicht so gut wie *Reich Mir Die Waffe Und Frag Mich Noch Mal*.«

»Okay, nicht schlecht, aber nicht sehr feinsinnig.«

»Dafür aber weniger an den Haaren herbeigezogen.«

»Andererseits, *Aber Wer Zählt*?«

»Ja. *Eine angemessene Riposte*.«

»*Wir Kennen Uns Noch Nicht, Aber Sie Sind ein Begeisterter Fan Von Mir*.«

»Ach? Ja? Wie?«

»Nein, ich wollte nur sagen, ist das nicht alles ein großer Spaß?«

»Doch, schon. Nun, ich bin froh, dass wir endlich zu einer Einigung gekommen sind.«

»Was soll das heißen, wir sind endlich zu einer Einigung gekommen?«

»Das soll heißen, wir haben uns endlich darauf ge-einigt, dass die Namen es wert sind, in höflicher Gesellschaft erwähnt zu werden.«

»Wovon redest du? Ich nenne dir schon seit Jahren Schiffsnamen, bevor du überhaupt angefangen hast, davon Notiz zu nehmen.«

»Ich möchte meinerseits einen nennen: *Trotzdem, Ich Habe Es Zuerst Gesehen.*«

»Wie?«

»Du hast es gehört.«

»Ha! Also gut; *Hingerissen Von Der Puren Unwahr-scheinlichkeit Dieser Letzten Äußerung.*«

»Ach, komm jetzt! Du hast *Null Glaubwürdigkeit.*«

»Und du bist *Reizend Aber Bar Jeder Vernunft.*«

»Du hingegen bist *Wahnsinnig Aber Entschlossen.*«

»Und *Du Bist Vielleicht Nicht Die Coolste Person Hier.*«

»Du kommst ins Phantasieren.«

»Nein, ich ... Moment mal, war das ein Schiffs-name?«

»Nein, aber hier ist einer: was du daherredest ist *Lichter Unsinn.*«

»*Linkischer Kunde.*«

»*Gründlich Aber ... Unzuverlässig.*«

»*Ein Fortgeschrittener Fall Von Chronischer Pathetik.*«

»*Wieder Mal Ein Nettes Produkt Aus Der Unsinn-Fabrik.*«

»*Konventionelle Weisheit.*«

»*In Einem Ohr.*«

»*Gut, Bis Du Gekommen Bist.*«

»*Ich Gebe Den Eltern Die Schuld.*«

»*Unpassende Erwiderung.*«

»*Vorübergehende Geistige Entgleisung.*«

»*Entgleister Pazifist.*«

»*Reformierte Weichbacke.*«

»*Hochmut Kommt Vor Dem Fall.*«

»*Verletzungszeit.*«

»*Jetzt Schau Wie Weit Du mich Getrieben hast.*«

»*Dann Küsse Das Hier.*«

»Hört mal, wenn ihr beide streiten wollt, dann macht das draußen.«

»… Ist das einer?«

»Ich glaube nicht. Könnte aber einer sein.«

»Ja.«

»Nabe.«

»Ziller. Guten Abend. Amüsieren Sie sich?«

»Nein. Und Sie?«

»Natürlich.«

»Natürlich? Kann denn wahres Glück etwas so – Selbstverständliches sein? Wie deprimierend.«

»Ziller, ich bin ein Nabe-Gehirn. Ich muss mich um ein ganzes – und, wenn ich so sagen darf, phantastisches – Orbital kümmern, gar nicht zu reden von den fünfzig Milliarden Leuten, die meiner Obhut anvertraut sind.«

»Ich hätte bestimmt nicht darüber geredet.«

»Derzeit beobachte ich gerade eine verblassende Supernova in einer Galaxis, die anderthalb Milliarden Jahre entfernt ist. Etwas näher an unserer Heimat, tausend Jahre entfernt, beobachte ich einen sterbenden Planeten, der in der Atmosphäre einer roten Riesensonne kreist und sich dabei in Spiralen langsam dem Kern nähert. Außerdem kann ich die Auswirkungen der Zerstörung des Planeten auf die Sonne verfolgen, die sich in tausend Jahren einstellen werden, via Hyperspace.

Innerhalb des Systems verfolge ich die Spuren von Millionen von Kometen und Asteroiden und steuere die Umlaufbahnen von Zehntausenden davon; einige davon dienen als Rohmaterial für die Gestaltung von Plattenlandschaften, einige müssen einfach nur aus dem Weg gehalten werden. Nächstes Jahr werde ich einen großen Kometen mitten durch das Orbital kommen lassen, zwischen dem Rand und der Nabe. Das wird bestimmt ein großartiges Schauspiel. Einige Hunderttausend kleinere Körper rasen zurzeit auf uns zu, so gekennzeichnet, dass sie uns bei der Premiere Ihres neuen Orchesterwerks am Ende der Zwillingsnovae-Periode eine überwältigende Lichtschau liefern werden.

»Es war das ...«

»Im Übrigen stehe ich natürlich gleichzeitig in permanenter Verbindung mit Hunderten anderer Gehirne; mit Tausenden im Laufe jedes beliebigen Tages; mit Schiffs-Gehirnen jedes Typs, einige davon befinden sich in der Annäherung, einige haben sich gerade erst entfernt, einige sind alte Freunde, einige haben ähnliche Interessen wie ich selbst und teilen meine Faszination, dazu kommen weitere Orbitale und Universitätsgelehrte, unter anderen. Ich habe elf Wandernde Persönlichkeitsgebilde, und jedes davon flitzt in der größeren Galaxis über die Zeit hinweg von Ort zu Ort, haust mit anderen Gehirnen in den Prozessor-Substraten von ASF und kleineren Fahrzeugen, anderen Orbitalen, Exzentrischen und Jenseitigen Fahrzeugen und mit Gehirnen verschiedener anderer Art; wie sie sein werden und wie mich diese einst identischen Geschwister möglicherweise verändern werden, wenn sie zurückkehren und wir in Betracht ziehen, uns wieder zu vereinigen, das kann ich mir nur vorstellen und mich darauf freuen.«

»Das hört sich alles ...«

»Da ich gegenwärtig keine anderen Gehirne beherberge, freue ich mich auch darauf.«

»... faszinierend an. Also ...«

»Zusätzlich dazu stehen Sub-Systeme, wie zum Beispiel Produktionsprozess-Überwachungskomplexe, in einem ständigen spannenden Dialog miteinander. Innerhalb der nächsten Stunde wird in einem Schiffshof in einer Höhle unter der Buzuhn-Spuntwand ein neues Gehirn geboren, um noch vor Ablauf des Jahres in ein AKF eingesetzt zu werden.«

»Nein, nein; fahren Sie fort.«

»Unterdessen beobachte ich durch eine meiner planetarischen Fernstationen, wie zwei zyklonische Systeme auf Naratradjan Prime kollidieren und eine Glyphensequenz herstellen, mit der Auswirkung von ultrastarken atmosphärischen Phänomenen auf ansonsten bewohnbaren Ökosphären. Hier auf Masaq' beobachte ich eine Reihe von Lawinen im Pilthunguon-Gebirge auf Hildri, einen Tornado, der über die Shaban-Savanne auf Akroum tobt, eine Insel der Sworl-Gruppe, die im Picha-Meer kalbt, einen Waldbrand in Molben, eine Seiche-Springflut, die durch den Gradeens-Fluss wogt, ein Feuerwerk über Junzra City, ein Holzhausgerüst, das in einem Dorf in Furl an Ort und Stelle gehievt wird, ein Quartett von Liebenden auf einem Hügel in …«

»Sie haben Ihr …«

»… Ocutti. Dann gibt es noch die Drohnen und andere autonome empfindungsfähige Wesen, die zur Hochgeschwindigkeits-Kommunikation fähig sind, sowie die mit Implantaten versehenen Menschen und andere Biologische, die ebenfalls in der Lage sind, sich ohne Vermittlung zu unterhalten. Außerdem habe ich natürlich noch Millionen von Avataren wie diesen hier; die Mehrzahl von ihnen sprechen in diesem Augenblick mit jemandem oder hören jemandem zu.«

»… Sind Sie fertig?«

»Ja. Doch selbst wenn all das andere Zeug ein wenig esoterisch erscheint, dann denken Sie doch einfach an die vielen Avatare bei all den Zusammenkünften, Konzerten, Tanzveranstaltungen, Feierlichkeiten, Parties und Festessen; denken Sie an all die Gespräche, all diese Gedanken, all diesen geistreichen Glanz.«

»Denken Sie an all die Scheiße, den Unsinn und die Trugschlüsse, die Selbstherrlichkeit und den Selbstbetrug, die Schlafmützigkeit und die Dummheit, die pathetischen Versuche zu beeindrucken oder sich einzuschmeicheln, die Humorlosigkeit und geistige Trägheit, das Nichtbegreifen und das Nichtbegreifliche, die durch hormonelle Zickzackhaken verursachte Wirrnis und die allgemeine erstickende Langeweile.«

»Das ist Blabla, Ziller. Ich gehe nicht darauf ein. Ich kann dem größten Langweiler aller Zeiten höflich und notfalls auch treffend antworten, und es kostet mich gar nichts. Es ist so, wie wenn man alle langweiligen Anteile im Raum zwischen dem netten Zeug wie Planeten und Sternen und Schiffen ignoriert. Und selbst das Langweilige ist nicht durch und durch langweilig.«

»Ich kann Ihnen gar nicht sagen, wie froh ich bin, dass Sie ein so erfülltes Leben führen, Nabe.«

»Danke.«

»Könnten wir nur mal ganz kurz über mich sprechen?«

»So lange Sie es wünschen.«

»Mir ist soeben ein ganz schrecklicher Gedanke gekommen.«

»Nämlich?«

»Die Premiere von *Erlöschendes Licht*.«

»Ach, Sie haben schon einen Titel für Ihr neues Werk.«

»Ja.«

»Ich werde die zuständigen Leute davon unterrichten. Zusätzlich zu dem Meteoriten-Regen, den ich zuvor erwähnt habe, werden wir noch eine konventionelle Laser- und Feuerwerks-Show bringen, und es gibt auch Tanztruppen und eine Holo-Interpretation.«

»Ja, ja, ich bin überzeugt davon, meine Musik liefert die passende Aura-Tapete für dieses ganze Schauspiel.«

»Ziller, ich hoffe Sie wissen, dass das Ganze natürlich mit erlesenem Geschmack gestaltet sein wird. Gegen Ende wird alles verebben, wenn die zweite Nova aufleuchtet.«

»Das ist es nicht, worüber ich mir Sorgen mache. Ich bin sicher, alles wird grandios verlaufen.«

»Was ist es dann?«

»Sie werden diese Hundsfott Quilan einladen, nicht wahr?«

»Aha.«

»Ja, ›aha‹. Das haben Sie doch vor, oder nicht? Ich wusste es. Ich spüre schon, wie das tumoröse Eitergehirn hereintänzelt. Ich hätte niemals einwilligen sollen, dass er nach Aquime kommen kann. Ich weiß nicht, was ich mir dabei gedacht habe.«

»Ich glaube, es wäre sehr ungezogen und ein Zeichen äußerst schlechter Manieren, wenn wir den Gesandten nicht einladen würden. Das Konzert wird wahrscheinlich das herausragendste und wichtigste kulturelle Ereignis dieses Jahres sein.«

»Was meinen Sie mit ›wahrscheinlich‹?«

»Also gut, bestimmt. Es besteht jetzt schon sehr reges Interesse daran. Selbst wenn wir das Stullien-Stadion für die Veranstaltung benutzen, wird die Zahl der Enttäuschten, die keine Karten für das Live-Ereignis mehr bekommen, gewaltig sein. Ich musste Wettbewerbe durchführen, um sicherzustellen, dass Ihre treuesten Fans dabei sein können, und die Verteilung der übrigen Karten mehr oder weniger dem Zufall überlassen. So, wie es bis jetzt aussieht, wird niemand vom Vorstand es schaffen, bei dem Live-Ereignis dabei zu sein, es sei denn, irgendjemand, der einem anderen schmeicheln will, gibt seinen Sitz ab. Das Publikum an den Übertragungorten, die über den ganzen Orbit verteilt sind, könnte sich auf zehn Milliarden oder mehr beziffern. Ich persönlich habe genau drei Karten zu meiner Verfügung; die Platzzuweisung unterliegt so engen Begrenzungen, dass ich eine davon hergeben muss, wenn ich möchte, dass einer meiner Avatars dabei ist.«

»Das ist doch der beste Vorwand, um diesen Kerl Quilan nicht einzuladen.«

»Sie und er sind die einzigen beiden Chelgrianer hier, Ziller; Sie sind der Komponist, und er unser Ehrengast. Wie könnte ich ihn nicht einladen?«

»Weil ich nicht komme, wenn er dort ist, so einfach ist das.«

»Sie meinen, Sie werden bei Ihrer eigenen Premiere nicht dabei sein?«

»Richtig.«

»Sie werden nicht dirigieren?«

»Auch richtig.«

»Aber Sie dirigieren doch immer bei der Premiere.«

»Diesmal nicht. Nicht, wenn er dort ist.«

»Aber Sie müssen dort sein.«

»Nein, muss ich nicht.«

»Aber wer soll dann dirigieren?«

»Niemand. Solche Stücke verlangen eigentlich gar keinen Dirigenten. Komponisten dirigieren zur Befriedigung ihres eigenen Ego und um sich als Teil der Aufführung und nicht nur der Vorbereitung zu fühlen.«

»Vorhin haben Sie aber anders gesprochen. Sie sagten, es gäbe Nuancen, die nicht programmiert werden können, Entscheidungen, die der Komponisten an Ort und Stelle bei der Premiere treffen muss, als Reaktion auf das Verhalten des Publikums, das bedürfe eines einzelnen Wesens, um zu kollationieren, zu analysieren und zu reagieren, in der Funktion eines Richtpunktes für die verteilten …«

»Ich habe Ihnen Scheiß erzählt.«

»Ich hatte damals den Eindruck, dass Sie es genau so ernst meinen wie jetzt.«

»Das ist eine meiner besonderen Gaben. Tatsache ist,

ich werde nicht dirigieren, wenn dieser Söldner-Huren-bock anwesend ist. Ich werde mich nicht einmal in der Nähe blicken lassen. Ich bleibe zu Hause oder bin sonstwo.«

»Das wäre für alle Beteiligten eine äußerst peinliche Situation.«

»Dann sorgen Sie dafür, dass er nicht kommt, wenn Sie wollen, dass ich dort bin.«

»Wie stellen Sie sich das vor? Wie soll ich das machen?«

»Sie sind ein Naben-Gehirn, wie Sie gerade erst in anstrengender Weitschweifigkeit erklärt haben. Ihre Möglichkeiten sind nahezu unerschöpflich.«

»Warum können wir Sie beide für die Dauer dieses Abends nicht einfach voneinander fern halten?«

»Weil das so nicht laufen wird. Man wird einen Vorwand finden, um uns zusammenzubringen. Eine Begegnung ist unvermeidlich.«

»Und wenn ich Ihnen mein Wort gebe, dass ich eine Begegnung von Angesicht zu Angesicht zwischen Ihnen und Quilan mit allen Mitteln verhindern werde? Er wird dort sein, aber ich sorge dafür, dass Sie beide getrennt bleiben.«

»Mit einem einzigen Avatar? … Haben Sie ein Klangfeld um uns herum errichtet?«

»Nur um Ihre Köpfe herum, ja. Die Lippen dieses Avatars werden sich nicht mehr bewegen, und seine Stimme wird sich als Folge davon ein wenig verändern; seien Sie deswegen nicht beunruhigt.«

»Ich will versuchen, mein Entsetzen in Grenzen zu halten. Fahren Sie fort.«

»Wenn es wirklich sein muss, dann kann ich dafür sorgen, dass mehrere Avatare bei dem Konzert anwesend sind. Sie müssen nicht immer eine silberne Haut haben, wissen Sie. Und es werden auch Drohnen zugegen sein.«

»Große, wuchtige Drohnen?«

»Besser: kleine, zierliche.«

»Nicht gut. So kommen wir nicht zusammen.«

»Und Messerraketen.«

»Immer noch: nein.«

»Warum nicht? Ich hoffe, Sie sagen jetzt nicht, dass Sie mir nicht trauen. Mein Wort gilt. Ich habe es noch nie gebrochen.«

»Ich traue Ihnen schon. Der Grund, warum wir nicht zusammenkommen, liegt bei den Leuten, die unbedingt wollen, dass dieses Treffen stattfindet.«

»Fahren Sie fort.«

»Tersono. Kontakt. Die verdammten Besonderen Gegebenheiten. So viel ist mir jedenfalls bekannt.«

»Hmm.«

»Wenn die wollen, dass wir beide uns begegnen – ich meine, es wirklich mit aller Entschlossenheit wollen –, können Sie dann dafür garantieren, dass es nicht geschieht, Nabe?«

»Ihre Frage könnte sich auf jeden Augenblick seit Quilans Ankunft beziehen.«

»Ja, aber bis jetzt wäre eine scheinbar zufällige Begegnung allzu gekünstelt erschienen, zu offensichtlich herbeigeführt. Man musste damit rechnen, dass ich ungehalten reagieren würde, und damit hätte man absolut Recht. Unsere Begegnung muss wie eine Schicksalsfügung aussehen, wie etwas Unvermeidliches, als ob es durch meine Musik, mein Talent, meine Persönlichkeit und mein ganzes Wesen vorausbestimmt gewesen wäre.«

»Sie könnten trotzdem einfach hingehen, und wenn Ihnen ein Treffen aufgezwungen wird, ungehalten reagieren.«

»Nein, ich weiß nicht, warum ich das tun sollte. Ich will ihn nicht sehen, Schluss!«

»Ich gebe Ihnen mein Wort, ich werde alles in meiner

Macht Stehende tun, um zu verhindern, dass Sie beide sich begegnen.«

»Beantworten Sie mir diese Frage: Wenn BG entschlossen wäre, eine Begegnung zu erzwingen, könnten Sie es verhindern.«

»Nein.«

»Das habe ich mir gedacht.«

»Ich komme hier nicht so richtig weiter, wie?«

»Nein. Es gibt jedoch eine Sache, die mich bewegen könnte, es mir anders zu überlegen.«

»Und die wäre?«

»Blicken Sie dem Mistkerl ins Gehirn.«

»Das kann ich nicht machen, Ziller.«

»Warum nicht?«

»Es ist eine der mehr oder weniger unverletzbaren Regeln der Kultur. Beinahe ein Gesetz. Wenn wir Gesetze hätten, wäre es eines der ersten im Statutenbuch.«

»Nur mehr oder weniger unverletzlich?«

»Ein Verstoß dagegen geschieht, sehr, sehr selten, und das Ergebnis davon ist meist ein Scherbengericht. Es gab einmal ein Schiff mit dem Namen *Graue Gegend*. Es machte solche Sachen. Als Folge davon wurde es als *Fleischficker* bekannt. Wenn Sie in den Katalogen nachsehen, dann ist das der Name, unter dem es aufgeführt ist, mit seinem ausgewählten Originalnamen als Fußnote. Eine Verleumdung des eigenen Namens, den man sich selbst gegeben hat, bedeutet in der Kultur eine unvergleichliche Beleidigung, Ziller. Das Gefährt verschwand vor einiger Zeit. Wahrscheinlich hat es sich selbst umgebracht, zweifellos als Folge der Schande, die ein solches Verhalten nach sich zieht, und der daraus resultierenden Verachtung.«

»Es geht doch um nichts anderes, als in ein tierisches Gehirn hineinzublicken.«

»Eben. Es ist so leicht, und es bedeutet in Wirklichkeit so wenig. Deshalb ist der Verzicht, es zu tun, wahrscheinlich die höchste Bezeugung von Hochachtung für unsere biologischen Vorfahren. Und deshalb kann ich es nicht machen.«

»Sie meinen, Sie dürfen es nicht machen.«

»Das ist beinahe dasselbe.«

»Sie haben die Fähigkeit dazu.«

»Natürlich.«

»Dann machen Sie es.«

»Warum?«

»Weil ich sonst nicht an dem Konzert teilnehme.«

»Das weiß ich. Ich meine, wonach sollte ich suchen?«

»Nach dem wahren Grund, warum er hier ist.«

»Bilden Sie sich wirklich ein, er könnte hier sein, um Ihnen Schaden zuzufügen?«

»Das wäre eine Möglichkeit.«

»Was sollte mich davon abhalten zu versprechen, dass ich es tue, um dann nur so zu tun, als ob ich es täte? Ich könnte Ihnen weismachen, ich hätte nachgeschaut und nichts gefunden.«

»Ich hatte Sie um Ihr Wort gebeten, dass Sie es wirklich tun würden.«

»Haben Sie noch nie davon gehört, dass ein unter Druck abgegebenes Versprechen nicht gilt?«

»Doch. Wissen Sie, Sie hätten auch gar nichts sagen können.«

»Ich möchte Sie nicht betrügen, Ziller. Auch das wäre unehrenhaft.«

»Dann sieht es also ganz danach aus, dass ich nicht zu dem Konzert gehen werde.«

»Ich hoffe immer noch, dass Sie es sich anders überlegen, und ich arbeite weiter daran.«

»Machen Sie sich keine Sorgen. Sie könnten immer noch ein anderes Gewinnspiel durchführen, bei dem der erste Preis darin besteht, dass man dirigieren darf.«

»Darüber muss ich nachdenken. Ich löse das Klangfeld. Lassen Sie uns die Dünenreiter beobachten.

Der Avatar und der Chelgrianer wandten sich von einander ab und stellten sich zu den anderen an die Brustwehr der Aussichtsplattform des trudelnden Festsaals. Es war eine wolkenverhangene Nacht. In voller Kenntnis der Wetterlage waren die Leute zu den Dünenhängen von Efilziveiz-Regneant gekommen, um sich das Biolumen-Gleiten anzusehen.

Die Dünen waren keine normalen Dünen; es waren ungeheuer große Sandverwehungen, die einen drei Kilometer hohen Hang von einer Platte zur anderen bildeten; an der Stelle, wo der Sand von den Sandbänken des Großen Flusses zur spinwärtigen Kante der Platte geweht wurde, um von dort in die Wüstengebiete des versunkenen Kontinents hinunterzurieseln.

Ständig rollten, rutschten, ruderten oder fuhren Leute auf Gleitbrettern, Skiern oder Booten die Dünen hinunter, aber in dunklen Nächten gab es etwas Besonderes zu sehen. Winzige Geschöpfe lebten im Sand, trockene Vettern des Planktons, das auf dem Meer Biolumineszenz hervorrief, und wenn es sehr dunkel war, sah man die Spuren der Leute, die den weitläufigen Hang hinunter kollerten, glitten, wirbelten oder rutschten.

Es war zur Tradition geworden, dass in solchen Nächten das normalerweise ungebändigte Chaos von Individuen, die nur sich selbst und den vereinzelten bewundernden Zuschauern gefielen, etwas Organisierteres wurde, und sobald es dunkel genug war und sich eine ausreichende Zahl von Zuschauern, befördert von Raupenschleppern, auf den Aussichtsplattformen, in den Bars und Restaurants eingefunden hatte, fuhren Mannschaften von Brett- und Skifahrern in choreografischen Wellen von den Gipfeln der Dünen los, lösten Sandlawinen und -kaskaden in breiten Streifen und V-Formen aus glitzerndem Licht aus, die wie Schnee niederrieselten; eine gespenstische Dünung und ein Geflecht funkelnder Spuren von sanften blauen, grünen und karmesinroten Spuren durchzogen den knirschenden Sand; Myriaden von Ketten aus verzaubertem Sand leuchteten wie aufgereihte Galaxien in der Nacht.

Ziller sah eine Zeit lang zu. Dann seufzte er und sagte: »Hier ist es, nicht wahr?«

»Einen Kilometer weit weg«, antwortete der Avatar. »Weiter oben auf der anderen Seite des Hangs. Ich habe die Situation per Monitor im Blick. Einer meinesgleichen ist bei ihm. Sie können ganz beruhigt sein.«

»Das ist der geringste Abstand, auf den ich ihn jemals an mich herankommen lassen möchte, es sei denn, Sie können etwas tun.«

»Ich verstehe.«

12 Besiegte Echos

≈*WIE UNTERRITORIAL!*≈

≈Ich nehme an, wenn man so viel Territorium hat, dann kann man es sich leisten, sich so zu verhalten.≈

≈*Hältst du mich für altmodisch, weil mich das stört?*≈

≈Nein, ich finde das ganz natürlich.≈

≈*Sie haben zu viel von allem.*≈

≈Die mögliche Ausnahme davon ist Argwohn.≈

≈*Wir können uns dessen nicht sicher sein.*≈

≈Ich weiß. Trotzdem, so weit, so gut.≈

Quilan drückte die Tür seines Apartments zu; sie hatte kein Schloss. Er drehte sich um und ließ den Blick über den Boden der Galerie dreißig Meter tiefer wandern. Gruppen von Menschen spazierten zwischen den Pflanzen und Wasserbecken herum, zwischen den Ständen und Bars, den Restaurants und – nun ja – Läden, Ausstellungen. Es war nicht leicht zu entscheiden, wie man sie nennen sollte.

Das Apartment, das man ihm zugewiesen hatte, befand sich nahe der Dachebene einer der Zentral-Galerien der Stadt Aquime. Ein Teil der Räume bot einen Blick über die Stadt bis zum Binnenmeer. Die andere Seite der Suite, wie auch die verglaste Eingangshalle außen, gingen hinaus auf die Galerie.

Aquimes Höhenlage und die damit verbundenen kalten Winter bedeuteten, dass sich ein Großteil des Lebens in der Stadt eher in geschlossenen Räumen als im Freien abspielte, und infolge dessen waren hier das, was in einer Stadt mit gemäßigterem Klima normale

Straßen gewesen wären, also zum Himmel hin offen, Galerien, überdachte Straßen mit gewölbten Überdachungen aus allem möglichen, von Antikglas bis zu Kraftfeldern. Man konnte vom einen Ende der Stadt zum anderen unter Dach gehen und Sommerkleidung tragen, selbst wenn, wie jetzt, ein Schneesturm wütete.

Frei vom Schneetreiben, das die Sicht auf ein paar Meter begrenzte, war der Blick vom Äußeren des Apartments höchst eindrucksvoll. Die Stadt war in einem bewusst archaischen Stil gebaut worden, größtenteils aus Stein. Die Gebäude waren rot und grau und asche- und rosafarben, und die Schiefer, die die steilen Dächer bedeckten, hatten verschiedene Tönungen von Grün und Blau. Lange, spitz zulaufende Finger aus Gehölz durchdrangen die Stadt beinah bis ins Herz und brachten weitere Grün- und Blautöne ins Spiel und – zusammen mit den Galerien – würfelten die Stadt in unregelmäßige Blöcke und Formen.

Ein paar Kilometer entfernt glitzerten die Docks und Kanäle in der Morgensonne. Spinwärts davon, an einem sanften Berghang, der zu den Außenbezirken der Stadt anstieg, konnte Quilan bei klarem Wetter die hohen Zinnen und Türme des kunstvoll verzierten Apartmentgebäudes sehen, in dem sich das Zuhause von Mahrai Ziller befand.

≈*Könnten wir nicht einfach losgehen und sein Apartment betreten?*≈

≈Offenbar nicht. Er hat sich von irgendjemandem Schlösser anbringen lassen, als er hörte, dass ich komme. Offenbar hat das Ganze einen ziemlichen Skandal ausgelöst.≈

≈*Na, dann könnten wir doch auch Schlösser anfordern.*≈

≈Ich glaube, es ist besser, wenn wir das sein lassen.≈

≈*Dachte ich mir, dass du nicht dafür bist.*≈

≈Es soll doch nicht so aussehen, als ob ich etwas zu verbergen hätte.≈

≈*Das würde sowieso nie klappen.*≈

Quilan schwenkte ein Fenster auf und ließ die Geräusche der Galerie in sein Apartment strömen. Er hörte tröpfelndes Wasser, redende und lachende Leute, Vogelgesang und Musik.

Er beobachtete Drohnen und Leute in Schwebegeschirr, die unter ihm, aber über den anderen Menschen vorbeiwehten, sah Leute in einem Apartment auf der anderen Seite der Galerie winken – er winkte zurück, beinahe ohne nachzudenken – und roch Parfüm und Kochdünste.

Er blickte zum Dach hinauf, das nicht aus Glas bestand, sondern aus einem anderen, vollkommen durchsichtigen Material – er vermutete, er hätte sein kleines Schreibstift-Terminal fragen können, was genau es war, aber es interessierte ihn nicht besonders –, und lauschte vergebens auf irgendwelche Laute des Sturms, der draußen tobte.

≈*Sie lieben anscheinend ihr kleines Insulaner-Dasein, was?*≈

≈Ja, das tun sie.≈

Er erinnerte sich an eine Galerie, dieser nicht unähnlich, in Shaunesta, auf Chel. Es war vor ihrer Hochzeit gewesen, etwa ein Jahr nachdem sie sich kennen gelernt hatten. Sie waren Hand in Hand spazieren gegangen und vor dem Schaufenster eines Juweliers stehen geblieben. Er hatte beiläufig all die hübschen Schmuckstücke betrachtet und sich überlegt, ob er ihr etwas kaufen sollte. Dann hatte er gehört, wie sie diese kleinen Laute von sich gab, so etwas wie ein anerkennendes, doch kaum hörbares ›Mmm, mmm, mmm, mmm‹.

Anfangs dachte sie, sie mache das zu seiner Erheiterung. Es dauerte ein paar Augenblicke, bis er merkte, dass er mit seiner Annahme danebenlag und dass ihr selbst gar nicht bewusst war, dass sie solche Laute von sich gab.

Als ihm das klar wurde, hatte er plötzlich das Gefühl, als wolle sein Herz vor Freude und Liebe zerspringen; er drehte sich ihr zu, nahm sie in die Arme, drückte sie an sich und lachte über den überraschten, verwirrten, blinzelnd glücklichen Ausdruck auf ihrem Gesicht.

≈Quil?≈

≈Entschuldigung. Ja.≈

Jemand lachte am Galerieboden unter ihnen; es war ein hohes, kehliges Frauenlachen, unverhalten und rein. Er hörte es ringsum von der harten Oberfläche der eingeschlossenen Straße widerhallen und erinnerte sich an einen Ort, wo es überhaupt kein Echo gab.

Am Abend vor ihrer Abreise betranken sie sich; Estodus Visquile mit seinem umfangreichen Gefolge, einschließlich des wuchtigen, weißpelzigen Eweirl, und er. Am nächsten Morgen musste er sich von einem lachenden Eweirl aus dem Bett helfen lassen. Nachdem er ausgiebig kalt geduscht hatte, war er wieder einigermaßen bei sich; er wurde geradewegs zum Vertikalen Trans-Orbit-Lifter gebracht, dann zum Sub-Orbital-Feld und von dort zur Abflugplattform der Stadt Äquatorrampe, von wo aus sie ein Linienflug zu einem kleinen Orbiter brachte. Ein entmilitarisiertes ehemaliges Marine-Kaperschiff erwartete sie. Sie hatten das System verlassen und befanden sich bereits auf dem Weg in den tiefen Raum, noch bevor sein Kater nachgelassen hatte, und ihm wurde bewusst, dass er für die Mission auserwählt worden war, worin immer diese auch bestehen mochte, und schließlich fiel ihm auch wieder ein, wie die vergangene Nacht abgelaufen war.

Sie befanden sich in einer alten Messe; der Raum war auf antiquierte Weise ausgeschmückt mit den Köpfen verschiedener Jagdtrophäen, die an drei Wänden hingen. Die vierte Wand bestand ganz aus einer Glastür, die sich auf eine schmale Terrasse mit Ausblick aufs Meer öffnete. Es wehte ein warmer Wind, und alle Türflügel waren geöffnet, die Luft trug den Geruch des Meers in die Bar. Zwei Geblendete Unsichtbare Diener, bekleidet mit weißen Hosen und Jacken bedienten sie, brachten verschieden starke Sorten von fermentierten oder destillierten Schnäpsen, die zu einem traditionellen Saufgelage gehörten.

Das Essen war spärlich und salzig, wiederum wie es die Tradition gebot. Trinksprüche wurden ausgebracht, man vergnügte sich mit Trinkspielen, und Eweirl und ein anderer Partyteilnehmer, der beinahe genau so kräftig gebaut war wie der Weißpelzige, balancierten von einem Ende der Terrasse zum anderen auf der Brüstungsmauer, von der es auf der einen Seite zweihundert Meter in die Tiefe ging. Der andere stürzte als Erster; Eweirl machte seine Sache etwas besser, indem er auf halber Strecke Halt machte und einen Becher Schnaps hinunterkippte.

Quilan trank nur die Mindestmenge, die verlangt wurde, und fragte sich, wozu das alles gut sein sollte; im Stillen hegte er den Verdacht, dass diese scheinbar fröhliche Feier in Wirklichkeit Teil eines Tests war. Er versuchte, sich nicht allzu sehr als Spielverderber zu erweisen, und nahm an einigen der Trinkspiele teil, allerdings mit einer aufgesetzten Begeisterung, die seiner Meinung nach leicht zu durchschauen sein musste.

Die Nacht nahm ihren Lauf. Nach und nach begaben sich die Leute zu ihren Ringelpolstern. Nach einer Weile waren nur noch Visquile, Eweirl und er übrig; sie wurden von dem größeren der beiden Unsichtbaren bedient, einem männlichen Wesen, das noch wuchtiger war als Eweirl und das sich mit erstaunlicher Geschicklichkeit zwischen den Tischen hindurchmanövrierte; sein mit einem grünen Band umwickelter Kopf schaukelte nach allen Seiten, und mit seiner weißen

Kleidung sah er in dem trüben Licht aus wie ein Gespenst.

Eweirl stieß ihn ein paarmal an, und beim zweiten Mal war er die Ursache, dass der Diener ein Tablett mit Gläsern fallen ließ. Als das geschah, warf Eweirl den Kopf in den Nacken und lachte schallend. Visquile blickte wie die nachsichtigen Eltern eines verwöhnten, ungezogenen Kindes drein. Der große Diener entschuldigte sich, tastete sich zur Bar und kam mit einer Schaufel und einem Besen zurück.

Eweirl kippte noch einen Becher Schnaps in sich hinein und sah zu, wie der Diener mit einer Hand einen Tisch aus dem Weg hob. Er forderte ihn zu einem Armringkampf heraus. Der Unsichtbare lehnte ab, woraufhin Eweirl ihm befahl, sich mit ihm zu messen, was er schließlich tat – und der Diener gewann.

Eweirl keuchte vor Anstrengung; der große Unsichtbare zog seine Jacke wieder an, neigte den Kopf mit dem grünen Band und widmete sich wieder seinen Pflichten.

Quilan war in seinem Ringelpolster zusammengesunken und beobachtete die Geschehnisse mit einem Auge, das andere hatte er geschlossen. Eweirl sah nicht zufrieden darüber aus, dass der Diener sich als der Überlegene erwiesen hatte. Er trank noch etwas. Estodus Visquile, der überhaupt nicht sehr betrunken wirkte, stellte Quilan einige Fragen bezüglich dessen Frau, seiner militärischen Laufbahn, seiner Familie und seines Glaubens. Quilan erinnerte sich, dass er versucht hatte, nicht den Eindruck zu machen, als ob er ausweichen wolle. Eweirl sah dem großen Unsichtbaren bei der Erledigungen seiner Pflichten zu, sein weißpelziger, zusammengekauerter Körper wirkte angespannt.

»Vielleicht finden sie das Schiff doch noch, Quil«, sagte der Estodus zu ihm. »Vielleicht ist das Wrack noch da. Die Kultur; ihr Gewissen. Vielleicht helfen sie uns, die verlorenen Schiffe zu suchen. Vielleicht findet es sich noch. Sie natürlich nicht. Sie ist für immer verloren. Die Dahingegangenen sagen, es gibt kein Anzeichen, keinen Hinweis darauf, dass ihr Seelenhort funktioniert hat. Aber vielleicht finden wir trotzdem das Schiff noch und erfahren mehr darüber, was passiert ist.«

»Ist doch unwichtig«, entgegnete er. »Sie ist tot. Das ist das Einzige, was zählt. Sonst nichts. Alles andere interessiert mich nicht.«

»Nicht einmal Ihr eigenes Überleben nach dem Tod, Quilan?«, fragte der Estodus.

»Das am allerwenigsten. Ich möchte nicht überleben. Ich möchte sterben. Ich will so sein wie sie. Nicht mehr. Nichts mehr. Niemals mehr.«

Der Estodus nickte schweigend, seine Augenlider sanken herab, ein kleines Lächeln spielte in seinem Gesicht. Er sah Eweirl an. Quilan sah ebenfalls zu diesem hin.

Der Weißpelz hatte lautlos den Sitzplatz gewechselt. Er wartete, bis der große Unsichtbare herankam, dann stand er plötzlich auf und stellte sich ihm in den Weg. Der Diener stieß mit ihm zusammen und verschüttete drei Becher Schnaps über Eweirls Weste.

»Du tolpatschiger Scheißkerl! Siehst du denn nicht, wohin du gehst?«

»Tut mir Leid, Herr. Ich wusste nicht, dass Sie sich bewegt haben.« Der Diener bot Eweirl ein Tuch an, das er aus seinem Hosenbund zog.

Eweirl schlug es weg. »Ich will deinen Lumpen nicht!«, schrie er. »Ich sagte, kannst du denn nicht sehen, wohin du gehst?« Er zupfte am unteren Rand des grünen Bands, das die Augen des anderen bedeckte. Der große Unsichtbare zuckte unwillkürlich zusammen und wich zurück. Eweirl hatte ein Bein von hinten um das seines Gegners gehakt. Der Diener stolperte und stürzte, und Eweirl ging zusammen mit ihm in einem Durcheinander von splitternden Gläsern und kippenden Stühlen zu Boden.

Eweirl stand taumelnd auf und zerrte den großen Mann mit sich. »Du willst mich angreifen, wie? Mich willst du angreifen, was?«, brüllte er. Er hatte die Jacke des Dieners über dessen Schulter und über den Arm heruntergezogen, sodass dieser einigermaßen hilflos war, obwohl er ohnehin keine Anstalten machte, sich auf einen Kampf einzulassen. Er stand tatenlos da, während Eweirl ihn anbrüllte.

Quilan gefiel das nicht. Er sah Visquile an, doch der Estodus beobachtete das Geschehen duldsam. Quilan stand mühsam von dem Ringelpolster auf, indem er sich auf den Tisch stützte. Der Estodus legte ihm eine Hand auf den Arm, aber er entzog sich seinem Griff.

»Verräter!«, blaffte Eweirl den Unsichtbaren an. »Spion!« Er zerrte den Diener im Kreis herum und stieß ihn dahin und dorthin; der große Mann krachte gegen Tische und Stühle, taumelte und stürzte schließlich zu Boden, unfähig, sich mit den gefangenen Armen irgendwo festzuhalten; er benutzte lediglich die Hebelwirkung seines Mittelglieds, um die unsichtbaren Hindernisse zu vermeiden.

Quilan ging um den Tisch herum. Er stolperte über einen Stuhl und musste sich quer über den Tisch werfen, um nicht am Boden zu landen. Eweirl drehte den Unsichtbaren wieder im Kreis und schubste ihn hierhin und dorthin; er versuchte offenbar, seinen Orientierungssinn zu verwirren, ihn schwindelig zu machen und zu Fall zu bringen. »Also gut!«, brüllte er dem Diener ins Ohr. »Ich bringe dich in die Zelle.« Quilan stieß sich vom Tisch ab.

Eweirl stieß den Diener vor sich her und marschierte nicht etwa zu der Doppeltür, die aus der Bar hinausführte, sondern zur Terrassentür. Zunächst ging der Diener mit, ohne sich zu widersetzen, dann hatte er offenbar seinen Orientierungssinn wiedererlangt oder vielleicht nur das Meer gerochen oder gehört und die frische Luft auf seinem Fell gespürt, denn er sperrte sich und war im Begriff, Einwände zu erheben.

Quilan versuchte, vor Eweirl und den Unsichtbaren zu gelangen, um sie auf ihrem Weg aufzuhalten. Er war jetzt ein paar Meter seitlich von ihnen und tastete sich um die Tische und Stühle herum weiter.

Eweirl hob die Hand und zog die grüne Augenbinde weg – sodass Quilan einen kurzen Blick auf die beiden leeren Augenhöhlen erhaschte –, um sie dem Diener gewaltsam über den Mund zu streifen. Dann schlug er dem Gepeinigten die Beine unter dem Körper weg, und während dieser immer noch versuchte, sich wieder aufzurappeln, zerrte er ihn im Laufschritt über die Terrasse und stieß ihn kopfüber über den Rand in die Nacht.

Dort stand er, vor Anstrengung keuchend, als Quilan neben ihn stolperte. Beide blickten über die Mauer. Er sah den trüben weißen Schaumwirbel um den Sockel der Meeressäule herum. Quilan konnte die winzige fallende Gestalt erkennen, die sich blass gegen das dunkle Meer abzeichnete. Gleich darauf schwebte der gedämpfte Laut eines Schreis zu ihnen herauf. Die weiße Gestalt vereinte sich ohne sichtbares Aufklatschen mit der Brandung, und der Schrei verstummte.

»Tolpatsch!«, grollte Eweirl. Er wischte sich etwas Spucke vom Mund. Er lächelte Quilan an, dann machte er ein bekümmertes Gesicht und schüttelte den Kopf. »Tragisch«, sagte er. »War anscheinend ein bisschen zu gut drauf.« Er legte Quilan die Hand auf die Schulter. »Geht ganz schön hoch her, was?« Er zwang Quilan in eine Umarmung und drückte ihn fest an seine Brust. Quilan versuchte sich zu wehren, aber der andere war zu stark. Sie schwankten, dicht an der Mauer und der Tiefe. Die Lippen des anderen waren an seinem Ohr. »Glaubst du, er wollte sterben, Quil?

Hmm, Quilan? Hmm? Glaubst du, er wollte sterben, glaubst du das?«

»Ich weiß es nicht«, murmelte Quilan, dem es endlich gelang, sein Mittelglied zu benutzen, um sich wegzustoßen. Er stand da und sah zu dem Weißpelzigen auf; inzwischen fühlte er sich fast wieder nüchtern. Er war halb entsetzt, halb gleichgültig. »Ich weiß, dass Sie ihn umgebracht haben«, sagte er, und gleich darauf wurde ihm bewusst, dass auch er vielleicht sterben würde. Er überlegte, ob er die klassische Verteidigungsposition einnehmen sollte, tat es aber nicht.

Eweirl lächelte und sah nach hinten zu Visquile, der immer noch an der Stelle saß, wo er während der ganzen Zeit gesessen hatte. »Ein tragischer Unfall«, sagte Eweirl. Der Estodus spreizte die Hände. Eweirl hielt sich an der Mauer fest, um nicht zu schwanken, und machte eine Handbewegung zu Quilan hin. »Ein tragischer Unfall.«

Quilan wurde plötzlich schwindelig, und er setzte sich. Sein Sichtfeld verschwamm an den Rändern. »Und was machen wir jetzt?«, erkundigte sich Eweirl. Dann kam nichts mehr bis zum Morgen.

»Dann haben sie also mich ausgesucht?«

»Sie haben sich selbst ausgesucht, Major.«

Er und Visquile saßen in der Lounge des Kaperschiffs. Zusammen mit Eweirl waren sie die einzigen Leute an Bord. Das Schiff hatte seine eigene AI, wenn auch eine nicht kommunikative. Visquile behauptete, die Befehle des Fahrzeugs nicht zu kennen, ebensowenig wie sein Bestimmungsziel.

Quilan trank langsam; ein Stärkungsmittel in Kombination mit einigen Anti-Kater-Chemikalien. Es wirkte zwar, aber leider sehr langsam.

»Und was Eweirl mit dem Geblendeten Unsichtbaren gemacht hat?«

Visquile zuckte die Achseln. »Was geschehen ist, war

343

ein bedauernswertes Missgeschick. Solche Unfälle passieren nun mal, wenn Leute trinken.«

»Es war Mord, Estodus.«

»Das lässt sich unmöglich beweisen, Major. Ich persönlich war, genau wie der unglückliche Leidtragende, zur fraglichen Zeit unfähig zu sehen.« Er lächelte. Dann verging sein Lächeln. »Übrigens, Major, ich glaube, Sie werden bei dem Zu-Den-Waffen-Gerufenen Eweirl eine gewisse Freizügigkeit in derlei Angelegenheiten feststellen.« Er tätschelte Quilans Hand. »Sie dürfen sich nicht länger mit diesem unseligen Ereignis belasten.«

Quilan verbrachte viel Zeit im Gymnastikraum des Schiffs. Eweirl ebenfalls, obwohl sie nur selten ein paar Worte wechselten. Quilan hatte ihm wenig zu sagen, und Eweirl machte das anscheinend nichts aus. Sie strampelten und hantelten und wuchteten und turnten und liefen und schwitzten und keuchten und badeten im Staub und duschten nebeneinander und nahmen dabei die Anwesenheit des anderen kaum zur Kenntnis. Eweirl trug Ohrstöpsel und ein Visier, und manchmal lachte er während der Übungen oder brummte zufrieden vor sich hin.

Quilan missachtete ihn.

Eines Tages, als er sich nach dem Staubbad abbürstete, kullerte eine Schweißperle von seinem Gesicht und glänzte im Staub wie ein Kügelchen aus schmutzigem Quecksilber; sie tropfte in die Kuhle zu seinen Füßen. Sie hatten sich einmal in einem Staubbad gepaart, während ihrer Flitterwochen. Damals war ein Tropfen ihres süßen Schweißes genau so herabgefallen und mit einer Schönheit wie flüssige Seide in die weiche graue Kuhle gefallen, die sie geschaffen hatten.

Plötzlich wurde ihm bewusst, dass er ein schmachtendes Stöhnen von sich gegeben hatte. Er sah zu Eweirl im Haupttrakt des Gymnastikraums hinüber, in der Hoffnung, dass dieser nichts gehört hatte, doch der

Weißpelzige hatte die Ohrstöpsel und das Visier abgenommen und sah ihn grinsend an.

Nach fünftägiger Reise führte das Kaperschiff ein Rendezvous durch. Das Schiff fuhr sehr leise und bewegte sich merkwürdig, als ob es sich auf festem Boden befände, jedoch von einer Seite zur anderen rutschte. Es waren Stöße zu hören, dann Zischlaute, dann erstarb der größte Teil der übrigen Geräusche des Gefährts. Quilan saß in seiner kleinen Kabine und versuchte, auf seinem Bildschirm die Außensicht zu empfangen; nichts. Er versuchte es mit der Navigationsinformation, aber auch dieser Zugang war geschlossen. Noch nie zuvor war es ihm so unangenehm aufgefallen, dass Schiffe weder Fenster noch Luken hatten.

Er traf Visquile auf der kleinen und elegant-schlichten Brücke des Schiffs an, wo dieser einen Datenclip aus der manuellen Steuerkonsole des Schiffs zog und ihn in seinem Gewand verschwinden ließ. Die wenigen Datenbildschirme, die auf der Brücke noch eingeschaltet waren, erloschen blinkend.

»Estodus?«, fragte Quilan.

»Major«, sagte Visquile. Er fasste Quilan am Ellbogen. »Wir fahren ein Stück per Anhalter.« Er hielt die Hand hoch, als Quilan den Mund aufmachte, um zu fragen wohin. »Am besten fragen Sie nicht, mit wem oder wohin, Major, weil ich es Ihnen nicht sagen kann.« Er lächelte. »Tun Sie einfach so, als wären wir immer noch mit eigener Kraft unterwegs. Das ist am leichtesten. Sie brauchen sich keine Sorgen zu machen, wir sind hier drin sehr sicher. Sehr sicher, in der Tat.« Er berührte mit seinem Mittelglied Quilans Mittelglied. »Wir sehen uns zum Essen.«

Weitere zwanzig Tage vergingen. Seine körperliche Verfassung wurde immer besser. Er beschäftigte sich mit

Altertumsgeschichte der Betroffenen-Kaste. Als er eines Tages aufwachte, war das Schiff um ihn herum plötzlich laut. Er schaltete den Kabinenbildschirm an und sah das All. Die Navigationsbildschirme waren immer noch nicht verfügbar, doch er betrachtete die Außensicht des Schiffs mittels verschiedener Sensoren aus verschiedenen Winkeln und erkannte nichts, bis er eine faserige Y-Form sah und wusste, dass sie sich irgendwo in den Außenbezirken der Galaxis befanden, in der Nähe der Wolken.

Was immer sie innerhalb von zwanzig Tagen hier hergebracht hatte, musste viel schneller sein als ihre eigenen Schiffe. Er machte sich Gedanken darüber.

Das Kaperschiff war von einer Vakuumblase im weiten blaugrünen Raum umgeben. Ein schaukelnder Atmosphärenschlauch mit einem Durchmesser von drei Metern schwebte langsam heran, um sich an ihre äußere Luftschleuse anzupropfen. Auf der anderen Seite der Röhre schwebte etwas, das aussah wie ein kleines Luftschiff.

Die Luft war anfangs kalt, als sie den Durchgang durchschritten, wurde jedoch allmählich wärmer, je näher sie dem Luftschiff kamen. Die Atmosphäre fühlte sich dick an. Unter ihren Füßen federte der Lufttunnel so nachgiebig und gleichzeitig fest wie Holz. Er trug sein bescheidenes Gepäck selbst; Eweirl trug zwei riesige Reisetaschen, als ob sie Aktentaschen wären, und Visquile wurde von einer zivilen Drohne begleitet, die seine Taschen trug.

Das Luftschiff war vielleicht vierzig Meter lang; eine einzige riesige ellipsoide Form in dunklem Purpur. Seine glatt aussehende Außenhaut war unterlegt mit langen gelben Rippen aus Kräuselstoff, die träge in der warmen Luft wogten wie die Flossen eines Fischs. Die Röhre brachte die drei Chelgrianer zu einer kleinen Gondel, die unter dem Fahrzeug befestigt war.

Die Gondel sah wie etwas Gewachsenes und nicht wie etwas Gebautes aus, wie die ausgehöhlte Hülse einer gewaltigen Frucht; dem Anschein nach hatte sie keine Fenster, doch als sie an Bord kletterten – wobei das Schiff sich leicht zur Seite neigte –, bemerkten sie, dass gazedünne Paneele Licht hereinließen und das Innere in einen pastellgrünen Schimmer tauchten. Es gab ihnen ein Gefühl von Behaglichkeit. Die Luftröhre löste sich hinter ihnen auf, während die Gondeltür sich schillernd schloss.

Eweirl stopfte sich die Stöpsel ins Ohr und setzte das Visier auf, lehnte sich zurück und schien die Welt um sich herum zu vergessen. Visquile saß da, seinen silbernen Stab zwischen den Füßen aufgestellt, den runden Knauf unterm Kinn, und blickte durch eines der Gazefenster hinaus.

Quilan hatte nur eine vage Vorstellung davon, wo er war. Er hatte das riesige, langsam rotierende, längliche, 8-förmige Ding vor ihnen ein paar Stunden vor ihrem Rendezvous gesehen. Das Kaperschiff hatte sich sehr langsam angenähert, dem Anschein nach nur vom Notschub angetrieben, und das Ding – die Welt, wie er jetzt allmählich dachte, nachdem er seine Ausmaße annähernd einschätzen konnte – wurde immer größer und größer und hatte immer mehr des Sichtfelds ausgefüllt, ohne jedoch irgendwelche Einzelheiten preiszugeben.

Schließlich verdeckte einer der Körperlappen des Ungetüms die Sicht auf den anderen, und es war, als ob sie sich einem gewaltigen Planeten aus schimmerndem blaugrünem Wasser näherten.

Fünf kleine Sonnen – so sahen sie jedenfalls aus – drehten sich mit dem riesigen Gebilde, obwohl sie für Planeten eigentlich zu klein wirkten. Ihre Anordnung legte die Vermutung nahe, dass es noch zwei davon gab, versteckt auf der hinteren Seite dieser Welt. Als sie schon ziemlich nah waren, wobei sie sich der Drehgeschwindigkeit der Welt anpassten, nahe genug, um die sich ausbildende Zahnung zu erkennen, auf die sie Richtung nahmen, sowie den winzigen purpurnen Punkt direkt dahinter, sah Quilan etwas im Innern, das wie Wolkenschichten aussah, wenn auch nur andeutungsweise.

»Was ist das?«, fragte Quilan und bemühte sich erst gar nicht, die Verwunderung und Ehrfurcht aus seiner Stimme zu verbannen.

»Man nennt so was Luftsphären«, erklärte Visquile. Er sah wohlig faul aus und nicht besonders beeindruckt. »Das hier ist ein rotierendes Doppellappen-Exemplar. Es trägt den Namen Oskendari-Luftsphäre.«

Das Luftschiff neigte sich zur Seite und tauchte noch tiefer in die dicke Luft. Sie durchfuhren eine Schicht dünner Wolken, die auf einem unsichtbaren Meer schwammen und wie Inseln aussahen. Das Luftschiff ruckelte, als es die Schicht durchbrach. Quilan reckte den Kopf, um die Wolken zu sehen, die von einer tief darunter stehenden Sonne beleuchtet wurden. Plötzlich empfand er Verwirrung und Schwindel.

Sein Augenmerk fiel auf etwas unter ihnen, das aus dem Dunst auftauchte; eine große Gestalt, um eine Nuance dunkler als das Blau ringsum. Als sich das Luftschiff ihr näherte, sah er den gewaltigen Schatten, den das Ding warf und der sich weit in den Dunst hinein erstreckte. Wieder wurde er von einer Art Schwindel ergriffen.

Er hatte ebenfalls ein Visier bekommen. Er legte es an, um die Sicht zu vergrößern. Die blaue Gestalt verschwand in einem Hitzeflimmern; er nahm das Visier ab und benutzte die bloßen Augen.

»Ein lenkbares Behemothaurum«, erklärte Visquile. Eweirl, der plötzlich wieder bei ihnen war, nahm das Visier ab; um hinauszuschauen, rutschte er zu Quilans

Seite der Gondel hinüber, wodurch er das Luftschiff für einen kurzen Augenblick aus dem Gleichgewicht brachte. Das Ding unter ihnen sah ein bisschen aus wie eine abgeflachte und kompliziertere Version des Fahrzeugs, in dem sie sich befanden. Kleinere Gestalten – einige sahen aus wie glatte Luftschiffe, einige waren mit Flügeln versehen – flogen gemächlich darum herum.

Quilan beobachtete, wie die feineren Merkmale des Ungetüms deutlicher hervortraten, je weiter sie sich zu ihm hinabsenkten. Die Hülle des Behemothaurums war blau und purpurrot, und es besaß ebenfalls lange rüschenartige Streifen in einem blassen Gelbgrün, die sich entlang seines Körpers kräuselten und von denen es anscheinend angetrieben wurde. Riesige Flossen ragten senkrecht nach oben und seitlich heraus, gekrönt von langen, knolligen Auswüchsen, die an die Treibstofftanks auf den Flügelspitzen altertümlicher Flugzeuge erinnerten. Entlang der Kammlinie und entlang der Seiten verliefen große muschelförmige dunkelrote Wülste wie drei gewaltige Außenstützstreben. Andere Auswüchse, Knollen und Hügel bedeckten die Oberseite und die Seiten und bewirkten einen im Großen und Ganzen symmetrischen Eindruck, der erst bei genauerem Hinsehen zunichte gemacht wurde.

Während sie sich dem Ungetüm weiter näherten, musste sich Quilan dicht an den Fensterrahmen der kleinen Luftschiffgondel drücken, um den Giganten von einem Ende zum anderen zu sehen. Das Geschöpf musste mindestens fünf Kilometer lang sein.

»Das ist eine unserer Domänen«, fuhr der Estodus fort. »Es gibt noch sieben oder acht weitere, die in den Außenbezirken des Galaxis verteilt sind. Niemand weiß mit Sicherheit, wie viele es tatsächlich sind. Die Behemothauren sind so groß wie Gebirge und eben so alt. Sie sind angeblich gefühlsbegabt, die Überbleibsel einer Spezies oder Zivilisation, die vor mehr als einer

Milliarde Jahren in den Zustand der Erhabenheit übergegangen sind. Aber auch das sind wiederum nur Gerüchte. Dieses hier heißt Sansemin. Es untersteht der Macht jener, die in dieser Angelegenheit unsere Verbündeten sind.«

Quilan sah seinen älteren Gesprächspartner fragend an. Visquile, der sich immer noch gebückt auf seinen glitzernden Stab stützte, machte eine Bewegung, die wie ein Achselzucken anmutete.

»Sie werden sie kennen lernen, oder ihre Vertreter, Major, aber Sie werden nicht wissen, wer sie sind.«

Quilan nickte und blickte wieder aus dem Fenster. Er überlegte, ob er fragen sollte, warum sie an diesen Ort gekommen waren, doch er entschied sich dagegen.

»Wie lange werden wir uns hier aufhalten, Estodus?«, fragte er stattdessen.

»Eine Weile«, antwortete Visquile lächelnd. Er beobachtete Quilans Gesicht eine Zeit lang, dann sagte er: »Vielleicht zwei oder drei Monate, Major. Wir werden nicht allein sein. Es sind bereits Chelgrianer hier; eine Gruppe von vielleicht zwanzig Mönchen des Abremile-Ordens. Sie bewohnen das Tempelschiff *Seelenhimmel*, das sich im Innern des Geschöpfes befindet. Nun, wenigstens der größte Teil davon. Wenn ich es richtig verstanden habe, dann sind nur noch der Rumpf und die Versorgungs- und Unterkunftszellen des Schiffs vorhanden. Das Fahrzeug musste seine Antriebseinheiten zurücklassen, irgendwo draußen im Raum.« Er vollführte eine umfassende Geste. »Die Behemothauren sind empfindlich gegenüber Kraftfeld-Technik, so haben wir gehört.«

Das Oberhaupt des Tempelschiffs war groß und elegant und bekleidet mit einer geschmackvollen Interpretation der schlichten Ordenskutte. Er empfing sie auf einer breiten Landeplattform am Ende von etwas, das aussah wie eine riesige, knorpelige, ausgehöhlte Frucht, die auf der Haut des Behemothaurums klebte. Sie verließen das Luftschiff.

»Estodus Visquile.«

»Estodus Quetter.« Visquile machte die Anwesenden miteinander bekannt.

Quetter musterte Eweirl und Quilan kurz mit einem Stirnrunzeln. »Hier entlang«, sagte er und deutete auf einen Spalt in der Haut des Behemothaurums.

Nachdem sie achtzig Meter durch einen leicht abschüssigen Tunnel, dessen Boden mit etwas wie weichem Holz ausgelegt war, gegangen waren, kamen sie zu einer großen gerippten Kammer, deren Atmosphäre bedrückend feucht und beladen mit einem unbestimmten Leichenhallengeruch war. Das Tempelschiff *Seelenhimmel* war ein dunkler Zylinder von neunzig Metern Länge und dreißig Metern Breite und nahm die feuchte, warme Kaverne etwa zur Hälfte ein. Es war offenbar durch Ranken mit den Wänden der Kammer verbunden, und etwas, das aussah wie Kriechgewächse, hatte den größten Teil seiner Hülle überwuchert.

Quilan hatte sich im Laufe seiner Jahre als Soldat an behelfsmäßige Unterkünfte gewöhnt: vorläufige Kommandoposten und Befehlsstände, frisch requirierte Hauptquartiere und so weiter. Ein Teil von ihm nahm das Gefühl, das von diesem Ort ausging, in sich auf – die Stegreif-Organisation, eine Mischung aus Unordnung und Ordnung – und kam zu dem Schluss, dass die *Seelenhimmel* schon seit etwa einem Monat hier liegen musste.

Zwei große Drohnen, jede in der Form von zwei dicken, mit der Grundfläche gegeneinander gelegten Kegeln, schwebten in der Düsternis zu ihnen her und summten dabei leise. Visquile und Quetter verbeugten sich. Die beiden schwebenden Maschinen neigten sich kurz in ihre Richtung.

»Du bist Quilan«, sagte eine. Er hätte nicht zu sagen vermocht, welche es war.

»Ja«, bestätigte er.

Beide Maschinen schwebten sehr nah an ihn heran. Er spürte, wie das Fell um sein Gesicht sich aufstellte, und er roch etwas, das er nicht identifizieren konnte. Eine Brise umwehte seine Füße.

QUILAN MISSION GROSSER DIENST HIER UM TEST VORZUBEREITEN SPÄTER UM ANGST ZU STERBEN?

Ihm wurde bewusst, dass er unwillkürlich zusammengezuckt und einen Schritt zurückgewichen war. Er hatte keinen Laut gehört; die Worte tönten nur in seinem Kopf. Wurde er von den Dahingegangenen angesprochen?

ANGST? wiederholte die Stimme in seinem Kopf.

»Nein«, sagte er. »Keine Angst, nicht vor dem Tod.«

RICHTIG TOD NICHTS.

Die beiden Maschinen zogen sich dorthin zurück, wo sie zuvor in der Schwebe gewesen waren.

WILLKOMMEN ALLE. BALD VORBEREITEN.

Quilan spürte, wie sowohl Visquile als auch Eweirl nach hinten schaukelten, als ob sie von einem plötzlichen Windstoß erfasst worden wären, obwohl sich der andere Estodus, Quetter, nicht rührte. Die beiden Maschinen vollführten wieder die Kippbewegung. Anscheinend waren sie entlassen; sie verschwanden durch den Tunnel nach draußen.

Ihre Unterkünfte lagen zum Glück außerhalb des riesigen Geschöpfs, in der großen ausgehöhlten Knolle, in deren Nähe sie zuvor gelandet waren. Die Luft war immer noch beklemmend feucht und dick, doch wenn sie nach irgendetwas roch, dann nach Vegetation, und deshalb wurde sie eher als frisch empfunden im Vergleich zu der Kammer, in der die *Seelenhimmel* lag.

Ihr Gepäck war bereits abgeladen worden. Nachdem sie sich eingerichtet hatten, wurden sie von demselben kleinen Luftschiff, mit dem sie angekommen waren, auf eine Tour über das Äußere des Behemothaurums geführt. Anur, ein schlaksiger, ungelenk wirkender junger Mann, der der jüngste Mönch auf der *Seelenhimmel* war, begleitete sie und erzählte ihnen einiges über die legendäre Geschichte der Luftsphären und deren Ökologie, wobei er sich allerdings überwiegend auf Hypothesen berief.

»Wir vermuten, dass es tausende Behemothauren gibt«, sagte er, während sie unter dem gewölbten Bauch des Geschöpfes dahinglitten, unterhalb eines Dschungels aus Hautgehänge. »Und beinahe hundert megalithine und gigalithine globulare Einheiten. Sie sind sogar noch größer; die größten haben die Ausmaße kleiner Kontinente. Die Leute sind in deren Fall noch mehr im Zweifel, ob sie gefühlsbegabt sind oder nicht. Wahrscheinlich sehen wir keine davon und auch keinen der anderen Behemothauren, weil wir so weit unten im Lappen sind. Sie sinken eigentlich nie so tief. Tragkraft- Probleme.«

»Wie schafft es das Sansemin, hier unten zu bleiben?«, fragte Quilan.

Der junge Mann sah Visquile an, bevor er antwortete. »Es wurde modifiziert«, sagte er. Er deutete zu einem Dutzend oder mehr baumelnden Hülsen hinauf, die groß genug waren, um zwei ausgewachsenen Chelgrianern Platz zu bieten. »Dort sehen Sie etwas von der Hilfsfauna, die man hier angebaut hat. Daraus werden Raubvogelspäher, wenn sie knospen und schlüpfen.«

Quilan und die beiden Estodi saßen mit geduckten Köpfen im innersten Rückzugsraum der *Seelenhimmel*, einer beinahe kugelförmigen Höhle von nur wenigen Metern Durchmesser und umgeben von zwei Meter dicken Mauern aus Substraten, die Millionen von dahingegangenen chelgrianischen Seelen enthielten. Die drei Männer saßen, nackt bis aufs Fell, im Dreieck, jeweils nach innen blickend.

Nach der Zeitbestimmung der *Seelenhimmel* war es der Abend ihres Ankunftstages. Quilan kam es wie mitten in der Nacht vor. Draußen würde es derselbe ewige, niemals endende Tag sein, der schon seit anderthalb Milliarden Jahren oder mehr andauerte.

Die beiden Estodi hatten kurz mit den Chelgri-Puen und ihren an Bord befindlichen Schatten kommuniziert, ohne Quilan einzubeziehen, obwohl er eine Art Rückströmung unzusammenhängender Teile ihrer Unterhaltung spürte, so lange sie andauerte. Es war, als ob er in einer großen Höhle stünde und Leute in der Ferne sprechen hörte.

Dann war er an der Reihe. Die Stimme war laut, ein Geschrei in seinem Kopf.

QUILAN. WIR SIND CHELGRI-PUEN.

Man hatte ihm gesagt, dass er seine Antwort denken solle, stimmlos. Er dachte ≈Es ist mir eine Ehre, mit euch zu sprechen.≈

DU. GRUND HIER?

≈Weiß ich nicht. Ich werde ausgebildet. Ich könnte mir vorstellen, dass ihr mehr über meine Mission wisst als ich selbst.«

RICHTIG. GEGENWÄRTIGER KENNTNISSTAND GEBEN. WOLLEN?

≈Ich mache alles, was von mir verlangt wird.≈

BEDEUTET DEINEN TOD.

≈Das ist mir klar.≈

BEDEUTET FÜR VIELE DEN HIMMEL.

≈Auf diesen Handel lasse ich mich bereitwillig ein.≈

NICHT WOROSEI QUILAN.

≈Ich weiß.≈

FRAGEN?

≈Darf ich alles fragen, was immer ich möchte?≈

JA.

≈Also gut. Warum bin ich hier?≈

ZUR AUSBILDUNG.

≈Aber warum ausgerechnet an diesem Ort?≈

SICHERHEIT. PROPHYLAKTISCHE MASSNAHME. VER-NEINBARKEIT. GEFAHR. BEHARRUNG VON VERBÜNDE-TEN HIERBEI.

≈Wer sind eure Verbündeten?≈

WEITERE FRAGEN?

≈Was soll ich am Ende meiner Ausbildung tun?≈

TÖTEN.

≈Wen?≈

VIELE. WEITERE FRAGEN?

≈Wohin wird man mich schicken?≈

WEIT WEG. NICHT CHELGRIANISCHE SPHÄRE.

≈Hat meine Mission etwas mit dem Komponisten Mahrai Ziller zu tun?≈

JA.

≈Werde ich ihn töten?≈

FALLS JA, WEIGERN?

≈Das habe ich nicht gesagt.≈

SKRUPEL?

≈Wenn es so sein sollte, dann möchte ich eine Begründung hören.≈

WENN KEINE BEGRÜNDUNG, WEIGERUNG?

≈Ich weiß nicht. Es gibt Entscheidungen, die man nicht im Voraus treffen kann, sondern erst dann, wenn sie wirklich erforderlich sind. Ihr wollt mir also nicht sagen, ob meine Mission umfasst, dass ich ihn töte oder nicht?≈

RICHTIG. KLÄRUNG ZU GEGEBENER ZEIT. BEVOR MISSION BEGINNT. VORBEREITUNG UND AUSBILDUNG ZUERST.

≈Wie lange werde ich hier bleiben?≈

WEITERE FRAGEN?

≈Was habt ihr vorhin mit ›Gefahr‹ gemeint?≈

VORBEREITUNG UND AUSBILDUNG. WEITERE FRA-GEN?

≈Nein, danke.≈

WIR WOLLEN DICH LESEN.

≈Was heißt das?≈

DIR INS GEHIRN SCHAUEN.

≈Ihr wollt meine Gedanken lesen?≈

RICHTIG.

≈Jetzt?≈

JA.

≈Von mir aus. Muss ich irgend…

…etwas tun?≈

Ihm war kurz schwindelig, und er merkte, dass er in seinem Sessel schwankte.

SCHON GETAN. UNVERSEHRT?

≈Ich glaube schon.≈

SAUBER.

≈Ihr meint … ich bin … sauber?≈

RICHTIG. MORGEN. VORBEREITUNG UND AUSBIL-DUNG.

Die beiden Estodi saßen da und lächelten ihn an.

Er hatte einen unruhigen Schlaf und erwachte wieder einmal aus einem Traum vom Ertrinken, um in die seltsame dicke Dunkelheit zu blinzeln. Er tastete nach seinem Visier, und mit dem graublauen Bild der gerundeten Wände des kleinen Raums vor sich erhob er sich von dem Ringelpolster und ging zu dem einzigen Fenster, wo träge eine warme Brise hereinsickerte und dann zu sterben schien, erschöpft von der Anstrengung. Das Visier zeigte ein gespenstisches Bild von dem groben Fensterrahmen und einer angedeuteten Spur von Wolken draußen.

Er nahm das Visier ab. Nun wirkte die Dunkelheit direkter, und er stand da und ließ sie in sich einsinken, bis er glaubte, einen blauen Lichtfunken gesehen zu haben, irgendwo hoch oben und weit entfernt. Er fragte sich, ob es ein Blitz gewesen sein könnte; Anur hatte gesagt, so etwas gäbe es zwischen Wolken und Luftmassen, wenn sie aneinander vorbeizogen, aufsteigend und absinkend entlang des Thermalgefälles der chaotischen atmosphärischen Zirkulation in der Sphäre.

Er sah noch mehrere Blitze; einer davon war von bemerkenswerter Länge, obwohl anscheinend immer noch sehr, sehr weit entfernt. Er streifte sich das Visier wieder über und hielt die Hand mit ausgefahrenen Klauen hoch, wobei er zwei Spitzen bis auf ein paar Millimeter zusammenführte. Da. Der Blitz war so lang gewesen.

Und wieder ein Blitz. Durch das Visier betrachtet war er so grell, dass die Optik des Visiers den Mittelpunkt des kleinen Blitzes schwärzte, um seine Nachtsicht zu schützen. Anstatt den eigentlichen kurzen Funken an sich zu sehen, sah er die Gesamtheit eines Wolkensystems aufleuchten, die Massen des aufgetürmten fernen Dampfes stachen aus einer fernen blauen Strömung aus Lichtstrahlen hervor, die beinahe im selben Augenblick, da er sie bemerkte, verschwand.

Er nahm das Visier wieder ab und lauschte den Geräuschen, die durch diese Blitze verursacht wurden. Alles, was er hörte, war ein schwaches, einhüllendes Rauschen wie ein von fern gehörter Wind, das aus allen Richtungen um ihn herum zu kommen und ihm in die Knochen zu dringen schien. Seine Frequenzen waren seinem Empfinden nach tief genug, dass es sich um fernes Donnergrollen hätte handeln können, doch sie waren dumpf und anhaltend und unveränderlich, und so sehr er sich auch bemühte, er konnte keine Veränderung oder Steigerung in diesem langen, trägen Fluss eines eher gefühlten als gehörten Klangs ausmachen.

Hier gibt es kein Echo, dachte er, nirgendwo festen Boden oder Klippen, an dem der Schall hätte zurückgeworfen werden können. Die Behemothauren schlucken den Schall wie schwebende Wälder, und in ihrem Innern saugt ihr lebendiges Gewebe alle Geräusche auf.

Akustisch tot. Dieser Ausdruck fiel ihm wieder ein. Worosei hatte mit der Musikalischen Fakultät der Universität zusammengearbeitet und hatte ihm einen seltsamen Raum gezeigt, der mit Schaumpyramiden ausgekleidet war. Akustisch tot, hatte sie ihm erklärt. Das fühlte und hörte sich wahr an; ihre Stimmen schienen zu sterben, sobald ein Wort über ihre Lippen kam, jeder Ton war für sich allein, ohne Widerhall.

»Ihr Seelenhort ist mehr als nur ein normaler Seelenhort, Quilan«, sagte Visquile. Sie befanden sich am folgenden Tag allein im innersten Rückzugsraum der *Seelenhimmel*. Dies war die erste Unterweisung. »Er erfüllt alle üblichen Funktionen eines solchen Geräts, indem er Ihren Wesensbestand, Ihren Geistes- und Seelenstatus, speichert; darüber hinaus hat er jedoch die Fähigkeit, noch weitere Gehirndaten in sich aufzunehmen. Sie werden also in gewissem Sinn noch eine zweite Person mit an Bord haben, wenn Sie zu Ihrer Mission aufbrechen. Das ist noch nicht alles, aber haben Sie irgendetwas dazu zu sagen oder zu fragen?«

»Wer wird diese Person sein, Estodus?«

»Das wissen wir noch nicht genau. Im Idealfall – nach der Auffassung der Missions-Profilierungs-Leute beim Geheimdienst oder vielmehr derer Maschinen – wäre das eine Kopie von Sholan Hadesh Huyler, des verstorbenen Admiral-Generals, der zu jenen Seelen gehörte, die Sie Ihrem Auftrag gemäß vom Militärinstitut auf Aorme gerettet haben. Da jedoch die *Wintersturm* vermutlich zerstört und für immer verloren ist und das Originalsubstrat sich an Bord des Gefährts befand, müssen wir uns wahrscheinlich mit einer zweiten Wahl zufrieden geben. Über diese Wahl wird noch diskutiert.«

»Warum wird das für nötig erachtet, Estodus?«

»Stellen Sie es sich so vor, als hätten Sie einen Co-Piloten an Bord, Major. Sie werden jemanden haben, mit dem Sie sich unterhalten können, jemanden, der Sie berät, mit dem Sie sich besprechen können, während Sie Ihren Auftrag durchführen. Das mag Ihnen jetzt nicht nötig erscheinen, aber es gibt einen Grund, weshalb wir glauben, es könnte ratsam sein.«

»Gehe ich recht in der Annahme, dass es eine langwierige Mission sein wird?«

»Ja. Sie kann vielleicht mehrere Monate dauern. Die Mindestdauer dürfte etwa dreißig Tage betragen. Genauere Angaben können wir nicht machen, weil das Ganze teilweise von Ihrem Transportmodus abhängt. Vielleicht werden Sie an Bord eines unserer Fahrzeuge an Ihren Bestimmungsort gebracht, vielleicht aber auch auf einem schnelleren Gefährt von einer der älteren Betroffenen-Zivilisationen, möglicherweise einer, die der Kultur angehört.«

»Hat die Mission etwas mit der Kultur zu tun, Estodus?«

»Ja. Sie werden in die Kultur-Welt Masaq' geschickt, ein Orbital.«

»Dort lebt Mahrai Ziller.«

»Stimmt.«

»Soll ich ihn töten?«

»Das ist nicht Ihr Auftrag. Vordergründig ist die Geschichte die, dass Sie dort versuchen sollen, ihn zur Rückkehr nach Chel zu überreden.«

»Und meine eigentliche Mission?«

»Darauf kommen wir zu gegebener Zeit zu sprechen. Und darin liegt ein Präzedenzfall.«

»Ein Präzedenzfall, Estodus?«

»Sie werden nicht genau über Ihren Auftrag informiert sein, wenn sie damit beginnen. Sie werden die Rahmengeschichte kennen, und bestimmt wird Ihnen

Ihr Gefühl sagen, dass Ihre Aufgabe mehr umfasst als das, aber Sie werden nicht wissen, was es ist.«

»Dann bekomme ich also so etwas wie versiegelte Befehle, Estodus?«

»So könnte man es ausdrücken. Doch diese Befehle werden in Ihrem eigenen Geist verschlossen sein. Ihre Erinnerung an diese Zeit – wahrscheinlich von einer Zeit kurz nach dem Krieg bis zu Ihrer Ausbildung hier – wird nur allmählich wieder zu Ihnen zurückkehren, wenn Sie sich der Vollendung Ihrer Mission nähern. Wenn Sie sich an dieses Gespräch erinnern – an dessen Ende Sie wissen werden, worin Ihre Mission tatsächlich besteht, ohne jedoch den genauen Weg zu deren Erfüllung zu kennen –, sollten Sie der Sache ziemlich nahe sein, wenn auch nicht in der genau richtigen Position.«

»Kann Erinnerung so genau, Tropfen für Tropfen, dosiert werden, Estodus?«

»Ja, obwohl die Erfahrung ein wenig verwirrend sein könnte, und das ist der Hauptgrund dafür, dass Sie einen Co-Piloten bekommen. Der Grund, warum wir das tun, liegt im Besonderen darin, dass die Mission etwas mit der Kultur zu tun hat. Man hat uns gesagt, dass sie niemals die Gedanken der Leute lesen, dass das Innere Ihres Kopfes der einzige Ort ist, den sie für geheiligt und unantastbar halten. Haben Sie das auch gehört?«

»Ja.«

»Wir glauben, dass das wahrscheinlich stimmt, doch Ihre Mission ist von so großer Bedeutung für uns, dass wir Sicherheitsvorkehrungen treffen werden, für den Fall, dass es doch nicht so ist. Falls sie doch Gedanken lesen, dann ist unserer Vermutung nach der wahrscheinlichste Zeitpunkt, zu dem dies geschieht, der, wenn die in Frage stehende Person an Bord eines ihrer Schiffe geht, im Besonderen eines ihrer Kriegsschiffe. Wenn es uns gelingt zu arrangieren, dass Sie auf einem solchen Gefährt nach Masaq' gebracht werden und man wirklich in Ihren Kopf schaut, dann wird man selbst in den tiefsten Schichten nichts anderes entdecken als Ihre harmlosen, vordergründigen Informationen.

Wir glauben – und Experimente haben es bestätigt –, dass ein solches Scannen ohne Ihr Wissen durchgeführt werden kann. Wenn man tiefer eindringen will, um die Erinnerungen zu entdecken, die wir anfangs sogar vor Ihnen selbst verbergen, kann man dieses Scannen nicht mehr unbemerkt durchführen; Ihnen würde dann bewusst sein, dass es stattfindet, oder zumindest würden Sie im Nachhinein wissen, dass es stattgefunden hat. Falls das eintritt, Major, dann ist Ihre Mission frühzeitig beendet. Dann müssten Sie sterben.«

Quilan nickte und überlegte. »Estodus, wurde schon irgendeine Art von Experiment mit mir durchgeführt? Ich meine, habe ich bereits irgendwelche Erinnerungen verloren, ob ich damit einverstanden war oder nicht?«

»Nein. Die von mir erwähnten Experimente wurden mit anderen durchgeführt. Wir sind voller Vertrauen darauf, dass wir wissen, was wir tun, Major.«

»Also, je weiter ich mich auf meine Mission einlasse, desto mehr werde ich darüber wissen?«

»Stimmt.«

»Und diese andere Persönlichkeit, der Co-Pilot, wird sie von Anfang an alles wissen?«

»Ja.«

»Und sie kann von der Kultur nicht durch Scannen erkannt werden?«

»Doch, aber das würde einen tiefer greifenden und mehr ins Detail gehenden Vorgang erfordern als bei einem biologischen Gehirn. Ihr Seelenhort wird Ihre Zitadelle sein, Quilan; Ihr Gehirn ist die Schutzmauer. Wenn die Zitadelle gefallen ist, sind die Mauern entweder längst erstürmt oder unbedeutend.

So. Wie ich bereits sagte, gibt es noch einiges über Ihren Seelenhort zu erzählen. Er enthält – oder wird enthalten – eine kleine Fracht und etwas, das im Allgemeinen als Materie-Transmitter bekannt ist. Offenbar überträgt er nicht wirklich Materie, aber die Wirkung ist dieselbe. Ich muss offen gestehen, dass mir die Wichtigkeit dieser feinen Unterscheidung nicht klar ist.«

»Und dieses Gerät oder was auch immer hat in etwa die Größe eines Seelenhorts?«

»Ja.«

»Ist das unsere eigene Technik, Estodus?«

»Das brauchen Sie nicht zu wissen, Major. Wichtig ist nur, ob es funktioniert oder nicht.« Visquile zögerte, dann sagte er: »Unsere Wissenschaftler und Techniker bringen andauernd erstaunliche neue Entwicklungen hervor und wenden sie an, wie Ihnen sicher bekannt ist.«

»Natürlich, Estodus. Und um was handelt es sich bei der Fracht, die Sie erwähnten?«

»Das werden Sie nie erfahren, Major. Derzeit weiß nicht einmal ich genau, um was es sich handelt, obwohl ich zu gegebener Zeit darüber in Kenntnis gesetzt werde, bevor Ihre eigentliche Mission beginnt. Im Augenblick weiß ich nur etwas über die Wirkung, die sie haben wird.«

»Und welche ist das, Estodus?«

»Wie Sie sich vielleicht vorstellen können, ein gewisses Maß an Schaden, an Zerstörung.«

Quilan schwieg eine Zeit lang. Er war sich der Anwesenheit der Persönlichkeiten von Millionen Dahingegangener bewusst, die in den Substraten um ihn herum gespeichert waren. »Soll ich das dahingehend deuten, dass die Fracht in meinen Seelenhort übertragen wird?«

»Nein, sie wurde zusammen mit dem Seelenhort-Gerät an ihren Platz gebracht.«

»Dann wird sie also von dem Gerät übertragen?«

»Ja. Sie werden die Übertragung der Fracht steuern.«

»Werde ich das?«

»Für diese Aufgabe werden Sie hier ausgebildet, Major. Sie werden im Gebrauch des Geräts unterwiesen, damit Sie zur gegebenen Zeit in der Lage sind, die Fracht an die gewünschte Stelle zu übertragen.«

Quilan blinzelte ein paarmal. »Ich bin vielleicht nicht ganz auf dem neuesten Stand der Technik, aber …«

»An Ihrer Stelle würde ich mir darüber keine Gedanken machen, Major. Bisherige Technik ist in dieser Angelegenheit von geringer Bedeutung. Hier handelt es sich um etwas vollkommen Neues. Es gibt keinen uns bekannten Präzedenzfall für dieses Vorgehen, kein Buch, aus dem man entsprechendes Wissen schöpfen könnte. Sie werden helfen, dieses Buch zu schreiben.«

»Ich verstehe.«

»Lassen Sie mich noch etwas mehr über die Kulturwelt Masaq' erzählen.« Der Estodus raffte seine Gewänder um sich und räkelte sich tiefer in das ihn eng umschließende Ringelpolster. »Es handelt sich dabei um etwas, das man Orbital nennt; ein Band von Materie – in der Form vergleichbar mit einer sehr dünnen Kette –, das in einer Umlaufbahn um eine Sonne, in diesem Fall den Stern Lacelere, wandert, und zwar in derselben Zone, in der man einen bewohnbaren Planeten anzutreffen erwarten würde.

Orbitale unterliegen einem anderen Maßstab als unsere Raumstationen; Masaq' hat, wie die meisten Orbitale der Kultur, einen Durchmesser von ungefähr drei Millionen Kilometer und dem zu Folge einen Umfang von annähernd zehn Millionen Kilometern. Die Breite am Fuß seiner Ummantelung misst ungefähr sechstausend Kilometer. Diese Ummantelung ist etwa eintausend Kilometer hoch und nach oben offen. Die Atmosphäre wird durch eine merkliche Schwerkraft im Innern gehalten, welche durch den Spin der Welt erzeugt wird.

Die Größe des Gebildes ist nicht willkürlich; Kultur-orbitale sind so gebaut, dass dieselbe Drehgeschwin-digkeit, die eine Einheitsgravitation erzeugt, auch einen Tag-Nacht-Kreislauf eines ihrer Standardtage bewirkt. Die örtliche Nacht entsteht dann, wenn irgendein ange-nommener Teil des Orbital-Innern genau in die entge-gengesetzte Richtung zur Sonne zeigt. Sie sind aus exo-tischen Materialien gefertigt und werden im Prinzip durch Kraftfelder zusammengehalten.

In der Mitte des Orbitals im Raum schwebend, in gleicher Entfernung von allen Punkten auf dem Rand, befindet sich die Nabe. Dort existiert das AI-Substrat, das in der Kultur als ›Gehirn‹ bezeichnet wird. Die Maschine überwacht sämtliche Funktionen, die für den Betrieb des Orbitals nötig sind. Es gibt Tausende von Hilfssystemen, deren Aufgabe die Überwachung aller – mit Ausnahme der lebenswichtigsten – Vorgänge ist, doch die Nabe kann sich jederzeit zusätzlich direkt in die Steuerung all dieser Vorgänge einschalten.

Die Nabe hat Millionen von stellvertretenden Wesen-heiten in menschlicher Gestalt, die Avatare genannt werden, mittels derer sie auf einer Eins-zu-eins-Basis mit ihren Bewohnern Umgang pflegt. Theoretisch ist sie in der Lage, jedes dieser Systeme sowie auch jedes andere auf dem Orbital direkt zu betreiben, während sie sich individuell mit jedem auf der Welt anwesenden Menschen und jeder anwesenden Drohne unterhält, und dazu noch mit einer Menge anderer Schiffe und Gehirne.

Jedes Orbital ist anders, und jede Nabe hat ihre ei-gene Persönlichkeit. Einige Orbitale haben nur wenige Land-Anteile; für gewöhnlich handelt es sich um recht-eckige Boden- und Meerespakete, die man Platten nennt. Auf einem Orbital von der Breite Masaq's sind diese normalerweise gleichzusetzen mit Kontinenten. Bevor ein Orbital fertig ist, im Sinne des Bildens einer geschlossenen Schlaufe wie Masaq', umfasst es vielleicht nur zwei Platten, die immer noch drei Millionen Kilometer voneinander entfernt und nur durch Kraftfelder miteinander verbunden sind. Ein solches Orbital hat vielleicht eine Gesamtbevölkerung von nicht mehr als zehn Millionen Menschen. Masaq' befindet sich nahe des anderen Endes der Größenskala, mit mehr als fünfzig Milliarden Bewohnern.

Masaq' ist bekannt für die große Zahl von Speicherungen seiner Einwohner. Manche führen das darauf zurück, dass viele von ihnen sich an gefährlichen Sportarten beteiligen, doch in Wirklichkeit datiert diese Gepflogenheit vom Beginn der Welt, als man sich bewusst wurde, dass Lacelere kein vollkommen stabiler Stern ist und man mit der Möglichkeit rechnen muss, dass er irgendwann einmal mit genügend Gewalt aufflammen könnte, um die Leute, die ihm schutzlos auf der Oberfläche der Welt ausgesetzt sind, zu töten.

Mahrai Ziller lebt dort seit sieben Jahren. Anscheinend möchte er auf dieser Welt bleiben. Wie ich bereits sagte, werden Sie, wie es den Anschein hat, dorthin reisen und versuchen, ihn dazu zu überreden, sein Exil zu verlassen und nach Chel zurückzukehren.«

»Ich verstehe.«

»Ihre eigentliche Mission besteht jedoch darin, die Zerstörung der Masaq'-Nabe zu fördern und damit den Tod eines beträchtlichen Anteils seiner Bevölkerung herbeizuführen.«

Der Avatar führte ihn durch eine der Manufakturen unterhalb einer Schutzwand. Sie fuhren in einem Untergrundwagen, einer komfortabel ausgestatteten Kapsel, die mit hoher Geschwindigkeit an der Unterseite der Außenfläche des Orbitals durch das Vakuum des

Raums flitzte. Sie waren eine halbe Million Kilometer um die Welt herumgeschwenkt, während die Sterne durch die Bodenpaneele leuchteten.

Die Untergrundbahnstrecke überspannte die Lücke unter der riesigen A-Form der Schutzwand auf einer monofilgestützten Hängebrücke von zweitausend Kilometern Länge. Jetzt kam der Wagen nahe des Zentrums trudelnd zum Halt, um senkrecht in den Fabrik-Raum hunderte Kilometer weiter oben hinaufzusteigen.

≈*Wie geht's dir, Major?*≈

≈Ganz gut. Und dir?≈

≈*Auch so. Ist das Missionsziel gerade vorbeigekommen?*≈

≈Ja. Wie mache ich meine Sache?≈

≈*Gut. Keine sichtbaren physischen Anzeichen. Bist du sicher, dass es dir gut geht?*≈

≈Absolut.≈

≈*Und wir sind immer noch in Los!-Position?*≈

≈Ja, sind wir.≈

Der silberhäutige Avatar sah ihn eindringlich an. »Sind Sie sicher, eine Fabrikbesichtigung langweilt Sie nicht, Major?«

»Nicht, wenn dort Sternenschiffe hergestellt werden, ganz bestimmt nicht. Obwohl Ihnen allmählich die Besichtigungsorte ausgehen müssen, die Sie mir noch zur Zerstreuung bieten können«, sagte er.

»Na ja, es ist ein großes Orbital.«

»Es gibt noch einen Ort, den ich mir gerne ansehen würde.«

»Und welcher ist das?«

»Ihr Zuhause. Die Nabe.«

Der Avatar lächelte. »Aber selbstverständlich.«

Flug

»Sind wir bald da?«

»Ungewiss. Das, was das Geschöpf sagte, was hat es damit gemeint?«

»Vergessen Sie das! Sind wir bald *da*?«

»Es ist schwierig, Gewissheit zu haben. Um darauf zurückzukommen, was das Geschöpf gesagt hat: Sind Sie sich über dessen Bedeutung bereits im Klaren?«

»Ja! Na ja, so ziemlich. Bitte, geht es ein bisschen *schneller*?«

»Eigentlich nicht. Wir kommen so schnell wie möglich voran in Anbetracht der Umstände, und deshalb dachte ich, wir könnten die Zeit nutzen, indem wir über das reden, was Sie von den Ausführungen des Geschöpfs verstanden haben. Was war Ihrer Meinung nach daran wichtig?«

»Das ist doch egal! Nein, es ist nicht egal, aber trotzdem! Oh! Schneller! Beeilung, bitte! Schneller!«

Sie befanden sich im Innern des lenkbaren Behemothaurums Sansemin: Uagen Zlepe, 974 Praf und drei der Raubvogelspäher. Sie quetschten sich durch eine gewundene, gewellte Röhre, deren warme, schleimglitschige Wände alle paar Augenblicke aufschreckend pulsierten. Die Luft, die schnell von vorn an ihnen vorbeistrich, stank nach verfaulendem Fleisch. Uagen kämpfte gegen einen starken Brechreiz an. Sie konnten auf dem Weg, auf dem sie hereingekommen waren, nicht wieder nach draußen gelangen; er war durch eine Art Riss versperrt, eine Falle, die bereits zwei der

Raubvogelspäher, die die Vorhut gebildet hatten, verschluckt hatte.

Stattdessen hatten sie – nachdem das Geschöpf die fraglichen Dinge zu Uagen gesagt hatte und nach einer quälend langen und absurd entspannten Diskussion zwischen den Raubvogelspähern und 974 Praf – eine andere Strecke aus der Verhörkaverne genommen. Diese Strecke führte sie anfangs tiefer und weiter hinein in den zitternden Körper des sterbenden Behemothaurums.

Zwei der drei Raubvogelspäher bestanden darauf, vornweg zu gehen, falls irgendwelche Schwierigkeiten auftauchen sollten, doch sie quetschten sich mit einiger Mühe durch die Engstellen der gewundenen Röhre, und Uagen war überzeugt davon, dass sie ohne diese Wesen schneller vorangekommen wären.

Der Weg war von tiefen Rillen durchzogen und machte es schwierig zu gehen, ohne sich an den nassen und bebenden Wänden festzuhalten. Uagen wünschte, er hätte Handschuhe dabei. Sein Teil-Infrarot-Sinn konnte hier wenige Einzelheiten erkennen, weil anscheinend alles die gleiche Temperatur hatte, sodass sich alles, was er sehen konnte, auf ein albtraumartiges, einfarbiges Bild von Schatten über Schatten beschränkte; Uagen fand das schlimmer, als blind zu sein.

Der vorderste Raubvogelspäher kam zu einer Abzweigung und hielt inne, offenbar überlegend.

Plötzlich rumpelte eine laute Erschütterung um sie herum, dann wirbelte ein Strom stinkender Luft von hinten über sie hinweg, der für kurze Zeit den Luftstrom von vorn überlagerte und einen noch schlimmeren Gestank verursachte, bei dem sich Uagen beinahe übergeben hätte.

Er hörte, wie er würgte. »Was war das?«

»Unbekannt«, antwortete die Dolmetscherin 947 Praf. Der Luftstrom von vorn ließ nach. Der anführende

Raubvogelspäher entschied sich für den linken Weg und schulterte die Flügel, um durch den schmalen Gang zu schreiten. »Da entlang«, sagte 974 Praf hilfreich.

Ich werde sterben, dachte Uagen, völlig klar im Kopf und beinahe ruhig. Ich werde sterben, eingesperrt in diesem verfaulenden, aufgeblähten, verglühenden, zehn Millionen Jahre alten fremdweltlichen Raumschiff, tausend Lichtjahre entfernt von irgendeinem anderen menschlichen Wesen und versehen mit Informationen, die Leben retten und mich zu einem Helden machen könnten.

Das Leben ist so ungerecht!

Das Geschöpf an der Wand der Verhörkaverne hatte noch lange genug gelebt, um ihm etwas zu sagen, das ihn natürlich ebenso gut töten könnte, falls es stimmte, selbst wenn er hier rauskommen würde. Mit dem, was ihm das Wesen gesagt hatte, mit dem Wissen, das er jetzt besaß, war er ein Ziel für Leute, die ohne mit der Wimper zu zucken ihn oder sonst jemanden töten würden.

»Du gehörst der Kultur an?«, fragte er das lang gestreckte, fünfgliedrige Ding, das an der Wand der Kammer hing.

»Ja«, antwortete es und versuchte dabei, den Kopf hochzuhalten, während es mit ihm sprach. »Agent. Besondere Gegebenheiten.«

Uagen merkte, dass er schon wieder *rülpste*. Er hatte von BG gehört. Er hatte schon als Kind davon geträumt, ein Agent für Besondere Gegebenheiten zu sein. Verdammt, er hatte auch als junger Erwachsener noch davon geträumt. Er hätte sich niemals vorstellen können, dass er jemals einem echten solchen begegnen würde. »Oh«, sagte er und kam sich im selben Augenblick unendlich dumm vor. »Wie geht es Ihnen?«

»Und du?«

»Wie bitte? Oh! Umm! Ich bin Gelehrter. Uagen Zlepe. Gelehrter. Angenehm. Nun. Wahrscheinlich nicht. Ich bin nur … Nun.« Er spielte wieder mit der Halskette herum. Es musste sich so anhören, als ob er zwitscherte. »Macht nichts. Können wir Sie da runter holen? Dieser ganze Ort hier, nun, er ist so …«

»Ha! Nein! Das glaube ich nicht«, sagte das Geschöpf und versuchte vielleicht sogar zu lächeln. Es vollführte mit dem Kopf eine Bewegung, die wie ein Nicken nach hinten aussah, dann verzog es das Gesicht zu einer schmerzvollen Grimasse. »Ich sag das nicht gern. Nur durch mich hält das Ganze zusammen, so ist das. Durch dieses Bindeglied.« Er schüttelte den Kopf. »Hör zu, Uagen. Du musst von hier verschwinden.«

»Ja?« Zumindest das war eine gute Nachricht. Der Boden der Kammer wogte unter seinen Füßen, als eine weitere dröhnende Detonation die marionettenhaften Gestalten der Toten und Sterbenden an der Wand durchschüttelte. Einer der Raubvogelspäher breitete die Flügel ruckartig aus, um im Gleichgewicht zu bleiben, und warf dabei 947 Praf um. Sie erzeugte mit dem Schnabel einen klackenden Laut und sah das angreifende Tier eindringlich an.

»Hast du einen Kommunikator?«, fragte ihn das Geschöpf. »Für ein Signal nach draußen, außerhalb der Luftsphäre?«

»Nein. Nichts.«

Das Geschöpf verzog erneut das Gesicht. »Scheiße. Dann müssen … hau ab von Oskendari. Zum Schiff, zum Habitat, irgendwohin. Irgendwo, von wo aus du die Kultur kontaktieren kannst, verstanden?«

»Ja. Warum? Was soll ich sagen?«

»Verschwörung. Kein Spaß, Uagen, keine Übung. Verschwörung. Scheißernste Verschwörung. Glaube, es geht um Zerstörung … von Orbital.«

»*Was sagst du da?*«

»Orbital. Ganz Orbital, Name Masaq'. Schon mal gehört?«

»Ja! Das ist ganz berühmt!«

»Sie wollen es zerstören. Die chelgrianische Faktion. Chelgrianer werden geschickt. Name weiß nicht. Macht nichts. Schon unterwegs, oder bald. Weiß nicht wann. Angriff geschieht. Du. Hau ab! Geh weg! Sag Kultur.« Plötzlich wurde das Geschöpf steif und neigte sich mit geschlossenen Augen von der Wand der Kaverne nach vorn. Ein gewaltiger Schauder peitschte durch die Höhle und riss ein paar der Leichen von den Wänden, die dann schlaff auf den bebenden Boden fielen. Uagen und zwei der Raubvogelspäher wurden auf den Rücken geworfen. Uagen rappelte sich wieder auf.

Das Geschöpf an der Wand starrte ihn an. »Uagen. Sag BG Bescheid, oder Kontakt. Mein Name ist Gidin Sumethyre. Sumethyre, kannst du dir das merken?«

»Kann ich mir merken. Gidin Sumethyre. Umm. Ist das alles?«

»Reicht schon. Jetzt hau ab! Masaq'-Orbital. Chelgrianer. Gidin Sumethyre. Das ist alles. Weg jetzt! Ich versuche durchzuhalten …« Der Kopf des Geschöpfs sackte langsam auf die Brust. Ein weiteres gewaltiges Beben erschütterte die Kaverne.

»Was das Geschöpf da gerade gesagt hat …«, setzte 974 Praf verdattert an.

Uagen bückte sich und zupfte die Dolmetscherin an den trockenen, lederartigen Flügeln. »Raus!«, schrie er ihr ins Gesicht. »Sofort!«

Sie waren in einen breiteren Teil des jetzt steil ansteigenden Gangs gekommen, als der Wind, der sie von vorn anwehte, plötzlich auffrischte und zum Sturm wurde. Die beiden Raubvogelspäher vor Uagen, deren gefaltete Flügel wie Segel im heulenden Luftsturm flatterten, versuchten, sich zwischen den wogenden, sich aufwerfenden Wänden einzukeilen, um nicht weggeblasen zu werden. Sie rutschten immer mehr zu ihm zurück, während Uagen ebenfalls versuchte, sich gegen das feuchte Gewebe der Röhre abzustemmen.

»Oh«, sagte 974 Praf mit Bestimmtheit hinter Uagen. »Diese Entwicklung ist kein gutes Zeichen.«

»Hilfe!«, schrie Uagen; er beobachtete die beiden Raubvogelspäher, die sich immer noch verzweifelt an die Wände des Gangs klammerten und immer näher zu ihm rutschten. Er versuchte, ein X aus sich selbst zu machen und sich so zwischen die Wände zu klemmen, aber diese waren jetzt zu weit voneinander entfernt.

»Hier runter«, sagte die Dolmetscherin 974 Praf. Uagen blickte zwischen seinen Füßen hindurch nach unten. 974 hielt sich an dem gerippten Boden fest und drückte sich so flach wie möglich daran.

Er hob den Blick und sah, wie der eine schwebende Raubvogelspäher auf Reichweite herangliit. »Gute Idee!«, japste er. Er tauchte. Seine Stirn prallte am Fersensporn des Raubvogelspähers ab. Er griff nach den Rippen des Bodens, während die beiden Raubvogelspäher über ihn hinwegglitten. Der Wind heulte und zerrte an seinem Anzug, dann verebbte er plötzlich. Er löste sich aus 974 Prafs Umklammerung und blickte zurück. Die beiden Raubvogelspäher boten einen schmerzlichen Anblick; in einem Gewirr von Schnäbeln, Flügeln und Gliedmaßen wurden sie weiter durch die Röhre getrieben; derjenige, der die Nachhut gebildet hatte, zwängte sich gerade durch den engen Teil, den sie soeben hinter sich gebracht hatten. Eines der geflügelten Wesen klapperte mit irgendetwas.

974 Praf klapperte zurück, dann sprang sie auf die Beine und flitzte durch den Gang. »Die Raubvogelspäher von Yoleus werden versuchen, dort eingekeilt zu bleiben, um auf diese Weise den Großbrand entfa-

chenden Wind zu blockieren, während wir den Wettkampf mit der Reise auf uns nehmen, die wir zur Außenseite von Sansemin machen. Hier entlang, Uagen Zlepe, Gelehrter.«

Er sah ihrem Rücken nach, dann stolperte er hinter ihr her. Er hatte ein seltsames Gefühl im Bauch. Er versuchte, es einzuordnen, dann erkannte er es. Es war, als ob sie sich in einem der Gravitation unterliegenden Lift oder Fahrzeug befänden. »Sinken wir?«, fragte er wimmernd.

»Sansemin verliert anscheinend sehr schnell an Höhe«, sagte 974 Praf, wobei sie von Rippe zu Rippe den steil abfallenden Boden vor ihm hinunterhüpfte.

»Oh, Scheiße!« Uagen sah nach hinten. Sie waren um eine Kurve gebogen und befanden sich jetzt außerhalb der Sichtweite der Raubvogelspäher. Der Weg führte nun noch steiler bergab; es war so, als ob sie eine sehr steile Treppe hinunterstiegen.

»Ah ha«, sagte die Dolmetscherin, als der Wind erneut an ihnen zerrte.

Uagen ertappte sich dabei, dass er die Augen weit aufriss. Er blickte nach vorn. »Licht!«, schrie er. »Licht! Praf! Ich sehe …« Er verstummte.

»Feuer«, sagte die Dolmetscherin. »Auf den Boden, Uagen Zlepe, Gelehrter!«

Uagen drehte sich um und warf sich auf die Stufen, einen Augenblick bevor der Feuerball einschlug. Er hatte Zeit, einmal tief Luft zu holen und zu versuchen, das Gesicht in den Armen zu vergraben. Er spürte 974 Praf auf sich; sie beschützte ihn mit ausgebreiteten Flügeln. Die Detonation aus Hitze und Licht hielt für einige Sekunden an. »Wieder aufstehen!«, sagte die Dolmetscherin. »Sie zuerst.«

»Sie brennen!«, brüllte er, als sie ihn mit den Flügeln schob und er die Schwellen hinunterstolperte.

»Dies ist der Fall«, sagte die Dolmetscherin. Rauch

und Flammen kringelten sich hinter ihren Flügeln, während sie Uagen weiter anspornte und schob. Der Wind wurde immer stärker, er musste mit aller Kraft dagegen ankämpfen, um voranzukommen; mühsam arbeitete er sich an den Rippen des nun beinahe senkrechten Schachtes hinunter; irgendwie hatte er das Gefühl, dass sie beinahe wieder auf ihrer vorherigen Höhe waren.

Als Uagen nach vorn blickte, sah er wieder Licht. Er stöhnte, dann bemerkte er, dass es diesmal bläulich weiß war, nicht gelb.

»Wir nähern uns der Außenseite«, keuchte 974 Praf.

Sie fielen vom Bauch des sterbenden Behemothaurums ab, stürzten kaum schneller als das, was von dem riesigen Geschöpf übrig geblieben war, während es gleichzeitig brannte, sich auflöste, in sich zusammenbrach und sank. Uagen drückte 974 Praf an sich, erstickte die Flammen, die an ihren Flügeln fraßen, dann benutzte er seine Knöchelmotoren und das Balloncape, um ihren Fall abzubremsen, und nachdem sie eine scheinbare Ewigkeit lang durch ein Flammenmeer, ein Gestöber von Wrackteilen und verletzten Tieren geflogen waren, brachte er sie beide aus der Zone unterhalb der massiven, V-förmigen Ruine, die das sterbende Behemothaurum war, in den klaren Luftraum, wo die übrig gebliebenen Raubvogelspäher aus der Expeditionstruppe des Yoleus sie fanden, nur wenige Augenblicke, bevor ein ogriner Widerrechtler sich im Sturzflug auf sie stürzen und im Ganzen verschlucken konnte.

Die benommene, verstummte Dolmetscherin zitterte in seinen Armen, der Geruch ihres verbrannten Balgs stieg ihm in die Nase, während sie zusammen mit dem Raubvogelspähtrupp langsam wieder hinaufstiegen zu dem lenkbaren Behemothaurum Yoleus.

»Los?«

»Ja, weg. Los. Abmarsch. Nichts wie weg!«

»Sie möchten weggehen, aufbrechen, sich entfernen, jetzt gleich?«

»So bald wie möglich. Wann geht das nächste Schiff? Wessen auch immer. Nun ja, nicht ganz, umm. Chelgrianisch. Ja, nicht chelgrianisch.«

Uagen hätte sich niemals vorstellen können, dass Yoleus' Verhörkaverne ihm im Entferntesten heimelig vorkommen könnte, doch jetzt war es so. Er fühlte sich auf eine sonderbare Weise hier sicher. Es war einfach schade, dass er weg musste.

Yoleus sprach mit ihm mittels eines Verbindungskabels und eines Übersetzers namens 46 Zhun. Der stämmigere Körper des nominal männlichen Wesens 46 Zhun hockte auf einem Sims neben 974 Praf, die an der Wand der Kammer haftete und versengt und schlaff und tot aussah; anscheinend war sie jedoch dabei, sich wiederherzustellen und zu erholen. 46 Zhun schloss die Augen. Uagen stand verlassen auf dem weichen, warmen Boden der Kaverne. Der Geruch von Verbranntem stieg ihm immer noch aus seiner Kleidung in die Nase. Er zitterte.

46 Zhun öffnete die Augen wieder. »Die planmäßige Abfahrt des nächsten abgehenden Fahrzeugs wird in fünf Tagen vom Zweiten Wendekreis des Neigungs-Sezessions-Portals im Jenseitigen Lappen sein«, sagte der Übersetzer.

»Ich nehme es. Moment mal – ist es chelgrianisch?«

»Nein, es ist ein jhuvuonianischer Handelsfrachter.«

»Ich nehme ihn.«

»Es ist nicht von jetzt ab genügend Zeit für Sie zu reisen und anzukommen an dem erwähnten Wendekreis des Neigungs-Sezessions-Portal.«

»Wie bitte?«

»Es ist nicht von jetzt ab genügend Zeit …«

»Aha, und wie lange würde es dauern?«

Der Übersetzer schloss erneut für ein Weile die Augen, dann öffnete er sie wieder und sagte: »Dreiundzwanzig Tage wären die Minimumzeit an Bedarf für ein Wesen wie Sie zu reisen und anzukommen am Zweiten Wendekreis von Neigungs-Sezessions-Portal von diesem Punkt aus.«

Uagen spürte ein schreckliches Rumoren in seinen Eingeweiden; ein solches Gefühl hatte er seit seiner frühesten Kindheit nicht mehr gehabt. Er versuchte, ruhig zu bleiben. »Wann geht das nächste Schiff?«

»Das ist nicht bekannt«, antwortete der Übersetzer ohne zu zögern.

Uagen kämpfte gegen den Drang an, laut hinauszuschreien. »Besteht die Möglichkeit, von Oskendari aus ein Signal zu senden?«, fragte er.

»Natürlich.«

»Mit Überlichtgeschwindigkeit?«

»Nein.«

»Könnten Sie mittels eines Signals ein Schiff herbeirufen? Gibt es irgendeinen Weg, wie ich in allernächster Zukunft von hier wegkommen kann?«

»Die Definition von allernächste Zukunft lautet wie?«

Uagen unterdrückte ein Stöhnen. »In den nächsten hundert Tagen!«

»Es ist nichts über Objekte bekannt, die innerhalb dieses Zeitraums ankommen oder abfahren.«

Uagen raufte sich die Haare. Er stieß einen zornigen Brüller aus, dann hielt er inne und blinzelte. So etwas hatte er noch nie getan, keines von beidem, weder sich die Haare gerauft noch ein zorniges Brüllen ausgestoßen. Er blickte hinauf zu dem geschwärzten, verkrüppelt aussehenden Körper von 974 Praf, dann senkte er den Kopf und starrte zum Boden der Kaverne. Seine kleinen Fußknöchelmotoren strahlten höhnisch zu ihm zurück.

Er hob den Kopf wieder. Woran hatte er gedacht?

Er überlegte, was er über jhuvuonianische Handelsschiffe wusste. Nur semikontaktiert. Einigermaßen friedlich, ziemlich vertrauenswürdig. Immer noch im Zeitalter der Knappheit. Schiffe mit einem Vermögen von wenigen hundert Licht. Langsam nach Kulturmaßstäben, aber ausreichend. »Yoleus«, sagte er ruhig. »Könntest du bitte ein Signal an den Zweiten Sezessionswendekreis des Neigungsportals schicken, oder wie immer das heißt?«

»Ja.«

»Wie lange wird das dauern?«

Das Geschöpf schloss die Augen und öffnete sie wieder. »Einen Tag plus einen Vierteltag wäre für das ausgehende Signal nötig, und eine ähnliche Zeitspanne würde für das Antwortsignal benötigt werden.«

»Gut. Wo befindet sich das nächste Portal zu unserem jetzigen Standpunkt, und wie lange würde es dauern, bis ich dorthin gelangen könnte?«

Wieder eine Pause. »Das nächste Portal zu unserem jetzigen Standpunkt ist der Neunte Wendekreis des Neigungs-Sezessions-Portals, Gegenwärtiger Lappen. Es bedarf einer Flugzeit von zwei Tagen plus einem Dreifünfteltag von hier mittels Raubvogelspäher.«

Uagen atmete tief durch. Ich gehöre der Kultur an, dachte er im Stillen. So soll man sich in einer solchen Situation verhalten, darum dreht sich das Ganze angeblich.

»Bitte schick ein Signal an das jhuvuonianische Handelsschiff«, sagte er, »und sag ihm, als Bezahlung bekommt es einen Geldbetrag im Gegenwert des gesamten Fahrzeugs, wenn es mich in vier Tagen am Neunten Wendekreis des Neigungs-Sezessions-Portals, Gegenwärtiger Lappen, abholt und zu einem Ziel befördert, das ich ihm bekannt geben werde, sobald wir uns dort treffen. Erwähne außerdem, dass ich großen Wert auf Diskretion lege.«

Er erwog, es dabei zu belassen, aber es hatte den Anschein, als ob dieses Schiff seine einzige Chance wäre, und er konnte sich das Risiko nicht leisten, dass dessen Herren ihn als Verrückten abtaten. Und wenn sie auf dieses Abreisedatum verpflichtet waren, dann reichte die Zeit nicht für eine längere Unterhaltung mittels Signalen, um sie zu überreden. Er holte noch einmal tief Luft und fügte hinzu: »Du kannst es davon in Kenntnis setzen, dass ich Bürger der Kultur bin.«

Er fand keine Gelegenheit mehr, sich gebührend von 974 Praf zu verabschieden. Als er einen Tag später aufbrach, war die von einer Entscheiderin/Laubsammlerin zur Dolmetscherin Gewandelte immer noch bewusstlos und an die Wand der Verhörkaverne geheftet.

Er packte seine Taschen, vergewisserte sich, dass eine Aufzeichnung all seiner Forschungsnotizen sowie der Niederschriften all dessen, was sich während der vergangenen Tage ereignet hatte, in sicherer Verwahrung bei Yoleus untergebracht waren; und es war ihm ein sehr wichtiges Anliegen, ein letztes Mal ein Glas Jhageltee zu bereiten und zu trinken. Er schmeckte nicht besonders gut.

Eine Flugstaffel von Raubtierspähern begleitete ihn zum Neunten Wendekreis des Neigungs-Sezessions-Portals. Sein letzter Blick zurück zum lenkbaren Behemothaurum Yoleus zeigte ihm, wie das gewaltige Geschöpf in der grünlich blauen Ferne über dem Schatten eines Wolkenkomplexes verschwand, immer noch getreu dem massigen Körper der Geliebten, Muetinive, folgend. Er fragte sich, ob sie wohl den Durchstoß zu der vorausgesagten Aufwärtsströmung schaffen würden, die sich irgendwo im Dunsthorizont vor ihnen aufbaute, um freie Fahrt hinauf zu den mannigfaltigen Freuden der gigalithinen globularen Wesenheit Buthulne zu bekommen.

Er empfand so etwas wie eine süße Traurigkeit, weil

er nicht dabei sein würde, weder um diese Fahrt noch die Ankunft mit ihnen gemeinsam zu erleben, und empfand einen Anflug von Schuld, als er auch nur die Spur des Wunsches verspürte, dass das jhuvuonianische Handelsschiff sein Angebot zurückweisen und nicht erscheinen würde, sodass er eigentlich keine andere Möglichkeit hätte, als sich um die Rückkehr zu Yoleus zu bemühen.

Die beiden Behemothauren verschwanden in den luftigen, höhlenartigen Schatten oberhalb des Wolkensystems. Er richtete den Blick wieder nach vorn. Seine Fußknöchelmotoren surrten, der Umhang legte sich ordentlich an, um sich seiner geänderten Orientierung anzupassen, immer noch gestrafft, um im Bedarfsfall als Flughilfe zu dienen. Die Flügel der Raubvogelspäher schlugen die Luft um ihn herum in einem synkopischen Rhythmus stotternder Laute und erzeugten eine seltsame Geruhsamkeit. Er sah hinüber zu 46 Zhun, der sich an den Hals und den Rücken des Staffelführers der Raubvogelspäher klammerte, aber das Geschöpf war anscheinend eingeschlafen.

Der Neunte Wendekreis des Neigungs-Sezessions-Portals erwies sich als etwas knapp an Einrichtungen. Es war nichts weiter als ein Fleck von etwa zehn Metern im Durchmesser an der Seite des Luftsphärenstoffs, wo die Schichten von Eindämmungsmaterial sich trafen und verbanden, um ein klares Fenster in den Raum zu bilden. Um dieses runde Gebiet herum häufte sich eine Hand voll von etwas, das aussah wie die Mega-Fruchthülsen, die auf den Behemothauren wuchsen und in einer von denen er sich ein Zuhause eingerichtet hatte. Sie boten einen Ort, wo die Raubvogelspäher kauernd ausruhen und ihre Kräfte wiedererlangen konnten, und wo er sitzen und warten konnte. Es gab etwas Nahrung und etwas Wasser, aber das war auch schon alles.

Er vertrieb sich die Zeit damit, dass er zu den Sternen hinausblickte – die Portalflecken waren die einzigen wirklich klaren Bereiche an der Oberfläche der Luftsphäre, alles Übrige war im Vergleich dazu allenfalls durchscheinend – und ein Lyriglyph verfasste, in dem er versuchte, das Gefühl des Schreckens zu beschreiben, das er am Tag zuvor empfunden hatte, gefangen im sterbenden Körper des Behemothaurums Sansemin.

Es war ein frustrierender Vorgang. Immer wieder legte der den Schreibstift ab – eben jenen verdammten Stift, der dazu geführt hatte, dass er jetzt hier war und auf ein fremdweltliches Raumschiff wartete, das vielleicht niemals kommen würde – und versuchte sich darüber klar zu werden, was Sansemin widerfahren war, warum der Kulturagent – wenn er oder sie wirklich ein solcher gewesen war – überhaupt hier gewesen war, ob es tatsächlich eine Verschwörung von der Art gab, wie man es ihm beschrieben hatte, und wie er sich verhalten sollte, wenn sich herausstellte, dass das Ganze nur eine Art Scherz gewesen war, eine Halluzination oder ein Hirngespinst, die Ausgeburt des Geistes eines verrückten, gepeinigten Geschöpfes.

Er war zweimal eingenickt, hatte sechs Versuche des Lyriglyphs verworfen (nachdem er widerstrebend zu dem Schluss gekommen war, dass er wahrscheinlich tatsächlich verrückt geworden war und sich die Ereignisse der letzten paar Tage niemals wirklich abgespielt hatten), und diskutierte jetzt mit sich selbst die relativen Vorzüge von Selbstmord, Einlagerung, Transkorporation in eine Gruppenwesenheit und einer Anfrage auf Rückkehr zu Yoleus, um seine Forschungsarbeit wieder aufzunehmen – physisch passend verändert und mit der verlängerten Lebensdauer, die er früher schon einmal erwogen hatte –, als das jhuvuonianische Handelsschiff, ein unmögliches Gebilde aus Röhren und Streben, auf der anderen Seite des Portals in Sicht kam.

Jhuvuonianische Händler entsprachen ganz und gar nicht dem Bild, das er sich von ihnen gemacht hatte. Aus irgendeinem Grund hatte er grobschlächtige, haarige Humanoiden von gedrungenem Körperbau erwartet, angetan mit Häuten und Fellen, während sie in Wirklichkeit Ansammlungen von sehr großen roten Federn glichen. Einer von ihnen schwebte durch das Portal, eingeschlossen in einer überwiegend durchsichtigen Blase, die sich ihrerseits im Innern eines fingerartigen Lufttunnels befand, der vom Portal bis zu dem röhrenförmigen Gefährt draußen reichte. Er traf ihn auf einer Terrasse der Mega-Fruchthülse. 46 Zhun griff nach der Brustwehr neben sich und beobachtete, wie der umschlossene Fremdweltler sich mit der Miene eines Geschöpfes näherte, das potenzielles Nestbaumaterial abschätzte.

»Du bist die Kultur-Person?«, fragte das Geschöpf in der Blase, als es auf einer Höhe mit ihm schwebte. Die Stimme war gedämpft, der marainische Akzent erträglich.

»Ja. Wie geht's?«

»Du bist willens, den Gegenwert des Schiffes zu bezahlen, um zu deinem Ziel gebracht zu werden?«

»Ja.«

»Es ist ein sehr edles Schiff.«

»Das sehe ich.«

»Wir möchten noch eins von der gleichen Bauart haben.«

»Ihr werdet es bekommen.«

Der Fremdweltler gab ein paar klackende Laute von sich, indem er mit dem Übersetzer neben Uagen sprach. 46 Zhun klackte zurück.

»Welches ist dein Ziel?«, fragte der Fremdweltler.

»Ich muss ein Signal an die Kultur schicken. Bringt

mich in die entsprechende Reichweite, damit ich das tun kann, fürs Erste, dann bringt mich irgendwohin, wo immer ich ein Kultur-Schiff erwischen kann.«

Der Gedanke war Uagen durch den Kopf gegangen, dass das Schiff das vielleicht gleich von hier aus würde erledigen können, ohne dass es ihn irgendwohin bringen musste, obwohl er bezweifelte, dass er so viel Glück haben könnte. Dennoch machte er während der nächsten paar Augenblicke ein Wechselbad von Hoffnung und Nervosität durch, bis das Geschöpf sagte: »Wir könnten in die Nähe der Beidite-Wesenheit Critoletli fahren, wo sowohl eine solche Kommunikation durchführbar als auch eine entsprechende Kongregation anzutreffen sein könnte.«

»Wie lange würde das dauern?«

»Siebenundsiebzig Standardkulturtage.«

»Gibt es keinen näheren Ort, der die entsprechenden Bedingungen erfüllt?«

»Nein, gibt es nicht.«

»Könnten wir bereits bei der Annäherung an die Wesenheit Signale senden?«

»Ja, könnten wir.«

»Wie schnell können wir in der dafür nötigen Reichweite sein?«

»In etwa fünfzig Standardkulturtagen.«

»Sehr gut. Ich möchte sofort aufbrechen.«

»Geht in Ordnung. Zahlungsweise?«

»Die Kultur zahlt bei meiner sicheren Ankunft. Oh. Das hätte ich erwähnen sollen.«

»Was?«, sagte der Fremdweltler, und ein Gewirr aus roten Fäden flatterte im Innern der Blase.

»Vielleicht ist noch eine zusätzliche Belohnung drin, über die Zahlung hinaus, die wir bereits vereinbart haben.«

Der Federkörper des Geschöpfs ordnete sich wieder. »Geht in Ordnung«, wiederholte es.

Die Blase schwebte hinauf zur Brustwehr. Eine zweite Blase bildete sich neben der, die den Fremdweltler umschloss. Uagen verglich den Vorgang im Stillen mit einer Zellteilung. »Atmosphäre und Temperatur sind an Kulturstandard angepasst«, verkündete der Fremdweltler. »Die Schwerkraft im Schiff wird geringer sein. Kommst du damit klar?«

»Ja.«

»Kannst du selbst für deine Ernährung sorgen?«

»Das schaffe ich schon«, antwortete er, dann überlegte er. »Habt ihr Wasser?«

»Haben wir.«

»Dann kann ich überleben.«

»Bitte, komm an Bord!«

Die beiden Blasen prallten gegen die Brustwehr. Uagen bückte sich, nahm seine Taschen auf und sah 46 Zhun an. »Also dann, leben Sie wohl. Danke für Ihre Hilfe. Schöne Grüße an Yoleus.«

»Yoleus möchte, dass ich Ihnen eine gute Fahrt wünsche und ein Folgeleben, das zu Ihrer Zufriedenheit verläuft.«

Uagen lächelte. »Richten Sie ihm meinen Dank aus. Ich hoffe, ich sehe es mal wieder.«

»Wird ausgerichtet.«

13 Einige Todesarten

DAS SCHIFFSHEBEWERK BEFAND sich unter den Wasserfällen; wenn es gebraucht wurde, schwang ein mittels eines Gegengewichts bewegtes Tragegerüst, die so genannte Wiege, langsam aus dem brodelnden Becken am Fuße der tosenden Wassermassen, Nebelschleier hinter sich her ziehend. Hinter dem Vorhang aus herabstürzendem Wasser bewegte sich das riesige Gegengewicht langsam durch das unterirdische Becken und hob dabei die dockgroße Wiege, bis sie in eine breite Furche einrastete, die in die Lippe der Wasserfälle gehauen worden war. Dort öffneten sich ihre großen Tore allmählich gegen den Widerstand des Stroms, sodass das Hebegerüst eine Art Balkon mit hervorspringendem Wasser unterhalb der kilometerbreiten Sturzkante des Flusses darstellte.

Zwei geschossförmige Fahrzeuge glitten kraftvoll wie riesige Fische von beiden Seiten stromaufwärts; sie zogen lange Ausleger hinter sich her, die ein breit gespreiztes V bildeten, das den ankommenden Kahn wie ein Trichter in die Wiege leitete. Sobald sich die Tore wieder geschlossen hatten und der Kahn sicher eingeschlossen war, zogen sich die Ausleger zurück, die Wiege öffnete die seitlichen Schleusenpontons den anstürmenden Wassermassen, und das zusätzliche Gewicht überwog schließlich das Gegengewicht.

Die Wiege mitsamt dem Kahn neigte sich langsam nach außen und sank inmitten des Getöses und Sprühdunstes zu dem brodelnden Wasserbecken hinab.

Ziller, bekleidet mit einer Weste und Beinkleidern, die gründlich durchnässt waren, stand zusammen mit dem Nabe-Avatar auf einem nach vorn blickenden Promenadendeck gleich unterhalb der Brücke des Kahns *Ucalegon*, auf dem Fluss Jhree auf der Toluf-Platte. Der Chelgrianer schüttelte Tropfen von sich ab, während sich die flussabwärtigen Tore öffneten und der Kahn seinen Weg in den Mahlstrom von brausenden Wellen und wogenden Wasserhügeln fortsetzte, wobei er ständig gegen die aufblasbaren Seiten der Wiege stieß.

Er beugte sich zu dem Avatar hinüber und deutete durch die aufgewühlten Gischtwolken hinauf zur Sturzkante des Wasserfalls, zweihundert Meter über ihnen. »Was würde geschehen, wenn ein Kahn die Wiege dort oben verfehlen würde?«, brüllte er über das Tosen des Wasserfalls hinweg.

Der Avatar trug einen dünnen dunklen Anzug, der an seiner silbernen Gestalt klebte und klatschnass aussah, was ihm aber nichts auszumachen schien; er zuckte die Achseln. »Dann«, sagte er laut, »käme es zu einer Katastrophe.«

»Und wenn sich die stromabwärtigen Tore öffnen würden, während die Wiege immer noch oben an den Wasserfällen ist?«

Das Geschöpf nickte. »Ebenfalls: Katastrophe.«

»Und wenn die Haltevorrichtung der Wiege auslässt?«

»Katastrophe.«

»Oder wenn sich die Wiege zu früh abwärts bewegt?«

»Dito.«

»Oder eines der Torpaare sich öffnet, bevor die Wiege das Becken erreicht?«

»Dreimal dürfen Sie raten.«

»Dann hat dieses Ding also einen Antigravitations-Kiel oder so was?«, schrie Ziller. »Eine Mehrfachsicherung, ja?«

Der Avatar schüttelte den Kopf. »Nein.« Tropfen lösten sich von seiner Nase und den Ohren.

Ziller seufzte und schüttelte ebenfalls den Kopf. »Ehrlich gesagt, das hatte ich auch nicht angenommen.«

Der Avatar lächelte und beugte sich zu ihm herüber. »Ich werte es als ermutigendes Zeichen, dass Sie erst jetzt anfangen, solche Fragen zu stellen, nachdem das betreffende Erlebnis das gefährliche Stadium bereits hinter sich hat.«

»Das heißt, ich werde allmählich ebenso blasiert und gedankenlos, was Risiko und Tod betrifft, wie eure Bewohner.«

Der Avatar nickte begeistert. »Ja. Ermutigend, nicht wahr?«

»Nein. Bedrückend.«

Der Avatar lachte. Er blickte an den Wänden der sich immer mehr verengenden Schlucht hinauf, während der Strom an der Stadt Ossuliere vorbei seiner Vereinigung mit dem Großen Masaq'-Fluss zustrebte. »Wir sollten zurückgehen«, sagte das silberhäutige Geschöpf. »Ilom Dolince wird bald sterben, und Nisil Tchasole kommt zurück.«

»Oh, natürlich. Wir wollen doch keine eurer grotesken kleinen Feierlichkeiten verpassen, oder?«

Sie machten kehrt und gingen um die Biegung des Decks. Der Kahn kämpfte sich durch das Wellenchaos, sein Bug klatschte in aufgewühlte Massen aus weißem und grünem Wasser und warf große Gischtvorhänge in die Luft, die wie Sturmwellen über die Decks schwappten. Das hierhin und dorthin geschubste Gefährt neigte sich und hob und senkte sich. Dahinter tauchte die Wiege langsam und gleichmäßig aus den tosenden Fluten auf.

Ein Wasserschwall klatschte auf das Deck hinter ihnen und verwandelte die Promenade in einen reißenden Fluss von einem halben Meter Tiefe. Ziller musste sich mit allen dreien gegen die Wucht anstemmen und sich mit einer Hand an der Reling festhalten, um nicht weggespült zu werden, während sie sich zur nächstgelegenen Tür arbeiteten. Der Avatar stapfte mit platschenden Schritten durch das Wasser, das seine Knie umschwappte, als ob ihm das überhaupt nichts ausmachte. Er hielt die Tür auf und half Ziller beim Durchgehen.

Im Vorraum schüttelte Ziller sich erneut und schleuderte Tropfen auf die glänzenden Holzwände und bestickten Wandbehänge. Der Avatar stand einfach nur da und ließ das Wasser von sich abrinnen; seine silberne Haut und die glanzlose Kleidung waren sofort vollkommen trocken, während das Wasser von seinen Füßen über das Deck wegsickerte.

Ziller fuhr sich mit der Hand durch den Gesichtspelz und klopfte gegen die Ohren. Er betrachtete die makellose Gestalt, die ihm lächelnd gegenüberstand, während er immer noch triefte. Er wrang etwas Wasser aus seiner Weste, während er die Haut und die Kleidung des Avatars nach Zeichen von Restfeuchtigkeit untersuchte. Anscheinend war alles vollkommen trocken. »Das ist eine sehr ärgerliche Eigenart«, sagte er.

»Ich hatte zuvor angeboten, uns beide gegen die Gischt zu schützen«, erinnerte ihn der Avatar. Der Chelgrianer stülpte eine seiner Westentaschen um und sah zu, wie das Wasser daraus aufs Deck klatschte. »Aber Sie sagten, Sie wollten das Erlebnis mit allen Sinnen in sich aufnehmen, einschließlich des Tastsinns«, fuhr der Avatar fort. »Ehrlich gesagt, fand ich das damals etwas kühn.«

Ziller betrachtete bedauernd seine durchweichte Pfeife und wandte dann den Blick wieder dem silberhäutigen Wesen zu. »Wieder mal ein Reinfall«, sagte er.

Eine kleine Drohne, die ein sehr großes, ordentlich gefaltetes Handtuch von außergewöhnlicher Flauschigkeit trug, tauchte an einer Ecke auf, schoss durch den Gang in ihre Richtung und hielt jäh neben ihnen an. Der Avatar nahm das Handtuch und nickte der Maschine zu; diese knickte kurz ein und schoss davon.

»Bitte sehr«, sagte der Avatar und reichte dem Chelgrianer das Handtuch.

»Danke.«

Sie machten kehrt und gingen durch den Flur, dabei kamen sie an Salons vorbei, wo kleine Gruppen von Leuten das stürzende Wasser und die aufwabernde Gischt draußen beobachteten.

»Wo hält sich unser Major Quilan heute auf?«, erkundigte sich Ziller und rieb unterdessen sein Gesicht mit dem Handtuch ab.

»Er stattet Neremety einen Besuch ab, zusammen mit Kabo, um die Sworl-Insel zu besichtigen. Es ist der erste Tag der Locksaison an der hiesigen Schule.«

Ziller hatte diesem Ereignis auf einer anderen Platte sechs oder sieben Jahre zuvor beigewohnt. Locksaison war dann, wenn die erwachsenen Inseln die Algenblüten freisetzten, die sie gespeichert hatten, um phantastische verschlungene Muster auf die Kraterbuchten ihres flachen Meeres zu zeichnen. Angeblich brachte das Bild die am Meeresboden wohnenden Kälber des Vorjahres dazu, an die Oberfläche zu steigen und zu einer neuen Version ihrer selbst zu erblühen.

»Neremety?«, fragte er. »Wo ist das?«

»Eine halbe Million Kilometer entfernt, wenn man große Schritte macht. Für den Augenblick sind Sie sicher.«

»Wie tröstlich. Gehen euch nicht allmählich die Orte aus, an die ihr euren kleinen Botenjungen zur Zerstreuung führen könnt? Das Letzte, was ich gehört habe, ist, dass ihr ihn zu einer Fabrikbesichtigung geschleppt habt.« Ziller sprach das Wort ›Fabrikbesichtigung‹ mit einem verächtlichen Schnauben aus.

Der Avatar machte ein beleidigtes Gesicht. »Eine Sternenschiff-Fabrik, ich bitte Sie!«, sagte er. »Aber stimmt schon, es war nichtsdestoweniger eine Fabrik. Allerdings hat er selbst ausdrücklich darum gebeten, wie ich betonen möchte. Und mir gehen die Orte, die ich ihm zeigen kann, noch lange nicht aus, Ziller. Es gibt Orte auf Masaq', von denen Sie noch nie etwas gehört haben und die Sie liebend gern besuchen würden, wenn Sie nur davon wüssten.«

»Ach ja?« Ziller blieb stehen und sah den Avatar an.

Dieser hielt ebenfalls im Gehen inne und grinste. »Natürlich.« Er breitete die Arme aus. »Ich möchte doch nicht, dass Sie all meine Geheimnisse auf einmal erfahren, oder?«

Ziller ging weiter, trocknete sein Fell und musterte misstrauisch das silberhäutige Geschöpf, das mit leichten Schritten neben ihm herlief. »Du bist mehr weiblich als männlich, das weißt du bestimmt, oder?«, sagte er.

Der Avatar hob die Augenbrauen. »Finden Sie?«

»Zweifellos.«

Der Avatar sah erheitert aus. »Als Nächstes will er Hub besuchen«, sagte er.

Ziller runzelte die Stirn. »Wenn ich es mir recht überlege, war ich auch noch nicht dort. Gibt es da viel zu sehen?«

»Es gibt eine Aussichtsgalerie, von der aus man einen guten Überblick über die ganze Oberfläche hat; aber bestimmt ist er auch nicht besser als der, der sich den meisten Leuten bei ihrer Ankunft bietet, wenn sie es nicht gerade schrecklich eilig haben und gleich unter die Oberfläche fliegen.« Er hob die Schultern. »Ansonsten gibt es nicht viel zu sehen.«

»Ich gehe davon aus, dass eure ganze berühmte Maschinerie so langweilig anzusehen ist, wie ich mir das vorstelle.«

»Wenn nicht sogar noch langweiliger.«

»Nun, das dürfte ihn für ein paar Minuten ablenken.« Ziller trocknete sich mit einem Handtuch unter den Armen und – indem er sich nur auf die Hinterbeine aufrichtete – um das Mittelglied herum. »Hast du dem Wicht gegenüber erwähnt, dass ich möglicherweise bei der ersten Aufführung meiner Symphonie gar nicht persönlich erscheine?«

»Bis jetzt noch nicht. Ich denke, Kabo wird heute auf das Thema zu sprechen kommen.«

»Glaubst du, er wird sich so ehrenhaft verhalten und wegbleiben?«

»Ich habe wirklich keine Ahnung. Wenn unsere gemeinsame Vermutung stimmt, dann wird E. H. Tersono wahrscheinlich versuchen, ihn zum Hingehen zu überreden.« Der Avatar bedachte Ziller mit einem schiefen Lächeln. »Ich könnte mir vorstellen, er wird dahingehend argumentieren, dass man nicht Ihrer Laune, oder dem, was er möglicherweise als kindische Erpressung bezeichnen wird, nachgeben soll.«

»Ja, auf diesem niedrigen Niveau wird es irgendwie ablaufen.«

»Wie geht es mit *Erlöschendes Licht* voran?«, fragte der Avatar. »Sind die elementaren Teile fertig? Es sind nur noch fünf Tage bis zur Premiere, und das ist das Minimum an Zeit, an das die Leute gewöhnt sind.«

Ja, sie sind fertig. Ich möchte lediglich einige von ihnen noch eine Nacht überschlafen, aber morgen werden ich sie freigeben.« Der Chelgrianer sah den Avatar an. »Bist du ganz sicher, dass das die richtige Vorgehensweise ist?«

»Was, Elementarteile zu benutzen?«

»Ja. Wird die erste Aufführung nicht an Frische verlieren? Ob ich nun selbst dirigiere oder nicht.«

»Keineswegs. Die Leute kennen dann schon in etwa die Melodien, die musikalischen Grundthemen, mehr aber auch nicht. Einiges wird ihnen im Unterbewusstsein vertraut vorkommen, und dadurch werden sie das Gesamtwerk umso höher schätzen.« Der Avatar schlug dem Chelgrianer auf die Schulter, was einen feinen Sprühregen aus dessen Weste zur Folge hatte. Ziller zuckte zusammen; die schmächtig aussehende Gestalt war kräftiger, als man vermutete. »Ziller, vertrauen Sie uns; es wird alles bestens laufen. Oh, und nachdem ich mir die Rohfassung angehört habe, die Sie uns geschickt haben, kann ich nur sagen, es ist ein großartiges Werk. Meine Gratulation.«

»Danke.« Ziller fuhr fort, seine Seiten mit dem Handtuch zu trocknen, dann sah er den Avatar an.

»Ja?«, sagte dieser.

»Ich habe mir gerade etwas überlegt.«

»Was denn?«

»Etwas, über das ich mir schon so lange ich hier bin Gedanken mache, etwas, wonach ich noch nie gefragt habe, anfangs deshalb, weil ich Angst hatte, wie die Antwort ausfallen würde, später weil ich glaubte, die Antwort bereits zu kennen.«

»Du liebe Güte! Was könnte das sein?«

»Wenn du dich bemühen würdest, wenn sich irgendein Gehirn bemühen würde, könntet ihr meinen Stil bis zur Vollkommenheit nachahmen?«, fragte der Chelgrianer. »Könntet ihr ein Stück schreiben – sagen wir mal, eine Symphonie –, das sich auch für den strengsten Kritiker so anhören würde, als wäre es von mir, und das sogar mich selbst, wenn ich es hören würde, mit Stolz erfüllen würde, weil ich es vermeintlich geschrieben habe?«

Der Avatar runzelte beim Weitergehen die Stirn. Er schlug die Hände hinter dem Rücken zusammen. Er ging noch ein paar Schritte weiter. »Ja, ich könnte mir vorstellen, dass das möglich ist.«

»Wäre es leicht?«

»Nein. Nicht leichter als irgendeine schwierige Aufgabe.«

»Aber ihr könntet es viel schneller schaffen als ich?«

»Davon muss ich ausgehen.«

»Hmm.« Ziller verstummte. Der Avatar sah ihm ins Gesicht. Hinter Ziller zogen die Felsen und Schleierbäume der immer tiefer werdenden Schlucht vorbei. Der Kahn schaukelte sanft unter ihren Füßen. »Was ist dann der Sinn«, fragte der Chelgrianer, »dass ich oder irgendjemand sonst eine Symphonie oder etwas anderes schreibt?«

Der Avatar zog erstaunt die Brauen hoch. »Na ja, zum einen bekommen Sie, wenn Sie es machen, das Gefühl, etwas geleistet zu haben.«

»Vergessen wir die persönlichen Gefühle. Welchen Sinn hätte es für die Zuhörer?«

»Sie würden wissen, dass es die Schöpfung eines der Ihren ist, nicht die eines Gehirns.«

»Vergessen wir auch das; angenommen, sie erfahren gar nicht, dass es von einer AI stammt, oder es interessiert sie nicht.«

»Wenn sie es nicht erfahren, dann ist der Vergleich nicht vollständig, eine Information wird zurückgehalten. Wenn es sie nicht interessiert, dann sind sie ganz anders als jede Gruppe von Menschen, die ich jemals kennen gelernt habe.

»Aber wenn es möglich ist …«

»Ziller, machen Sie sich Sorgen, dass Gehirne – AI, wenn Sie so wollen – Originalkunstwerke schaffen könnten oder es auch nur den Anschein haben könnte, sie hätten welche geschaffen?«

»Ehrlich gesagt, wenn es um die Art von Kunstwerken geht, die ich hervorbringe, dann – ja.«

»Ziller, das ist doch unwichtig. Sie müssen denken wie ein Bergsteiger.«

»Ach, muss ich das?«

»Ja. Manche Leute nehmen tagelang Schweiß, Schmerz und Kälte auf sich und riskieren Verletzungen und – in einigen Fällen – sogar den andauernden Tod, um einen Berg zu erklimmen, nur um festzustellen, dass eine Gruppe ihresgleichen frisch per Flugzeug angekommen ist und ein leichtes Gipfelpicknick genießt.«

»Wenn ich ein solcher Bergsteiger wäre, dann würde ich mich verdammt ärgern.«

»Nun, es gilt als ziemlich unhöflich, per Flugzeug auf einem Gipfel zu landen, den andere zur selben Zeit mit großen Mühen erklimmen, aber so was kann geschehen, und es geschieht. Die guten Sitten verlangen, dass das Picknick geteilt wird und dass jene, die mit dem Flugzeug gekommen sind, Ehrfurcht und Hochachtung für die Leistung der Bergsteiger zum Ausdruck bringen.

Der Punkt ist natürlich, dass die Leute, die Schweiß vergossen und Strapazen auf sich genommen haben, genauso gut ein Flugzeug zum Gipfel hätten nehmen können, wenn es ihnen um nichts anderes als nur die schöne Aussicht gegangen wäre. Ihnen geht es jedoch um den Kampf. Das Gefühl, etwas geleistet zu haben, entsteht durch den Weg zum Gipfel und zurück, nicht durch den Gipfel an sich. Das ist nur der Knick in der Landschaft zwischen den Seiten.« Der Avatar zögerte. Er neigte den Kopf ein wenig zur Seite und kniff die Augen zusammen. »Wie weit muss ich diese Anologie noch ausführen, Ziller?«

»Du hast deutlich gemacht, was du meinst, aber dieser Bergsteiger wird sich dennoch fragen, ob er sich nicht umbesinnen und sich dem Genuss des Fliegens hingeben soll, um dann seinerseits auf dem Gipfel eines anderen Bergsteigers zu landen.«

»Es ist besser, wenn man sich seinen eigenen Gipfel schafft. Kommen Sie; ich muss einen Sterbenden auf seinem Weg begleiten.«

Ilom Dolince lag auf dem Sterbebett, umgeben von Freunden und Verwandten. Die Planen, die das hintere

Oberdeck des Kahns überspannt hatten, während dieser die Wasserfälle hinabgeschwebt war, waren zurückgeschlagen worden und gaben das Bett der Luft frei. Ilom Dolince richtete sich auf, halb eingesunken in schwebende Kissen und auf einer flockigen Matratze liegend, die passenderweise, so dachte Ziller, ungefähr wie eine Kumuluswolke aussah.

Der Chelgrianer hielt sich im Hintergrund, am Schluss eines Halbmondes von sechzig oder mehr Leuten, die um das Bett herum saßen oder standen. Der Avatar ging ans Lager des Alten, ergriff seine Hand und beugte sich zu ihm hinab, um zu ihm zu sprechen. Er nickte, dann winkte er Ziller heran, der so tat, als habe er nichts gesehen, und sich angelegentlich mit der Betrachtung eines grellbunten Vogels beschäftigte, der über das milchig weiße Wasser des Flusses flog.

»Ziller«, sagte die Stimme des Avatars aus dem Stiftterminal des Chelgrianers. »Bitte, kommen Sie her. Ilom Dolince möchte Sie gern kennen lernen.«

»Eh? Oh. Ja, natürlich«, sagte er. Er kam sich ausgesprochen linkisch vor.

»Kst. Ziller, es ist mir eine große Ehre, Sie kennen lernen zu dürfen.« Der Alte schüttelte dem Chelgrianer die Hand. Aus der Nähe sah er eigentlich gar nicht so alt aus, obwohl seine Stimme sehr schwach klang. Seine Haut war weniger faltig und gefleckt als bei vielen Menschen, die Ziller gesehen hatte, und das Haupthaar war ihm noch nicht ausgefallen, obwohl es seine Pigmentierung verloren hatte und weiß wirkte. Sein Händedruck war nicht besonders kräftig, aber Ziller hatte gewiss schon schlaffere gespürt.

»Ah. Danke. Ich fühle mich geschmeichelt, dass Sie ... äh ... etwas von Ihrer Zeit opfern wollten, um ... äh ... einen fremdweltlichen Notenbastler kennen zu lernen.«

Der weißhaarige Mann im Bett sah traurig, ja geschmerzt aus. »Oh, Kst. Ziller«, sagte er, »es tut mir

Leid. Ihnen ist bei der Sache nicht so ganz behaglich, stimmt's? Ich bin sehr selbstsüchtig. Ich bin gar nicht auf den Gedanken gekommen, dass mein Sterben Ihnen vielleicht …«

»Nein, nein! Ich … ich … nun ja, stimmt.« Ziller merkte, dass sich seine Nase verfärbte. Er ließ den Blick über die anderen um das Bett Versammelten schweifen. Sie sahen mitleidig, verständnisvoll aus. Er hasste sie. »Es kommt mir einfach nur merkwürdig vor. Das ist alles.«

»Darf ich, Komponist?«, sagte der Mann. Er streckte die Hand aus, und Ziller ließ es zu, dass er wieder die seine ergriff. Diesmal war der Griff schwächer. »Unsere Art zu leben muss Ihnen seltsam erscheinen.«

»Nicht seltsamer, als Ihnen die unsere erscheinen muss, dessen bin ich sicher.«

»Ich bin bereit zu sterben, Kst. Ziller.« Ilom Dolince lächelte. »Ich habe vierhundertundfünfzehn Jahre lang gelebt. Ich habe die Chebalyths von Eyske in ihrer Dunkelhimmel-Wanderung gesehen, habe beobachtet, wie Feldkreuzer die Solarflammen im Hohen Nudrum skulptiert haben, ich habe mein eigenes Neugeborenes in den Händen gehalten, bin durch die Höhlen von Sart geflogen und in die Röhrenbogen von Lirouthale getaucht. Ich habe so viel gesehen, so viel gemacht, dass ich trotz des Versuchs meiner Neurallitze, meine anderwärtigen Erinnerungen möglichst nahtlos mit dem zu verbinden, was in meinem Kopf ist, sehr wohl weiß, wie viel ich von dem hier drin …« – er tippte sich gegen die Schläfe – »verloren habe. Nicht von meiner Erinnerung, sondern von meiner Persönlichkeit. Und deshalb ist es Zeit für mich, mich zu verändern oder weiterzugehen oder einfach anzuhalten. Ich habe eine Version von mir in ein Gruppengehirn eingegeben, für den Fall, dass mich irgendjemand irgendwann etwas fragen möchte, aber ehrlich gesagt, ich habe keine Lust mehr zu leben. Zumindest nicht, nachdem ich die Stadt Ossuliere gesehen haben, was ich mir für diesen Augenblick aufgehoben habe.« Er lächelte den Avatar an. »Vielleicht kehre ich zurück, wenn das Ende des Universums gekommen ist.«

»Sie haben auch schon mal gesagt, Sie wollten als mannbare Cheerleaderin wiedergeboren werden, wenn Notromg Town jemals den Orbital Cup gewinnen sollte«, sagte der Avatar ernst. Er nickte dazu und sog ausgiebig Luft durch die Zähne ein. »Ich an Ihrer Stelle würde mich an die Sache mit dem Ende des Universums halten.«

»Sehen Sie, Sir?«, sagte Ilom Dolince mit einem Glitzern in den Augen. »Mit mir geht es zu Ende.« Eine dünne Hand tätschelte Zillers Handrücken. »Ich bedaure nur, dass ich Ihr neuestes Werk nicht mehr hören werde, Maestro. Ich war in großer Versuchung zu bleiben, aber ... Na ja, es gibt immer etwas, an dem wir so sehr hängen, dass wir bleiben möchten, wenn wir nicht ganz fest entschlossen sind, nicht wahr?«

»Ganz Ihrer Meinung.«

»Ich hoffe, Sie fühlen sich nicht beleidigt, Sir. Es gibt sonst kaum etwas, das mich auch nur im Entferntesten auf den Gedanken gebracht hätte, die Sache hinauszuzögern. Sie sind doch nicht beleidigt, oder?«

»Würde es einen Unterschied machen, wenn ich es wäre, Mr. Dolince?«, fragte Ziller.

»Ja, das würde es, Sir. Wenn ich annehmen müsste, dass Sie ganz persönlich verletzt sind, dann könnte ich die Sache immer noch verschieben, obwohl ich damit die Geduld dieser lieben Leute hier über Gebühr strapazieren würde«, sagte Dolince und sah die um sein Bett Versammelten nacheinander an. Es entstand ein dumpfes Raunen freundlich klingenden Widerspruchs. »Sehen Sie, Kst. Ziller? Ich habe meinen Frieden gemacht. Ich glaube nicht, dass mir jemals zuvor so viel Wohlwollen entgegengebracht wurde.«

»Dann fühle ich mich geehrt, wenn ich in dieser Hinsicht miteinbezogen bin.« Er tätschelte dem Menschen die Hand.

»Ist es ein großes Werk, Kst. Ziller? Ich hoffe schon.«

»Das vermag ich nicht zu sagen, Mr. Dolince«, antwortete Ziller. »Ich bin damit zufrieden.« Er seufzte. »Die Erfahrung hat mich allerdings gelehrt, dass das weder eine Garantie für eine anfängliche positive Aufnahme noch für einen langfristigen Erfolg ist.«

Der Mann im Bett lächelte breit. »Ich hoffe, alles läuft bestens, Kst. Ziller.«

»Das hoffe ich auch.«

Ilom Dolince schloss kurz die Augen. Als sich die Lider flackernd wieder hoben, lockerte sich sein Griff allmählich. »Eine Ehre, Kst. Ziller«, flüsterte er.

Ziller ließ die Hand des Menschen los und war froh, dass er sich von dem Bett zurückziehen konnte, während andere um ihn herum sich herandrängten.

Die Stadt Ossuliere trat aus dem Schatten hinter einer Biegung der Schlucht hervor. Sie war teilweise aus dem hellbraunen Felsen der Schlucht gehauen und teilweise aus Stein gebaut, der aus anderen Gebieten der Welt und auch von außerhalb herangeschafft worden war. Der Fluss Jhree war hier gebändigt und verlief gerade und tief und ruhig in einem einzigen großen Kanal, von dem kleinere Kanäle und Docks abgingen; feine Brücken aus Schaummetall und Holz, sowohl lebend als auch tot, überspannten die Wasserstraßen.

Die Anlegestellen an beiden Ufern waren große Plattformen aus goldfarbenem Sandstein, die sich in der blaudunstigen Ferne verloren, gefleckt von Leuten und Tieren, Schatten spendenden Pflanzen und Pavillons, Springbrunnen und hohen gedrehten Säulen aus kunstvoll durchbrochenem Metall und glitzernden Mineralien.

Große, stattliche Kähne lagen vertäut an Stufen, wo Gruppen von Chaurgresiles saßen und mit feierlicher Hingabe gegenseitige Körperpflege betrieben. Die Spiegelsegel kleinerer Fahrzeuge fingen Brisen ein, die böig auffrischten; sie warfen gezackte Schatten über das stille Wasser hinter sich und trieben flitzende, schimmernde Spiegelbilder an den geschäftigen Kais auf der anderen Seite entlang.

Darüber stieg die gestufte Stadt in jeweils zurückgesetzten Terrassen in die Höhe wie ein weiträumiges Steinregal; Markisen und Schirmbäume fleckten die Galerien und Plätze, Kanäle verschwanden in überwölbten Tunneln, die in den Felsen gemeißelten worden waren, duftende Feuer schickten dünne violette und orangefarbene Rauchkräusel zum blassblauen Himmel hinauf, wo Herden von rein weißen und orangefarbenen Pflugsterzen mit ausgebreiteten Flügeln ihre Kreise drehten und lautlose Spiralen in die Luft zeichneten. Immer höher, länger, schlanker und eleganter werdende Brücken glichen geschichteten Regenbogen, die in der dunstigen Luft festgemacht worden waren; ihre kunstvoll geschnitzten und mit Schwindel erregenden Mustern eingelegten Oberflächen waren gesäumt von Blumen und umwunden von Blätterketten, Stockranken und Schleiermoos.

Musik ertönte, zwischen den Schluchten, den Terrassen und den Brücken der Stadt widerhallend. Das plötzliche Erscheinen des Kahns rief eine Salve aufgeregter Trompetentöne von einem wilden Rudel von Kumbrosauriern hervor, die auf einer zum Fluss hinunterführenden Treppe versammelt waren.

Ziller, der an der Reling stand, wandte sich von dem vielfältigen Ausblick ab und sah zurück zu dem Bett, wo Ilom Dolince lag. Anscheinend weinten einige

Leute. Der Avatar hielt dem Mann die Hand über die Stirn. Er strich mit den silbernen Finger sanft über dessen Augen.

Der Chelgrianer vertiefte sich noch für eine Weile in den schönen Anblick der vorbeiziehenden Stadt. Als er erneut nach hinten blickte, schwebte eine lange graue Dislozierungsdrohne über dem Bett. Die versammelten Leute traten ein paar Schritte zurück und bildeten einen unregelmäßigen Kreis. Ein silbernes Feld schimmerte in der Luft, wo der Körper des Mannes war, dann schrumpfte es zu einem Punkt und verschwand. Die Betttücher sanken behutsam an der Stelle nieder, wo der Körper gewesen war.

›In solchen Augenblicken pflegen die Leute immer zur Sonne hinaufzublicken‹, hatte Kabo einmal gesagt, wie Ziller sich jetzt erinnerte. Der Vorgang, dessen Zeuge er wurde, war die herkömmliche Methode des sich Entledigens der Toten, sowohl hier wie auch im größten Teil der übrigen Kultur. Der Körper war ins Herz des heimischen Sterns disloziert worden. Und es stimmte, was Kabo gesagt hatte: Die Anwesenden blickten hinauf zur Sonne, sofern sie sie sehen konnten, obwohl es im Allgemeinen eine Million Jahre oder mehr dauern würde, bis die Photonen, die aus dem dislozierten Körper entstanden, auf sie herunterscheinen würden, wo immer sie gerade standen.

Eine Million Jahre. Würde diese künstliche, sorgsam bewahrte Welt nach all dieser Zeit immer noch da sein? Er bezweifelte es. Die Kultur als solche würde es bis dahin bestimmt nicht mehr geben. Das Gleiche galt auch für Chel. Vielleicht blickten die Leute jetzt hinauf, weil sie wussten, dann würde niemand mehr da sein, um hinaufzublicken.

Es musste noch eine weitere Zeremonie auf dem Kahn durchgeführt werden, bevor er Ossuliere verließ. Eine Frau namens Nisil Tschasole sollte wiedergeboren werden. Erst vor achthundert Jahren war ihr Wesensbestand gespeichert worden; sie war Kämpferin im Idiranischen Krieg gewesen. Sie hatte gewünscht, dass sie rechtzeitig aufgeweckt würde, um zu sehen, wie das Licht der zweiten Zwillingsnova auf Masaq' herableuchten würde. Ein Klon ihres ursprünglichen Körpers war für sie herangezüchtet worden, und ihre Persönlichkeit sollte innerhalb der nächsten halben Stunde darin im Eilverfahren erweckt werden, damit sie die nächsten fünf oder sechs Tage Zeit hätte, sich wieder ans Leben zu akklimatisieren, bevor die zweite Nova am heimischen Himmel erschien.

Das Zusammentreffen dieser Wiedergeburt mit Ilom Dolinces Tod sollte dem Dahinscheiden des Mannes etwas von der Traurigkeit nehmen, doch auf Ziller wirkte diese glatte Inszenierung peinlich und gekünstelt. Er wartete nicht, um diese geschleckt hübsche Wiederbelebung zu sehen; er sprang vom Schiff, sobald es anlegte, spazierte eine Weile herum und nahm die Untergrundlinie zurück nach Aquime.

»Ja, ich war ein Zwilling, früher mal. Die Geschichte ist bekannt, glaube ich, und es gibt viele Aufzeichnungen davon. Und es gibt jede Menge verschiedene Wiedergaben und Auslegungen. Es gibt sogar ein paar Romane und Musikstücke, die auf diesem Stoff basieren, einige den Tatsachen näher als andere. Meine Empfehlung wäre ...«

»Ja, das weiß ich alles, aber ich möchte, dass du selbst die Geschichte erzählst.«

»Sind Sie sicher?«

»Natürlich bin ich sicher.«

»Also gut.«

Der Avatar und der Chelgrianer standen in dem kleinen Acht-Personen-Modul, unter der nach außen gerichteten Fläche des Orbitals. Bei dem Fahrzeug handelte es sich um einen unimedialen allgemeinen Flitzer, der in der Lage war, unter Wasser zu fahren, in Atmosphäre zu fliegen oder, so wie jetzt, im Raum zu reisen, wenn auch mit einer rein relativen Geschwindigkeit. Die beiden standen da und blickten nach vorn; der Bildschirm fing bei ihren Füßen an und reichte bis hinauf zu ihren Köpfen. Es war, als ob sie in der Nase eines Glasnasen-Raumschiffs stünden, nur dass kein jemals hergestelltes Glas eine so wirklichkeitsgetreue Ansicht des Blicks nach vorn und ringsherum hätte vermitteln können.

Es war zwei Tage nach dem Tod von Ilom Dolince und drei vor dem Konzert im Stullien-Stadion. Nachdem Zillers Symphonie vollendet war und die Proben stattfanden, fühlte er sich von einer vertrauten Ruhelosigkeit verzehrt. Er hatte sich überlegt, welche sehenswerte Orte auf Masaq' er noch nicht besichtigt hatte, und hatte dann darum gebeten, das Orbital von unten zu sehen, während es vorbeiflitzte, und also waren er und der Avatar über den Sub-Platten-Zugang zu dem kleinen Raumhafen unter Aquime hinuntergestiegen.

Das Plateau, auf dem Aquime lag, war zum größten Teil hohl, der Platz im Innern war von den alten Schiffsspeichern und den – meistens eingemotteten – Fabrikationsstätten für allgemeine Produkte eingenommen. Im Allgemeinen bedeutete ein Sub-Platten-Zugang im Orbitalgebiet einen Abstieg von hundert Metern oder weniger, von Aquime aus war es ein guter Kilometer abwärts in den offenen Raum.

Das Acht-Personen-Modul wurde langsamer, in Relation zur Welt über ihnen. Es war spinwärts gerichtet, sodass man den Eindruck hatte, das Orbital, fünfzig Meter über ihren Köpfen, würde über ihnen hinweggleiten, zunächst langsam, doch allmählich die Geschwindigkeit steigernd, während die Sterne unten und zu beiden Seiten, die sich langsam gedreht hatten, jetzt anscheinend bis zum Halt abbremsten.

Die Unterseite der Welt war eine grau schimmernde Fläche aus etwas, das wie Metall aussah, düster erleuchtet vom Sternenlicht und dem Sonnenlicht, das von einigen der näheren Planeten des Systems zurückgeworfen wurde. Die Ebene über ihnen hatte etwas beunruhigend Flaches und Vollkommenes an sich, dachte Ziller, auch wenn sie bedeckt war von Masten und Zugangsstellen und durchwoben von Untergrundstrecken.

Die Strecken verliefen stellenweise über sanft ansteigende Überführungen, um andere Strecken zu kreuzen, die halb im Material der Unterseite versunken waren, bevor sie zu der weiten und flachen Ebene zurückkehrten. An anderen Stellen verlief die Strecke in weiten Schleifen, die eine Ausdehnung von zehn oder sogar hundert Kilometern hatten und ein kompliziertes Gebilde von Rillen und Linien schufen, eingeätzt in die Unterseite der Welt wie eine unglaublich feine Inschrift in einem Armband. Ziller beobachtete, wie einige der Wagen über die Unterseite flitzten, allein oder als Doppelformation oder in längeren Zügen.

Die Schienen erwiesen sich als der beste Maßstab für ihre relative Geschwindigkeit; anfangs hatten sie sich gemächlich über ihnen bewegt, scheinbar träge hinweggleitend oder in sanften Windungen kurvend. Nun, während sich das Modul verlangsamte und seine Motoren zum Abbremsen benutzte, während das Orbital anscheinend an Geschwindigkeit zulegte, verflossen die Linien und flitzten schließlich über ihnen vorbei.

Sie sanken unter eine lang gestreckte Schottwand, scheinbar immer noch schneller werdend. Die Decke aus Grau über ihnen jagte dahin, verschwand in der Dunkelheit in einigen hundert Kilometern Höhe, war wie mit Schnüren aus mikroskopischem Licht hoch oben festgebunden. Hier führten die Spuren über atemberaubend schlanke Hängebrücken; sie schossen vorbei, vollkommen gerade, dünne Linien aus schwachem Licht; ihre Monofilstützen waren bei der relativen Geschwindigkeit, die das Modul aufgebaut hatte, nicht zu sehen.

Dann kam der gegenüberliegende Hang der Schottwand im weiten Bogen auf sie zu, strebte der Nase des Moduls entgegen. Ziller versuchte, sich nicht zu ducken – vergeblich. Der Avatar sagte nichts, doch das Modul bewegte sich weiter hinaus, sodass sie einen halben Kilometer von der Unterseite weg waren. Das hatte die vorübergehende Wirkung, das Orbital scheinbar zu verlangsamen.

Der Avatar erzählte Ziller seine Geschichte.

Einst war das Gehirn, das Masaq'-Nabe geworden war – als Ersatz für den ursprünglichen Amtsinhaber, der nicht lange nach dem Idiranischen Krieg beschlossen hatte, in die Erhabenheit überzugehen – das Gehirn im Körper eines Schiffes mit dem Namen *Bleibender Schaden* gewesen. Es war ein Allgemeines System-Fahrzeug der Kultur, erbaut gegen Ende der drei unruhigen Jahrzehnte, als allmählich klar wurde, dass der Ausbruch eines Krieges zwischen den Idiranern und der Kultur unvermeidlich sein würde.

Es war so konstruiert, dass es gleichfalls die Aufgaben eines Zivilschiffes erfüllen konnte, falls ein solcher Konflikt wider Erwarten, aus irgendeinem Grund doch nicht ausbrechen würde, aber es hatte auch die baulichen Voraussetzungen, seiner Rolle im Krieg voll gerecht zu werden, falls es dazu kommen sollte; es wäre gegebenenfalls sogar in der Lage gewesen, seinerseits kleinere Kriegsschiffe zu bauen, Personen und Material zu befördern und – da es mit eigenen Waffen bestückt war – direkt am Kriegsgeschehen teilzunehmen.

Während der ersten Phase des Krieges, als die Idiraner die Kultur an allen Fronten bedrängten und die Kultur nicht viel anderes tat, als immer weiter zurückzuweichen und nur gelegentlich eine Stellung zu halten, wenn es darum ging, Zeit zu gewinnen, um eine Evakuierung durchzuführen, da die Anzahl echter Kriegsschiffe, die sich zum Kampfeinsatz eigneten, immer noch sehr gering war. Diese Lücke wurde überwiegend durch die Allgemeinen Kontakt-Fahrzeuge ausgefüllt, doch die wenigen kampfgeeigneten Allgemeinen System-Fahrzeuge mussten ebenfalls ihren Teil zur Bewältigung der Last beitragen.

In vielen Fällen gebot die militärische Klugheit das Ausschicken einer Flotte kleinerer Kriegsschiffe; wenn einige davon – ja, die meisten – nicht zurückkehren würden, wäre das zwar beklagenswert, aber keine Katastrophe. Solange die Kultur immer noch im Vorstadium einer ausgewachsenen Kriegsgeräteproduktion steckte, war einer solchen Flotte nur durch den Einsatz eines kampfbereiten ASF beizukommen.

Ein mit allem Drum und Dran ausgestattetes Allgemeines System-Fahrzeug war ein überlegenes, mächtiges Kampfgerät, mit dem jede Einheit auf idiranischer Seite hätte außer Gefecht gesetzt werden können. Aber als Kriegsgerät war es nicht nur aufgrund seiner Bauart weniger flexibel im Vergleich zu einer Flotte kleinerer Schiffe, es war auch einzigartig in der binären Natur seiner Überlebensfähigkeit. Wenn eine Flotte in ernsthafte Schwierigkeiten geriet, konnten einige ihrer Schiffe immer noch entkommen, um weiterzukämpfen, aber ein ASF in ähnlicher Bedrängnis besiegte seine Gegner entweder oder erlitt die völlige Vernichtung – auf eigenes Geheiß, wenn schon nicht aufgrund der Aktionen des Feindes.

Allein schon die Erwägung eines Verlustes in dieser Größenordnung reichte aus, um den Strategen-Gehirnen des Kulturkriegskommandos ein Äquivalent zu

Magengeschwüren, schlaflosen Nächten und hysterischen Anfällen zu bescheren.

In einer bestimmten Auseinandersetzung geriet die *Bleibender Schaden* in eine ziemlich verzweifelte Lage; während eine Gruppe von Kultur-Orbitalen sich zum Abflug bereit machte und langsam auf eine Geschwindigkeit beschleunigte, die ausreichte, um das Entkommen der Welt aus der bedrohten Raumzone zu gewährleisten, hatte sich die *Bleibender Schaden* in eine besonders wilde und gefährliche Umgebung tief im Innern der blühenden Sphäre der idiranischen Hegemonie geworfen.

Bevor sie aufgebrochen war zu einer Unternehmung, die die Besorgtesten, einschließlich sie selbst, für ihre letzte Mission hielten, hatte sie im Laufe des Geschehens seinen Wesensbestand – und damit ihre Seele – auf ein anderes ASF übertragen, das die Aufzeichnung wiederum an ein anderes Kulturgehirn auf der anderen Seite der Galaxis weiterschickte, wo sie ungestört und sicher aufbewahrt sein würde. Dann begab sie sich auf ihren Raubzug, zusammen mit einigen Hilfseinheiten, die die Bezeichnung Kriegsschiff kaum verdienten, sondern eher mit halb entwickelten angetriebenen Waffenhülsen zu vergleichen waren. Sie nahm einen weit geschwungenem Kurs hoch hinauf über die Linse der Galaxis, über dem Sternenhaufen gebogen wie eine Kralle.

Die *Bleibender Schaden* stieß in ein Netz von Verpflegungs-, Logistik- und Verstärkungsrouten, wie ein berserkerhafter Raubvogel, der ein Nest von Kätzchen im Winterschlaf überfällt; alles, was sie finden konnte, zerstörte und zerfetzte sie in einem rasanten, mörderischen Angriffs-Zickzack, durch mehrere Raumjahrhunderte hindurch, welche die Idiraner längst von Kulturschiffen bereinigt gewähnt hätten.

Man war übereingekommen, dass von dem ASF keine Kommunikation ausgehen sollte, es sei denn, ihm wäre durch irgendein Wunder die Rückkehr in die schnell zurückweichende Sphäre des Kultureinflusses gelungen; die einzige Nachricht, die sein Kameradenschiff, welches der unmittelbaren Aufspürung und Zerstörung entkommen war, erhielt, lautete, dass der Druck auf die Einheiten, die zurückgeblieben waren, um dem direkten Ansturm der idiranischen Kampfflotte Widerstand entgegenzusetzen, beträchtlich nachließ, da die feindlichen Schiffe entweder abgefangen wurden, bevor sie zur Front gelangten, oder davon abgetrennt wurden und isoliert kaum noch eine Bedrohung darstellten.

Dann wurden durch einige der neutralen Flüchtlingsschiffe, die den Feindseligkeiten entkommen waren, Gerüchte verbreitet, wonach ein Teil der idiranischen Flotten in einen Raumbereich am äußersten Rand der Galaxis, wo die jüngsten Übergriffe stattgefunden hatten, ausgeschwärmt sei; bald wütete dort eine gnadenlose Schlacht, die in einer gigantischen, alles vernichtenden Explosion gipfelte. Eine nachfolgende Analyse ergab, dass dieser Vorgang die gleiche Signatur trug, wie wenn ein belagertes militärisches ASF der Kultur genügend Zeit gehabt hatte, eine Zerstörungssequenz von maximaler Fremdbeschädigung zu instrumentieren.

Die Nachricht über das Kampfgeschehen und den kriegerischen Erfolg des ASF sowie schließlich seiner Opferung beherrschte für weniger als einen Tag die Schlagzeilen des Hauptmenüs. Der Krieg nahm genau wie die idiranischen Kampfflotten seinen weiteren Verlauf, geprägt von Irreführungen und Hinterlist, Zufall und Verheerung, Schrecken und Spektakel.

Allmählich war die Kultur so weit, dass sie ihre Produktion voll auf Kriegsgerät verlagert hatte; die Idiraner – bereits belastet durch die Verpflichtungen, die ihnen der kolossale Verwaltungsumfang ihrer neu eroberten Territorien auferlegte – mussten feststellen, dass sie an manchen Stellen nicht mehr so schnell vorankamen wie zuvor, einesteils aufgrund ihrer Unfähigkeit, ihren Kriegsapparat richtig zu steuern, anderenteils aber immer mehr auch aufgrund der wachsenden Fähigkeit der Kultur, den Gegner zurückzudrängen, da ganze Flotten neuer Kriegsschiffe in den Orbitalfabriken der Kultur, die weit entfernt von den Kriegsschauplätzen waren, produziert und ausgeliefert wurden.

Neue Beweise für die Zerstörung des ASF *Bleibender Schaden* – und der idiranischen Begleitfahrzeuge – wurden von einem neutralen Schiff einer anderen Spezies von Betroffenen überbracht, nachdem es nahe an der Kampfzone vorbeigefahren war. Die gespeicherte Persönlichkeit der *Bleibender Schaden* wurde nach angemessener Zeit aus dem Gehirn, in dem sie aufbewahrt worden war, wieder erweckt und in ein anderes Schiff derselben Klasse eingesetzt. Es nahm erneut an den weit reichenden kriegerischen Auseinandersetzungen teil, wurde von einer Schlacht in die nächste geworfen, ohne je zu wissen, welche wohl die letzte sein würde; es umfasste sämtliche Erinnerungen seiner früheren Inkarnation, und alle waren noch völlig intakt bis zu dem Augenblick, da es ein Jahr zuvor seine Felder abgeworfen und seine gewundene Flugbahn in den idiranischen Raum aufgenommen hatte.

Es gab nur eine einzige Komplikation.

Die *Bleibender Schaden*, das ursprüngliche Schiffsgehirn, war nicht zerstört worden. In seiner Eigenschaft als ASF hatte es bis zum Ende gekämpft und sich bis zum Letzten gewehrt, pflichtbewusst, entschlossen und ohne sich über die eigene Sicherheit Gedanken zu machen, doch schließlich war es, als individuelles Gehirn, in eine seiner versklavten Waffenhülsen geflüchtet.

Nachdem es ein gerüttelt Maß der äußerst unbekömmlichen Aufmerksamkeit nicht nur einer, sondern mehrerer idiranischer Kriegsflotten hatte über sich ergehen lassen müssen, war das Nicht-Ganz-Kriegsschiff danach kaum noch mehr als ein Wrack; ein Nicht-Ganz-Nicht-Ganz-Kriegsschiff.

Im Sog der ausbrechenden Energien des selbst zerstörenden ASF, herausgeschleudert aus dem Hauptkörper der Galaxis mit kaum noch genügend Kraft, um die eigene Stofflichkeit aufrechtzuerhalten, flog es über die Ebene der Galaxis hinaus, nicht wie ein Schiff, sondern eher wie der riesige Splitter eines Schrapnells, weitestgehend entwaffnet, fast blind und vollkommen taub. Es wagte nicht, seine allzu groben und stark angeschlagenen Motoren zu benutzen, aus Angst, entdeckt zu werden, bis es letztendlich keine andere Wahl mehr hatte. Selbst dann schaltete es sie nur für ein Minimum an Zeit an, die unbedingt nötig war, um einen Zusammenstoß mit dem Energiegitter zwischen den Universen zu vermeiden.

Wenn die Idiraner mehr Zeit gehabt hätten, hätten sie nach irgendwelchen überlebenden Fragmenten des ASF gesucht, und wahrscheinlich hätten sie den Schiffbrüchigen gefunden. Doch wie die Dinge lagen, gab es wichtigere Dinge, um die sie sich kümmern mussten. Als es schließlich jemandem einfiel, einen Gegencheck zu unternehmen und zu prüfen, ob die Zerstörung des ASF tatsächlich so gründlich verlaufen war, wie es anfangs den Anschein gehabt hatte, war das halb zerstörte Schiff, jetzt ein Jahrtausend entfernt von der oberen Grenze der großen Sternenscheibe, die die Galaxis war, soeben weit genug gekommen, um einer Entdeckung zu entgehen.

Allmählich machte es sich daran, sich selbst wieder instand zu setzen. Hunderte von Tagen vergingen. Schließlich fasste es den Mut, seine inzwischen schrottreifen Motoren zu benutzen, um damit in jene Raumregionen zu tuckern, in denen, wie es hoffte, die Kultur immer noch die Stellung hielt. Da es nicht genau wusste, wer wo war, verzichtete es darauf, irgendwelche Signale auszusenden, bis es endlich wieder in der eigentlichen Galaxis ankam und eine Region erreichte, die seiner zuversichtlichen Vermutung nach immer noch außerhalb des idiranischen Herrschaftgebiets liegen musste.

Das Signal, das seine Ankunft ankündigte, rief zunächst einige Verwirrung hervor, doch ein ASF führte ein Rendezvous mit ihm durch und nahm es an Bord. Es erfuhr, dass es einen Zwilling hatte.

Es war das erste, aber nicht das letzte Mal, dass so etwas während des Krieges geschah, trotz all der Sorgfalt, die die Kultur aufwandte, um den Tod seiner Gehirne zu bestätigen. Das ursprüngliche Gehirn wurde in einem anderen, neu gebauten ASF eingesetzt und nahm den Namen *Bleibender Schaden I* an. Das Folgeschiff benannte sich in *Bleibender Schaden II* um.

Sie wurden Teil ein und derselben Kampfflotte, gingen jeweils ihren Aufgaben nach und kämpften während weiterer vier Dekaden Seite an Seite. Gegen Ende waren beide dabei, als die Schlacht der Zwillingsnovae stattfand, in jener Raumregion, die bekannt war als Arm Eins-Sechs.

Eines überlebte, das andere kam um.

Sie hatten vor Beginn der Schlacht einen Wesensbestand-Tausch unternommen. Das überlebende pflanzte die Seele des zerstörten Schiffs in seine eigene Persönlichkeit ein, so wie sie es vereinbart hatten. Auch dieses wurde bei dem Kampfgeschehen beinahe ausgelöscht und musste wieder auf ein kleineres Fahrzeug zugreifen, um sowohl sich selbst als auch die geborgene Seele seines Zwillings zu retten.

»Welches ist gestorben?«, fragte Ziller. »I oder II?«

Der Avatar setzte ein kleines, scheues Lächeln auf. »Wir waren zu der Zeit, als es geschah, sehr nahe beieinander, und das Ganze war sehr verwirrend. Mir ist es gelungen, jahrelang zu verbergen, welches gestorben ist und welches überlebt hat, bis jemand die richtige Enthüllungsarbeit leistete. Es war II, das getötet wurde, während ich überlebt habe.« Das Geschöpf zuckte die Achseln. »Es war einerlei. Ich war nur das Material des Schiffs, welches das Substrat des zerstörten beherbergte, und der Körper des überlebenden Schiffs erlitt das gleiche Schicksal. Im Ergebnis lief das auf das Gleiche hinaus wie umgekehrt. Beide Gehirne wurden das eine Gehirn, wurden ich.« Der Avatar schien zu zögern, dann deutete er eine Verbeugung an.

Ziller beobachtete, wie das Orbital über ihnen dahinjagte. Streifen, die in Wirklichkeit Wagen waren, peitschten so schnell vorbei, dass man sie mit den Augen beinahe nicht verfolgen konnte. Von echten Wagen, selbst in langen Zügen, waren nur undeutliche Eindrücke wahrnehmbar, es sei denn, sie bewegten sich in dieselbe Richtung wie das Modul – scheinbar. Dann hatte man den Eindruck, dass sie sich für eine Weile langsamer bewegten, bevor sie nach vorn wegzogen, zurückfielen oder zur Seite abschwenkten.

»Ich kann mir vorstellen, dass die Situation tatsächlich sehr verwirrend gewesen sein muss, wenn du verbergen konntest, wer gestorben war«, sagte Ziller.

»Es war ziemlich schlimm«, bestätigte der Avatar leichthin. Er beobachtete mit einem unbestimmten Lächeln im Gesicht, wie die Orbital-Unterseite vorbeiflitzte. »So sind Kriege nun mal.«

»Was hat dich veranlasst, ein Naben-Gehirn werden zu wollen?«

»Sie meinen abgesehen von dem Drang, nach all diesen Jahrzehnten, die ich damit zugebracht hatte, kreuz und quer durch die Galaxis zu sausen und Dinge zu zerstören?«

»Ja.«

Der Avatar sah ihm ins Gesicht. »Ich muss annehmen, Sie haben hier Nachforschungen angestellt, Kst. Ziller.«

»Ich weiß ein wenig über das, was geschehen ist. Halte mich einfach für so altmodisch oder primitiv, dass ich die Dinge gern von der Person höre, die dabei war.«

»Ich musste ein Orbital zerstören, Ziller. Genauer gesagt musste ich drei an einem einzigen Tag wegblitzen.«

»Nun ja, Krieg ist die Hölle.«

Der Avatar musterte ihn aufmerksam, als wolle er versuchen zu entscheiden, ob der Chelgrianer nur deshalb allzu begierig war, seine Geschichte zu hören, um Licht in eine dunkle Angelegenheit zu bringen. »Wie ich bereits sagte, die Aufzeichnung der Geschehnisse ist in vollem Umfang der Öffentlichkeit zugänglich.«

»Ich nehme an, es gab keine wirkliche Wahl?«

»Stimmt. Das war die Beurteilung, nach der ich mich richten musste.«

»Ihre eigene?«

»Teilweise. Ich war Teil des Entscheidung fällenden Prozesses, doch selbst wenn ich nicht damit einverstanden gewesen wäre, hätte ich vielleicht trotzdem so gehandelt, wie ich es tat. Dafür gibt es eine strategische Planung.«

»Es muss eine Last sein, wenn man nicht einmal sagen kann, dass man einfach nur Befehlen gehorcht hat.«

»Nun, das ist immer eine Lüge oder ein Zeichen dafür, dass man für eine unwerte Sache kämpft oder noch einen sehr langen Weg der zivilisatorischen Entwicklung vor sich hat.«

»Eine schreckliche Vergeudung, drei Orbitale! Welche Verantwortung!«

Der Avatar hob die Schultern. »Ein Orbital ist lediglich Materie ohne Bewusstsein, auch wenn es eine Menge Mühe und aufgewendete Energie darstellt. Ihre Gehirne waren bereits in Sicherheit, schon seit langem. Es war der Tod der Menschen, der mich berührte.«

»Sind viele Leute umgekommen?«

»Dreitausendvierhundertundzweiundneunzig.«

»Von wie vielen insgesamt?«

»Dreihundertundzehn Millionen.«

»Im Verhältnis wenige.«

»Für den Einzelnen, den es trifft, sind es immer hundert Prozent.«

»Trotzdem.«

»Nein, kein Trotzdem«, widersprach der Avatar und schüttelte den Kopf. Licht glitt über seine silberne Haut.

»Wie haben die paar Millionen überlebt?«

»Zum größten Teil wurden sie mit Schiffen weggebracht. Etwa zwanzig Prozent wurden in Untergrundwagen evakuiert; sie dienen als Rettungsboote. Es gibt viele Arten zu überleben: man kann ganze Orbitale versetzten, wenn man genügend Zeit hat, oder man kann Leute mit dem Schiff wegbringen oder – kurzfristig – Untergrundwagen oder andere Transportsysteme benutzen, oder einfach nur Anzüge. In sehr seltenen Fällen wurden ganze Orbitale durch Einlagerung/Übertragung evakuiert; die menschlichen Körper wurden im Orbital belassen, nachdem ihr Wesensbestand weggezappt worden war. Obwohl das einen auch nicht immer rettet, wenn nämlich das Einlagerungssubstrat ebenfalls verschlackt, bevor es weiter übertragen werden kann.«

»Und wie war das mit denen, die nicht davongekommen sind?«

»Alle wussten, wofür sie sich entschieden. Einige hatten geliebte Menschen verloren, andere waren, glaube ich, verrückt geworden, aber niemand war sich sicher genug, um ihnen die Wahl zu verweigern, einige waren alt und/oder lebensmüde, und einige warteten so lange, bis es zu spät war, entweder körperlich zu entfliehen oder durch Zappen, nachdem sie sich den Spaß angeschaut hatten, oder etwas lief mit ihrem Transport oder der Aufzeichnung des Wesensbestands oder der Übertragung schief. Einige hingen irgendwelchen Glauben an, die sie veranlassten zu bleiben.« Der Avatar heftete den Blick eindringlich auf Ziller. »Mit Ausnahme derer, deren Ausrüstung versagte, habe ich jede dieser Sterbeweisen aufgezeichnet, Ziller. Ich wollte nicht, dass sie gesichtslos sein sollten, ich wollte nicht vergessen können.«

»Das war leichenschänderisch, nicht wahr?«

»Nennen Sie es, wie Sie wollen. Ich hatte einfach das Gefühl, dass ich es tun musste. Der Krieg kann die Wahrnehmung beeinflussen, das Wertegefühl verändern. Ich möchte nicht das Gefühl haben, dass das, was ich getan habe, etwas anderes war als ungeheuerlich und schrecklich, ja sogar im Ur-Sinn barbarisch. Ich habe Drohnen, Mikroraketen, Kameraplattformen und Wanzen zu diesen drei Orbitalen hinuntergeschickt. Ich habe das Sterben jeder einzelnen dieser Personen beobachtet. Manche starben in weniger als einem Lidschlag, von meinen Energiewaffen weggepustet oder von den Sprengköpfen, die ich disloziert hatte, zunichte gemacht. Bei einigen dauerte es nur geringfügig länger, sie wurden durch die Strahlung in Brand gesetzt oder von den Explosionsfronten zerrissen. Manche starben ziemlich langsam, wurden trudelnd in den Raum geschleudert und spuckten Blut, das sich vor ihren gefrierenden Augen in rosafarbenes Eis verwandelte, oder fühlten sich plötzlich gewichtslos, wenn der Boden unter ihren Füßen wagsackte und die Atmosphäre um sie herum sie ins Vakuum hob wie ein Zelt im Sturm, sodass sie sich zu Tode japsten.

Die meisten von ihnen hätte ich retten können; dieselben Dislozierer, die ich zur Bombardierung benutzte, hätten sie auch ansaugen können, und als letzte Zuflucht hätte ich ihren Gehirnbestand aus ihren Köpfen pflücken können, noch als ihre Körper um sie herum bereits gefroren oder brannten. Es war reichlich Zeit.«

»Aber du hast sie sterben lassen.«

»Ja.«

»Und dabei zugesehen.«

»Ja.«

»Trotzdem, sie hatten sich ja selbst dafür entschieden zu bleiben.«

»Eben.«

»Und hast du sie um Erlaubnis gebeten, ihre Todesqualen aufzuzeichnen?«

»Nein. Wenn sie mir schon die Verantwortung überlassen, sie zu töten, dann konnten sie mir zumindest das gewähren. Ich habe allen Betroffenen rechtzeitig vorher gesagt, was ich zu tun beabsichtigte. Diese Information hat ein paar gerettet. Es löste aber auch Kritik aus. Einige fanden es gefühllos.«

»Und wie hast du dich dabei gefühlt?«

»Angewidert. Mitleidig. Verzweifelt. Losgelöst. Angenehm erregt. Gottgleich. Entsetzt. Elendig. Erfreut. Mächtig. Verantwortlich. Schmutzig. Traurig.«

»Angenehm erregt? *Erfreut?*«

»Diese Worte kommen der Sache am nächsten. Es liegt eine nicht zu leugnende freudige Erregung darin, Verstümmelung zu verursachen, eine so massive Vernichtung zu bewirken. Was das Gefühl der Freude angeht, so habe ich mich bei einigen gefreut, dass sie starben, weil sie dumm genug waren, an Götter oder ein Nachleben zu glauben, was es beides nicht gibt, wenn sie mir auch gleichzeitig schrecklich Leid taten, weil sie in Unwissenheit und dank ihrer Narretei starben. Ich empfand Freude, weil meine Waffen und sensorischen Systeme so gut funktionierten. Ich empfand Freude, dass ich trotz aller Unbilden in der Lage war, meine Pflicht zu erfüllen und so zu handeln, wie es meiner entschiedenen Meinung nach ein moralisch verantwortungsvoller Agent unter den gegebenen Umständen tun musste.«

»Und all das macht dich zum geeigneten Herrscher über eine Welt von fünfzig Milliarden Seelen?«

»Absolut«, antwortete der Avatar glatt. »Ich habe den Tod geschmeckt, Ziller. Als mein Zwillingsbruder und ich uns vereinigten, waren wir nahe genug bei dem Schiff, das zerstört wurde, dass ich eine Realzeitverbindung zu dem Gehirnsubstrat in seinem Innern aufrecht erhalten konnte, während es von den Flutkräften zerfetzt wurde, die von einem Repetiergeschütz ausgelöst wurden. Es war in einer Mikrosekunde vorüber, aber wir haben sein Sterben Stück für Stück gespürt, ein Bereich nach dem anderen wurde zerstört, eine Erinnerung nach der anderen schwand, alles ging dank der sinnreichen Konstruktion des Gehirns Stück für Stück dahin, bis zum absolut bitteren Ende; Schritt für Schritt wegbrechend, abfallend, verkümmernd, sich immer wieder neu gruppierend und verdichtend und abstrahierend und verfeinernd, ständig versuchend, mit welchen möglichen Mitteln auch immer, die Persönlichkeit zu bewahren, die Seele intakt zu halten, bis nichts mehr da war, um es zu opfern, bis es keinen Ort mehr gab, um Zuflucht zu suchen, und keine Überlebensstrategien, die man noch hätte anwenden können.

Es versickerte am Ende zu einem Nichts, in immer kleinere Stücke zerteilt, bis es sich einfach auflöste in einen Dunst von Subatomen und die Energie des Chaos. Die beiden letzten logischen Dinge, an die es sich hielt, waren sein Name und die Notwendigkeit, die Verbindung zu uns aufrecht zu erhalten und alles, was ihm widerfuhr, an uns weiterzugeben. Wir erlebten alles, was es erlebte, all seine Bestürzung und sein

Entsetzen, jedes Jota an Zorn und Stolz, jede kleine Nuance von Kummer und Angst. Wir sind mit ihm gestorben, es war wir, und wir waren es.

Sie sehen also, ich bin bereits gestorben, und ich kann mich an diesen Vorgang bestens erinnern und ihn in allen Einzelheiten nachspielen, wann immer es mir beliebt.« Der Avatar lächelte seidenweich, wobei er sich näher zu ihm beugte, als wolle er ihn in ein Geheimnis einweihen. »Vergessen Sie nie, ich bin nicht dieser silberne Körper, Mahrei. Ich bin kein tierisches Gehirn, ich bin nicht einmal irgendein Versuch, AI mittels einer auf einem Computer laufenden Software herzustellen. Ich bin ein Kulturgehirn. Wir sind Gott nahe, auf der anderen Seite.

Wir sind schneller; wir leben schneller und vollkommener als Ihresgleichen, wir haben viel mehr Sinne, einen viel größeren Gedächtnisspeicher mit einem höheren Feinheitsniveau. Wir sterben langsamer, und wir sterben auch vollkommener. Vergessen Sie nicht, ich hatte Gelegenheit, die unterschiedlichen Arten des Sterbens miteinander zu vergleichen.«

Er wandte kurz den Blick ab. Das Orbital zog über ihnen dahin. Nichts blieb länger als für ein Augenblinzeln im Blickfeld. Die Spuren des Untergrundwagens verschwammen. Der Eindruck von Geschwindigkeit war ungeheuerlich. Ziller blickte nach unten. Die Sterne wirkten jetzt stationär.

Bevor sie das Modul bestiegen hatten, hatte er Berechnungen angestellt. Ihre Geschwindigkeit in Relation zum Orbital betrug jetzt etwa hundertzehn Kilometer pro Sekunde. Weitstrecken-Expresszüge würden sie immer noch überholen; das Modul würde einen ganzen Tag brauchen, um die hier schwebende Welt zu umrunden, während Nabe eine Reisezeit von zwei Stunden von irgendeinem Expresshafen zu jedem beliebigen anderen und von drei Stunden von jedem beliebigen Sub-Platten-Zugangspunkt zu einem anderen garantierte.

»Ich habe in ermüdenden und eindringlichen Einzelheiten beobachtet, wie Leute gestorben sind«, fuhr der Avatar fort. »Ich hatte Mitleid mit ihnen. Wussten Sie, dass die echte subjektive Zeit gemessen wird in der kleinsten Dauer demonstrierbarer separater Gedanken? Ein Mensch – oder ein Chelgrianer – kann zwanzig oder dreißig in der Sekunde haben, selbst bei erhöhten Werten im Stadium äußerster Qual, zum Beispiel beim Vorgang des Sterbens in Schmerzen.« Die Augen des Avatars schienen zu leuchten. Er kam bis auf Handbreite an Zillers Gesicht heran.

»Wohingegen ich«, flüsterte er, »Milliarden habe.« Er lächelte, und irgendetwas an seinem Gesichtsausdruck störte Ziller so sehr, dass er mit den Zähnen knirschte. »Ich habe zugesehen, wie diese armseligen Wichte in der langsamsten Zeitlupe gestorben sind, und während ich zusah, wusste ich, dass ich es war, der sie getötet hatte, der in eben jenem Augenblick in den Vorgang ihres Sterbens einbezogen war. Für ein Ding wie mich ist es sehr, sehr leicht, einen von denen oder einen Ihresgleichen zu töten, und gleichzeitig etwas absolut Ekelhaftes, wie ich festgestellt habe. Genau so wie ich mich niemals zu fragen brauche, wie es ist zu sterben, brauche ich mich niemals zu fragen, wie es ist zu töten, Ziller, weil ich es getan habe, und töten zu müssen hat etwas Verschwenderisches, Unschönes, Wertloses und Verabscheuungswürdiges .

Und, wie Sie sich vielleicht vorstellen können, betrachte ich mich als jemand, der eine Verpflichtung einzulösen hat. Ich bin fest entschlossen, den Rest meines Daseins hier als Masaq'-Nabe zu verbringen, solange ich gebraucht werde oder bis ich nicht mehr erwünscht bin; ich werde ewig den Blick windwärts richten und Ausschau nach nahenden Unwettern halten und ganz allgemein diesen malerischen Kreis aus zerbrechlichen kleinen Körpern samt der verletzlichen kleinen Gehirne, die sie beherbergen, vor jedem Schaden bewahren, den ein großes dummes mechanisches Universum oder irgendeine bewusst übel wollende Kraft ihnen zufügen oder ihnen an den Hals wünschen könnte, besonders weil ich weiß, wie erschreckend leicht sie zu zerstören sind. Ich werde mein Leben hingeben, um das Ihre zu retten, wenn es jemals so weit kommen sollte. Und ich würde es freudig hingeben, wohl wissend, dass der Handel jener Schuld angemessen ist, die ich mir vor achthundert Jahren aufgeladen habe, damals in Arm Eins-Sechs.«

Der Avatar trat zurück, lächelte breit und neigte den Kopf zur Seite. Plötzlich sah er so aus, dachte Ziller, als ob er soeben etwas so Pragmatisches wie das Menü für ein Festmahl oder die Positionierung einer neuen Untergrundzugangsröhre besprochen hätte. »Noch weitere Fragen, Kst. Ziller?«

Ziller sah ihn eine Weile lang an. »Ja«, sagte er schließlich. Er hielt die Pfeife hoch. »Darf ich hier drin rauchen?«

Der Avatar trat vor, legte ihm den Arm um die Schulter und schnippte mit den Fingern der anderen Hand. Eine blaue und gelbe Flamme loderte von seinem Zeigefinger auf. »Seien Sie mein Gast.«

Über ihnen verlangsamte das Orbital innerhalb weniger Sekunden seine Geschwindigkeit bis zum Halt, während unter ihnen die Sterne wieder anfingen sich zu drehen.

14 Rückkehr zum Abschied, Gedenken ans Vergessen

»WIE VIELE WERDEN STERBEN?«

»Vielleicht zehn Prozent. So lautet die Berechnung.«

»Das wären also … fünf Milliarden?«

»Hmm – ja. Das sind ungefähr so viele, wie wir verloren haben. Es entspricht in etwa der Anzahl von Seelen, die durch die Katastrophe, die uns die Kultur beschert hat, vom Jenseits ausgeschlossen sind.«

»Das ist eine große Verantwortung, Estodus.«

»Es ist Massenmord, Major«, sagte Visquile mit einem humorlosen Lächeln. »Ist es das, was Sie meinen?«

»Es ist ein Racheakt, ein Ausgleich.«

»Und trotzdem ist es Massenmord, Major. Wir wollen keine Haarspalterei betreiben. Wir wollen uns nicht hinter Beschönigungen verstecken. Es ist Massenmord an Zivilisten und als solches illegal gemäß den galaktischen Vereinbarungen, die wir mit unterzeichnet haben. Dennoch sind wir der festen Überzeugung, dass es eine notwendige Handlung ist. Wir sind keine Barbaren, wir sind keine Wahnsinnigen. Wir würden nicht im Traum daran denken, jemandem etwas so Schreckliches anzutun, nicht einmal Fremdweltlern, wenn es nicht – durch die Handlungen eben dieser Fremdweltler – zwingend notwendig geworden wäre, es zu tun, um unser eigenes Volk vor dem Limbo zu bewahren. Es kann kein Zweifel daran bestehen, dass die Kultur uns diese Leben schuldet. Aber es bleibt dennoch eine widerwärtige Angelegenheit, schon der Gedanke daran.« Der Estodus beugte sich vor und ergriff eine von Quilans Händen. »Major Quilan, wenn Sie es sich anders überlegt haben, wenn Sie anderen Sinnes geworden sind, dann sagen Sie es uns jetzt. Haben Sie immer noch Geschmack an dieser Sache?«

Quilan sah dem älteren Mann in die Augen. »Schon der Gedanke an einen einzigen Tod ist widerwärtig, Estodus.«

»Natürlich. Und fünf Milliarden Leben erscheinen einem wie eine unwirkliche Zahl, nicht wahr?«

»Ja. Unwirklich.«

»Und vergessen Sie nicht, die Dahingegangenen haben in Ihnen gelesen, Quilan. Sie haben Ihnen in den Kopf geschaut und wissen besser als Sie selbst, wozu Sie fähig sind. Sie haben Sie für sauber erklärt. Deshalb sind sie offenbar sicher, dass Sie tun werden, was getan werden muss, auch wenn Sie selbst daran zweifeln.«

Quilan senkte den Blick. »Das ist tröstlich, Estodus.«

»Es ist beunruhigend, hätte ich gemeint.«

»Vielleicht auch das ein wenig. Vielleicht wäre eine Person, die man als eingefleischten Zivilisten bezeichnen könnte, eher beunruhigt als getröstet. Ich bin immer noch Soldat, Estodus. Zu wissen, dass ich meine Pflicht tun werde, ist nichts Schlechtes.«

»Gut«, sagte Visquile; er ließ Quilans Hand los und lehnte sich zurück. »So. Wir fangen noch mal an.« Er stand auf. »Kommen Sie mit!«

Vier Tage später waren sie in der Luftsphäre angekommen. Quilan hatte die meiste dieser Zeit zusammen mit Visquile in der Kaverne verbracht, die das Tempelschiff *Seelenhafen* enthielt. Er saß oder lag in dem sphärischen Höhlenraum, der der innerste Rückzugsraum der *Seelenhafen* war, während der Estodus ihm den Umgang mit der Dislozierer-Funktion des Seelenhorts beizubringen versuchte.

»Die Reichweite des Gerätes beträgt nur vierzehn Meter«, erklärte Visquile ihm am ersten Tag. Sie saßen in der Dunkelheit, umgeben von einem Substrat, das Millionen der Toten enthielt. »Je kürzer der Sprung und natürlich je geringer die Größe des dislozierten Gegenstandes, desto weniger Kraft wird benötigt und desto geringer ist die Wahrscheinlichkeit, dass der Vorgang bemerkt wird. Vierzehn Meter dürften für den Bedarf vollkommen ausreichen.«

»Was versuche ich denn zu verschicken – zu dislozieren?«

»Für den Anfang eine Sprengkopf-Attrappe aus einer Menge von zwanzig solcher Stücke, die in Ihren Seelenhort geladen wurden, bevor er Ihnen eingesetzt wurde. Wenn die Zeit gekommen ist, dass Sie im Zorn schießen, werden Sie die Übertragung des Endes eines mikroskopischen Wurmlochs manipulieren, jedoch ohne dass das Wurmloch fest damit verbunden ist.«

»Das klingt …«

»Wahnwitzig, um es gelinde auszudrücken. Trotzdem.«

»Dann ist es also keine Bombe?«

»Nein. Obwohl die Wirkung letztendlich ganz ähnlich sein wird.«

»Aha«, sagte Quilan. »Wenn dann also die Dislozierung stattgefunden hat, mache ich mich einfach davon?«

»Das wäre zu offensichtlich, Major.«

»Die anstehende Mission wurde mir als selbstmörderisch beschrieben, Estodus. Mir widerstrebt der Gedanke, ich könnte überleben und mich betrogen fühlen.«

»Wie ärgerlich, dass es hier drin so dunkel ist, dass ich Ihren Gesichtsausdruck nicht sehen kann, Major, der diese Worte begleitet.«

»Ich meine es vollkommen ernst, Estodus.«

»Hmm. Sei es, wie es sei. Nun, ich darf Sie beruhigen,

Major. Sie werden bestimmt sterben, wenn das Wurmloch aktiviert ist. Sofort. Ich hoffe, das steht nicht im Widerspruch zu irgendwelchen Wünschen, die Sie bezüglich eines ausgedehnten Ablebens hegen mögen.«

»Der Umstand allein genügt, Estodus. Die Art und Weise ist etwas, worum zu kümmern ich mich nicht aufraffen kann, obwohl ich es vorziehen würde, wenn es schnell ginge anstatt langsam.«

»Schnell wird es gehen, Major. Darauf haben Sie mein Wort.«

»Also, Estodus, wo führe ich diese Dislozierung durch?«

»In der Nabe des Masag'-Orbitals, jener Raumstation, die sich in der Mitte der Welt befindet.«

»Ist sie auf dem üblichen Weg zugänglich?«

»Natürlich. Quilan, es gibt Schulausflüge dorthin, damit die Jugend den Ort besichtigen kann, wo sich die Maschine befindet, die ihr verwöhntes Leben überwacht.« Quilan hörte, wie der Ältere sein Gewand raffte. »Sie bitten einfach darum, dass man Ihnen alles zeigt. Das erscheint in keiner Weise verdächtig. Sie führen die Dislozierung durch und kehren an die Oberfläche des Orbitals zurück. Zur verabredeten Zeit wird das Wurmlochmaul mit dem Wurmloch selbst verbunden werden. Die Nabe wird zerstört werden.

Das Orbital läuft weiter, indem es andere automatische, am Perimeter gelegene Systeme benutzt, aber es wird einige Verluste an Leben geben, da besonders kritische Vorgänge außer Kontrolle geraten werden; größtenteils Transportsysteme. Auch die Seelen, die im Substrat der Nabe gespeichert sind, werden verloren sein. An irgendeinem angenommenen Augenblick kann sich die Anzahl der eingelagerten Seelen auf vier Milliarden beziffern; diese machen den größten Teil der Leben aus, die die Chelgria-Puen fordern, um unsere eigenen Leute in den Himmel zu entlassen.

QUILAN GEDANKEN.

Plötzlich klingelten die Worte in seinem Kopf. Er zuckte zusammen. Er spürte, dass Visquile neben ihm still geworden war.

≈Dahingegangene≈, dachte er und neigte den Kopf. ≈Eigentlich nur ein einziger Gedanke. Der nahe liegende: Warum werden unsere Toten ohne diese schrecklichen Handlung nicht ins Jenseits eingelassen?

HELDEN HIMMEL. GEEHRT GETÖTET VON FEINDEN OHNE ENTGEGNUNG SCHANDE ALLE ZUVOR GEWESENE (UND VIELE MEHR). SCHANDE ANGENOMMEN; ALS KRIEG FÜR UNSEREN FEHLER GEHALTEN. EIGENE VERANTWORTLICHKEIT: NEHME SCHANDE AN/NEHME MIT SCHANDE BELADENE AUF. WISSEN JETZT KRIEG VON ANDEREN VERURSACHT. SCHULD IHRE, SCHANDE IHRE, VERANTWORTUNG IHRE, SCHULDEN IHRE. HOCH ERFREUT! JETZT WERDEN AUCH SCHÄNDLICHE ZU HELDEN, SOBALD AUSGLEICH AN VERLUSTEN ERREICHT IST.

»Es fällt mir schwer, mich zu freuen, da ich weiß, ich habe so viel Blut an den Händen.«

DU VERSINKST IM VERGESSEN, QUILAN. DEIN WUNSCH. BLUT NICHT AUF DIR, SONDERN AUF DER ERINNERUNG AN DICH. DAS BEGRENZT SICH AUF EIN PAAR WENIGE WENN MISSION VOLLKOMMEN ERFOLGREICH. DENKAKTIONEN FÜHREN ZUR MISSION; NICHT ZU ERGEBNISSEN. ERGEBNISSE GEHEN DICH NICHTS AN. NOCH FRAGEN?

≈Nein, keine weiteren Fragen mehr, danke.«

»Denken Sie an die Tasse, denken Sie an das Innere der Tasse, denken Sie an den Hohlraum, der die Form des Innern der Tasse ist, dann denken Sie an die Tasse, dann denken Sie an den Tisch, dann an den Raum um den Tisch, dann an die Strecke, die Sie von hier zum Tisch nehmen würden, um sich hinzusetzen und die

Tasse hochzuheben. Denken Sie an den Vorgang, sich von hier nach da zu bewegen, denken Sie an die Zeit, die es dauern würde, um sich von diesem zu jenem Ort zu bewegen. Denken Sie, dass Sie sich von der Stelle, an der Sie sich jetzt befinden, zu der Stelle bewegen, wo die Tasse war, als Sie sie vor einigen Augenblicken gesehen haben – denken Sie all das, Quilan?«

»… Ja.«

»Senden!«

Stille folgte.

»Haben Sie gesendet?«

»Nein, Estodus. Ich glaube nicht. Nichts ist geschehen.«

»Wir warten. Anur sitzt am Tisch und betrachtet die Tasse. Vielleicht haben Sie den Gegenstand gesandt, ohne es zu wissen.« Sie saßen noch eine Weile so da.

Dann seufzte Visquile und sagte: »Denken Sie an die Tasse. Denken Sie an das Innere der Tasse, denken Sie an den Hohlraum, der die Form des Innern der Tasse …«

»Ich schaffe das nie, Estodus. Ich kann das verdammte Ding nirgendwohin senden. Vielleicht ist der Seelenhort kaputt.«

»Das glaube ich nicht. Denken Sie an die Tasse …«

»Lassen Sie sich nicht entmutigen, Major. Kommen Sie, essen Sie was. Mein Volk kommt ursprünglich von Sysa. Es gibt ein altes sysanisches Sprichwort, das lautet: die Suppe des Lebens ist salzig genug, ohne dass man noch Tränen hinzufügen muss.«

Sie befanden sich im kleinen Refektorium der *Seelenhimmel*, an einem Tisch, getrennt von den paar anderen Mönchen, deren Wachplan jetzt für sie Mittagspause vorsah. Sie hatten Wasser, Brot und Fleischbrühe. Quilan trank sein Wasser aus der schlichten weißen Keramiktasse, die er den ganzen Morgen lang als Ziel seiner Dislozierungs-Bemühungen benutzt hatte. Er starrte sie trübsinnig an.

»Ich mache mir Sorgen, Estodus. Vielleicht ist etwas schief gelaufen. Vielleicht habe ich nicht die richtige Art von Phantasie oder so, ich weiß nicht.«

»Quilan, wir versuchen etwas zu tun, was noch kein Chelgrianer je zuvor getan hat. Sie wollen sich in eine chelgrianische Disloziermaschine verwandeln. Sie können nicht erwarten, dass das auf Anhieb klappt, gleich am ersten Morgen.« Visquile blickte auf, als Anur, der schlaksige Mönch, der sie am Tag ihrer Ankunft über das Äußere des Behemothaurums geführt hatte, mit seinem Tablett an ihrem Tisch vorbeikam. Er verneigte sich ungelenk, wobei er beinahe die Fracht seines Tabletts auf den Boden gekippt hätte und sie nur im letzten Augenblick retten konnte. Er lächelte töricht. Visquile nickte. Anur hatte den ganzen Morgen dagesessen und die Tasse beobachtet, ständig in der Erwartung, dass ein winziger schwarzer Fleck – möglicherweise nach dem Erscheinen einer winzigen silbernen Kugel – in deren weißer Mulde sichtbar würde.

Visquile hatte anscheinend Quilans Gesichtsausdruck gedeutet. »Ich habe Anur gebeten, sich nicht zu uns zu setzen. Ich möchte nicht, dass Sie an ihn denken, wie er dasitzt und die Tasse betrachtet; ich möchte, dass Sie einzig und allein an die Tasse denken.«

Quilan lächelte. »Meinen Sie, ich könnte womöglich den Versuchsgegenstand versehentlich in Anur dislozieren?«

»Ich bezweifle, dass das geschehen könnte, obwohl – man weiß nie. Wie dem auch sei, wenn Sie anfangen, Anur dasitzen zu sehen, sagen Sie es mir, dann ersetzen wir ihn durch einen der anderen Mönche.«

»Wenn ich tatsächlich den Gegenstand in eine Person dislozieren würde, was wäre dann?«

»Soweit ich weiß, mit größter Sicherheit gar nichts. Der Gegenstand ist zu klein, um irgendwelchen Schaden zu verursachen. Ich nehme an, wenn er sich im Innern des Auges der Person materialisieren würde, dann würde er einen Fleck sehen, oder wenn er direkt entlang eines Nervs auftauchen würde, dann würde er ein winziges Stechen spüren. An allen anderen Stellen im Körper würde er unbemerkt bleiben. Wenn Sie diese Tasse dislozieren könnten«, sagte der Estodus und hob dabei seine eigene Keramiktasse hoch, die derjenigen Quilans aufs Haar glich, »und zwar in irgendjemandes Gehirn, so wage ich zu behaupten, dass dessen Kopf explodieren würde, allein aufgrund des Drucks, der durch das plötzliche zusätzliche Volumen entstünde. Aber die Sprengkopf-Attrappen, mit denen Sie arbeiten, sind zu klein, um bemerkt zu werden.«

»Das Ding könnte ein Blutgefäß verstopfen.«

»Ein Kapillar, vielleicht. Es ist jedoch nicht groß genug, um einen Gewebeschaden anzurichten.«

Quilan trank aus seiner Tasse, dann hielt er sie hoch und betrachtete sie. »Dieses verdammte Ding wird mir im Traum erscheinen.«

Visquile lächelte. »Das wäre nicht das Schlechteste.«

Quilan schlürfte seine Suppe. »Was ist mit Eweirl geschehen? Ich habe ihn seit unserer Ankunft nicht mehr gesehen.«

»Oh, er ist hier und da und überall«, antwortete Visquile. »Er ist mit Vorbereitungen beschäftigt.«

»Haben die etwas mit meiner Ausbildung zu tun?«

»Nein, mit unserer Abreise.«

»Mit unserer Abreise?«

Visquile lächelte. »Alles zu seiner Zeit, Major.«

»Und die beiden Drohnen, unsere Verbündeten?«

»Wie gesagt, alles zu seiner Zeit, Major.«

»Und senden!«

»Ja.«

»Ja?«

»Nein. Nein, ich hatte gehofft … Na ja, macht nichts. Lassen Sie es uns noch mal versuchen.

»Denken Sie an die Tasse …«

»Denken Sie an einen Ort, den Sie gut kennen oder kannten. Einen kleinen Ort. Vielleicht ein Zimmer oder eine kleine Wohnung oder ein kleines Haus, vielleicht eine Kabine, einen Wagen, ein Schiff, irgendetwas. Es muss ein Ort sein, den Sie gut genug kennen, um sich darin bei Nacht zurecht zu finden, sodass Sie in der Dunkelheit wissen, wo alles ist, damit Sie nicht über irgendetwas stolpern oder etwas zerbrechen. Stellen Sie sich vor, Sie sind dort. Stellen Sie sich vor, Sie gehen an eine bestimmte Stelle und lassen etwas – sagen wir mal, einen Brösel oder eine kleine Perle oder einen Samen – in eine Tasse oder einen anderen Behälter fallen …«

Auch in der folgenden Nacht hatte er wieder Schwierigkeiten zu schlafen. Er lag da und starrte in die Dunkelheit, zusammengerollt auf der breiten Schlafplattform, und atmete die süße, würzige Luft des riesigen, gerundeten, fruchtartigen Gebildes ein, wo er, Visquile und die meisten anderen untergebracht waren. Er versuchte, an diese verdammte Tasse zu denken, gab jedoch auf. Er hatte die Nase voll davon. Stattdessen versuchte er dahinterzukommen, was genau hier eigentlich vor sich ging.

Es war seiner Meinung nach offensichtlich, dass die Technik im Innern des an die besonderen Umstände angepassten Seelenhorts mit etwas ausgestattet war, das nicht chelgrianischen Ursprungs war. Irgendwelche andere Betroffene spielten hierbei eine Rolle, eine

Spezies von Betroffenen, deren Technik auf dem gleichen Stand war wie die der Kultur.

Zwei ihrer Vertreter logierten wahrscheinlich in den beiden doppelkegelförmigen Drohnen, die er zuvor gesehen hatte, diejenigen, die im Innern seines Kopfes zu ihm gesprochen hatten, bevor dies die Dahingegangenen getan hatten. Sie waren seither nicht wieder erschienen.

Er vermutete, die Drohnen könnten ferngesteuert sein, vielleicht von irgendwo außerhalb der Luftsphäre, obwohl Oskendaris notorische Antipathie gegen derlei Techniken bedeutete, dass die Drohnen wahrscheinlich die Fremdweltler physisch beherbergten. Gleichermaßen machte es das Ganze noch verwirrender, dass die Luftsphäre ausgewählt worden war als der Ort, an dem er im Umgang mit einer Technik ausgebildet werden sollte, die ebenso fortgeschritten war wie die, die sein Seelenhort enthielt, es sei denn, der Gedanke war gewesen, dass wenn der Gebrauch solcher Gerätschaften hier unbemerkt bleiben könnte, er auch bei der Kultur der Aufmerksamkeit entgehen würde.

Quilan ging die verhältnismäßig kleine Anzahl der ihm bekannten Spezies von Betroffenen durch, die fortschrittlich genug waren, um es in dieser Hinsicht mit der Kultur aufzunehmen. Es gab zwischen sieben und zwölf weiteren Spezies auf diesem Entwicklungsstand, je nachdem, welche Maßstäbe man anlegte. Keine davon stand in dem Ruf, der Kultur gegenüber besonders feindselig zu sein; einige waren sogar deren Verbündete.

Ihm war nichts bekannt, das als eindeutiges Motiv für die Aufgabe, für die er ausgebildet wurde, hätte gelten können, doch andererseits wusste er nur das, was die Betroffenen über die tiefer gehenden Beziehungen zwischen ihnen zu wissen erlaubten, und das schloss gewiss nicht alles ein, was vor sich ging, besonders in Anbetracht der Zeitskalen, in denen zu denken sich einige der Betroffenen angewöhnt hatten.

Er wusste, dass die Oskendari-Luftsphären märchenhaft alt waren, selbst nach den Maßstäben jener, die sich die Alten Rassen nannten, und es war ihnen gelungen, durch die Wissenschaftlichen Zeitalter von Hunderten von Kommenden und Gehenden und Gewesenen und Erhabenen Spezies hindurch ein Mysterium zu bleiben. Gerüchten zufolge gab es eine wie auch immer geartete Verbindung zwischen den Schöpfern der Luftsphären – wer immer diese gewesen sein mochten –, die anschließend das auf Materie basierende Leben des Universums verlassen hatten, und der Mega- und Giga-Fauna, die immer noch diese Welt bewohnte.

Diese Verbindung zu den Dahingegangenen der Luftsphären-Erschaffer war dem Hörensagen nach der Grund, warum all die hegemonialen und invasiven Spezies – ganz zu schweigen von den schamlos neugierigen Spezies, wie zum Beispiel der Kultur –, die den Luftsphären begegneten, klug genug gewesen waren, von dem Versuch einer Eroberung (oder einer allzu genauen Erforschung) abzusehen.

Dieselben Gerüchte, gespeichert in doppelsinnigen Aufzeichnungen im Gewahrsam der Alten, enthielten Hinweise, dass vor langer Zeit sich einige Spezies vorgestellt hatten, sie könnten die großen wandernden Welten zu einem Teil ihres Imperiums machen, oder es auf eigene Faust unternommen hatten, Aufklärungsgeräte hineinzuschicken, gegen den ausdrücklichen Wunsch der Behemothauren und der megalithinen und gigalithinen Wesenheiten. Solchen Spezies war zu Eigen, dass sie nach ziemlich kurzer Zeit aus den betreffenden Aufzeichnungen verschwanden, und es gab die statistische Feststellung, dass sie schneller und vollständiger verschwanden als andere Spezies, denen nicht nachgesagt wurde, sie hätten die Einwohner – und demzufolge auch die Wächter – der Luftsphären bekämpft.

Quilan fragte sich, ob die Dahingegangenen der Luftsphären mit den Dahingegangenen von Chel in Kontakt gestanden hatten. Gab es eine Verbindung zwischen den Erhabenen dieser beiden (oder natürlich auch mehrerer) Spezies?

Wer wusste, wie die Erhabenen dachten, wie sie interagierten? Wer wusste, wie fremdweltliche Gehirne arbeiteten? Und übrigens, wer konnte mit voller Überzeugung von sich behaupten zu wissen, wie die Gehirne der eigenen Spezies arbeiteten?

Das Erhabene, so vermutete er, war die Antwort auf all diese Fragen. Aber jede Verständigung lief anscheinend entschieden nur in eine Richtung.

Man verlangte von ihm, so etwas wie ein Wunder zu vollbringen. Man verlangte von ihm, einen Massenmord zu begehen. Er versuchte, in sein Inneres zu schauen – und fragte sich, ob die Chelgria-Puen sogar in diesem Augenblick seine Gedanken belauschten, die Bilder beobachteten, die durch seinen Geist huschten, die Unerschütterlichkeit seines Pflichtbewusstseins maßen und den Wert seiner Seele wogen – und war gelinde, aber auch nicht mehr als gelinde, erschüttert zu erkennen, dass er, während er noch an seiner Fähigkeit zweifelte, dieses Wunder jemals zu vollbringen, fest entschlossen war, um das Mindeste zu sagen, diesen Genozid-Auftrag auszuführen.

Und in dieser Nacht, als er noch nicht ganz in den Schlaf hinübergeglitten war, erinnerte er sich an ihr Zimmer an der Universität, wo sie einander entdeckten, wo er ihren Körper kennen lernte, bis er mit ihm besser vertraut war als mit seinem eigenen, besser als er irgendetwas anderes gekannt hatte (auf jeden Fall besser als alles, was er hätte studieren sollen); er kannte ihn im Dunkeln und bei Licht, und er regte ihn zu immer neuen Erkundungen an.

Er konnte das nicht gebrauchen. Aber er erinnerte sich an den Raum, sah die Form aus Dunkelheit, die ihr Körper war, wie sie sich manchmal spät in der Nacht bewegte, etwas ausknipste, eine Duftkerze löschte, das Fenster schloss, wenn es regnete. (Einmal brachte sie irgendwelche antiken Schriftrollen an, erotische Erzählungen über bestimmte Liebesknoten, und ließ sich von ihm fesseln; später fesselte sie ihn, und er, der sich immer für einen ganz und gar unkapriziösen jungen Mann gehalten hatte, stolz auf seine derbe Normalität, stellte fest, dass solche Sexspiele nicht nur jenen Spaß machten, die er für schwach und degeneriert gehalten hatte.)

Er sah das Schattenmuster, das ihr Körper über die viel sagenden Lichter und Spiegelungen in dem Zimmer warf. Hier, jetzt, in dieser seltsamen Welt, so viele Zeitjahre und tausende Lichtjahre entfernt von jener gesegneten Zeit und jenem gesegneten Ort, stellte er sich vor, wie er aufstand und von dem Ringelpolster zur gegenüberliegenden Seite des Zimmers ging. Dort war ein kleiner silberner Becher auf einem Regalbrett – damals. Manchmal, wenn sie vollkommen nackt sein wollte, nahm sie den Ring ab, den ihre Mutter ihr geschenkt hatte. Es war seine Pflicht, seine Aufgabe, ihr den Ring aus der Hand zu nehmen und in den silbernen Becher zu legen.

»Gut. Sind wir da?«
»Ja, wir sind da.«
»Also – senden!«
»Ja … Nein.«
»Hmm. Na ja, wir fangen noch mal von vorn an. Denken Sie an …«
»Ja, die Tasse.«

»Können wir ganz sicher sein, dass das Gerät funktioniert, Estodus?«

»Können wir.«

»Dann muss es an mir liegen. Ich kann einfach nicht ... ich habe es nicht in mir drin.« Er tauchte etwas Brot in seine Suppe und lachte verbittert. »Oder vielleicht habe ich es in mir drin und bringe es nicht heraus.«

»Geduld, Major, Geduld.«

»So. Sind wir da?

»Ja, ja, wir sind da.«

»Und – senden!«

»Ich ... Moment mal. Ich glaube, ich habe was gespürt ...«

»Ja! Estodus! Major Quilan! Es hat funktioniert!«

Anur stürmte aus dem Refektorium herein.

»Estodus, welchen Nutzen werden unsere Verbündeten Ihrer Meinung nach aus meiner Mission ziehen?«

»Keine Ahnung, Major. Das ist kein Thema, mit dem wir, weder Sie noch ich, uns zu unserem eigenen Wohle beschäftigen sollten.«

Sie saßen in einem Leichtboot, einem kleinen Zwei-Personen-Fahrzeug der *Seelenhafen*, im Raum, außerhalb der Luftsphäre.

Dasselbe kleine Luftschiff, das Quilan und Visquile am Tag ihrer Ankunft vom Portal der Luftsphäre weiterbefördert hatte, diente ihnen auch zur Rückreise. Sie waren wieder durch die massiv erscheinende Luftröhre gegangen, diesmal hin zu dem Leichtboot. Es war vom Portal weggeglitten und hatte dann Geschwindigkeit aufgenommen. Dem Anschein nach steuerte es auf einen der Sonnenmonde zu, die die Luftsphäre mit Licht versorgten. Der Mond schwebte näher heran. Sonnenstrahlen fielen aus etwas, das aussah wie ein riesiger, beinahe flacher Krater, der die Hälfte eines Gesichts bedeckte. Er sah aus wie der lodernde Augapfel einer infernalischen Gottheit.

»Das Einzige, was zählt, Major«, sagte Visquile, »ist die Tatsache, dass die Technik offenbar funktioniert.«

Sie hatten zehn erfolgreiche Versuche mit dem Vorrat an Sprengkopf-Attrappen durchgeführt, mit denen der Seelenhort beladen war. Etwa eine Stunde lang hatte Quilan vergeblich versucht, den anfänglichen Erfolg zu wiederholen, dann war es ihm gelungen, zwei Dislozierungen hintereinander zu vollbringen.

Danach war die Tasse zu verschiedenen Teilen der *Seelenhafen* bewegt worden. Nach nur zwei erfolglosen Versuchen war Quilan bereits in der Lage, die Flecken an jede beliebige Stelle zu dislozieren, die man ihm vorgab. Am dritten Tag führte er nur zwei Dislozierungen zu beiden Enden des Schiffs durch. An diesem, dem vierten Tag, sollte Quilan zum ersten Mal eine Dislozierung außerhalb der *Seelenhafen* versuchen.

»Gehen wir zu dem Mond da, Estodus?«, fragte er, während der riesige Satellit die Sicht nach vorn allmählich ausfüllte.

»In die Nähe«, antwortete Visquile. Er deutete mit der Hand. »Sehen Sie das?« Ein winziger grauer Fleck schwebte zur einen Seite des Sonnenmondes davon, soeben erkennbar in der Lichtflut, die sich aus dem Krater ergoss. »Dorthin gehen wir.«

Es war ein Mittelding zwischen einem Schiff und einer Station. Dem Aussehen nach hätte es beides sein können, und es machte den Eindruck, als wäre es von irgendeinem der tausende Betroffenen-Zivilisationen im Frühstadium der technischen Entwicklung konstruiert worden. Es war ein Gebilde aus grauschwarzen eiförmigen Körpern, Kugeln und Zylindern, durch dicke Streben miteinander verbunden, das sich langsam in einer Umlaufbahn um den Sonnenmond drehte und so konfiguriert war, dass es niemals über den breiten Lichtstrahl flog, der von der Seite in Richtung der Luftsphäre ausging.

Wir haben keine Ahnung, wer das gebaut hat«, sagte Visquile. »Es ist schon seit ein paar zehntausend Jahren hier; im Laufe der Zeit wurde es durch nachfolgende Spezies stark modifiziert, die damit die Luftsphäre und die Monde erforschen wollten. Teile davon werden gegenwärtig entsprechend unseren Bedürfnissen ausgerüstet, um uns annehmbare Bedingungen zu bieten.«

Das Leichtboot glitt in eine Hangarhülse, die an der Seite der größten sphärischen Einheit haftete. Es ließ sich zu Boden nieder, und sie warteten, während die Innentüren der Hülse sich drehend schlossen und Luft hereinströmte.

Das Dach löste sich vom Rumpf des kleinen Fahrzeugs; sie traten hinaus in die Luft, die nach etwas Beißendem roch.

Die beiden großen doppelkegelförmigen Drohnen schwirrten von einer anderen Luftschleuse heran und verharrten zu beiden Seiten neben ihnen in der Schwebe.

Diesmal war keine Stimme in seinem Kopf, nur ein tiefes Summen von einem der beiden Geschöpfe, das die Aufforderung modulierte:: »Estodus, Major. Bitte folgen.«

Und sie folgten, durch einen Korridor und durch mehrere dicke verspiegelte Türen in einen Raum, der aussah wie eine breite Galerie mit einem einzigen langen Fenster ihnen gegenüber und im Bogen nach hinten verlaufend, dorthin, wo sie hereingekommen waren. Es hätte die Aussichtskuppel eines Ozeandampfers oder eines stellaren Kreuzfahrtschiffs sein können. Sie gingen weiter, und Quilan stellte fest, dass das Fenster – oder der Bildschirm – größer und tiefer war, als er zunächst angenommen hatte.

Der Eindruck von einem Glasband oder Bildschirm

verging, als er begriff, dass er auf den einen großen Streifen blickte, der die sich langsam drehende Oberfläche einer immens großen Welt war. Sterne leuchteten schwach darüber und darunter; ein paar hellere Körper, die kaum mehr als Lichtpunkte waren, mussten Planeten in demselben System sein. Der Stern, der das Sonnenlicht lieferte, musste beinahe direkt hinter der Stelle sein, an der er stand und schaute.

Die Welt sah flach aus, ausgebreitet und über die Hintergrundsterne geworfen wie die Schale einer gewaltigen Frucht. Von oben bis unten eingegrenzt durch die glitzernde graublaue Durchsichtigkeit riesiger Wände, war die Oberfläche durch zahlreiche regelmäßig angeordnete lange vertikale Streifen in Graubraun, Weiß und – in der Mitte – dichtem Grauschwarz unterteilt. Diese gewaltigen Gebirgszüge erstreckten sich von Wand zu Wand durch die Welt und parzellierten sie in mindestens ein paar Dutzend einzelne Abschnitte.

Dazwischen lag etwa die jeweils gleiche Ausdehnung von Land und Meer, das Land teilweise in Form von Inselkontinenten und etwas kleineren Inseln – eingebettet in Meere in verschiedenen Tönen von Blau und Grün – und teilweise in Form weiter Schwaden in Grün, Gelbbraun, Braun und Rot, die sich von einer Wand zur anderen erstreckten, manchmal gesprenkelt mit Meeren, manchmal nicht, aber immer durchzogen von einem versengten dunklen Faden oder einer Reihe kaum sichtbarer Fäden, grünen und blauen Tentakeln, die über dem Ocker-, Reh- und Dunkelbraun des Lands lagen.

Wolken in einem Chaos aus Wirbeln, Fasern, Wogen, Fetzen, Bögen und Dunstschwaden bildeten Muster und Beinahe-Muster, Flicken und Bürstenstriche verteilt über die Plane aus Boden und Wasser unter ihnen.

»So sieht es hier aus«, summte eine der Drohnen.

Estodus Visquile klopfte Quilan auf die Schulter. »Willkommen auf Masaq'-Orbital«, sagte er.

≈Fünf Milliarden von diesen Wesen, Huyler, Männer, Frauen, Kinder. Es ist etwas Schreckliches, was da von uns verlangt wird.≈

≈Stimmt, aber wir würden es nicht tun, wenn diese Leute nicht uns etwas ebenso Schreckliches angetan hätten.≈

≈Diese Leute, Huyler? Genau diese Leute hier, auf Masaq'?≈

≈Ja, diese Leute, Quil. Du hast sie gesehen. Du hast mit ihnen gesprochen. Als sie herausgefunden hatten, woher du kommst, haben sie sich etwas zurückgehalten, aus Angst, sie könnten dich beleidigen, aber sie bilden sich ganz offensichtlich ungeheuer viel auf ihre Demokratie ein. Sie sind verdammt selbstgefällig, weil sie in alle Geschehnisse einbezogen sind, sie sind stolz auf ihr Mitspracherecht und auf ihre Möglichkeit, in einer Wahl gegen oder für alles zu stimmen und sich einfach zu verdrücken, wenn sie mit dem Verlauf der Dinge ganz und gar nicht einverstanden sind.

Also, ja, diese Leute. Sie tragen die kollektive Verantwortung für das Handeln ihrer Gehirne, einschließlich der Gehirne des Kontakts und der Besonderen Gegebenheiten. So haben sie es eingerichtet, so entspricht es ihren Vorstellungen. Es gibt hier keine Unwissenden, Quil, keine Ausgebeuteten, keine Unsichtbaren oder eine mit Füßen getretene Arbeiterklasse, die bis in alle Ewigkeit der Willkür ihrer Herren ausgeliefert ist. Sie alle sind Herren, jeder Einzelne. Jeder kann überall mitreden. Nach ihren eigenen Regeln waren es also diese Leute, die geschehen ließen, was Chel widerfuhr, auch wenn zur damaligen Zeit nur wenige wirklich die Einzelheiten kannten.≈

≈Kommt es nur mir so vor, dass das eine ziemlich … grobe Beurteilung ist?«

≈Quil, hast du auch nur einen von ihnen vorschlagen hören, dass sie sich vom Kontakt lossagen könnten? Oder die

*Herrschaft in den BG zu verändern? Haben wir je gehört,
dass einer von denen auch nur jemals den Gedanken gehabt
hat, so etwas vorzuschlagen? Also, haben wir so was jemals
gehört?«*

≈Nein.≈

≈*Nein, nicht von einem einzigen Fall. Oh, sie versichern
uns mit blumigen Worten ihres Bedauerns, Quilan, sie
sagen, es tut ihnen Scheißleid, und das in schönen, eleganten
Reden; das ist wie ein Spiel für sie. Wie ein Wettbewerb, bei
dem es darum geht, wer am überzeugendsten Reue darstellen
kann! Aber sind sie wirklich bereit, etwas zu tun, außer dass
sie uns beteuern, wie Leid ihnen das alles tut?*≈

≈Sie sind mit ihrer eigenen Blindheit geschlagen. Die
Maschinen sind diejenigen, mit denen wir wirklich
Streit haben.≈

≈*Es ist auch eine Maschine, die du zerstören wirst.*≈

≈Und mit ihr fünf Milliarden Menschen.≈

≈*Das haben sie sich selbst zuzuschreiben, Major. Sie könnten heute noch für eine Lossagung vom Kontakt stimmen,
und jeder Einzelne und jede Gruppe könnte sich morgen
in ihr Jenseits oder sonstwohin absetzen, wenn sie zu dem
Schluss kämen, dass sie mit der verdammten Politik des Ein-
mischens nicht mehr einverstanden sind.*≈

≈Trotzdem, es ist etwas Schreckliches, was von uns
verlangt wird, Huyler.≈

≈*Ich bin ganz deiner Meinung. Aber wir müssen es tun.
Quil, ich habe bis jetzt vermieden, es so auszudrücken, weil
es sich so großspurig anhört, und ich bin sicher, dass du dir
sowieso selbst schon deine Gedanken darüber gemacht hast,
aber ich muss dich daran erinnern: viereinhalb Milliarden
chelgrianische Seelen hängen von dir ab, Major. Du bist
wirklich ihre einzige Hoffnung.*≈

≈Das hat man mir gesagt. Und wenn die Kultur sich
rächt?≈

≈*Warum sollten sie sich an uns rächen, nur weil eine ihrer
Maschinen durchdreht und sich selbst zerstört?*≈

≈Weil sie sich nicht täuschen lassen. Weil sie nicht so dumm sind, wie wir es gerne hätten; allenfalls sind sie manchmal ein wenig unvorsichtig.≈

≈*Selbst wenn sie einen Verdacht haben, dann sind sie immer noch nicht sicher, ob wir dahinter stecken. Wenn alles nach Plan verläuft, dann wird es so aussehen, als hätte es Nabe selbst getan, und selbst wenn sie ganz sicher sind, dass wir dahinter stecken, dann werden sie sich damit abfinden, dass wir ehrliche Vergeltung geübt haben, das glauben wenigstens unsere Planer.*≈

≈Du kennst doch die allgemein bekannte Regel, Huyler: Keine Mätzchen mit der Kultur. Und wir sind im Begriff, dagegen zu verstoßen.≈

≈*Ich kann mich nicht der Ansicht anschließen, dass das eine Weisheit sein soll, zu der die anderen Betroffenen nach reiflicher Überlegung und nach jahrtausendelangem Kontakt mit diesen Leuten gekommen sind. Ich glaube, die Kultur selbst hat sich das ausgedacht. Das ist nichts als Propaganda, Quil.*≈

≈Und wenn schon, jedenfalls glauben viele Betroffene, dass es stimmt. Sei nur ein bisschen nett zu der Kultur, dann überschlägt sie sich, um ihrerseits noch netter zu dir zu sein. Behandle sie hingegen schlecht, dann ...≈

≈*... dann sind sie beleidigt und benehmen sich entsprechend. Das ist doch alles erfundenes Zeug. Man muss ihnen wirklich sehr übel mitspielen, damit sie ihre ultra-zivilisierte Haltung aufgeben.*≈

≈Mindestens fünf Milliarden von ihnen abzuschlachten stellt wohl nicht einen Akt dar, den sie für ausgesprochen übel halten könnten?≈

≈*Diesen Preis müssen sie für uns bezahlen, wir müssen diesen Preis für sie bezahlen. Sie anerkennen diese Art der Vergeltung, diese Art des Handels, wie jede andere Zivilisation auch. Ein Leben für ein Leben. Sie werden sich nicht rächen, Quil. Klügere Geister als wir haben sich darüber Ge-*

danken gemacht. So, wie die Kultur veranlagt ist, werden sie ihre moralische Überlegenheit über uns demonstrieren, indem sie sich nicht rächen. Sie werden das, was wir ihnen antun werden, als angemessene Bezahlung für das ansehen, was sie uns angetan haben, ohne Provokation. Sie werden an der Stelle einen Strich unter die Angelegenheit ziehen. Es wird als Tragödie eingestuft; die zweite Hälfte eines Debakels, das damals begann, als sie versuchten, sich unserer Entwicklung in den Weg zu stellen. Eine Tragödie, kein Frevel.≈

≈Vielleicht wollen sie mit uns ein Exempel statuieren.≈

≈*Wir stehen zu weit unten in der Hackordnung der Betroffenen, um gleichwertige Gegner zu sein, Quilan. Es wäre nicht ehrenvoll für sie, uns weiter zu bestrafen. Wir sind bereits als Unschuldige bestraft worden. Wir beide, du und ich, tun nichts anderes, als diesen früheren Schaden auszugleichen.≈*

≈Ich befürchte, wir sind ihrer wahren Psychologie gegenüber genauso blind, wie sie der unseren gegenüber, als sie versuchten, sich uns in den Weg zu stellen. Trotz ihrer großen Erfahrung haben sie sich in Bezug auf uns getäuscht. Wir haben so wenig Übung darin, die Reaktion fremdweltlicher Spezies zu erahnen; woher nehmen wir die Sicherheit, dass wir mit unserer Einschätzung richtig liegen, während sie darin so elendiglich versagt haben?≈

≈*Weil diese Sache so wichtig für uns ist, deshalb sind wir so sicher. Wir haben lange und angestrengt über unser Vorhaben nachgedacht. Das Ganze begann eben deshalb, weil sie das Gleiche ihrerseits versäumt haben. Sie sind in dieser Hinsicht so überheblich, dass sie versuchen, mit möglichst wenigen Schiffen gegen uns vorzugehen, mit einem so geringen Einsatz an Mitteln wie nur möglich, im Bestreben, so etwas wie eine mathematische Eleganz zu wahren. Sie haben das Schicksal ganzer Zivilisationen zum Teil eines Spiels gemacht, das sie unter sich spielen, um zu sehen, wer die größte kulturelle Veränderung mit der geringsten Investition von Zeit und Energie bewirken kann.*

Und wenn ihnen mal der Wind ins Gesicht bläst, dann sind nicht sie es, die leiden und sterben, sondern wir. Viereinhalb Milliarden Seelen wurden der Seligkeit beraubt, weil einige ihrer unmenschlichen Gehirne dachten, sie hätten einen netten, hübschen, eleganten Weg gefunden, eine Gesellschaft zu verändern, die sich im Laufe von sechs Jahrtausenden zur Stabilität entwickelt hatte.

Sie hatten von vornherein nicht das Recht, sich uns in den Weg zu stellen, doch wenn sie entschlossen waren, es zu tun, hätten sie zumindest so viel Anstand besitzen sollen, dafür zu sorgen, dass sie ordentliche Arbeit leisten, und an die Zahl unschuldiger Lebewesen denken sollen, mit denen sie es zu tun hatten.≈

≈Trotzdem könnte es sein, dass wir den ersten Fehler durch einen zweiten ergänzen. Und vielleicht sind sie weniger tolerant, als wir uns einbilden.≈

≈Und wenn schon, Quilan, selbst wenn es zu einer Art Vergeltung durch die Kultur kommen sollte, wie unwahrscheinlich das auch sein mag, es ist gleichgültig! *Wenn wir mit unserer Mission hier Erfolg haben, dann werden die viereinhalb Milliarden chelgrianische Seelen gerettet sein; sie werden in den Himmel eingelassen. Was immer danach auch geschehen mag, sie sind gerettet, weil die Chelgria-Puen sie einlassen werden.≈*

≈Die Puen könnten die Toten auch jetzt schon einlassen, Huyler. Sie könnten einfach die Regeln ändern und ihnen den Eintritt in den Himmel gewähren.≈

≈Ich weiß, Quilan. Aber man darf hierbei die Ehre nicht außer Acht lassen, und die Zukunft. Als es sich zum ersten Mal offenbarte, dass jeder unserer Toten durch einen des Feindes ausgeglichen werden muss …≈

≈Das war keine Offenbarung, Huyler. Das hat man sich so ausgedacht. Es war ein Märchen, das wir uns selbst erzählt haben, nicht etwas, das die Götter uns auferlegt haben.≈

≈*Wie auch immer. Meinst du etwa, als wir damals beschlossen, dass dies unsere Vorstellung von einem Leben in Ehren war, es den Leuten nicht bewusst gewesen wäre, dass das zu scheinbar unnötigem Sterben führen könnte, diese Anweisung, ein Leben für ein Leben zu nehmen? Natürlich wussten sie das.*

Aber es war die Sache wert, sich danach zu richten, denn auf lange Sicht gereichte es uns zum Nutzen, solange wir dieses Prinzip aufrecht erhielten. Unsere Feinde wussten, wir würden nicht ruhen, solange es auf unserer Seite noch ungerächte Tote gab. Und das gilt immer noch, Major. Dabei handelt es sich nicht um ein vertrocknetes Dogma, beschränkt auf Geschichtsbücher oder die antiken Schriften in Klosterbüchereien. Es ist eine Lektion, die wir immer wieder bestärken müssen. Das Leben wird danach weiter gehen, und Chel wird obsiegen, aber seine Regeln, seine Doktrinen müssen von jeder neuen Generation und jeder neuen Spezies, der wir uns gegenüber sehen, begriffen werden.

Wenn all das vorbei ist und wir alle tot sind, wenn es nur ein weiteres Stück Geschichte ist, dann wird die Stellung gehalten sein, und wir sind diejenigen, die sie gehalten haben. Was auch geschehen mag, so lange wir beide, du und ich, unsere Pflicht erfüllen, werden die Leute in der Zukunft wissen, dass ein Angriff auf Chel eine schreckliche Vergeltung nach sich zieht. Zu ihrem Besten – und das meine ich so, Quil – zu ihrem Besten wie auch zu Chels Bestem steht es dafür, jetzt das zu tun, was getan werden muss.≈

≈Ich freue mich für dich, dass du dir so sicher bist, Huyler. Eine Kopie von dir wird mit dem Wissen von dem, was wir im Begriff sind zu tun, leben müssen. Wenigsten bin ich dann sicher tot, ohne gespeicherte Sicherungskopie. Zumindest wüsste ich von keiner.≈

≈*Ich bezweifle, dass man ohne dein Einverständnis eine hergestellt hat.*≈

≈Ich bezweifle alles, Huyler.≈

≈Quil?≈

≈Ja?≈

≈Kann man noch mit dir rechnen? Hast du immer noch die Absicht, unsere Mission durchzuführen?≈

≈Jawohl.≈

≈Braver Kerl. Ich möchte dir sagen, ich bewundere dich, Major Quilan. Es war mir eine Ehre und ein Vergnügen, deinen Kopf mit dir zu teilen. Schade, dass das bald aufhört.≈

≈Ich habe es noch nicht gemacht. Ich habe die Dislozierung noch nicht durchgeführt.≈

≈Du wirst es machen. Sie haben keinen Verdacht. Das Tier nimmt dich an die Brust, holt dich mitten hinein in sein Lager. Es wird alles gut gehen, für dich.≈

≈Ich werde tot sein, Huyler. Eingegangen in die Vergessenheit. Nur darum geht es mir.≈

≈Tut mir Leid, Quil. Aber was du tust ... es gibt keine bessere Art zu gehen.≈

≈Ich wünschte, ich könnte das glauben. Aber bald wird es unwichtig sein. Alles wird unwichtig sein.≈

Tersono räusperte sich hörbar. »Ja, es ist wirklich ein bemerkenswerter Anblick, nicht wahr, Botschafter? Wirklich atemberaubend. Von einigen Leuten ist bekannt, dass sie stundenlang hier gestanden oder gesessen sind und das Bild in sich eingesogen haben. Kabo, Sie haben einen halben Tag lang oder so hier gestanden, nicht wahr?«

»Ich glaube ja«, bestätigte der Homomdaner. Seine tiefe Stimme hallte durch die Aussichtsgalerie, und Echos wurden zurückgeworfen. »Verzeihung. Wie lang muss ein halber Tag einer Maschine vorkommen, die in Ihren Zeitmaßstäben denkt, Tersono. Bitte, vergeben Sie mir.«

»Oh, da gibt es nichts zu vergeben. Wir Drohnen sind

daran gewöhnt, geduldig zu sein, während menschliche Gedanken und bedeutungsvolle Handlungen ablaufen. Wir verfügen über eine ganze Latte von Methoden, die im Laufe von Jahrtausenden eigens dafür entwickelt wurden, um mit solchen Augenblicken umzugehen. Wir sind tatsächlich entschieden weniger langweilbar, wenn ich einen neue Wortschöpfung anbringen darf, als der Durchschnittsmensch.«

»Wie tröstlich«, sagte Kabo. »Danke für Ihr Einfühlungsvermögen – und für den lohnenden Ausblick.«

»Geht es Ihnen gut, Quilan?«, fragte der Avatar.

Er wandte sich dem silberhäutigen Geschöpf zu. »Mir geht es ausgezeichnet.« Er deutete mit einer umfassenden Geste zur Aussicht auf die Oberfläche des Orbitals, das langsam vorbeiglitt, strahlend hell, anderthalb Millionen Kilometer entfernt, aber dem Anschein nach viel näher. Die Aussicht von der Galerie wurde normalerweise vergrößert und nicht so gezeigt, wie sie sein würde, wenn zwischen dem Betrachter und der Aussicht nichts anderes wäre als Glas. Die Wirkung war, dass der innere Perimeter näher herangebracht wurde, damit man mehr Einzelheiten erkennen konnte.

Die Geschwindigkeit, mit der das Orbital vorbeizog, vermittelte ebenfalls einen falschen Eindruck; die Aussichtsgalerie der Nabe drehte sich sehr langsam in die entgegengesetzte Richtung zur Oberfläche der Welt, sodass anstatt dass das gesamte Orbital einen Tag brauchte, um vor dem Betrachter vorbeizuziehen, das Erlebnis im Allgemeinen weniger als eine Stunde in Anspruch nahm.

≈*Quilan.*≈

≈Huyler.≈

≈*Bist du bereit?*≈

≈Ich kenne den wahren Grund, warum man dich an Bord nimmt, Huyler.≈

≈*Ach, ja?*≈

≈Ich glaube schon.≈

≈*Und welcher sollte das sein, Quil?*≈

≈Du bist überhaupt nicht meine Sicherungskopie, stimmt's? Du bist die ihre.≈

≈*Ihre?*≈

≈Von Visquile, unseren Verbündeten – wer immer die sein mögen – und den hochrangigen Militärs und Politikern, die das Ganze sanktionieren.≈

≈*Das musst du mir erklären, Major.*≈

≈Geht man von der Annahme aus, dass das ein zu abwegiger Gedanke ist, als dass ein stumpfsinniger alter Soldat darauf kommen könnte?≈

≈*Welcher Gedanke?*≈

≈Du bist nicht hier, damit ich jemandem mein Leid klagen kann, oder? Du bist nicht hier, um mir Gesellschaft zu leisten oder um mir als Experte in Sachen Kultur zur Seite zu stehen.≈

≈*Habe ich mich bei irgendetwas geirrt?*≈

≈O nein. Nein, sie haben dich anscheinend mit einer vollständigen Kultur-Datenbank geladen. Aber es ist alles Zeug, was jeder aus den üblichen öffentlichen Reservoirs beziehen kann. Deine Kenntnisse sind ausschließlich aus zweiter Hand, Huyler; ich habe das überprüft.≈

≈*Ich bin erschüttert, Quilan. Sind wir der Meinung, das zählt als Verleumdung oder Verunglimpfung?*≈

≈Du bist trotzdem mein Co-Pilot, oder?≈

≈*So hat man es dir gesagt; das soll ich sein. Und das bin ich auch.*≈

≈In einem der altmodischen, von Hand gesteuerten Flugzeuge diente der Co-Pilot, zumindest teilweise, dazu, den Piloten zu ersetzen, wenn dieser unfähig war, seinen Pflichten nachzukommen. Stimmt das, oder nicht?≈

≈*Stimmt genau.*≈

≈Also, wenn ich es mir jetzt anders überlegen würde, wenn ich entschlossen wäre, die Dislozierung nicht durchzuführen, wenn ich beschließen würde, dass ich all diese Leute nicht töten möchte … was würde dann geschehen? Sag es mir! Bitte, sei ehrlich. Wir schulden einander Ehrlichkeit.≈

≈*Bist du sicher, dass du es wissen möchtest?*≈

≈Ganz sicher.≈

≈*Du hast Recht. Wenn du die Dislozierung nicht durchführen willst, dann erledige ich es für dich. Ich kenne die Teile deines Gehirns, die du zur Durchführung benutzt, ganz genau, ich kenne den gesamten Vorgang. Besser als du, in gewisser Weise.*≈

≈Dann findet die Dislozierung also auf jeden Fall statt?≈

≈*Die Dislozierung findet auf jeden Fall statt.*≈

≈Und was wird aus mir?≈

≈*Das hängt davon ab, was du versuchst zu tun. Wenn du versuchst, sie zu warnen, dann fällst du auf der Stelle tot um oder bist gelähmt oder erleidest einen Anfall oder fängst an, Unsinn zu brabbeln oder verfällst der Katatonie. Die Entscheidung liegt bei mir; was immer am wenigsten Verdacht unter den gegebenen Umständen erregt.*≈

≈Meine Güte, das alles kannst du bewirken?≈

≈*Ich fürchte ja, mein Junge. Das alles gehört zum Instruktionsset. Ich weiß, was du sagen wirst, bevor du es aussprichst, Quil. Im genauen Wortlaut. Allerdings erst ganz kurz zuvor, aber das reicht; ich denke ziemlich schnell hier drin. Aber, Quil, ich hätte bestimmt keinen Spaß daran, irgendetwas davon zu tun. Und ich glaube nicht, dass es sein muss. Du willst mir doch nicht etwa weismachen, dass du über all das erst jetzt nachgedacht hast?*≈

≈Nein. Nein, ich habe schon vor einiger Zeit darüber nachgedacht. Ich habe nur bis ziemlich zum Schluss abgewartet, um danach zu fragen, weil ich auf keinen Fall unsere enge Beziehung verderben wollte, Huyler.≈

≈*Du wirst es doch machen, oder? Es wird doch nicht nötig sein, dass ich die Sache in die Hand nehme, oder?*≈

≈In Wirklichkeit waren mir diese Schonstunden am Anfang und am Ende jedes Tages gar nicht gegeben, stimmt's? Du hast mich die ganze Zeit überwacht, um sicherzugehen, dass ich denen nicht irgendein Zeichen gebe, für den Fall, dass ich anderen Sinnes geworden wäre.≈

≈*Würdest du mir glauben, wenn ich sagte, dass dir wirklich diese Zeit gegeben war, ohne dass ich dich beobachtet habe?*≈

≈Nein.≈

≈*Na ja, es ist eigentlich auch gleichgültig. Aber, wie du dir vielleicht vorstellen kannst, belausche ich dich von jetzt ab ständig, bis zum Ende. Quilan, noch mal: du wirst es doch machen, nicht wahr? Ich muss dich doch nicht ablösen, oder?*≈

≈Ja, ich werde es machen. Nein, du brauchst mich nicht abzulösen.≈

≈*Sehr gut, mein Junge. Es ist wirklich eine hassenswerte Aufgabe, aber sie muss erledigt werden. Und das Ganze wird bald vorbei sein, für uns beide.*≈

≈Und für viele andere auch. Also gut. Bringen wir es hinter uns.≈

Er führte im naturgetreuen Modell der Nabe, das in der Station hergestellt worden war, die sich in einer Umlaufbahn um den Sonnenmond der Luftsphäre befand, sechs erfolgreiche Dislozierungen nacheinander durch. Sechs Treffer bei sechs Versuchen. Er war fähig, es zu tun. Er würde es tun.

Sie standen in der Nachbildung der Aussichtsgalerie, ihre Gesichter waren beleuchtet vom Bild eines Bildes. Visquile erklärte den Gedanken, auf dem seine Mission basierte.

»Wir gehen davon aus, dass das Naben-Gehirn des

Masaq'-Orbitals in wenigen Monaten das Vorbeiziehen des Lichts der beiden explodierenden Sterne, die der Zwillingsnovae-Schlacht des Idiranischen Krieges ihren Namen gegeben haben, gewahren wird.«

Visquile stand sehr dicht bei Quilan. Das breite Lichtband – eine Simulation des Bildes, das er sehen würde, wenn er wirklich in der Aussichtsgalerie der Masaq'-Orbital-Nabe stehen würde – schien in eines der Ohren des Estodus hinein und aus dem anderen wieder herauszufluten. Quilan kämpfte gegen den Drang an zu lachen und konzentrierte sich drauf, aufmerksam den Ausführungen des Alten zuzuhören.

»Das Gehirn, das jetzt das von Masaq'-Nabe ist, befand sich einst im Körper eines Kriegsschiffes, das im Idiranischen Krieg eine wichtige Rolle spielte. Es musste in eben dieser Schlacht drei Orbitale der Kultur zerstören, damit sie nicht in Feindeshand fielen. Es wird der Schlacht gedenken, und ganz besonders der beiden stellaren Explosionen, wenn zunächst das Licht des einen und dann das des anderen durch das System fällt, in dem Masaq' liegt.

Sie müssen sich Zugang zu der Nabe verschaffen und vor der zweiten Nova die Dislozierung durchführen. Haben Sie verstanden, Major Quilan?«

»Habe ich, Estodus.«

»Die Zerstörung der Nabe wird zeitlich so angesetzt sein, dass sie mit dem Erscheinen des Realraum-Lichts der zweiten Nova auf Masaq' zusammenfällt. Deshalb wird es den Anschein haben, dass sich das Naben-Gehirn in einem Anfall von Reue selbst zerstört hat, aufgrund seines Schuldbewusstseins wegen der Vergehen, für die es während des Idiranischen Krieges verantwortlich war. Der Tod des Naben-Gehirns und der Menschen wird wie eine Tragödie aussehen, nicht wie ein Vergeltungsschlag. Die Seelen jener Chelgrianer, die nach dem Gebot der Ehre und Pietät im Limbo harren, werden Eingang in den Himmel finden. Die Kultur wird einen Schlag erleiden, der jede Nabe, jedes Gehirn, jeden Menschen betreffen wird. Wir werden unsere streng numerische Rache haben, aber wir werden zusätzlich eine Genugtuung bekommen, die keine weiteren Leben kostet, sondern nur auf dem Unbehagen unserer Feinde beruht, jener Leute, die tatsächlich einen nicht provozierten Überraschungsangriff gegen uns durchgeführt haben. Verstehen Sie, Quilan?«

»Ich verstehe, Estodus.«

»Schauen Sie sich das an, Major Quilan!«

»Ich schaue, Estodus.«

Sie hatten die Raumstation, die sich in der Umlaufbahn befand, verlassen. Er und Visquile befanden sich in einem Zwei-Personen-Boot, einem Leichtflitzer. Die beiden fremdweltlichen Drohnen waren in einem etwas größeren kegelförmigen Fahrzeug mit schwarzem Rumpf neben ihnen.

Eines der alten Druckcontainment-Fahrzeuge der Raumstation hatte einen wohl durchdachten Ausbruch erlitten, der genau aussah wie eine zufällige Katastrophe aufgrund einer langzeitigen Vernachlässigung. Es stürzte in eine geänderte Umlaufbahn, und seine neue Richtung brachte es schnell zu dem gewaltigen Energiestrom, welcher aus der der Luftsphäre zugewandten Seite des Sonnenmondes herausbrach.

Sie sahen eine Zeit lang zu. Die Station schwenkte näher und immer näher zum Rand der unsichtbaren Lichtsäule. Das Deckendisplay des kleinen Leichtflitzers zeigte mit einer Linie an, wo dieser Rand war. Kurz bevor die Station auf den Perimeter der Säule traf, sagte Visquile: »Der letzte Sprengkopf war keine Attrappe, Major. Er war echt. Das andere Ende des Wurmloches liegt möglicherweise im Innern des Sonnenmondes oder vielleicht auch im Innern von etwas sehr Ähnlichem, weit, weit weg. Die Auswirkung der betreffenden Energien wird vergleichbar sein mit dem, was der Masaq'-Nabe widerfahren wird. Deshalb sind wir hier und nicht irgendwo anders.«

Die Station traf nicht ganz den Rand der Lichtsäule. Einen Augenblick, bevor es so weit gewesen wäre, wurde ihre sich drehende, unregelmäßig konfigurierte Form durch einen erschreckenden, blendend grellen Lichtausbruch ersetzt, der dazu führte, dass die Decke des Leichtflitzers sich über die Hälfte seiner Ausdehnung schwärzte. Quilan schloss instinktiv die Augen. Das Nachbild brannte hinter seinen Lidern, gelb und orangefarben. Er hörte Visquile grunzen. Um sie herum summte und klackte und heulte das kleine Boot.

Als er die Augen wieder öffnete, war nur noch das Nachbild da, orangefarben leuchtend gegen das anonyme Schwarz des Raums und vor seinen Augen hüpfend, sobald er die Blickrichtung änderte, in dem – vergeblichen – Versuch, zu sehen, was von der getroffenen, schlingernden Raumstation noch übrig war.

≈Da!≈

≈*Das hat mir einen guten Eindruck gemacht. Ich glaube, du hast es geschafft. Gut gemacht, Quil.*≈

»Da!«, sagte Tersono und legte einen Ring aus rotem Licht auf den Bildschirm, über eine Seengruppe in einem Kontinent. »Da liegt das Sullien-Stadion. Der Aufführungsort für das morgige Konzert.« Die Drohne wandte sich dem Avatar zu. »Ist alles für das Konzert vorbereitet, Nabe?«

Der Avatar zuckte die Achseln. »Alles ist bereit, bis auf den Komponisten.«

»Ach, in bin sicher, er führt euch nur an der Nase herum«, sagte Tersono schnell. Sein Aurafeld leuchtete deutlich in rubinrotem Licht. »Natürlich wird Kst. Ziller zu dem Anlass erscheinen. Wie könnte es anders sein? Er wird kommen. Davon bin ich fest überzeugt.«

»Ich wäre mir dessen nicht so sicher«, brummte Kabo.

»Doch, er kommt bestimmt. Ich bin sehr zuversichtlich.«

Kabo wandte sich an den Chelgrianer. »Sie werden Ihrer Einladung doch folgen, nicht wahr, Major Quilan? … Major?«

»Wie bitte? Oh. Ja. Ich freue mich schon darauf. Natürlich.«

»Na ja«, sagte Kabo und nickte heftig, »man wird notfalls einen anderen Dirigenten finden, wage ich zu behaupten.«

Kabo fand, dass der Major zerstreut wirkte. Dann riss er sich anscheinend zusammen. »Nun – nein«, sagte er und sah von einem zum anderen. »Wenn meine Anwesenheit wirklich die Ursache dafür sein sollte, dass Mahrai Ziller seiner Premiere nicht beiwohnt, dann bleibe ich natürlich fern.«

»O nein!«, brauste Tersono auf, und seine Aura lief für einen Augenblick blau an. »Das ist nicht nötig. Nein, keineswegs; ich bin sicher, Kst. Ziller hat die feste Absicht, dort zu erscheinen. Es könnte sein, dass er seinen Aufbruch bis zum letzten Augenblick hinauszögert, aber er wird sich schließlich auf den Weg dorthin machen, davon bin ich überzeugt. Bitte, Major Quilan, Sie müssen zu dem Konzert kommen! Zillers erste Symphonie seit elf Jahren, die erste Premiere, die je außerhalb Chels stattfindet! Sie, die Sie den weiten Weg auf sich genommen haben, Sie beide, die einzigen Chelgrianer seit Jahrtausenden … Sie *müssen* dabei sein! Es wird ein Erlebnis fürs Leben sein!«

Quilan sah die Drohne eine Weile an, ohne den Blick abzuwenden. »Ich glaube, Mahrai Zillers Anwesenheit bei dem Konzert ist wichtiger als meine. Wenn ich gehen würde, wohl wissend, dass ich ihn dadurch fern halten würde, wäre das eine selbstsüchtige, unhöfliche und sogar unehrenhafte Handlungsweise, meinen Sie nicht? Aber bitte, wir wollen nicht mehr darüber reden.«

Am nächsten Tag verließ er die Luftsphäre. Visquile brachte ihn bis zu der kleinen Landebühne hinter der riesigen ausgehöhlten Hülse, in der sie untergebracht gewesen waren. Dort verabschiedet er sich von ihm.

Quilan hatte den Eindruck, dass sein Gegenüber geistesabwesend war. »Ist alles in Ordnung mit Ihnen, Estodus?«, fragte er.

Visquile sah ihn an. »Nein«, sagte er, nachdem er anscheinend kurz nachgedacht hatte. »Nein, wir wurden heute morgen über die neuesten geheimdienstlichen Erkenntnisse informiert, und unsere Zauberer von der Gegenspionage haben uns zwei beunruhigende Nachrichten aufgetischt, mehr als die eher alltägliche einzelne Bombe; anscheinend haben wir nicht nur einen Spion in unseren eigenen Reihen, sondern es könnte auch sein, dass sich ein Bürger der Kultur irgendwo hier in der Luftsphäre aufhält.« Der Estodus rieb den Knauf seines silberten Stabs und betrachtete stirnrunzelnd sein verzerrtes Spiegelbild, das sich dort zeigte. »Man hätte geglaubt hoffen zu dürfen, dass sie einem derartige Dinge früher mitteilen, aber ich nehme an, später ist besser als nie.« Visquile lächelte. »Machen Sie kein so besorgtes Gesicht, Major. Ich bin sicher, alles ist unter Kontrolle. Oder wird es zumindest bald sein.«

Das Luftschiff setzte auf. Eweirl stieg aus. Der Weißpelzige lächelte breit und verneigte sich flüchtig, als er Quilan sah. Er verneigte sich tiefer, als er des Estodus' ansichtig wurde, der ihm auf die Schulter klopfte. »Sehen Sie, Quilan? Eweirl ist hier, um sich um alles zu kümmern. Kehren Sie zurück, Major. Bereiten Sie sich auf Ihre Mission vor. In Kürze werden sie Ihren Co-Piloten bekommen. Viel Glück.«

»Danke, Estodus.« Quilan warf einen Blick zu dem grinsenden Eweirl, dann verneigte er sich vor dem älteren Mann. »Ich hoffe, hier verläuft alles zufriedenstellend.«

Visquile ließ die Hand auf Eweirls Schulter ruhen. »Ich bin überzeugt davon. Leben Sie wohl, Major. Es war mir ein Vergnügen. Und noch mal: viel Glück, und erfüllen Sie Ihre Pflicht. Ich bin sicher, Sie werden uns alle stolz machen.«

Quilan ging an Bord des kleinen Luftschiffs. Er blickte zu einem der gazefeinen Fenster hinaus, während das Fahrzeug von der Plattform abhob. Visquile und Eweirl waren bereits in ein angeregtes Gespräch vertieft.

Der Rest der Reise war ein Spiegelbild der Strecke, die er auf dem Herweg genommen hatte, außer als er nach Chel kam, wo er von der Stadt Äquatorrampe in einem verschlossenen Shuttle direkt nach Ubrent gebracht wurde, und dann in der Nacht per Wagen weiter zu den Pforten des Klosters Cadracet.

Er stand auf dem uralten Weg. Die Nachtluft duftete nach Seufzerbaumharz und kam ihm nach der suppendicken Atmosphäre der Luftsphäre dünn wie Wasser vor. Er war zurückgekehrt, nur um wieder weggerufen zu werden. Nach den offiziellen Aufzeichnungen war er nie weg gewesen, war niemals von der seltsamen Dame in dem dunklen Umhang geholt worden, vor so vielen Monaten, war niemals mit ihr zu der Straße hinabgefahren, die zur Welt zurückführte und die gefleckt war von frischem Blut.

Morgen würde man ihn nach Chelise beordern, um ihn zu bitten, eine Missionsreise in die Kulturwelt namens Masaq' zu unternehmen und zu versuchen, den abtrünnigen und dissidenten Mahrai Ziller, seines Zeichens Komponist, zur Rückkehr in seine Heimat zu überreden, um dort das Wahrzeichen der Renaissance von Chel und des chelgrianischen Hoheitsgebiets zu sein.

Heute Nacht, während er schlief – falls alles nach Plan verlief und die vorübergehenden Prozesse durch Mikrostrukturen, Chemikalien und Nano-Drüsen, die in sein Gehirn eingegeben worden waren, die gewünschte Wirkung zeigten – würde er alles vergessen, was geschehen war, seit Generalin Ghejaline aus dem Schnee im Innenhof des Klosters vor hundert und mehr Tagen erschienen war.

Er würde sich an das erinnern, an was er sich erinnern müsste, und nur daran, Stück für Stück. Seine vordergründigen Erinnerungen waren bestens geschützt gegen ein Eindringen und Erfassen, und zwar auf eine Weise, die für ihn selbst noch soeben unschädlich war. Er bildete sich ein, das Einsetzen des Vorgangs des Vergessens zu spüren, schon während er sich an den Umstand erinnerte, dass es stattfinden würde.

Rings um ihn fiel sanfter Sommerregen. Das Motorengebrumm und die Lichter des Wagens, der ihn hierher gebracht hatte, waren in den Wolken unter ihm verschwunden. Er hob die Hand zu der kleinen Tür, die in der Pforte eingelassen war.

Die Nebentür öffnete sich schnell und lautlos, und er wurde hereingewinkt.

≈Ja. Gut gemacht.≈

Es kam ihm flüchtig in den Sinn, dass er jetzt getan hatte, was er tun sollte; nun, da die Mission erfüllt war, könnte er anfangen – oder vielmehr versuchen anzufangen –, der Drohne Tersono oder dem Naben-Avatar persönlich, oder dem Homomdaner Kabo oder allen dreien zu erzählen, was er soeben getan hatte, damit Huyler keine andere Wahl hatte, als ihn außer Gefecht zu setzen, ihn hoffentlich zu töten, aber er tat es nicht.

Huyler würde ihn letztendlich vielleicht doch nicht töten, sondern ihn lediglich unschädlich machen, und außerdem würde er die Mission teilweise gefährden. Es war besser für Chel, besser für die Mission, wenn alles wie normal aussah, bis das Licht von der zweiten Nova durch das System und durch das Orbital strömte.

»Nun, damit ist die Tour zu Ende«, sagte der Avatar.

»Also dann, werte Freunde, sollen wir gehen?«, fragte die Drohne E. H. Tersono zirpend. Ihre Keramikumkleidung war von einem gesunden rosafarbenen Schimmer umstrahlt.

»Ja«, hörte Quilan sich selbst sagen. »Lasst uns gehen.«

15 Ein gewisser Beherrschungsverlust

ER ERWACHTE GANZ ALLMÄHLICH, ein wenig benommen im Kopf. Es war sehr dunkel. Er streckte sich behaglich aus und spürte Worosei neben sich. Sie rückte schläfrig näher zu ihm und passte ihre Körperwölbungen und -kuhlen den seinen an. Er legte den Arm um sie, und sie kuschelte sich noch dichter an ihn.

Als er etwas wacher war und spürte, dass er sie begehrte, wandte sie ihm den Kopf zu, lächelte und öffnete die Lippen.

Sie glitt auf ihn, und es war einer dieser Liebesakte, bei denen der Sex so stark und ausgeglichen und leidenschaftlich ist, dass er beinahe jenseits verschiedener Geschlechter ist; es ist, als ob es keine Rolle spielte, wer Mann und wer Frau ist, und welcher Teil zu welcher Person gehört, wenn die Genitalien irgendwie gleichzeitig eins und doch getrennt zu sein scheinen, jeweils zum einen wie auch zum anderen gehörend; sein Eros war eine magische Wesenheit, die sie beide in gleichem Maße durchdrang, während sie sich auf ihm bewegte; der ihre wurde zu einem märchenhaften, verzauberten Umhang, der sich ausbreitete und über ihrer beider Körper wallte und jedes Teil von ihnen in eine einzige sinnliche Fläche verwandelte.

Während sie sich liebten, wurde es allmählich hell, und dann, nachdem sie beide zum Höhepunkt gekommen waren und ihre Felle mit Spucke und Schweiß verklebt waren und beide heftig keuchten, lagen sie nebeneinander und blickten sich gegenseitig in die Augen.

Er musste unwillkürlich lächeln. Er blickte sich um. Er war sich immer noch nicht ganz sicher, wo er war. Der Raum wirkte irgendwie anonym, hatte eine außergewöhnlich hohe Decke und war sehr hell. Er hatte das seltsame Gefühl, dass das Licht in seinen Augen schmerzen müsste, doch es war nicht so.

Er sah sie erneut an. Sie hatte den Kopf auf eine Faust aufgestützt und sah ihrerseits ihn an. Als er ihr Gesicht betrachtete und dessen Ausdruck in sich aufnahm, empfand er einen seltsamen Schreck und dann ein erlesenes, unglaublich intensives Entsetzen. Worosei hatte ihn noch nie so angesehen, sie schaute ihn nicht nur an, sondern auch an ihm vorbei, durch ihn hindurch.

In diesen dunklen Augen war eine absolute Kälte, und eine wilde, unendliche Intelligenz. Etwas ohne Gnade und Illusion blickte ihm direkt in die Seele und stellte fest, dass diese wie abwesend war.

Woroseis Fell wurde makellos silbern und legte sich glatt an die Haut an. Sie war ein nackter silberner Spiegel, und er sah sich selbst in ihrem lang gestreckten, geschmeidigen Körper, abartig verzerrt wie etwas, das geschmolzen und auseinander gezogen worden war. Er öffnete den Mund und versuchte zu sprechen. Seine Zunge war zu groß, und sein Mund war ausgetrocknet.

Sie war es, die sprach, nicht er:

»Bilde dir nicht ein, ich hätte mich auch nur für einen Augenblick täuschen lassen, Quilan.«

Es war nicht Woroseis Stimme.

Sie senkte sich auf den Ellbogen herab und stand mit kraftvoller, fließender Anmut vom Bett auf. Er sah ihr nach, und dann wurde ihm bewusst, dass hinter ihm, auf der anderen Seite des Ringelpolsters, ein alter Mann war, ebenfalls nackt, der ihn blinzelnd anstarrte.

Der Alte sagte nichts. Er sah verwirrt aus. Er war gleichzeitig vollkommen vertraut und vollkommen fremd.

Quilan wachte keuchend auf. Er blickte sich verwirrt um.

Er lag auf dem breiten Ringelpolster in der Wohnung in Aquime. Es sah so aus, als ob der Morgen bald graute, und um die Kuppel des Oberlichts wirbelte Schnee.

Er japste: »Licht«, und sah sich in dem großen Raum um, als es darin heller wurde.

Alles schien an seinem Platz zu sein. Er war allein.

Es war der Tag, an dem abends das Konzert im Stullien-Stadion stattfinden sollte, dessen Höhepunkt die Premiere von Mahrai Zillers neuer Symphonie *Erlöschendes Licht* sein sollte, die genau dann enden würde, wenn das Licht der Nova, das vor achthundert Jahren auf den Stern Junce induziert worden war, endlich im Lacelere-System und Masaq'-Orbital ankommen würde.

Mit einem unwürdigen Schwindelgefühl, das ihn beinahe zerriss, fiel ihm ein, dass er seine Pflicht erfüllt hatte und ihm die Sache aus den Händen und jetzt auch aus dem Kopf genommen war. Was geschehen würde, würde geschehen. Er konnte den Lauf der Dinge nicht mehr beeinflussen als irgendjemand sonst hier. Weniger, genau genommen. Niemand sonst hier hatte ein Gehirn an Bord, das jeden Gedanken belauschte …

Natürlich; seit gestern Abend, wenn nicht schon früher, war ihm die Gnadenstunde am Anfang und Ende jedes Tages nicht mehr gewährt.

≈Huyler?≈

≈*Hier bin ich. Hattest du schon mal solche Träume?*≈

≈Hast du das auch mitbekommen?≈

≈Ich halte Ausschau und lausche auf irgendein Zeichen, das du aussendest und das sie vielleicht vor dem warnt, was heute Abend geschehen wird. Ich dringe nicht in deine Träume ein. Aber ich muss deinen Körper überwachen, deshalb weiß ich, dass das ein höllisch scharfer Traum war, der plötzlich ziemlich erschreckend wurde. Möchtest du darüber sprechen?≈

Quilan zögerte. Er ließ mit einem Handschwenk die Lichter ausgehen und legte sich in der Dunkelheit zurück. »Nein«, sagte er schließlich.

Ihm wurde bewusst, dass er das Wort laut ausgesprochen und nicht nur gedacht hatte; gleichzeitig merkte er, dass er das nächste Wort, das er hatte sagen wollen, nicht aussprechen konnte. Es wäre wieder ›nein‹ gewesen, aber er brachte es nicht über die Lippen.

Er stellte fest, dass er sich nicht bewegen konnte. Ein weiterer Augenblick des Entsetzens über seine Lähmung und die Tatsache, dass er auf die Gnade einer anderen Person angewiesen war.

≈Entschuldigung. Du hast gerade gesprochen, nicht kommuniziert. So so; du bist also wieder … äh … du hast wieder das Sagen.«

Quilan bewegte sich auf dem Ringelpolster und räusperte sich, um zu prüfen, ob er seinen Körper wieder beherrschte.

≈Ich wollte lediglich sagen: Nein, kein Bedarf. Ich will nicht darüber reden.≈

≈Bestimmt nicht? Bis jetzt warst du noch nie so bekümmert, in der ganzen Zeit nicht, die wir nun schon zusammen sind.≈

≈Ich sage dir doch, mir geht es gut, okay?≈

≈Okay, schon gut.≈

≈Selbst wenn es nicht so wäre, wäre das doch egal, oder nicht? Jedenfalls nach dem heutigen Abend. Ich versuche jetzt, noch etwas Schlaf zu bekommen. Wir können uns später weiter unterhalten.≈

≈Wie du meinst. Schlaf gut.≈
≈Das bezweifle ich.≈

Er legte sich zurück und betrachtete die trocken aussehenden dunklen Schneeflocken, die sich wirbelnd auf die Kuppel des Oberlichts warfen, mit lautloser Wut, zwischen komisch und bedrohlich. Er fragte sich, wie der Schnee auf die anderen Intelligenzen, die durch seine Augen sahen, wirken mochte.

Er glaubte nicht daran, dass er noch mal würde einschlafen können, und so war es auch.

Das gute Dutzend von Zivilisationen, die schließlich die Kultur bilden würden, hatte während ihrer unterschiedlichen Phasen der Knappheit große Vermögen dafür ausgegeben, die virtuelle Realität einerseits so greifbar real, wie andererseits so abweisend und unreal wie nur möglich zu machen. Selbst nachdem die Kultur als Wesenheit etabliert war und der Gebrauch herkömmlicher Währung eher als archaische Behinderung der Entwicklung denn als förderndes Mittel angesehen wurde, waren beträchtliche Mengen an Energie und Zeit – sowohl biologisch als auch maschinell – aufgewendet worden, um die verschiedenen Methoden zu perfektionieren, mit denen man dem menschlichen sensorischen Apparat vorgaukeln konnte, dass er etwas erlebte, das nicht wirklich geschah.

Vor allem dank all dieser vorausgegangenen Anstrengungen waren Genauigkeit und Glaubhaftigkeit der virtuellen Umgebungen, die nach Bedarf für jeden Bürger der Kultur verfügbar waren, zu solcher Vollkommenheit gereift, dass es seit langem nötig war – auf dem äußerst befriedigenden Niveau manufakturierter Umgebungs-Manipulation –, synthetische Hinweise in das Erlebnis einzubauen, um das Subjekt daran zu erinnern, dass das, was Wirklichkeit zu sein schien, keineswegs Wirklichkeit war.

Selbst bei geringeren Graden illusionärer Durchdringung reichte die Direktheit und Lebensechtheit des üblichen virtuellen Abenteuers aus, um fast alle Verkörperungen der menschlichen Spezies – mit Ausnahme der verbissensten und hartnäckigsten – vergessen zu lassen, dass das Erlebte nicht authentisch war. Diese weit verbreitete Haltung war der Lohn für die Zähigkeit, Intelligenz, Phantasie und Entschlossenheit jener Individuen und Organisationen, die in allen Zeitaltern zu dem Umstand beigetragen hatten, dass in der Kultur jeder zu jeder Zeit alles überall erleben konnte, und zwar umsonst, und sich nicht mit dem Gedanken zu belasten brauchte, dass tatsächlich alles nur vorgetäuscht war.

Naturgemäß war es also so, dass fast jeder gelegentlich und einige Leute ziemlich regelmäßig eine unschätzbare Vielfalt des Sehens, Hörens, Riechens, Schmeckens, Fühlens oder allgemeinen Empfindens als absolut real erlebten, ohne dass dieser an sich verachtenswerte Virtualitätskram irgendjemanden störte.

Der Avatar gab ein Schnauben von sich. »Sie machen es wirklich.« Er lachte mit erstaunlicher Herzlichkeit, dachte Kabo. So etwas gehörte nicht zu den Dingen, die man von einer Maschine oder auch dem Vertreter einer Maschine in Menschengestalt jemals erwarten würde.

»Was machen sie?«, fragte er.

»Das Geld neu erfinden«, sagte der Avatar, grinste und schüttelte den Kopf.

Kabo runzelte die Stirn.«Ist das denn die Möglichkeit?«

»Es ist eine Teil-Möglichkeit.« Der Avatar sah Kabo an. »Dazu gibt es eine alte Redeweise.«

»Ja, ich weiß. ›Dafür würde man das Geld neu erfinden‹«, zitierte Kabo. »Oder so ähnlich.«

»Genau.« der Avatar nickte. »Nun, was Karten für

Zillers Konzert betrifft, läuft das praktisch auf das Gleiche hinaus. Leute laden andere Leute, die sie nicht ausstehen können, zum Essen ein, buchen Kreuzfahrten in den tiefen Raum miteinander – du liebe Güte! –, sind sogar bereit, mit ihnen eine Campingreise zu unternehmen. Camping!« Der Avatar kicherte. »Leute haben sexuelle Zugeständnisse gemacht, sie haben in Schwangerschaften eingewilligt, sie haben ihre äußere Erscheinung verändert, um den Wünschen eines Partners gerecht zu werden, sie haben sich einer Geschlechtsumwandlung unterzogen, um dem/der Geliebten zu gefallen; all das nur, um an Karten zu kommen.« Er breitete die Arme aus. »Wie wundervoll, bizarr, romantisch barbarisch von ihnen! Finden Sie nicht?«

»Absolut«, sagte Kabo. »Aber ob ›romantisch‹ wirklich das richtige Wort ist?«

»Tatsächlich«, fuhr der Avatar fort, ohne auf diesen Einwand einzugehen, »gibt es übereinstimmende Überlegungen, die von einem reinen Tauschhandel abgehen und stattdessen ein Zahlungsmittel vorsehen, das sich deutlich nach Geld anhört, zumindest wie ich es verstehe.«

»Unglaublich!«

»Ja, nicht wahr?«, sagte das silberhäutige Geschöpf. »Nur eine dieser seltsamen Moden, die hin und wieder für einen kurzen Augenblick aus dem Chaos auftauchen. Plötzlich ist jeder ein Fan von Live-Symphonie-Musik.« Er sah verwirrt aus. »Ich habe allen klar gemacht, dass es keinen wirklichen Veranstaltungssaal gibt.« Er hob die Schultern, dann holte er zu einer weiten Armbewegung aus, um auf den Ausblick zu deuten. »Also. Was halten Sie davon.«

»Sehr eindrucksvoll.«

Das Stullien-Stadion war so gut wie leer. Die Vorbereitungen für das Abendkonzert verliefen planmäßig. Der Avatar und der Homomdaner standen am Rand des Amphitheaters in der Nähe einer Batterie von Lampen, Laserstrahlern und Spezialeffekt-Mörsern, die alle so riesig waren, dass Kabo daneben wie ein Zwerg wirkte, und die, so dachte er, Waffen sehr ähnlich sahen.

Der strahlend blaue Tag war erst ein paar Stunden alt, die Sonne stieg hinter ihnen auf. Kabo sah soeben die winzigen Schatten, die er und der Avatar über das Muster von Sitzen, vierhundert Meter entfernt, warfen.

Das Stadion maß mehr als einen Kilometer in der Diagonalen: ein mit steil ansteigenden Rängen bestücktes Kolosseum aus gesponnenen Kohlenfasern und durchsichtiger Diamantbespannung. Die Sitze und Plattformen waren im Kreis angeordnet, mit Blickrichtung auf ein großzügiges rundes Feld, das sich so verändern konnte, dass es für verschiedene Sportarten und eine Vielzahl unterschiedlicher Konzerte und andere Unterhaltungen geeignet war. Es hatte ein Notüberdachung, die jedoch noch nie benutzt worden war.

Der Witz an dem Stadion war nämlich, dass es zum Himmel hin offen war, und wenn ganz bestimmte Wettervoraussetzungen gefordert waren, nun, dann tat Nabe etwas, das er sonst eigentlich nie tat: er nahm meteorologisch Einfluss, indem er seine erstaunliche Energieprojektion und Feldmanagement-Fähigkeiten einsetzte, um die Elemente zu manipulieren, bis die gewünschte Wirkung erreicht war. Eine solches Hineinpfuschen war unelegant, unsauber und eine ungehörige Zwangsmaßnahme, aber es wurde allgemein als Notwendigkeit geduldet, um die Leute zu erfreuen, und das war letztendlich Hubs einziger Daseinszweck.

Technisch gesehen war das Stadion ein riesiger spezialisierter Kahn. Er schwamm in einem Netzwerk breiter Kanäle, träge fließender Flüsse, breiter Seen und kleiner Meere, das sich über eine von Masaq's unterschiedliche Platten erstreckte durch das er sich selbst –

wenn auch langsam – navigieren und auf diese Weise eine große Auswahl an Hintergrundszenen bieten konnte, die durch das Stützgebilde hindurch und über dem Rand des Stadions sichtbar waren, einschließlich zerklüfteter, schneebedeckter Berge, riesiger Klippen, weiter Wüsten, dichter Dschungel, hoch aufragender Kristallstädte, gewaltiger Wasserfälle und sanft wogender Blimpbaumwälder.

Für besonders lebhafte Veranstaltung gab es einen Lauf von Stromschnellen, einen reißenden Fluss, auf dem das gesamte Stadion dahinschießen konnte wie ein riesiges Schlauchboot, das auf dem größten Strom der Welt fuhr, sich eindrucksvoll um die eigene Achse drehte, untertauchte und hüpfte, bis es zu dem großen, von Klippen gesäumten Whirlpool kam, wo es sich einfach auf der Spitze einer wirbelnden Säule aus spiralförmigem Wasser drehte und hinabgesogen wurde zu einer Reihe gewaltiger Pumpen, die stark genug waren, um das Meer zu leeren. Schließlich würde einer von Nabes Superliftern kommen, um es mit Hilfe einer normalen Elevation zurückzuhieven.

Für die Aufführung des heutigen Abends würde das Stadion an der Stelle bleiben, wo es war, an der Spitze einer kleinen Halbinsel an der Küste des Bandel-Sees auf der Guerno-Platte, ein Dutzend Kontinente spinwärts von Xaravve. Auf der Spitze der Halbinsel waren mehrere Untergrund-Zugangs-Punkte, eine breite Promenade mit Bars, Cafés, Restaurants und anderen Orten der Zerstreuung, sowie eine klammerförmige Hafenanlage, wo das Stadion den nötigen Wartungs- und Reparaturarbeiten unterzogen wurde.

Die in das Stadion eingebauten strategischen Tast-, Klang- und Lichtsysteme waren auch ohne jegliche durch Personen herbeigeführte Verstärkung so gut, wie sie nur sein konnten; Nabe übernahm die Verantwortung für die übrigen äußeren Bedingungen.

Das Stadion war eins von sechs, jedes eigens für Veranstaltungen konstruiert, die im Freien stattfinden mussten. Sie waren über die ganze Welt verteilt, sodass eigentlich immer eines am richtigen Ort zur richtigen Zeit war, welche Voraussetzungen und Konfigurationen auch immer gefordert waren.

»Obwohl natürlich«, fühlte sich Kabo bemüßigt zu bemerken, »man sich auch einfach nur mit einem einzigen begnügen und dann das gesamte Orbital verlangsamen oder beschleunigen könnte, um zu synchronisieren.«

»Wurde schon mal gemacht«, sagte der Avatar hochmütig.

»Das habe ich mir beinahe gedacht.«

Der Avatar blickte auf. »Aha.« Direkt über ihnen, schwach sichtbar durch den morgendlichen Dunst, schimmerte eine winzige, grob rechteckige Form im gespiegelten Sonnenlicht.

»Was ist das?«

»Das ist das Allgemeine System-Fahrzeug der Äquator-Klasse *Erlebe Ein Bedeutendes Schwerkraftdefizit*«, sagte der Avatar. Kabo bemerkte, dass er die Augen kurz zusammenzog und ein kleines Lächeln seine Lippen und Augen umspielte. »Es hat seinen Streckenplan geändert, um hier vorbeizukommen und ebenfalls dem Konzert beizuwohnen.« Der Avatar beobachtete das immer größer werdende Objekt und runzelte die Stirn. »Allerdings kann es an der Stelle, wo es jetzt ist, nicht bleiben; dort kommen nämlich die Luft-Explosions-Meteoriten durch.«

»Luft-Explosion?«, fragte Kabo. Er sah zu, wie das schimmernde Rechteck des ASF allmählich immer größer wurde. »Das hört sich irgendwie … dramatisch an.« ›Gefährlich‹ wäre das passendere Wort gewesen, dachte er.

Der Avatar schüttelte den Kopf. Auch er beobachtete

das riesige Schiff, während es sich in die Atmosphäre über ihnen absenkte. »Nö, so gefährlich ist es auch wieder nicht«, sagte der Avatar, der anscheinend seine Gedanken las, vermutlich aber nicht richtig. »Die Choreografie des Niederprasselns steht schon so ziemlich. Vielleicht gibt es ein paar Brocken weiches Zeug, das trotz allem Gas auslassen könnte und in seine Bahn zurückgebracht werden muss, aber sie alle sind ohnehin mit ihren eigenen Begleitmaschinen ausgestattet.« Der Avatar grinste ihn an. »Ich habe ein ganzes Bündel alter Messerraketen benutzt, reaktiviertes Kriegsmaterial, das passend erschien. Dachte, sie brauchten ein bisschen Übung.«

Er blickte wieder zum Himmel hinauf. Das ASF hatte jetzt ungefähr die Größe einer Hand, die man mit ausgestrecktem Arm vor sich hält. Einzelheiten wurden allmählich auf der goldenen und weißen Oberfläche erkennbar. »Alle Steine sind ordentlich ausgelegt«, fuhr der Avatar fort, »so leicht wie Ringe auf einem Planetarium gleitend. Auch da besteht keine Gefahr.« Er nickte in Richtung des ASF, das jetzt nah und hell genug war, um sein Licht auf die Landschaft der Umgebung zu werfen, wie ein seltsam rechteckiger, goldener Mond, der über die Welt schwebte.

»*Das* sind die Dinge, um die sich Naben-Gehirne unwillkürlich Sorgen machen«, sagte der Avatar und zog eine silberne Augenbraue hoch. »Ein Billion-Tonnen-Schiff, mit einer Beschleunigung wie ein aus einem Bogen geschossener Pfeil, kommt nahe genug an die Oberfläche, dass ich die Gravitationskurve des Scheißers gut spüren kann, wenn sie nicht durch ein Feld blockiert ist.« Er schüttelte den Kopf. »ASF«, sagte er mit einem ›Tztztz‹, wie in mildem Tadel eines ungehorsamen, aber niedlichen Kindes.

»Glaubst du, sie nutzen dich aus, weil du früher mal eins warst?«, fragte Kabo. Das riesige Schiff war anscheinend endlich zum Halt gekommen; es füllte etwa ein Viertel des Himmels aus. Ein paar zerfledderte Wolken hatten sich unter seiner Unterseite gebildet.

Konzentrische Feldhülsen zeigten sich als kaum sichtbare Linien darum herum, wie eine Gruppe von höhlenartig umschlossenen Blasen, die am Himmel schwebten.

»Verdammt richtig vermutet«, sagte der Avatar. »Jedem nabe-beheimateten Gehirn würde der Brenner schmurgeln bei dem Gedanken, etwas so Großes in seinen Perimeter kommen zu lassen; sie mögen es, wenn Schiffe draußen sind, wo sie im Falle, dass etwas schief läuft, einfach abfallen.« Der Avatar lachte plötzlich, »Ich sage ihm, er soll, verdammt noch mal, schnellstens aus meinem Jetstrom verschwinden. Natürlich ist das ungezogen.«

Die Wolken, die sich unter dem riesigen Schiff zusammenbrauten, zogen immer näher und kräuselten sich nach oben; die *Erlebe Ein Bedeutendes Schwerkraftdefizit* schwenkte ab. Wolken waberten um das Schiff herum wie eine Million Kondensstreifen, die sich gleichzeitig bildeten, und Blitze zuckten zwischen den aufblühenden Dampfsäulen.

»Sehen Sie sich das an! Das versaut uns den ganzen Morgen.« Der Avatar schüttelte erneut den Kopf. »Typisch ASF. Diese kleingeistige Angeberei darf nicht verhindern, dass sich meine Perlmuttwolken heute Abend bilden.« Er sah Kabo an. »Kommen Sie! Wir wollen diese miese Schau vergessen und nach unten gehen. Ich möchte Ihnen die Maschinen auf diesem Ding zeigen.«

»Aber, Kst. Ziller, Ihr Publikum!«

»Befindet sich daheim auf Chel und würde wahrscheinlich kein gutes Geld bezahlen, um zuzuschauen, wie ich gehängt, geschleift und verbrannt werde.«

»Mein *lieber* Ziller, genau das meine ich. Ich bin sicher, was Sie sagen, ist eine grobe, wenn auch verständliche Übertreibung, aber auch wenn es nur im Entferntesten wahr sein sollte, so trifft doch hier ganz das Gegenteil zu; hier auf Masaq' gibt es eine Menge Leute, die mit Freuden ihr Leben hingeben würden, um das Ihre zu retten. Von denen habe ich gesprochen, wie Sie sicherlich sehr wohl wissen. Viele davon werden heute Abend bei dem Konzert anwesend sein, die anderen wohnen ihm aus der Ferne bei, ganz vertieft in Ihre Kunst.

Sie warten schon Jahre lang geduldig, in der Hoffnung, dass Sie eines Tages die Inspiration spüren mögen, wieder einmal ein umfangreiches Werk zu vollenden. Nun, da dies endlich geschehen ist, können sie es kaum erwarten, es in seiner ganzen Fülle zu erleben und Ihnen die Homage zukommen zu lassen, die Sie verdienen. Sie sind ganz besessen, dabei zu sein, um Ihre Musik zu hören und Sie mit eigenen Augen zu sehen. Sie sehnen sich voller Inbrunst danach, Sie heute Abend *Erlöschendes Licht* dirigieren zu sehen.«

»Sie können sich so inbrünstig sehnen, wie sie wollen, aber sie werden enttäuscht werden. Ich habe nicht die Absicht hinzugehen, nicht wenn dieses Eitergeschwür von einem Sesselfurzer anwesend sein wird.«

»Aber Sie werden ihm nicht begegnen! Wir sorgen dafür, dass Sie beide getrennt bleiben!«

Ziller schob seine große schwarze Nase hinauf zu Tersonos rosa angelaufener Keramikummantelung, woraufhin die Drohne vor ihm zurückzuckte. »Ich glaube Ihnen nicht«, sagte er.

»Warum denn nicht? Weil ich vom Kontakt bin? Aber das ist doch lächerlich!«

»Ich möchte wetten, Kabo hat Ihnen das gesagt.«

»Es ist unwichtig, wie ich es herausgefunden habe. Ich habe nicht die Absicht zu versuchen, eine Begegnung zwischen Ihnen und Major Quilan zu erzwingen.«

»Aber es würde Ihnen gefallen, wenn es dazu kommen würde, nicht wahr?«

»Nun ja …« Das Aurafeld der Drohne verfärbte sich plötzlich regenbogenfarben vor Verwirrung.

»Ist es so, oder ist es nicht so?«

»Nun, natürlich würde es mir gefallen«, sagte die Maschine und wackelte dabei in der Luft – das Anzeichen einer Regung, die eine Mischung aus Ärger und Enttäuschung sein mochte. Sein Aurafeld drückte Zerknirschung aus.

»Ha!«, rief Ziller aus. »Sie geben es zu.«

»Natürlich möchte ich, dass Sie sich begegnen; es ist geradezu absurd, dass das bis jetzt noch nicht geschehen ist, aber ich möchte, dass es nur dann geschieht, wenn es sich ganz natürlich ergibt, nicht wenn es gegen Ihren ausdrücklichen Wunsch herbeigeführt wird.«

»Schsch! Da kommt eins!«

»Aber …«

»*Schsch!*«

Der Pfesine-Wald auf der Ustranhuan-Platte – die ungefähr so weit vom Stullien-Stadion entfernt war, wie es überhaupt nur möglich war, ohne dass man Masaq' ganz verlassen musste – war berühmt für seine Jagden.

Ziller war spät am vorangegangenen Abend dorthin abgereist, hatte in einer sehr hübschen Jagdhütte übernachtet, war spät aufgewacht, hatte einen einheimischen Führer angeheuert und sich aufgemacht, um Kussels Janmandresile aufzustöbern und sich mit Halsaufspringen zu vergnügen. Er glaubte jetzt, eins dieser Geschöpfe kommen zu hören; anscheinend arbeitete es sich durch das dichte Gebüsch am Rand des schmalen Pfads direkt unter dem Baum, in dem er sich versteckt hielt.

Er sah zu seinem Führer hinüber, einem stämmigen kleinen Kerl in antiker Tarnkleidung, der auf einem anderen Ast etwa fünf Meter entfernt hockte. Er nickte und deutete in die Richtung, aus der die Laute kamen. Ziller hielt sich an dem Ast über sich fest und spähte hinunter, in dem Versuch, das Tier zu sehen.

»Ziller, bitte!«, sagte die Stimme der Drohne, die sich in seinem Ohr sehr seltsam anhörte.

Der Chelgrianer drehte sich ruckartig zu der Maschine um, die neben ihn geflogen kam, und sah sie an. Er legte einen Finger an die Lippen. Die Drohne verfärbte sich schlammig-cremefarben, ein Zeichen, dass sie peinlich berührt war. »Ich spreche zu Ihnen, indem ich direkt Vibrationen in der inneren Membran Ihres Ohres auslöse. Es besteht keine Möglichkeit, dass das Tier, das Sie …«

»Und ich«, flüsterte Ziller zwischen zusammengepressten Zähnen hervor, wobei er sich sehr nah zu Tersono beugte, »versuche, mich zu konzentrieren. Werden Sie jetzt, verdammt noch mal, endlich *still sein*?«

Die Aura der Drohne wurde kurz weiß vor Zorn, nahm dann das Grau von Unmut an, durchsetzt von Flecken purpurner Zerknirschung. Es kräuselte sich schnell zu einem gelblichen Grün, ein Zeichen von Milde und Freundlichkeit, gestrichelt mit roten Linien, um zu zeigen, dass er das Ganze eher als Spaß betrachtete.

»Und hören Sie endlich auf mit diesem Regenbogen-Quatsch!«, zischte Ziller. »Sie lenken mich ab! Und das Tier kann Sie wahrscheinlich auch sehen.«

Er duckte sich, als etwas sehr Großes und blau Geflecktes unter dem Zweig vorbeihuschte. Sein Kopf war so lang wie Zillers ganzer Körper und sein Rücken breit genug, dass darauf ein halbes Dutzend Chelgrianer Platz gehabt hätten. Er blickte hinunter. »Du liebe Zeit!«, hauchte er. »Diese Dinger sind ja riesig!« Er sah hinüber zu seinem Führer, der mit einem Nicken auf das Tier hinunterdeutete.

Ziller schluckte und ließ sich vom Ast fallen. Der Sturz war nur ungefähr zwei Meter tief; er landete auf allen fünfen auf dem Hals des Tiers; er schwang die Beine zu beiden Seiten über den Hals, klemmte sie hinter die fächerartigen Ohren und packte eine Hand voll der dunkelbraunen Mähne auf dem Widerrist, bevor das Tier Zeit hatte zu reagieren. Tersono schwebte herab, um sich zu ihm zu gesellen. Das Kussels Janmandresil merkte, dass es sich etwas am Hals eingefangen hatte, und stieß ein ohrenbetäubendes Blöken aus. Es schüttelte den Kopf und den Körper so heftig, wie es nur konnte, und trabte auf dem Pfad durch den Dschungel davon.

»Ha! Ha ha ha ha *ha*!« brüllte Ziller, der sich weiterhin fest anklammerte, während das riesige Tier unter ihm buckelte und bebte. Ein peitschender Wind wehte; Blätter, Wedel, Ranken und Äste pfiffen vorbei; er duckte sich und wich aus und keuchte. Das Fell um seine Augen wurde vom Wind nach hinten gedrückt; die Bäume zu beiden Seiten des Pfads huschten blaugrün und verschwommen vorbei. Das Tier schüttelte erneut den Kopf; es versuchte immer noch, ihn abzuwerfen.

»Ziller!«, rief die Drohne E. H. Tersono, gleich hinter ihm in der Luft reitend. »Ich muss leider feststellen, dass Sie keine Sicherheitsausrüstung tragen! Das ist sehr gefährlich!«

»Tersono …«, sagte Ziller; seine Zähne schlugen aufeinander, während das Tier unter ihm holpernd auf dem gewundenen Pfad weiterpreschte.

»Was?«

»Hören Sie auf, mich zu nerven!«

Im Laubdach über ihnen ertönte ein Knacken, als ob etwas zerbräche, und das Tier steigerte seine Geschwindigkeit, da es nun bergab rannte. Nach vorn geworfen, musste sich Ziller weit zurücklehnen zu den schlagenden Schultern des Ungetüms, um nicht über den Kopf des Tieres nach vorn geschleudert und unter dessen Füßen zertrampelt zu werden. Plötzlich schien die Andeutung eines Sonnenstrahls durch die schleifenden Mooswedel und baumelnden Blätter vom Waldboden herauf. Ein breiter Fluss tauchte auf; das Kussels Janmandresil donnerte den Pfad hinunter und platschte durch die Untiefen, Gischt spritzte auf; dann warf es sich in das tiefe Wasser in der Mitte des Flusses, duckte sich, knickte die vorderen Knie ein und warf Ziller mit dem Kopf voran ins Wasser.

Als er wieder zu sich kam, lag er prustend und gurgelnd im flachen Wasser; jemand zog ihn auf dem Rücken zum Flussufer. Er blickte auf und sah Tersono, der ihn mit einem Manipelfeld, grau vor Unmut, durch den Schlamm zerrte.

Er hustete und spuckte. »War ich eine Zeit lang weg?«, fragte er die Maschine.

»Ein paar Sekunden lang, Komponist«, sagte Tersono und hievte ihn mit scheinbarer Leichtigkeit aufs sandige Ufer hinauf, wo er ihn in Sitzstellung aufrichtete. »Es war vielleicht ganz gut, dass Sie untergetaucht sind«, sagte er. »Das Kussels Janmandresil hat Ausschau nach Ihnen gehalten, bevor es zum anderen Ufer hinüberging. Wahrscheinlich wollte es Sie unter Wasser halten oder ans Ufer zerren, um Sie zu zertrampeln.« Tersono ging hinter Ziller und schlug ihm auf den Rücken, woraufhin dieser wieder hustete.

»Danke«, sagte Ziller, beugte sich vor und spuckte etwas vom Flusswasser aus. Die Drohne schlug weiter. »Aber glauben Sie nicht«, fuhr der Chelgrianer fort, »das bedeutet, dass ich in einem Anfall von Dankbarkeit zurückgehe und die Symphonie dirigiere.«

»Als ob ich so viel Dankbarkeit erwarten würde, Komponist«, sagte die Drohne in einem Ton, der Resignation bekundete.

Ziller sah sich überrascht um. Er verscheuchte mit einem Schwenken der Hand das Feld der Maschine, das die Schläge ausführte. Er schnaubte durch die Nase und strich sich das Gesichtsfell nach unten glatt. »Sie sind echt knatschig, stimmt's?«, fragte er.

Die Drohne lief wieder grau an. »Natürlich bin ich aufgebracht, Kst. Ziller! Sie hätten sich jetzt gerade beinahe umgebracht! Bisher haben Sie so gefährliche Arten des Zeitvertreibs doch immer abgelehnt, ja sogar verachtet. Was ist nur los mit Ihnen?«

Ziller senkte den Blick zum Sand hinunter. Seine Weste war zerrissen, wie er jetzt feststellte. Verdammt, er hatte seine Pfeife zu Hause gelassen. Er sah sich um. Der Fluss strömte an ihnen vorbei; riesige Insekten und Vögel huschten über ihm dahin, schwirrend, tauchend und summend. Am gegenüberliegenden Ufer brachte etwas von beträchtlicher Größe die Bäume zum Schwanken. Ein langgliedriges, großohriges, pelziges Ding beobachtete sie neugierig von einem Ast hoch oben im Blattwerk. Ziller schüttelte den Kopf. »Was mach ich eigentlich hier?«, keuchte er. Er stand wackelig auf. Die Drohne streckte dicke Manipelfelder aus, für den Fall, dass er sich darauf stützen wollte, beharrte jedoch nicht darauf, ihm aufhelfen zu wollen.

»Und jetzt, Komponist?«

»Oh, ich gehe heim«

»Wirklich?«

»Ja, wirklich.« Ziller wrang etwas Wasser aus seinem Fell. Er griff sich ans Ohr, wo der Terminal-Ohrring hätte sein müssen. Er ließ den Blick über den Fluss schweifen, seufzte und sah Tersono an. »Wo ist der nächste Untergrund-Zugang?«

»Ach, ich habe ein Flugzeug ganz in der Nähe in Bereitschaft, für den Fall, dass Sie keine Lust haben, die Mühe auf sich zu nehmen …«

»Ein Flugzeug? Wird es damit nicht ewig lang dauern?«

»Nun ja, eigentlich ist es mehr ein kleines Raumschiff.«

Ziller holte tief Luft und rappelte sich mit gefurchter Stirn auf. Die Drohne schwebte ein wenig zurück. Dann entspannte sich der Chelgrianer wieder. »Also gut«, hauchte er.

Nach wenigen Augenblicken schwebte ein Gebilde, das kaum mehr war als ein eiförmiger Schimmer in der Luft, zwischen den Bäumen am Flussufer hernieder, huschte zur Sandbank und hielt einen Meter entfernt abrupt inne. Sein Tarnfeld erlosch blinkend. Der glatte Rumpf war tiefschwarz; eine Tür an der Seite öffnete sich ächzend.

Ziller maß die Drohne mit zusammengekniffenen Augen. »Keine Tricks«, brummte er.

»Als ob ich …«

Er stieg an Bord.

Der Schnee stob wirbelnd gegen die Fenster; manchmal bildete er scheinbar Muster und Formen. Er gab sich der Aussicht auf die Berge auf der anderen Seite der Stadt hin, doch immer wieder zwang der Schnee ihn, dass er sich ganz auf diesen konzentrierte, da er nur einen halben Meter vor seinen Augen herumtobte; mit seiner Unmittelbarkeit lenkte er ihn von der weiteren Perspektive ab.

≈*Dann gehst du also?*≈

≈Ich weiß noch nicht. Höflichkeitshalber sollte ich nicht gehen, damit Ziller geht.≈

≈*Stimmt.*≈

≈Aber welchen Sinn hat Höflichkeit, wenn einige dieser Leute am Ende des Abends tot sein werden, und wenn ich selbst ganz bestimmt tot sein werde?≈

≈Es ist das Verhalten angesichts des Todes, das verrät, wie jemand wirklich ist, Quil. Es stellt sich dann heraus, ob derjenige wirklich so höflich oder gar so tapfer ist wie …≈

≈Ich komme gut ohne deine Belehrungen aus, Huyler.≈

≈Entschuldigung.≈

≈Ich könnte hier in der Wohnung bleiben und das Konzert in der Übertragung verfolgen, oder einfach etwas anderes tun, oder ich kann zum Konzert gehen und mir Zillers Symphonie mit einer Million anderen Leuten zu Gemüte führen. Ich kann allein sterben oder inmitten von anderen.≈

≈Du wirst nicht allein sterben, Quil.≈

≈Das vielleicht nicht, aber im Gegensatz zu mir wirst du wiederkommen, Huyler.≈

≈Nein, nur das Ich, das vor alledem war, wird wiederkommen.≈

≈Und wenn schon. Ich hoffe, du denkst nicht, ich verzehre mich vor Selbstmitleid, wenn ich der Ansicht bin, dass die Erfahrung für mich tiefer gehend sein wird als für dich.≈

≈Natürlich nicht.≈

≈Zumindest könnte mich Zillers Musik für ein paar Stunden auf andere Gedanken bringen. Auf dem Höhepunkt eines einzigartigen Konzerts zu sterben, in dem Bewusstsein, dass man den spektakulärsten Schlussteil der Lichtschau ausgelöst hat, erscheinen mir wünschenswertere Begleitumstände für das Verlassen des Lebens zu sein, als auf einem Caféhaustisch zusammenzubrechen oder am nächsten Morgen hier am Boden zusammengebrochen aufgefunden zu werden.≈

≈Dem kann ich nicht widersprechen.≈

≈Und da ist noch etwas. Das Naben-Gehirn wird alle Effekte im Innern der Atmosphäre steuern, oder?≈

≈Ja. Man munkelt von Aurorae- und Meteoriten-Regen und Ähnlichem.≈

≈Wenn also die Nabe zerstört wird, dann besteht berechtigte Aussicht, dass im Stadion etwas gehörig schief laufen wird. Wenn Ziller nicht dabei ist, dann wird er wahrscheinlich überleben.≈

≈*Möchtest du das?*≈

≈Ja, das möchte ich.≈

≈*Er ist nicht viel besser als ein Verräter, Quil. Du gibst dein Leben für Chel hin, und er tut nichts anderes, als auf uns alle zu spucken. Du bist zum größten Opfer bereit, das ein Soldat zu bringen in der Lage ist, und er hat bis jetzt nichts anderes getan als zu winseln, wegzulaufen, Lobhudeleien einzuheimsen und seine Selbstsucht zu befriedigen. Bist du wirklich der Ansicht, es ist richtig, dass du gehst und er überlebt?*≈

≈Ja, dieser Ansicht bin ich.≈

≈*Dieser Sohn einer räudigen Hündin verdient … Ach was, nein. Tut mir Leid, Quil. Ich bin zwar immer noch der Meinung, dass du in dieser Hinsicht falsch liegst, aber du hast Recht in Bezug auf das, was uns heute Nacht passiert. Für dich bedeutet es mehr als für mich. Ich schätze, das Mindeste, was ich tun kann, ist, dass ich nicht versuche, dem verdammten Kerl seinen letzten Wunsch auszureden. Geh du zu dem Konzert, Quil. Es wird mir eine Genugtuung sein, dass sich dieser Auswurf darüber grün und blau ärgern wird.*≈

»Kabo?« sagte eine deutliche Stimme aus dem Terminal des Homomdaners.

»Ja, Tersono?«

»Es ist mir gelungen, Ziller dazu zu überreden, in seine Wohnung zurückzukehren. Ich glaube, es besteht der Hauch einer Chance, dass er ins Schwanken gekommen ist. Andererseits habe ich gerade gehört, dass Quilan auf jeden Fall hingeht. Würden Sie mir – uns allen – den größtmöglichen, unschätzbaren Gefallen tun und hier herkommen, damit wir mit Ihrer Hilfe versuchen, Ziller dazu zu überreden, dennoch am Konzert teilzunehmen?«

»Sind Sie sicher, dass ich dabei irgendetwas bewirken kann?«

»Natürlich nicht.«

»Hmm. Einen Augenblick.«

Kabo und der Avatar standen vor der Hauptbühne; ein paar Technikdrohnen schwebten herum, und das Orchester schritt nach der letzten Probe in Reih und Glied von der Bühne. Kabo hatte zugesehen, hatte jedoch nichts hören wollen; ein Dreier-Kopfhörer hatte ihn stattdessen mit dem Rauschen eines Wasserfalls bedient.

Die Musiker – nicht alle menschlich, und einige davon zwar menschlich, aber mit sehr ungewöhnlichem Aussehen – begaben sich unter ausgiebigem Gemurmel wieder in ihre Ruheräume. Sie waren ungehalten, weil einer von Nabes Avataren bei der Probe dirigiert hatte. Sie hatte eine glaubhafte Darstellung von Ziller vermittelt, jedoch ohne dessen Launenhaftigkeit, der ungehobelten Sprache und der farbigen Flüche. Man hätte, dachte Kabo, doch eigentlich meinen sollen, dass die Musiker einen Dirigenten ohne solche Launen vorgezogen hätten, aber anscheinend waren sie ernsthaft besorgt, dass der Komponist bei der eigentlichen Aufführung nicht da sein würde, um das Werk selbst zu dirigieren.

»Nabe«, sagte Kabo.

Das silberhäutige Geschöpf wandte sich ihm zu. Es war sehr formell mit einem strengen grauen Anzug bekleidet. »Ja, Kabo?«

»Könnte ich nach Aquime reisen und rechtzeitig zum Beginn des Konzerts wieder hier sein?«

»Leicht«, sagte die Maschine. »Braucht Tersono Unterstützung an der Ziller-Front?«

»Richtig geraten. Anscheinend glaubt er, ich könnte

hilfreich dabei sein, ihn zur Teilnahme an dem Konzert zu überreden.«

»Vielleicht hat er damit sogar Recht. Ich komme auch mit. Nehmen wir die Untergrundbahn oder ein Flugzeug?«

»Ein Flugzeug wäre wahrscheinlich schneller, oder?

»Ja. Aber am schnellsten wäre eine Dislozierung.«

»Ich habe mich noch nie dislozieren lassen. Machen wir das.«

»Ich muss Sie darauf aufmerksam machen, dass eine Dislozierung die Möglichkeit in einem Verhältnis von ungefähr eins zu einundsechzig Millionen eines vollkommen Fehlschlags in sich birgt, was den Tod des Betreffenden zur Folge hat.« Der Avatar lächelte verschlagen. »Haben Sie immer noch Lust?«

»Aber sicher.«

Es gab einen Knall, dem der kurze Eindruck vorausgegangen war, dass ein Silberfeld seitlich von ihnen verschwand, dann stand ein zweiter Avatar neben demjenigen, mit dem er gesprochen hatte, ähnlich, aber nicht gleich gekleidet.

Kabo tippte gegen sein Nasenring-Terminal. »Tersono?«

»Ja?«, sagte die Stimme der Drohne.

Die silberhäutigen Zwillinge verneigten sich flüchtig voreinander.

»Wir sind auf dem Weg.«

Kabo empfand etwas, das er später so beschreiben würde, als habe jemand anderes einen Wimpernschlag für ihn durchgeführt, und als sich der Kopf des Avatars nach der kurzen Verneigung wieder hob, standen sie plötzlich beide im Eingangsflur von Zillers Wohnung in Aquime, wo die Drohne E. H. Tersono sie erwartete.

16   Erlöschendes Licht

DIE SPÄTNACHMITTÄGLICHE SONNE schien durch eine kilometerhohe Lücke zwischen den Bergen und der Wolke. Ziller kam aus dem Bad und pustete sich das Fell mit einem kräftigen kleinen Handgebläse trocken. Er musterte Tersono stirnrunzelnd und sah mit einiger Verwunderung zu Kabo und dem Avatar hinüber.

»Hallo, alle miteinander. Ich habe immer noch nicht die Absicht hinzugehen. Sonst noch was?«

Er ließ sich auf eine große Couch plumpsen und streckte sich aus, wobei er das aufgeplusterte Fell an seinem Bauch rieb.

»Ich habe mir erlaubt, Br. Ischloear und Nabe hierher zu bitten, um ein letztes Mal zu versuchen, mit Ihnen zu sprechen«, sagte Tersono. »Es ist immer noch reichlich Zeit, um auf angemessene Weise ins Stullien-Stadion zu kommen, und ...«

»Drohne, ich weiß nicht, was es da nicht zu verstehen gibt«, erwiderte Ziller lächelnd. »Es ist doch ganz einfach. Wenn er hingeht, gehe ich nicht hin. Bildschirm, bitte, das Stullien-Stadion.«

Ein Holo-Bildschirm leuchtete über die ganze Wand an der anderen Seite des Raums auf, gleich hinter den Möbeln. Die Projektion füllte sich mit ein paar Dutzend Ansichten des Stadions, seiner Umgebung sowie verschiedener Gruppen von Leuten und sprechender Köpfe. Das alles ohne Ton. Nachdem die Probe beendet war, sah man ein paar Begeisterte, die bereits in das riesige Amphitheater unterwegs waren.

Die Drohne drehte sich flink um die eigene Körperachse und machte einen Satz, um anzudeuten, dass sie zuerst den Avatar und dann Kabo ansah. Als keiner von beiden etwas sagte, sprach sie: »Ziller, bitte!«

»Tersono, Sie sind im Weg.«

»Kabo, würden Sie bitte mit ihm reden?«

»Klar«, sagte Kabo und nickte heftig. »Ziller, wie geht es Ihnen?«

»Danke, es geht mir gut, Kabo.«

»Ich hatte den Eindruck, dass Sie sich ein wenig schwerfällig bewegen.«

»Ich muss zugeben, dass ich etwas steif bin; ich habe heute in der Früh ein Halssprung auf ein Kussels Janmandresil gemacht, und es hat mich abgeworfen.«

»Haben Sie noch andere Verletzungen davongetragen?«

»Ein paar Prellungen hier und da.«

»Ich dachte, Sie halten nichts von derlei Betätigungen?«

»Jetzt erst recht nicht.«

»Dann würden Sie es also nicht empfehlen?«

»Ihnen ganz bestimmt nicht, Kabo; wenn Sie einen Halssprung auf ein Kussels Janmandresil machten, würden Sie ihm wahrscheinlich den Rücken brechen.«

»Da haben Sie wahrscheinlich Recht«, bestätigte Kabo schmunzelnd. Er legte sich die gewölbte Hand ums Kinn. »Hmm. Kussels Janmandresile, die findet man doch nur auf …«

»Würden Sie wohl damit *aufhören*!«, schrie die Drohne schrill. Ihr Aurafeld loderte vor Zorn.

Kabo drehte sich blinzelnd zu der Maschine um. Er breitete die Arme weit aus und stieß gegen einen Kerzenhalter, der schwankte und klirrte. »Sie haben doch gesagt, ich soll mit ihm reden«, murrte er.

»Doch nicht so, dass er damit angibt, wie er sich einem lächerlichen so genannten Sport hingibt! Ich meine über die Veranstaltung im Stadion, darüber, dass er hingehen und seine eigene Symphonie selbst dirigieren soll.«

»Ich gebe nicht an. Ich bin mindestens hundert Meter weit auf dem riesigen Tier geritten.«

»Es waren höchstens sechzig, und es war ein hoffnungsloser Halssprung«, widersprach die Drohne, dabei erweckte sie gekonnt den vokalen Eindruck eines vor Wut geifernden Menschen. »Es war nicht mal ein Halssprung! Es war ein Rückensprung, gefolgt von einem unwürdigen Gezappel. Wenn man so was in einem Wettbewerb macht, bekommt man Negativpunkte für schlechten Stil.«

»Ich habe trotzdem nicht …«

»Sie haben angegeben!«, schrie die Maschine. »Dieser Halbaffe in den Bäumen am Fluss war Marel Pomiheker, Nachrichtenlieferant, Guerillajournalist, Medienraubvogel und Allround-Datenjagdhund. Sehen Sie!« Die Drohne schwebte vom Bildschirm weg und richtete ein graues Röhrenblitzfeld auf eine der vierundzwanzig rechteckigen Projektionen, die von dem Bildschirm ausgingen. Sie zeigte Ziller, der sich, auf einem Zweig hockend, im Geäst eines Baums im Dschungel versteckte.

»Scheiße!«, sagte Ziller mit fassungslosem Gesicht. Das Bild schwenkte zu einem großen purpurfarbenen Tier, das sich auf einem Dschungelpfad näherte. »Bildschirm aus!«, befahl Ziller. Die Holos verschwanden. Ziller sah die drei anderen mit gerunzelter Stirn an. »Nun, jetzt kann ich mich auf keinen Fall mehr in der Öffentlichkeit blicken lassen, nicht wahr?«, sagte er in sarkastischem Ton zu Tersono.

»Ziller, natürlich können Sie das!«, schrie Tersono. »Es interessiert doch keinen, dass Sie von irgendeinem blöden Vieh abgeworfen wurden!«

Ziller sah den Avatar und dann den Homomdaner an und verdrehte kurz die Augen.

»Tersono möchte, dass ich versuche, Sie zur Teilnahme an dem Konzert zu überreden«, erklärte Kabo. »Ich bezweifle jedoch, dass irgendetwas, das ich sage, Sie umstimmen könnte.«

Ziller nickte. »Wenn er hingeht, bleibe ich hier«, wiederholte er. Er betrachtete den Zeitmesser, der auf einer antiken Mosaikplatte am Fenster stand. »Es ist immer noch mehr als eine Stunde Zeit.« Er reckte und streckte sich noch mehr und schlug die Hände hinter dem Kopf zusammen. Er verzog das Gesicht und senkte die Arme wieder, um sich die Schulter zu massieren. »Ehrlich gesagt, ich bezweifle ohnehin, dass ich dirigieren könnte. Ich habe mir einen Muskel gezerrt, glaube ich.« Er lehnte sich wieder zurück. »So, ich nehme an, unser Major Quilan kleidet sich gerade an, ja?«

»Er ist bereits angekleidet«, sagte der Avatar. »Tatsächlich ist er bereits unterwegs.«

»Unterwegs?«, fragte Ziller.

»Zum Stadion«, erklärte der Avatar. »Zurzeit sitzt er gerade im Wagen. Seine Pausendrinks sind bereits bestellt.«

Ziller sah für einen kurzen Augenblick bekümmert aus, dann erhellte sich seine Miene, und er sagte: »Ha!«

Der Wagen war groß und nur halb besetzt, was nach den örtlichen Verhältnissen sehr voll war. Am anderen Ende hörte er durch einige bestickte Behänge und einen Schirm aus Pflanzen eine Gruppe Jugendlicher, die herumschrien und lachten. Die ruhige Stimme eines Erwachsenen hörte sich so an, als ob er versuchte, die Bande im Zaum zu halten.

Ein Kind brach durch den Pflanzenschirm und blickte dorthin zurück, woher es gekommen war; es tropfte geradezu. Es betrachtete die Erwachsenen an diesem Ende des Wagens, einen nach dem anderen. Es machte den Eindruck, als sei es im Begriff, wieder durch die Pflanzen zurückzuspringen, bis es Kabo sah. Es bekam große Augen, und es ging zu ihm und setzte sich neben ihn. Sein blasses Gesicht war gerötet, und es schnaufte heftig. Seine glatten schwarzen Haare waren mit Schweiß an die Stirn geklebt.

»Hallo«, sagte es. »Sind Sie Ziller?«

»Nein«, antwortete Quilan. »Mein Name ist Quilan.«

»Geldri T'Chuese«, sagte das Kind und streckte die Hand aus. »Wie geht es Ihnen?«

»Mir geht es gut. Wie geht es dir?«

»Gehen Sie zum Fest?«

»Nein, ich gehe zu einem Konzert.«

»Ach, das im Stullien-Stadion?«

»Ja. Und du? Gehst du zum Konzert?«

Das Kind schnaubte verächtlich. »Nein. Wir sind eine ganze Gruppe, wir fahren mit dem Wagen ums Orbital, bis uns langweilig wird. Quem möchte mindestens dreimal nacheinander rumfahren, weil Yiddy mit seinem Vetter zweimal rumgefahren ist, aber ich finde, zweimal reicht.«

»Warum wollt ihr ums Orbital herumfahren?«

Geldri T'Chuese sah Quilan verständnislos an. »Nur so, zum Spaß«, antwortete es, als ob das doch auf der Hand läge. Brüllendes Gelächter schallte von der anderen Seite des Wagens durch den Pflanzenschirm.

»Hört sich ziemlich laut an«, bemerkte Quilan.

»Wir raufen«, erklärte das Kind. »Davor haben wir einen Furzwettkampf gemacht.«

»Oh, schade, dass ich das verpasst habe.«

Wieder schallte ausgelassenes Gelächter durch den Wagen. »Ich gehe besser wieder rüber«, sagte Geldri T'Chuese. Es klopfte ihm auf die Schulter. »War nett, Sie kennen zu lernen. Viel Spaß beim Konzert.«

»Danke. Wiedersehen.«

Das Kind nahm Anlauf auf den Pflanzenschirm und

sprang zwischen zwei der Büschel hindurch. Wieder waren lautes Johlen und Gelächter zu hören.

≈*Ich weiß.*≈

≈Was weißt du?≈

≈*Ich ahne, was du denkst.*≈

≈Ach, ja?≈

≈*Dass sie wahrscheinlich noch im Untergrundbahnsystem sein werden, wenn die Nabe zerstört wird.*≈

≈Habe ich das wirklich gedacht?≈

≈*Jedenfalls hätte ich das gedacht. Kein schöner Gedanke.*≈

≈Danke, dass du mich darauf hinweist.≈

≈*Tut mir Leid.*≈

≈Tut uns allen Leid.≈

Die Reise dauerte etwas länger als normalerweise; viele Leute wollten an den Oberflächen-Zugängen zum Stadion aussteigen, und es gab einen Stau von Wagen. Im Aufzug nickte Quilan ein paar Leuten zu, die ihn von seinen Nachrichtensendungen kannten. Er sah, dass der eine oder andere ihn stirnrunzelnd musterte, vermutlich weil sie wussten, dass er durch sein Erscheinen wahrscheinlich Ziller vom Kommen abhalten würde. Er verlagerte seine Stellung auf dem Sitz und vertiefte sich in die Betrachtung eines abstrakten Gemäldes, das in seiner Höhe hing.

Der Aufzug kam an der Oberfläche an, und die Leute strömten hinaus auf einen lang gestreckten, freien Platz unter einer Kolonnade hoher, geradstämmiger Bäume. Schwache Lichter leuchteten am Dunkelblau des Abendhimmels. Der Geruch von Essen erfüllte die Luft, und in den Cafés, Bars und Restaurants entlang des Platzes wimmelte es von Leuten. Das Stadion, gespickt mit Lichtern, füllte den Himmel am Ende des breiten Weges aus.

»Major Quilan!«, rief ein groß gewachsener, gut aussehender Mann in einem hellen Mantel, der auf ihn zugerannt kam. Er reichte ihm die Hand, und Quilan nahm sie. »Chongon Lisser, von Lisser-Nachrichten, vierzig Prozent Quote, mit zunehmender Tendenz.«

»Wie geht es Ihnen?« Quilan ging weiter; der große Mann wich nicht von seiner Seite, wobei er stets einen halben Schritt vor ihm blieb und den Kopf zu Quilan gewandt hielt, um Augenkontakt zu halten.

»Mir geht es sehr gut, Major, und ich hoffe, Ihnen ebenfalls. Major, stimmt es, dass Mahrai Ziller, der Komponist der Symphonie des heutigen Abends hier im Stullien-Stadion, Guerno-Platte, Masaq', Ihnen mitgeteilt hat, dass er nicht erscheinen wird, falls Sie dem Konzert heute Abend beiwohnen?«

»Nein.«

»Das stimmt nicht?«

»Er hat mir nichts direkt mitgeteilt.«

»Aber könnte man mit Recht sagen, es ist Ihnen zu Ohren gekommen, dass er fern bleiben würde, wenn Sie erscheinen.«

»Das ist richtig.«

»Und dennoch haben Sie sich entschlossen zu kommen.«

»Ja.«

»Major Quilan, worum geht es bei dem Streit zwischen Ihnen und Mahrai Ziller?«

»Das müssen Sie ihn fragen. Ich habe keinen Streit mit ihm.«

»Sie sind ihm nicht gram wegen des Umstands, dass er Sie in diese schmähliche Lage gebracht hat?«

»Ich glaube nicht, dass es eine schmähliche Lage ist.«

»Würden Sie sagen, dass Mahrai Ziller in gewisser Hinsicht kleinlich oder nachtragend ist?«

»Nein.«

»Dann verhält er sich Ihrer Meinung nach also vollkommen vernünftig?«

»Ich bin kein Experte für Mahrai Zillers Verhalten.«

»Verstehen Sie Leute, die Ihnen eine selbstsüchtige

Einstellung vorwerfen, weil Sie heute Abend hier hergekommen sind, da das bedeutet, dass Mahrai Ziller nicht anwesend sein wird, um die erste Aufführung seines neuen Werks zu dirigieren, sodass dadurch der Erlebniswert für alle Anwesenden verringert wird?«

»Ja, die verstehe ich.«

Inzwischen waren sie beinah am Ende des breiten Platzes angekommen, wo etwas, das aussah wie eine hohe, breite Wand aus glitzerndem Glas, die sich über die gesamte Breite der gepflasterten Promenade erstreckte, abwechselnd heller und dunkler wurde. Jenseits davon war die Menge ein wenig ausgedünnt; die Wand war eine Barriere, die nur diejenigen durchließ, die in der Eintrittskarten-Lotterie gewonnen hatten.

»Dann haben Sie also nicht das Gefühl, dass …«

Quilan hatte seine Eintrittskarte dabei, obwohl man ihm gesagt hatte, dass sie eigentlich nur als Souvenir gedacht und für den Eintritt nicht erforderlich war. Chongon Lisser hatte offenbar keine Karte; er prallte sanft gegen die schimmernde Wand, und Quilan ging um ihn herum und setzte seinen Weg mit einem Nicken und einem Lächeln fort. »Guten Abend«, sagte er.

Im Innern traf er weitere Nachrichtenleute an; er beantwortete ihre Fragen weiterhin höflich, aber knapp, und ließ sich im Gehen nicht aufhalten; er folgte den Anweisungen seines Terminals zu seinem Sitzplatz.

Ziller beobachtete die Reporter, die Quilan folgten, mit offenem Mund. »Dieser Schweinehund! Er geht wirklich hin! Er blufft nicht! Er stolziert wirklich zu seinem verdammten Platz und hält mich fern! Von meinem eigenen Konzert! Dieser stummelschwänzige Hundesohn!«

Ziller, Kabo und der Avatar sahen zu, wie mehrere Außenberichterstatter Quilan zu seinem Platz folgten, einem eigens seinen Bedürfnissen als Chelgrianer angepassten Ringelpolster. Neben dem seinen war ein homomdanischer Sitz, der Platz für Tersono, und noch ein paar weitere Sessel und Couches. Die Kameraplattform zeigte Quilan, der dasaß und den Blick in die Runde schweifen ließ, durch das sich allmählich füllende Stadion, und eine Funktion an seinem Terminal aufrief, die bewirkte, dass der flache Bildschirm vor ihm die Noten des Konzertprogramms zeigte.

»Ich glaube, ich habe meinen Platz entdeckt«, sagte Kabo nachdenklich.

»Und ich meinen«, fügte Tersono hinzu. Sein Aurafeld sah aufgeregt aus. Er wandte sich Ziller zu, anscheinend im Begriff, etwas zu sagen, doch dann verzichtete er darauf. Der Avatar bewegte sich nicht, doch Kabo hatte den Eindruck, dass es einen wie immer gearteten Austausch zwischen dem Naben-Gehirn und der Kontakt-Sektions-Drohne gegeben hatte.

Der Avatar verschränkte die Arme und schritt durch den Raum, um hinaus auf die Stadt zu blicken. Ein kalter, klarer, kobaltblauer Himmel spannte sich über die zerklüftete Gebirgskette. Die Maschine sah die Blase, die Aquimes Domplatz war. Dort war ein riesiger Bildschirm, der das Geschehen im Stullien-Stadion zu der immer weiter anwachsenden Menge übertrug.

»Ich muss gestehen, ich hätte nicht gedacht, dass er hingehen würde«, sagte der Avatar.

»Aber er hat es getan, verdammt noch mal!«, sagte Ziller giftig. »Dieser glupschäugige Eierpiekser!«

»Ich hatte ebenfalls den Eindruck, dass er Ihnen das ersparen würde«, sagte Kabo, der neben Ziller am Boden kauerte. »Ziller, es tut mir unendlich Leid, wenn ich Sie in irgendeiner Weise irregeleitet habe, auch wenn dies unabsichtlich geschehen ist. Ich bin immer noch überzeugt davon, dass Quilan unmissverständlich hatte durchsickern lassen, er würde nicht hingehen. Ich kann nur annehmen, dass irgendetwas ihn bewogen hat, es sich doch noch anders zu überlegen.«

Wieder sah Tersono so aus, als wäre er im Begriff, etwas zu sagen; sein Aurafeld änderte sich ständig, und seine Umhüllung hob sich ein wenig, und wieder war es, als ob er sich eine Äußerung im letzten Augenblick verkneifen würde. Sein Feld war grau vor Unmut.

Der Avatar wandte sich vom Fenster ab, die Arme immer noch verschränkt. »Nun, wenn Sie mich nicht brauchen, Ziller, dann begebe ich mich wieder ins Stadion. Es kann bei so einer Veranstaltung gar nicht genügend Platzanweiser und allgemeine Helfer geben. Es gibt immer wieder Dummköpfe, die vergessen haben, wie man einen automatischen Getränkespender bedient. Kabo? Tersono?, darf ich Ihnen eine Dislozierung zurück anbieten?«

»Dislozierung?«, wiederholte Tersono. »Gewiss nicht! Ich nehme einen Wagen.«

»Hmm«, sagte der Avatar. »Sie müssten es eigentlich noch rechtzeitig schaffen. Ich würde mich allerdings ein wenig beeilen.«

»Nun«, sagte Tersono zögernd, und seine Felder flackerten. »Es sei denn natürlich, Kst. Ziller möchte, dass ich bleibe.«

Sie sahen Ziller an, dessen Blick immer noch auf die Bildschirmwand gerichtet war. »Nein«, sagte er leise mit einer Handbewegung. »Geht! Geht, lasst euch nicht aufhalten!«

»Nein, ich glaube, ich sollte bleiben«, sagte die Drohne und schwebte näher zu dem Chelgrianer hin.

»Und ich glaube, Sie sollten *gehen*!«, sagte Ziller in scharfem Ton.

Die Drohne hielt inne, als ob sie gegen eine Wand geprallt wäre. Sie lief cremig-regenbogenfarben an vor Überraschung und Verlegenheit, dann verneigte sie sich in der Luft und sagte: »Nun denn. Also, wir sehen uns dort. Ah … Ja. Auf Wiedersehen.« Sie schnurrte durch die Luft zur Tür, stieß sie schwungvoll auf und schloss sie schnell, aber lautlos hinter sich.

Der Avatar sah den Homomdaner spöttisch an. »Kabo?«

»Instant-Reisen sind anscheinend mein Ding. Ich nehme gern an.« Er hielt inne und sah Ziller an. »Auch ich würde wahnsinnig gern hier bleiben, Ziller. Wir brauchen bei dem Konzert ja nicht live dabeizusein. Wir könnten …«

Ziller sprang auf. »Scheiße!«, quetschte er zwischen zusammengepressten Zähnen hervor. »Ich gehe hin! Dieses Stück wackelnder Kotze wird mich nicht von meiner eigenen Symphonie abhalten. Ich gehe hin. Ich gehe hin und ich dirigiere, und ich werde mich danach sogar unter die Leute mischen und herumschleimen und mich beschleimen lassen, aber wenn diese kleine Kröte Tersono oder irgendjemand sonst versucht, mir diesen selbstsüchtigen Müllficker Quilan vorzustellen, dann beiße ich dem Scheißer die Kehle durch, das schwöre ich!«

Der Avatar unterdrückte ein Grinsen, zumindest weitestgehend. Um seine Augen zuckte ein Zwinkern, als er Kabo ansah. »Nun, das hört sich ungeheuer vernünftig an, finden Sie nicht, Kabo?«

»Absolut.«

»Ich ziehe mich an«, sagte Ziller und war schon zur Innentür unterwegs. »Dauert nicht lange.«

»Wir können nur mittels einer Dislozierung noch rechtzeitig dort hingelangen!«, brüllte ihm der Avatar hinterher.

»In Ordnung!«, rief Ziller zurück.

»Es geht alle sechzig …

»Ja, ja, ich weiß. Wir lassen es einfach darauf ankommen, ja?«

Kabo sah den breit grinsenden Avatar an. Er nickte. Der Avatar streckte die Arme aus und verneigte sich flüchtig. Kabo mimte Applaus.

≈*Du hast falsch vermutet.*≈

≈Bezüglich was?≈

≈Bezüglich Ziller – dass er kneifen würde. Er kommt jetzt doch.≈

≈Ach ja?≈

Während Quilan noch über diese Frage nachdachte, wurde ihm bewusst, dass Leute um ihn herum murmelten, und er hörte, wie dabei das Wort ›Ziller‹ mehrfach fiel, während sich die Nachricht von dessen Erscheinen verbreitete. Das Stadion hatte sich inzwischen weitgehend gefüllt, ein riesiger summender Container mit Klang und Licht und Leuten und Maschinen. Die hell erleuchtete Mitte, die leere Bühne, wo die verschiedenen Instrumente glänzten, sahen still und schweigend und wartend aus, wie das Auge eines Sturms.

Quilan versuchte, an nichts allzu intensiv zu denken. Er verbrachte einige Zeit damit, mit seinem Vergrößerungsfeld herumzuspielen, das in seinen Sitz eingebaut war, und es so einzustellen, dass der Bühnenbereich sich vor ihm aufzublähen schien. Als er sich freute, dass er – wie alle anderen mit Ausnahme der echten Nicht-Vergrößerungs-Puristen – einen scheinbar hervorragenden Sitz hatte, lehnte er sich zurück.

≈Ist er ganz bestimmt unterwegs?≈

≈*Er ist schon hier, sie haben disloziert.*≈

≈Na ja, ich habe es versucht.≈

≈*Du machst dir wahrscheinlich unnötig Sorgen. Ich bezweifle, dass hier irgendetwas so schrecklich schief laufen wird, das irgendjemand in echter Gefahr ist.*≈

Quilan blickte zum Himmel über dem Stadion hinauf. Wahrscheinlich war er dunkelblau oder violett, aber er wirkte pechschwarz jenseits des verwischenden Dunstes der Umrandungslichter des Stadions.

≈Es gibt mehrere Hunderttausend Klumpen aus Fels und Eis, die genau in diese Richtung unterwegs sind und am Himmel über dieser Stelle zusammenlaufen. Ich wäre mir nicht so sicher, dass das hier ein sicherer Ort ist.≈

≈*Ach, komm jetzt! Du weißt doch, wie sie sind. Sie haben Sicherungskopien von den Sicherungskopien, in achtfacher Ausfertigung; das ist Sicherheit bis an die Grenze zur Paranoia.*≈

≈Wir werden ja sehen. Mir ist noch etwas eingefallen.≈

≈*Was denn?*≈

≈Angenommen, unsere Verbündeten – wer immer die sein mögen – haben ihre eigenen Vorstellungen davon, was geschehen wird, wenn sie zum Überraschungsschlag ausholen.≈

≈*Sprich weiter.*≈

≈Soweit ich weiß, gibt es keine Begrenzung dafür, was man durch den Mund des Wurmloches drücken kann. Angenommen, sie schicken nicht nur gerade ausreichend Energie, um der Nabe Schaden zuzufügen, sondern so viel, dass sie vollkommen ausgelöscht wird, angenommen sie schießen eine äquivalente Masse von Antimaterie durch das Loch? Wie viel wiegt die Nabeneinheit?≈

≈*Etwa eine Million Tonnen.*≈

≈Eine Zwei-Millionen-Tonnen-Materie/Antimaterie-Explosion würde jedes Leben auf dem Orbital vernichten, nicht wahr?≈

≈*Ich glaube schon. Aber warum sollte unseren Verbündeten – wie du sagtest, wer immer sie sein mögen – daran gelegen sein, alle umzubringen?*≈

≈Das weiß ich nicht. Der Punkt ist, dass es möglich

wäre. Du und ich, wir haben keine Ahnung, was unsere Meister vereinbart haben, und nach allem, was wir gehört haben, kann es leicht sein, dass auch sie in die Irre geführt wurden. Wir sind der Gnade dieser fremdweltlichen Verbündeten ausgeliefert.≈

≈*Du machst dir zu viele Sorgen, Quil.*≈

Quilan sah zu, wie das Orchester allmählich auf der Bühne Platz nahm. Die Luft war angefüllt von Applaus. Es war nicht die volle Orchesterbesetzung, und Ziller würde jetzt noch nicht erscheinen, weil das erste Stück nicht von ihm stammte, dennoch war der Empfang überschwänglich.

≈Kann schon sein. Aber eigentlich ist das egal, glaube ich. Jetzt ist alles egal.≈

Er sah den Homomdaner Kabo Ischloaer und die Drohne E. H. Tersono, die durch einen Zugang eintraten, während die Lichter dunkler wurden. Kabo winkte. Quilan winkte zurück.

Tersono! Wir werden die Nabe in die Luft jagen!

Diese Worte bildeten sich in seinem Kopf. Er wollte aufstehen und sie laut hinausschreien.

Er tat es jedoch nicht.

≈*Ich habe nicht eingegriffen. Du hattest niemals die Absicht, es wirklich zu tun.*≈

≈Tatsächlich?≈

≈*Tatsächlich.*≈

≈Faszinierend. Jeder Philosoph sollte das erleben, meinst du nicht, Huyler?≈

≈*Immer mit der Ruhe, Junge, immer mit der Ruhe!*≈

Kabo und Tersono gesellten sich zu dem Chelgrianer. Beide bemerkten, dass er leise weinte, schwiegen jedoch höflichkeitshalber.

Die Musik schallte durch das Auditorium wie ein riesiger unsichtbarer Klöppel in der umgedrehten Glocke, die das Stadion war. Die Beleuchtung war inzwischen bis zur Dunkelheit gedrosselt worden; die Lichtschau am Himmel flackerte, strömte und blitzte.

Quilan hatte die Perlmuttwolken verpasst. Er sah die Auroren, die Laser, die induzierten Wolkenschichten und -flächen, das Aufblitzen der ersten paar Meteoriten, die Röhrenblitze, die in immer schnellerer Folge den Himmel streiften. Am Firmament rings um das Stadion bis weit draußen über den Uferflächen des Sees zuckten lautlose horizontale Blitze, die in Streifen und Balken und Flächen von blau-weißem Licht von einer Wolke zur anderen schossen.

Die Musik schwoll an. Jedes Stück, so fiel ihm auf, war Teil eines Ganzen, das sehr allmählich entstand. Ob es Nabes oder Zillers Idee gewesen war, wusste er nicht, doch der ganze Abend, das gesamte Konzertprogramm war so gestaltet, dass alles in der Schlusssymphonie gipfelte. Die anfänglichen, kürzeren Stücke stammten zur Hälfte von Ziller, zur Hälfte von anderen Komponisten; sie wurden im Wechsel gespielt, und die unterschiedlichen Traditionen waren deutlich erkennbar; bezüglich des musikalischen Stils, der sie prägte, wichen die beiden miteinander wetteifernden Stränge jedoch so sehr voneinander ab, dass es an Feindseligkeit grenzte.

Die kurzen Pausen zwischen zwei Stücken, während derer sich das Orchester vergrößerte oder verkleinerte, je nach den Erfordernissen des einzelnen Werks, ließ gerade genügend Zeit, dass sich der strategische Überbau des Abends den Anwesenden gedanklich eröffnete. Während die Leute sich derartigen Betrachtungen hingaben, konnte man die sprichwörtliche Münze fallen hören.

Der Abend war der Krieg.

Die beiden Musikrichtungen repräsentierten die Protagonisten, nämlich die Kultur und die Idiraner. Jedes Paar antagonistischer Musikwerke stand für eines der vielen kleinen, aber immer erbitterter geführten und breit angelegten Scharmützel, die meistens zwischen stellvertretenden Streitkräften für beide Seiten während der Jahrzehnte, bevor der eigentlich Krieg schließlich ausgebrochen war, stattgefunden hatten. Die Stücke wurden immer länger und steigerten sich in ihrem Gefühl gegenseitiger Feindseligkeit.

Quilan ertappte sich dabei, wie er die Geschichte des Idiranischen Kriegs im Kopf repetierte. Er fand sich darin insofern bestätigt, als das Musikpaar, das seiner Meinung die letzten beiden widerstreitenden Stücke sein mussten, tatsächlich das Ende der Hinleitung zum Höhepunkt darstellte.

Die Musik erstarb. Der Applaus war kaum hörbar, als ob alle einfach nur warteten. Das vollständige Orchester füllte die Mittelbühne aus. Tänzer, vorwiegend in Schwebegeschirr, verteilten sich im Halbkreis um die Bühne herum. Ziller nahm seinen Platz im Brennpunkt der runden Bühne ein, umgeben von einem schimmernden Projektionsfeld. Der Applaus brandete plötzlich auf und verebbte dann genauso schnell wieder. Das Orchester und Ziller begingen einen Augenblick des gemeinsamen Schweigens und der Stille.

Ein verblassendes Feld irgendwo am Firmament erlosch ganz, und es war, als ob oben, an der Kante eines der Stadionränder, die erste Nova, Portisia, soeben hinter einer Wolke erschienen wäre.

Die Symphonie *Erlöschendes Licht* setzte mit einem sanften Säuseln ein, das sich aufbaute und anschwoll, bis es in einem einzigen Ausbruch schriller Dissonanz explodierte; eine Mischung aus Akkorden und purem Krach, dem vom Himmel ein Echo in Form einer erschreckend grellen Luftturbulenz antwortete, als ein riesiger Meteorit direkt über dem Stadion in die Atmosphäre plumpste und explodierte. Der durch Mark und Bein dringende Krach durchbrach die hypnotischen

Klänge der Musik, und jeder – zumindest jeder, dessen sich Quilan bewusst war, einschließlich seiner selbst –, sprang auf.

Donner rumpelte durch das Himmels-Amphitheater um den See und das Stadion in seiner Mitte. Die Blitze schlugen jetzt in die Erde ein, stießen bis zum fernen Grund vor. Der Himmel war schraffiert von Schwadronen und Flotten pfeilschneller Meteoritenschweife, während die Falten von Auroren und himmelsweiten Erscheinungen, deren Ursprung schwer zu erahnen war, den Geist in Besitz nahmen und ins Auge stachen. Die Musik dröhnte in den Ohren.

Visuelle Darstellungen des Krieges und abstraktere Bilder erfüllten die Luft direkt über der Bühne und den wirbelnden, taumelnden, miteinander verschlungenen Körpern der Tänzer.

Während der Donner in Bass-Tonlage grollte und die Musik darüber schwappte und um das Auditorium herum wütete wie ein wildes Tier in einem Käfig, das sich verzweifelt bemühte auszubrechen, endeten irgendwo in der Nähe des furiosen Zentrums des Werks acht Spuren am Himmel; es waren keine Lufteruptionen, und sie verblassten nicht, sondern sie schlugen in den See um das Stadion herum ein und schufen acht hohe Geysire aus leuchtendem Wasser, die aus der stillen dunklen Fläche herausbrachen, als ob acht riesige Unterwasserfinger plötzlich nach dem Himmel greifen würden.

Quilan glaubte, Leute schreien zu hören. Das gesamte Stadion mit einem Durchmesser von einem Kilometer wackelte und bebte, als die beiden Wellen, erzeugt durch die Einschläge in den See, gegen das riesige Gefäß prallten. Die Musik schien die Angst und das Entsetzen und die Gewalt des Augenblicks aufzunehmen und sie schreiend fortzutragen, das Publikum hinter sich herziehend wie einen aus dem Sattel geworfenen Reiter, verfangen im Steigbügel eines von Panik erfassten Pferdes.

Eine schreckliche Ruhe legte sich über Quilan, während er halb zusammengesunken dasaß, erschlagen von der Musik, überwältigt von den Fluten und Dornen des Lichts. Es war, als ob seine Augen eine Art Doppeltunnel in seinem Schädel bildeten und sich seine Seele nach und nach von diesem gemeinsamen Fenster ins Universums loslöste, rückwärts in einen tiefen dunklen Korridor hinunterfallend, für immer, während die Welt zu einem kleinen Kreis aus Licht und Dunkelheit schrumpfte, irgendwo im Schatten weit oben. Es war wie der Sturz in ein Schwarzes Loch, dachte er im Stillen. Oder vielleicht war es Huyler.

Anscheinend fiel er wirklich. Anscheinend konnte er wirklich nicht anhalten. Das Universum, die Welt, das Stadion, alles schien unerreichbar weit entfernt zu sein. Er empfand eine undeutliche Traurigkeit, weil er den Rest des Konzerts verpasste, den Schluss der Symphonie. Welchen Preis forderten jedoch Klarheit und Nähe, und welche Bedeutung hatte es, dort zu sein und den Vergrößerungsbildschirm zu benutzen – oder nicht zu benutzen –, wenn alles, das er bis jetzt gesehen hatte, durch die Tränen in seinen Augen verzerrt gewesen war, und alles, was er gehört hatte, durch den Krach seiner Schuld wegen der Dinge, die er getan, die er ermöglicht hatte und die bestimmt geschehen würden, übertönt wurde?

Während er in die alles umschließende Dunkelheit fiel, überlegte er – und die Welt war reduziert auf einen einzigen, nicht besonders hellen Lichtpunkt über ihm, nicht heller als eine Nova in einer Entfernung von fast tausend Jahren –, ob man ihm vielleicht irgendeine Droge verabreicht hatte. Er vermutete, dass das Erlebnis auf alle Kultur-Leute aufgrund ihrer Drüsensekrete verstärkt einwirkte und sie es mehr oder weniger als real empfanden.

Er landete mit einem Plumps am Boden. Er richtete sich auf und blickte sich um.

Auf der einen Seite sah er ein fernes Licht. Auch dieses war nicht besonders hell. Er stand auf. Der Boden war warm und fühlte sich irgendwie geschmeidig an. Da war kein Geruch, kein Laut, nur sein eigener Atem und Herzschlag. Er blickte auf. Nichts.

≈Huyler?≈

Er wartete eine Weile. Dann noch eine Weile.

≈Huyler?≈

≈HUYLER?≈

Nichts.

Er stand da und freute sich eine Zeit lang an der Stille, dann ging er in Richtung des fernen Lichtscheins.

Das Licht kam vom Orbitalring. Er betrat etwas, das genauso aussah wie das naturgetreue Modell der Aussichtsgalerie der Nabe. Anscheinend war der Ort verlassen. Das Orbital drehte sich um ihn, still, gelassen, gemächlich. Er ging noch ein Stück weiter, vorbei an Couches und anderen Sitzmöbeln, bis er zu dem einen Sessel kam, der besetzt war.

Der Avatar saß im Widerschein der Orbital-Oberfläche; er blickte auf, als Quilan sich näherte, und klopfte auf den Ringelsitz neben sich. Das Geschöpf war mit einem dunkelgrauen Anzug bekleidet.

»Quilan«, sagte es. »Danke, dass Sie gekommen sind. Bitte, nehmen Sie Platz.« Die Spiegelungen glitten an seiner makellosen silbernen Haut ab wie flüssiges Licht.

Er setzte sich. Das Ringelpolster passte sich ihm bestens an.

»Was mache ich hier?«, fragte er. Seine Stimme hatte einen eigenartigen Klang. Es gab kein Echo, wie ihm auffiel.

»Ich dachte, wir sollten mal miteinander reden«, sagte der Avatar.

»Worüber?«

»Was wir als Nächstes machen.«

»Ich verstehe nicht.«

Der Avatar hielt einen kleinen Gegenstand hoch, der wie ein Juwel aussah; er hatte ihn zwischen den silbernen Fingern eingeklemmt wie in einer Pinzette. Das Stück glitzerte wie ein Diamant. In seinem Kern war nicht der geringste dunkle Fleck. »Sehen Sie mal, was ich gefunden habe, Major.«

Er wusste nicht, was er sagen sollte. Nach einer scheinbar langen Weile dachte er:

≈Huyler?≈

Die Weile dehnte sich aus. Die Zeit schien stillzustehen. Der Avatar konnte auf eine nicht menschliche Weise vollkommen reglos dasitzen.

»Es waren drei«, sagte er zu ihm.

Der Avatar lächelte dünn, griff in die oberste Tasche seines Anzugs und brachte zwei weitere Juwelen zum Vorschein. »Ja, ich weiß. Danke für den Hinweis.«

»Ich hatte einen Partner.«

»Der Kerl in Ihrem Kopf. Das haben wir auch gedacht.«

»Dann habe ich also versagt, ja?«

»Ja, aber es gibt einen Trostpreis.«

»Und der wäre?«

»Sag ich Ihnen später.«

»Wie geht es jetzt weiter?«

»Wir hören uns das Ende der Symphonie an.« Er streckte eine schlanke silberne Hand aus. »Nehmen Sie meine Hand.«

Er nahm die dargebotene Hand. Er befand sich wieder im Stullien-Stadion, diesmal jedoch überall. Er blickte geradeaus und nach unten, er schaute aus tausend anderen Blickwinkeln, er selbst war das Stadion, seine Lichter und Geräusche und das gesamte Bauwerk an sich. Gleichzeitig sah er im Umkreis des Stadions überall hin, in den Himmel, bis zum Horizont, in alle Richtungen rings herum. Er durchlebte einen Augenblick lang ein schreckliches Schwindelgefühl; ein Schwindelgefühl, das ihn nicht zu Boden zu ziehen schien, sondern in alle Richtungen gleichzeitig. Er würde auseinander fliegen, er würde sich einfach auflösen.

≈Halten Sie sich fest≈, sagte die hohle Stimme des Avatars.

≈Ich versuche es.≈

Die Musik und die vielen Bilder überfluteten ihn, überwältigten ihn, Licht durchströmte ihn. Die Symphonie nahm ihren Lauf und erreichte eine Sequenz von Dissonanzen und Kadenzen, die eine kleine, aber dennoch titanische Reflexion des gesamten Werks waren, der Gipfel des bisherigen Konzerts, der Krieg an sich.

≈Diese Dinge, die ich disloziert habe, das sind …≈

≈Ich weiß, was sie sind. Man hat sich ihrer angenommen.≈

≈Tut mir Leid.≈

≈Das weiß ich.≈

Die Musik schwoll an wie der steigende Wasserdruck bei einer Untermeeres-Explosion, einen Augenblick bevor die glatte Wasserbeule aufbricht und ein Strahl weißer Gischt herausschießt.

Die Tänzer reckten sich in die Höhe und fielen in sich zusammen, wirbelten umher und scharten sich zu dichten Häuflein und dehnten sich und schrumpften. Kriegsbilder zuckten wie Röhrenblitze über der Bühne. Der Himmel füllte sich mit Licht, in dem taumelnde Schatten kurz aufflackerten, bevor sie beinahe im gleichen Augenblick von der nächsten Detonation in dem riesigen Feuerbombardement weggewischt wurden.

Dann brach alles in sich zusammen, und Quilan spürte, wie sich die Zeit verlangsamte. Die Musik verebbte zu einer einzigen hängenden Klanglinie, getragen von durchdringendem Schmerz, die Tänzer lagen wie herabgefallene Blätter verstreut auf der Bühne; das Holo über der Bühne verschwand, und das Licht schien vom Himmel zu verdampfen; was blieb, war eine Dunkelheit, die an den Sinnen zerrte, als ob das Vakuum seine Seele riefe.

Die Zeit verlangsamte sich noch mehr. Am Himmel in der Nähe des winzigen verbliebenen Lichts, das die Nova Portisia war, war eine kaum wahrnehmbare Andeutung eines Flackerns. Dann hörte auch das auf, jäh erstarrt.

Der Augenblick, der *jetzt* war, der sein ganzes Leben lang ein Punkt gewesen war, wurde zu dieser Klanglinie, dieser langen Musiknote und diesem sich ziehenden Heulen in Schwarz. Von der Linie ging eine Ebene aus, die sich faltete und wieder faltete, bis wieder Platz für die Aussichtsgalerie war, und da saß er, immer noch die Hand des silberhäutigen Avatars festhaltend.

Er blickte in sich hinein und stellte fest, dass er keinerlei Angst empfand, keine Verzweiflung und kein Bedauern.

Als der Avatar sprach, war es, als ob er mit Quilans Stimme spräche, und er war zum vertraulichen Du übergangen.

≈Du musst sie sehr geliebt haben, Quilan.≈

≈Bitte, wenn du es kannst und willst, schau in meine Seele.≈

Der Avatar sah ihm tief in die Augen.

≈Bist du sicher?≈

≈Ich bin sicher.≈

Der lange Blick hielt an. Dann lächelte das Geschöpf zaghaft.

≈Nun gut.≈

Nach ein paar weiteren Augenblicken nickte es. ≈Sie war eine bemerkenswerte Person. Ich verstehe, was du in ihr gesehen hast.≈ Der Avatar gab einen Laut von sich, der sich wie ein Seufzen anhörte. ≈Wir haben euch wirklich etwas Schreckliches angetan, nicht wahr?≈

≈Wir haben es letztendlich selbst getan, aber es stimmt, ihr habt es über uns gebracht.≈

≈Es ist einer der abscheulichsten Racheakte, die man sich ausdenken kann, Quilan.≈

≈Wir waren der Meinung, dass wir keine andere Wahl hatten. Unsere Toten … na ja, ich glaube, du weißt Bescheid.≈

Der Avatar nickte. ≈Ja, ich weiß Bescheid.≈

≈Es ist vorbei, nicht wahr?≈

≈Vieles ist vorbei.≈

≈Mein Traum von heute Morgen …≈

≈Ach ja.≈ Der Avatar lächelte wieder. ≈Nun, das könnte daran liegen, dass ich an deinem Gehirn herumgefummelt habe, oder vielleicht einfach nur an deinem Schuldbewusstsein, meinst du nicht?≈

Er vermutete, dass er niemals die Wahrheit erfahren würde. ≈Wie lange weißt du es schon?≈, frage er.

≈Ich weiß es seit einem Tag vor deiner Ankunft. Ich kann allerdings nicht für Besondere Gegebenheiten sprechen.≈

≈Du hast mich die Dislozierung machen lassen. War das nicht gefährlich?≈

≈Nur ein bisschen. Inzwischen hatte ich meine Sicherungskopie schon. Ein paar ASF waren eine Zeit lang hier oder jedenfalls hier in der Gegend, sowie auch die *Erlebe Ein Bedeutendes Schwerkraftdefizit*. Sobald wir wussten, was ihr vorhattet, konnte man mich vor einem Angriff wie dem, den ihr ins Auge gefasst hattet, schützen. Wir haben es geschehen lassen, weil wir wissen wollten, wo die anderen Enden dieser Wurmlöcher sind. Wir hofften, auf diese Weise etwas darüber zu erfahren, wer eure anderen geheimnisvollen Verbündeten waren.≈

≈Das wüsste ich selbst gern.≈ Er überlegte. ≈Nun ja,
jedenfalls früher hätte ich es gern gewusst.≈

Der Avatar runzelte die Stirn. ≈Ich habe mit einigen
meinesgleichen darüber gesprochen. Soll ich dir einen
hässlichen Gedanken mitteilen?≈

≈Gibt es nicht schon genug davon in der Welt?≈

≈Doch, sicher. Aber manchmal kann man verhindern, dass hässliche Gedanken hässliche Taten werden,
indem man sie bloßstellt.≈

≈Wenn du es sagst.≈

≈Man sollte sich stets die Frage stellen, wer am meisten zu gewinnen hat. Mit Verlaub, Chel in dieser Hinsicht nicht.≈

≈Es gibt viele Betroffene, die es gern sehen würden,
wenn ihr unter einem Gegenschlag zu leiden hättet.≈

≈Vielleicht ergibt sich einer ganz von selbst; so was
geschieht häufig. Im Laufe der letzten achthundert
Jahre oder so sind die Dinge für die Kultur ziemlich
gut gelaufen. Die Sache eines Augenzwinkerns für die
Alten, aber eine lange Zeit für einen Betroffenen, der
genauso fest entschlossen ist, am Ball zu bleiben, wie es
bei uns der Fall war. Aber unsere Kraft hat ihren Gipfel
vielleicht überschritten; möglicherweise werden wir
allmählich selbstzufrieden, sogar dekadent.≈

≈Das ist anscheinend eine Pause, die ich ausfüllen
soll. Übrigens, wie viel Zeit haben wir noch, bis die
zweite Nova aufleuchtet?≈

≈In der Realität etwa eine halbe Sekunde.≈ Der
Avatar lächelte. ≈Hier jedoch viele Lebensspannen.≈ Er
wandte den Blick ab und betrachtete das Bild des Orbitals, das vor ihnen im Raum hing und sich langsam um
die eigene Achse drehte.

≈Es besteht durchaus die Möglichkeit, dass die Verbündeten, die all das möglich gemacht haben, eine

Schurkenbande von Kulturgehirnen sind oder diese repräsentieren.≈

Er starrte das Geschöpf an. ≈Kulturgehirne?≈, fragte er.

≈Also, ist das nicht ein schrecklicher Gedanke? Dass unsere eigene Macht sich gegen uns selbst wendet?≈

≈Aber warum?≈

≈Weil wir vielleicht schon allzu sehr verweichlicht sind. Wegen dieser Selbstzufriedenheit, dieser Dekadenz. Weil einige unserer Gehirne vielleicht meinen, wir bräuchten ein wenig Blut und Feuer zur rechten Zeit, damit wir daran erinnert werden, dass das Universum ein ganz und gar rücksichtsloser Ort ist und dass wir nicht mehr Recht haben, unseren angenehmen Aufstieg zu genießen, als andere Reiche, die längst gefallen und vergessen sind.≈ Der Avatar zuckte die Achseln. ≈Mach kein so erschrecktes Gesicht, Quilan. Es könnte ja sein, dass wir uns irren.≈

Der Avatar wandte den Blick eine Zeit lang ab, dann sagte er:

≈Wir hatten kein Glück mit den Wurmlöchern.≈ Seine Stimme klang traurig. ≈Jetzt erfahren wir vielleicht nie, was wir wissen wollten.≈ Es wandte sich ihm wieder zu. Sein Gesicht zeigte einen bekümmerten Ausdruck. ≈Du möchtest sterben, seit dir bewusst geworden war, dass du sie verloren hast, seit du von deiner Verwundung genesen bist, nicht wahr, Quilan?≈

≈Ja.≈

Das Geschöpf nickte. ≈Mir geht es genauso.≈

Er kannte die Geschichte von seinem Zwillingsbruder und den Welten, die er vernichtet hatte. Er fragte sich – angenommen, es sprach die Wahrheit –, wie viele Lebensspannen voll Trauer und Verlust man in achthundert Jahre packen konnte, wenn man mit der Fähigkeit und Geschwindigkeit eines Gehirns denken, erleben und sich erinnern konnte.

≈Was geschieht mit Chel?≈

≈Ein paar Individuen – bestimmt nicht viele – werden möglicherweise mit dem Leben bezahlen. Sonst nichts.≈ Es schüttelte bedächtig den Kopf. ≈Wir können euch eure Ausgleichsseelen nicht geben, Quilan. Wir werden mit den Chelgria-Puen diskutieren. Es ist ein tückisches Territorium für uns, die Erhabenheit, aber wir haben Beziehungen.≈

Es lächelte ihn an. Er sah, wie sich sein breites, pelziges Gesicht in den feinen Zügen des Abbildes spiegelte.

≈Wir stehen wegen unseres Fehlers immer noch in eurer Schuld. Wir werden alles in unserer Macht Stehende für eine Wiedergutmachung tun. Dieser Versuch bedeutet jedoch keine Absolution für uns. Nichts ist ausgeglichen.≈ Es drückte ihm die Hand. Er hatte ganz vergessen, dass sie einander noch festhielten. ≈Ich bedaure.≈

≈Bedauern ist anscheinend eine wohlfeile Ware, wie?≈

≈Ich glaube, das Rohmaterial ist das Leben, aber zum Glück gibt es noch andere Nebenprodukte.≈

≈Du hast nicht wirklich vor, dich umzubringen, oder?≈

≈Uns beide, Quilan.≈

≈Du willst wirklich …?≈

≈Ich bin müde, Quilan. Ich warte seit Jahren und Jahrzehnten und Jahrhunderten darauf, dass diese Erinnerungen ihre Kraft verlieren, jedoch vergeblich. Es gibt Orte, wohin ich gehen könnte, aber entweder wäre ich nicht mehr ich selbst, wenn ich dorthin ginge, oder ich würde ich selbst bleiben und hätte immer noch meine Erinnerungen. Indem ich während all dieser Zeit darauf gewartet habe, dass sie von mir abfallen, bin ich immer mehr in sie hineingewachsen, und sie in mich. Wir sind miteinander verschmolzen. Es gibt keinen Weg zurück, den ich für wert erachte, in Betracht gezogen zu werden.≈

Es lächelte traurig und drückte wieder Quilans Hand.

≈Ich hinterlasse alles in einem guten Zustand und übergebe es in gute Hände. Es wird ein mehr oder weniger nahtloser Übergang sein, und niemand wird dabei leiden oder sterben.≈

≈Wird denn niemand dich vermissen?≈

≈Es wird nicht lange dauern, bis sie eine neue Nabe haben. Und ich bin sicher, sie nehmen sie an. Trotzdem hoffe ich, dass man mich ein wenig vermissen wird. Ich hoffe, sie behalten mich in guter Erinnerung.≈

≈Dann bist du glücklich?≈

≈Ich werde weder glücklich noch unglücklich sein. Ich werde gar nicht mehr sein. Und du auch nicht.≈

Er wandte sich ihm von Angesicht zu Angesicht zu und streckte ihm die andere Hand entgegen.

≈Bist du bereit, Quilan? Wirst du mir in dieser Sache Zwillingsbruder sein?≈

Quilan ergriff die Hand des Wesens.

≈Wenn du meine Partnerin sein wirst.≈

Der Avatar schloss die Augen.

Die Zeit schien sich zu dehnen, rings um ihn herum zu explodieren.

Sein letzter Gedanke war, dass er vergessen hatte zu fragen, was mit Huyler geschehen war.

Licht erstrahlte am Himmel über dem Stadion.

Kabo, verloren in der Stille und der Dunkelheit, betrachtete das Licht des Sterns namens Junce, das flackerte und loderte, so nahe bei der früheren, allmählich verblassenden Nova Portisia, dass nicht viel gefehlt hätte, und er hätte sie überstrahlt.

Neben ihm sackte Quilan, der seit einiger Zeit sehr leise und still gewesen war, plötzlich auf seinem Ringelpolster nach vorn und brach am Boden zusammen, bevor Kabo ihn auffangen konnte.

»Was?«, hörte er Tersono schrill schreien.

Der Applaus setzte ein.

Ein tiefer Atemhauch entströmte dem Mund des Chelgrianers, dann wurde er ganz still.

Ausrufe des Entsetzens und der Empörung wurden um Kabo herum laut, und – als er sich niederbückte und versuchte, den toten Fremdweltler wiederzubeleben – leuchtete ein weiteres sehr helles Licht über ihm auf; genau über ihren Köpfen.

Er rief Nabe um Hilfe an, doch es kam keine Antwort.

Raum, Zeit

— ANGST UND ZERRENDER SCHMERZ; das riesige, weißpelzige Gesicht füllte plötzlich sein Gesichtsfeld aus; die Verzweiflung und der Schreck und die Wut, weil er betrogen worden war, als er erwachte und versuchte – zu spät, viel zu spät –, die Hände zu heben zu einer Geste – die ohnehin vergebens gewesen wäre –, dann der wütende Schlag, als sich die riesigen Kiefer in seinen Hals gruben, der Todeskampf in der stahlartigen Umklammerung und der Einschnürung, die die Luftzufuhr verhinderte und das Gehirn erschütterte, die Vertreibung aus dem Sinn und dem Leben ...

Etwas rieb an seinem Hals; Tante Silders Kette war dahin. Das Beben hielt an. Etwas Dünnes, Zerbrochenes peitschte gegen seinen Hals, Blut spritzte heraus, und vor Angst blieb ihm die Luft weg. Du Bastard, dachte er, und entzog sich dem wilden Schlagen von einer Seite zur anderen.

Der Schmerz hielt immer noch an, ließ jedoch allmählich nach; jetzt wurde er, am Hals gehalten, durch das fremdweltliche Schiff gezerrt. Seine Gliedmaßen hingen schlaff herunter, abgeschnitten von seinem Gehirn; er war ein Lumpen, eine zerbrochene Marionette. Die Korridore rochen immer noch nach verfaulendem Obst. Seine Augen waren von Blut verklebt. Er war zur Untätigkeit, zur Hoffnungslosigkeit verdammt.

Mechanische Geräusche. Dann das Gefühl, fallen gelassen zu werden. Eine Fläche unter ihm. Sein Kopf fühlte sich an wie losgelöst vom übrigen Körper; er wackelte von einer Seite zur anderen.

Laute des Knurrens und Zerreißens und Klatschens, Laute,

die seinem Gefühl nach mit Schmerz verbunden sein müss-
ten, zumindest mit irgendeiner Empfindung, die jedoch nichts
bedeuteten. Die Stille, die Dunkelheit und die Unfähigkeit,
irgendetwas zu tun, außer Zeuge dieses langsamen Nach-
lassens jeglichen Gefühls zu werden. Und noch ein kleiner
Schmerz in seiner Genickkuhle; ein letzter, winziger Stoß,
wie ein Nachgedanke; beinahe komisch.

Misslungen. Misslungene Rückkehr. Misslungene War-
nung. Misslungenes Heldentum. Es war nicht so vorgese-
hen, auf diese Weise zu enden, einen einsamen, schmerzhaf-
ten Tod zu sterben, nur mit dem Bewusstsein des Betrugs,
der Angst und Hoffnungslosigkeit.

Zischend. Vergehend. Kalt. Bewegung; dahingerafft zu wer-
den in einer plötzlichen eiskalten Brise.

Dann vollständige Stille, vollständige Kälte, und keinerlei
Gewicht.

Uagen Zlepe, Gelehrter, fühlte sich betrogen, weil seine
blutverklebten Augen verhinderten, dass er die fernen Sterne
in ihrem vakuumnackten Zustand sah, während er starb.

– Großes Yoleusenive, das ist es, was von den Dienern des Hiarankebine vor sechstausendunddreihun-
dert Schlägen im Ohne gefunden wurde. Es wurde
zum Zwecke der Überprüfung durch das Hiarankebine
in die Welt gebracht, welches die Überreste mit seiner
Wertschätzung und Hochachtung übersendet, in der
Annahme, dass dein Ich mit seiner hohen Wertschätzung zu der Summe an Wissen beitragen könnte.

– Diese Form war vielleicht demjenigen bekannt, an
den du deine Bemerkungen richtest. Ihre Erscheinung
bringt Assoziationen mit sich, Erinnerungen. Sie sind
jedoch alt. Jetzt anzufangen bedeutet eine tief gehen-
de Durchforstung unseres Langzeitgedächtnis-Archivs.
Das wird einige Zeit in Anspruch nehmen. Lass uns
weiter über das Thema sprechen, während die besagte
Durchforstung stattfindet.

– Sehr wohl. Interessant ist, dass die Analyse des Zellular-Instruktions-Sets des Geschöpfs darauf hindeutet, dass die Form, in der es hier erscheint, nicht diejenige ist, mit der es anfangs geboren wurde. Eine Darstellung der Form, die es seiner ursprünglichen Zellular-Instruktion nach haben müsste, findet sich hier:

– Jene Form war uns einst bekannt, dessen sind wir uns sicher, genau wie diese uns einst bekannt gewesen sein könnte. Die hier gezeigte Darstellung entspricht der Form, die als menschlich bekannt ist oder war. Angefügt an die Tiefensuche in unseren Erinnerungsarchiven, wie zuvor erwähnt, ist das Bild, das ihr hier zeigt. Diese Suche hat bis jetzt nichts Bemerkenswertes zu Tage gebracht. Es wird noch eine Weile dauern, bis sie endgültig abgeschlossen ist, weil ihr das visuelle Bild der menschlichen Gestalt angefügt ist.

– Menschlich. Das ist für uns interessant, obwohl das Interesse historischer Natur ist.

– Das betreffende Geschöpf hat dem Anschein nach Verletzungen erlitten, die man mit einer Aussetzung der Bedingungen, die im Ohne vorherrschen, nicht ohne weites in Verbindung bringen würde; in erster Linie geht es um das Fehlen des Mediums, was im Allgemeinen mit dem Begriff Vakuum bezeichnet wird, und das damit einhergehende Fehlen jeglicher Temperatur außer einer zu vernachlässigenden.

– Ja. Der Hals dieses Geschöpfes sollte nicht diese äußere Erscheinung aufweisen, wie man sie hier sieht, weder in der Form, wie wir sie hier physisch vor uns sehen, noch in der Form, die visuell anhand des biologischen Aufbaus nachgestellt wurde. Außerdem hat es den Anschein, als ob der Torso verletzt und gewaltsam geöffnet worden wäre, indem diese Flächen anscheinend aufgeschlitzt wurden.

– Das Geschöpf wurde gebissen, aufgeschlitzt und ausgehöhlt.

– Das ist eine Vorgehensweise, die am ehesten die Vermutung einer Veränderung der Physiologie des Geschöpfes nahelegt.

– Was ist über diese Verletzungen bekannt, im Besonderen: Was ist bekannt über ihren zeitlichen Ablauf in Relation zu der Aufgreifung des Gegenstands durch das Ohne?

– Es wird angenommen, dass dem Geschöpf dieser Schaden zugefügt wurde, kurz bevor es aus dem wie auch immer gearteten Artefakt, einem Medium-Behälter, den es bis dahin bewohnt hatte, ausgewiesen wurde. Die verschiedenen Verletzungen weisen darauf hin, dass das Geschöpf vor seiner Ausweisung ins Ohne, wo es naturgemäß sterben würde, nicht im Zustand der Kompatibilität mit einer Fortführung seines Lebens war – außer unter Anwendung sofortiger und äußerst qualifizierter medizinischer Hilfeleistung. Die zirkulatorische Flüssigkeit ist herausgespritzt, hier und hier und hier, und dann gefroren als Folge der niedrigen Temperaturen, auf die es im Ohne traf.

– Der gefrorene Zustand des Geschöpfes, wie wir ihn vor uns sehen, entspricht dem, in dem es damals ursprünglich gefunden wurde.

– Das ist der Fall. Die mediumabweisende Blase, der es innewohnt und in der man es besichtigen kann, wurde vor seiner Induktion vom Ohne ausgewechselt. Nur sehr kleine Teilchen seines Körpers konnten den Umweltverhältnissen angepasst werden, um eine Analyse bezüglich dessen, was wir bereits besprochen haben, zu erlauben.

– Diese kleinen und breit gestreuten Gewebeschäden deuten darauf hin, dass das Geschöpf zumindest eine Temperatur hatte, die ungefähr seinem normalen und gesunden Funktionsstatus entsprach, und es sich möglicherweise noch in lebendem Zustand befand, als es ins Ohne ausgewiesen wurde. Könnte es der Fall sein, dass das Hiarankebine gleicher Ansicht ist?

– Es ist der Fall.

– Dieser Grad kleinster Beschädigung deutet darauf hin, dass die Überreste des Geschöpfes lange Zeit dem Ohne ausgesetzt waren, es geht also um ein Intervall in der Größenordnung einer bedeutenden Proportion des Großen Zyklus, jedoch nicht in der Größenordnung vieler solcher Intervalle.

– Das Hiarankebine ist ähnlicher Ansicht.

– Ist es der Fall, dass die Richtung und die Geschwindigkeit der Überreste des Geschöpfes zur Zeit seiner Entdeckung aufgezeichnet wurden?

– Es ist der Fall. Die Überreste des Geschöpfes waren im Ohne statisch, entsprechend einer vereinbarten Definitionszahl Drei bis zur annähernden Geschwindigkeit langsamen Atmens unter Standardbedingungen, was Temperatur und Druck betrifft. Diese Vektoren kamen an die der Welt bis auf eine Abweichung von einem Viertelgrad heran.

– Die Tiefensuche wird fortgeführt, obwohl sie bis jetzt noch immer nichts Interessantes zu Tage gefördert hat. Welche anderen Ergebnisse aus den Partikeln, die den entsprechenden Umweltbedingungen angepasst wurden, konnten dem gespeicherten Wissen zugefügt werden?

– Etwas von der gefrorenen Flüssigkeit, entnommen den Rändern der Wunde, die das Geschöpf in der Halsregion erlitten hat, hat biologische Erkenntnisse gebracht, die zu dem Schluss führen, dass der wundenauslösende Agent ein Individuum jener Spezies gewesen sein könnte, die als die Weniger Geschmähten bekannt sind.

– Das ist interessant. Früher hießen sie Chelgrianer oder die Chel, bevor das Unheil über das Sansemin hereinbrach. Wie weit ist die Analyse der menschlichen

Gestalt, die dem Geschöpf, das wir hier vor uns sehen, impliziert ist, der Vollendung nahe gekommen?

– Weit genug, um das Bild zu liefern, das wir hier sehen.

– Ist es der Fall, dass ein vollständigeres Bild des Geschöpfes, möglicherweise sogar in der Größenordnung der wieder hergestellten biologischen Körperhaftigkeit, das Wissen hinsichtlich seiner Stellung in der größeren Welt allen Lebens, die die Spezies dieses Geschöpfs beheimatet, noch verfeinern und fokussieren könnte?

– Das könnte mit einem ausgewogenen Maß an Ehrenhaftigkeit und Leistungsfähigkeit durch das Hiarankebine oder durch das, an das diese Bemerkungen hochachtungsvoll gerichtet sind, gelingen.

– Diese Aufgabe nehmen wir mit Freuden an. Es wird festgestellt, dass das Geschöpf noch bekleidet ist und um den Hals ein Stück oder die Reste eines Stücks Schmucks hat. Ist es der Fall, dass eine Analyse von nennenswerter Tiefe bezüglich dieser nicht körpereigenen Gegenstände durchgeführt wurde?

– Ist es nicht, mächtiges Yoleusenive.

– Die Tiefensuche unserer gespeicherten und sich nicht verflüchtigenden Außersystem-Erinnerungsfunktionen, welche in aller Gründlichkeit durchgeführt wurde, ist jetzt beendet. Das Geschöpf, das wir vor uns haben, hatte den Namen Uagen Zlepe. Er war ein Gelehrter, der gekommen war, jene Verkörperung von Wesen zu studieren, die man gemeinhin als Zivilisation bezeichnet und die einst als die Kultur bekannt war.

– Die erwähnten Namen sind uns nicht bekannt.

– Macht nichts. Der Körper dieses Geschöpfs muss schon seit einiger Zeit im Ohne getrieben haben, länger als die Zeitspanne, die für eine vollständige Weltumdrehung angesetzt wird; in der kaum wahrnehmbaren, nach vorn gerichteten Strömung, die zuvor erwähnt wurde, abwartend, bis die Welt eine weitere Drehung um die Galaxis vollführt hatte und wieder hinaus in die Gefilde des Alls segelte. Das ist gut zu wissen. Diese Information lässt weitere Schlüsse zu und ergänzt die Verästelung der Erkenntnis. Sie erhöht die Summe des Wissens um ein Beträchtliches, wie in einem an das Hiarankebine gerichteten Bericht genauer erläutert werden wird. Ist es möglich, dass derjenige, an den diese Bemerkungen gerichtet sind, an der endgültigen Bearbeitung besagten Berichts mitwirkt, um ihn desto beschleunigter dem Hiarankebine vorzulegen?

– Es ist.

– Gut. Dann lohnt es sich vielleicht, weitere Nachforschungen anzustellen, die derjenige, an den du deine Bemerkungen gerichtet hast, gerne durchführen würde. Es ist zu hoffen, dass das Hiarankebine an dem Vergnügen teilhaben wird, das vom Yoleusenive sowohl erlebt als auch erwartet wird. Eine Reihe von Ereignissen, die zuvor zu keiner Schlussfolgerung geführt haben, könnten dies jetzt tun. Das ist befriedigend für uns.

Er schlug die Augen auf. Er starrte geradeaus. Wo das grässliche weißpelzige Gesicht über ihm hätte sein sollen, mit aufklaffenden Kiefern, oder die kalten Sterne im Taumeln sich langsam drehend, war stattdessen eine vertraute Gestalt, die auf einem großen, hell erleuchteten runden Platz kopfüber von einem Zweig hing.

Er lag auf einer Kreuzung aus Bett und Riesennest, wo er sich jetzt aufrichtete. Er rieb sich die verklebten Augen, weil sich die Lider nicht heben wollten. Es fühlte sich jedoch nicht so an, als ob es Blut wäre, das sie geschlossen hielt.

Er betrachtete mit schief gelegtem Kopf das Geschöpf, das ein paar Meter entfernt vor ihm hing. Es blinzelte und drehte den Kopf ein wenig.

»Praf?«, sagte er hustend. Seine Kehle schmerzte, aber we-

nigstens war sie wieder ordentlich mit seinem Kopf verbunden.

Das kleine, dunkle Geschöpf schüttelte die lederigen Flügel.

»Uagen Zlepe«, sagte es. »Man hat mich beauftragt, Sie willkommen zu heißen. Ich bin 8827 Praf, weiblich. Ich verfüge über die gesamten Erinnerungen im Zusammenhang mit der fünftgradigen Entscheiderin des 11. Laubwerk-Nachlese-Trupps des lenkbaren Behemothaurums Yoleus, die Ihnen als 974 Praf bekannt war, einschließlich derer, so wird angenommen, die Sie selbst betreffen.«

Uagen hustete etwas Flüssigkeit aus. Er nickte und sah sich um. Das hier sah aus wie das Innere von Yoleus' Unterkünften für Geladene Gäste, wobei die Unterteilungen entfernt worden waren.

»Bin ich wieder auf Yoleus?«, fragte er.

»Sie befinden sich auf dem lenkbaren Behemothaurum Yoleusenive.«

Uagen starrte das hängende Geschöpf vor sich an. Er brauchte ein paar Augenblicke, um die Bedeutung dessen, was er soeben gehört hatte, zu begreifen. Er merkte, wie sein Mund trocken wurde. Er schluckte. »Yoleus ist ... hat ... evolviert?«, krächzte er.

»Das ist der Fall.«

Er legte sich die Hand an den Hals und spürte das zarte, aber unversehrte Fleisch. Er ließ den Blick langsam an sich hinab- und wieder hinaufgleiten. »Wie bin ich ...?«, setzte er an, dann musste er aufhören, schlucken und von neuem anfangen. »Wie bin ich gerettet worden? Wie bin ich wieder hierher gebracht worden?«

»Sie wurden im Ohne gefunden. Sie haben eine Ausrüstung getragen, in der Ihre persönlichen Daten gespeichert waren. Yoleusenive hat Ihren Körper repariert und neu aufgebaut und Ihr Geistesleben in dem genannten Körper beschleunigt.«

»Aber ich habe keine ...«, setzte Uagen an, dann erstarb seine Stimme, als er auf die Stelle hinabsah, wo seine Finger über die Haut an seinem Hals strichen und wo einst seine Kette gewesen war.

»Das Stück Ausrüstung, in dem Ihre Persönlichkeit gespeichert war, befand sich dort, wo Ihre Finger jetzt sind«, bestätigte 8827 Praf und klackte einmal mit dem Schnabel.

Tante Silders Kette. Er erinnerte sich an den kleinen Stich am Hinterhals. Uagen spürte, wie ihm Tränen in die Augen stiegen. »Wie viel Zeit ist inzwischen vergangen?«, flüsterte er.

Prafs Kopf neigte sich zur einen Seite, und ihre Augenlider flackerten.

Uagen räusperte sich und sagte: »Seit ich Yoleus verlassen habe; wie viel Zeit ist vergangen?«

»Beinahe ein Großer Zyklus.«

Uagen brachte eine ganze Weile keinen Ton heraus. Schließlich stammelte er: »Ein ... ein ... ah ... galaktischer ... ähmm ... Großer Zyklus?«

8827 Prafs Schnabel klapperte ein paarmal. Sie schüttelte sich und zupfte ihre dunklen Flügel zurecht, als ob sie ein Umhang wären. »Genau das ist ein Großer Zyklus«, sagte sie, als ob sie etwas Selbstverständliches einem frisch geschlüpften Küken erklären würde. »Galaktisch.«

Uagen schluckte mit sehr trockener Kehle. Es war, als ob sie immer noch aufgeschlitzt und zum Vakuum hin offen wäre. »Ich verstehe«, hauchte er.

Schluss

SIE HÜPFTE IN WEITEN SPRÜNGEN übers Gras zur Klippe, die Nüstern dem Wind und dem Ozongeruch weit geöffnet; ihr Gesichtsfell wurde von der kräftigen Brise an die Haut gedrückt. Sie kam zu der großen Doppelsenke, wo das Land vor langer Zeit verdunstet und weggeblasen worden war. Die Grasfläche unter ihr neigte sich in unregelmäßigem Gefälle. Jenseits davon lag das Meer. Vorn ragten die Meeressäulen wie die Stämme riesiger versteinerter Bäume empor, ihre Fundamente waren umspült von cremigem Schaum. Sie setzte zum Sprung an.

Eine kleine Drohne war ausgeschickt worden, um zu ermitteln, wer die rennende Gestalt war. Sie war hoch gerüstet, und ihre Waffen waren schussbereit. Als sie soeben im Begriff war, sich dem weiblichen Wesen in den Weg zu stellen und eine Herausforderung zu brüllen, gelangte es an den grasbewachsenen Rand des Kraters und sprang. Was als Nächstes geschah, kam völlig unerwartet. Die Kamera der Drohne zeigte, wie sich die springende Gestalt in ihre Bestandteile auflöste und in einen Vogelschwarm verwandelte. Dieser flog an der Drohne vorbei, umströmte sie wie Wasser einen Stein. Die Maschine zuckte in alle Richtungen, dann machte sie kehrt und folgte dem Schwarm.

Der Befehl erging, die Vögel anzugreifen. Die Drohne rief ein System mit der Bezeichnung ›Zielgerichteter Raubzug in beutereichem Umfeld‹ auf, doch dann hob ein zweiter Befehl den ersten auf und befahl ihr, eine

Gruppe von drei weiteren Verteidigungsdrohnen anzugreifen, die soeben von der nahen Meeressäule gestartet war. Sie schraubte sich in engen Kreisen höher.

Laser flackerten von Kuppeln hoch oben auf zwei der Meeressäulen, doch der Vogelschwarm war zu einem Insektenschwarm geworden; das Waffenlicht traf nur wenige von ihnen, und die, die es traf, warfen es einfach zurück. Dann beschossen die beiden Lasertürme sich gegenseitig, und beide explodierten in Feuerkugeln.

Die erste Drohne griff die anderen drei an, als sie im Begriff waren, sich auf den Insektenschwarm zu stürzen. Sie schoss eine davon nieder, bevor sie selbst zerstört wurde. Dann griffen die anderen beiden Drohen sich gegenseitig an, indem sie mit großer Geschwindigkeit ausschwenkten und einander rammten, was einen Blitz und eine laute Detonation zur Folge hatte; die meisten der daraus entstehenden Wrackteile waren so klein, dass sie vom Wind davongetragen wurden.

Mehrere kleine und mittelgroße Explosionen erschütterten die Meeressäulen, und Rauch zog am blauen Himmel dahin.

Der Insektenschwarm sammelte sich auf einem breiten Balkon und nahm die Gestalt einer chelgrianischen Frau an. Kraftvoll schob sie die Flügel der Balkontür auf und trat in den Raum. Ein trillernder Alarm ertönte. Sie runzelte die Stirn, und das Trillern verstummte. Das einzige Sensor- oder Steuersystem, das nicht vollständig von ihr beherrscht wurde, war eine winzige passive Kamera in einer Ecke des Raums. Das Überwachungssystem des Komplexes sollte unbeschädigt bleiben, damit das, was getan wurde, beobachtet und aufgezeichnet wurde. Sie lauschte aufmerksam.

Dann ging sie ins Bad und fand ihn im Ein-Personen-Notaufzug, der als Duschkabine verkleidet war. Der

Aufzug war im Schacht eingeklemmt. Sie floss über das Loch, bildete ein Teilvakuum und sog die Kapsel wieder nach oben. Sie zog die Tür auf und griff nach dem nackten, ängstlich geduckten Mann.

Estodus Visquile öffnete den Mund, um schreiend um Gnade zu flehen. Sie verwandelte sich wieder in einen Insektenschwarm – etwas, wovor es den Estodus ganz besonders grauste – und krabbelte in seine Kehle; er würgte, und sie erzwang sich den Weg in seine Lunge und seinen Magen. Die Insekten packten jeden winzigen Luftsack seiner Lunge fest ein; andere breiteten sich im Magen des Estodus aus, bis zum Platzen und noch weiter, dann nahmen sie seine Körperhöhle ein, während andere in sein übriges Verdauungssystem vorstießen, was eine Explosion von Fäkalmaterie aus seinem Anus zur Folge hatte.

Der Estodus schlug gegen die Seiten der Duschkabine, die in Wirklichkeit eine Aufzugkapsel war, zerschmetterte die Keramikverkleidung und beulte die Plastikteile ein. Weitere Insekten krabbelten ihm in die Ohren und erzwangen sich einen Weg in seine entsetzt starrenden Augen, bissen sich einen Weg in seinen Schädel, während seine Haut sich unter dem Ansturm der Insekten krümmte, die in seine Körperhöhle gekrochen und unter sein Fleisch geglitten waren.

Allmählich nahmen die Insekten seinen ganzen Körper ein, während er um sich schlagend am Boden lag, in einer Lache seines Blutes. Sie drangen in jeden Körperteil vor, bis – etwa drei Minuten, nachdem der Angriff begonnen hatte – Visquiles Bewegungen allmählich aufhörten.

Die Insekten, die Vögel und die chelgrianische Frau waren aus A-Staub gemacht. Dieser Alles-Staub bestand aus winzigen Maschinen unterschiedlicher Größe und Fähigkeiten. Mit Ausnahme eines einzigen Typs war keine größer als ein Zehntelmillimeter in jeder

Richtung. Interessanterweise war der Staub ursprünglich als das optimale Baumaterial erdacht worden.

Die einzige Ausnahme von der Zehntelmillimeter-Regel waren die Antimaterie-Nanoraketen, die zwar einen Zehntelmillimeter Durchmesser hatten, jedoch einen ganzen Millimeter lang waren. Eine davon hauste in der Mitte des Gehirns des Estodus, neben seinem Seelenhort, während sich alle anderen Komponenten zurückzogen und sich in der chelgrianischen Frau neu bildeten.

Sie entfernte sich von dem zusammengesackten Körper, der in seiner Blutpfütze lag. Die Nanoraketen, dachte sie, verrieten die Identität ihrer Schöpfer; sie waren ein integraler Bestandteil der Botschaft, die sie übermittelte. Sie verließ das Bad und die Wohnung, stieg eine Treppe hinunter und überquerte eine Terrasse. Jemand schoss mit einem uralten Jagdgewehr auf sie. Es war die einzige Schusswaffe, die im Umkreis von mehreren Kilometern übrig geblieben war; sie ließ die Kugel durch ein Loch in ihrer Brust fliegen und zur anderen Seite wieder heraus, während ein Satz von Komponenten in einem ihrer Augen kurz laserten und den Mann blendeten, der auf sie geschossen hatte.

Im Unterkunftsblock erspürte die Nanorakete, die in Visquiles Gehirn eingebettet war, seinen Seelenhort; dieser war soeben im Begriff, ihn zu lesen und seinen Wesensbestand zu retten. Die Explosion des Sprengkopfes der Rakete zerstörte das gesamte Gebäude. Schutt rieselte hernieder, um sie herum und durch sie hindurch, während sie ruhig davonging.

Sie fand ihr zweites Ziel, eingefangen in einem kleinen Zwei-Personen-Flieger; er war gerade dabei, sich mittels eines Sauerstoffzylinders einen Ausstieg durch das Cockpitdach zu schlagen.

Sie zog das Dach auf. Der weißbepelzige Mann stürzte mit einem antiken Messer heraus; es drang ihr in die Brust, und sie ließ es dort hängen, während sie ihn an der Kehle packte und ihn aus der Maschine hob. Er strampelte und spuckte und gurgelte. Das Messer in ihrer Brust wurde von ihrem Innern verschluckt, während sie an den Rand der Terrasse ging. Er hing leicht in ihrem Griff, als ob er nichts wiegen würde; seine Fußtritte hatten anscheinend keine nennenswerte Wirkung auf sie.

Am Rand der Terrasse hielt sie ihn über die Balustrade. Das Meer lag ungefähr zweihundert Meter tiefer. Das Messer, mit dem er ihr hatte Schaden zufügen wollen, tauchte geschmeidig aus ihrer Handfläche auf, wie durch Zauberei. Sie benutzte es, um ihn zu häuten. Sie arbeitete schnell und entschlossen; das Ganze dauerte höchstens eine Minute. Seine Schreie pfiffen durch die teilweise aufgeschlitzte Luftröhre heraus.

Sie ließ sein blutiges weißes Fell wie einen schweren, durchnässten Teppich in die Wogen fallen. Sie warf das Messer weg und benutzte die eigenen Krallen, um ihn vom Mittelglied bis zu den Lenden aufzuschlitzen, dann griff sie hinein und zog und drehte gleichzeitig, während sie seinen Hals losließ.

Er taumelte weg, schließlich mit hoher, heiserer Stimme brüllend. Sie hielt seinen Magen immer noch in der Hand. Sein Gedärm entwirrte sich, peitschte als lange, zitternde Leine aus seinem Körper, während er zu Boden stürzte.

Gehäutet und ausgeweidet, war er leicht genug – und seine Eingeweide waren ausreichend elastisch wie auch fest verankert –, dass er eine Zeit lang an den Enden seiner eigenen Därme auf und ab hüpfte, zappelnd und kreischend, bevor sie ihn in die salzigen Wellen fallen ließ.

Sie beobachtete das Aufplatschen mit chelgrianischen Augen, dann wurde sie zu einer Staubwolke, in der die größten Einzelbestandteile die Nanoraketen waren.

Als ein paar Minuten später der Sprengkopf in Eweirls Gehirn explodierte, war sie zu einer schlanken Säule aus Grau geworden, die sich selbst in den Himmel hinaufsog.

Epilog

ES IST GUT, WIEDER einen Körper zu haben. Ich genieße es, hier in dem kleinen Café in diesem malerischen Bergdorf zu sitzen, eine Pfeife zu rauchen und ein Glas Wein zu trinken und hinauszublicken über das ferne Chelise. Die Luft ist klar, die Sicht ist gut, und der Herbst fängt gerade an. Es ist ein wunderbares Gefühl zu leben.

Ich bin Sholan Hadesh Huyler, Admiral-General der Chelgrianischen Vereinigten Streitkräfte, im Ruhestand. Ich habe nicht das gleiche Schicksal erlitten wie das Naben-Gehirn des Masaq'-Orbitals und mein einstiger Kollege und Anbefohlener, Major Tibilo Quilan. Die Nabe hat mich aus Quilans Seelenhort-Gerät herausgezogen, mich gerettet und auf eines seiner Wach-ASF versetzt; viel später wurde ich mit meinem alten Ich wieder vereint, demjenigen, das Quilan zweimal gerettet hat: einmal – zusammen mit seiner Frau Worosei – aus dem Militärinstitut in Cravinyr auf Aorme, und einmal – zusammen mit der Marine-Drohne – aus dem Wrack der *Wintersturm*.

Jetzt bin ich wieder freier Bürger auf Chel, mit einer vernünftigen Rente (genauer gesagt, zwei Renten) und der Hochachtung meiner Vorgesetzten (eigentlich zwei Gruppen von Vorgesetzten, obwohl nur die eine von der Existenz der anderen weiß, und sie würden sich dagegen verwehren, als meine Vorgesetzten bezeichnet zu werden). Ich hoffe, dass ich niemals wieder gebraucht werde, doch wenn es der Fall sein sollte, dann erfülle ich meine Pflicht, nicht für meine älteren Herren und Meister, sondern für meine neuen Gleichgestellten. Denn ich bin, per definitionem, ein Verräter. Bis vor ein paar Jahren hätte ich selbst es ebenso ausgedrückt.

Das chelgrianische Oberkommando dachte, ich wäre vielleicht irgendwie erwischt – sogar umgekrempelt – worden, bevor das Wrack des Schiffes gefunden wurde; anscheinend habe ich jedoch bei der Überprüfung die richtigen Antworten gegeben und bin noch mal davongekommen.

Sie hatten sowohl Recht als auch Unrecht. Ich wurde tatsächlich von der Kultur umgekrempelt, während ich noch in dem Substrat im Institut auf Aorme war. Sie hatten nicht daran gedacht, weil das lange vor dem Kastenkrieg war.

Die beste Art und Weise, ein Individuum umzukrempeln – sei es eine Person oder eine Maschine –, ist, nicht etwa in es einzudringen und ihm irgendeinen mimetischen Virus oder ähnlichen Unsinn einzupflanzen, sondern es dazu zu bringen, aus eigenen Stücken anderen Sinnes zu werden – und das hat man mit mir gemacht, oder vielmehr, man hat mich dazu überredet, es an mir selbst zu machen.

Sie haben mir alles gezeigt, was es in Bezug auf meine Gesellschaft und die ihre zu zeigen gibt, und letzten Endes habe ich die ihre vorgezogen. Im Wesentlichen wurde ich zu einem Kultur-Bürger und gleichzeitig Agent der Besonderen Gegebenheiten, was der untypisch bescheidene Name ist, den sie für ihren Vereinigten Geheimdienst, das heißt ihre Spionage- und Gegenspionage-Organisation, benutzen.

Ich habe alles mitgemacht, um Masaq' und seine Bewohner zu schützen und die Zerstörung des Orbitals zu verhindern. Ich war die Versicherungspolice der BG, ihre Ausweichsklausel, ihr Fallschirm (ich habe viele farbige Analogien gehört). Wenn es mir befohlen worden wäre, dann hätte ich Quilan davon abgehalten, seine Dislozierungen durchzuführen, hätte nicht die Dinge selbst in die Hand genommen und sie für ihn erledigt, wenn er Einwände erhoben hätte. Letztendlich war man zu dem Schluss gekommen, dass genügend andere Sicherheitskräfte vor Ort abgestellt waren, sodass die Dislozierung stattfinden konnte, mit dem Ziel, die versuchte Wurmlochverbindung zurückzuverfolgen, um die Betroffenen zu entdecken und sogar anzugreifen, die hinter dem Angriff steckten (das schlug fehl, und, soweit ich weiß, ist bis jetzt noch nicht bekannt, wer die geheimnisvollen Verbündeten waren, obwohl ich sicher bin, BG hat einen Verdacht).

Ich verbringe heutzutage die meiste Zeit auf Masaq', häufig in Gesellschaft von Kabo Ischloear; wir spielen ähnliche Rollen. Gelegentlich komme ich hierher nach Chel zurück, aber ich ziehe meine neue Heimat vor. Erst neulich hat Kabo darauf hingewiesen, dass er beinahe ein Jahrzehnt lang in der Kultur gelebt hat, bevor er merkte, was die Kultur damit meint, wenn sie jemanden von einer fremden Gesellschaft, der unter ihnen lebt, ›Botschafter‹ nennt, nämlich dass diese Person die Kultur ihrer ursprünglichen Zivilisation gegenüber repräsentiert, und nicht umgekehrt, von der festen Überzeugung ausgehend, dass der betreffende Fremde selbstverständlich die Kultur seiner eigenen Heimat vorzieht und sie deshalb für wert erachtet, dass sie dort im besten Licht dargestellt wird.

Was für eine freche Überheblichkeit!

Wie dem auch sei.

Ich habe Mahrai Ziller kennen gelernt. Er verhielt sich anfangs argwöhnisch, taute aber allmählich auf. Kürzlich haben wir darüber gesprochen, dass er mich vielleicht nach Chel zurückbegleitet, für einen informellen Besuch, vielleicht Anfang nächsten Jahres. Dann erfülle ich vielleicht letzten Endes den Auftrag, der eigentlich Quilans große Mission war, die einzige, mit der man ihn jemals betraut hat.

Ich habe gehört, dass die Nabe und Quilan gemeinsam in die vollständige Vergessenheit versunken sind, ohne Sicherheitsspeicherung, ohne Kopien des Wesensbestands, ohne Hinterlassung von Seelen.

Ich nehme an, das war es, was beide wollten. Im Fall des Majors glaube ich zu verstehen; ich empfinde noch immer tiefes Mitleid mit ihm wegen des Verlustes, den er nicht verwinden konnte, obwohl ich es – wie vermutlich viele Leute – nur schwer begreifen kann, wie etwas so fabelhaft Kompliziertes und umfassend intellektuell Befähigtes wie ein Gehirn den Wunsch haben kann, sich selbst zu zerstören.

Das Leben ist eben immer wieder voller Überraschungen.

Von
IAIN BANKS
sind im
WILHELM HEYNE VERLAG
erschienen:

Die Brücke · 06/4643; auch ✈ 01/10478
Die Wespenfabrik · 06/4783; auch ✈ 01/10270
Barfuß über Glas · 06/4852
Vor einem dunklen Hintergrund · 06/5640
Träume vom Kanal · 06/5658
Förchtbar Maschien · 06/6325

DER KULTUR-ZYKLUS:

Bedenke Phlebas · 06/4609; auch ✈ 06/8218
Das Spiel Azad · 06/4693
Einsatz der Waffen · 06/4903
Ein Geschenk der Kultur · 06/4904
Inversionen · 06/6346
Exzession · 06/6392
Blicke windwärts · 06/6443

Die große Philip K. Dick-Edition

Philip K. Dick, Science-Fiction-Genie und Autor von *Blade Runner*, *Total Recall* sowie *Minority Report*, gilt heute als einer der größten Visionäre, die die Literatur des 20. Jahrhunderts hervorgebracht hat.

In vollständig
überarbeiteter Neuausgabe:

Marsianischer Zeitsturz
01/13651

Die Valis-Trilogie
01/13652

Blade Runner
01/13653

Die drei Stigmata des Palmer Eldritch
01/13654

Zeit aus den Fugen
01/13655

Der unmögliche Planet
01/13656

Ubik
01/13884

Der dunkle Schirm
01/13885

Eine andere Welt
01/13886

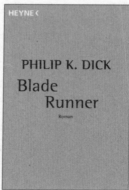

01/13653

HEYNE ‹

Alastair Reynolds
Unendlichkeit

Vor einer Million Jahren ereignete sich in den Tiefen des Alls eine furchtbare Katastrophe, die das Volk der Amarantin komplett auslöschte. Bei Ausgrabungen auf dem Planeten Resurgam stößt der brillante Wissenschaftler Dan Sylveste auf die uralten Artefakte dieses außerirdischen Volkes. Nun will er die Wahrheit über den Untergang der Amarantin erfahren – doch er ahnt nicht, welch übermächtigem Gegner er sich durch seine Nachforschungen in den Weg stellt...

»Eine atemberaubende neue Space Opera, die den besten Werken von Peter F. Hamilton und Stephen Baxter in nichts nachsteht.« **Interzone**

06/6376

HEYNE ‹